의천도룡기 8

의천도룡기 8 – 도사 영웅대회

1판 1쇄 발행 2007. 10. 8.
1판 17쇄 발행 2022. 5. 10.
2판 1쇄 인쇄 2023. 10. 16.
2판 1쇄 발행 2023. 10. 30.

지은이 김용
옮긴이 임홍빈
발행인 고세규
편집 임지숙 디자인 정윤수 마케팅 박인지 홍보 반재서
발행처 김영사
등록 1979년 5월 17일 (제406-2003-036호)
주소 경기도 파주시 문발로 197(문발동) 우편번호 10881
전화 마케팅부 031)955-3100, 편집부 031)955-3200 | 팩스 031)955-3111

값은 뒤표지에 있습니다.
ISBN 978-89-349-2078-6 04820
978-89-349-2079-3 (세트)

홈페이지 www.gimmyoung.com 블로그 blog.naver.com/gybook
인스타그램 instagram.com/gimmyoung 이메일 bestbook@gimmyoung.com

의천도룡기

倚天屠龍記

김용 대하역사무협

임홍빈 옮김

도사 영웅대회

8

중국 문학의 원류 〈사조삼부곡〉의 완결판

오천 년 동양의 지혜와 문화를 꿰뚫는 역작

김영사

스승도 헛된 것이요
師父是空

제자도 헛된 것이라
弟子是空

죄가 없으면 업보도 없고
無罪無業

덕이 없으면 공도 없는 것을
無德無功

倚天屠龍記

8권

도사 영웅대회

36. 세 그루 소나무에 질푸른 가장귀 울울창창한데 • 17

37. 천하 영웅 가운데 어느 누가 그 앞에 맞설 자 있으랴 • 133

38. 군자도 마음에 사무치면 업신여김을 사서 받는다네 • 231

39. 무학비급, 병법서는 바로 그 속에 감춰졌는데 • 349

40. 장무기, 내 임인 줄 알았더니 그 임이 아니었네 • 475

수정판을 거듭 내고 나서 • 566

| 각권 차례 |

【1권】 무림지존 도룡도

1. 아득한 저 하늘가, 그리운 임 잊지 못하니
2. 무당산 최고봉에 송백은 길이 푸르네
3. 백번 담금질하나 도룡도는 검은빛 광채만 빛나고
4. 글씨는 〈상란첩〉, 마음은 방황을 거듭하네
5. 하얀 팔뚝에 찍힌 상처 옥매화로 꾸민 듯한데

【2권】 빙화도에서 보낸 10년

6. 뗏목에 오르니 북명의 망망대해 정처 없이 떠가는데
7. 누가 얼음 배 띄워 신선의 고향으로 보내주랴
8. 불모의 땅 10년 세월, 뗏목을 타고 돌아오네
9. 무당칠협, 상봉의 기쁨 절반에도 차지 않았는데
10. 100세 잔칫날에 억장이 무너지네

【3권】 접곡의선

11. 모진 여인의 독설은 창끝보다 더 날카로운데
12. 금침과 약초로 고황에 든 불치병을 고쳐준다네
13. 그대가 내 담장을 넘었어도 후회하지 않으리니
14. 길에 오르니 가는 곳마다 배은망덕한 이리 떼뿐일세
15. 기막힌 모략, 감쪽같은 비책도 일장춘몽이려니

【4권】 구양진경

16. 극한 상황에 몰려 〈구양진경〉 다시 보게 되네
17. 박쥐 날개 신출귀몰, 모래 바다에 웃음소리 흩날리니
18. 의천장검 차가운 서릿발이 허공을 가르누나
19. 집안싸움 일으키면 금성철벽도 무너지는데
20. 묘혈에 빠져도 서로 돕고 일깨워 난관을 돌파하네

【5권】 광명정 전투

21. 분규를 해결하려 육대 문파 강적들과 맞서 싸우니
22. 군웅들의 마음은 약법삼장으로 귀일하네
23. 녹류장 나그네, 부용화 그윽한 향기에 담뿍 취하니
24. 이유극강의 태극 원리, 세상에 처음 전해지네
25. 호접곡에 높이 들린 횃불, 온 하늘 밝혀 비추니

【6권】 명교의 비밀

26. 고두타는 옥같이 준수하던 용모를 훼손했네
27. 100척 높은 보탑 위에서 새처럼 비상하니
28. 자삼용왕은 동문 형제들과 의절하고 은원마저 끊었다네
29. 네 처녀와 한배 탔으니 풍랑에 시달린들 더 바랄 게 무어랴
30. 견우와 직녀, 은하수에 가로막히니 영이별이라네

【7권】 의천검 도룡도를 잃고

31. 의천검 도룡도를 잃고 사랑하는 이마저 죽었는데
32. 억울한 누명 하소연할 길 없으니 미칠 것만 같네
33. 긴 퉁소 짧은 거문고 가락에 담황색 옷자락 나부끼는데
34. 혼례식 날 저 신부는 섬섬옥수로 면사포를 찢어 던졌다네
35. 누가 금빛 갈기털 사자를 도륙하려다 살신지화를 입으랴

【8권】 도사 영웅대회

36. 세 그루 소나무에 짙푸른 가장귀 울울창창한데
37. 천하 영웅 가운데 어느 누가 그 앞에 맞설 자 있으랴
38. 군자도 마음에 사무치면 업신여김을 사서 받는다네
39. 무학비급, 병법서는 바로 그 속에 감춰졌는데
40. 장무기, 내 임인 줄 알았더니 그 임이 아니었네

▲ 명 태조의 황후 마씨馬氏

◀ 명 태조 주원장의 좌상坐像

전설에 따르면 주원장은 용모가 추루하게 생겼다는데, 이 그림은 미화시킨 관방官方 초상화다.

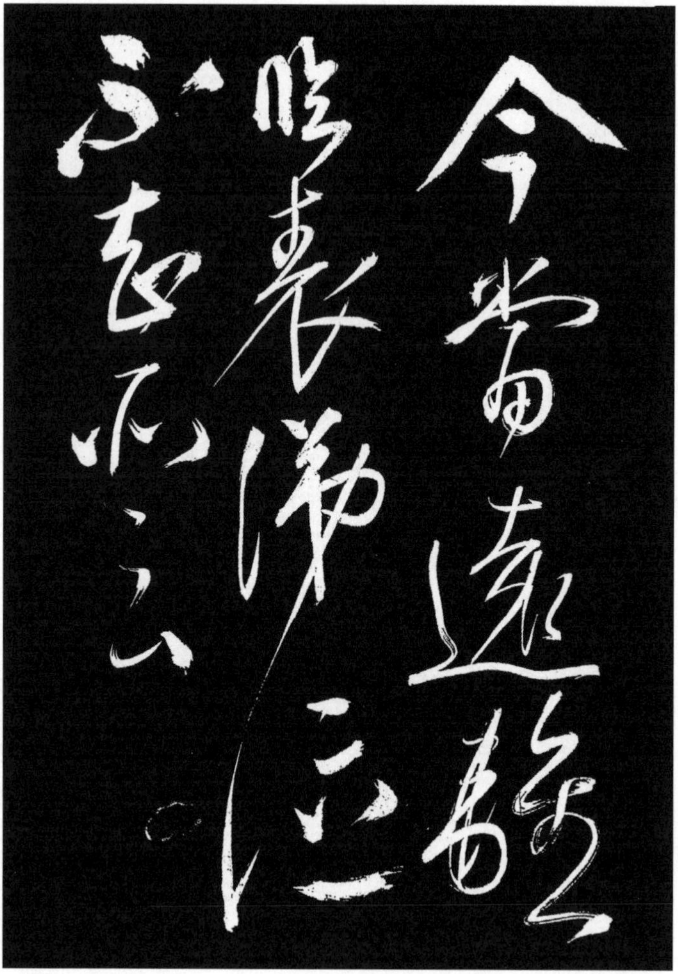

▲ **악비가 베껴 쓴 제갈량의 〈전출사표〉(부분)**

글의 내용은 이러하다.

"선제께서 유언으로 남기신 조칙을 따르오니, 신은 그 은혜에 감격함을 이기지 못하옵나이다. 이제 멀리 떠나오며 표문을 받들어 올림에, 눈물이 앞을 가려 아뢰올 바를 모르겠나이다先帝遺詔 臣不勝感激 今當遠離 臨表涕泣 不知所云."

악비는 남송 고종高宗 소흥紹興 무오년戊午年(1138) 8월 남양南陽 제갈무후諸葛武侯 사당을 참배하고 그날 묵으면서 잠을 이루지 못한 채 하룻밤을 꼬박 지새우며 번민하다가, 이른 새벽에

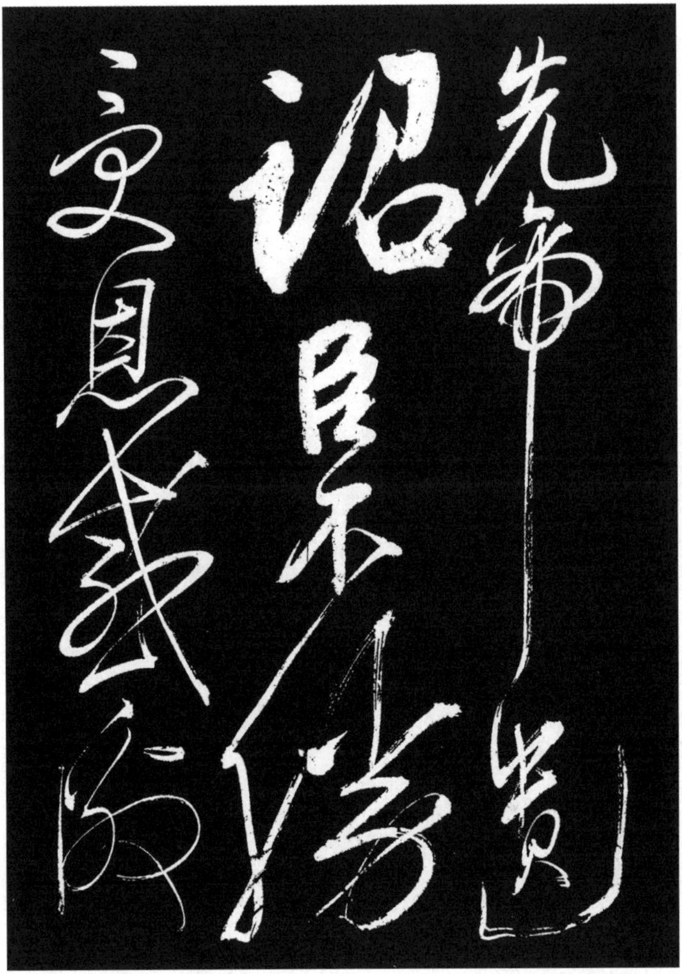

눈물을 흩뿌리며 제갈공명의 전·후출사표를 베껴 썼다. 이 두루마리 글씨는 청나라 동치同治(1862~1874) 연간에 원보항袁保恒이 얻었는데, 당시 군기대신軍機大臣으로 있었던 청나라의 대충신 좌종당左宗棠이 글을 보고 감탄을 금치 못하고 발문跋文으로 이렇게 적었다.

"굳세고도 힘차며 날렵하면서도 소탈한 필법에 생기 늠름하구나. 마치 아가雅歌를 들으며 투호投壺하는 자의 기개를 보는 듯하다. 가슴속 울분으로 가득 찬 글에 단연코 그 충정 의심할 바 없으리라."

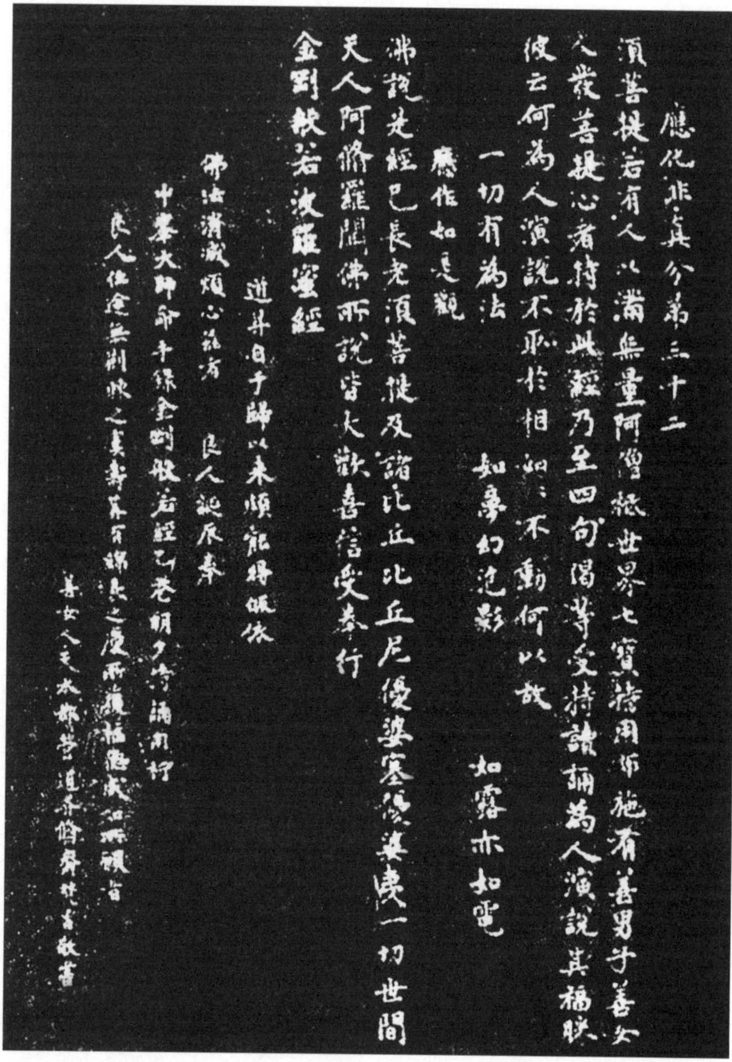

▲ 관씨管氏 부인이 베껴 쓴 《금강경》

관도승管道昇은 서화에 매우 정통하였으나, 《금강경》의 마지막 제34장 '응화신은 참된 신이 아니다應化非眞分' 거의 끝마디에 이르러 "꿈속의 환영 같고 물거품의 그림자 같으며, 아침이슬 같고 번갯불 같으니如夢幻泡影 如露亦如電"라는 대목을 쓰고 나서 곧이어 "제 남편이 벼슬에 올라 가시밭길을 걷는 근심걱정 없으며, 그 수명 끝없이 누릴 수 있는 경사가 되도록 기원하나이다"라고 덧붙여 썼으니, 경전의 의미를 전혀 이해하지 못하고 있음을 알 수 있다.

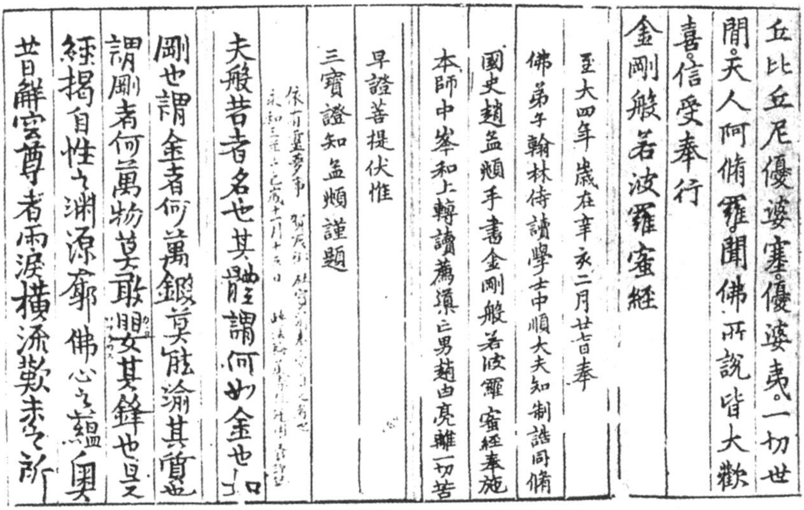

丘比丘尼優婆塞優婆夷一切世
間天人阿脩羅聞佛所說皆大歡
喜信受奉行
金剛般若波羅蜜經
至大四年歲在辛亥二月廿日奉
佛弟子翰林侍讀學士中順大夫知制誥同脩
國史趙孟頫手書金剛般若波羅蜜經奉施
本師中峯和上轉讀薦濵亡男趙由亮離一切苦
早證菩提伏惟
三寶證知孟頫謹題
夫般若者名也其體謂何如金也
剛也謂金者何萬鍛莫能渝其質
謂剛者何萬物莫敢攖其鋒也是
經揭自性之淵源廓佛心之蘊奧
昔解空尊者雨淚橫流歎未之所

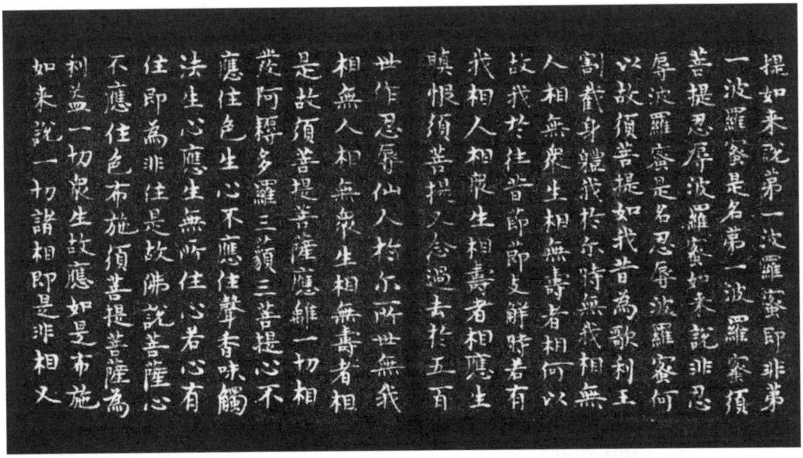

提如來說第一波羅蜜即非第
一波羅蜜是名第一波羅蜜須
菩提忍辱波羅蜜如來說非忍
辱波羅蜜是名忍辱波羅蜜何
以故須菩提如我昔為歌利王
割截身體我於尒時無我相無
人相無衆生相無壽者相何以
故我於往昔節節支解時若有
我相人相衆生相壽者相應生
瞋恨須菩提又念過去於五百
世作忍辱仙人於尒所世無我
相無人相無衆生相無壽者相
是故須菩提菩薩應離一切相
發阿耨多羅三藐三菩提心不
應住色生心不應住聲香味觸
法生心應生無所住心若心有
住即為非住是故佛說菩薩心
不應住色布施須菩提菩薩為
利益一切衆生故應如是布施
如來說一切諸相即是非相又

▲ 조맹부趙孟頫가 베껴 쓴 《금강경》(위)
▲ 명나라 제3대 황제 성조成祖가 베껴 쓴 《금강경》(아래)

怖不畏當知是人甚為希有何
以故須菩提如来說第一波羅
蜜即非第一波羅蜜是名第一
波羅蜜須菩提忍辱波羅蜜如
来說非忍辱波羅蜜何以故須
菩提如我昔為歌利王割截身
體我於爾時無我相無人相無
衆生相無壽者相何以故我於
往昔節節支解時若有我相人
相衆生相壽者相應生瞋恨須
菩提又念過去於五百世作忍
辱仙人於爾所世無我相無人

▲ 청나라 때 흠차대신 임칙서林則徐가 베껴 쓴 《금강경》

◀ 명 태조의 초상화

추악하게 생긴 주원장 모습을 그린 것인데, 얼굴에 검은 점을 72군데 그려넣었다. 원래 고궁박물원에 소장되었던 것이다.

▲ 명 효릉孝陵(위)

명 태조 주원장의 무덤으로, 현재 난징에 있다.

▲ 명 효릉 앞에 진설된 석수石獸(아래)

세 가닥 검정 밧줄이 동, 서, 남, 세 방향으로부터 한꺼번에 자신의 몸뚱이를 휘말아 왔다. 장무기는 세 가닥 끄트머리를 왼쪽으로 밀어내고 잡아끌 듯 휘감고 당기더니 차력타력 수법으로 밧줄을 한 덩어리로 엉키게 만들었다.

"우르르르…… 꽈당, 꽈다당!"

천둥 벼락이 무섭게 때리는 허공에서 장무기는 훌떡 공중제비를 한 바퀴 돌더니 왼발로 소나무 가지 끄트머리를 옭아감기 무섭게 재빨리 그 가지 위에 안정된 자세로 올라서고 있었다.

36.

세 그루 소나무에 짙푸른 가장귀 울울창창한데

마치 대야 세숫물을 쏟아버리듯 억수같이 퍼붓는 장대비가 소실산과 소림사 전역을 완전히 뒤덮었다. 절간 지붕과 각처를 밤낮없이 순찰 돌던 승려들의 경계도 한결 느슨해졌다.

장무기는 담장 모퉁이와 나무줄기를 엄폐물 삼아 줄곧 원진의 뒤를 추격했다. 이윽고 원진이 절간 뒷담을 뛰어넘었다. 그것을 본 장무기는 속으로 고개를 주억거렸다. 어쩐지 절간 경내에서 큰아버님의 종적을 발견할 수 없다 했더니, 예상외로 절간 바깥에 갇혀 있었던 것이다.

원진처럼 공공연히 담장을 뛰어넘을 수 없는 장무기는 담장 벽에 가슴을 찰싹 붙인 채 슬금슬금 기어올라 담장 머리에 이르렀다. 그리고 담장 바깥에서 순찰 도는 승려들이 지나갈 때까지 느긋이 기다렸다가 날랜 동작으로 지면에 뛰어내렸다. 절간 북쪽 1,000여 척 바깥에서 극성맞게 쏟아지는 빗줄기 사이로 원진의 우산 꼭지가 왼편으로 꺾어 돌더니 자그만 산봉우리 위로 올라가기 시작했다. 하나 그것도 잠시뿐, 이내 속도가 비상하게 빨라지면서 눈 깜짝할 사이에 산 중턱까지 오르고 있었다. 원진은 이 무렵, 일흔을 넘긴 나이인데도 몸놀림 하나만큼은 상상을 초월할 정도로 빠르고 민첩했다. 산으로 오르는 것은 분명 두 다리일 터인데, 마치 구름을 타고 상승하듯 우산 꼭지가 흔들리지 않았다. 산 위에서 누군가가 밧줄로 원진의 몸을 묶어서 끌어

올리는 게 아닌지 착각이 들 정도였다.

장무기도 빠른 걸음걸이로 산자락 밑에 도달했다. 그러고는 이제 막 산봉우리를 향해 오르려는 순간, 갑자기 산길 한 곁 수풀 속에서 흰 서슬이 번뜩이는 기척을 느끼고 황급히 발걸음을 멈추었다. 누군가 병기를 잡은 채 매복하고 있는 게 분명했다. 숨죽이고 긴장한 자세로 지켜보고 있으려니, 잠시 후 수풀 속에서 네 사람이 차례차례 뛰쳐나왔다. 셋은 앞을 보고, 하나는 뒤에서 후미를 경계하며 일제히 산봉우리 위로 치닫기 시작했다.

산봉우리 위에는 그저 해묵은 노송 몇 그루가 어두운 하늘을 찌를 듯 솟아 있을 뿐, 집이나 건물 따위는 하나도 보이지 않았다. 사면팔방 어디를 둘러보아도 사람은커녕 들짐승 한 마리 얼씬거리지 않았다. 양부 사손이 어디 갇혀 있는지 알 길 없는 장무기는 무작정 괴한들을 뒤따라 산 위로 오르기 시작했다.

앞서가는 괴한 넷 또한 경공 실력이 대단했다. 그는 속도를 높여 괴한들 뒤로 200척 가까이 접근해갔다. 캄캄절벽 어둠 속에서 보니 일행 넷 가운데 하나는 여자였다. 세 남자도 승려가 아니라 속인 차림새였다. 한밤중에 이렇게 비가 내리는데, 절간 부근에 여자가 낀 속세의 인간들이 얼씬대다니, 보나 마나 양부 사손을 난처하게 하려는 목적으로 침투했을 것이다. '오냐, 잘됐다. 그럼 이 친구들이 원진과 한바탕 악전고투를 벌일 때까지 일단 내버려두자. 그다음에 내가 여유 만만하게 끼어들어도 늦지 않을 거다.'

정상이 가까워지자 경공신법을 펼친 괴한들의 걸음걸이가 더욱 빨라졌다. 그제야 장무기는 괴한들 가운데 두 사람의 뒷모습을 또렷이

알아보았다. '옳거니, 곤륜파의 장문 하태충 선생과 반숙한 내외였어!'

"으하하하하! 으하하하……!"

느닷없이 원진의 웃음소리가 칠흑 같은 어둠 속 장대비가 퍼붓는 캄캄한 산골짜기에 쩌렁쩌렁 울려 퍼졌다. 뒤이어 홀쩍 돌아선 꺽다리 원진의 몸뚱이가 질풍처럼 산 밑으로 뛰어 내려왔다. 장무기는 잽싸게 수풀 속으로 몸을 숨겼다. 그러고는 납죽 엎드린 채 왼쪽으로 20~30척 이동했다. 곧 병기들이 맞부딪는 쇳소리가 요란하게 울리기 시작했다. 원진과 괴한들 사이에 싸움이 벌어진 모양이었다. 맞부딪는 금속성을 들어보건대 괴한 둘이서 원진 한 사람과 대결하고, 나머지 두 명은 공격에 가담하지 않은 듯했다. '왜일까? 양부 사손을 찾으러 산봉우리 위로 올라간 것일 텐데!' 생각이 다급해지자, 그는 수풀을 마구 헤쳐가며 정신없이 산봉우리를 향해 치달렸다.

뜻밖에도 산봉우리 정상에는 민둥민둥한 평지가 휑하니 펼쳐져 있을 뿐 오두막이나 감방 같은 가옥 따위는 보이지 않았다. 그저 해묵은 소나무 세 그루만이 '품品' 자 형태의 세모꼴로 늘어선 채 하늘 높이 우뚝 치솟아 있었다. 마치 용틀임하며 승천하는 신룡神龍처럼 꿈틀꿈틀 뻗친 나무 가장귀들의 자태가 유별나게 눈길을 잡아끌었다.

'이상하다. 큰아버님이 설마 이런 데 갇혀 계시단 말인가?'

속으로 의아스러운 생각에 선불리 모습을 드러내지 않고 있는데, 오른쪽 수풀 속에서 "부스럭부스럭" 소리가 나더니 누군가 엎드린 자세로 기어가는 기척이 들렸다. 곧이어 반숙한의 음성이 뒤따랐다.

"어서 손을 씁시다! 두 사제 솜씨 가지고는 저 소림사 늙은 승려를 계속 붙잡아놓지 못할 거예요."

"그러지 뭐."

귀에 익은 하태충의 대꾸가 들렸다.

이윽고 허리를 펴고 벌떡 일어선 두 남녀가 소나무 세 그루를 목표로 와락 덮쳐들었다. 장무기도 급히 움직였다. 양부 사손이 근처에 갇혀 있을지도 모르는데 자칫 잘못했다가는 저들의 칼부림에 상처라도 입을까 봐 겁이 난 것이다. 그는 계속 마음을 놓지 못하고 수풀 속을 거쳐 세 그루 소나무가 있는 앞쪽으로 조심스레 기어갔다.

돌연, 하태충의 입에서 "헉!" 하는 외마디 신음 소리가 나왔다. 상처를 입은 듯했다. 머리를 쳐들고 내다보았더니, 하태충은 세모꼴로 서 있는 소나무 세 그루 한복판 공터에 선 채 정신없이 장검을 휘두르며 칼춤을 추고 있었다. 어느새 누군가와 맞붙어 격전을 벌이다 어딘가 다친 게 분명했다. 상대가 누군지 알 수 없으나, 이따금 "파팟, 파팟!" 하고 허공을 때리는 소리가 몇 차례씩 답답하게 울려왔다. 강철로 두드려 만든 장검이 뭔가 괴상야릇한 병기와 맞부딪는 소리였다. 그는 이럴 수가 있나 싶어 더욱 앞으로 기어 나갔다. 두 눈에 온 신경을 다 쏟아붓고 바라보던 그는 저도 모르게 흠칫 놀라고 말았다.

마주 보이는 소나무 두 그루 밑 그루터기에 겨우 한 사람만 용납할 정도로 비좁은 구멍이 하나씩 파여 있고, 그 안에 늙수그레한 승려가 한 명씩 들어앉은 채 손아귀에 시꺼먼 채찍 같은 밧줄을 길게 늘어뜨리고 하태충 부부에게 맹렬한 공격을 퍼붓고 있었다. 세모꼴 형태로 배열된 노송 세 그루 가운데 나머지 한 그루는 장무기를 등지고 있기 때문에 알아볼 수 없었으나, 역시 밧줄 채찍이 검정 이무기처럼 길게 뻗어나오는 것으로 보아 그곳에도 노승 한 명이 있는 게 확실했다.

캄캄한 어둠 속 세 가닥 긴 밧줄이 허공을 후려칠 때마다 빛줄기가 사면팔방으로 튕겨 날았다. 그러나 거무튀튀한 채찍 몸통에는 광채라곤 한 점도 번쩍거리지 않았다. 들이칠 때 어디서 날아드는지 알아볼 길이 없는데, 공격을 마치고 되돌아갈 때도 어디로 움츠러드는지 알 길이 없었다. 이제 하태충 부부는 그저 칼춤을 추며 삼면에서 들이치는 밧줄의 연속 공세를 방어하기에만 급급했다. 하지만 적의 밧줄 공격이 언제 어디서 날아드는지 모르는 터라 그저 일방적으로 몰리기만 할 뿐 반격할 여지는 추호도 없어 보였다. 장무기는 두 눈을 휘둥그레 뜨고 저도 모르게 마른침을 삼켰다. 방관자가 보기에도 참말 해괴한 것이 세 가닥 밧줄 공세는 얼핏 보아 완만한 듯싶으면서도 실은 급박할뿐더러 허공을 가르고 빛줄기를 튕겨내면서도 바람 소리 한 점 나지 않았다. 억수같이 퍼붓는 장대비 아래 캄캄한 산봉우리 위에서 울리는 세 가닥 밧줄 소리는 그야말로 도깨비나 유령이라고밖에 형언하지 못할 기이한 장면을 연출하고 있었다.

"앗, 그쪽을 막아요!"

"이크……! 여엽!"

하씨 부부의 입에서 고함 소리가 잇따라 터져 나왔다. '품' 자형 삼면 포위망에서 빠져나가고 싶은 마음이 다급했으나, 돌파구를 확보하려고 외곽으로 충격을 가할 때마다 살아 있는 독사 떼처럼 좌우 양 측면과 정면에서 꿈틀꿈틀 후려쳐 오는 기다란 밧줄 세 가닥의 장벽에 가로막혀 번번이 제자리로 돌아와야 했다. 수풀 속에 몸을 숨긴 채 관전하던 장무기는 속으로 놀라움과 의아스러움을 금할 길 없었다. 검정 밧줄이 채찍질을 가할 때마다 소리 한 번 들리지 않는 것으로 보건대,

밧줄을 쓰는 사람의 내력은 이미 반조공명返照空明의 상승 경지에 올랐다는 증거요, 초식 변환 때마다 으레 드러내는 마디마디나 모난 데 한 점 없는 그 공력의 정교함과 순수함이야말로 자기가 도저히 미치지 못하리라는 사실도 깨달았기 때문이다. 그는 마음속 깊은 곳에서 당혹스러움과 공포감이 우러나왔다. 원진이 말하지 않았던가? 양부 사손을 "세 분 태사숙太師叔께서 지키고" 있노라고……. 그렇다면 저들 세 노승이 바로 원진이란 놈의 태사숙이 분명한데, 공력이 저토록 깊고 두텁다니 정말 놀라울 따름이었다.

"아앗!"

참담한 외마디 비명이 어둠 속에서 울려 퍼졌다. 밧줄에 등줄기를 얻어맞은 하태충이 포위망에서 튕겨나와 털썩 고꾸라졌다.

"여보……!"

반숙한이 경악과 분노에 휩싸인 채 한순간 남편에게 정신이 쏠렸다. 상대방의 부주의한 틈을 놓치지 않고 검정 밧줄 세 가닥이 한꺼번에 들이닥치더니 반숙한의 상반신과 허리, 하반신을 구렁이처럼 각각 휘말아 포위망 바깥으로 내던졌다.

때마침 원진이 곤륜파 고수 두 명과 싸워가며 쫓기듯이 급속도로 산봉우리 위에 올라왔다. 그는 하태충 부부가 상처를 입고 땅바닥에 쓰러진 채 일어나지 못하는 것을 발견하고, 당장 한칼에 한 사람씩 찔러 죽였다. 곤륜파 장문 철금선생 하태충과 남편의 머리 꼭대기에 올라앉아 '태상장문太上掌門' 여왕으로 군림하던 그 아내 반숙한은 원진의 칼날 아래 이렇듯 속절없이 목숨을 잃고 말았다.

그가 상대하던 두 명의 곤륜파 제자도 본래 뛰어난 고수였으나, 원진의 적수는 되지 못했다. 교활하기 짝이 없는 원진은 일부러 못 견디는 척하면서 그들 두 사람을 유인해 산봉우리까지 쫓아오게 한 다음, 세 노승이 지키고 있는 소나무 세 그루 포위망 속으로 몰아넣은 것이다. 무작정 원진을 추격해온 두 제자는 소나무에서 20~30척 거리까지 헐레벌떡 달려왔다가 땅바닥에 쓰러져 있는 하태충 부부의 시체를 발견하고 놀라 그 자리에 멈춰 섰다. 그때 갑자기 두 사람의 뒤통수에서 기다란 밧줄 두 가닥이 구렁이처럼 소리도 없이 날아들어 그들의 허리를 휘감았다. 그러고는 밧줄 두 가닥이 팽팽하게 당겨지는가 싶더니 캄캄한 허공 속으로 툭 펼쳐졌다.

"우와앗!"

느닷없이 허공 위로 날아오른 두 사람은 본의 아니게 공중제비를 한 바퀴씩 돌더니 지상으로 추락했다. 무슨 괴물에 당했는지 영문도 모른 채 땅바닥에 쓰러진 두 사람이 미처 몸을 가누기도 전에 원진이 부리나케 달려들어 잇달아 장검을 내리찍어 한칼에 한 사람씩 찔러 죽여버렸다.

세 노승이 곤륜파 고수 넷을 힘 안 들이고 순식간에 살상하는 것을 본 장무기는 그만 아연실색하고 말았다. 밧줄 한 가닥으로 인간의 육중한 몸뚱이를 가볍게 휘말아 내던지는 기력도 그렇거니와 힘을 다 쓰고 나서 아무런 일도 없었다는 듯이 밧줄을 회수하는 여유 만만함이야말로 평생 보기 드문 절정 고수의 솜씨가 아닐 수 없었다. 비록 태사부 장삼봉의 수준에까지는 미치지 못한다 하더라도, 녹장객이나 학필옹의 실력을 능가하는 신명神明한 경지에 도달했다고 할 만한 것이었다. 소림파 내부에 이렇듯 뛰어난 원로 고수들이 존재하는 이상 태사부와 양소 같은 이들이 힘을 보탠다 하더라도 양부 사손을 구할 수 있을지는 장담할 수 없을 것 같았다. 게다가 원진이 이들 세 노승의 위세를 빌려 모질고도 악랄한 솜씨로 곤륜파 고수 넷을 인정사정없이 죽여 없애는 광경을 보고 있으려니 장무기는 가슴살이 떨리고 심장박동이 마구 뛰어 견딜 수 없었다. 그는 수풀 속에 납죽 엎드린 채 꼼짝달싹도 하지 못했다.

원진이 발길질을 연달아 날려 하태충 부부와 두 제자의 시신을 반대편 골짜기 밑으로 걷어찼다. 시신이 떨어지고도 한참 후에야 둔탁한 소리가 "털썩, 털썩" 들려왔다. 아마도 계곡이 어지간히 깊은 모양이었다. 하태충 부부의 허망한 죽음을 목격한 장무기는 착잡한 감회에 시달렸다. 사실 이들 부부는 은혜를 원수로 갚은 배은망덕한 자들이었다. 더구나 오늘은 양부를 해치고 도룡도를 빼앗으려고 왔다. 이렇듯 인품은 비열하기 짝이 없지만 그래도 평생을 갈고닦은 무공 하나만큼은 정말 대단했다. 일세를 풍미하던 무학의 대종사가 탐욕으로 말미암아 이렇듯 비참하게 목숨을 잃다니 참으로 안타까운 일이었다.

이윽고 원진의 공경스러운 목소리가 들려왔다.

"세 분 태사숙 어른의 신공은 과연 세상을 덮을 만합니다. 손 한 번 드시는 사이에 곤륜파 네 명의 고수를 모조리 다치게 하시다니, 불초 원진의 우러러 흠모하옵는 심경, 실로 형언하기 어렵나이다."

"흥!"

소나무 그루터기 구멍 속에서 노승의 코웃음 치는 소리가 들렸다.

"여기 온 사람들이 모두 상처를 입은 바에야 산봉우리 아래로 내쫓아버리면 그만인 것을 구태여 목숨까지 해칠 필요가 어디 있느냐?"

원진이 변명을 했다.

"예에! 하오나 방장 사숙께서 말씀하시기를, 사손을 구하러 오는 자들은 하나같이 무림계에서 극악무도한 도배徒輩라 맞서 싸울 때에는 손속에 절대로 인정사정을 두지 말라 이르셨습니다. 불초 원진은 침입자들이 워낙 흉악스러워 태사숙 어르신께 무례한 짓을 저지를까 두려워 부득이 무겁게 손찌검을 했사옵니다."

"흥!"

노승이 또 한 차례 콧방귀를 뀌더니 더는 말을 잇지 않았다. 원진이 다시 공손히 용건을 꺼냈다.

"불초 제자가 방장 사숙의 명을 받들어 세 분 태사숙 어른께 삼가 문안드리고, 아울러 거기 갇혀 있는 죄수에게 몇 마디 물어볼 게 있어 왔사옵니다."

그러자 맞은편 소나무 그루터기 밑에서 비쩍 마른 목소리가 들려나왔다.

"공견 사질은 덕행이 높고 무예가 심오해 우리 셋 모두 가장 아끼던 제자였다. 그가 우리 소림 일파의 무학을 강호에 널리 선양하기를 기대했는데, 불행히도 간악한 자의 손에 목숨을 잃고 말았다. 우리 셋은 좌관坐觀 수십 년 이래 속세의 번거로운 일을 도외시해왔으나, 이번만큼은 공견 사질을 위해 이 산봉우리까지 내려왔다. 그런 간악한 자는 골백번 죽어도 죄가 남을 뿐 아니라 부처님의 가르침으로 교화시키려 해도 듣지 않을 놈이니 일찌감치 단칼에 처단해버리면 그만인 것을, 어찌하여 이러쿵저러쿵 수선 떨어가며 우리 사형제들의 청수淸修를 방해하는 거냐?"

원진이 허리 굽혀 거듭 변명했다.

"태사숙 어른의 분부 말씀 지당하옵니다. 하오나 방장 사숙께서 말씀하시기를, '공견 신승이 비록 저 간악한 자에게 모해를 당했다고는 하나, 그분께서 지니신 무공이 얼마나 높고 두터우신데, 한낱 보잘것 없는 간적 한 놈의 힘만으로 그런 분을 손쉽게 해칠 수 있겠는가? 반드시 간적에게는 음모를 꾸민 일당이 있을 것이다' 하셨습니다. 그래서 그자를 이곳에 가두어놓고 번거롭게 세 분 태사숙 어른을 모셔 지키게 하신 데에는 두 가지 목적이 있어서였습니다."

"흠, 두 가지 목적이라?"

"예, 첫째는 그 간적을 여기 가두어놓으면 저들 패거리가 구출하러 몰려올 것이니, 그때에 일망타진해 제 은사의 목숨을 빼앗은 원수들을 한 놈도 놓치지 않고 낱낱이 제거할 수 있을 것입니다. 그리고 둘째는 죄수가 도룡도를 우리 측에 순순히 넘겨줌으로써 다른 문파가 그 칼을 손에 넣어 '무림지존'의 명성을 외람되이 도둑질하지 못하게 만들고, 우리 소림파가 1,100년 동안 이어온 위엄과 명망을 꺾이는 일이 없도록 하기 위해서입니다."

듣기에 따라서는 대의명분이 뚜렷한 말이었다. 그러나 장무기는 속으로 이를 갈았다. '원진, 저 간악무도한 놈은 천 갈래 만 갈래 찢어 죽여도 시원치 않을 놈이다. 지난 수십 년 동안 속세 일에 간여하지 않고 폐관청수閉關淸修에 전념하던 소림사 원로 고승들까지 터무니없는 감언이설로 끌어내 그들의 손으로 강호 무림계의 고수들을 도륙하려 들다니! 진실로 용서 못 할 간적이 아니고 뭐란 말인가.'

"흥, 그럼 어디 가서 그놈과 얘기해보려무나."

노승 하나가 코웃음을 치며 허락했다.

큰비는 여전히 그칠 줄 모르고 퍼부었다. 온 산천이 들썩거리도록 뇌성벽력마저 요란하게 울렸다. 원진은 세 그루 소나무 사이 한복판쯤 되는 곳까지 걸어가더니 진창이 된 땅바닥에 무릎을 꿇고 앉아 고개를 처박고 입을 열었다.

"어이, 잘 생각해보았느냐? 도룡도를 감춰둔 곳만 자백하면 내 당장 너를 석방해주마."

장무기는 제 눈과 귀를 의심했다. 땅바닥에 대고 말을 걸다니, 이건 또 무슨 꿍꿍이인가? '혹시 이곳 어딘가에 지하 감옥을 파놓고 거기에 내 큰아버님을 가뒀다는 말인가?'

이때 갑자기 또 다른 노승의 역정난 목소리가 카랑카랑하게 울려 퍼졌다.

"원진아! 출가한 자는 거짓말을 해서는 안 되는 법인데, 어찌 그자를 속이려 드는 거냐? 만일 그자가 도룡도가 있는 곳을 말하면 진짜 놓아줄 셈이냐?"

원진이 얼른 변명을 했다.

"태사숙 어른께서 널리 양해해주십시오. 불초 제자가 생각하옵건대 은사의 원수가 비록 깊다 하나, 두 가지 목적을 저울질했을 때 그래도 우리 소림파의 위엄과 명망이 더 중요하지 않겠습니까. 이자가 도룡도를 숨긴 곳을 자백하고, 우리 소림파가 그것을 얻고 나면 저 갈 데로 떠나보내도 안 될 것은 없다고 생각합니다. 맹세컨대 3년 후에 이 제자가 다시 이자를 찾아내 은사의 원수를 갚겠나이다."

"그렇다면 알겠다. 하나 무림계에서는 무엇보다 신의를 앞세워야 하는 법, 일단 입 밖에 낸 말은 쏟아버린 물과 같은 것이라 도로 주워 담지 못한다. 아무리 간악무도한 자에게 약속한 말이라 해도 소림 제자는 신의를 잃어서는 안 되느니라. 알겠느냐?"

장무기는 속으로 감탄했다. 이 세 고승은 무공만 탁월한 게 아니라 덕행을 갖추었고, 의리를 중히 여기시는 스님들이었다. 다만 원진의 간악한 계략에 속아 진실을 깨닫지 못하는 것이 안타깝기만 했다.

선배 고승에게 꾸지람 섞인 훈계를 듣고 나자, 원진은 다시 땅바닥을 향해 버럭 호통을 쳤다.

"사손, 이놈아! 우리 태사숙 어른의 말씀을 들었느냐? 세 어르신께서도 너를 놓아 보내도 좋다고 허락하셨다!"

그제야 땅속에서 목소리가 울려 나왔다.

"성곤, 네가 무슨 낯짝으로 찾아와서 나하고 이야기를 나누겠다는 거냐?"

장무기는 분명히 들었다. 웅후하면서도 처량한 기색이 감도는 목소리, 그것은 바로 양부 사손의 음성이었다. 귀에 익은 목소리가 고막을 울리는 순간, 장무기의 가슴이 크게 뒤흔들렸다. 마음 같아서는 당장 뛰쳐나가 성곤을 단매에 때려죽이고 양부를 구해내고 싶었다. 그러나 어쩌랴, 혈혈단신으로 나섰다가는 소림사 고승 세 사람의 저 무시무시한 검정 밧줄 채찍질을 어떻게 감당할 것인가? 설사 성곤이 공격에 가담하지 않는다 하더라도 세 고승의 협공 앞에 적수가 되지 못할 것인데 하물며 성곤이 끼어들지 않는다고 어떻게 장담할 수 있으랴? 걷잡을 수 없이 들끓어오르는 충동과 분노를 억누르면서 장무기는 속셈을 해보았다.

'저 간악한 원진이 돌아가거든 그때 나서기로 하자. 세 분 고승 앞에 큰절로 인사드리고 나서 그동안의 시비곡절을 말씀드리면, 저분들도 부처님의 자비를 중히 여기시는 스님들이니 쌍방 간의 시비 흑백을 분명히 가려낼 것이다.'

원진의 탄식성이 들려왔다.

"사손아, 너나 나나 먹을 만큼 나이를 먹었는데 해묵은 옛날 일들을 다 떨쳐버리지 못하고 굳이 가슴속에 간직해둘 필요가 어디 있느냐? 앞으로 길어봤자 20년 세월도 못 살고 똑같이 한 줌 흙으로 돌아갈 것을…… 생각해보려무나. 내가 너한테 몹쓸 짓을 하긴 했다만, 좋은 세월을 보내게 해준 적도 있지 않았더냐? 과거지사 은원恩怨일랑 모두 다 떨쳐버리자꾸나."

그러나 사손은 간절히 타이르는 옛 스승의 말을 귓등으로도 듣지 않는 기색이었다. 그저 상대방의 말이 끝나기만을 기다렸다가 무섭게 한마디 내뱉을 따름이었다.

"성곤, 네가 무슨 낯짝으로 찾아와서 나하고 이야기를 나누겠다는 거냐?"

원진이 같은 말을 반복해 타일렀으나, 사손 역시 같은 대꾸만 거듭했다.

"성곤, 네가 무슨 낯짝으로 찾아와서 나하고 이야기를 나누겠다는 거냐?"

엉뚱한 선문답이 서너 차례 오가고 났을 때에야 원진의 목소리가 비로소 차갑게 바뀌었다.

"오냐, 좋다. 너한테 생각할 시간을 사흘만 더 주마. 사흘 뒤에도 도룡도가 있는 장소를 대지 않으면 그때 가서 내가 무슨 수단을 쓸 것인지 너도 생각해보면 잘 알 거다!"

마지막 경고를 던져놓은 원진이 일어서더니 세 고승 앞에 꾸벅 절을 하고 미련 없이 돌아섰다. 그리고 우산도 쓰지 않은 채 빗줄기를 온몸으로 맞아가며 산 아래로 내려갔다.

원진이 멀리 사라질 때까지 지그시 기다린 장무기가 세 노승에게 하소연하려 이제 막 허리를 펴고 일어나려 할 때였다. 돌연 신변 둘레의 기류가 이상하게 흐르는 것을 느끼고 흠칫 놀라 몸을 도로 움츠렸다. 사전에 조짐이라곤 전혀 없었으니 그야말로 기습이었다. 깜짝 놀라 엉거주춤하던 몸뚱이가 본능적으로 땅바닥을 뒹굴면서 한쪽으로 비켜나는 순간, 기다란 물체 두 가닥이 얼굴을 가로 휩쓸고 지나갔다. 간발의 차이라고 하기엔 과장이었으나 아무튼 거리가 반 자도 못 되는 간격이었다. 원위치로 되돌아가는 기세 역시 급박하기 이를 데 없고, 역시 바람을 쪼개는 소리 한 점 나지 않았다. 바로 조금 전 하태충 부부를 한꺼번에 휘말아 포위망 바깥으로 내던져버린 채찍질, 거무튀튀한 밧줄 두 가닥의 기습 공격이었다.

단숨에 10여 척 바깥으로 굴러서 나온 장무기가 몸을 추스르기도 전에 또 한 가닥의 검정 밧줄이 앞가슴을 찍어왔다. 내지르는 밧줄은 순식간에 판관필처럼 곧바른 병기로 변해 장창長槍을 내찌르듯, 곤봉으로 쑤셔대듯 질풍같이 날아왔다. 어디 그뿐이랴, 그와 동시에 되돌아간 두 가닥의 밧줄도 배후에서 좌우 양편으로 나뉜 채 구렁이처럼 휘말아 들었다.

앞서 곤륜파 네 명의 고수가 눈 깜짝할 사이에 이 검정 밧줄 공격에 다치는 광경을 똑똑히 본 터라 장무기는 이 해괴한 병기가 얼마나 무섭고 지독한 것인지 익히 알고 있었다. 그러나 지금에 와서 그 무시무시한 예봉 앞에 자신이 직접 당면하자 놀라움과 당혹스러움은 더욱 커질 수밖에 없었다. 배후 양쪽에서 두 가닥, 정면에서 한 가닥, 삼면으로 포위 공격을 받고 있는 그는 한가롭게 놀라고만 있을 마음의 여유가 없었다. 그는 재빨리 왼 손바닥을 홀쩍 뒤집어 정면으로 찔러드는 밧줄 끄트머리를 움켜잡아 외곽으로 막 뿌리치려 했다. 그때 돌연 밧줄이 부르르 떨리더니 산을 무너뜨리고 바닷물을 밀어낼 듯한 엄청난 힘줄기가 앞가슴에 부딪쳐 왔다. 이 내력에 가슴을 얻어맞았다가는 그 즉시 갈비뼈가 모조리 부러져 나가고 오장육부가 토막토막 으스러질 판이었다. 이런 찰나지간에 그는 오른손을 뒤로 내뻗어 배후에서 들어오던 두 가닥 밧줄을 뿌리치는 것과 동시에 왼손으로 건곤대나이 심법과 구양신공을 섞어 밧줄 끄트머리를 번쩍 들추는가 싶더니 이내 뒤쪽으로 보내면서 두 발로 힘차게 지면을 박차고 허공으로 솟구쳤다. "획!" 하는 소리……. 곧추세운 몸뚱이가 마치 승천하는 용처럼 곧바로 하늘 위로 까마득히 솟구쳐 올랐다.

바로 그때 캄캄한 어둠 속 하늘 위에서 눈부신 백색 광채가 번쩍 빛나더니 서너 줄기의 벼락이 한꺼번에 떨어졌다. "뿌지직, 뿌지직!" 번갯불 타는 소리에 이어 "꽈다당!" 벼락 때리는 굉음이 귀청을 울리고, 눈부시게 빛나는 번갯불 아래 노승 두 사람이 약속이나 한 듯 동시에 외마디 경악성을 터뜨렸다.

"엇, 저런……?"

아마도 장무기의 무공에 자못 경이로움을 느낀 모양이었다.

서너 차례 잇따라 내리친 번갯불이 장무기의 몸놀림을 여실히 비춰 주자, 고개를 치켜들고 하늘 위를 바라보던 세 고승은 이런 절세의 무공을 지닌 고수가 얼굴에 땟국이 줄줄 흐르는 시골뜨기 청년임을 깨닫고 놀라움과 의아스러움이 더욱 커졌다. 하나 이들 역시 놀라고만 있지 않았다. 세 가닥 검정 밧줄이 마치 어금니를 드러내고 발톱 춤을 추는 세 마리의 흑룡처럼 급속도로 날아오르더니 세 방면으로 갈라져 장무기를 향해 한꺼번에 덮쳐갔다.

장무기도 번개가 치는 순간, 세 노승의 용모를 똑똑히 볼 수 있었다. 동북쪽 소나무 그루터기에 앉아 있는 노승은 얼굴빛이 무쇠에 검정 옻칠을 먹인 듯 시커멓고, 서북쪽 모퉁이에 있는 노승은 말라비틀어진 고목이나 다를 바 없이 누리끼리한데, 정남방 모퉁이의 노승은 종잇장처럼 창백했다. 닮은 점이 있다면 하나같이 움푹 파인 양 볼에 근육 한 점 없이 뼈와 가죽만 남아 있는 듯 수척한 몸매였다. 그런데 얼굴빛이 누런 스님은 한쪽 눈을 보지 못하는 애꾸눈이었다. 또 한 차례 떨어져 내린 번갯불이 세 노승의 다섯 눈을 비추는 순간, 장무기는 신령들의 휘황찬란한 눈빛을 마주 대하고 있는 듯한 착각이 들었다.

아무튼 세 가닥 검정 밧줄이 동, 서, 남, 세 방향으로부터 한꺼번에 자신의 몸뚱이를 휘말아 왔다. 장무기는 세 가닥 끄트머리를 왼쪽으로 밀어내고 잡아끌 듯 휘감고 당기더니 차력타력 수법으로 밧줄을 한 덩어리로 엉키게 만들었다. 이 솜씨는 태사부 장삼봉이 전수한 무당파 태극심법의 초식을 이용한 것으로서 힘줄기가 모난 데 없이 '혼원융통渾圓融通'을 이룬 것이라, 밧줄 세 가닥을 이끌던 내공의 힘줄기는 그 즉시 잡아당기는 힘에 이끌려 한 덩어리로 뭉쳐졌다.

"우르르르…… 꽈당, 꽈다당!"

또 한 차례 사나운 굉음이 허공에 메아리치더니 벼락이 연달아 두 세 차례 떨어졌다. 그야말로 천지가 개벽하듯 무시무시한 뇌성벽력의 위엄에 가슴살이 떨리다 못해 삼혼칠백三魂七魄마저 뒤흔들릴 지경이었다. 천둥 벼락이 무섭게 때리는 허공에서 장무기는 훌떡 공중제비를 한 바퀴 돌더니 왼발로 소나무 가지 끄트머리를 옭아 감기 무섭게 재빨리 그 가지 위에 안정된 자세로 올라섰다. "꽈당, 꽈다당!" 하고 뇌성벽력이 그칠 새 없이 울리는 와중에 낭랑한 목소리가 자연의 굉음을 누르고 힘차게 울려 퍼졌다.

"불초 후배, 명교 교주 장무기가 세 분 고승께 문안드립니다!"

인사를 건네는 동안 그는 왼발로 소나무 가지를 딛고 오른발을 허공에 띄운 채 공손히 허리를 굽혀 예를 드렸다. 억수같이 몰아치는 비바람에 천둥 벼락까지 때리는 와중에 소나무 가지들이 잠시도 멈추지 않고 물결치듯 위아래로 흔들렸으나, 장무기의 몸뚱이는 나뭇가지에 단단히 중심을 잡고 선 채 나무가 흔들리는 대로 오르락내리락 표일飄逸한 자태를 잃지 않았다. 비록 허리 굽혀 인사를 건네는데도 위에서 아래를 굽어보는 터라 비굴하다거나 옹색한 기미는 단 한 점도 내비치지 않았다.

검정 밧줄 세 가닥이 상대방의 내력에 뒤죽박죽 엉켜버린 것을 깨달은 세 노승이 선뜻 손을 뒤채자, 엉켰던 밧줄 세 가닥이 즉시 스르르 풀렸다.

방금 세 노승은 삼초 구식의 공격을 잇달아 펼쳤다. 그 한 초식에는 저마다 수십 초의 변화가 감추어졌을 뿐 아니라, 또 제각기 수십 가지의 치명적인 살초를 숨기고 있었다. 그런데도 상대방이 그 삼초 구식의 공세를 낱낱이 보기 좋게 풀어버릴 줄이야 뉘 알았으랴……. 설령 그 변화무쌍한 공격 초식을 와해시킬 수 있다 하더라도, 한 초식 초식이 모두 위험천만하기 그지없어 자칫 잘못 짚어 털끝만 한 차이로 빗나갔다면 당장 뼈마디가 부러지고 근육이 뭉그러져 목숨까지 잃을 판인데, 이 젊은 녀석은 그저 손길 나가는 대로 장난질하듯 천연덕스레 공세를 풀어버렸으니 그야말로 귀신이 곡할 노릇이었다. 세 고승은 너나 할 것 없이 속이 뜨끔했다. 지금껏 살아오는 동안 이토록 뛰어난 강적과 마주쳐본 적이 없었던 것이다. 그들은 장무기가 방금 그 삼초 구식의 공세를 푸는 데 평생토록 쌓아둔 혼신의 기력을 모조리 쏟아부었다는 사실을 모르고 있었다. 그리고 또 지금 소나무 가장귀에 의지해 위아래로 오르락내리락 흔들리는 진동에 힘입어 남모르게 단전에 뒤죽박죽 헝클어진 체내의 진기를 고르느라 무진 애를 쓰고 있다는 사실도 알 턱이 없다.

방금 장무기가 쓴 무공은 구양신공, 건곤대나이 심법, 태극권을 뒤섞어 만든 임기응변의 수법이었다. 그리고 마지막으로 공중에서 한 바퀴 훌떡 뒤집은 재주넘기만큼은 성화령에 새겨진 페르시아 심법이었다. 세 고승이 비록 일신에 절기를 지녔다고는 해도 수십 년 동안 좌관을 하며 세상일을 눈여겨보지 않은 터라 장무기가 펼친 네 가지 신공 가운데 단 하나도 본 적이 없었다. 그저 상대방의 내공 힘줄기가 소림파 제자들에게 전해 내린 구양공九陽功과 맥락이 비슷하다는 사실만 어렴풋이나마 느낄 따름이었다. 그러나 웅혼하고도 정교한 점에서는 소림파의 신공보다 훨씬 월등하다는 점을 인정하지 않을 수 없었다. 그런데 상대방이 제 입으로 통성명하고 명교 교주라는 신분을 밝혔을 때, 그들의 마음속에 우러나던 경탄과 의혹은 삽시간에 분노와 증오의 불길로 바뀌어 가슴을 온통 불사르기 시작했다. 이윽고 얼굴빛이 창백한 노승의 입에서 기분 나쁠 정도로 소름 끼치는 목소리가 울려 나왔다.

"노납은 어느 고인이 오셨나 했더니, 마교의 대마두가 왕림하셨군 그래. 노납의 사형제 셋이 좌관 수십 년 끝에 뜻하지 않게 마교 교주와 상봉하게 되었으니 실로 평생의 행운이라 하겠소."

장무기는 그가 말끝마다 '마교'니 '마두'니 하며 명교에 대해 악감정을 표시하자, 슬그머니 주저하는 마음이 생겼다. 분위기가 이러니 쉽사리 입을 열 수가 없었던 것이다. 뒤미처 얼굴빛 누런 외눈박이 노승의 목소리가 들렸다.

"마교 교주는 양정천이 아닌가! 어떻게 귀하일 수 있단 말인가……?"

"양 교주는 벌써 세상을 뜨신 지 오래되었습니다. 무능한 소생이 현재 명교를 잠시 맡고 있습니다."

"아……!"

얼굴빛 누런 노승이 외마디 실성을 터뜨리더니, 곧 입을 다물었다. 그 외마디 신음 소리에는 한없는 서글픔과 실망이 가득 담겨 있는 듯했다.

장무기는 속으로 생각했다. '양 교주가 이 세상 사람이 아니라는 말을 듣고 이토록 난감해하다니……. 그렇다면 이 노승은 오랜 옛날 양 교주와 깊은 교분을 맺고 있었던 게 분명하다. 큰아버님은 양 교주의 옛 부하였으니 노승이 옛정을 느낄 수 있게끔 해놓고, 다시 양 교주가 원진의 농간에 분사憤死한 경위를 들려주어야겠다. 그런 다음에 임기응변으로 대처하자.'

"대사님께선 양 교주를 잘 아시는 모양이군요?"

아니나 다를까, 즉각 반응이 나왔다.

"물론 알지! 노납이 그 위대하신 영웅 양정천을 알지 못했던들 어떻게 외눈박이가 되었겠는가? 또 우리 사형제 셋이 무엇 하러 30여 년 세월을 고심참담하게 좌선을 해왔겠나?"

감정의 기복 없이 담담하게 흘러나온 몇 마디였으나, 그 속에 담긴 침통함과 원한, 증오만큼은 비할 데 없이 크고 깊었다. 일말의 기대를 걸었던 장무기는 그 말을 듣는 순간 속으로 아차 싶었다. 일이 처음부터 잘못 돌아간다는 것을 느꼈다. 이 노승의 말대로라면 양 교주의 손에 다쳐 한쪽 눈이 멀었다는 얘기요, 이들 세 형제가 수십 년 세월을 한자리에 앉아서 줄기차게 고선枯禪을 해온 목적은 바로 상승 무공을 닦아 그 원수를 갚기 위한 것이었다. 그런데 이제 와서 철천지원수가 이미 죽었다니 그 실망이 얼마나 클 것인가?

얼굴빛 누런 노승이 느닷없이 맑은 기합 소리를 터뜨리며 말했다.

"장 교주, 노납의 법명은 도액渡厄이외다. 액운을 건너뛴다는 뜻이지. 그리고 여기 얼굴이 창백한 사제는 도겁渡劫, 저편에 얼굴 시꺼먼 사제는 도난渡難이외다. 두 사람의 법명을 합치면 겁난에서 벗어나겠다는 뜻이지. 흐흐흐, 양정천이 죽었다니, 우리 세 사람의 크고 깊은 원한은 어쩔 수 없이 현임 교주께서 책임지셔야 되겠구려. 또 우리 공견, 공성

두 사질 역시 귀교의 손에 목숨을 잃지 않았소? 그대가 겁도 없이 여길 찾아온 것을 보면 뭔가 믿는 구석이 있는 모양인데, 지난 몇십 년 동안 끌어온 모든 은원 관계를 오늘 이 자리에서 무공 실력으로 결판냅시다."

"후배는 귀 소림파와 아무런 갈등도 없습니다. 여기 온 목적은 오로지 제 양부이신 금모사왕 사 대협을 구하기 위해서입니다. 공견신승께서 비록 제 양부의 실수로 목숨을 다치시기는 했으나, 그간에 복잡하게 얽힌 사연이 적지 않습니다. 그리고 공성신승께서 원적하신 건 저희 명교와 전혀 관계가 없습니다. 세 분 선배님께서는 한쪽 말만 듣지 마시고 아무쪼록 시비 흑백을 분명히 가려주시기 바랍니다."

얼굴빛 창백한 노승 도겁선사가 물었다.

"그렇다면 공성이 어떤 자의 손에 죽임을 당했단 말씀인가?"

정곡을 찌르고 묻는 말에 난처해진 장무기는 이맛살을 찌푸리며 말했다.

"후배가 알기로는, 공성신승께선 원나라 조정 여양왕 휘하 무사에게 죽임을 당하셨습니다."

"여양왕 휘하 무사들은 누가 통솔하는가?"

"여양왕 차칸테무르의 딸입니다. 몽골식 이름이 민민테무르, 중국식 이름으로 조민이라 부르지요."

"원진의 말을 듣건대, 그 계집은 귀교와 손잡고 한통속이 되어서 제 군주와 아비를 배반하고 명교에 투신했다던데, 그 말이 사실인가 거짓인가?"

칼끝처럼 예리한 힐문이 장무기를 꼼짝 못 하게 몰아붙였다. 사세가 이러하니, 장무기도 바른대로 대꾸할 수밖에 없었다.

"그렇습니다. 하나 그녀…… 그녀는 현재 원나라 조정을 배반한 몸입니다. 어두운 과거의 잘못을 뉘우치고 올바른 광명으로 돌아선 셈이지요."

도겁선사의 음성이 갑작스레 쩌렁쩌렁 울렸다.

"공견을 죽인 자는 마교의 금모사왕 사손이며, 공성을 죽인 자는 마교에 투신한 조민이란 계집이오! 그 계집은 한술 더 떠 우리 소림사를 쳐서 무너뜨리고 절간에 있던 우리 제자들을 송두리째 사로잡아간 원흉이 아닌가? 가장 용서받지 못할 일은 마교 무리가 본 사찰 나한당에 모셔놓은 열여섯 나한존자 불상에 모욕적 언사를 새겨놓았다는 점이오. 게다가 우리 도액 사형의 한쪽 눈을 멀게 하고, 우리 세 사람을 도합 100여 년 동안 고심참담하게 좌선하게 만든 죄까지 있는데, 이 빚을 그대와 청산하지 않는다면 누굴 찾아가서 받아내란 말씀인가?"

장무기의 입에서 장탄식이 흘러나왔다. 자기가 조민을 받아들이기로 허락한 이상, 지난날 그녀가 저지른 모든 잘못은 장무기 자신이 도맡아야 했다. 순간, 아버지 장취산이 사랑하는 아내의 옛날 업보 때문에 끝내 스스로 목숨을 끊어야 했던 심정을 뼛속 깊이 이해할 수 있었다. 어디 그뿐이랴, 양 교주와 양부 사손의 원한 역시 자신이 책임져야 하는 것이다. 도겁선사의 말은 틀리지 않았다. 그가 떠메지 않는다면 누가 감당한단 말인가?

그는 허리를 곧게 펴고 두 발밑에 공력을 쏟아부었다. 한 점 부끄러움 없이 떳떳한 자세로 우뚝 서자, 그칠 새 없이 오르락내리락 흔들리던 나뭇가지가 돌연 딱 멈춰 서더니 다시는 요동치지 않았다.

"세 분 노선사께서 그리 말씀하시니 불초 후배도 그 책임에서 벗어날 길이 없겠습니다. 모든 죄업은 일체 후배 한 사람이 떠맡으면 되겠군요. 그러나 제 양부께서 공견신승의 목숨을 다치게 하신 경위에는 한두 마디 말로 설명하지 못할 고충이 있습니다. 이 점을 세 노선사께서도 알아주셨으면 고맙겠습니다."

세 노승 가운데 맏이 격인 도액선사가 버럭 호통을 쳤다.

"당돌하구나! 도대체 뭘 믿고 감히 사손을 구하겠다고 망발을 떠는가? 설마 우리 사형제 셋이 그대 한 사람을 죽이지 못할 듯싶은가?"

얘기가 이쯤 나오고 보면 그저 혼신의 기력을 다 쏟아내어 죽기 살기로 싸워보는 수밖에 없었다.

"후배가 1 대 3으로 겨룬다면 세 분의 상대가 될 리 만무하지요. 어느 한 분께서 가르침을 내려주시지 않겠습니까?"

둘째 격인 도겁선사가 냉큼 거절했다.

"단독 대결로는 그대에게 이길 자신이 없네. 하물며 피맺힌 원수를 갚는 마당에 강호 규칙 따위를 고려해야 할 필요가 있겠는가? 발칙하기 짝이 없는 마두 녀석, 이리 내려와 순순히 목숨을 바쳐라! 나무아미타불……!"

염불로 말끝을 맺으니 도액과 도난 두 승려가 일제히 합송을 했다.

"우리 부처님, 자비로우시도다!"

세 가닥 검정 밧줄이 훌쩍 날아오르더니 질풍같이 장무기의 몸뚱이를 휘말아 왔다.

장무기는 급히 자세를 낮추어 세 가닥 밧줄 사이로 빠져 내려갔다. 그러나 두 발이 지면에 닿기 직전 몸놀림은 이미 반공중에서 자세를 바꾸어 도난선사를 향해 덮쳐갔다. 도난선사의 왼 손바닥이 맹렬한 기세로 뒤집어 쳤다. 무시무시한 장력은 바람을 이끌고 곧장 장무기의 아랫배에 충격을 가해왔다. 그는 훌쩍 몸을 돌이켜 충격에서 벗어난 즉시 건곤대나이 심법으로 장력을 교묘하게 풀어버렸다. 바로 그 순간, 도액과 도겁 두 선사의 검정 밧줄이 동시에 휘말아 왔다. 장무기는 마치 기름독에 빠진 미꾸라지처럼 매끄러운 동작으로 둥그렇게 반 바퀴를 돌아 피했다. 도겁선사의 왼 손바닥이 사납게 휘둘러지더니 소리소문 없이 들이닥쳤다. 소나무 세 그루 사이에 내려선 채 삼면에서 날아드는 공격을 임기응변으로 방어하던 장무기가 느닷없이 장력으로 애꿎은 허공을 강타했다. 그러자 "확!" 하는 바람 소리와 함께 콩알만큼씩이나 굵다란 빗방울 수백 개가 도액선사를 향해 날아갔다. 도액선사는 엉겁결에 머리를 옆으로 틀어 피했으나, 얼굴에 수십 방울을 얻어맞았다. 얼마나 세찼던지 맞은 자리가 얼얼했다.

"요 녀석 봐라!"

검정 밧줄이 빙글빙글 두 바퀴 원을 그리더니 반공중에서 그대로 덮어씌워 내렸다. 장무기의 몸뚱어리가 쏜살같이 밧줄 올가미에서 빠져나오더니 번개 벼락 치듯 도겁선사를 공격해 날아갔다. 싸움이 거듭될수록 그는 놀랍고 두려운 마음이 들었다. 신변 전후좌우에서 세 가닥 검정 밧줄과 장력에서 쏟아져 나온 기류가 돌개바람을 일으키며 격렬하게 들끓어오르는 가운데 차츰 아교처럼 엉겨 붙는 것을 느꼈다. 무공을 배워 익힌 이래 이렇듯 강한 적수와 맞서본 적은 없었다. 세 승려는 공격 초식이 정교할 뿐 아니라 체내의 공력 또한 웅후했다. 당초 공력의 7할 정도는 수비에 집중하고 3할 정도로 공세를 취했으나, 200여 초를 싸우고 났을 때는 점점 체내의 진기가 탁해지면서 그저 수비에만 치중할 수밖에 없었다. 그렇게 해야만 자신을 보호할 수 있었던 것이다.

원래 그가 몸에 지닌 구양신공으로 말하자면 아무리 소모해도 끝이 없고 또 쓰면 쓸수록 강해지는 것이었다. 그러나 지금은 세 노승의 공격 초식을 막아낼 때마다 혼신의 공력을 쏟아붓다 보니 점차 뒷심이 이어지지 못하는 느낌이 들었다. 이런 경우는 그가 구양신공을 익힌 이후 한 번도 겪어보지 못한 현상이었다. 또다시 20~30여 초의 공방전을 교환하고 났을 때 그의 머릿속에는 이미 딴생각이 들고 있었다.

'나 혼자 이런 상태로 더 싸웠다가는 개죽음만 당하기 십상이다. 오늘은 일단 여기서 빠져나가고 외조부, 양 좌사, 범 우사, 위 복왕이 올 때까지 기다리자. 아무래도 다섯 사람과 힘을 합쳐야만 이들 세 고승을 이길 수 있겠다. 그때 가서 다시 큰아버님을 구출하기로 하자.'

퇴각하겠다는 결심이 서자, 그는 즉시 도액선사를 향해 급속 공격 3초를 잇달아 퍼부었다. 그쪽으로 돌파구를 타개할 작정이었다. 그런데 이게 웬일인가, 돌파구가 열리기는커녕 세 가닥 검정 밧줄이 둥그렇게 엮어놓은 포위망은 갑작스레 금성철벽金城鐵壁으로 바뀌었는지 두세 차례 잇따른 충격에도 요지부동, 번번이 튕겨나와 제자리로 돌아오기 일쑤였다. 그야말로 돌담에 맨머리통으로 박치기를 하는 격이나 다를 바 없었다.

장무기는 속으로 깜짝 놀랐다. 세 노승이 한 몸뚱이처럼 손을 맞잡고 일사불란하게 연합 공세를 펼치다니, 이렇게 개개인이 서로 마음과 뜻이 통하는 '심의상통心意相通'의 무공을 쓰는 자가 세상에 있단 말인가? 그는 도액, 도겁, 도난 세 노승이 똑같은 자리에 둘러앉아서 30여 년 세월 동안 좌선하면서 가장 애써 수련한 것이 바로 심의상통이란 것을 알지 못했다. 이 무공은 셋 중 한 사람의 마음이 움직이면 나머지 두 사람은 즉시 그 의중을 깨닫게 된다. 한마디로 이심전심의 경지에 올랐다고나 할까, 이런 종류의 심령 감응心靈感應은 현묘하기 이를 데 없어 보통 사람은 해낼 수 없는 것이었다. 그러나 셋이서 단칸방에 들어앉아 30여 년 동안 얼굴을 마주 대하고 일심전력으로 감응 수련에만 전념해왔으니 비록 어려운 과정이기는 해도 자연스럽게 일체감을 느낄 수밖에 없고, 마음과 뜻이 서로 통할 수밖에 없었던 것이다. 이런 사실을 전혀 알지 못한 장무기는 패배감에 휩싸여 허둥거렸다. '상황이 이렇다면 설령 외조부를 비롯한 몇몇 고수와 함께 쳐들어온다 해도 이들 세 노승이 심의상통해 만든 굳센 방어벽을 깨뜨릴 수 있을지 의문이다. 양부를 구출하기는커녕 나 자신도 포위망을 벗어나지 못하는 것 아닌가? 내가 오늘 여기서 목숨을 잃어야 한단 말인가?'

마음이 다급해지니 정신도 산란해졌다. 좌절감에 사로잡혀 멈칫거리는 순간 어깨머리에는 벌써 도겁선사의 다섯 손가락이 휩쓸고 지나갔다. 뼛속까지 쑤셔대는 저릿저릿한 아픔에 정신이 번쩍 든 장무기는 고통에 겨워 어금니를 뿌드득 갈아붙이면서 속으로 다짐했다. '내가 죽는 것은 아깝지 않으나 큰아버님의 원통함은 무슨 일이 있어도 깨끗이 풀어드려야 한다. 그분은 평생토록 오만하게 살아오신 분이라 적의 수중에 떨어져도 당신 자신을 위해 변명 한마디 안 하실 것이다.'

마음을 다져먹은 장무기가 목청을 드높였다.

"세 분 노선사님! 이 후배가 오늘 곤경에 빠져 목숨을 보전하기 어렵게 되었습니다. 그러나 사내대장부가 한번 죽으면 그만인 것을 구차스레 목숨에 연연하겠습니까? 죽을 때 죽더라도 한 가지 밝힐 것이 있습니다……."

그러나 노승들의 채찍질에는 귀가 달리지 않았다. 말을 다 하기도 전에 밧줄 두 가닥이 바람과 빗줄기를 끊으면서 좌우 양편에서 엄습해왔다. 장무기는 왼쪽으로 뿌리치기, 오른쪽으로 이끌어 보내기의 연속 동작으로 공격자들의 힘줄기를 절묘하게 풀어내면서 자기 할 말을 계속했다.

"원진의 속명과 강호에서의 별명은 혼원벽력수 성곤입니다. 바로 제 양부 되시는 금모사왕 사손의 스승으로서……."

그가 좌우 양편으로 들이치는 공격을 낱낱이 와해시키면서 입을 열어 말까지 하는 것을 보자, 세 고승은 꺼림칙한 느낌이 들었다. 그 정도의 내공 수련이야말로 자기네가 도저히 따라 하지 못할 상승 경지라는 걸 안 것이다. 이들의 머릿속에는 명교가 온 세상의 악한 짓이란 악한 짓은 다 저지르는 사마외도의 무리라는 고정관념이 뿌리박혀 있었다. 따라서 마교 교주의 무공 실력이 뛰어나면 뛰어날수록 그만큼 인간 세상에 끼치는 해악도 크리라 생각했다. 이들은 장무기가 중포위망에 빠져들었을 때 어떻게 해서든지 제거해버리기로 단단히 마음먹었다. 그렇게 하는 것이 부처님의 제자로서 이 세상에 무량 공덕無量功德을 쌓는 일이라고 생각한 것이다. 세 노승은 대꾸 한마디 없이 검정 밧줄 채찍질과 장력을 더욱 사납게 펼쳐냈다.

장무기의 해명은 계속되었다.

"불초 소생이 세 분 노선사 앞에 말씀드리겠습니다. 성곤의 사매는 바로 명교 교주 양정천의 부인입니다. 그런데 성곤은 줄곧 사매에게 정을 품어왔고, 그 애정 때문에 질투심이 생겨 끝내 명교와 깊고 큰 원한을 맺기에 이르렀습니다……."

두 손으로 세 승려의 공격 초식을 하나하나 풀어가면서도 장무기의 입은 잠시도 다물어지지 않았다. 지난 수십 년 세월 동안 앙심을 품은 성곤이 평생토록 명교 세력을 무너뜨리기 위해 얼마나 노심초사하며 간계를 꾸며왔는지, 또 어떻게 양 교주 부인과 광명정 지하 동굴에서 밀회를 즐기던 끝에 양정천을 격분시켜 죽게 만들었는지 설명했다. 그리고 제자 사손이 명교의 호교법왕이 된 사실을 알고 일부러 술에 취한 척하며 제자의 아내를 간음하려다 미수에 그치자 그 일가족을 몰살해버린 일, 또 사손을 몰아세워 무림계 인사들을 마구 죽이게 한 일, 소림사 공견신승의 문하에 침투한 후 그 스승을 유인해 사손의 칠상권 열세 주먹 아래 죽게 만들고도 스승과의 약속을 어긴 채 나타나지 않아 공견이 결국 한을 머금고 세상을 떠나게 된 사연까지 낱낱이 설명해주었다.

들을수록 기막힌 사연이라 도액대사를 비롯한 세 스님의 놀라움은 이루 말할 수 없이 컸다. 도저히 이해하지 못할 불가사의한 내용이었으나 인정에 비춰보나 사리로 따져보나 모든 사연이 정리情理에 부합하는 것만큼은 분명했다.

"허어, 양정천이 그렇게 죽었던가……?"

도액선사가 먼저 탄식을 뱉어냈다. 한숨이 흘러나오다 보니 수중의 검정 밧줄 채찍질마저 느슨해졌다.

"후배는 양 교주가 어떻게 해서 도액대사님과 원한을 맺게 되었는지 모릅니다만, 중간에 어떤 간특한 자가 시비를 책동해서 도발한 것은 아닌지, 또 그자가 바로 원진이란 법명을 지니고 소림파에 침투한 성곤이 아닐까 하는 생각이 듭니다. 도액대사께서 지난 일을 돌이켜보시면 불초 후배가 터무니없는 거짓말로 대사님들을 속이는 것이 아니라는 걸 아실 겁니다."

"으음……."

도액대사는 신음 소리를 내더니 채찍질을 멈추고 잠시 생각에 잠겼다가 다시 입을 열었다.

"그 말에도 다소 일리가 있군. 애당초 노납이 양정천과 원수를 맺었을 때 성곤은 날 위해 무척 애를 많이 썼네. 후에 와서 노납을 스승으로 모시게 해달라고 간청했지. 하지만 노납은 본래 제자를 받아들이지 않았기에, 그를 공견 사질의 문하 제자로 이끌어주었다네. 얘기가 그렇다면 처음 일도 성곤이 마음먹고 안배한 것이었단 말인가?"

"그렇습니다. 그뿐만 아니라 현재 그자는 소림사 방장 어른의 자리마저 넘보고 있습니다. 소림의 장문이 되겠다는 야심을 품고 남모르게 붕당朋黨을 숱하게 끌어들여 잠복시켜놓고 공문 방장 스님을 해치려 음모를 꾸미고……."

이 말이 채 끝나기도 전에 돌연 "우르릉!" 하는 소리와 함께 좌측 산비탈 위에서 엄청나게 큰 바위 하나가 굴러 내리더니 세 그루 소나무 한복판을 향해 무서운 기세로 부딪쳐 왔다.

"웬 놈이냐!"

도액선사가 호통을 쳤다. 그와 동시에 쥐고 있던 검정 밧줄로 둥근 바위를 연속 두 차례나 호되게 후려쳤다.

"따악, 딱!"

돌 부스러기가 사면팔방으로 튀는 가운데 바위 뒤쪽에서 난데없이 사람의 그림자 하나가 훌쩍 뛰쳐나오기 무섭게 다짜고짜 장무기를 향해 달려들었다. 날렵하고도 쾌속하기 짝이 없는 공격 동작에 이어 차디찬 광채를 번쩍 빛내는 한 자루 단도가 장무기의 목젖을 향해 곧바로 찌르고 들어왔다.

너무나 돌발적인 기습이었다. 전심전력을 다 쏟아 도겁과 도난 두 승려의 검정 밧줄 공격을 막아내느라 정신이 없던 장무기는 또 다른 누가 암습해오리라곤 전혀 생각지 않았다. 따라서 좌우 협공에만 온 신경을 썼을 뿐, 그 밖에는 일체 방비할 여념이 없었다. 캄캄절벽 어둠 속에서 그저 바람 소리가 섬뜩하게 들이닥치는 낌새를 챘을 때, 단도의 예리한 칼끝은 벌써 목젖 언저리에 와닿고 있었다. 위기일발의 다급한 순간, 그는 엉겁결에 몸뚱이를 한쪽 옆으로 비스듬히 뒤틀었다. "찌익!" 하는 소리와 함께 칼끝이 앞가슴 옷자락을 기다랗게 긋고 지나갔다. 간발의 차이로 앞가슴이 통째로 갈라지는 화를 면한 것이다. 기습 일격이 실패하자, 괴한은 재빨리 거대한 바위를 엄폐물 삼아 세 승려의 검정 밧줄 공격 범위 바깥으로 나갔다.

장무기는 등골에 진땀이 부쩍 돋았다. 정말 위험한 순간을 아슬아슬하게 피한 것이다. 그는 두 번 생각해볼 것도 없이 냅다 호통쳤다.

"악적, 성곤아! 배짱 있는 놈이라면 나하고 대질할 것이지, 비겁하게 사람을 죽여 입막음이나 할 작정이냐?"

방금 단도로 찌른 암습자의 얼굴 모습은 자세히 보지 못했지만, 그 민첩한 몸놀림과 모질고 악랄한 공격, 그리고 굳세고도 강력한 공력 수준과 무공 초식이 완전히 사손과 맥락을 같이한다는 사실만큼은 정확히 꿰뚫어볼 수 있었다. 혼원벽력수 성곤이 아니고는 이런 솜씨를 발휘할 사람은 없었다. 소림 세 고승의 검정 밧줄 세 가닥이 마치 커다란 손바닥처럼 내뻗어 바위를 통째로 말아가더니, 한 바퀴 돌려 감고 휘두르자 무게 1,000근에 달하는 거대한 바위가 번쩍 들린 채 괴한 쪽으로 내던져졌다. 그러나 성곤은 벌써 공격권에서 멀찌감치 벗어나 유유히 산 아래로 내려가고 있었다.

"정말 원진이었는가?"

도액대사가 혼잣말하듯 중얼거리자, 막내 도난대사가 내처 대꾸했다.

"확실히 그였소!"

"속이 켕기지 않고서야 어찌 이런 짓을…… 도둑이 제 발 저리다더니 그놈 역시 장 교주 말대로 살인멸구殺人滅口를 하려 한 모양일세. 허허, 그것참……."

도액대사의 입에서 장탄식이 흘러나왔을 때 별안간 사면팔방에서 휘파람 소리가 꼬리에 꼬리를 물고 울려 퍼지더니 산봉우리 평지 위로 예닐곱 명이나 되는 사람의 그림자가 한꺼번에 솟구쳐 올랐다. 곧이어 선두를 맡은 괴한이 버럭 호통쳐 꾸짖었다.

"어이, 소림사 땡추중 녀석들! 부처님의 자비심은 헛배웠구나. 이렇듯 숱한 사람을 죽여놓고도 천벌이 무섭지 않으냐? 여보게들, 한꺼번에 들이치세!"

말끝이 떨어지기가 무섭게 여덟 명의 괴한이 저마다 병기를 뽑아 들고 승려들이 앉아 있는 소나무 세 그루를 향해 돌진했다. 장무기는 세 승려의 포위망에 갇힌 형국이라 오히려 괴한들의 공격에서 벗어나 있는 셈이었다. 그는 천천히 괴한들의 생김새와 공격 동작을 살펴보았다. 여덟 중 셋은 장검을, 나머지 다섯은 단도나 강편鋼鞭을 들고 있었다. 여덟 모두 하나같이 무학이 정교하고 짜임새가 있는 데다 기력 또한 뛰어나게 높아, 삽시간에 세 승려의 검정 밧줄과 어우러져 싸움을 벌이기 시작했다.

한참 만에 장무기는 세 검객의 칼 솜씨가 며칠 전 소림사 승려들에게 죽임을 당한 청해파 소속 서량삼검과 일맥상통한다는 사실을 꿰뚫어보았다. 지금 눈앞에서 장검을 쓰는 세 사람의 검법이 정교하고 치밀한 데다 서량삼검보다 웅후한 점으로 보아 청해파 선배 중에서도 손꼽힐 만한 고수들임이 분명했다. 이들 세 검객은 힘을 합쳐 도액대사를 공격했다. 다른 세 사람은 도난대사를, 나머지 두 사람은 도겁대사를 상대했다. 도겁대사의 적수는 비록 둘뿐이었으나, 저들의 무공 실력이 다른 동료들보다 한 수 높았다. 한참이 지나도록 싸우고 났을 때 장무기는 도겁대사가 점점 열세에 몰리고 있음을 간파했다. 도액대사는 은연중 선수를 잡은 채 1 대 3으로 맞서면서도 여유가 있었다.

또 10여 초의 공방이 오갔다. 도액대사는 둘째 아우 도겁대사가 상대방의 연합 공세에 밀리는 것을 발견하자, 그 즉시 적의 공격과 방어가 전환되는 순간적인 틈을 이용해 도겁대사의 상대인 두 괴한에게 검정 밧줄을 휘둘러 공세를 교란했다. 이들 두 괴한은 몸집도 우람할뿐더러 기다랗게 늘어뜨린 검은빛 수염을 바람결에 나부끼는 장년이었으나 동작 하나만큼은 민첩하기 짝이 없었다. 한 사람은 양손에 판관필 한 쌍을 갈라 잡았고, 또 한 사람은 혈도만 전문으로 찍는 타혈궐打

穴橛을 쥐고 있었다. 판관필이나 타혈궐은 모두 단병기短兵器로서, 하나같이 근접전에 유리했다. 도액, 도겁 두 승려와의 거리는 20~30척 넘게 떨어져 있었으나 이들 세 공격자의 병기에서 발출되는 바람 소리를 어렴풋이나마 느낄 수 있었다. 만약 이들의 접근을 용인해서 단병기의 정확하고도 매서운 장점을 발휘하도록 내버려두었다가는 정말 재미적은 꼴을 면치 못할 것이 분명했다. 도액대사와 겨루던 청해파 검객 셋은 도액대사의 신경이 딴 곳으로 쏠려 압력이 줄어들자 차츰 열세를 만회하기 시작했다. 이렇게 되고 보니, 도난은 1 대 3으로, 도액과 도겁은 2 대 5로 팽팽하게 맞선 채 형세는 막상막하의 대결 국면으로 바뀌었다.

방관자 신세가 된 장무기는 속으로 혀를 내둘렀다. 이들 여덟 괴한의 무공 수준은 정말 대단했다. 아무리 낮춰 잡아도 곤륜파 하태충 부부보다 결코 뒤떨어지지 않았다. 그런데 청해파 검객 셋을 제외한 나머지 다섯 명은 어느 문파 출신인지 알아낼 길이 없었다. 하찮은 수풀 속에도 호랑이와 용이 숨어 있다더니, 이 너르디너른 세상천지에 얼마나 많은 영웅호걸이 묵묵히 잠복해 있는지 알 수가 없었다.

피아 쌍방 열한 명이 100여 초를 교환하고 났을 때 세 고승의 방어면적이 점차 좁혀지고 공격 범위 또한 짧아지기 시작했다. 밧줄의 길이가 짧아지는 만큼 휘두를 때의 내력 소모도 줄어들었다. 그러나 적을 공격할 때의 기민성 역시 그만큼 감소되었다. 싸움은 다시 20~30여 초가 지났다. 세 승려의 밧줄 길이는 또 6~7척 가까이 줄어들었다. 한밤중 억수같이 퍼붓는 빗줄기 속 이따금 번쩍거리는 번갯불 아래 검은 수염을 흩날리며 무섭게 들이치는 두 장년 괴한의 공세가 계속될

수록 세 승려와의 간격이 좁혀들고, 그만큼 근접전에 유리한 병기의 위력도 대폭 늘어났다. 그들은 빈틈만 보이면 여지없이 한 걸음씩 압박해 들어가 어떻게 해서든지 세 승려의 신변에 바짝 다가서려고 혼신의 기력을 다 쏟아부었다. 그러나 세 승려의 방어 공간이 움츠러드는 만큼 수비 또한 엄밀해졌다. 세 가닥 밧줄로 짜인 둥그런 권역圈域에서 무궁무진한 탄력이 끊임없이 쏟아져 나왔다. 검은 수염의 두 괴한이 초식에 변화를 주며 급속 공격을 퍼부었으나 번번이 밧줄의 방어벽에 부닥쳐 튕겨나오기 일쑤였다. 이 무렵 세 승려는 어느새 '일기가성一氣呵成'으로 수중의 밧줄이나 호흡, 동작이 일체가 되어 3 대 8의 형세로 적과 맞서 싸우는 국면을 이루고 있었다.

힘껏 적을 막아내면서도 소림 삼승은 모두 속으로 비명을 질렀다. 여덟 명의 적수와 싸움을 오래 지속한다 해도 쉽사리 패하지 않을 것은 분명했다. 검정 밧줄이 다시 8척 길이로 짧아지면서부터 금강복마권金剛伏魔圈을 형성했고, 이 방어권을 이루면 여덟 명이 아니라 열여섯 명, 서른두 명의 적이 덤벼든다 해도 깨뜨리지 못할 터였다. 그러나 가장 우려되는 점은 이 방어권 내부에 또 다른 강적인 마교 교주 장무기가 도사리고 있다는 사실이었다. 만약 이 심복지환心腹之患이 공격을 시도해 안팎에서 협공하는 날이면 그 즉시 자신들의 목숨을 손쉽게 빼앗을 수 있게 되는 것이다. 그들은 장무기가 방어벽 안에 조용히 앉은 채 움직이지 않는 것을 보고, 그가 자기네 셋이 적과 맞서 싸우다가 쌍방이 모두 기진맥진해지면 그 틈에 어부지리를 취할 것이라고 생각했다. 지금 이 시점에서 소림 삼승은 자신들의 내공을 모조리 쏟아내어 방어에만 전념하고 있었기에 길게 휘파람을 불어 산 아래에 있는 소림사 후배들에게 구원을 요청하고 싶어도 입을 열 수가 없었다. 선불리 입을 열었다가는 그 자리에서 기혈이 뒤집혀 설령 즉사하지는 않는다 해도 무거운 내상을 입어 폐인이 되고 말 터였다. 세 승려는 모두 속으로 자신을 책망했다. 자기네 무공 실력을 지나치게 믿은 나머지 강적들이 쳐들어왔을 당초에 즉시 소리쳐서 후배 승려들에게 통보하지 못한 처사를 후회하고 있는 것이다. 일찌감치 경고를 발해서 달마당 또는 나한당의 고수 몇 명만 달려왔더라면 이렇듯 쩔쩔매지 않고 손쉽게 적을 격파할 수 있었을 게 아닌가?

이런 정세는 장무기 자신도 벌써부터 내다보고 있었다. 지금 만약 세 승려의 목숨을 취하기로 마음먹는다면 그야말로 손바닥 뒤집기나 다를 바 없이 쉬운 노릇이리라. 하지만 사내대장부가 남의 위기를 틈타 이득을 봐서야 되겠는가? 더구나 이들 세 고승은 원진이란 놈의 속임수에 넘어갔을 뿐 별달리 큰 잘못을 저지른 것도 없는 데다 이들을 죽이고 나면 자기 혼자 힘으로 여덟 명의 강적과 맞서 싸워야 하니 그것 또한 보통 어려운 일이 아닐 터였다.

고개를 숙이고 내려다보니 거대한 암석 하나가 지하 뇌옥牢獄 입구를 막고 있는 것이 눈에 뜨였다. 거기엔 조그마한 틈이 하나 있었는데, 사손이 숨을 쉴 수 있게 해주는 구멍이거나 음식물을 넣어주기 위한 틈인 모양이었다. 그러나 입구는 바위 더미에 짓눌려 손댈 곳조차 보이지 않았다. 장무기는 재빨리 두뇌를 회전시켰다. 천재일우의 기회는 눈 깜짝할 사이에 지나가버리는 법. 이제 쌍방 간에 승부가 나거나 소림사 측에서 구원병이 달려오는 날에는 양부를 구해내지 못할 것은 불 보듯 뻔할 터, 지금이 아니면 손쓸 시간이 없는 것이다. 그는 무릎을 꿇고 힘주어 바위 더미를 밀어붙이기 시작했다. 건곤대나이의 절묘한 심법으로 경력을 발출하자, 거대한 바윗돌이 옆으로 천천히 움직였다.

바위 더미가 불과 1척가량 옮겨갔을 때 돌연 배후에서 세찬 바람소리가 들이닥치더니 도난대사가 휘두른 일장이 그의 등줄기에 떨어져 내렸다. 장무기는 본능적으로 사경차력卸經借力 수법을 썼다. 상대방의 공격력을 역이용해 내 것으로 만들어 쓰는 수법이었다.

"퍽!"

순간적으로 둔탁한 소리가 들리더니 등짝을 덮었던 옷자락이 큼지막하게 바스러지고 조각조각 찢긴 헝겊이 마치 광풍 폭우에 휩쓸린 나비 떼처럼 허공 위에 훨훨 흩어져 날아갔다. 그러나 도난대사가 후려친 이 일장의 힘줄기는 양 손바닥을 거쳐 육중한 바위 더미에 고스란히 전달되었고 "우르릉!" 하는 굉음과 더불어 거대한 바위 더미가 한 자가량 옆으로 움직이더니 지하 뇌옥의 입구가 휑하니 드러났다. 장력을 끌어들여 자기 것으로 만든 만큼 내상을 입지는 않았어도, 때마침 첫 타격이 들이닥치던 순간에 혼신의 기력을 다해 바윗돌 밀어내기에 집중시키고 있던 터라 호체신공을 상실한 등줄기에는 이루 감당하기 어려운 극심한 통증이 한꺼번에 밀어닥쳤다.

도난대사가 후려친 일장의 힘줄기는 낭비였다. 힘줄기가 반대편으로 옮겨가는 순간 밧줄 채찍질에 허점이 드러났다. 검은 수염의 괴한 중 하나가 즉시 방어권 안으로 덮쳐들더니 오른손에 쥐고 있던 점혈궐로 도난대사의 왼쪽 젖꼭지 밑 부위를 찍었다. 소림 삼승의 부드러운 채찍질은 원거리 공격에는 정통했지만 근접 공격에는 불리했다. 도난대사는 왼손 일장을 내뻗어 이제 막 젖가슴으로 찍어드는 점혈궐의 일초를 옆으로 뿌리쳤다. 그러나 상대방의 왼손 검지가 기다렸다는 듯이 질풍 같은 속도로 전중혈膻中穴을 찔러왔다.

"아차!"

도난대사가 속으로 실성을 터뜨렸다. 뜻밖에도 상대방이 구사한 일지선一指禪의 점혈 수법이 타혈궐로 찌르기보다 더 매섭다는 것을 뒤미처 깨달은 것이다. 위기일발 다급한 가운데 그는 어쩔 수 없이 오른손에 쥐고 있던 밧줄을 던져버리고 손바닥을 칼날처럼 모로 세워 일지선의 공격부터 막아야 했다. 모로 세운 손바닥으로 앞가슴을 보호하는 동시에 엄지와 식지, 중지 세 손가락을 홀떡 뒤집어 그 즉시 반격으로 전환했다. 적의 공세를 차단하기는 했으나, 검정 밧줄은 이미 그의 손아귀를 벗어난 뒤였다. 이 기회를 틈타 판관필을 쓰던 괴한이 잽싼 동작으로 들이닥쳤다. 소림 삼승의 세 가닥 밧줄 가운데 하나가 없어졌으니 어쩌랴, 물샐틈없이 방어벽을 형성하고 있던 금강복마권은 삽시간에 공파攻破되고 말았다.

대경실색한 소림 삼승은 미처 낙담할 겨를조차 없었다. 바로 이때 돌연 땅바닥에 버려져 있던 검정 밧줄이 고개를 불끈 쳐들더니 마치 가사 상태에 빠졌던 독사가 머리통을 바짝 곤두세우고 적을 물어뜯기라도 하듯 "휙!" 소리가 나도록 세찬 바람을 이끌면서 판관필을 쓰는 괴한의 면상을 곧바로 찍어가는 것이 아닌가! 상대방은 밧줄이 미처 와닿기도 전에 밧줄을 이끈 세찬 바람결에 먼저 숨이 턱 막혀버리고 말았다. 내력이 얹힌 경풍이었다. 한순간 질식 상태에 빠졌던 괴한이 엉겁결에 두 자루 판관필을 정면에서 교차시켜 가로막았다. 밧줄 끄트머리와 붓끝처럼 생긴 판관필이 맞부딪치자 "따악!" 하는 소리가 울렸다. 괴한은 삽시간에 양 팔뚝이 마비되어 병기조차 제대로 쥐고 있을 수 없었다. 왼 손아귀를 벗어나려는 병기 한 자루는 가까스로 붙잡을 수 있었으나, 오른손에 들린 판관필은 충격을 이기지 못하고 떨어져 땅바닥의 바윗돌을 후려 때렸다. 순간 돌 부스러기가 어지러이 튕겨 날고 세찬 비바람 속에서 불티가 번쩍번쩍 사면팔방으로 흩뿌려졌다. 일은 거기서 끝나지 않았다. 검정 밧줄이 이번에는 길고 너르게 펼쳐나가더니 청해파 세 검객을 휩쓸어 단번에 10여 척 남짓 밖으로 물러나게 만들었다. 금강복마권이 원상태로 회복되었을 뿐 아니라, 앞서보다 위력이 훨씬 더 강해졌다.

기쁨과 놀라움이 엇갈리는 가운데 소림 삼승은 검정 밧줄 한쪽 끄트머리가 마교 교주 장무기의 수중에 잡혀 있는 것을 발견하고 그 놀라움이 더욱 커졌다. 장무기는 사실 금강복마권의 무공을 수련해본 적이 없었다. 마음과 뜻이 서로 통하는 심의상통은커녕 한 사람의 마음이 움직이면 나머지 동료가 그 즉시 의중意中을 헤아리는 이른바 심령감응 수법에서도 밧줄의 임자인 도난대사를 따라잡지 못할 수준이었다. 그러나 내력의 굳셈과 강함만큼은 이들 세 고승보다 훨씬 뛰어나 장무기가 휘두를 때마다 밧줄 채찍질에서 쏟아져 나오는 내공의 힘줄기가 마치 산악이라도 무너뜨릴 듯, 바닷물이라도 밀어낼 듯 엄청난 기세로 사면팔방으로 휩쓸어가며 적들을 낱낱이 몰아내고 있었다. 도액과 도겁 두 승려의 밧줄 두 가닥마저 좌우 측방에서 가담하자 삽시간에 일곱 명의 적을 연거푸 뒷걸음질하게 만들었다.

도난대사는 전심전력으로 검은 수염의 괴한을 상대하고 있었다. 그는 무공 실력으로 보나 내공 수련으로 보나 모두 괴한보다 한 수 위였다. 소나무 그루터기 움푹 파인 구멍 속에 들어앉은 채 일어서지도 않고서 그저 열 손가락으로 후려 때리기, 찌르기, 퉁기기, 갈고리 형태로 옭아 잡기, 훑어 올리기, 혈도 찍기, 털어내기, 움켜잡기, 거머쥐기 등 온갖 동작으로 불과 2~3초 만에 검은 수염을 곤경에 빠뜨렸다. 괴한은 동료 일곱 명이 하나같이 불리한 처지에 몰린 것을 보자, 무척 안타까웠는지 분김에 사나운 들짐승처럼 으르렁대며 결국 자신도 공격권 바깥으로 물러나고 말았다.

싸움은 이렇게 해서 일단 중지되었다. 장무기는 검정 밧줄 채찍을 도난대사에게 덥석 넘겨준 다음, 몸을 굽히고 건곤대나이 심법을 운기해 또다시 지하 뇌옥을 짓누르고 있는 거대한 바위 더미를 한 자 남짓 더 밀어붙였다. 그러고는 뻥 뚫린 구멍 속을 향해 버럭 소리쳤다.

"큰아버님, 제가 왔습니다! 양아들 무기가 이제야 구해드리러 왔습니다. 큰아버님, 나오실 수 있습니까?"

땅속에서 사손의 목소리가 들렸다.

"난 못 나간다. 얘야, 어서 이곳을 떠나거라!"

장무기는 이게 무슨 말인가 싶어 다시 물었다.

"큰아버님, 누구한테 혈도를 찍히셨습니까? 아니면 쇠고랑이나 사슬에 얽매이셨습니까?"

성급한 마음에 사손이 대답할 때까지 기다리지도 않고 훌쩍 몸을 뒤채어 지하 뇌옥으로 뛰어들었다. 다음 순간 "풍덩!" 하는 소리와 함께 물보라가 흩뿌려졌다. 지난 몇 시진에 걸쳐 줄기차게 쏟아져 내린 폭우에 지하 뇌옥은 이미 허리까지 차도록 빗물이 고였고, 사손은 하반신이 물속에 잠겨 있었다. 서글픔과 분노가 장무기의 가슴을 가득 메웠다. 그는 두 손으로 양부 사손을 껴안은 채 팔다리를 더듬어보았다. 그러나 어디에도 쇠고랑 같은 것은 없었다. 다시 한번 추나술推拿術로 중요한 혈도 몇 군데를 주물러보았으나 역시 남의 손에 제압당한 기미는 없었다. 그제야 마음이 놓인 장무기는 양부를 껴안은 채로 지하 뇌옥에서 뛰쳐나와 거대한 바위 더미 위에 올라앉았다.

"지금이 탈출하기 제일 좋은 때입니다. 큰아버님, 어서 여길 떠납시다."

말끝이 떨어지기 무섭게 부랴부랴 사손의 팔뚝을 잡고 허공으로 솟구쳐 오르려 했다. 그러나 사손은 바위 더미 위에서 두 팔로 무릎을 감싸 안고 꼼짝달싹도 하지 않았다.

"얘야, 내 평생 지은 가장 큰 죄는 공견대사를 죽인 일이다. 네 큰아비가 남의 손에 붙잡혔다면 죽을힘을 다해 빠져나갔겠지만, 지금 소림사에 갇히고 보니 내겐 죽음을 달게 받고 싶다는 생각뿐이다. 그래야만 공견대사의 죽음에 보상할 수 있을 듯싶구나."

시간이 촉박한 장무기는 급히 양부를 재촉했다.

"큰아버님, 왜 이러십니까? 공견대사는 실수로 다치신 겁니다. 그것도 성곤이란 간악한 도적놈의 계략에 빠져서 벌어진 일 아닙니까? 더구나 큰아버님께는 일가족이 몰살당한 피맺힌 원한이 있습니다. 그런데 어떻게 성곤이란 놈의 손에 돌아가실 생각을 하신단 말씀입니까?"

사손의 입에서 탄식이 흘러나왔다.

"지난 몇 달 동안 나는 이 지하 뇌옥에 갇혀서 날마다 세 분 고승의 독경 소리와 산 아래 절간에서 울리는 아침 종소리, 저녁의 북소리를 들으며 과거지사를 돌이켜보고 뉘우쳤다. 얘야, 네 큰아비의 손은 죄 없이 죽은 숱한 사람들의 피로 물들어 있단다. 그 죄는 내가 골백번 죽어도 다 씻지 못할 거다. 아아, 내 손으로 저지른 온갖 악행의 죄과는 성곤보다 더 많으면 많았지 적지 않단다. 그러니 얘야, 내 걱정 말고 너 혼자 어서 빨리 여길 떠나거라."

장무기는 들으면 들을수록 다급해져 버럭 고함을 질렀다.

"큰아버님, 정 안 가시렵니까? 좋습니다, 그럼 제가 억지로라도 업고 가지요!"

그러고는 돌아서서 양부의 두 손목을 움켜잡아 등에 업으려 했다. 이때 갑자기 산길 쪽에서 왁자지껄 고함치는 소리가 들려왔다. 몇 사람이 큰 소리로 외쳐대는 소리였다.

"웬 놈이 소림사에 와서 행패를 부리는 거냐?"

뒤미처 진흙탕 바닥을 내딛고 급히 달음박질치는 소리가 들리더니 10여 명이 한꺼번에 산봉우리 위로 뛰어 올라왔다.

장무기가 사손을 업고서 막 첫걸음을 떼려 할 찰나, 돌연 등 쪽 심장 부위 대추혈大椎穴이 뜨끔해졌다. 어느새 사손에게 혈도를 움켜잡힌 것이다. 양손에 힘이 쭉 빠져버렸으니 어쩌겠는가, 도로 사손을 내려놓을 수밖에 없었다. 그는 다급하다 못해 울음이 터져 나올 것만 같았다.

"큰아버님! 어쩌자고…… 이러시는 겁니까?"

"얘야, 내가 당한 원통함은 네 입으로 이미 세 분 고승께 낱낱이 말씀드렸다. 내가 저지른 업보는 나 자신이 감당해야 한다. 어서 떠나거라. 네가 돌아가지 않는다면 장차 내 원수는 누가 갚는단 말이냐?"

이 한마디에 장무기도 가슴이 뜨끔해졌다. '그렇다, 내가 아니고 누

구더러 양부의 원수를 갚아달라고 한단 말인가?'

한편에선 헐레벌떡 뛰어오른 소림사 승려 10여 명이 제각기 선장이나 계도를 한 자루씩 잡고 침입자 여덟 명에게 공격을 퍼붓기 시작했다.

날카로운 쇳소리가 지겹게 울리는 가운데 공방전 2~3합을 순식간에 주고받았다. 판관필을 사용하는 검은 수염의 장년이 보아하니 이대로 계속 싸워나갔다가는 개미 떼처럼 몰려들 소림 승려에게 당하기 십상이라 일단 퇴각하려 했다. 하지만 이름 모를 젊은 녀석이 훼방을 놓아 대사를 망쳤다는 데 생각이 미치자, 들끓어오르는 울화통을 도무지 억누를 수가 없었다. 그래서 목청을 드높여 장무기에게 고함쳐 물었다.

"어이, 소나무 사이에 있는 젊은 친구! 성함이 어찌 되는가? 도대체 어떤 고인께서 남의 일에 함부로 뛰어들어 참견했는지, 하간쌍살河間雙煞 학밀郝密과 복태卜泰가 알기나 하고 가야겠네!"

장무기 대신에 도액선사가 검정 밧줄을 허공에 번쩍 휘두르면서 느긋하게 대꾸했다.

"명교 장 교주는 당세에 보기 드문 고수인데, 하간쌍살 같은 명사분들이 어찌 몰라보셨을꼬?"

판관필을 쓰는 학밀이 "엇!" 하고 경악성을 터뜨리더니, 양손에 갈라 잡은 쌍필을 휘둘러 방어막을 치면서 훌쩍 뛰어 소림사 승려들의 공격권 바깥으로 벗어났다. 나머지 동료 일곱도 덩달아 퇴각했다. 소림사 승려들이 차단벽을 형성하고 가로막으려 했으나, 무공이 뛰어난 여덟 사람은 어깨를 나란히 하고 단 한 차례 충격만으로 거뜬히 돌파하고 일제히 산 밑으로 뛰어내려 사라졌다.

도액선사를 비롯한 세 승려는 방금 사손이 장무기와 주고받는 대화를 모조리 귀담아들었다. 그리고 또 마교 교주가 비겁하게 남의 위기를 틈타지 않고 그저 수수방관한 채 쌍방 어느 쪽도 돕지 않은 것만 해도 천만다행이었는데, 복태가 금강복마권을 깨뜨리고 자기네 신변 가까이까지 육박했을 때 도난대사의 밧줄을 집어 들고 셋이 함께 연합 공세를 펼쳐 적을 격퇴하도록 도와주기까지 했으니 이렇게 고마울 수가 없었다. 만약 장무기가 제때에 도와주지 않았던들, 하간쌍살의 모진 솜씨로 보아 지금쯤 세 형제는 진작 이 세상 사람이 아니었을 것이다. 이심전심으로 마음이 통했던가, 세 승려는 검정 밧줄을 땅바닥에 내려놓고 일어서더니 장무기를 향해 두 손 모아 합장의 예를 건넸다.

"장 교주의 크나크신 공덕에 감사드리오!"

이구동성으로 외쳐 건네는 인사말에 장무기는 황급히 답례를 올렸다.

"마땅히 할 일을 했을 따름인데, 무슨 과찬이십니까?"

맏이 격인 도액선사가 형제들을 대신해서 한마디 덧붙였다.

"오늘 일을 보건대, 노납이 사손을 장 교주와 함께 떠날 수 있도록 놓아 보냄이 마땅한 줄 아오. 방금 장 교주가 진정 사손을 구출하려 들었다면 솔직히 말해서 노납들은 저지할 힘이 없었을 거외다. 그러나 우리 사형제 셋은 본사 방장의 법지를 받들어 사손을 지키기로 부처님 앞에 굳은 맹세를 한 몸이라 목숨이 붙어 있는 한 절대로 사손을 놓아 보낼 수 없는 처지요. 이것은 우리 소림파 1,100년 동안 전해 내린 영욕榮辱에 관계되는 일이니 아무쪼록 장 교주께서 양해해주시기 바라오."

장무기는 코웃음으로 묵살해버리고 대꾸하지 않았다.

도액대사가 다시 말을 이었다.

"노납이 한쪽 눈을 잃은 원한은 오늘로써 깨끗이 잊으리다. 장 교주께서 사손을 구출하시려거든 아무 때나 왕림하셔도 좋소. 우리 세 형제가 펼쳐놓는 금강복마권을 격파하면 그 즉시 사손을 데리고 여길 떠나실 수 있을 것이오. 도와줄 사람은 얼마든지 데려오셔도 좋고, 차륜전법車輪戰法으로 번갈아 공격하시든, 한꺼번에 일제히 공격하시든 아무래도 좋소이다. 우리 사형제 셋은 그저 상대방의 공격에 따라 응전하기만 할 것이오. 장 교주께서 재차 왕림하실 때까지, 노납 세 사람은 사손의 신변을 철두철미하게 보호해 원진이 저 사람에게 일언반구 모욕을 가하거나 털끝 한 올도 다치지 못하게 하리다."

장무기는 대답 대신 사손에게 눈길을 던졌다. 어둠 속에 보이는 것은 그의 거대한 체구였다. 길게 자란 머리카락이 어깨까지 덮어 내린 채 고개 숙이고 우두커니 서 있는 모습이 너무나 서글펐다. 그저 마음속으로 지난날의 죄를 참회하고 있는 그의 모습에서 저 옛날 위풍당당하고도 늠름하던 영웅의 자태는 찾아볼 수가 없었다. 장무기는 왈칵 쏟아져 나오려던 눈물을 억지로 참았다. 그리고 냉철하게 속셈을 해보았다. '오늘은 아무래도 세 고승과 더 싸워봤자 이길 승산이 없다. 더구나 양부조차 떠나려 하지 않으니 억지로 모셔갈 도리가 없지 않은가? 이제 할 수 있는 방법은 오직 하나뿐, 외조부님과 양 좌사, 범 우사를 불러들여 다시 싸우는 길밖에 없으리라. 저 세 가닥 밧줄로 짜인 힘줄기의 방어벽은 금성철벽과도 같아 보통 수단으로는 깨뜨리기가 불가능하다. 방금 도난대사가 내 등줄기에 일장을 후려치지만 않았던들, 제아무리 하간쌍살의 무공 실력이 뛰어나다 해도 복태란 자가 절대로 방어벽을 돌파하고 뛰어들지는 못했을 것이다. 다음번에 내가 외조부님과 좌우 광명사자의 도움을 받는다 하더라도 과연 저 금강복마권을 돌파할 수 있을까? 아아, 장차 이 노릇을 어쩌면 좋으냐? 지금 상황으로는 그때그때 형편을 봐가며 밀어붙이는 길밖에 딴 도리가 없을 듯싶다.'

마음을 굳힌 그는 곧바로 세 승려의 제안을 받아들였다.

"정 그러시다면 좋습니다. 불초 소생이 다시 찾아뵙고 세 분 대사님의 고명하신 초식에 가르침을 받아보기로 하지요."

그러고는 돌아서서 사손의 허리를 껴안았다.

"큰아버지, 저는 갑니다."

사손이 고개를 주억거리면서 그의 머리를 쓰다듬었다.

"내 절대로 떠나지 않겠다고 뜻을 굳혔으니 날 구하러 다시 올 것 없다. 얘야, 네가 하는 일마다 전화위복이 되어 돌아가신 네 아버지와 어머니, 그리고 이 큰아비의 기대를 저버리지 않기 바란다. 네 아버지의 행적은 본받을망정 이 큰아비가 저지른 소행일랑은 절대로 배워선 안 된다. 알아듣겠느냐?"

"아버님과 큰아버님은 모두 영웅호걸이시고 광명정대한 남아대장부이십니다. 불초한 아들에게 모두 본보기가 되는 분들입니다."

말을 마치자 허리 굽혀 큰절을 올리고 몸을 날린 장무기는 어느새 번쩍하더니 세 그루 소나무 사이를 벗어나고 있었다. 그는 소림사 원로 스님 셋에게 손을 한 번 들어 보인 다음 경공신법을 펼쳤다. 밤하늘에 유령처럼 번뜩인 동작 한 번에 아무도 그를 본 사람은 없었다. 그저 비분에 가득 찬 맑은 기합 소리만이 길게 울려 나오다가 순식간에 아득히 사라져가는 산울림만 들려왔다.

산기슭 아래 웅성웅성 몰려든 소림사 승려들은 아연실색한 채 서로 얼굴만 바라볼 따름이다. 명교 교주 장무기의 무공 실력이 탁월하다는 소문이야 진작부터 귀에 못이 박히도록 들어왔으나, 이 정도로 신묘할 줄은 생각조차 못 한 것이다.

어차피 행적은 다 드러나고 말았다. 장무기는 이왕 내친김에 무공 솜씨를 한껏 과시해 소림파 제자들이 양부 사손을 함부로 건드리지 못하게 겁을 주기로 단단히 마음먹었다. 그는 외마디로 길게 토해낸 맑은 기합 소리 가운데 체내에 축적된 기력을 모조리 쏟아부었다. 면면부절綿綿不絶 그침없는 기염은 뇌성벽력 치는 비바람 속에 마치 허공으로 승천하는 장룡長龍의 꼬리처럼 산골짜기를 따라서 갈수록 크게 울려 퍼졌다. 발끝에 전력을 다할수록 경공신법도 빨라졌다. 기합 소리도 어두운 밤하늘에 갈수록 쩌렁쩌렁 메아리쳤다.

한밤중 꿈속에 잠겼던 소림사 스님 1,000여 명이 깜짝 놀라 잠에서 깨어났다. 그들은 기합 소리가 점차 멀리 사라져 들리지 않을 때가 되어서야 모두 한곳에 모여 쑥덕공론을 펼치기 시작했다. 공문대사와 공지신승을 비롯한 소림파 수뇌부들도 명교 교주 장무기가 당도했음을 알아차리기는 했으나, 근심 걱정만 더 늘어났을 뿐 어떻게 대처해야 좋을지 모른 채 당혹스럽기나 할 따름이었다.

"어이, 여기예요!"

경공신법으로 단숨에 2~3리를 치달리던 장무기는 갑자기 누군가 부르는 소리를 듣고 흠칫 놀랐다. 바로 조민이 길 한 곁 버드나무 뒤에서 툭 뛰쳐나왔다. 발걸음을 멈추고 기합 소리마저 그친 장무기는 저도 모르게 내민 손길로 그녀를 꽉 끌어안았다. 억수같이 퍼붓는 빗줄기에 온 몸뚱어리가 흠뻑 젖은 그녀의 머리와 얼굴에 빗방울이 끊임없이 흘러내리고 있었다.

"소림사 중 녀석들과 싸웠나요?"

"그렇소."

"사 대협은 어떠세요? 만나보셨어요?"

장무기는 그녀의 팔짱을 끼고 빗속을 천천히 걸으면서 간략하게나마 조금 전에 있었던 일들을 얘기해주었다. 조민이 자못 심각한 기색으로 생각하다가 이렇게 물었다.

"당신, 그분께 무인도에서 어떻게 중독당하고 도검을 잃어버렸는지 물어보셨어요?"

"아니오, 그저 큰아버님을 구할 마음이 다급해서 여쭤보지 못했소. 또 그때 사정이 너무 급박하게 돌아가 그럴 틈도 없었고 말이오. 하찮은 일 가지고……."

조민의 입에서 한숨이 흘러나오더니 더는 입을 열지 않았다.

"왜, 기분이 언짢소?"

"당신에게는 하찮은 일인지 모르겠으나, 내겐 아주 중요한 일이에요. 좋아요, 사 대협을 구출하면 다시 여쭤보아도 늦지 않겠죠. 하지만 난 두렵기만 해요……."

"뭐가 두렵단 말이오? 우리가 큰아버님을 구해내지 못할까 봐 걱정스럽소?"

"물론 명교 세력은 소림파보다 훨씬 강하니까 무슨 방법을 써서든지 사 대협을 구해낼 수는 있겠죠. 내 걱정은 딴 게 아니에요. 사 대협이 자신의 죽음으로 공견신승의 희생에 보답하려고 마음을 굳혔다는 점이에요."

사실 장무기도 그 점이 걱정스러웠다.

"그런 일이 생길까? 어디 당신 생각을 말해보구려."

"나도 모르겠어요. 제발 그런 일이 벌어지지 않기만 바랄 따름이에요."

두 사람은 이런저런 얘기를 주고받으면서 마침내 두씨 부부의 초가집 문전에 다다랐다.

"당신 행적이 다 드러났으니 여기 사는 분들께 숨길 것 없이 다 털어놓아야겠어요. 절간에 대소동이 나고 이제 곧 소문이 파다하게 퍼질 텐데 우리가 시침을 뗀다고 몰라볼 사람들도 아니니까요."

초가집 사립문이 절반쯤 닫혀 있을 뿐, 집 안에서는 아무런 기척도 나지 않았다. 장무기는 손길 나가는 대로 문짝을 밀어 열고 몸을 흔들어 빗방울을 털어내면서 안으로 한 걸음 성큼 내딛고 들어섰다. 문득 코끝에 비릿한 냄새가 풍겨왔다. 피비린내였다. 흠칫 놀란 그가 뒷손질로 이제 막 들어서려던 조민을 다시 문밖으로 밀어냈다. 그때 캄캄한 어둠 속에서 난데없이 손바닥 하나가 움켜잡는 기세로 뻗어왔다. 맹금의 발톱처럼 구부린 다섯 손가락이 기척 하나 들리지 않는 데다 민첩하기가 이루 말할 수 없이 빨랐다. 장무기가 경각심을 불러일으켰을 때, 다섯 손가락은 이미 얼굴 한쪽 뺨에 와닿았다. 미처 피할 도리가 없어진 그는 엉겁결에 발길질을 날려 그자의 앞가슴을 걷어찼다. 그러자 괴한의 구부러진 손가락이 중도에서 빙그르르 돌더니 불쑥 내밀어진 팔꿈치로 이제 막 걷어차려고 올라간 장무기의 엉치뼈 환도혈環跳穴을 내리찍었다. 공격 초식 전환이 매우 빠르고 모질었다. 장무기는 냉큼 다리를 움츠려 피했다. 그 순간을 기다렸다는 듯이 상대방의 왼손이 두 눈알을 후벼내려고 뻗어왔다. 평범하기 짝이 없는 쌍룡창주雙龍搶珠 초식이었으나, 겨냥만큼은 기가 막히게 정확했다. 번쩍 손을 든 장무기가 이제 가까스로 적의 왼손을 손바닥 안에 잡아 넣었을 때였다. 걷어차려는 다리는 겨우 움츠렸어도 엉덩이는 여전히 제자리라, 상대방의 내지른 팔꿈치가 환도혈에 정통으로 들어맞았다. 찌르르하게 울리는 충격과 마비감에 혈도를 찍힌 오른쪽 다리는 맥을 추지 못하고 무릎이 툭 꺾이더니 중심을 잃은 채 털썩 무릎을 꿇고 말았다.

한쪽 무릎을 꿇었으나 적의 팔목은 여전히 손아귀에 잡혀 있었다. 그는 팔목을 비틀어 꺾으려고 힘을 주다가 찔끔 놀라 주춤거렸다. 다른 손으로 겹쳐 잡은 적의 손바닥이 유별나게 보드랍고 여리게 느껴진 것이다. 분명 여인의 손이었다. 그다음 순간 머릿속에서 한 가지 생각이 소용돌이쳤다. 그는 차마 무겁게 손을 쓰지 못하고 손길 나가는 대로 그자를 바깥쪽으로 냅다 던져버렸다. 이때 어깻죽지에 극심한 통증이 밀려들었다. 칼에 맞은 것이다.

기습 공격에 실패한 괴한이 황급히 초가집 바깥으로 뛰쳐나가던 길에 아직도 문턱에 서성거리던 조민을 발견하자, 그녀의 면상을 향해 냅다 일장을 후려쳤다. 조민의 솜씨로는 도저히 막아내지 못할 무서운 일격이었다. 직감적으로 그 점을 알아챈 장무기는 아픔을 억지로 참아가며 몸을 솟구치기 무섭게 똑같은 수법으로 일장을 휘둘러 쳤다. 두 손바닥이 맞부딪치자, 그자의 몸뚱어리가 휘청하더니 발밑까지 비틀거렸다. 하나 장무기가 후려쳐 보낸 장력을 이용해 단숨에 20~30척 바깥으로 튕겨나간 괴한은 몸을 돌리자마자 어둠 속 허공으로 솟구쳐 올라 눈 깜짝할 사이에 어디론가 사라져버렸다.

"누구였어요?"

"에이……!"

조민의 놀란 물음에 장무기는 낭패스러운 기색으로 외마디 소리를 내질렀다. 품속에 있던 화접자가 비에 젖어 아무리 흔들어도 불꽃이 일지 않았다. 그는 오른쪽 어깻죽지에 박힌 적의 단도에 독이 묻어 있을까 봐 즉시 뽑아내지 못했다.

"불 좀 켜주구려."

조민은 휭하니 부엌으로 들어가 부시와 부싯돌을 찾아왔다. 기름등잔에 불을 밝히고 나서 장무기의 어깨머리에 꽂힌 칼을 발견한 그녀가 깜짝 놀랐다. 장무기는 칼날에 독이 묻지 않은 것을 보고 싱긋 웃으면서 단도를 뽑아냈다.

"살가죽만 조금 다쳤을 뿐이니까 상관없을 거요."

흘끗 고개를 돌려 바라보았더니, 두백당과 역삼낭 부부가 집 모퉁이에 쭈그려 앉아 있었다. 그는 상처에서 피가 흐르는 것도 마다하고 냉큼 달려가 살펴보았다. 두 사람은 숨이 끊긴 채 몸뚱이가 얼음같이 차가웠다. 죽은 지 이미 오래인 것이다.

뒤따라온 조민이 대경실색했다.

"맙소사! 내가 나갈 때만 해도 두 분이 모두 멀쩡하게 살아 있었는데, 어찌 된 노릇일까?"

장무기는 말없이 고개만 끄덕거렸다. 조민이 상처를 싸매주고 나자 단도를 집어 들고 살펴보았다. 바로 두씨 부부가 쓰던 병기였다. 집 안을 둘러보니 대들보, 기둥, 탁자, 땅바닥 할 것 없이 온통 단도가 꽂혀 있었다.

조민이 깜짝 놀라며 숨을 "헉" 하고 들이켰다.

"맙소사! 정말 무공 솜씨가 지독스럽네요!"

장무기는 대꾸하지 않았으나 속으로는 치를 떨었다. 방금 캄캄한 어둠 속에서 엉겁결에 직감만으로 맞아 싸웠으나, 단 한순간이라도 재빨리 회피 동작을 취하지 않았던들 지금쯤 자기 두 눈알이 뽑혀 소경이 되었을 뿐만 아니라 조민 역시 보나 마나 영문도 모른 채 시체가 되어 땅바닥에 널브러져 있었을 것이다. 놀란 가슴을 쓸어내리면서 그는 다시 한번 두백당 부부의 시신을 살펴보았다. 앞가슴 늑골이 수십 가닥으로 모조리 부러지고 등 쪽으로 굽은 갈비뼈마저 부러진 것이, 극히 매서운 장력에 치명상을 입은 게 분명했다. 그러고 보면 상대방의 살수가 얼마나 지독스럽고 모질었는지 짐작할 만했다. 도대체 이런 음독하기 짝이 없는 무공이 어느 문파의 것이란 말인가? 장무기 자신도 이날 이때껏 강대한 적과 여러 차례 마주쳐보고 또 위험한 상황을 여러 번 겪어봤지만, 방금 어두운 집 안에서 번갯불에 콩 구워 먹듯 눈 깜짝할 사이에 연거푸 세 차례 격돌한 싸움을 돌이켜보자니 생각하면 할수록 등골이 오싹해졌다. 오늘 밤 짧은 시간에 두 번씩이나 악전고투를 겪은 셈이었다. 첫 번째는 1 대 3으로 소림파의 고수들과 오래도록 싸웠으나, 놀랍고도 가슴 두근거린 것은 방금 순식간에 치른 두 번째 삼초 양식三招兩式의 전격전이었다.

"그게 누구였어요?"

조민이 또 물었다.

장무기는 고개만 저을 뿐 대답하지 않았다. 그러나 조민 역시 잠깐 생각한 끝에 모든 상황을 분명히 알아차렸다. '그렇구나, 그녀였어……!' 습격한 자가 누구였는지 깨닫는 순간 불현듯 눈망울에 공포의 기색이 가득 서렸다. 그녀는 한동안 넋을 잃은 듯 멍하니 서 있더니 장무기의 품 안에 와락 뛰어들며 두려움 섞인 울음을 터뜨렸다.

말은 하지 않았으나 두 사람 모두 그 공포가 어디서부터 오는 것인지 알고도 남음이 있었다. 만약 장무기가 비분에 싸여 길게 터뜨린 기합 소리를 조민이 듣고 억수같이 퍼붓는 빗속에 마중하러 달려 나가지 않았던들 집 안에서 두백당 부부처럼 죽음을 면치 못했을 테고, 지금 이 초가집 한 귀퉁이에 쓰러진 시체는 둘이 아니라 셋이었을 것이 아닌가?

장무기는 품에 안긴 그녀의 등을 토닥거려주면서 부드럽게 달랬다. 하지만 조민은 여전히 울음을 그치지 않았다.

"그 사람이…… 날 죽이려고 했어요……. 날 죽이기 전에 먼저 두씨 부부를 살해하고 여기 숨어서 날 암습할 작정이었어요. 목표는 나였지, 당신만큼은 결코 해칠 생각이 없었을 거예요."

흐릿한 등잔 불빛 아래 장무기의 얼굴이 암울하게 비쳤다.

"앞으로 며칠 동안은 절대로 내 곁에서 떨어지지 말구려."

한참 동안 두 사람 사이에 무거운 침묵이 흘렀다. 장무기가 입을 열어 혼잣말로 중얼거렸다.

"어떻게 그럴 수가 있을까……? 1년도 안 되는 사이에 어떻게 공력과 무공 수법이 그처럼 빠르게 진전될 수 있는지 모르겠어. 민누이, 지금 이 세상에 나 한 사람 말고 그대를 보호해줄 사람은 아마 다시없을 거요……."

이튿날 아침, 장무기는 두백당이 밭을 갈 때 쓰던 괭이 한 자루를 찾아 들고 구덩이를 깊이 파서 두씨 부부의 시신을 묻어주었다. 그러고는 조민과 그 앞에 나란히 엎드려 큰절을 드렸다. 짧은 기간이었으나 역삼낭이 자기네 두 사람에게 베풀어준 자애와 두터운 정리를 생각하니 서글픈 마음이 들었다.

이른 아침인데도 갑자기 소림사 쪽에서 종소리가 잇달아 울려왔다. 종소리가 무척 크고 촉박한 것으로 보건대 긴급한 중대사가 생긴 모양이었다. 때를 같이해서 이번에는 절간 동쪽에서 한 줄기 청색 연기가 곧바로 하늘 위로 솟구쳐 오르더니 곧이어 남쪽 하늘에도 붉은 연기 불꽃이, 서쪽에서는 백색 연기 불꽃이, 그리고 북쪽 하늘에서 검은빛 연기 불꽃이 동시에 피어올랐다. 어디 그뿐이랴, 2~3리 바깥 하늘 위에도 황색 연기 불꽃이 수직으로 솟구쳐 올랐다. 결국 이들 다섯 줄기의 오색 연기 불꽃은 소림사를 가운데 두고 포위한 형태를 이룬 셈이었다.

그것을 본 장무기가 소리쳤다.

"우리 명교 오행기가 한꺼번에 도착했소. 지금 소림파 측과 정면으로 대치하고 있는 모양인데, 우리 어서 가봅시다."

그는 조민과 함께 서둘러 옷을 갈아입고 더러워진 얼굴과 손발을 깨끗이 씻은 후 빠른 걸음걸이로 소림사를 향해 줄달음치기 시작했다.

2~3리도 채 못 가서 흰옷을 입고 손에 자그마한 황색 깃발을 든 명교 신도 한 패거리와 마주쳤다. 그들 역시 소실산 절간을 향해 올라가는 길이었다.

누른 깃발을 본 장무기는 대뜸 외쳐 물었다.

"안 기사顏旗使, 거기 있는가?"

예상대로 후토기의 장기사 안원顏垣이 그 목소리를 알아듣고 패거리 안에서 뛰쳐나왔다. 교주를 만나게 된 그는 반가움을 이기지 못하고 그 자리에 무릎 꿇어 엎드려 큰절부터 올렸다.

"어이구, 교주님!"

후토기 소속 제자들도 환호성을 지르면서 일제히 땅에 엎드렸다.

경위를 묻는 장무기의 말에 안원은 이렇게 보고했다.

명교 수뇌부 역시 금모사왕 사손의 행방을 알게 되자 상의를 거듭한 끝에 천하 영웅들이 소림사에 모이는 중양절에 사손을 내놓으라고 요구한다면 자칫 그들과 적대시하기 십상이므로 그 이전에 사손을 구하기로 결정했다. 그런데 행방이 묘연해진 교주에게 이 사실을 아뢸 방법이 없어 임시변통으로 광명 좌우 사자 양소와 범요가 신도들을 모조리 소집해 이끌고 중양절이 오기 전에 먼저 소림사로 쳐들어왔다는 얘기였다. 사손을 구출하기 위해서는 극렬한 싸움을 피할 길이 없으리란 것은 각오했으나, 그동안 아무리 수소문해도 교주의 소식을 알아내지 못해 우두머리가 없는 상태에서 모두 고민에 빠져 있던 참이었다는 것이다.

그간의 경위야 어쨌거나, 사기충천한 명교 신도들은 각 패거리마다 뿔나팔 신호로 연락을 취해 장 교주가 도착했다는 희소식을 사방에 알렸다. 얼마 되지 않아 양소, 범요, 은천정, 위일소, 은야왕, 주전, 팽형옥, 설부득, 철관도인 등 명교 수뇌부들이 각처에서 앞다퉈 모여들었다. 한편으로 예금기와 거목기, 홍수기, 열화기 제자들은 네 방면으로 나뉘어 소림사 일대를 철통같이 에워쌌다.

실로 오랜만의 해후였다. 명교 수뇌부들은 모두 장무기와 기뻐하며 인사를 나누었다. 그러고 나서 양소와 범요가 일을 독단으로 처리한 점을 교주에게 사죄하자, 장무기는 대수롭지 않다는 듯이 좋은 말로 넘겼다.

"모두 송구스러워하실 것 없습니다. 교주가 부재중이었으니 당연한 일 아닙니까. 모두 합심 협력해서 사 법왕을 구출하는 일이야말로 우리 명교 형제들이 마땅히 지켜야 할 의리인데, 교주 된 사람으로서 고마워하지 못할망정 어찌 나무랄 수 있겠습니까?"

그러고는 자기가 소림사에 잠입해 기회를 엿보던 끝에 어젯밤 사손이 갇힌 곳을 알아냈고, 도액선사를 비롯한 소림사 원로 고승들과 악전고투를 벌였으나 결국 사손을 구해내지 못하고 부득이 빈손으로 빠져나온 경위를 간략하게 설명해주었다. 사람들은 이 모든 일이 혼원벽력수 성곤의 간계에서 비롯했다는 사실을 알고 너 나 할 것 없이 분개했다. 누구보다 성격이 괄괄한 주전과 철관도인은 팔뚝을 걷어붙이면서 마구 욕설을 퍼부었다.

장무기는 격한 분위기를 가라앉히고 차분히 목표를 정해주었다.

"오늘 우리 명교는 당당한 명분으로 소림사를 찾아가서 공문 방장에게 사람을 내놓으라고 요구하되, 절대로 쌍방 간의 화목한 분위기를 해쳐서는 안 됩니다. 부득이하게 싸움이 벌어질 경우에도 우리는 사법왕을 구출하는 일이 첫째 목적이고, 간악한 성곤을 잡는 일이 둘째 목표입니다. 그 밖의 무고한 인명을 함부로 살상해서는 안 됩니다."

"예에!"

뭇사람도 입을 모아 교주의 엄한 지시에 한마디로 응답했다. 잔소리꾼 주전이 한마디 보태 좌중을 웃음바다로 만들었다.

"교주님, 우리 명교 신도들의 인원수와 기세가 이렇듯 엄청난데, 창칼 따위를 쓸 것도 없이 그저 소림사 절간 쪽에다 대고 한 사람이 한 번씩 방귀나 뀌도록 합시다. 이 많은 사람이 방귀를 뀌면 그 냄새만으로도 숨이 막혀 죽어버릴 테니까요. 더구나 이 늙은 주전이 한 방 뀌는 날이면 땡추중 녀석들 모두 코가 문드러져 죽지 않고는 못 배겨날 겁니다. 하하하!"

장무기는 조민을 돌아보고 당부했다.

"민누이는 소림사 승려들이 알아보지 못하게 변장을 좀 하시구려. 당신 정체를 알아보았다가는 공연히 엉뚱한 일이 벌어져 귀찮아질지도 모르니 말이오."

조민은 소림사를 습격해서 무수한 인명을 살상하고 숱하게 많은 승려를 사로잡아 대도까지 끌고 가서 곤욕을 치르게 한 장본인이다. 소림파와는 이미 풀지 못할 깊은 원수를 맺은 몸인데, 소림파 고수들의 예리한 눈길에 잡혔다가는 무슨 험악한 꼴을 당할지 모르는 것이다.

조민이 방그레 웃더니 후토기의 장기사 안원에게 부탁을 했다.

"안 형, 나를 당신네 후토기 소속 제자로 받아주시겠어요?"

안원 역시 그 말뜻을 알아듣고 즉시 후토기 제자 한 명의 겉옷을 벗겨 조민에게 주었다. 헐렁헐렁한 백색 바탕에 붉은 불꽃 표지가 그려진 외투였다. 조민은 부리나케 산속으로 들어가더니 큼지막한 나무 뒤에서 변장을 하고 나왔다. 시꺼멓게 검댕 칠을 한 얼굴에 굵다란 눈썹까지 덧붙였더니 흉악하게 생겨먹은 말라깽이 사내로 바뀌어 있었다.

뿔나팔 소리가 진동하는 가운데 명교 호걸들은 대열을 짓고 기세당당하게 소실산 위로 올라갔다. 소림사 측은 한발 앞서 명교의 방문첩訪問帖을 받아들인 터라 공지선사가 여러 승려를 이끌고 산 중턱 돌 정자까지 마중 나와 기다리고 있었다. 공지선사로 말하자면 지난날 소림사 승려들과 함께 조민의 계략에 빠져 사로잡히고 대도까지 끌려가 손가락마저 끊겨가며 무공을 전해주는 치욕을 당한 몸이었다. 더구나 그 모든 일이 명교가 조정의 여양왕과 암암리에 결탁해 저지른 간계였으며, 나중에 장무기가 힘써 구출해준 것도 거짓으로 선심을 쓴 것에 불과하다는 원진의 말을 굳게 믿고 있었다. 그래서인지 그는 얼굴 표정을 잔뜩 굳힌 채 의례적인 인사로 합장만 했을 뿐 입을 꾹 다물고 말 한마디 건네지 않았다.

장무기가 포권의 예를 건넸다.

"저희가 귀 소림파에 부탁드릴 일이 있기에 방장 신승을 뵙고자 이렇게 찾아왔습니다."

명교 교주의 정중한 인사말에 공지선사는 그저 고갯짓 한 번 끄덕였을 따름이었다.

"올라가시지요!"

그는 두말 않고 명교 호걸들을 이끌고 산문으로 향했다.

소림사 방장 공문 스님은 달마당, 나한당, 반야당, 계율원의 수좌 고승들을 데리고 산문 밖에까지 나와 그들을 영접했다. 그러고는 손님들을 안내해 대웅보전으로 올라가 자리 잡고 앉았다. 기다리고 있던 어린 동자승이 맑고 향기 좋은 차를 내다가 손님 접대를 했다.

공문 방장은 명교 측 장 교주와 양소, 은천정 일행과 의례적으로 문안 인사 몇 마디씩 주고받은 후 이내 입을 다물고 침묵을 지켰다.

장무기가 단도직입으로 용건을 끄집어냈다.

"방장 대사님, 저희가 삼보전三寶殿에 오른 것은 특별히 간청드릴 일이 있어서입니다."

상대방이 무슨 요구를 해올 것인지 뻔히 알면서도 공문 방장은 묵묵부답 아무 말도 하지 않았다.

"방장 대사님, 소림파는 무림의 태두요, 우리 명교 역시 무림의 일맥一脈이란 점을 감안하셔서 부디 명교의 사 법왕을 석방해주시기 바랍니다. 그렇게 해주신다면 그 크나큰 은혜를 훗날 반드시 갚겠습니다."

공문대사는 그제야 무겁게 입을 열었다.

"나무아미타불. 저희 출가인은 자비를 근본으로 삼아 성을 내거나 살생을 하지 말라는 계율을 지켜온 만큼 애당초 사 법왕을 괴롭혀서는 안 되겠지요. 그러나 노납의 공견 사형께서 사 시주의 손에 목숨을 잃었소이다. 장 교주께서도 한 교파의 주인이시니 무림의 규칙을 분명히 알고 계시리라 믿습니다."

"거기에는 달리 사연이 있으니 사 법왕만을 탓할 일은 아닙니다."

이렇게 서두를 꺼낸 장무기는 목청을 돋우어 낭랑한 목소리로 지난날 공견신승이 강호 무림에 얽히고설킨 그 커다란 원한을 풀어주려고 사손의 칠상권 열세 주먹을 달갑게 맞아가며 얼마나 애를 쓰다 원적했는지 그 경위를 낱낱이 설명하기 시작했다. 대웅보전 안팎에 모인 수천 명의 승려는 그 사연을 모조리 귀담아들었다. 공문 방장을 비롯한 수좌 고승들 역시 얘기가 절반쯤 지났을 때부터 모두 염불하며 공경스러운 자세로 앉은 자리에서 일어나 경청했다. 공문 방장의 눈에는 눈물이 글썽글썽 맺히고 목소리마저 떨려 나왔다.

"선재善哉로다, 선재로다! 공견 사형께서 대원력大願力으로 그처럼 위대한 선행을 베푸셨다니 그 공덕이 실로 적지 않소이다!"

"나무아미타불…… 나무아미타불……!"

승려들이 나지막한 음성으로 독경하기 시작했다. 공견신승의 고매하고도 어진 의협심에 감복하고 명복을 빌어주는 것이다. 명교 군웅들 역시 누가 먼저랄 것도 없이 일제히 자리에서 일어나 흠모의 뜻을 보였다.

장무기는 그날 있었던 모든 경위를 상세히 다 설명하고 나서 마지막으로 이렇게 덧붙였다.

"사 법왕은 실수로 공견신승의 목숨을 다친 행위에 대해 이루 형언하기 어려울 만큼 후회했습니다. 그러나 일이 끝난 뒤 곰곰이 돌이켜 보건대 그 모든 죄악의 괴수야말로 귀 소림사 문하 제자 원진대사가 아닐 수 없다고 봅니다."

그는 대웅전 안에 원진이 없는 것을 보고 공문 방장에게 요구했다.

"원진대사를 이리 나오라고 해주십시오. 면전에서 대질하면 시비흑백을 분명히 가려낼 수 있을 것입니다."

이때 주책바가지 주전이 또 끼어들어 산통을 깼다.

"지당하신 말씀이오! 광명정 일전에서 그놈의 대머리가 죽은 체하고 널브러져 있더니 어느 틈에 도망쳤는지 몰랐는데, 그 쥐새끼 같은 놈이 또 여기 웅크리고 처박혀서 비겁하게 무슨 꿍꿍이짓을 꾸미는지 누가 알겠소? 어서 썩 이리 기어나오라고 하시오!"

주전은 광명정에 다시 올라가 양소와 화해하던 그날 원진의 기습적인 공격을 받고 한바탕 큰 곤욕을 치른 몸이라 지금껏 그 원한을 잊지 못해 마음속에 새겨두고 있었던 것이다.

장무기가 이거 큰일 나겠다 싶어 얼른 주전을 책망했다.

"주 선생, 방장 대사님 앞에서 무례한 언동을 삼가시오!"

"아니, 교주님. 난 지금 원진이란 대머리 녀석을 욕하는 거지, 방장 대머리를 욕하는 게 아닙니……."

말끝을 다 맺기도 전에 자기가 또 실언했다는 걸 알아차린 주전이 황급히 제 손으로 주둥이를 틀어막았으나 이미 엎질러진 물이었다.

가뜩이나 언짢은 기분으로 손님들을 흘겨보던 공지대사는 주전이 방장 사형에게 무례한 말을 하는 걸 보자 더욱 분노가 치밀어 견딜 수가 없었다. 그는 장무기를 향해 날카로운 질문을 던졌다.

"그렇다면 우리 공성 사제의 죽음을 놓고 장 교주께선 또 어떻게 해명하실 것인지 들어봅시다."

"공성신승으로 말씀드리자면 호매한 기풍에 의협심이 넘치는 고승이셨습니다. 불초 소생도 지난날 광명정에서 뵈올 연분을 얻은 이래 극히 존경하고 흠모해왔습니다. 공성대사님께서는 불초 소생과 약조하신 적이 있었지요. 훗날 다시 만나 서로 지닌 무학의 요체를 다 털어놓고 허심탄회하게 절차탁마切磋琢磨하기로 말입니다. 이 사실은 공지대사께서도 그 자리에 계셨으니 들어 아시리라 믿습니다. 그런데 뜻하지 않게 엄청난 일을 당하실 줄이야 어찌 알았겠습니까. 저 역시 애석한 마음 이를 데 없어 깊이 애도하고 있습니다. 하지만 그분께서는 간악한 자의 암습을 받아 원적하신 것이지, 저희 명교와는 아무 관계가 없습니다."

"흐흠, 장 교주께서 모든 걸 남에게 말끔히 밀어붙이고 아무 상관없다 뻔대시니 정말 대단하신 배짱입니다그려! 하면 여양왕의 딸 소민군주가 명교 측과 손을 맞잡았다고 하던데, 그 일도 거짓이란 말씀이오?"

코웃음 쳐 묻는 공지대사의 말에 장무기는 저도 모르게 얼굴이 붉어졌다.

"소민군주는 자기 부형과 화목하지 못해 우리 명교에 투신했습니다. 소민군주가 지난날 귀 사찰에 여러모로 불경스러운 일을 저지른 점은 소생이 그녀에게 명하여 직접 찾아뵙고 부처님 앞에 정중히 사죄드리도록 하겠습니다."

공지대사가 냅다 호통을 쳤다.

"장 교주! 감언이설로 그 엄청난 사태가 메워질 수 있을 듯싶소? 그대는 한 교파의 주인 된 몸으로, 입에서 나오는 대로 허튼소리를 지껄이다니 천하 영웅들에게 치소恥笑를 받는 것이 두렵지도 않소?"

장무기는 이내 대꾸하지 못하고 망설였다. 조민이 금강문 제자를 시켜 공성대사를 죽이고, 소림사 승려들을 무차별로 붙잡아간 일은 확실히 크게 잘못한 짓이었다. 비록 명교와는 아무 상관이 없다 해도 그녀가 자신에게 몸을 의탁하고 있는 이상 책임을 미루고 모른 척할 수야 없는 노릇이었다. 그가 난처한 지경에 몰려 쩔쩔매고 있을 때 철관도인이 매서운 말투로 반박했다.

"공지대사, 우리 교주께서 당신을 선배 고승으로 존경하고 그만큼 체면을 봐주셨으면 당신도 자중할 줄 알아야 할 게 아니오? 우리 교주님은 신의를 무겁게 여기고 지키시는 분인데 어찌 한마디라도 거짓을 말하겠소? 당신이 우리 교주님을 욕보인다면 그것은 곧 우리 100만 신도를 모욕하는 것이나 다름없소. 설사 우리 교주님이 도량이 너르셔서 따지지 않는다 해도, 우리 같은 부하들은 그런 소릴 듣고 가만있지 못하겠소!"

사실이 그랬다. 이 무렵 명교 신도들로 구성된 의병 부대는 절강, 안휘 일대와 하남, 호북 일대에서 원나라 관원이 다스리는 성지城地를 무차별로 공격했다. 그리고 그곳을 점령해 병력을 모으고 군량미와 전마를 사들여 결코 '100만 대군'이란 말도 과장된 것은 아니었다. 하물며 그 가운데 '10여 만 명'이나 되는 신도들이 지금 소림사 산문 밖에 포위 상태로 주둔해 있지 않은가?

공지대사가 싸느랗게 비웃었다.

"100만 대군이 어쨌다는 거요? 설마 이 소림사를 짓밟아 평지라도 만들겠단 말씀이신가? 마교의 무리가 우리 숭산 소림파를 욕보인 것은 어제 오늘 일이 아니지! 우리가 실수로 붙잡혀 대도 만안사 보탑에 감금되긴 했소만, 그야 우리가 방심한 탓이었으니 달리 변명하고 싶지 않소. 하나 당신네들은 우리 소림사에 쳐들어와서 열여섯 분의 나한존자 부처님의 등에 열여섯 글자를 새겨놓으셨잖소? 흐흐흐, '먼저 소림을 토벌하고, 다음은 무당을 멸할 차례, 오로지 우리 명교, 무림의 왕자라 일컫도다!' 이렇게 쓰셨던가? 하하, 참으로 위풍당당하시오! 정말 위풍당당한 짓거리였소이다!"

그 네 마디 열여섯 글자는 조민이 소림사 승려들을 사로잡아가면서 명교 측에 혐의를 전가할 요량으로 부하들을 시켜 나한존자 불상 열여섯 좌의 등판에 날카로운 기물로 새겨놓은 것이었다. 당시 고두타로 위장하고 수행한 범요는 조민 일당이 절간을 떠날 때까지 기다렸다가, 곧바로 되돌아와 나한존자 불상 열여섯 좌의 등판을 다시 벽 쪽으로 돌려 앉혀놓았다. 그렇게 함으로써 조민이 명교에 화를 떠넘기려던 음모가 드러나지 않도록 한 것이다. 뒤늦게 그것을 발견한 양소 일행이 나한불상들을 제자리에 똑바로 옮겨 안치하고 떠났는데, 생각지도 않게 소림사 승려들의 눈에 발각당한 것이다.

장무기는 말주변이 서툰 데다 그 일이 조민의 소행인 줄 뻔히 아는 터라 대꾸할 말이 없어 안절부절못했다. 그 대신 양소가 나서서 조목조목 반박했다.

"공지대사께서 무슨 뜻으로 말씀을 하는지 참으로 영문을 모르겠소이다. 대사님도 생각해보시지요. 우리 장 교주님이 무당 제자 장 오협의 아드님이시라는 사실을 강호 사람치고 누가 모르겠습니까? 우리가 아무리 망령되게 날뛰는 미치광이 무리라고 한들 교주님의 선친 되시는 분께 감히 욕보이는 글을 쓸 리 있겠습니까? 장 교주님 자신도 어떻게 '무당파를 섬멸하겠다'는 글자를 새기겠습니까? 두 분 대사들께선 덕행이 높고 수양이 깊은 고승이신데, 어떻게 그런 사소한 도리조차 분명히 구분 못 하실 수 있단 말씀입니까? 불초 소생은 절대로 그런 일은 없으리라 믿어 의심치 않습니다."

양소의 말이 모두 구구절절이 옳은 터라 공지대사는 그만 말문이 막혀 입을 다물 수밖에 없었다.

공문 방장은 오랜 세월 수양을 거듭 쌓고 심성이 인자한 고승이라 역시 대국을 중히 여겼다. 그는 명교의 세력이 워낙 크다는 사실을 아는 만큼 쌍방 간에 진짜 싸움이 벌어졌다가는 1,100년 전통을 이어 내려온 소림 고찰古刹이 자기 대에서 훼손될까 두려웠다. 그래서 공지와 양소의 언쟁에 제동을 걸었다.

"여러분, 공연한 말씀으로 논쟁을 계속해보았자 이로울 게 없소이다. 노납이 안내할 터이니 다 함께 나한당으로 가셔서 나한존자 법상法像을 뵙도록 합시다. 그럼 누가 옳고 그른지 이내 알게 될 테니까요."

이 제안에 장무기의 가슴이 철렁했다. 나한당에 발을 들여놓는 순간 모든 진상이 들통날 게 아닌가? 대꾸를 못 한 채 주저하고 있으려니 양소가 선선히 응낙했다.

"그것참 좋은 의견이십니다. 어서 가봅시다!"

장무기는 양소의 의도를 모르긴 하나, 후토기 제자들 가운데 섞여 있는 조민이 절간에 발을 들여놓지 않게 된 만큼 소림사 승려들에게 발각될 우려는 없으리라 생각하고 한결 마음이 놓였다.

지객승知客僧의 안내를 받으며 일행은 나한당으로 건너갔다. 한발 앞서 들어선 방장 스님이 나한불상 앞에 절하며 아뢰었다.

"제자가 나한존자의 법상을 움직여 잠시 놀라게 하오니, 용서해주소서."

참배를 마친 그는 나한당 소속 제자 여섯 명에게 분부해 금신상金身像을 공손히 옮겨 등판이 보이도록 앉은 자리의 위치를 돌려놓게 했다. 방장 스님의 분부를 받은 제자들이 좌대 앞으로 나가 합장하고 묵묵히 몇 마디 축원을 드린 다음, 좌우 양편으로 나뉘더니 한쪽에 세 명씩 달라붙어 두 번째 나한존자의 불상을 반대편으로 돌려놓았다. 그 불상이 네 마디 열여섯 자 가운데 첫 글자가 새겨진 불상이었다. 그런데 이게 웬일인가? 나한존자 불상의 등판이 말끔히 깎이고 금칠까지 입혀 칼끝이 닿은 흔적이라곤 털끝만치도 보이지 않는 것이다. 분명 그 자리에 '선先' 자가 큼지막하게 새겨져 있었는데, 도대체 글자가 어디로 갔단 말인가? 일이 이렇게 되자, 공문 방장과 공지신승만 대경실색한 게 아니라 지레짐작으로 가슴을 조이던 장무기도 깜짝 놀랐다.

소림 제자들이 한꺼번에 좌대 위로 올라가 글자가 새겨졌던 열여섯 나한존자의 불상을 차례차례 돌려놓았다. 그러나 역시 눈을 씻고 들여다보아도 등판에 글자는커녕 필획 한 점 없으니 이야말로 귀신이 곡할 노릇이었다. 승려들은 서로 얼굴이나 멀뚱멀뚱 바라볼 뿐 아무 말도 하지 못했다. 앞서 그들은 분명히 보았다.

먼저 소림을 토벌하고,	先誅少林
다음은 무당을 멸할 차례,	再滅武當
오로지 우리 명교,	惟我明教
무림의 왕자라 일컫도다!	武林稱王

열여섯 분의 나한존자 등판에 한 글자씩 도합 열여섯 자가 새겨진 것을 똑똑히 보았는데, 어째서 갑자기 한 글자도 안 보인단 말인가? 불상의 등에 입힌 금칠도 아주 새것이었다. 순금으로 번쩍번쩍 빛나는 광채로 보건대 칠한 지 얼마 되지 않은 것이 분명했다. 그러나 소림사

는 지난 2~3개월 동안 외부 침입자를 막느라 물샐틈없이 경계를 서 왔는데, 그 엄밀한 경계망을 뚫고 열여섯 분이나 되는 부처님 등에 새겨진 글자를 감쪽같이 깎아 없애고 금칠까지 입혔다는 것은 실로 불가능한 일이었다. 더구나 1,000여 명에 달하는 절간 승려가 전혀 낌새를 채지 못했다니, 어떻게 그럴 수가 있단 말인가?

어안이 벙벙해진 장무기는 흘끗 고개를 돌려 동료 일행 쪽을 돌아보았다. 때마침 위일소와 범요가 서로 마주 보면서 의미심장한 미소를 교환하고 있었다. 그제야 장무기는 머릿속이 탁 트이는 느낌이 들었다. '옳거니 그랬구나! 본교 형제들이 수작을 부렸구나! 정말 대단한 솜씨다. 이런 일을 해낼 신통력을 갖춘 사람이 과연 누굴까? 물어보나마나 흡혈박쥐와 고두타의 소행이 틀림없으리라.'

경악에 찬 소림사 승려들이 모두 도깨비한테 홀린 표정을 짓고 있는데, 양소가 천연덕스레 나한존자 불상 앞으로 다가서면서 찬사를 던졌다.

"귀 사찰의 복택福澤이 깊고 두터워 나한존자 열여섯 분의 금신상이 흠집 하나 없이 완전무결하니 실로 무량공덕無量功德이외다. 아무래도 방금 공지대사께서 말씀하신 바와 같이 앞서 간악한 자의 손에 훼손되었으나, 열여섯 아라한阿羅漢 존자께서 영험을 드러내시어 끝없는 부처님의 법력으로 훼손당한 흠집을 손수 보완하셨으니, 진실로 기쁘고 경사스러운 일이 아닐 수 없나이다. 아라한 존자님들, 삼가 축하드리오니 소생의 절을 받으소서!"

그러고는 나한불상 앞에 무릎 꿇어 참배의 예를 올렸다. 장무기를 비롯한 명교 수뇌부들도 덩달아 큰절을 올렸다.

공문 방장이나 공지대사는 비록 나한존자가 현성顯聖했다느니 스스로 흠집을 고쳤다느니 하는 따위의 도깨비 같은 소리를 믿지 않았으나, 어찌 되었든 명교 녀석들이 암암리에 수작을 부려 지난날의 허물을 메우고 사과의 뜻을 전했다는 사실만큼은 인정할 수밖에 없었다. 따라서 이날 이때껏 가슴속에 간직하고 있었던 분노와 원한이 다소나마 누그러졌다. 하지만 이 마교의 우두머리들이 드러내 보인 신출귀몰한 수완을 생각하니 경탄과 함께 두려운 마음이 들었다.

이윽고 방장 스님이 결판을 지었다.

"나한존자 불상이 예전처럼 완벽해졌으니 이 사건은 더 거론할 필요가 없겠소이다."

그는 제자들에게 손을 휘저어 나한상을 원위치대로 돌려놓게 한 다음, 장무기를 향해 다시 입을 열었다.

"간밤에 도액 사숙께서 장 교주님과 약정하셨다는 말씀을 들었소이다. 장 교주께서 용맹을 떨쳐 우리 세 분 사숙 어른의 금강복마권을 깨뜨리기만 한다면 아무 때나 사 시주를 데리고 떠나기로 했다지요?"

"그렇습니다. 도액선사께서 확실히 그런 말씀을 하셨지요. 하지만 소생은 세 분 고승의 높고 깊으신 무공 수준에 적수가 되지 못함을 스스로 잘 알고 깊이 감복해마지않습니다. 어젯밤만 해도 세 분 고승의 손 아래 패군지장敗軍之將이 된 몸인데, 어찌 감히 용맹하다 이를 수 있겠습니까?"

"나무아미타불, 장 교주께서 겸손이 지나치시외다. 어젯밤은 승부를 가리지 못했고 더군다나 장 교주님은 의협심과 인자하신 마음으로 우리 사숙 세 분께서 위급할 때 도움의 손길을 내주셨다는 말씀을 전해 들었습니다. 사숙님들께서 장 교주의 높으신 의리에 깊이 감사드리고 아울러 칭찬을 많이 하셨습니다."

양소와 범요를 비롯한 명교 수뇌부들은 앞서 장무기의 입을 통해 도액선사 이하 세 고승의 무공 실력이 정교하고 오묘하다는 말을 귀담아들은 터라 하나같이 그 고승들을 만나 겨뤄보고 싶었다. 그중에서도 백미응왕 은천정의 승부욕은 더욱 절실했다.

"어차피 소림의 고승들께서 무공 실력으로 결판을 내기로 고집하시니……. 교주님, 우리 역량이 부족한 줄은 알지만 소림파의 절학을 한 수 가르침을 받아보는 수밖에 없을 것 같소. 더구나 우리는 사씨 아우님을 구출하기 위해 여기까지 온 몸 아니오? 이렇듯 부득이한 처지가 되어서 도전할 뿐이지, 우리가 무림의 영수인 소림사에 행패를 부리러 온 것은 아니지 않소?"

장무기는 이날 이때껏 외조부의 말을 하늘처럼 떠받들고 존중해왔다. 또 한편으로 생각해보면 달리 좋은 방책도 없는 실정이었다. 그래서 공문 방장의 제안을 받아들이기로 뜻을 굳혔다.

"제가 형제들에게 세 분 고승대덕高僧大德께서 세상을 뒤덮으실 만한 신공의 소유자라고 칭송했더니 모두 깜짝 놀랐습니다. 세 분께서 수십 년 동안 좌관한 사실을 강호 무림계 사람들 중 어느 누구도 알지 못했는데, 오늘 다 같이 뵙게 된다면 실로 평생에 다시없는 영광이요, 행운이라 기뻐하고 있습니다."

이 말에 공지대사가 선뜻 손을 쳐들었다.

"좋소이다! 그럼 어서 가시지요."

공지대사는 명교 군웅들을 데리고 자신이 앞장서서 절간 뒷산 봉우리 쪽으로 휘적휘적 올라가기 시작했다.

명교 홍수기 산하 신도들은 장기사 당양唐洋의 인솔 아래 산봉우리 주변에 자못 웅장한 기세로 포진했다. 공문 방장을 비롯한 소림사 승려들은 이를 보고도 못 본 척 무시한 채 곧장 산봉우리로 올라갔다. 이윽고 산봉우리 평지에 오른 공문 방장과 공지대사가 먼저 세 그루 소나무 쪽을 향해 두 손 모아 합장하고 공손히 여쭈었다.

"명교 장 교주 일행이 다시 왕림했습니다. 그리고 십육존 나한상도 원상대로 복구되었사옵니다."

공문 방장이 상황을 설명하자, 도액선사가 대꾸했다.

"양정천과의 묵은 원한이 어제 다 풀렸는데, 나한상 일마저 오늘 깨끗이 결말지었다니 그것참 잘되었구나, 잘되었어! 장 교주, 당신네 쪽에서는 몇 사람이 올라오셨소?"

우렁찬 목소리가 산골짜기에 쩌렁쩌렁 메아리쳤다. 양소를 비롯해 오늘 처음 이들을 본 명교 수뇌부들은 속으로 깜짝 놀라 자기네도 모르게 술렁대기 시작했다. 노승 셋 모두가 왜소한 체구에 흡사 오랜 세월 비바람을 맞고 햇볕에 쬐여 말라비틀어진 강시처럼 근육 한 점 없이 수척한데, 방금 몇 마디 건넨 목소리 하나만큼은 내력이 극도로 깊고 두터운 사람이 아니고선 도저히 해낼 수 없는 것이었기 때문이다.

한편 장무기는 그 나름대로 속셈을 하고 있었다.

'어젯밤 나 혼자 싸워 이들 세 분을 이기지 못했다. 오늘 우리 쪽 인원수가 많다 해서 한꺼번에 달려들어 싸웠다가는 각자 제 실력을 충분히 발휘하지 못할 테고, 또 다수로 소수를 이겨봤자 모양새도 나쁘거니와 본교의 위풍만 꺾이기 십상이다. 인원수가 많아도 좋지 않고 적어도 안 되겠으니 3 대 3으로 싸우는 것이 제일 공평하겠다.'

생각을 굳힌 그는 도액선사를 향해 입을 열었다.

"간밤에 불초 소생이 세 분 고승의 신공을 우러러 뵙고 충심으로 감복했습니다. 그런 만치 오늘 또다시 세 분의 면전에 나타나 추태를 부려서는 아니 될 일입니다만, 사 법왕은 소생과 부자지간의 은혜가 있고 저희 교단 형제들과도 벗으로서 의리가 있는 터라 주제넘은 짓인 줄 저희 스스로 헤아리고 있사오나 그분을 구하지 않을 수가 없게 되었습니다. 저는 교단 형제들 가운데 두 사람을 청해 세 분 대사님과 3 대 3의 맞수로 공평하게 가르침을 받아볼까 합니다."

도액선사가 담담한 기색으로 대꾸했다.

"장 교주는 너무 겸사하실 필요 없소이다. 귀교에 장 교주와 백중지세로 맞먹는 무공을 지닌 분이 더 계시다면 두 분이 손을 맞잡고 나서기만 해도 우리 세 늙은 대머리들을 너끈히 죽일 수 있을 것이외다. 하지만 노납의 짐작이 틀림없다면, 현재 이 세상에 장 교주와 같은 불세출의 고수는 다시없으리라 보오. 그러니 몇 분쯤 더 가세해서 한꺼번에 덤비는 게 좋을 듯싶소."

주전과 철관도인을 비롯한 명교 수뇌부들은 기가 막혀 서로 얼굴만 멀뚱멀뚱 바라보았다. 자기네들의 무공이 장 교주보다 못하고 온 세상을 통틀어 그와 맞먹을 자가 없다는 것은 틀림없는 사실이지만, 장 교주 한 사람을 제외하고는 자기네 셋을 이길 자가 없다는 뜻을 은연중 내비쳐서 천하의 영웅호걸들을 안하무인격으로 무시해버리다니 미치광이가 아니고서야 세상에 이렇듯 오만방자한 늙은이들이 어디 또 있단 말인가? 말 한마디로 깨끗이 무시당한 주전이 불끈하는 성미를 참지 못하고 이제 막 욕설을 퍼부으려고 하는데, 곁에 있던 포대화상 설부득이 재빨리 그의 입을 틀어막았다.

장무기가 차분히 대꾸했다.

"저희 명교가 비록 좌도방문左道旁門이라 귀 소림파와 같은 명문 정파에 맞서기에는 부족한 줄 아오나, 그래도 수백 년 동안 이어온 기반을 바탕으로 몇몇 인재는 길러냈습니다. 불초 소생이 묘한 연분으로 잠시 교주의 직책을 대행하고 있습니다만, 사실 저희 교단에 재능과 무공, 식견이 저보다 월등한 분이 적지 않습니다. 위 복왕, 세 분 고승께 우리의 명첩을 갖다드리시오."

이렇게 말하면서 품속에 든 명단을 한 장 꺼내 들었다. 거기에는 장무기 자신과 광명좌사 양소, 광명우사 범요, 천응기天鷹旗로 탈바꿈한 저 옛날 천응교의 교주 백미응왕 은천정, 흡혈박쥐로 악명을 떨치는 청익복왕 위일소를 비롯해 이번에 소림사를 찾아온 여러 호걸의 성명이 차례차례 적혀 있었다.

위일소는 장 교주가 어째서 자기를 지명했는지 그 의도를 분명히 알아챘다. 소림파 모든 승려 제자가 보는 앞에서 자기더러 당세 무쌍當世無雙인 경공신법 절기를 과시해 저들이 명교 인물을 얕잡아보지 못하게 만들라는 묵시적인 명이 담겨 있는 것이다.

"예에, 분부 받들리다!"

교주의 손에서 명단을 넘겨받은 그는 미처 몸을 바로 세우기 전에 돌아서지도 않은 채 그대로 정면에서 탄력을 받은 것처럼 뒤로 튕겨 나가더니, 무려 100여 척이나 되는 먼 거리를 마치 한 줄기 연기라도 된 듯 가볍게 세 그루 소나무 사이로 표연히 스며 들어갔다. 그러고는 양 손바닥이 훌떡 뒤집히면서 도액선사 면전에 공손히 명단을 내밀었다.

도액선사를 비롯한 소림의 원로 세 승려는 그저 눈앞에서 사람의 그림자 하나가 번뜩하는 것밖에 보지 못했다. 동작을 취하는가 싶은 느낌만 받았을 때 어느새 장본인이 자기네들 앞에까지 들이닥칠 줄이야 꿈에도 생각지 못한 것이다. 실로 기막힐 정도로 재빠른 경공신법을 그들은 평생 처음 본 터라 입에서 저절로 찬탄의 소리가 흘러나왔다. 더구나 정면을 마주 보고 움직인 것이 아니라 뒤로 튕기듯 날아들었으니 더욱 놀라운 일이 아닌가?

"호오, 기막힌 경공신법이로다!"

소림의 승려 제자들 역시 하나같이 식견을 갖추고 인물 됨됨을 알아보는 안목이 있는 터라 자그만 산봉우리 평지에 우레와 같은 박수갈채가 진동했다. 명교 수뇌부 호걸들도 위일소의 경공술이 대단하다는 사실을 모두 알고 있었으나 이렇듯 등진 자세로 튕겨나가는 솜씨만큼은 처음 보았다. 그러나 자기네 집안 식구를 칭찬하기가 쑥스러워 속으로만 경탄할 뿐 굳이 내색하지 않았다. 다만 제 감정을 잘 숨기지 못하는 주전만이 손뼉을 쳐가며 큰 소리로 찬사를 던졌다.

도액선사가 몸을 약간 굽히고 명단을 받아 들기 위해 손을 내밀었다. 다섯 손가락이 종잇장에 얹히는 찰나, 위일소는 갑자기 벼락에라도 맞은 듯 찌릿하는 충격과 더불어 전신이 마비되는 느낌을 받았다. 불덩어리를 통째로 삼킨 것처럼 가슴속이 뜨거워지더니, 한순간 두 다리에 맥이 탁 풀리면서 몸뚱이가 앞으로 넘어갈 듯 기우뚱했다. 깜짝 놀란 위일소는 황급히 공력을 두 다리에 쏟아붓고서야 휘청거리는 몸뚱이를 가까스로 제어할 수 있었다. 그 순간 도액선사의 그 무서운 내력의 힘줄기가 언제 그랬느냐는 듯 삽시간에 사라졌다. 이때껏 느긋하게 여유를 부리던 위일소의 얼굴빛이 삽시간에 바뀌었다. 외눈박이 노승의 내력이 헤아릴 수 없을 만큼 깊다는 데 생각이 미치자, 섣불리 머뭇거릴 엄두가 나지 않았다. 그는 즉시 허리 굽혀 예를 표하고 한쪽으로 비켜났다. 그쪽은 수풀이 무릎까지 차도록 무성한 풀밭이었다. 훌쩍 풀잎에 뛰어오른 그의 몸뚱이가 여린 풀밭 위를 얼음지치듯 주르르 미끄러져 나가더니 어느새 장무기 옆으로 돌아와 시침 뚝 떼고 섰다. 이른바 풀잎 위로 날아간다는 초상비草上飛의 무공신법이 유별난 재주는 아니지만 이렇듯 '능공도허凌空渡虛'의 경지에 도달했다면 신기神技라고밖에 형언할 길이 없었다.

또 한 차례 경이로운 재간을 목격한 공문 방장과 공지대사는 저마다 깊은 생각에 잠겼다.

'청익복왕 위일소의 경공신법이 이렇듯 놀라운 경지에 도달했다면 고인의 가르침을 받았다 해도 천부적 자질을 타고나지 않고서는 불가능하다. 다른 사람은 평생 죽을 때까지 고심참담하게 수련해도 결코 저런 경지에 이르지 못하리라.'

도액선사의 목소리가 들려왔다.

"장 교주께서 귀교 고수 세 분이 출전하신다고 하셨는데, 장 교주와 저 위 복왕 말고 또 어느 분이 나와서 겨루시겠소?"

장무기는 잠시 생각한 끝에 이렇게 대답했다.

"위 복왕은 방금 대사님의 내력 신공을 지도받았으니 일단 제외하고, 명교 좌우 광명사자의 도움을 받았으면 합니다."

그 말을 듣고 도액선사는 속이 뜨끔해졌다.

'이 젊은이의 눈썰미가 참으로 예리하구나. 방금 내가 종잇장을 사이에 두고 순식간에 내력의 힘줄기를 전달했다 회수했는데, 한눈에 간파당할 줄이야……. 그렇다면 좌우 광명사자의 무공 실력이 저 위씨 성을 가진 자보다 더 뛰어나단 말인가?'

그는 30여 년의 오랜 세월 동안 한곳에 들어앉아 폐관정수를 해온 몸이라, 광명좌사 양소의 이름을 들어본 적도 없거니와 여러 해 동안 이름을 감추고 얼굴 모습까지 바꾼 고두타 범요가 누군지 몰랐다.

양소와 범요는 교주에게 지명을 받자, 즉시 한 걸음 앞으로 내딛고 허리를 굽혔다.

"삼가 교주님의 호령을 받들겠습니다!"

장무기가 물었다.

"저 세 분 고승께선 채찍처럼 부드러운 연병기軟兵器를 쓰시는데, 우리는 무슨 병기를 쓰면 좋겠소?"

두 사람은 대답을 못 하고 망설였다. 교주가 무슨 뜻으로 묻는지 까닭을 알 수 없었기 때문이다. 장무기와 양소, 범요는 평소 적과 맞설 때마다 으레 빈손으로 싸워왔다. 그런데 오늘은 대단한 강적과 맞서게 되어 병기를 쓰지 않을 수 없게 된 것이다. 하기야 "일법통, 만법통一法通萬法通"이란 속담처럼 한 가지 일을 터득하면 만사형통하듯이, 세 사람 모두 무학의 기본 요체를 꿰뚫어 아는 만큼 십팔반 병기十八班兵器•

• 중국 고대 민간에서 쓰는 병기의 통칭. 남송 때 화악華岳이 처음 36종의 번잡한 병기 종류를 18종으로 줄여 정리했는데, 주로 활弓, 쇠뇌弩, 창槍, 도刀, 검劍, 또 다른 창의 일종인 모矛, 방

중 어느 것이나 자유자재로 쓸 수 있는 능력의 소유자들이다. 따라서 장무기의 질문 요지는 바로 병기 면에서 유리한 점을 차지하자는 것이었다. 양소가 먼저 그 의도를 깨닫고 대꾸했다.

"교주님의 분부시라면 어느 것이나 다 좋습니다."

장무기는 잠시 어젯밤의 악전고투를 머릿속에 떠올렸다.

'옳거니, 하간쌍살은 판관필과 타혈궐 같은 길이가 짧은 병기를 사용해 다소 재미를 보았다. 일단 밧줄 세 가닥의 방어망을 뚫고 들어가 근접전을 펼치기만 하면 승산이 있을 게 아닌가?'

그는 품속에 간직하고 있던 성화령 여섯 자루를 꺼내 그중 네 자루를 양소와 범요에게 두 자루씩 나누어주었다.

"우리는 소림사를 방문하면서 손님 된 예의로 병기를 휴대하지 않았습니다. 이 성화령은 우리 명교를 수호해주는 보배인데, 모두 그럭저럭 쓸 만할 겁니다."

양소와 범요가 허리 굽혀 공손히 성화령을 받아 들었다. 그러고는 다시 어떻게 싸워야 할 것인지 물었다.

"본교의 진산지보를 받들게 되다니 실로 송구스럽습니다. 그런데 공격 방식은 어떻게 됩니까?"

장무기가 미처 대답하기도 전에 멀찌감치 서서 지켜보고 있던 공지대사가 느닷없이 큰 소리로 호통을 쳤다.

패盾, 크고 작은 도끼 부斧와 월鉞, 가지 날이 달린 극戟, 채찍鞭, 장방형의 네모난 타격 병기 간簡, 도리깨 형태의 과撾, 날 없는 창 수殳, 작살 형태의 차叉, 쇠스랑의 일종인 파杷, 밧줄과 올가미의 총칭인 면승 투삭綿繩套索, 그리고 손바닥이나 주먹질 발길질로 걷어차는 백타白打 등이다. 원나라 때 들어서 이들 병기를 다루는 기술이 발달해 이른바 '십팔반무예'가 보편화했다.

"고두타! 우리가 만안사에서 맺은 원혐을 이대로 덮어둘 수야 있겠는가? 자, 이리 썩 나서시오! 이 늙다리가 먼저 그대의 고명하신 초식에 한 수 가르침을 받아보리다. 내 오늘만큼은 십향연근산에 중독되지 않았으니 피차 진짜 솜씨를 발휘해봅시다!"

그는 대도 만안사에서 고두타 범요에게 이루 말 못 할 곤욕을 치렀다. 그때부터 고두타에 대한 미움과 원한이 쌓여 아직 풀지 못하고 있었는데, 오늘 범요와 맞닥뜨리고 보니 이날 이때껏 억눌러온 분노의 불길을 더 이상 참을 수 없는 지경에 이르게 된 것이다.

범요가 무덤덤하게 웃더니 사뭇 미안한 표정을 지었다.

"소생은 현재 교주님의 호령을 받들어 세 분 고승께 가르침을 받아야 할 몸이외다. 대사께서 정녕 지난날의 원수를 갚고 싶으시다면 이 일이 끝난 뒤에 요행으로 이 몸이 죽지 않거든 다시 대사님의 분부를 받들어 상대해드리겠소이다."

그러나 공지대사는 귓등으로도 듣지 않고 곁에 있던 제자의 손에서 장검 한 자루를 빼앗다시피 거칠게 넘겨받더니 또 한 번 호통을 쳤다.

"주제넘은 소리! 우리 세 분 사숙 어르신과 싸웠다가는 죽지 않으면 중상을 입기 십상인데, 그 목숨을 잃고 나면 이 늙은이가 누구한테 복수를 한단 말인가?"

"하하, 내가 당신네 사숙 어른에게 맞아 죽는다면 당신도 복수를 한 셈 치시구려. 엎어치기나 메치기나 이 한목숨 날려 보내기는 마찬가지 아니겠소?"

공지대사가 차갑게 웃으며 말했다.

"흐흠, 그러고 보니 명교에는 귀하 말고 고수다운 인물이 없는 모양이로군. 정 그렇다면 하는 수 없지. 그만둡시다."

이 몇 마디가 상대방의 자존심을 건드리기 위한 격장법激將法인 줄 명교 수뇌부 호걸들이 어찌 모르겠는가? 이런 모욕적인 말을 듣고도 그냥 넘겨버린다면 소림파 측은 앞으로 계속 명교를 얕잡아볼 터이고, 교주 이하 모든 수뇌부가 강호 무림계에 고개를 쳐들고 다니지 못하게 될 터였다. 명교에서 지위와 명망으로 따져본다면 광명우사 범요의 아래는 백미응왕 은천정이다. 그러나 장무기는 외조부의 연세가 너무 많아 나서달라고 청하기가 어려워 대신 외숙부 은야왕더러 출전할 것을 부탁하려고 했다. 한데 미처 얘기도 꺼내기 전에 은천정이 벌써 한 걸음 앞으로 나섰다.

"교주님, 속하 은천정이 호령을 받고자 하오!"

"외할아버님은 연로하셔서 외숙부님께 청할까 하는데……."

장무기가 거절하려 했으나 은천정 역시 고집불통, 중간에서 그 말을 딱 끊었다.

"내 나이가 아무리 많다 해도 세 분 고승보다는 많지 않으리다. 소림파에 저렇듯 훌륭하신 원로 기숙이 세 분씩이나 계신데, 우리 명교에 백전노장 하나 없다고 해서야 말이 되겠소이까?"

장무기는 외조부의 무공 실력이 양소나 범요보다 뒤처지지 않을 만큼 깊고 정교하다는 사실을 잘 알고 있다. 더구나 외숙부에 비해서는 훨씬 더 뛰어나다. 만약 외조부가 출전하기만 한다면 승산이 더 높아질 것은 확실했다.

"좋습니다. 범 우사는 기력을 남겨두었다가 공지신승께 가르침을 받도록 하시고, 외조부님께서 저를 도와주시지요."

"명을 받들리다!"

은천정이 한마디로 응답하더니 범요의 손에서 두 자루 성화령을 넘겨받았다.

명교 측 출전자가 결정되자, 공문 방장은 목청을 드높여 자기편에게 적방의 신상 내력을 일러주었다.

"세 분 사숙께 아뢰오! 저 은씨 성의 노영웅으로 말씀드리자면 강호의 별호가 백미응왕이라 일컫는 분으로서, 20여 년 전에 천응교를 창설해 독자적인 세력으로 육대 문파와 맞서 한 번도 패배하지 않았던, 실로 대단한 영웅호걸이십니다. 또 한 분 양소 선생은 내공과 외가공력 모두 출신입화의 경지에 도달한 인물로서, 명교 제자들 가운데 으뜸가는 절정 고수입니다. 곤륜과 아미 두 문파의 원로들조차 양 선생의 손 아래 패한 사람이 적지 않았습니다."

도액선사의 입에서 마른 웃음소리가 두어 차례 흘러나왔다.

"훌륭하신 분들을 만나 뵙게 되어 다행이외다, 다행이야! 그럼 어디 소림 문하 제자들의 솜씨가 어떤지 보시겠소?"

그 한마디를 신호로 세 승려의 손아귀에서 검정 밧줄이 훌쩍 떨쳐지더니 마치 흑룡 세 마리가 용틀임하듯 허공에 빙그르르 맴돌아 세 겹으로 얽히면서 원둘레를 형성했다. 순식간에 삼중 방어벽을 구축한 것이다.

장무기가 어젯밤 세 승려와 대결했을 때에는 손길을 내뻗어도 다섯 손가락이 보이지 않을 정도로 캄캄해서, 순전히 밧줄이 후려쳐 오는 힘줄기에 의존해 적 병기의 공격 방향을 가늠했다. 그러나 지금은 바야흐로 오시午時 초(오전 11시)에 들어설 무렵, 한낮 화창한 햇빛이 허공을 밝게 비춰 검정 밧줄은 둘째 치고 세 노승의 쭈글쭈글한 얼굴의 주름살마저 또렷이 볼 수 있었다. 양무기는 양손에 갈라 잡은 성화령을 거꾸로 돌리고 포권의 자세를 취하면서 허리 굽혀 예를 건넸다.

"그럼 실례를 범하겠습니다!"

이른바 '선례후병先禮後兵'• 으로 떳떳이 공격 개시를 통보하기 무섭게 몸을 뒤튼 장무기가 곧바로 밧줄의 방어벽에 부딪쳐 들어갔다. 그와 동시에 양소도 좌측으로 몸을 날렸다.

"이여업!"

은천정이 대갈일성 기합을 터뜨리더니 오른손의 성화령을 번쩍 쳐들어 도난선사의 검정 밧줄을 내리쳤다.

"땅! 우우웅……!"

밧줄과 성화령이 무서운 기세로 격돌했다. 두 종류의 기이한 병기가 맞부딪치며 울려 나오는 소리는 실로 괴상야릇하기 짝이 없었다. 그다음 순간, 병기를 잡은 두 사람의 팔뚝이 큰 충격을 받고 극심하게 떨렸다. 비록 입을 열지 않았어도 저마다 속으로 외마디 실성을 터뜨릴 만큼 지독스럽게 충돌한 것이다. 그들은 평생 보기 드문 강적과 마주쳤다는 사실을 새삼 깨달았다.

• 전쟁터에서 적과 대치했을 때 본격적으로 전투가 개시되기 전에 먼저 대의명분을 밝히는 외교 전술, 또는 도발적인 언사로 적을 격분시켜 이성을 잃게 하거나 야비한 아첨으로 적을 방심하게 만들고 투지를 흩어놓는 일종의 심리 전술. 《삼국연의》 제11회에서 조조의 군사참모 곽가郭嘉가 유비군을 공격할 계략을 제의할 때 "유비군이 먼 길에 구원하러 달려왔으니 주군께서 선례후병으로 맞아 싸우시되, 먼저 좋은 말씀으로 답변하시어 유비의 마음을 달래 이완시켜놓고 나서 기습 공격하면 성을 격파할 수 있습니다劉備遠來救援 先禮後兵 主公當用好言答之 以慢備心 然後進兵攻城 城可破也"라고 한 데서 인용했다.

장무기는 곰곰이 생각했다.

'세 고승이 밧줄로 연결시킨 원둘레 장벽은 수비 초식이 엄밀하기 짝이 없어 우리 셋이서 손을 맞잡아 공세를 펼친다 해도 절대로 300~400초 안에 공파攻破될 것이 아니다. 그렇다면 세 분 스님의 내력을 조금씩 소모시키며 천천히 틈을 찾아낼 수밖에 없다.'

그는 밧줄이 정면으로 들어오자 곧바로 성화령을 휘둘러 거칠게 맞부딪쳤다. 강공으로 맞서 적의 기력을 소모시키겠다는 의도였다.

싸움이 밥 한 끼 먹을 시간 정도 지났을 때 장무기 일행 셋은 이미 원둘레 장벽의 지름을 10여 척 남짓한 범위까지 좁혀놓았다. 그러나 세 승려의 밧줄 영역이 축소될수록 저항력은 더 강하고 치열해졌다. 세 사람이 한 걸음 공격해 들어갈 때마다 몇 배나 더 많은 기력을 소모해야만 했다. 양소와 은천정은 싸우면 싸울수록 놀라움이 커져 나중에는 얼굴빛마저 해쓱하게 질렸다. 처음에는 그나마 3 대 3의 팽팽한 대결 국면을 이루었으나, 반 시진이 지나자 양소와 은천정은 차츰 버티지 못하고 둘이서 힘을 합쳐 도난선사 한 명과 싸우는 격이 되고 말았다. 결국 장무기 혼자서 도액, 도겁 두 스님을 상대하게 된 것이다.

은천정의 무공 초식은 순전히 강맹 일변도였다. 반면 양소는 변화무쌍해 부드럽게 나가는가 싶으면 어느새 강력한 힘줄기로 무섭게 적을 들이치고 있었다. 피아 쌍방 여섯 사람 가운데 양소의 무공 초식이 제일 멋들어지고 복잡다단했다. 그의 양 손아귀에서 두 자루 성화령이 전후좌우로 빙글빙글 돌아가며 단 한순간도 쉬지 않고 어지러이 춤을 추었다. 급작스레 장검으로 바뀌어 찔러드는가 하면 느닷없이 단도單刀로 변해 후려 베고, 자루 짧은 단창短槍이 되어 찌르기와 후려 때리기, 휩쓸어 치기에 이어서 두들겨패는 듯싶더니, 어느새 판관필로 돌변해 찍고, 쑤시고, 짓누르고, 훑어 올리고, 일필휘지로 붓놀림하듯 상대방을 정신 못 차리게 만들었다. 이따금 왼손의 성화령은 비수가 되고 오른손의 성화령은 물속에서 고기 잡는 작살이 되는가 하면, 느닷없이 오른손의 병기는 강편鋼鞭으로 바뀌고 왼손의 것은 무쇠로 벼린 철척鐵尺이 되어 곡선을 그리면서 전혀 예상치 못한 방위로 들이쳤다. 그 바쁜 와중에서도 두 자루 성화령을 마주쳐 "윙윙!" 울리는 괴상야릇한 공명共鳴으로 가뜩이나 날카로워진 상대방의 신경과 집중력을 교란했다. 공방전이 삽시간에 400여 초를 넘겼을 때 양소의 수중에 들린 성화령은 벌써 스물두 가지 병기로 연속 바뀌고, 병기 한 종류를 쓸 때마다 두 벌의 공격 초식을 갖추어 도합 44초식을 구사하고 있었다.

공지대사는 소림파 일흔두 가지 절예 가운데 열한 가지를 완전히 터득한 인물이고, 범요는 천하무학 중 통달하지 않은 게 없다고 자부해온 사람이었다. 그런데 지금 양소의 손에서 연출되는 신기神技가 이 정도에 이른 것을 목격하면서 두 사람 모두 속으로 경악과 탄복을 금치 못했다. 그 점에서는 주전도 마찬가지였다. 사실 그는 양소와 별로 사이가 좋지 않아 벌써 몇 차례나 다퉈왔다. 그런데 이제 양소의 활약을 보자 내심 부끄러운 마음이 들었다.

'양소, 이 개잡놈 같은 녀석! 그러고 보니 이날 이때껏 나한테 양보만 하고 살아왔구나! 앞서 나는 이 녀석의 무공 수준이 그저 나보다 조금 높아 싸울 때마다 운수가 좋은 덕분에 일초 반식을 이기는 줄만 알았다. 그런데 나 주전의 무공 실력이 저 개잡놈보다 짧을 줄이야 누가 알았으랴? 정말 부끄러운 노릇이다. 이거야말로 하늘과 땅 차이가

아니고 뭐란 말이냐?'

관전자들의 감정이야 어떻든 간에 양소는 또 그 나름대로 벙어리 냉가슴을 앓고 있었다. 자신이 아무리 공격 초식에 변화를 주어도 도난대사는 밧줄 한 가닥만으로 여유 만만하게 자기와 은천정이 집중 공격을 못 하도록 갈라놓고 추호도 열세에 처하는 기미를 보이지 않고 있는 것이다. 언젠가부터 은천정의 머리끝 정수리에서 뜨거운 김이 모락모락 피어오르고 있었다. 혼신의 공력을 모조리 끌어내어 필사적으로 싸우고 있다는 증거였다. 관전자들도 그가 지금 발휘하는 내력이 극치에 도달했다는 사실을 알 수 있었다. 치렁치렁 늘어졌던 백색 장포가 모닥불에 쬔 북 가죽처럼 팽팽하게 부풀어 오르고, 진기의 흐름으로 가득 찬 몸통 때문에 속옷마저 물결치듯 일렁거렸다. 한 발짝 내디딜 때마다 단단한 돌바닥에 무려 한 치 깊이나 되는 발자국이 찍혀 한 시진 가깝게 싸우고 났을 때에는 세 그루 소나무 둘레 바깥으로 온통 그가 찍어낸 발자국이 큼지막하게 원을 그리고 있었다. 눈 깜짝할 사이에 은천정이 오른손에 들고 있던 성화령을 왼손에 겹쳐 넘겨, 두 자루로 한꺼번에 도난대사의 검정 밧줄을 찍어 누르면서 오른 손바닥을 칼날처럼 모로 세워 상대방의 머리통을 도끼날로 장작 패듯 쪼개 내렸다. 허공을 사이에 두고 수도手刀로 후려 때리는 벽공장력劈空掌力이었다. 도난대사의 왼손이 번쩍 들리면서 다섯 손가락으로 허공을 움켜잡듯 적수공권赤手空拳으로 바뀌더니 상대방의 손바닥 칼날 장력에 맞서 내질렀다. 그러나 주먹질이라고 보았다면 큰 오산이다. 어느덧 주먹이 중도에 풀리면서 상대방에게 들이닥쳤을 때에는 다섯 손가락이 허방을 움키듯 성글게 벌려진 채 장력으로 바뀌어 있었다.

"앗……!"

공문 방장과 공지대사를 비롯한 소림의 원로 고수들의 입에서 약속이나 한 듯 외마디 소리가 터져 나왔다. 목소리에는 하나같이 놀라움과 의아스러움, 경탄과 감복의 기미로 가득 차 있었다. 방금 도난대사가 반격으로 내뻗은 일장이 바로 소림의 일흔두 가지 비전절기 가운데 하나인 수미산장須彌山掌이었던 것이다. 이 장력은 수련하기가 극히 어려울뿐더러 설령 수련해서 자기 것으로 만들었다 해도 장력을 발출할 때마다 반드시 기마 자세를 취하고 오래도록 정신력을 집중시킨 다음, 혼신의 내력을 단전에 모으고 나서야 한꺼번에 쏟아낼 수 있다. 그런데 도난대사는 앉은 자세 그대로, 그것도 순식간에 수미산장의 장력을 응집시켜 후려칠 줄이야……. 어디 그뿐이랴. 뒤미처 오른손에 잡힌 검정 밧줄까지 반공중에서 부르르 떨리더니 또 한 사람의 적수 양소를 겨냥하고 위에서부터 덮어씌우듯 내리치고 있었다.

그러나 순간적으로 혼신의 기력을 다 쏟아 수미산장으로 은천정의 장력과 맞서다 보니 검정 밧줄에 실린 힘줄기는 절반 이상 약해질 수밖에 없었다. 도난대사는 교묘한 수법으로 약세를 보완하려고 검정 밧줄을 좌우상하 가리지 않고 쉴 새 없이 춤추면서 상대방의 눈을 교란시켰다. 반공중에 날뛰는 밧줄 초리가 마치 독 오른 뱀이 눈앞에 나타난 천적을 깨물려고 발악하듯 덮쳐드는가 하면, 이내 물러나고 정면에서 공격하는가 하면 다시 좌우 측방으로 돌아가며 어지러이 날뛰었다. 양소의 손아귀에 잡힌 두 자루 성화령도 변화무쌍, 독사의 공격에 맞서 종횡무진으로 맞서 반격하고 역습을 노렸다.

어느덧 관전자들의 눈길 대다수가 이들 두 사람의 싸움에 쏠리고 있었다. 은천정은 온 신경을 두 눈에 집중시켜 상대방을 노려본 채 혼신의 기력을 다 끌어올려 차분하게 일장씩 후려쳐갔다. 신중하게 밟는 보법도 전진과 후퇴를 거듭했다. 느닷없이 두 걸음 내디뎠는가 하면 어느새 또다시 두 발짝 뒷걸음치고 좌로 우로 상대방이 종잡지 못하게 움직여갔다.

장무기는 도액, 도겁선사와 2 대 1로 맞서고 있다. 세 사람의 공방 초식은 모두 그저 싱겁고 평범할 뿐 기묘한 맛이라곤 하나도 없어 보였다. 그러나 이들의 대결이야말로 필사적이었다. 저마다 평생 쌓아 둔 내력을 일거수일투족에 송두리째 쏟아붓고 있기 때문이다. 이런 대결 방식은 강한 힘으로 싸우는 은천정이나 교묘한 초식 변화로 싸우는 양소에 비해 훨씬 위험했다. 자신들이 쏟아붓는 내력의 집중된 힘줄기가 상대방의 압력에 한순간이나마 갈라지는 날이면 그 즉시 숨이 끊어져 즉사하거나, 주화입마에 빠져들어 전신마비로 평생 불구자의 신세를 면치 못하게 되기 때문이다. 이렇듯 목숨을 건 대결은 그 경지를 몸소 겪는 당사자만이 고충을 뼈저리게 느낄 수 있을 뿐, 곁에서 구경하는 사람들은 무공이 제아무리 높다 해도 셋이 구사하는 공방전 속에 얼마나 무서운 지옥의 함정이 도사리고 있는지 판별해낼 도리가 없었다.

바야흐로 동편에 떠올랐던 태양이 머리 위에 직사광선을 내리쏟더니 이제는 차츰 서편으로 기울기 시작했다. 소림의 방장 공문 스님, 공지대사, 명교의 범요, 위일소를 비롯한 고수들도 쌍방 간에 승부를 낼 시기가 왔음을 내다보고 있었다. 은천정의 정수리에서 모락모락 피어오르는 하얀 김이 갈수록 짙어지는 한편, 도겁대사가 들어앉은 커다란 소나무 가장귀가 출렁거릴 때마다 그 진동으로 바늘 같은 솔잎들이 끊임없이 우수수 떨어져 내렸다. 그것을 보면 도액과 도겁 두 노승의 공력 수준 차이가 어떤지 알 만했다. 소나무를 등진 도겁대사는 굵다란 나무줄기의 힘을 빌려서야 가까스로 장무기의 구양신공에 맞설 수 있었다. 이제 은천정이 버티지 못할 경우, 그것은 곧 명교의 패배를 의미하고, 도겁대사가 구양신공을 막아내지 못하면 소림파가 지게 되는 것이다. 목숨 걸고 악전고투를 벌이는 당사자 여섯 명은 이 승부의 관건이 어디에 있는지 더욱 뼈저리게 느끼고 있었다. 도난대사와 장력으로 대결 중인 은천정은 30여 합을 겨루고 났을 때부터 자신이 결국 도난대사의 적수가 못 된다는 사실을 깨달았다. 그는 허탈한 느낌 속에 자신을 되돌아보았다. '오늘 우리에게는 사손을 구출하는 일이 무엇보다 중요하다. 나 개인의 영욕 따위가 대수로울 게 뭐 있으랴? 더구나 소림파 원로 고인의 손에 패한다고 해서 백미응왕의 위엄과 명성에 손실이 가는 것도 아니지 않은가?'

생각이 여기에 미치자, 은천정은 즉시 상대방에게 필사적으로 일장을 먹이고 뒤로 반걸음 물러났다. 이런 식으로 10여 장을 맞서고 났을 때에는 무려 10여 척 바깥으로 밀려나 있었다. 수미산장으로 말하자면 소림파 일흔두 가지 절예 중 하나요, 도난대사는 이 장법에 침잠하기를 수십 년, 그 숱한 세월을 공들여 완전히 자기 것으로 만든 터라 그 위력이 보통 아니었다. 은천정이 한 걸음씩 밀려날 때마다 도난대사의 장력도 덩달아 일보 전진했다. 뜻밖에도 힘줄기 역시 거리가 길어짐에 따라 쇠약해지는 기미를 보이지 않았다.

그 광경을 양소가 곁눈질로 목격하고 가슴이 덜컥 내려앉았다. '이 소림승의 무공 실력은 정말 대단하다. 성화령으로 공격 초식을 다시 변화시킨다 해도 끝내 이 노승을 어떻게 해볼 도리가 없다. 백미응왕이 혼자서 내력을 송두리째 받고 있는데, 시간이 길어지면 버텨내지 못하고 주저앉을지도 모른다.' 양소는 우선 밧줄의 압력에서 벗어날 요량으로 성화령 두 자루를 합쳐 그 사이에 검정 밧줄을 끼워 넣으려 했다. 일단 밧줄을 제압한 다음에 그 역시 뚝심을 써서 강공 대 강공으로 맞서 은천정에게 일방적으로 가중되는 압력을 분담할 생각이었다. 그런데 뜻밖의 사태가 벌어졌다. 성화령 두 자루가 이제 막 검정 밧줄에 닿는 순간, 도난대사의 팔목이 부르르 떨더니 검정 밧줄 초리가 독사의 머리처럼 바싹 치켜서면서 곧바로 양소의 면상에 부딪쳐 오는 것이 아닌가? 양소는 순간적으로 두뇌를 회전시켰다. 본능적으로 냅다 던져 보낸 성화령 두 자루가 도난대사의 가슴을 노리고 급속도로 날아가는 동안 훌쩍 뒤집힌 두 손바닥이 어느 틈에 검정 밧줄 끄트머리를 움켜쥐더니 그대로 몸을 한 바퀴 돌렸다. 도예구우미倒曳九牛尾 초식, 즉 앞으로 자꾸 나가려는 아홉 마리 황소 꼬리를 미련하게 뒤에서 잡아끈다더니, 과연 사나운 힘줄기로 밧줄을 거세게 바깥쪽으로 잡아당긴 것이다.

도난대사는 상대방의 병기 두 자루가 손아귀에서 벗어나는 것을 똑똑히 보았다. 그것들은 암기처럼 겨냥도 정확하거니와 던져 보낸 힘줄기 역시 맹렬했다. 그는 엉겁결에 왼손 팔꿈치를 늘어뜨려 이제 막 왼쪽 가슴에 들이쳐 오는 성화령부터 찍어 눌렀다. 그러고는 다시 두 번째 암기마저 제압하려 했다. 한데 이게 또 웬일인가! 두 번째 성화령이 중도에서 급작스레 방향을 꺾어 돌더니 "휙!" 하고 바람 가르는 소리와 더불어 엉뚱하게 도겁대사를 향해 비스듬히 후려쳐 가는 것이 아닌가? 사실 그는 알지 못했다. 명교의 광명좌사 양소는 피아 쌍방 여섯 가운데 누구보다 심지 깊고 책략에 능한 고수였다. 그가 방금 도난대사를 공격한 성화령은 한낱 허초였을 뿐, 사실은 도겁대사를 향해 날린 성화령에 혼신의 공력을 모조리 쏟아부은 것이다.

도겁대사는 바야흐로 장무기와 전심전력을 다해 맞서던 참이었다. 얼핏 눈길에 잡힌 것은 막내 사제 도난이 양소와 은천정을 상대하면서 은연중 우세를 잡고 있는 광경이었다. 그렇다면 저쪽은 더 신경을 쓰지 않아도 되리라 싶어 장무기의 공세에 대처하는 데만 집중했다. 그런데 느닷없이 시꺼먼 물체 하나가 번개 벼락 치듯 날아들었으니 저도 모르게 찔끔 놀랄 수밖에. 그가 흠칫하는 순간 성화령은 벌써 면전으로 들이닥치고 있었다. 도겁대사는 혼비백산해서 두 손가락을 가볍게 벌려 성화령을 냉큼 끼워 잡았다. 하나 지금이 어느 때인가? 온 신경을 다 쏟아부은 내력으로 장무기와 목숨 건 대결을 벌이고 있는 판국에 힘줄기를 딴 데로 돌릴 여유가 어디 있으랴? 막상막하로 팽팽하게 끌어가던 세력 균형이 삽시간에 무너졌다. 도겁대사가 몸을 의탁하고 있던 소나무 등걸이 송두리째 뒤흔들리면서 바늘 같은 솔잎이 마치 허공에 소나기 퍼붓듯 어지럽게 쏟아져 내리기 시작했다.

그와 동시에 장무기는 직감적으로 상대방의 철벽 수비에 구멍이 뚫렸음을 깨달았다. 절정 고수들의 대결에서는 그것만으로도 엄청나게 큰 허점이요, 파탄이었다. 건곤대나이 심법의 가장 큰 장점은 상대방의 틈을 놓치지 않는 데 있었다. 장무기가 내뻗은 오른 손가락에서 다섯 가닥의 힘줄기가 한꺼번에 쏟아지더니 날카롭게 허공을 가르는 소리와 함께 질풍같이 공격해 들어갔다. 그다음 순간, "우지끈!" 하는 소리에 도겁대사가 등을 기대고 앉은 소나무 가장귀와 솔잎, 하다못해 작은 나뭇가지마저 그 충격을 이기지 못하고 부러져 나갔다. 도겁대사는 전후좌우로 빗발같이 쏟아져 내리는 나뭇가지 속에 꼼짝 못 하고 들어앉은 채 갇히는 신세가 되고 말았다.

도액선사가 둘째의 위험한 형세를 목격했다. 앉은 자리에서 벌떡 일어난 그가 몸을 한 번 꿈틀하는 듯싶더니 어느새 둘째 곁에 이르러 왼손으로 그의 어깨머리를 지긋하게 누르고 있었다. 도겁대사는 맏이의 도움을 받고서야 겨우 안정된 자세를 되찾았다.

한편 도난대사와 은천정, 양소 간의 대결도 이미 교묘한 초식이나 뚝심이 아니라 순수하게 진력眞力으로 맞서기 시작해 생사 결판이 한 순간에 날 지경에 이르렀다. 양소는 검정 밧줄 한 끄트머리를 잡은 채 빼앗기 위해 혼신의 기력을 다 쏟아 당기고 있었다. 은천정은 산악이라도 무너뜨리고 비석조차 쪼개버릴 만큼 웅혼하기 이를 데 없는 장력으로 줄기차게 도난대사를 압박했다. 양대 고수가 한쪽을 잡아당기고 한쪽은 밀어붙이니, 두 가닥 힘줄기가 정반대여서 중간에 처한 도난대사는 말도 못 할 정도로 애를 먹었다. 그래도 여전히 패배의 기색은 드러내지 않았다.

주변에 둘러서서 관전하던 명교 군웅과 소림 승려들은 이렇듯 아슬아슬하게 전개되는 양상을 보고, 지금처럼 목숨 건 대결을 계속해나가면 여섯 명의 고수 가운데 적어도 절반 이상은 현장에서 목숨을 잃어버릴지도 모른다고 판단했다. 늦여름의 따가운 햇볕이 내리쬐는 오후, 거대한 산봉우리 위에 그 숱한 사람이 몰려 있으면서도 숨 한 모금 내쉬고 들이켜는 소리 하나 들리지 않았다. 군웅 가운데 태반은 등골에 돋아난 식은땀으로 옷자락이 후줄근하게 젖었고, 조마조마한 심정으로 자기네 편의 사람이 어떻게 될까 봐 근심 걱정만 태산처럼 쌓여 갔다.

오밤중도 아니고 한낮의 온 세상 천하가 정적 속에 잠긴 이 고요한 순간에 세 그루 소나무로 에워싸인 평지 한복판 땅속에서 착 가라앉은 사람의 목소리가 스산하게 울려 나와 정적을 깨뜨렸다.

"양 좌사, 은 형, 그리고 무기야! 나 사손의 두 손은 온통 더러운 피로 물들어 있다. 진작 죽었어도 여한이 없을 몸이다. 오늘 그대들이 날 구하러 왔다 하나, 소림사 세 분 고승과 싸우다가 만일 쌍방 간에 사상자가 더 생긴다면 이 사손의 죄만 가중될 뿐이다. 무기야, 어서 빨리 본교 형제들을 거느리고 소림사에서 물러가거라. 그러지 않으면 내 더 이상 죄를 짓지 않기 위해서라도 이 자리에서 경맥을 끊고 자결하고 말 것이다."

귀에 익은 음성, 바로 금모사왕 사손이 사자후의 신공으로 지하 뇌옥에서 당부하는 목소리였다. 벌써 20여 년 세월이 흘렀던가! 아주 오랜 옛날 왕반산도 양도입위 대회에서 그는 이 사자후를 터뜨려 천응교, 해사파, 거경방, 신권문, 곤륜파 등 여러 방회 문파의 숱한 호걸 협사를 진탕시켜 미치광이로 만들거나 죽음으로 몰아넣었다. 그러나 지금 이 시각에 터뜨린 사자후는 결코 인명을 살상하는 신공이 아니었다. 그래도 예나 다름없이 뭇사람은 충격을 받고 귀가 멍해져 모두 아연실색한 채 서로 돌아보아야 했다.

장무기는 양부 사손의 성미를 너무나 잘 알고 있었다. 한번 입 밖에

낸 말은 태산같이 무거워 절대로 어기는 법이 없었다. 지금 양부가 뭐라고 했던가? 자기 한 사람을 곤경에서 끌어내기 위해 또다시 다른 이의 목숨을 해치도록 용납하지 않겠노라고 했다. 양부의 뜻도 그러하거니와 눈앞의 정세로 보건대 모두들 혼신의 기력을 다 쏟아가며 끝장나도록 싸웠다가는 물론 장무기 자신은 아무 탈 없이 살아서 돌아갈 수 있겠지만, 외조부와 양소, 도겁, 도난 대사 네 명은 결국 살상을 면치 못할 것이 분명했다. 이러지도 저러지도 못한 채 망설이고 있으려니, 양부 사손이 대갈일성으로 호통치는 소리가 들렸다.

"무기, 이놈아! 그래도 안 가는 거냐?"

"예! 큰아버님 분부대로 따르겠습니다."

한마디로 얼른 대답한 장무기가 한 걸음 뒤로 물러서더니 목청을 돋우어 낭랑하게 외쳤다.

"소림 고승 세 분의 무공이 과연 절묘하고 신통하십니다. 오늘 저희 명교는 도저히 공파할 기력이 없으니 훗날 다시 가르침을 받으러 오겠습니다. 외할아버님, 그리고 양 좌사, 우리 그만 손을 거두고 물러갑시다!"

말끝이 떨어지기 무섭게 자신부터 내력을 거둬들이는 한편, 도액과 도겁이 검정 밧줄을 통해 쏟아낸 힘줄기마저 튕겨 돌려보냈다. 양소와 은천정은 비록 교주의 호령을 듣긴 했으나 지금 한창 도난대사와 전력을 다해 맞서는 중이라 도저히 손을 거두어들일 방법이 없어 고민에 빠졌다. 이제 만약 일방적으로 내력을 회수했다가는 그 즉시 도난대사의 힘줄기에 다칠 터였다. 도난대사의 입장도 마찬가지, 싸움을 그치고 싶어도 중단할 도리가 없었다.

장무기가 외조부 은천정 앞으로 걸어가더니 쌍장을 휘둘러 도난대사와 은천정이 좌우에서 쏟아내는 두 줄기 장력을 받아낸 다음, 곧이어 성화령을 내밀어 도난대사의 검정 밧줄 중간 부위에 털썩 얹어놓았다. 시꺼먼 빛깔의 밧줄은 바야흐로 양소와 도난대사가 양쪽 끄트머리를 힘껏 잡아당기고 있어서 활시위처럼 팽팽해진 상태였다. 그러나 성화령이 가운데 얹히자, 건곤대나이 신공은 양끝에서 줄기차게 밀려오던 두 가닥 강맹한 힘줄기를 삽시간에 풀어버렸다. 거무튀튀한 밧줄이 느슨하게 풀리더니 아래로 축 늘어졌다. 그리고 주인의 손에서 벗어나 땅바닥에 툭 떨어지는 것을 양소가 잽싸게 낚아챘다. 느닷없이 병기를 빼앗긴 주인의 얼굴빛이 싹 바뀌었다. 항의를 하려고 막 입이 열리는 판에 양소가 두 손으로 검정 밧줄을 떠받든 채 다가왔다.

"대사님의 병기를 삼가 돌려드리오."

도난대사는 말없이 병기를 받아 들었다. 조금 떨어진 곳에 자리 잡은 도겁대사 역시 그 심중을 알아차리고 곁에 떨어진 성화령을 주워 양소에게 넘겨주었다.

방금 직전까지 치열하게 계속된 이 일전으로 소림의 세 원로 고승은 앞서 지니고 있던 오만한 마음을 거두어들였다. 내색하지는 않았으나 만약 이 상태로 싸움이 지속되었더라면 피아 쌍방이 양패구상으로 아까운 목숨만 다쳤을 테고, 자기네도 결국 우세를 차지할 수 없었으리라는 것이 솔직한 심정이었다. 도액대사가 입을 열었다.

"노납이 폐관 수십 년 만에 당세의 어진 호걸들을 만나 견문을 넓힐 수 있었으니 참으로 기쁘고 다행스럽소. 장 교주, 옛 성현의 말씀에 '제제다사濟濟多士'라 하더니, 과연 귀교에 영특한 인재가 차고 넘치는

구려. 더구나 그대는 군계일학이오. 아무쪼록 그 훌륭한 솜씨와 재능으로 천리에 어긋나는 일은 저지르지 마시고, 부디 창생蒼生을 복되게 하는 데 쓰시기 바라오."

장무기가 허리 굽혀 공손히 대답했다.

"대사님의 훈계 말씀, 진정 고맙습니다. 저희 명교는 결코 함부로 악한 짓을 저지르지 않겠습니다."

"그리 말씀해주시니 고맙소. 장 교주께서 세 번째 왕림하실 때까지 우리 사형제 셋이 여기서 공손히 기다리겠소이다."

"분에 넘치는 말씀을……. 마땅히 다시 찾아뵙고 가르침을 받겠습니다. 사 법왕은 불초 소생의 양부이시나, 베풀어주신 은혜만큼은 친어버이와 다름없습니다."

"허어……!"

도액대사는 장탄 일성 끝에 두 눈을 내리감고 더는 말이 없었다.

장무기는 양소를 비롯한 수뇌부들을 이끌고 두 손 모아 공문 방장, 공지대사에게 작별 인사를 건넨 다음 조용히 산 밑으로 내려왔다. 팽형옥이 신호를 보내어 소림사를 사면팔방으로 에워쌌던 오행기 제자들을 모두 철수시켰다. 거목기와 후토기 신도들은 소림사에서 5리 바깥으로 산을 의지하고 통나무 오두막을 10여 군데 엮어 수뇌부 사람들의 숙소로 제공했다.

또다시 양부를 구출하지 못하고 빈손으로 돌아온 장무기는 번민에 싸여 도무지 답답하고 울적한 마음을 떨쳐버릴 수가 없었다. 아무리 생각해봐도 명교 인물 가운데 양소와 외조부 은천정의 무공을 능가할 사람은 없었다. 범요, 위일소로 바꿔치기한들 승산이 있는 것도 아니었다. 세상 천하 어디에서 세 고승을 능가할 만한 고수를 찾아내어 저 금강복마권을 격파할 수 있단 말인가?

팽형옥이 그 심사를 알아채고 귀띔했다.

"교주님, 어째서 장 진인을 잊고 계십니까?"

장무기는 명쾌한 대답을 못 하고 주저했다.

"만일 태사부님께서 하산하셔서 나와 함께 손을 맞잡으면 금강복마권을 격파할 수는 있겠지요. 하나 그것은 소림과 무당, 두 문파의 화목을 크게 손상시키는 일이라 태사부님께서도 응낙하지 않으실 겁니다. 그다음 문제는 태사부님의 춘추가 100세를 넘기신 몸이니 수련하신 무공이 노화순청爐火純青의 경지에 이르셨다 하더라도 연로하신 체력에 실수가 있으시면 어쩝니까?"

그때 돌연 백미응왕 은천정이 벌떡 일어서더니 하늘을 우러러 껄껄대고 웃었다.

"하하, 옳은 얘기야! 장 진인이 하산하신다면 무조건 성공하겠지. 묘수로다, 기막힌 묘수일세. 하하하……!"

메마른 억지웃음 소리가 두어 차례 울리고 나서 은천정은 입을 딱 벌린 채 갑자기 벙어리라도 된 것처럼 목소리가 뚝 끊겼다. 얼굴에는 온통 웃음기가 서렸으나, 꼿꼿이 선 자세 그대로 움직일 줄 몰랐다. 동료들이 별스러운 일도 다 있구나 싶어 모두 은천정의 기색만 살폈다. 양소가 슬그머니 떠보았다.

"은 형, 어떻게 생각하시오? 무당파 장 진인께서 정말 하산해 싸우실 것으로 보시오?"

연거푸 두 차례 물었는데도 은천정은 묵묵부답이었다. 뻣뻣이 세운 몸뚱이도 꼼짝달싹하지 않았다. 그제야 대경실색한 장무기가 얼른 손을 내밀어 맥박부터 짚어보았다. 아니나 다를까, 불길한 예상은 적중했다. 어느 틈엔가 심장박동은 벌써 멈추고 숨이 끊겨 죽은 상태였다. 백미응왕 은천정은 앞서 광명정 일전에서 육대 문파를 상대로 일대일의 악전고투를 거듭한 끝에 원기가 크게 손상을 입은 몸이었다. 그런데 오늘 또다시 소림의 원로 기숙 도난대사와 한바탕 격전을 벌이는 과정에서 기력을 송두리째 소모시켜 고갈 상태에 빠지고 말았다. 게다가 연로한 나이였으니 결국 기름이 말라붙은 등잔불처럼 한 방울 남은 공력을 영웅호걸답게 일소에 부치고 장렬히 숨을 거둔 것이다.

장무기는 꼿꼿이 선 채로 운명한 외조부의 시신을 껴안고 비통하게 울부짖었다.

"외할아버지, 외할아버지!"

바깥에 나가 있던 외숙부 은야왕이 울음소리를 듣고 허둥지둥 달려오더니 하늘을 우러러 대성통곡하기 시작했다. 다른 사람들 역시 동문의 의리를 떠올리고 너나없이 서글픈 눈물을 흘렸다. 명교 신도들에게 흉보가 전해지자 애당초 천응교에 소속되었던 옛 부하들이 한꺼번에 몰려들어 땅을 치며 울었다. 숭산 소실봉 한 자락이 삽시간에 통곡 소리로 진동했다.

그로부터 며칠 동안 명교 호걸들은 백미응왕 은천정의 장사를 치르느라 바쁜 나날을 보냈다. 지방 각처 무림계 인사들도 소식을 전해 듣고 줄지어 찾아들었다. 이들은 대부분 평소 은천정의 위엄과 명성을 흠모해온 터라 오두막 안에 임시로 차려진 영전에 조문하고 제사를 지냈다. 소림사에서는 공문 방장과 공지대사가 몸소 내려와 치제致祭했다. 그리고 뒤이어 승려 36명을 보내 법사法事를 따로 차려 은천정의 명복을 빌어주었다. 그러나 36명의 승려가 염불 독경을 몇 마디 읊고 났을 때, 상주 은야왕은 짚고 있던 대지팡이 곡상봉哭喪棒을 마구 휘둘러 모조리 쫓아내고 한 곁에서 주전이 고래고래 욕설을 퍼부어가며 구박했다.

"이 대머리 땡추 녀석들아! 네놈들이야말로 위선자들이다. 인자로운 척, 의로운 척해봤자 누가 속아 넘어가기나 할 듯싶으냐? 어서 썩 꺼져라!"

양부를 구해내지 못한 채 또 한 사람 피붙이를 잃어버린 장무기의 가슴은 칼로 저며내듯 아프고 밤낮없이 들뜬 초조감에 안절부절못했다. 그는 양소와 범요, 조민을 벌써 몇 차례나 불러놓고 상의했다. 그러나 좋은 방책은 시종 나오지 않았다. 조민은 십향연근산을 써보자는 의견을 내놓았다. 도액대사를 비롯한 세 승려의 음식에 독을 타서 기절시키고 사손을 구출하자는 얘기였다. 또 현명이로 두 사람을 불러다 장무기와 연합해 공격을 시도하자는 의견도 내놓았으나, 장무기와 양소는 두 가지 방법 모두 온당치 못하다는 생각이 들어 결국 없던 얘기로 돌렸다.

은천정이 세상을 뜬 지 이레째 되던 날, 장무기는 명교 수뇌부 사람들과 함께 영전에 나와 망칠제望七祭를 지내고 애도했다. 장무기에게 평생을 맡기기로 결심한 조민도 소복으로 차려입고 절반쯤 시외조부가 된 은천정을 위해 복상服喪했다. 제사가 끝나자 명교 사람들은 위패를 불사르고 명교의 성화 예절을 거행한 다음, 영구를 산 밑으로 내려

보냈다. 은야왕은 장 교주 이하 명교 사람들에게 무릎 꿇어 하직 인사를 고하고 나서 선친을 고향에 안장하기 위해 영구를 호송해 강남으로 돌아갔다. 명교의 상장 예식과 습속은 당초 중원의 전통적 풍습과 크게 달랐으나, 명교가 중원 땅에 전래된 지 오래였으므로 중국인 신자들도 대다수 1,000여 년 이래 지켜 내려오던 중원의 풍습을 그대로 따르고 있었다.

이날 오후, 산 아래 신도가 올라와 보고했다. 명교 호사濠泗(안휘-산동성) 지역을 장악한 용봉군龍鳳軍이 주원장의 인솔하에 등봉현登封縣까지 달려와 주둔하고, 소림사로 쳐들어가 사 법왕을 구출하기 위해 장 교주의 지휘를 받고 싶다는 뜻을 전해왔다는 것이다. 선발대로 온 병력은 도합 2만여 명, 규모만 해도 대단한 기세였다.

뜻하지 않은 희소식에 장무기는 놀랍고도 반가운 마음으로 양소를 비롯한 수뇌부들과 상의했다. 결론은 금방 나왔다. 이 압도적 병력으로 위세를 떨친다면 비록 강호 무림의 규칙에는 어긋날지 몰라도, 소림사 측에 심리적으로 두려움을 안겨주어 중양절 대회가 열리기 전에 함부로 사 법왕을 해치지는 못하리라는 것이었다.

장무기는 즉시 좌우 광명사자와 오산인을 거느리고 등봉현으로 옮겨갔다. 그리고 한발 앞서 주원장의 진영에 급사를 보내, 병력을 현지에 주둔시키되 쓸데없이 난동을 부려 소림사와 그 밖의 여러 문파 사람들을 괴롭히지 않도록 단속했다. 등봉현은 소림사가 자리 잡은 소실산 동남쪽으로 10리도 채 못 되는 곳에 있는 제법 큰 고을이었다. 그날 저녁, 장무기 일행은 성내의 주루 한 곳에 환영의 자리를 마련해 군대를 이끌고 먼 길을 달려온 주원장 이하 여러 장령의 노고를 위로해 주었다.

주원장과 함께 교주를 알현하러 온 수행원 가운데 탕화, 등유, 그리고 풍승馮勝 등 낯익은 사람들은 하나같이 대장군의 직함을 지닌 장령들이었다. 군사 정황을 물었더니, 그동안 여러 가지 변화가 있었다. 장강 하류 북방 저주滁州(안휘 청류현 일대) 지역의 명교 의병 부대는 근년에 들어 연전연승을 거두고 있었으나, 불행히도 의병의 총대장 한산동韓山童이 전사해 그 대신 유복통劉福通이 대군을 통솔하면서 한림아를 황제로 추대했다는 소식이었다. 한림아는 박주亳州(안휘 북부 보현)를 도읍으로 삼고 나라 이름을 '송宋'이라 정한 다음 자칭 '용봉황제龍鳳皇帝'로 일컫는다고 했다. 사실 명교 오대령五大令 계율 가운데 하나로 신도들이 제왕이라 일컫는 행위를 엄격히 금지했으나, 이민족을 몰아내기 위한 전란 시기에 민심을 모으려면 부득이 과장된 명분이 필요했기 때문에 임시방편으로 묵인해주고 있는 실정이었다. 그나마 다행스러운 것은 한림아의 인품이 후덕하고 인자한 성격인 데다 이날 이때껏 명교 총단에 복종해왔고, 내부 분열을 초래하지 않았다는 점이었다. 한림아 휘하에는 매우 강력한 의병 부대가 있는데, 대장 곽자흥郭子興이 스스로 '저양왕滁陽王'이라 일컬으며 이 부대를 통솔했다. 주원장, 서달을 비롯한 장령들이 모두 그 휘하에 귀속되었는데, 주원장의 아내가 바로 곽자흥의 양녀였다. 얼마 안 있어 곽자흥이 세상을 떠나자 그 병력은 모조리 맏아들 곽천서郭天敍가 거느리게 되었다. 용봉황제 한림아는 곽천서를 도원수都元帥에 임명하고, 장천우張天佑를 우부원수右副元首, 주원장을 좌부원수左副元首에 각각 임명했다. 도원수가 된 곽천서는 대군을 이끌고 장강을 건너 태평로太平路(안휘 당투)를 공격해 함락시키고, 다시 장강 남안을 따라 하류에 자리 잡은 요충지 집경로集慶路(난징시)를 공격하던 중 부하 장령 진야광陳野光이 반란을 일으켜 곽천서와 장천우를 죽였다. 주원장은 서달을 비롯한 맹장들과 함께 반란군을 진압하고 스스로 도원수직에 올라 집경로를 끝내 함락시킨 다음, 응천부應天府란 이름으로 바꿔 송나라를 그곳으로 천도시켰다. 이리하여 안팎으로 막대한 공을 세운 주원장은 오국공吳國公이란 작위를 받았을 뿐 아니라, 벼슬이 일국의 재상에 해당하는 평장정사平章政事에 올라 송나라의 정권을 완전히 장악하기에 이르렀다.

이렇듯 막강한 세력을 잡은 주원장이 그 바쁜 와중에도 만사 제쳐놓고 용봉황제 한림아의 이름을 앞세워 총단에 보고한다는 명분으로 장무기를 알현하러 달려온 데에는 나름대로 딴 뜻이 있어서였다. 이 무렵 송나라의 대군을 거느린 저양왕 유복통은 세력이 커진 주원장에게 배척당하자 휘하 병력을 이끌고 서쪽으로 옮겨간 뒤였다. 또 한편 개방을 장악하려다 실패하고 행방을 감춘 진우량은 스승 원진을 저버리고 유복통의 휘하에 투신해 '서로 홍건군西路紅巾軍'이란 의병 부대를 따로 편성한 다음, 장강 중류 남안의 광대한 파양호 유역에서 제법 세력을 착실히 넓혀가는 데 성공했다.

술이 세 순배 돌고 났을 때, 장무기는 그 자리에서 주원장 일행이 그동안 세운 공적을 높이 칭찬하고 격려를 아끼지 않았다. 주원장도 일어나서 두 손으로 술잔을 받든 채 공경스러운 자세로 장무기 앞에 내밀었다. 그러고는 하례의 말을 건넸다.

"교주께서 해외에 계시던 사 법왕과 도룡도를 맞아들여 오셨다니 진실로 축하드립니다. 현재 사 법왕은 일시적으로 소림사에 갇힌 몸이 되셨으나, 저희에게는 교주님을 비롯해 좌우 광명사자와 영특하고 의리 있는 협사들과 두령들이 계시니 반드시 사 법왕을 구출하고 도룡도를 다시 빼앗아 올 수 있을 것입니다. 그다음부터는 우리 명교가 천하를 호령하게 될 것이니 어느 누가 따르지 않겠습니까! 오랑캐의 무리를 모조리 섬멸해버리고 우리 금수강산을 되찾는 대망의 사업도 이제 눈앞에 다가왔습니다."

건네주는 술잔을 기분 좋게 받아 든 장무기가 단모금에 마셨다.

"하하! 오랜 옛날 주원장 형님과 봉양현에서 처음 만났을 때, 오늘 같은 날이 있을 줄이야 아무도 생각 못 했지요."

이 말 한마디에 주원장을 비롯한 장령들과 명교 두령들이 껄껄대고 웃음보를 터뜨렸다. 한껏 흥이 돋아나면서 호탕한 분위기가 좌중을 휩쓸었다. 그런데 주원장은 제자리로 돌아가지 않고 그대로 선 채 식탁 맞은편에 앉은 조민을 손가락으로 가리키면서 다시 말문을 열었다.

"제가 소식을 듣자니 저분 소민군주 마마께서 어둠을 버리고 광명으로 돌아섰다는 말씀을 들었습니다. 부모 형제와 의리를 끊고 기꺼운 마음으로 교주님께 의탁했다니 참으로 기쁘고 축하드려야 할 큰 경사입니다. 하오나 제 마음속으로 한 가지 명확치 못한 점이 있는데, 교주님께서 일러주시기 바랍니다."

얘기가 여기까지 나왔을 때, 웃음기를 띠고 있던 장무기의 얼굴 표정이 별안간 엄숙한 기색으로 바뀌었다.

"우리 모두 한집안 식구들 아닙니까? 주 형께서 마음에 품고 계신 뜻을 솔직히 다 말씀해보시지요."

"소인은 워낙 견식이 없고 흐리멍덩한 위인이라, 무엇이 이롭고 무엇이 불리한지 따져가며 말할 줄 모릅니다. 교주님께서 부디 그 점 양해해주시기 바랍니다."

"우리 다 같이 공명정대하고 떳떳한 호남아인데, 남에게 말 못 할 일이 뭐 있겠소이까? 주 형께서 하고 싶은 말씀이라면 무엇이든지 툭 털어놓고 해보시지요. 나는 개의치 않을 테니까."

"제가 드리는 말씀은 모든 형제들 사이에 분분하던 여론을 전해드리는 것일 뿐, 결코 저 한 사람이 품고 있는 마음속 얘기가 아닙니다."

"형제들의 여론이라……. 그게 뭡니까?"

"저 군주마마는 몽골 사람입니다. 부친은 조정의 병마 대권을 장악한 태위요, 천하에 명성과 위엄이 쟁쟁한 여양왕이 아닙니까? 우리 한족 의병들 가운데 저 여자의 아비가 지휘하는 칼날 아래 몇천 몇만 명이 죽었는지 모릅니다. 그렇기 때문에 의병 진영에 몸담은 우리 형제 친구들이라면 누구나 저 여자의 아비를 죽여 복수하기 위해 절치부심하고 있는 실정입니다. 우리 산동·안휘 지역 십몇만 의병은 지금 교주님의 대답을 듣고 싶어 합니다. 대체 교주님의 마음속에 저 몽골족 군주마마가 더 중요합니까, 아니면 우리 명교 십수만 형제의 목숨이 더 중요합니까?"

그제야 양소와 범요, 그 밖의 명교 수뇌부들은 주원장이 어째서 이 머나먼 곳까지 대군을 이끌고 달려왔는지 그 의도를 알아차렸다. 그가 지난 몇 년 동안 원나라 항전에서 대승을 거두었을 때부터 야심이 있었다는 것을 짐작하기는 했으나, 이제 와서 그 위세로 장무기를 압박해 명교 교주 자리를 내놓게 하려는 속셈을 분명히 드러낸 것이다. 물론 조민이 여러 사람에게 죄를 지은 것만큼은 사실이었다. 더구나 조민은 여양왕의 딸이요, 여양왕은 의병을 무차별로 살육한 장본인이었다. 주원장이 그것을 꼬투리 삼아 따지고 드는 이상, 명교 수령들은 장무기를 지지하고 싶어도 이치로 보나 대의로 보나 근거가 부족하고 명분에도 어긋나는 일이었다.

장무기도 그가 달려왔을 때 이미 그 속셈을 예측하고 있었다. 그러나 이렇듯 여러 사람이 보는 앞에서 맞대놓고 양자택일을 요구하니 선뜻 대꾸할 말이 떠오르지 않았다.

주원장의 말이 이어졌다.

"우리 형제들은 모두 이렇게 말하고 있습니다. '교주께서 만일 천하의 창생을 고려하시고 오랑캐의 압제에서 우리 중국을 지켜내는 일을 무겁게 보신다면 의당 군주마마와의 관계를 일도양단一刀兩斷으로 끊어버릴 것이다. 교주님께서는 군주마마와 명교 형제들 사이에 한쪽만 택하실 수 있을 뿐이다……. 이쪽을 선택해 친구로 삼는다면 저쪽은 곧 적이 될 것이요, 저쪽을 선택해 친구로 삼는다면 이쪽이 곧 적이 될 것이다!'"

"주 형, 무슨 말씀을 그리하시오? 명교는 불초한 이 장무기를 비롯해 이제 갓 입교한 교우에 이르기까지 모든 신도가 명존 성화령 앞에 굳은 맹세를 올렸소이다. 신자라면 누구나 머리통이 날아가고 목에서 피를 뿌릴지언정 한마음 한뜻으로 우리 땅에 원나라를 세운 몽골족을 저 북방 사막지대로 내쫓아버리고, 우리 한족의 금수강산을 되찾아 완벽한 국토방위 태세를 다시 가다듬기로 다짐하지 않았소? 만약 이 맹세를 어길 때에는 명존께서 결단코 용서하지 않을 것이오!"

"옳소!"

"교주님, 그 말씀 한번 잘하셨습니다!"

잔치 자리에 앉아 있던 호걸들이 일제히 소리쳐 호응했다. 하나 주원장의 질문은 또 이어졌다.

"그렇게 말씀하셨으니 교주께선 저 군주마마와의 관계를 일도양단으로 끊겠다, 종신토록 다시 만나지 않겠다는 뜻을 굳히신 것으로 보아도 좋습니까?"

장무기는 딱 부러지게 도리질을 했다.

"아니오! 몽골족의 원나라를 몰아내겠다는 내 뜻에는 변함이 없소. 또 조민을 아내로 맞아들이겠다는 내 뜻 역시 변함이 없소. 조 낭자는 비록 몽골족 여인이기는 하나, 이미 부모 형제와 의절하고 피붙이 곁을 떠난 몸이오. 조 낭자는 내게 똑똑히 말했소. '닭에게 시집가면 수탉을 따를 것이요, 개한테 시집가면 종신토록 개를 따라 짖겠노'라고. 이 장무기가 무슨 일을 하더라도 조 낭자 역시 그대로 따라 하기로 다짐했소!"

주원장도 절레절레 고개를 내저었다.

"교주님, 우리가 지금 무슨 일을 하고 있는지 아십니까? 조정 관부에 반역을 저지르는 큰일입니다. 교주께서 저 군주마마를 철석같이 믿고 계시지만, 수천수만 명의 우리 형제는 믿지 못합니다. 설마 저 군주마마께서 우리 일이 막바지 고비에 직면했을 때도 과연 대의멸친하는 각오로 자기 부모 형제들의 목에 칼날을 얹을 수 있겠습니까?"

장무기의 마음은 결단을 내리기가 정말 어려웠다. 만일 명교 내부에서 일대 소동이 벌어진다면 어떻게 될까? 지금 이 자리에서 주원장을 비롯한 몇몇 의병 두령은 당연히 자신의 상대가 못 된다. 하지만 이들을 모조리 죽이고 났을 때 그다음에는 어떤 일이 벌어질까? 산동·안휘 일대 의병 세력은 원기가 크게 다칠 테고, 그 틈에 원나라 토벌군이 반격해올 것이다. 어쩌면 원나라 관군이 승세를 타고 전국을 휩쓸게 되는 날, 몽골족을 내몰려던 한족의 거창한 대업, 유리한 형세는 하루아침에 무너져버릴지도 모르는 일이다. 하물며 성화령의 계율에 뭐라고 간곡히 당부했던가? 명교에 몸담은 교우는 절대로 형제들끼리 서로 죽이고 다쳐서는 안 된다고 했다.

마침내 장무기의 입에서 한숨이 흘러나왔다.

“주 형, 우리 명교가 조정에 반기를 들기로 한 결심은 하늘이 두 쪽 나더라도 바뀌지 않을 거요. 하지만 나는 그저 몽골족을 이 땅에서 내쫓아 북방 사막지대로 돌려보내기만 바랄 뿐이오. 저들이 자기네 고향에 돌아가 옛날처럼 유목 민족으로 살아가고, 두 번 다시는 중원 땅에 내려와서 우리 한족의 영토를 차지해 한족 백성을 노예로 삼아 업신여기고 압박하지 않으면 그것으로 족하다고 보오. 우리 명교의 목표는 오랑캐를 몰아내는 데만 있을 뿐, 결코 오랑캐를 모조리 죽여 씨를 말리는 데 있지 않소. 명교는 머나먼 서쪽 페르시아에서 전래되었소. 여러분 모두 명존의 초상화를 봐서 알겠지만, 그분은 누른빛 머리에 노랑 수염, 우뚝한 매부리코에 초록빛 눈을 가진 외국 호인胡人이셨소. 그러나 그 어르신은 우리에게 선행을 베풀고 악을 제거하는 길로 이끌어주셨소. 광명을 위해 암흑을 몰아내라고 가르쳤소. 우리가 명존을 신봉하는 만큼 명존의 가르침대로 따라야 할 것이오.”

그는 여기서 말을 끊고 잠시 생각하더니 단호한 기색으로 결론을 내렸다.

"우리는 그저 자유스럽게 살아가는 길만 추구할 따름이오. 이민족이 우리 국토를 침략해 우리 백성들의 자녀와 농토, 재물을 약탈당하지 않게 막기만 하면 그뿐이오. 우리 역시 저들의 영토를 침범해 차지하지 않아야 하오. 우리가 할 일은 몽골족을 이 땅에서 몰아내어 북방 사막지대 몽골 영토로 돌려보내는 일이 전부요."

교주의 말씨는 부드럽고 나지막했으나, 모든 사람에게는 아무도 어기지 못할 엄격한 교시로 받아들여졌다.

한동안 무거운 침묵이 흘렀다. 얼마나 지났을까, 처음부터 끝까지 한 곁에서 아무 소리도 않고 듣기만 하던 조민이 별안간 자리를 박차고 일어섰다. 그러고는 고개를 반짝 쳐든 채 가슴을 펴고 당당하게 말문을 열었다.

"주원장 오라버니, 그렇게 걱정하지 않으셔도 됩니다! 말씀하신 대로 나는 몽골 사람이에요. 또 혈통을 타고난 것이니까 지금 와서 바꿀 수도 없겠죠. 구태여 당신네가 쫓아낼 것도 없어요. 나 스스로 중원 땅에서 물러나 몽골로 돌아갈 테니까요. 그리고 이 한평생 죽을 때까지, 아니 죽어 귀신이 되더라도 영원히 중원 땅에는 두 번 다시 한 발도 들여놓지 않을 겁니다!"

장무기, 양소, 범요, 위일소 이하 모든 사람이 이 말을 듣고 깜짝 놀랐다. 그나마 주전이 걱정스러운 기색으로 한마디 물었다.

"조 낭자, 그대가 몽골 땅으로 돌아가 앞으로는 죽어 귀신이 되더라도 중원에 한 발도 내딛지 않겠노라고 했는데, 그렇다면 우리 교주님을 영영 저버리겠단 말이오?"

조민이 미소를 지었다.

"난 절대로 맹세를 깨뜨리지 않습니다. 내가 마음속으로 저버리지 못한다 한들 무슨 방법이 또 있겠어요? 당신네 교주의 마음을 모르겠군요."

대답하면서도 눈길은 딴 곳으로 향하고 있었다. 묻는 사람, 듣는 사람뿐 아니라 장무기 쪽으로도 눈길이 돌아가지 않았다.

장무기는 격한 감동에 가슴이 메었다. 조민이 이렇듯 독한 다짐을 한 뜻은 순전히 장무기 자신을 난처한 곤경에 빠뜨리지 않기 위한 것이었다. 명교 수뇌부 사람들 역시 방금 그 맹세가 비록 쌍방을 모두 좋게 해결한 것은 아니더라도 대국을 고려해 내린 결단임을 이내 깨달았다. 또 만일 의병이 몽골족을 북방 사막지대로 내쫓고 한족의 강토를 다시 해방시킬 수 있다면 구태여 몽골 오랑캐를 말끔히 죽여 씨를 말려야 할 이유도 없는 것이다. 더구나 명교 총단을 지탱하는 조직으로 '천天, 지地, 풍風, 뇌雷' 사문四門 가운데 '뇌문'에 속한 제자들은 한족이 아니라 몽골족, 위구르족, 투르판족, 그리고 형형색색의 서역지방 출신 색목인으로 편성되어 있었다. 이들은 지난 수백 년 이래 형제처럼 격의 없이 생사 환난을 함께 겪어왔는데, 이들마저 동이東夷, 서융西戎, 남만南蠻, 북적北狄 오랑캐라고 해서 모조리 죽여 없애야 한단 말인가? 범요를 비롯해 장무기의 성격을 잘 아는 사람들은 교주가 반드시 조 낭자를 따라서 몽골로 떠날 것임을 눈치채고 있었다. 하지만 그것은 나중에 다시 두고두고 의논해야 할 일이라, 지금 이 자리에서 입을 다물고 더는 거론하지 않았다.

주전이 목청을 높여 주원장을 불렀다.

"주 형, 아니 주 장군! 조 낭자가 이왕 그렇게 다짐했으니, 여러 형제도 더는 이의를 제기하지 않을 것이오. 안 그렇소?"

주원장의 날카로운 눈초리가 명교 수뇌부들을 휩쓸어보았다. 아니나 다를까 양소, 범요, 위일소, 그리고 오산인과 오행기 장기사는 하나같이 교주 편에 서 있었다. 이렇게 되면 주원장도 순순히 인정하는 수밖에 없었다.

"교주님께서 전체 형제들의 대의를 고려해주신 호의, 여러모로 고맙습니다."

이윽고 환영 잔치가 끝나고 주원장 일행은 영채로 돌아갔다.

주원장을 떠나보내고 나서도 장무기는 여전히 마음이 놓이지 않았다. 주원장을 비롯한 수령들은 비록 일시적으로 무마시켰으나, 이들이 데려온 군사만 해도 2만여 명이었다. 방금 주원장이 한 말을 적지 않은 사람이 들락거리면서 들었는데, 장병들에게 소문이라도 퍼졌다가는 조민에게 무슨 불상사가 생길지 모르는 일 아닌가? 그는 즉시 양소, 범요, 오산인, 오행기 장기사를 데리고 의병 부대가 주둔한 영채로 달려갔다. 그러고는 술과 고기를 대량으로 사들여 장병들에게 나누어 먹이고 그들의 노고를 치하했다. 군관들이 모처럼 왕림한 교주를 영채 안에 모셔 들였다. 장무기는 중견급 군관들을 접견하는 자리에서 "의병의 목표는 오랑캐를 이 땅에서 몰아내는 데 있지, 결코 오랑캐의 씨를 말려 죽이는 것이 아니다"라는 점을 거듭 천명했다. 그리고 또 자기는 잠정적으로 교주의 직분을 대행할 뿐, 사 법왕을 구출한 다음에는 전임 양 교주의 유언에 따라 정식 교주가 선출될 때까지 사 법왕이 교주로서 모든 일을 섭정할 것이라는 점을 분명히 밝혀두었다.

장 교주의 훈시가 막 끝났을 때였다. 군관들 중에서 눈썹이 짙고 눈알이 부리부리하며 유난히 영특하게 생긴 청년 군관 하나가 우렁찬 목소리로 말문을 열었다.

"교주님께 아뢰오! 교주님께서는 인자하심과 의로움으로 사람을 대하시고 본교를 위해 막대한 공을 세우셨으니 사람마다 목숨이 다하는 날까지 변함없는 충성심으로 당신께 복종하고 있는데, 이제 만일 교주 자리에서 물러나 아무것도 하지 않으신다면 모든 형제가 크게 상심할 것입니다. 우리가 오랑캐들과 목숨 던져 피투성이 싸움을 해온 것은 비록 천하 만백성을 위해서이긴 해도 솔직히 말씀드리면 다 같이 교주 어르신 한 분을 위해 목숨 바친다고 해도 지나치지 않습니다."

"그런 말은 하지 마시구려."

장무기가 손사래를 쳐 막았으나, 청년 군관은 막무가내로 하던 말을 계속했다.

"아니올시다. 제 말씀을 더 들어주십시오. 사 법왕도 물론 인품이 아주 훌륭하신 분입니다. 그렇지 않고서야 전임 교주께 신임을 얻지 못했을 테니까요. 더구나 그분은 또 어르신의 양부가 되지 않습니까. 하지만 사 법왕은 천하 영웅들과 깊은 원수를 맺은 분입니다. 그렇기 때문에 역시 교주님이 계속 우리 형제들의 수령으로 계시면서 우리 교의 중흥을 위해 이 어려운 일을 참고 해내주시기 바랍니다."

청년 군관은 일단 여기서 입을 다물고 장무기의 표정을 살펴보더니, 비로소 감추고 있던 제 속셈을 털어놓기 시작했다.

"교주 어르신께서 정녕 산림에 은퇴해 번거롭고 속된 업무를 모두 던져버리시고 무학 연구에만 전념하실 의향이라면, 달리 어질고 유능한 분을 새 교주로 모셔야겠지요. 모든 사람의 기대에 부응할 수 있는 분, 우리 명교를 위해 이미 큰 공을 세우신 분을 지명해 신임 교주로 세우셔야만 누구나 기꺼운 마음으로 승복하고 분쟁을 일으키지 않을 것이며, 우리 명교 역시 교단 내부에 웅재도략雄才韜略을 갖춘 사람들끼리 교주 자리를 놓고 쟁탈전을 벌여 서로 죽이고 죽는 살겁에 다시 빠져들지 않을 것입니다. 만일 과거에 있었던 그런 불행한 일이 또 벌어진다면 천하 영웅들에게 비웃음을 사게 될 뿐 아니라 몽골족 오랑캐들이 그 틈을 노리고 반격하게 될지 누가 알겠습니까?"

장무기는 이 청년이 누군지 잘 알았다. 주원장 휘하의 대장 이문충李文忠으로, 주원장의 조카뻘 되는 젊은이였다. 주원장 스스로 이 청년을 수양아들로 받아들여 성씨마저 바꿔 '주문충朱文忠'이라 부를 만큼 유력한 측근 심복이었다. 그는 무공 실력이 변변치 못한 데다 교단에서 얻은 명망도 별로 없이, 그저 싸움터에 나가 제법 전공을 세워 대장이란 지위에 올랐을 뿐이었다. 그런데 이제 교주가 앉은 자리에 선뜻 나서서 주제넘게도 도도히 언변을 토해내고 있는 것을 보건대 사전에 누구와 약속하고 미리 준비하고 있었던 게 분명했다.

"이 형제, 자네 입으로 말한 그분, 모든 사람의 기대에 부응하고 우리 명교를 위해 큰 공을 세웠다는 사람이 대체 누구신가?"

그러자 이문충이 장막 바깥을 가리켰다.

"교주님께서 이 영채를 나가시기만 하면 금세 아실 수 있을 겁니다. 영채 밖에 있는 형제들에게 한마디만 물어보십시오. 모두 교주님께 한목소리로 대답해 올릴 테니까요. 이건 소장이 교주님 앞에 허튼소리로 지껄이는 게 아닙니다."

장무기가 양소, 범요 두 사람에게 흘끗 눈길을 던졌다. 그러고는 아무 말 없이 영채 밖으로 걸어 나갔다. 널찍한 광장에는 명교 의병들이 질서 정연하게 줄지어 늘어서 있었다. 몸에는 갑옷 투구를 걸치고, 손에는 서슬이 번쩍거리는 도창검극을 잡고 있었다. 장무기가 나타나자 부대를 이끌던 장령들이 일제히 호령을 붙였다.

"교주님께 인사드립니다! 명존이시여, 우리 교주님을 보우하소서!"

광장을 가득 메운 병사들이 큰 칼, 창 자루로 땅바닥을 힘차게 찍었다. "쿵!" 하는 소리가 지면을 뒤흔들었다.

"교주님께 문안드립니다! 명존이시여, 우리 교주님을 보우하소서!"

장병들이 일제히 허리 굽혀 예를 올렸다. 장무기도 두 손 맞잡아 답례했다.

"명존이시여, 우리 형제들을 보우하소서!"

우렁찬 목소리로 응답하면서 장무기는 가슴이 뿌듯해졌다. 모두 명존 휘하의 좋은 형제들이었다. 길흉화복을 함께 겪고 생사를 같이할 수 있다니, 이렇듯 정예로운 군대야말로 천하 강산을 수복하고도 남지 않겠는가!

그는 다시 목청을 돋우어 물었다.

"내 한 가지 묻겠소. 방금 이문충 장군이 말씀하기를, 본교에서 모든 사람의 기대에 부응하고 우리 명교를 위해 큰 공을 세운 인물이 있다는데, 그게 어느 분이시오?"

말끝이 떨어지기가 무섭게 장병들이 이구동성으로 고함을 쳤다.

"오국공 주원장! 오국공 주원장!"

일제히 외쳐대는 함성에 그야말로 산천 대지가 통째로 뒤흔들렸다. 장무기는 고개를 돌려 양소와 범요에게 흘끗 눈길을 던졌다. 두 사람은 양팔을 축 늘어뜨린 채 손바닥만 가볍게 움직여 손사래를 쳐 보였다. 그게 무슨 뜻인지 알아챈 장무기가 얼른 장병들을 향해 다시 외쳤다.

"그렇듯 훌륭한 형제가 계시다니 참으로 우리 명교에 큰 복이오. 내 이제 알았소! 모두 해산해서 즐겁게 술이나 들도록 하시오!"

"고맙습니다, 교주님!"

장병들이 허리 굽혀 사례했다.

"오국공 주원장 형제는 어디 계신가? 이리 건너오시라고 하게."

장무기의 요구에 장군 하나가 송구스럽게 허리 굽히고 대답했다.

"교주님께 아뢰오. 응천부의 군정軍情이 긴박하여 오국공께선 이미 급히 그리로 회정하셨습니다. 소장더러 교주님께 고하지 못하고 떠난 죄, 용서를 청한다는 말씀 전하라 하셨습니다."

장무기는 고개를 끄덕끄덕했다.

"말발굽을 멈추지도 못하고 군사 일에 애쓰는 주 형에게 내 어찌 죄를 묻겠소?"

다시 영채 안에 들어섰더니 탕화, 등유, 이문충을 비롯한 모든 장령이 기다렸다는 듯이 자리에서 일어나 분분히 장무기에게 하직 인사를 올렸다. 그들은 오국공 주원장의 소환령을 받아 응천부로 싸우러 가야 한다고 했다.

"여러분 모두 술과 밥이나 배불리 자시고 떠나도록 하시오. 응천부로 돌아가거든 날 대신해서 한림아 형제에게 안부 말씀을 전해주시오. 새로 후임 교주를 선택하는 일은 막중한 대사이니만큼 모두 시간을 두고 천천히 상의해보도록 합시다. 여러분이 가는 곳마다 승리를 거두고 큰 공을 세우시기 바라겠소. 아무쪼록 군대를 거느리신 여러분이 백성들을 잘 대해주셔서 '나라의 은혜에 보답하고 백성을 구해낸다報國救民'는 우리 명교의 큰 뜻에 어긋남이 없도록 해주시오!"

"예에, 명심하겠습니다!"

장령들은 한마디로 응답했다. 그러고는 술과 밥으로 배를 채운 다음, 교주 앞에 군례軍禮로 작별을 고하더니 제각기 서둘러 부대를 이끌고 총총히 떠나갔다.

장무기 일행은 다시 소실산 아래 오두막 영채로 돌아왔다. 그러고는 다 같이 둘러앉아 오늘 겪은 일을 놓고 심각한 기색으로 구수회의鳩首會議를 열었다.

누구보다 먼저 분통을 터뜨린 사람은 역시 주전이었다.

"주원장, 그 잡놈의 자식이 교주 노릇을 하겠다고 그따위 짓을 벌이다니! 이거야말로 하극상이요, 반역이 아니고 뭐란 말이야? 여보게 흡혈박쥐, 나하고 둘이서 발 빠른 말을 타고 뒤쫓아가세! 쫓아가서 그 빌어먹을 놈의 목을 단칼에 썽둥 끊어버리자고! 모가지가 떨어져도 반역을 도모할 것인지 말 것인지 어디 보기로 하세!"

흥분에 들떠 미치광이처럼 날뛰는 주전에 이어서 범요도 싸늘하게 중얼거렸다.

"주원장 휘하에는 병력이 많네. 성을 공격하고 지역을 휩쓰는 재간도 적지 않고. 아까 그 이문충이란 녀석, 주원장의 지시를 받고 우리 교주님에게 시위하던 기세가 제법이더군. 이것 봐, 주 형. 내가 그놈의 모가지를 비틀어 이렇게 우지직 소리를 내면 제까짓 놈이 또 터무니없이 부끄러운 줄도 모르고 허풍을 떨 수 있을까?"

범요가 두 손으로 빨래 쥐어짜는 시늉을 해 보이자, 주전은 손뼉까지 쳐가며 껄껄대고 웃었다.

"하하, 그것참 묘한 재주군! 아주 절묘해. 자네 아까 그놈을 본 김에 아예 그렇게 우지직해버리지 그랬는가? 우두둑, 헉헉, 좔좔 하게 말이야."

"아니 주 형, 그 우두둑, 헉헉, 좔좔은 또 무슨 신기방통한 무공 구결인가?"

"하하, 그것도 모르나? 이건 무공 구결이 아닐세. 우두둑하는 거야 목뼈 부러지는 소리고, 헉헉은 숨통이 막히니까 혓바닥 내뻗는 소리고, 좔좔은 모가지가 비틀리니까 아파서 오줌똥 싸는 소리지. 그러니까 지지리도 못난 것이 위아래로 괴상야릇한 소리나 낼 수밖에 더 있겠나? 하하하!"

양소가 침통한 기색으로 결론을 내렸다.

"우리가 그놈을 죽이기로 마음먹는다면 물론 힘 하나 들지 않겠지. 하나 주원장은 병력을 모으고 전마를 사들여 크고 작은 고을 성채를 점령하느라 동분서주 뛰어다니고 있소. 그자가 몽골 오랑캐를 죽여 없애느라 중원 땅 전체를 싸움터로 만들고 전쟁의 불길에 휩싸이긴 했소만, 솔직히 말해 지금 원나라 압제에서 우리 강토를 절반이나마 되찾아놓은 것은 그자들 덕분이오. 이것만 보더라도 정말 큰 공로를 세웠다고 할 수 있지 않겠소? 우리가 호접곡에서 입술에 피를 발라 맹세하고 다 함께 의거의 깃발을 높이 쳐든 것이 언제였소? 오로지 그 원대한 목표 하나 때문에 모두 이리 뛰고 저리 뛰며 목숨 바쳐 싸우는 게 아니겠소? 그러니 주원장, 이문충 그런 작자들의 소행은 괘씸하지만 죽여 없애서는 안 되오. 저들이 명교를 배반한다고 쳐도 진정 우리 한족의 금수강산을 광복시키고, 몽골족 오랑캐를 내쫓아 돌려보낼 수만 있다면 우리는 저들의 솜털 하나 건드릴 수 없소."

그 말에 장무기가 고개를 주억거렸다.

"옳은 말씀입니다! 우리 한족의 강토를 되찾는 일에 비긴다면, 그 대의명분 앞에서 명교의 위신 따위는 돌아볼 것도 없겠지요. 수천만 한족 백성에 비긴다면 십수만 명교 신도들쯤은 보름달에 반딧불이나 다름없습니다. 대의를 중히 여기고 소아小我를 가볍게 봐야 하는 법, 명교는 패망하더라도 언젠가 다시 일으켜 세울 수 있지만, 이민족에게 한번 빼앗긴 땅은 숱한 세월에 무수한 사람이 피 흘리고 천신만고를 겪어야 되찾을 수 있습니다."

양소, 범요, 위일소, 오산인이 앞다투어 차례차례 일어섰다. 하나같이 평생을 두고 큰일을 꿈꾸며 저질러온 사람들이라 대국적인 면에서 어느 것이 무겁고 어느 것이 가벼운 일인지, 또 무엇부터 해야 하고 무엇은 뒤로 미뤄야 하는지 잘 알고 있었다. 명교를 중히 여기는 데 골몰해서 남의 손에 빼앗긴 강토를 되찾는 일을 대수롭지 않게 여긴다면 너무 사리사욕만 앞세우는 이기적인 사람이 아닌가? 그렇게 속 좁은 도량을 지니고 어떻게 위대한 영웅호걸이라 자처할 수 있단 말인가?

팽형옥이 주먹을 불끈 쥐고 동료들을 돌아보았다.

"교주님의 금옥 같으신 말씀, 진정 이 팽 화상의 마음에 쏙 들었습니다. 어느 누구를 막론하고 천하 호걸을 거느려 이 땅에서 몽골 오랑캐 족속들을 몰아낼 수 있기만 한다면, 나 팽형옥부터 그 사람에게 절대복종하겠습니다. 그 사람이 명교 교주가 되고 황제 노릇을 하겠다면 누구보다 먼저 이 팽 화상이 앞장서서 추대하겠습니다!"

"팽 화상의 말씀이 지당합니다. 우리가 지금 해야 할 일은 사 법왕을 구출하는 것입니다. 주원장이 교주 노릇을 하고 싶다면 좋습니다! 그 사람이 몽골 오랑캐 족속을 몰아내고 우리 한족의 금수강산을 되찾는 날, 이 장무기는 그에게 교주 자리를 깨끗이 넘겨주겠습니다!"

주전이 입술을 비죽 내밀고 심통을 부렸다.

"피이! 주원장, 그놈이 무슨 덕이 있다고 교주 노릇을 하겠다는 거야? 상판도 그렇지, 아래턱은 불쑥 튀어나온 주걱턱에다 낯짝은 온통 얼룩송아지처럼 검버섯투성이라, 누가 뭐래도 교주답게 생겨먹지 않았단 말씀이야. 차라리 졸개 노릇을 하겠다면 혹시 더 어울릴지 몰라도 말이야!"

장기사 당양의 입에서 외마디 호통이 터져 나왔다.

"뿜어라!"

장기사의 명령 한마디에 100여 제자가 침착하게 손에 들고 있던 분사통으로 물을 뿜어냈다. 100여 개나 되는 물줄기가 이리 떼를 향해 집중적으로 쏟아졌다. 군중들은 갑자기 시큼한 냄새를 맡았다. 그것은 지독한 약 냄새였다. 독수毒水를 맞은 이리들이 단번에 고꾸라져 미친 듯이 울부짖더니, 잠깐 사이에 껍질과 살이 문드러져 타다 남은 숯 더미로 바뀌고 말았다.

37.

천하 영웅 가운데 어느 누가 그 앞에 맞설 자 있으랴

어느덧 9월 초아흐레 중양절이 왔다. 이날 아침 장무기는 명교의 군웅을 이끌고 소림사에 들어갔다.

소림사 경내는 온통 사면팔방에서 몰려든 영웅호걸로 득시글거렸다. 그들 중에는 사손과 피맺힌 원한을 맺어 그를 죽여 복수하려는 이들도 있었고, 주제넘게 도룡도에 눈독을 들여 무림지존이 되겠다는 망상을 품은 자들도 있었다. 또 어떤 자는 개인적인 은원 관계를 이 기회에 서로 만나서 끝장내려 오기도 했으나, 거의 대다수는 일평생 다시 못 볼 흥미진진한 대살육전을 구경하려고 찾아온 자들이었다. 소림사 측은 지객승 100여 명을 풀어 며칠 새 한꺼번에 밀려든 손님들을 절간 경내로 인도해 휴식처에 나누어 들게 하느라 진땀을 흘려야 했다.

무당파에서는 유연주와 은리정 두 사람만 참석했다.

장무기는 이들 두 사백 사숙을 찾아뵙고 태사부 장삼봉의 문안을 여쭈었다. 인사를 마치고 나서 유연주가 낮은 목소리로 젊은 조카에게 물었다.

"그동안 청서란 놈과 진우량 소식을 들었느냐?"

장무기는 사백 사숙 일행과 헤어진 후 겪은 일들을 간략하게 말해 주었다. 진우량은 개방 총단에서 사라진 후 서부 지역 홍건군紅巾軍의 대수령 서수휘徐壽輝 진영으로 찾아가 투신했다는 소식을 주원장에게

들은 대로 일러주었다. 송청서는 아직 행방을 모른다고 말했다.

이번 소림파 영웅대회에 송원교와 장송계 두 사람이 오지 못한 이유는 무당산에 남아 연로한 스승 장삼봉과 진무대제 도관을 보호하기 위해서였다. 유연주의 말에 따르면, 대사백 송원교는 애지중지하던 외아들 송청서의 역모 사실을 자기 귀로 직접 들은 이후부터 울분과 상심 끝에 식욕마저 떨어져 몸이 반쪽이 되다시피 수척해졌다고 했다. 그럼에도 스승에게 걱정을 끼칠까 봐 그 사건을 아직껏 알리지 못했다고도 했다.

장무기는 진우량과 송청서가 아직 무당산에 마수를 뻗치지 않았다는 말을 듣고 마음이 크게 놓였으나, 태사부에게 그 일을 감추고 있다는 말에 대사백의 처지가 걱정스럽고 안쓰러웠다.

"그저 송 사형이 자신의 잘못을 뉘우치고 하루속히 돌아와 대사백 어른과 부자의 정을 이었으면 좋겠습니다."

조카는 듣기 좋게 넘기려 했으나, 유연주는 원한에 사무쳐 이를 갈았다.

"그리 말하기는 쉽다만, 그게 어디 될 법이나 한 소리냐? 그 역적 놈은 우리 일곱째 막 사제를 죽인 원수야. 우리 형제들은 그놈을 절대 용서 못 한다."

이후 한 시진 동안 더 많은 영웅호걸이 몰려들어 성황을 이루었다. 그날 금강복마권을 공격했던 하간쌍살 학밀과 복태, 그리고 청해파 세 검객도 모습을 드러냈다. 화산파, 공동파, 곤륜파 원로 고수들 역시 참석했다. 단지 아미파 제자들만 보이지 않았다.

장무기는 주지약을 만나면 어떻게 해서든지 혼례식 날 벌어진 사정을 해명하고 싶었다. 그러나 당시 그녀의 원망으로 가득 찬 얼굴빛과 눈초리를 떠올리니 가슴만 두근거리고 부끄러워 심한 자책감에 빠져들었다.

명교 측은 서쪽 한 곁 으슥하게 들어앉은 편전 한 채를 통째로 차지하고 다른 파 사람들과 일체 왕래하지 않았다. 사방 천지에 명교와 원수진 사람이 너무 많아 서로 얼굴을 마주쳤다가는 대회가 열리기도 전에 한바탕 싸움이 벌어질까 우려해서였다.

오시에 가까워질 무렵, 소림사 지객승들이 엄숙한 표정으로 제각기 책임 맡은 군웅들을 안내해 절간 오른편 산등성이를 깎아 다듬은 광장으로 데려갔다. 그곳은 원래 스님들이 채소를 심던 채마밭이었으나, 밭두렁을 고르게 메워 평지로 만든 임시 연무장이 되었다. 너른 광장을 중심으로 사방에는 통나무 울타리와 햇빛만 가린 차양을 수십 군데 설치하고, 그 안에 탁자와 걸상들이 마련되어 있었다. 각 문파 군웅들은 지정된 목책 안으로 인도받아 자리 잡고 앉기 시작했다. 인원수가 많은 방회 문파는 목책 한 군데를 통째로 차지했으나, 그 밖의 군소 방회는 두셋씩 합쳐 한 자리를 잡아야 했다.

팽형옥은 교주 곁에 서서 이제 막 장내로 들어서는 걸출한 인사들의 문파 내력과 수완을 일일이 설명해주었다. 군웅들의 집결이 끝나자 사뭇 성대한 모임이 되었다. 그들 중에는 강호에 거의 발길을 끊고 산림에 숨어 살던 은일거사隱逸居士도 적지 않게 모습을 드러내고 있었다. 팽형옥은 속셈으로 참석자들의 성분을 헤아려보았다. 장내에 들어찬 인원수는 명교를 제외하고도 어림잡아 4,600명이 넘었다. 팽형옥의 귀띔을 듣고 나서 장무기와 양소 등 명교 수뇌부는 하나같이 우울한 기색으로 변했다. 참석자들의 절반 이상이 명교의 적대 세력으로 판별되었기 때문이다.

손님들이 자리 잡고 앉은 뒤에야 주인 격인 소림사 승려들이 공空, 원圓, 혜慧, 법法, 상相, 장莊 등 각자 항렬에 따라 여러 패로 나뉘어 광장 안으로 들어서더니, 군웅들과 돌아가며 상견례를 교환했다. 마지막으로 나타난 것은 공지신승, 그 뒤를 이어서 달마당 소속 아홉 원로가 등장했다. 공지신승이 먼저 광장 한가운데로 걸어 나와 합장하고 염불을 외더니 손님들을 돌아보며 입을 열었다.

"오늘 천하 영웅들께서 모처럼 왕림하시어 실로 저희 소림파의 영광이요, 크나큰 은총이 아닐 수 없습니다. 그러나 유감스럽게도 저희 방장 사형께서 급작스러운 병환으로 여러 준현을 뵙지 못하게 되어 노납에게 명하여 정중히 사과드리라 하셨으니, 이 점 널리 양해하시기 바랍니다."

공지대사의 인사말이 끝났다. 장내 분위기는 삽시간에 술렁대기 시작했다. 장무기 역시 의아스러웠다. 공문 방장은 며칠 전 외조부 은천정의 영전에 조문하러 왔을 때만 하더라도 얼굴에 병색이 전혀 없었다. 병이 나기는커녕 오히려 두 눈에 정기가 철철 흘러넘쳤다. 그처럼 깊고 두터운 내공을 지닌 분이 어떻게 며칠 새 갑자기 병에 걸릴 수 있단 말인가? 혹시 부상을 당한 것은 아닐까?

소림의 승려들을 낱낱이 훑어보고 또 사방 둘레를 구석구석 살폈으나 원진과 진우량의 모습은 어디에도 보이지 않았다. 그날 밤 도액대사를 비롯한 세 원로 고승에게 원진의 간계를 폭로했는데, 그 이후 소림 측에서 어떻게 원진과 진우량 일당을 처리했는지 알 수 없었다. 공문 방장이 급환에 걸렸다는 것도 혹시 그 사건과 연관이 있지 않을까?

모처럼 성황을 기대했던 군웅들은 주최 측 인사말 한마디에 흥이 깨졌다. 지금으로부터 100년 전, 남송 말엽에 곽정 대협과 황용 여협 부부가 전후 두 차례에 걸쳐 대승관大勝關, 양양성에 천하 영웅호걸을 모조리 초청해놓고 몽골족의 침입에 맞서 싸울 의병 세력을 규합한 이후 오늘날까지 이와 같은 무림계의 큰 모임을 가져본 적이 한 번도 없었다. 그리고 100년 세월이 지난 오늘에야 비로소 다시 영웅대회가 열리게 되었으니 실로 강호에 다시없을 으뜸가는 경사가 아니겠는가? 그런데 이렇듯 성대한 모임에 주최한 측의 우두머리가 느닷없이 급환에 걸렸다는 핑계로 모습을 드러내지 않으니, 불원천리하고 머나먼 길을 달려온 천하 영웅들은 실망을 금치 못했다.

군웅들의 불평을 눈치챘는지 공지대사가 다시 입을 열었다.

"무림계의 화근 덩어리, 죄업이 막중한 원흉 금모사왕 사손이 다행스럽게도 저희 소림사에 사로잡혀 있습니다. 소림파는 이자를 단독으로 처치할 수 없어 명망 높으신 무림계 여러 인사를 청해 모시고 이 자리에서 함께 처분할 방책을 상의하고자 합니다."

그는 본래 생김새가 주름살투성이에 잔뜩 찌푸린 깐깐한 인상의 소유자였다. 그런데 지금은 어찌 된 노릇인지 평소 그답지 않게 카랑카랑하던 목소리조차 기력을 잃고 날카롭게 사람을 노려보던 눈초리에 광채마저 잃은 채 잔뜩 맥 풀린 기색이었다. 말을 마치자 공지대사는 합장하고 즉시 물러났다.

동남쪽 울타리 안에서 체구 우람한 중년 사내가 벌떡 일어섰다. 반백의 희끗희끗한 수염을 바람결에 나부끼면서 사방에 둘러앉은 군웅들을 둘러보는 눈빛이 형형하고 위엄이 가득했다. 한눈에 그를 알아본 팽형옥이 장 교주에게 귀띔했다.

"저 사람은 산동 지방에서 유명한 권법 사범 하주夏胄입니다."

이윽고 하주가 말문을 열었다. 목청이 장내에 쩌렁쩌렁 울리는 것이 마치 소림사의 범종梵鐘을 치는 것 같았다.

"사손은 죄악이 무림 천지에 가득한 자인데, 귀 소림파에서 그런 악적을 사로잡으셨다니 실로 강호 무림계에 끼친 복이 적지 않소이다. 공문 방장과 공지대사께선 이렇듯 악한 자를 잡으셨다면 즉석에서 단칼에 참살해버려도 무방하셨을 터인데, 굳이 남에게 의견을 물으셔야 할 필요가 있겠습니까? 그러나 어차피 오늘 천하 영웅들께서 자리를 같이하셨으니, 이 대회를 금모사왕을 처단한다는 의미에서 '도사대회屠獅大會'라고 명합시다! 그리고 사손을 이 자리에 끌어내어 능지처참해 사람마다 그 살점을 한 입씩 씹어 삼키고 그 피를 한 모금씩 마셔서, 그자의 손에 죽어간 친구들을 위해 복수한다면 얼마나 통쾌한 일이겠습니까?"

하주는 친아우가 사손에게 죽임을 당했기에 원한에 사무쳐 독심을 품고 복수할 일념으로 지난 수십 년 동안 사손을 찾아다닌 인물이었다. 말끝이 떨어지자 광장 안은 그에게 동조하는 이들의 아우성으로 들끓었다.

"옳소! 당장 사손을 이리 끌어내시오!"

"어서 썩 끌어내다 원수를 갚읍시다!"

혼란의 와중에서 갑자기 음침한 목소리가 흘러나왔다.

"사손은 명교 호교법왕 가운데 한 사람, 만일 소림파가 명교 측에 죄

짓고 원망을 사는 게 두렵지 않았다면 일찌감치 단칼에 요절내고 말았을 터이지, 뭇사람을 불러놓고 그 책임을 분담시킬 필요가 어디 있겠소? 여보시오, 하 형! 당신 좀 흐리멍덩한 사람이군! 이 아우가 좋은 말로 권고할 때 들으시구려. 그렇게 어수룩하게 남한테 휘말리지 말고 몸조심하는 게 좋을 거요. 속담에도 '험악한 세상 곱게 살아가려거든 명철보신明哲保身하라' 하지 않았소?"

어찌 된 노릇인지 그 악다구니 소란 통에서도 이자의 말소리가 군중들의 귓속으로 또렷이 파고들었다. 뭇사람의 눈길이 한꺼번에 소리 나는 쪽으로 쏠렸으나, 목소리의 주인공은 보이지 않았다. 몸집이 왜소할뿐더러 앉은 자리에서 일어서지도 않은 채 인파 속에 섞여 있는 게 분명했다.

하주가 다시 큰 목청으로 소리를 질렀다.

"방금 떠들어댄 게 누구야? 옳거니, 취불사醉不死 사도司徒 아우님이 아니신가? 나더러 '명철보신'하라는 권고하는 말씀 잘 들었소만, 저 사손이란 놈은 내 친아우를 죽인 원수요! 사내대장부로 태어났으면 자기가 한 짓에 대해서는 스스로 책임질 줄 알아야 하는 법. 소림의 고승 여러분, 당장 그놈을 이리 끌어내주시오! 이 늙은이가 단칼에 쳐 죽이고 내 한 몸으로 책임지겠소! 마교의 마두들이 복수하겠다? 좋소, 누가 뭐래도 산동의 하주가 혼자 당해내리다!"

인파 속에서 또 그 음침한 웃음소리가 흘러나왔다.

"하 형, 무림지존이라 일컫는 도룡도가 사손의 수중에 있단 사실을 강호에서 모르는 자가 어디 있소? 생각해보구려. 소림파는 이미 사손을 잡았으니 그 보배 칼 역시 손에 넣었을 것이 아니오? 사손을 죽여 처벌하겠다는 것은 한낱 명분으로 내건 염불이요, 실제 무림지존의 상징 도룡보도를 내걸고 소림파의 위엄을 세우려는 것이 잿밥인 셈 아닌가! 이것 보시오, 공지대사! 당신도 이제 허세는 그만 부리고 속 시원하게 그 도룡도나 가져와 보여주시구려. 그래서 여기 초청받은 사람들의 안목 좀 크게 넓혀주셔야 옳은 일이지. 당신네 소림파는 애당초 1,000 몇백 년에 이르는 동안 무림계의 꼭대기에 올라앉아 우두머리 노릇을 해오셨는데, 이제 그 칼을 얻었다고 해서 위신이 더 늘어날 것도 아니고, 얻지 못했다고 해서 줄어들 것도 없이 어차피 무림지존이기는 마찬가지 아니겠소?"

팽형옥이 나지막하게 장무기의 귀에 속삭였다.

"교주님, 방금 얘기한 사람은 강호 별명이 취불사라고 불리는 사도천종司徒千鍾입니다. 성품이 워낙 괴팍스러워 세상을 하찮게 업신여기고 불손한 태도로 일관해 살아가는 냉소적인 위인이라 스승을 모시지도 않고 제자를 두어본 적도, 어느 방회 문파에 예속되지도 않았다고 하는군요. 평생토록 남과 싸우는 일이 극히 드물어 그 무공 수준이나 근본 내력을 아무도 모른답니다. 차가운 냉소와 신랄한 풍자로 세상사를 비판하는데, 한마디로 곧잘 남의 정곡을 찌르곤 하지요."

아니나 다를까, 과연 몇몇 사람이 사도천종의 언사에 당장 반응을 보였다.

"옳소! 일리 있는 말씀이오. 소림파는 어서 도룡도를 가져다 모든 사람에게 보여주시오!"

공지대사가 난처한 기색으로 느릿느릿 답변했다.

"도룡도는 우리 소림사에 있지 않소이다. 노납이 한평생 늙어오는 동안 그 칼을 본 적이 없어 세상에 정말 그런 칼이 있는지조차 모르오."

"아니, 그럴 수가 있나! 사손을 잡았으면 도룡도는 으레 소림파의 수중에 있어야 옳은 얘기 아닌가?"

"아무렴, 그런 터무니없는 소리를 누구더러 믿으란 거야?"

군웅들의 분위기가 술렁대기 시작했다. 당장 여기저기 의론이 분분하게 일면서 너르디너른 광장이 또 한 번 시끄러운 소리로 아수라장이 되었다. 영웅대회에 참석한 사람들은 이번 모임이 필시 도룡도와 막대한 관련이 있을 것으로 잔뜩 기대해왔는데, 공지대사가 한마디로 끊어 부인했으니 모두 뜻밖이 아닐 수 없었다.

공지대사를 뒤따라온 달마당 아홉 승려는 하나같이 큼지막한 붉은 가사를 몸에 걸치고 있었다. 시끄럽게 떠들어대던 군웅들의 고함 소리가 다소 잠잠해지자, 그중 한 노승이 앞으로 나서더니 목청을 드높여 말했다.

"도룡도는 애당초 사손의 수중에 있었소. 하지만 우리가 그자를 사로잡았을 때에는 그 칼을 몸에 지니고 있지 않았소. 본사 방장께서 도룡도의 유무 여부가 무림계와 큰 관련이 있음을 아시는 터라 그동안 여러 차례 세밀하게 심문을 가했으나 사손은 완강히 버티고 끝끝내 실토하지 않았소. 오늘 영웅대회를 개최한 본뜻은 첫째로 사손을 어떻게 처단하느냐 그 문제를 상의하기 위함이요, 둘째로는 여러 영웅호걸 되시는 분들께 도룡도의 행방을 알아보기 위해서였소. 어느 분이든 그 칼의 행방을 알고 계시거든 사실대로 말씀해주시기 바라오."

이야말로 적반하장 격이라, 군웅들은 저마다 서로 얼굴만 멀뚱멀뚱 볼 뿐 아무도 입을 여는 사람이 없었다. 이때 사도천종의 괴상야릇한 목소리가 또 울려 나왔다.

"하하, 왜들 이러시나? 100년 이래 강호 무림계에 떠도는 말이 있지 않소? '무림의 지존은 도룡보도라, 천하를 호령하니 감히 따르지 않을 자 없도다. 의천검이 나타나지 않는다면 그 누가 예봉을 다투랴?' 그렇다면 현재 도룡도는 없으니까 그렇다고 치고, 의천검은 아직 존재하는 셈이지. 하나 그 의천보검 역시 아미파의 수중에 있다가 서역 광명정 전투가 끝난 직후 실종되었다던데, 그 행방을 아무도 모르니 어쩌면 좋겠소? 오늘 이 영웅대회에 참석하신 분은 모두 대장부시라 '재주 뛰어날 영英'과 '수컷 웅雄' 자에 어울리니 되었고, 그럼 아미파의 '암컷 자雌'에 해당하는 영자英雌들께선 어째 불참하셨을꼬? 혹시 못 오시는 건 아닌지 모르겠군."

군웅들이 폭소를 터뜨리면서 장내는 삽시간에 웃음바다가 되었다. 웃음소리가 잠잠해지기도 전에 지객승 한 명이 부리나케 들어와 큰 소리로 외쳐 알렸다.

"개방의 사 방주께서 장로 여러 분과 제자들을 거느리고 도착하셨습니다!"

'사 방주'란 말에 누구보다 놀란 사람은 장무기였다. 개방의 방주 사화룡은 벌써 원진에게 죽임을 당한 지 오래인데, 어떻게 또 다른 사 방주가 나타났단 말인가?

"모셔 들여라!"

개방이 강호의 으뜸가는 대방회인 줄 아는 터라 공지대사는 지객승에게 분부를 내리고도 몸소 원로들을 이끌고 영접하러 나갔다.

잠시 후 거지 한 패거리가 빠른 걸음걸이로 줄지어 광장 안에 들어섰다. 인원수는 어림잡아 150여 명, 하나같이 꾀죄죄한 누더기 옷차림의 장정들이었다. 속담에 '지네란 놈은 죽어도 꼿꼿하게 뻗지 않는다百足之蟲 死而不僵'•는 말이 있다. 개방 역시 비록 근년에 들어 명성과 세력이 크게 약화되어 옛날 같지 않았으나, 그래도 아직은 강호에 막대한 잠재력을 보유하고 있는 방회라 군웅들 가운데 어느 누구도 개방을 얕잡아보지 못하고 대부분 자리에서 일어나 경의를 표했다.

선두로 들어선 늙은 거지 두 사람은 장무기도 잘 아는 전공장로와 집법장로였다. 그 뒤에 추악한 소녀가 들어섰다. 들창코에 메기 아가리처럼 넓적한 입술 틈새로 앞니 두 개가 삐드러져 나왔다. 그러고 보니 바로 비명에 죽은 사화룡의 외동딸 사홍석이었다. 손에는 개방 방주의 신분을 상징하는 타구봉이 들려 있었다. 사홍석 다음으로 장봉용두와 장발용두, 그리고 팔대 장로, 칠대 제자, 육대 제자들이 줄지어 따라 들어섰다.

공지대사도 타구봉이 개방 방주의 신물이란 사실을 잘 알고 있었다. 그러나 지금 그 신물의 소유자가 엉뚱하게도 앳된 소녀인 것을 보고 주저하기 시작했다. 대체 방주가 누군지, 어떤 사람에게 인사를 해야 좋을지 몰랐다. 그렇다고 마냥 엉거주춤 서 있을 수만은 없어 두 손 모아 합장하면서 우물쭈물 인사를 건넸다.

"소림의 공지, 삼가 개방 군웅 여러분의 왕림을 영접하오."

• 사람이 죽거나 권세 있는 집안은 몰락해도 그 세력이나 영향력이 여전히 남아 있다는 비유. 《문선文選》 가운데 조경曹冏의 〈육대론六代論〉에서 "지네란 놈은 죽기에 이르러서도 꼿꼿하게 뻗지 않듯이, 그를 돕고 부추기는 세력이 원래 강대했기 때문이다百足之蟲 至死不僵 扶之者衆也"에서 처음 쓰였다. 명나라 장대張岱의 《해지海志》와 《홍루몽》 제2회에서도 인용되었다.

개방 거지 떼도 일제히 두 손 맞잡아 답례했다. 곧이어 전공장로가 주인 측에 해명을 하고 나섰다.

"저희 개방의 사화룡 방주께선 불행히도 세상을 떠나셨습니다. 그래서 장로 회의를 거쳐 그분의 따님 사홍석 소저를 신임 방주로 추대했지요. 바로 이분이십니다."

그러고는 사홍석이 있는 쪽으로 손바닥을 펼쳐 보였다. 뜻밖의 사실에 놀란 공지대사는 잠시 할 말을 잊고 멍해졌다. 장내의 군웅들도 마찬가지였다. 강호 인물 사이에 전해오는 말이 있지 않은가? 무림의 삼대 세력으로 '명교, 개방, 소림파'를 손꼽는다고. 교파 중의 우두머리는 명교요, 천하 방회 가운데 어른은 개방이며, 무학의 문파로는 소림을 으뜸으로 쳤다. 명교가 스무 살 남짓한 청년 장무기를 교주로 앉혔을 때만 해도 무림계 인사들은 세상 오래 살다 보니 별 희한한 일을 다 본다고 혀를 찼는데, 이번에는 개방마저 철부지 어린 소녀를 방주로 추대할 줄이야 정말 뜻밖의 일이었다. 만일 개방 장로가 자기 입으로 직접 말하지 않았던들 정말 아무도 믿지 않았을 것이다. 100여 년 전, 황용이 처녀의 몸으로 구지신개 홍칠공의 대를 이어 개방 방주에 오른 선례가 있기는 하지만, 당시 황용은 그래도 눈앞의 이 소녀보다 네댓 살은 더 많았다. 더구나 그녀는 전임 방주 홍칠공의 애제자요, 도화도주 동사 황약사의 딸이었으니 그 내력이나 출신 배경이 대단하지 않았던가?

공지대사는 비록 의아스럽기는 해도 방주를 소개받은 이상 결례를 범할 수는 없었다. 그는 다시 자세를 바로 고치고 어린 사홍석 앞에 합장의 예를 드렸다.

"소림의 문하 제자 공지가 삼가 사 방주께 문안드리오."

사홍석도 다소곳이 몸을 틀어 답례했으나, 인사말을 어떻게 해야 좋을지 몰라 입속으로만 우물거렸다. 그 대신 전공장로가 인사말을 전했다.

"폐방의 방주께서 아직 어리신지라 방회의 일체 업무를 잠정적으로 저하고 집법장로가 대행하고 있습니다. 공지신승께선 저희 선배 대덕先輩大德이신데, 지나친 예를 감당하기 어렵사오니 너무 겸양치 마십시오."

둘이서 몇 마디 인사치레를 주고받은 후, 개방 제자들은 지객승의 안내를 받아 이미 지정된 목책으로 들어가 자리를 잡았다.

워낙 인원수가 많은 터라 꽤 오랜 시간을 인사치레로 다 보내고 나서야 개방 제자들은 비로소 자리를 잡고 앉았다. 장무기는 거지들이 모두 상복을 입고 저마다 비분에 가득 찬 것을 눈여겨보았다. 게다가 등에 짊어진 포대 자루 속에 무엇이 들었는지 꿈틀거리는 품이 필경 무슨 일인지 저지를 준비까지 갖추고 왔으리라는 것을 눈치챘다. 그는 속으로 반가움을 금치 못하고 싱긋 웃으며 곁에 앉은 양소에게 한마디 건넸다.

"아무래도 우리 편에 응원군이 온 것 같습니다."

그 말을 증명이라도 하듯 개방 측에서 전공, 집법 두 장로가 사홍석을 데리고 명교 울타리 앞으로 걸어왔다. 전공장로는 장무기를 향해 포권의 예를 올리더니 정중하게 입을 열었다.

"장 교주님, 금모사왕께서 적의 수중에 떨어지신 데에는 저희 개방의 책임도 막중합니다. 저희와 연관이 있는 만큼 오늘 목숨이 끊기는 한이 있더라도 지난날의 과오를 속죄하고자 합니다. 그뿐만 아니라 우리 개방 역시 무참하게 돌아가신 사 방주 어른의 원수를 갚아야 할 처지이므로 이 두 가지 목적을 달성하기 위해 개방 제자들은 지위 고하를 막론하고 일체 명교 장 교주님의 호령에 따르기로 결정했습니다."

"아니오, 그러시면 안 됩니다."

장무기가 황망히 답례를 건네며 다급하게 말막음을 하려 했으나 허사였다. 전공장로의 우렁찬 목소리가 벌써 광장 안 모든 사람에게 쩌렁쩌렁 울린 것이다. 그 말이 끝나기 무섭게 150여 명의 개방 제자도 일제히 자리를 박차고 일어나 함성을 질렀다.

"삼가 명교 장 교주님의 호령을 받들어 우리 개방 제자는 끓는 물, 타는 불더미 속에라도 거침없이 뛰어들겠습니다!"

구호를 외치듯 입 맞춰 지르는 함성에 군웅들은 모두 대경실색했다. 이게 도대체 어찌 된 일인가? 개방이 언제부터 명교와 생사고락을 같이하는 사당死黨이 되었단 말이냐? 강호 출입이 극히 드문 은일처사隱逸處士를 제외하고 무림계 인사들이라면 누구나 개방과 명교가 수십 년 동안 견원지간으로 지내온 앙숙이란 사실을 너무나 잘 알고 있었다. 어쩌다 마주치는 날이면 에누리 없이 피를 보지 않고는 곱게 헤어지지 않던 사이였다. 어디 그뿐이랴, 연전에 개방은 해사파나 신권문 등 군소 방회 문파들을 충동질해 명교 총단 광명정 습격을 주도했다. 한바탕 혈전이 끝나고 나서 개방 측과 명교 쌍방 간에 사상자가 적지 않았다. 그리고 명교 측으로부터 최후의 역습을 받아 개방 원정대는 거의 전멸당하다시피 참담한 손실을 입었다. 그런데도 지금 이 시각에 개방의 실권자인 전공장로는 공공연히 개방 전체가 명교 교주 장무기의 호령에 따르겠노라고 선포했다. 더욱 놀라운 것은 오늘 개방의 출동 목적이 전임 방주 사화룡의 복수를 갚기 위해서라는 사실이었다. 그렇다면 이 자리에 참석한 군웅들 중에 개방의 원수가 있단 말인가? 불길한 예감은 들어맞았다. 전공장로가 소림사 측을 향해 돌아서서 큰 소리로 외쳤다.

"우리 개방은 소림파와 이제까지 아무런 원한도 없고, 우호적인 유대 관계를 맺어왔소. 또 우리는 소림을 무림 제일의 대문파로 존경해오면서 사소한 원혐이 있다 해도 시종 인내로써 극복하고 양보하며 감히 소림에 죄짓는 일을 최대한으로 삼가왔소이다. 그리고 사화룡 전임 방주 이하 모든 제자는 덕망 높으신 소림의 사대 신승께 깊이 존경을 바치고 무학지사의 모범이요, 귀감으로 숭배해왔소이다. 하물며 사 방주는 오래전부터 산중에 은거하시어 신병 치료에만 전념하느라 강호인사들과 교류를 끊으신 지 수십 년이 되었는데, 무슨 까닭으로 소림파 고승의 악독한 손길에 죽임을 당하셨는지 모르겠소이다."

광장 안에서 일제히 경악에 찬 외침이 터져 나왔다. 군웅들뿐 아니라 수양 깊은 공지대사조차 너무나 뜻밖의 말에 놀라 저도 모르게 외마디 소리를 질렀다. 전공장로의 말은 계속되었다.

"우리는 오늘 만천하 영웅들이 보는 이 자리에서 공문 방장께 그 사유를 밝혀주시기를 감히 요청하는 바입니다. 우리 전임 사 방주가 소림파 측에 도대체 무슨 죄를 지었기에 소림의 고승이 전임 사 방주를 살해하셨으며, 또 그것도 모자라 미망인과 외로운 고아가 된 따님마저 죽여 없애려 하셨는지요? 결국 미망인도 목숨을 보전하지 못하고 끝내 희생되셨지만 말이외다."

공지대사는 놀란 가슴을 가라앉히면서 합장했다.

"아미타불! 사 방주께서 불행히도 타계하셨다는 소식을 노납도 이제 처음 듣는 말이외다. 장로께서 말끝마다 저희 소림 제자의 소행이라 지목하시는데, 필시 그간에 무슨 중대한 오해가 있는 듯하오. 아무래도 장로께서 당시 상황을 자세히 말씀해주시지요."

"소림파는 1,000년 이래 무림계의 태산북두로 군림해왔는데, 우리가 어찌 감히 모함할 리 있겠소이까? 지금 이 자리에 귀파의 고승 한 분과 속가 제자 한 분을 소환하셔서 대질토록 요청하는 바이오!"

"장로의 분부 말씀, 의당 받들겠소이다. 장로께선 우리 소림파의 어떤 분을 소환하시려는지요?"

"바로……."

전공장로는 "바로"란 그 한마디를 꺼내더니 갑자기 혀가 굳어졌는지 더 말을 잇지 못했다. 초조하게 답변을 기다리던 공지대사가 흠칫 놀라 황급히 다가들더니 전공장로의 오른 손목을 움켰다. 그러나 어찌된 노릇인지 벌써 맥박이 멎어 있었다.

"장로! 장로……!"

공지대사는 혼비백산하도록 놀라 연거푸 전공장로의 몸뚱이를 흔들었다. 하지만 대꾸가 없었다. 얼굴을 들여다보니, 이마 한복판에 향한 대 굵기만큼이나 가느다란 흑점이 하나 찍혀 있었다. 양미간 치명급소에 절독 암기를 맞은 게 분명했다.

공지대사는 시신을 내려놓고 광장을 둘러보며 큰 소리로 외쳐 알렸다.

"영웅 제위들은 현명하게 살피시오! 이분, 개방의 장로께서는 절독 암기에 맞아 불행히 절명하셨소. 결단코 맹세하거니와 우리 소림파는 이런 음험하고도 악랄한 암기를 사용하지 않소이다!"

"와아……! 장로님이 돌아가셨다!"

"어떤 놈이 죽였느냐?"

개방 제자들이 한꺼번에 벌 떼같이 들고 일어났다. 놀라움과 분노에 찬 함성이 시끄럽게 울리는 가운데 수십 명이 전공장로의 시신 곁으로 달려 나왔다. 장발용두가 품속에서 흡철석吸鐵石을 한 덩어리 꺼내더니 시신의 양미간에 갖다 댔다. 그러고는 잠시 후 쇠털처럼 가느다란 물체를 조심스레 뽑아냈다. 길이가 한 치 남짓밖에 안 되는 강철 바늘이었다. 개방의 장로들도 공지대사가 한 말이 거짓이 아님을 잘 알고 있었다. 이렇듯 음독한 암기를 명문 정파인 소림 제자가 쓴다는 것은 상상조차 못 할 일이었다. 그러나 한창 밝은 백주 대낮에 사람들의 눈초리가 쏠린 가운데 어떤 자가 암기를 기습적으로 발사했는데, 단 한 사람도 낌새를 알아채지 못했다니 이거야말로 불가사의한 일이 아닌가?

집법장로는 비통과 흥분에 들뜬 마음을 억누른 채 냉정히 생각해보려고 애를 썼다. 방금 전공장로는 남쪽을 바라고 서 있다가 이마에 암기를 맞았다. 그러니까 방향으로 따져본다면 암기는 남쪽에서 발사된 것이 분명했다. 지금 태양빛은 남쪽을 향해 눈부시도록 비춰 내리고 있다. 더구나 전공장로는 한창 격분한 심정에서 그 햇빛 속을 뚫고 날아든 미세하기 짝이 없는 암기를 미처 알아보지 못하고 또 막아낼 겨를도 없었을 것이다.

개방 장로들의 눈초리가 일제히 남쪽으로 쏠렸다. 그쪽 제일 앞면에 서 있는 것은 공지대사, 그 뒤편에 늘어선 것은 전부 소림사 승려들이다. 성난 눈길들은 다시 공지대사의 등 뒤쪽으로 날아갔다. 거기에는 붉은 가사를 걸친 달마당 소속 아홉 원로 고승들이 눈을 반쯤 내리감은 채 아무런 감정도 드러내지 않고 한 줄로 우두커니 서 있었다. 아홉 노승의 뒷줄에는 황색 승포, 회색 승포를 걸친 소림승들이 항렬에 따라 대오를 짓고 늘어섰다. 도대체 누가 암습을 가했는지 꼭 짚어서 판별해내지는 못하겠으나, 범인이 소림승 가운데 하나라는 사실만큼은 의심할 여지가 없었다.

"으하하하!"

집법장로가 하늘을 우러러 비분에 찬 앙천대소를 터뜨렸다. 두 눈에선 뜨거운 눈물이 뚝뚝 방울져 흘러내렸다.

"공지대사께선 아직도 우리 개방 측이 소림파를 억울하게 모함한다고 말씀하고 싶으시겠지요? 그렇다면 방금 눈앞에서 벌어진 이 일에 대해서는 또 어떻게 변명하시려오?"

그와 동시에 성질이 누구보다 불같은 장봉용두가 철봉을 번쩍 쳐들더니 노기등등한 기세로 냅다 호통을 쳤다.

"내 오늘 이놈의 소림파와 생사 결판을 내고야 말 테다!"

"와아아!"

장봉용두의 한마디가 불씨가 되어 개방 제자들이 함성을 지르면서 제각기 "철꺼덕, 철꺼덕!" 병기를 꺼내 들고 우르르 광장 한가운데로 몰려나왔다.

공지대사는 할 말이 없었다. 그저 참담하게 일그러뜨린 얼굴로 뒤편에 줄지어 늘어선 소림 제자들을 향해 돌아섰을 따름이다. 그러고는 천천히 말문을 열었다.

"본사는 달마조사께서 창건하신 이래 1,000여 년 동안 면면히 이어져 내려오면서 역대 모든 승려가 부처님의 법을 부지런히 수련하고 계율을 엄격히 지켜왔다. 비록 호신용으로 무학을 익히고 강호 영웅들과 왕래하기에 이르렀으되, 이날 이때껏 감히 천리에 어긋난 행동을 한 적이 없거니와 사람으로서 못 할 짓을 저질러본 적이 없었다. 방장 사형과 나는 이미 세속의 정을 끊고 홍진紅塵에 미련을 두지 않았으며, 제자들에게도 그렇게 가르쳐왔다."

일장 설파를 하는 동안에도 날카로운 눈빛은 승려들의 얼굴을 하나씩 차례차례 훑어갔다.

"그런데 이 독침은 누가 발사했는가? 대장부라면 자기가 한 짓에 스스로 책임지고 감당해야 하는 법, 어서 내 앞으로 썩 나서거라!"

수백 명의 소림승 가운데 아무도 나서는 자가 없었다. 그저 여기저기서 염불하는 소리만 들려올 뿐이었다.

"나무아미타불! 죄업이요, 죄업이로다!"

한참 만에 공지대사의 입에서 탄식이 흘러나왔다. 공지대사의 처절한 탄식을 들으면서 장무기는 불현듯 아주 오랜 옛날 일이 생각났다. 어머니 은소소는 처녀 시절 아버지 장취산의 모습으로 변장하고 소림승을 독침으로 살해해 장취산이 한마디 변명도 못 한 채 꼼짝없이 '살인범'의 누명을 쓰게 만들었다고 했다. 그러나 당시 천응교의 은침은 이 강철 침과는 모양새가 크게 다를뿐더러 바늘에 먹인 독물의 특성도 전혀 달랐다. 전공장로가 즉사한 상황으로 보건대, 강침에 바른 극독은 서역 지방에서 나는 독벌레 심일도心一跳가 분명했다. 심일도라면 사람의 심장박동이 딱 한 번 뛰고 멎는다는 뜻이다. 그 독충의 몸에서 채취한 극독은 더운 피와 닿는 순간 발작을 일으켜 중독자의 심장이 딱 한 차례 뛰고 나서 그대로 멈춰 즉사하기 때문에 그런 끔찍한 이름이 붙었다.

장무기는 개방 방주 사화룡이 원진의 손에 살해당했다는 사실, 또 소림사 승려들 가운데 원진 일당이 잠복해 있으리라는 사실은 벌써부터 짐작하고 있었다. 그렇다면 방금 독침으로 전공장로를 사살한 이유는 무엇인가? 당연히 그 입에서 사화룡을 죽인 원진의 이름이 나오는 것을 막기 위해서였으리라. 그런데 안타깝게도 그 순간 모든 사람의 이목은 오로지 전공장로에게 집중되어 있었던 탓에 아무도 강침을 발사한 자가 누구인지 알아볼 수 없었다.

장봉용두는 광장 한복판에 서서 고래고래 악을 쓰고 있었다.

"사 방주를 살해한 범인이 누군지, 수만 명에 이르는 개방 제자 가운데 모르는 자가 하나도 없다! 소림파, 네놈들이 증인을 죽여 입막음을 할 작정이냐? 하하, 천하의 개방 제자들을 몰살하지 않고서야 그 살해범이 바로 원진이라는……."

그때 돌연 장발용두가 몸을 날려 장봉용두 앞을 가로막는 동시에 들고 있던 무쇠 주발을 번쩍 쳐들었다. 그러자 주발 안에서 가벼운 금속성이 "쨍!" 울렸다. 무쇠 주발이 강침 한 대를 받아낸 것이다. 그것이 어디서 날아왔는지 여전히 몰랐으나, 장발용두는 벌써부터 줄곧 혼신의 공력을 암암리에 집중시키고 온몸이 눈과 귀로 하나가 되어 경계하고 있었다. 그는 이제 막 눈부신 햇빛 속에서 또 하나의 쪽빛 광채가 번뜩이는 것을 순간적으로 포착하고 그 즉시 움직여 주발로 강침을 받아냈다. 반보라도 늦었더라면 동료인 장봉용두 역시 비명에 목숨을 잃었을 터였다.

장발용두가 움직인 것과 때를 같이해서 공지대사의 신형이 사라졌다. 그가 달마당 아홉 노승의 등 뒤로 감돌아 나간 찰나, "퍽!" 하는 소리가 나더니 왼쪽에서 네 번째 노승이 발길질에 걷어차여 앞으로 고꾸라졌다. 이어서 공지대사는 억센 손길로 노승의 뒷덜미를 움켜잡아 다시 일으켜 세웠다.

"공여空如, 바로 너였구나! 너마저 원진과 한통속이 되었을 줄이야……!"

한 손으로 덜미를 움켜쥔 채 나머지 한 손이 노승의 승복 앞자락을 "부욱!" 소리가 나도록 거칠게 찢어 발겼다. 옷깃이 찢겨나가면서 옆구리에 동여맨 강철 통이 드러났다. 자그만 통 앞머리에는 털끝만 한 구멍이 뚫려 있었다. 그제야 군웅들은 한눈에 그것이 무엇인지 알아보았다. 강철 통 내부에는 필시 강력한 용수철이 장착되어 있을 테고, 손끝을 품속으로 넣어 통에 장치된 방아쇠를 누르기만 하면 독을 먹인 강철 바늘이 구멍을 통해서 발사되는 것이다. 이런 암기는 발사할 때 손아귀에 거머쥐고 팔뚝을 휘둘러 칠 필요가 없다. 두 사람이 마주 보고 선 거리가 2~3척만 떨어져 있어도 상대방이 암기를 발사하는지 알아보지 못하는 것이다.

장봉용두의 비통과 분노가 한꺼번에 폭발했다. 그는 두말할 것도 없이 육중한 철봉을 휩쓸어 노승 공여의 정수리를 내리쳤다. 덜미를 움켜쥔 공지대사가 미처 빼돌리거나 제지할 틈도 없었다. "퍽!" 하는 소리가 들리더니 공여의 머리통은 무지막지하게 휩쓴 철봉의 단 일격에 두개골이 박살 나 뇌수를 흩뿌리면서 즉사하고 말았다. 공여로 말하자면 소림파 사대 신승과 같은 항렬에 든 인물로, 사찰 안에서 지위도 높았지만 무공 수준 또한 대단한 고수였다. 그러나 방금 공지대사에게 덜미를 잡혀 혈맥을 제압당했으니 움쭉달싹 못 하는 처지에서 장봉용두가 휩쓸어 치는 철봉을 피할 도리 없이 고스란히 얻어맞고 말았던 것이다.

"아앗, 저런!"

군웅들의 입에서 또 한 차례 경악에 찬 실성이 터졌다. 공지대사는 한순간 멍했으나 이미 엎질러진 물이었다. 그저 성난 눈초리로 장봉용두를 노려보면서 속으로 푸념을 늘어놓았다.

'거참 성급하기 짝이 없는 거지 늙은이로군! 족쳐서 알아볼 게 한두 가지가 아닌데 덜컥 죽였으니…….'

"아미파의 장문 주지약이 문하 제자를 이끌고 소림사 공문 방장 어른을 뵙고자 왔습니다!"

바야흐로 혼란의 와중에서 언제 들어왔는지 광장 바깥에 검은빛 도포를 걸친 비구니 넷이 불진을 비스듬히 세워 들고 가지런히 서 있었다.

"어서들 오십시오!"

공지대사가 공여의 시신을 내려놓더니 무표정한 기색으로 영접하러 나갔다. 남은 여덟 달마당 원로 고승들 역시 그 뒤를 따라나섰다. 방금 벌어진 참극이 언제 일어났냐는 듯 하나같이 못 본 척 전혀 개의치 않는 기색이었다.

네 명의 비구니는 예를 갖추어 정중하게 뒤로 물러섰다. 그러고는 일제히 돌아서서 산문 바깥으로 걸어 나갔다. 표연히 나타났다가 표연히 돌아가는 진퇴 동작이 마치 한 사람처럼 정확했다. 사뿐사뿐 내딛는 발자국도 행운유수처럼 가볍기 이를 데 없었다.

주지약이 왔다는 말을 듣는 순간, 장무기의 얼굴은 온통 벌겋게 달아올랐다. 흘끗 곁눈질로 조민을 훔쳐보니, 그녀 역시 자기를 마주 바라보고 있었다. 조민의 웃는 듯 마는 듯 비죽 내민 입술 표정이 어쩔 줄 모르고 쩔쩔매는 장무기를 조롱하는 의미인지, 아니면 아미파의 허장성세를 깔보는 것인지 알 수 없었다.

아미파의 여협객들은 개방 거지 패거리가 등장할 때와는 사뭇 달랐다. 자기네 발로 광장까지 걸어서 오는 게 아니라, 공지대사 이하 소림파 원로들이 영접하러 나갈 때까지 기다렸다가 비로소 인도를 받고서야 대오를 짓고 들어왔다. 무엇이 아미파를 이토록 위세당당하게 만들었는지 아무도 모르는 일이었다. 80~90명의 여제자는 한결같이 검은빛 도포 일색에 절반 이상이 삭발한 비구니로서 그중 또 절반이 늙은 여승, 중년, 묘령의 젊은 아가씨였다. 여제자들이 광장에 다 들어서고 난 다음, 10여 척 거리를 두고 미목眉目이 수려한 청색 저고리 차림의 여인 하나가 느린 걸음걸이로 나타났다. 바로 아미파의 장문 주지약이었다.

초췌한 얼굴빛, 수척해진 몸매를 보고 장무기는 안쓰러움과 부끄러운 마음이 동시에 일었다.

주지약 일행의 마지막 대열은 남자 제자 20여 명이었다. 통상 무림계 인물처럼 건장하게 생기지도 않았고, 날카로운 면모도 없어 보였다. 그저 학문을 하는 선비와 같이 우아한 몸집에 검은빛 장포를 걸치고 점잖은 태도만 돋보일 따름이었다. 남제자들 손에는 저마다 길이가 다른 목합木盒이 하나씩 들려 있었다. 그러고 보니 100명에 가까운 아미 제자들 수중에 병기가 보이지 않았다. 모두 나무 갑에 넣어서 온 것이 분명했다. 군웅들은 속으로 찬탄을 금치 못했다. 과연 아미파는 예의범절을 잃지 않았다. 병기를 드러내지 않음으로써 소림파에 대한 경의를 표한 것이다.

장무기는 아미파 일행이 자리 잡고 앉을 때까지 기다렸다가 혼자서 목책 앞으로 걸어갔다. 그러고는 주지약에게 허리 굽혀 길게 읍례를 했다. 인사를 건네는 첫마디가 부끄러움에 겨워 저도 모르게 떨려 나왔다.

"주 장문, 장무기가 사죄하러 왔소."

말끝이 떨어지기도 전에 아미파의 여제자 10여 명이 자리를 박차고 벌떡 일어섰다. 하나같이 버들잎 같은 눈썹을 곤두세우고 얼굴에 온통 분노한 기색이 서리처럼 맺혀 있었다. 그러나 주지약은 아무런 감정도 드러내지 않은 채 몸을 약간 틀어 답례했다.

"장 교주님의 지나치신 예절, 감당하기 어렵습니다. 장 교주께서도 그간 평안하셨는지요?"

평정한 얼굴빛에 기쁨이라든가 노여움, 슬픔이나 즐거움의 그림자라곤 찾아볼 길이 없었다. 장무기는 불안한 마음에 넋 빠진 기색으로 하염없이 주지약을 바라보기만 했다. 그렇다고 언제까지 이렇게 있을 수만은 없었다.

"주 장문, 그날 나는 양부님을 구출하는 일이 급해서 당신과의 대사를 그르치고 말았소. 그리고 내 마음속으로 얼마나 미안스러웠는지 모른다오."

"사 대협 어른이 소림사에 갇혀 계시다는 소문을 들었습니다. 장 교주께서는 세상을 뒤엎을 만한 기량을 지닌 영웅이시니 아마도 벌써 구해내셨으리라 생각합니다만……."

찬사인지 비웃음인지 모를 한마디에 장무기의 얼굴이 화끈 달아올랐다.

"소림파 고승들의 무공이 깊고 두터워 명교 측이 지고 말았소. 그리고 외조부님께서 불행히 세상을 떠나셨소."

"백미응왕 은씨 어른께선 일세를 풍미하던 영웅이셨는데, 참으로 애석한 일이군요."

말투나 얼굴빛에 일말의 감정도 내비치지 않아 그 속마음을 헤아릴 길이 없었다. 이쪽에서 한마디 건넬 때마다 예의 바르기는 하지만 날카로운 응대가 날아드니 정말 무안하기 짝이 없었다. 하지만 자업자득 아닌가? 이 여인과 성혼하던 그날, 자신은 숱한 하객들 면전에서 신부를 저버리고 딴 여자와 함께 달아났으니 당시 이 여인의 심정이 어땠겠는가? 오늘 자기가 당하는 이 사소한 무안에 비하면 천배 만배 더 슬프고 난처했을 것이다.

"좀 있다가 큰아버님을 구출할 때까지 부디 지난날의 정리를 잊지 말고 날 좀 도와주기 바라오."

그는 얘기하다 말고 퍼뜩 한 가지 생각이 떠올랐다. 반년 동안에 주지약의 무공은 놀랄 만큼 급진전했다. 그날 혼례식장에서 광명우사 범요 같은 고수도 단 일초 만에 그녀의 손에 떠밀렸고, 육대 문파의 무공 요체를 두루 터득한 조민마저 하마터면 그녀의 다섯 손가락에 찍혀 즉사할 뻔하지 않았던가? 더구나 며칠 전 초가집에서 두백당과 역삼낭 부부를 죽인 그 모진 솜씨는 또 어떠한가? 그러고 보니 주지약은 아미파 장문이 되면서 그 문파에 비전되어오던 또 다른 무공 비급을 완전히 연마한 것이 분명했다. 주지약의 오성은 스승 멸절사태를 능가했다. 속담에 "검은빛이 쪽빛 물감에서 우러나오고 더욱 짙어진다靑出於藍 更勝於藍"•더니, 바로 주지약의 경우를 두고 하는 말이었다. 만일 주지약과 손잡으면 금강복마권을 격파할 수 있을지도 몰랐다.

생각이 여기에 미치자 장무기는 저도 모르게 얼굴에 기쁜 빛이 감돌았다.

"지약, 내 한 가지 부탁할 게 있소."

이 한마디에 주지약의 얼굴 표정이 당장 굳어졌다.

"장 교주님, 자중하시죠. 지금이 어느 때인데 아직도 이름으로 부르시는 겁니까?"

그녀는 또 한 번 차갑게 입을 열었다.

"청서! 이리 나와요. 장 교주께 우리 사이를 얘기해야지요."

그녀가 등 뒤로 손짓을 보내자, 남자 제자들 가운데 얼굴이 온통 수염으로 덮인 텁석부리 하나가 걸어 나오더니 장무기 앞에 포권의 예

• 본래의 뜻으로 보면 검은빛에 가까울 만큼 짙은 남색은 요람蓼藍을 제련해서 만들어낸 물감이지만 빛깔이 원재료인 대청大靑보다 더 짙다는 의미이다. 학생이나 후배의 실력이 스승이나 선배를 능가한다는 비유로 쓰인다. 출처는《순자荀子》〈권학勸學〉편의 "청색은 쪽물감에서 만들어냈으되 그 빛깔이 쪽보다 더 짙고, 얼음은 물을 얼려 만들되 물보다 더 차갑다靑 取之于藍而靑于藍 冰 水爲之而寒于水"인데, 후세에 '청출어람靑出於藍' '청승우람靑勝于藍' 등의 형태로 바뀌었다.

를 취했다.

"장 교주, 안녕하셨소?"

텁석부리의 음성은 틀림없이 송청서였다. 놀란 정신을 가다듬고 자세히 뜯어보니 화장품 따위로 얼굴을 여러 군데 꾸미고 수염도 붙여서 늙수그레한 추남으로 변장해 본래 모습을 감춘 것이었다.

"아, 송 사형이셨군요! 그간 평안하셨습니까?"

장무기도 얼른 두 주먹 맞잡아 답례했다. 사문의 반역도이긴 해도 동기이니 깍듯이 예를 차려 대우한 것이다. 송청서가 보일 듯 말 듯 미소를 지었다.

"그러고 보니 내가 장 교주에게 고맙다는 인사를 해야겠군요. 그날 장 교주께서 내 안사람과 혼례식을 올리다 무슨 까닭인지는 모르겠으나 아무튼 후회하고 걷어치운 덕분에 내가……."

"뭐라고?"

"그 덕분에 내가 인연을 맺게 되었으니, 장 교주께서 중매를 서준 거나 다름이 없소. 하하하!"

삽시간에 장무기는 천둥 벼락을 얻어맞은 것처럼 정신이 아찔해졌다. 넋을 잃고 멍하니 선 그의 눈앞은 그저 캄캄한 암흑천지뿐이요, 귓속에는 "위잉!" 하는 귀울림만 가득 찼을 뿐 곁에서 누가 무슨 소리를 하는지 하나도 들리지 않았다. 한참 만에 누군가 어깨를 잡아 흔들었다.

"교주님, 돌아가시지요!"

정신을 차리고 곁눈질로 흘끗 돌아보니, 범요가 자기 어깨에 손을 얹어놓고 있었다. 장무기는 큰 충격을 받았다. 온 세상이 한순간에 와르르 무너져 내린 것 같은 절망감이 그의 몸과 마음을 휩쓸었다. 조민에 대한 애정의 뿌리가 비록 깊게 내렸다고는 하지만, 자신은 누가 뭐래도 주지약과 혼인하기로 언약한 몸이 아닌가? 결혼식 날 양부 사손을 구출하기 위해 부득이 조민을 따라나서기는 했어도 주지약은 역시 천성이 온화하고 유순한 데다 자기에 대한 감정이 깊고 두터워 허심탄회하게 사정을 설명하고 사과하면, 충분히 이해하고 용서해주리라 믿었다. 지금 눈앞에 있는 이 여자는 분명히 자기 약혼녀인데, 한때의 분노를 참지 못해 덜컥 송청서에게 시집갈 줄이야 꿈엔들 생각했으랴? 장무기는 비통한 심정을 억누를 길이 없었다. 그것은 지난날 광명정에서 그녀의 칼끝에 가슴을 찔렸을 때보다 더 큰 아픔과 깊은 상처를 안겨주었다.

범요에게 끌리다시피 가던 장무기가 흘끗 고개 돌려 바라보니, 주지약은 이제 백옥같이 흰 섬섬옥수를 내밀어 송청서를 부르고 있었다. 송청서는 그것 보라는 듯이 의기양양하게 그녀 곁으로 걸어가더니 어깨에 기대듯 바짝 붙어 앉았다. 그러곤 입가에 웃는 듯 마는 듯 미소를 띤 채 장무기에게 말을 건넸다.

"우리 혼례식 날에는 남들 놀라게 할까 봐 번거롭게 청첩장을 띄우지도 않았소. 축하주는 훗날 기회가 있는 대로 귀하께 한잔 올리리다."

장무기는 "고맙소!" 하고 한마디 건네려 입을 열었으나, 어찌 된 노릇인지 입안이 바싹 마르고 혀가 굳어져 말이 나오지 않았다. 범요가 팔뚝을 잡아당겼다.

"교주님, 저런 사람들은 거들떠보지 마십시오."

그 말에 송청서는 껄껄대고 비아냥거렸다.

"범 우사, 그리 역정 내실 것 없소. 우리 결혼 축하주를 낼 때 당신도 빼놓지 않을 테니까."

범요는 땅바닥에 "퉤!" 하고 가래침을 뱉었다. 그러고는 눈썹을 곤두세워 차갑게 웃었다.

"자네가 남한테 축하주 한잔 낼 수 있을 듯싶은가? 터무니없는 수작을!"

장무기는 한 모금 탄식을 내뱉더니 범요의 팔뚝을 잡아끌면서 암울한 기색으로 말없이 아미파 목책 앞을 떠났다.

이 무렵, 한편에서는 개방의 장봉용두가 소림의 승려 한 사람과 목에 핏대를 세우고 격렬하게 말다툼을 벌이는 중이었다. 그 어수선한 분위기에 서북쪽 한 귀퉁이 아미파 목책 앞에서 장무기와 주지약, 범요, 송청서가 주고받은 가시 돋친 대화를 아무도 귀담아듣지 않았다. 군웅들 모두가 개방과 소림파의 다툼에만 주목하고 있었던 것이다.

명교 측 진영으로 돌아와 목책 안에 좌정하고서도 장무기는 여전히 넋을 잃은 채 멍하니 허공만 바라보았다. 붉은 가사를 걸친 달마당 노승 한 분이 장봉용두를 상대로 목청 크게 변명하는 고함 소리가 먼 나라 얘기처럼 귓결에 아련히 울려올 따름이었다.

"글쎄, 원진 사형과 진우량 모두 이 소림사에 없다고 하지 않았소! 귀하는 끝까지 내 말을 안 믿겠다는 거요? 귀방의 전공장로께서 불행한 일을 당하시긴 했으나 우리 측에서도 공여 사숙이 목숨으로 갚았는데, 여기서 뭘 더 어쩌자는 거요?"

장봉용두가 철봉 끝으로 땅바닥을 쿵 소리가 나도록 세차게 내리찍었다.

"당신은 원진 그놈과 진우량이 없다고 뻗대지만, 누가 당신 말을 믿겠소? 우리가 직접 이 절간을 뒤져봐야 알지!"

"흐흠, 귀하께서 소림사를 뒤져보겠다니, 망발이라고 생각지 않소? 일개 구차한 개방 실력으로 해낼 수 있을지 모르겠구려."

장봉용두가 노성을 터뜨렸다.

"네놈이 개방을 얕잡아보는구나! 좋다, 그럼 어디 내가 먼저 소림 고승의 무공 실력이 어떤지 가르침을 받아보마!"

"1,100년 동안 얼마나 숱한 영웅호걸이 소림에 찾아왔다가 낭패를 당했는지 모르시는군! 우리 달마조사 어른의 자비 덕분에 소림사는 이날 이때껏 외부 사람의 발아래 짓밟혀본 적이 없었지!"

말다툼은 갈수록 강경해지고 당장에라도 한판 싸울 태세였다. 공지대사는 한 곁에 앉은 채 간섭할 기미를 보이지 않았다. 일촉즉발의 팽팽한 긴장이 감도는 가운데 느닷없이 사도천종의 음침한 목소리가 끼어들었다.

"허허, 왜 이러시나? 오늘 천하 영웅들이 소림사에 모이고 몇몇 분은 불원천리 머나먼 길을 허위단심 달려왔는데, 설마 우리가 개방의 복수극을 구경하러 온 것은 아니지 않소?"

산동의 하주가 그 말을 냉큼 받았다.

"지당하신 말씀! 개방과 소림파 간의 불화는 잠시 밀어놓았다가 천천히 갚음을 해도 늦지 않을 테니까 무엇보다 먼저 사손, 그 악적부터 요리하고 봅시다!"

그러자 장봉용두가 두 눈을 딱 부릅뜨고 으르렁거렸다.

"그놈의 주둥아리 좀 깨끗이 못 놀리겠나? 금모사왕 사 대협은 명교 사대 호교법왕의 한 분이시란 말이다! 그런 분을 어째서 악적이니 간적이니 함부로 씨부렁대는 거냐?"

하주 역시 질세라 범종 울리듯 목청을 돋우어 외쳐댔다.

"당신은 명교가 두려운 모양이지만 나는 안 무섭소! 어디 한마디로 다시 말해보시오. 늑대보다 더 잔인하고 흉악한 사손이란 간적을, 설마 개방의 원로께서 영웅 협사로 떠받들겠다는 말씀은 아니시겠지?"

장봉용두의 이글거리는 눈초리에 살기가 감돌기 시작했다. 그 무서운 눈총을 한 몸에 받으면서도 늙은 권법 사범 하주는 의연히 버티고 서 있었다. 바야흐로 싸움판의 불꽃이 엉뚱하게 이쪽으로 옮겨붙을 기세였다.

이때 명교 진영에서 광명좌사 양소가 조용히 몸을 일으키더니 광장 한복판으로 천천히 걸어 나왔다. 그러고는 두 주먹을 맞잡은 채 사방을 돌아가며 군웅들에게 정중히 예를 차렸다.

"불초 소생 명교의 광명좌사 양소가 천하 영웅 제위들께 한 말씀 올리겠소이다. 저희 명교 금모사왕 사 법왕이 지난날 무고한 인명을 살상한 행위는 확실히 잘못된 일이었습니다. 그러나……."

"흥! 그놈의 손에 죽어간 목숨이 얼마나 많은데, 그따위 몇 마디 말로 가볍게 넘길 수 있다고 생각하는가? 그런 혓바닥 놀림으로 죽은 사람을 다시 살려낼 수 있겠는가?"

하주의 독설을 듣는 순간, 양소의 눈썹이 찌푸려졌다. 그러나 이내 고개를 바짝 쳐들고 떳떳이 소리쳤다.

"우리 같은 무림계 사람들은 오늘날까지 강호를 종횡무진으로 넘나들면서 하루하루 칼날의 피를 핥으면서 보내왔소. 이날 이때껏 살아오는 동안 여러분 가운데 손에 몇 사람의 목숨을 매달고 다니지 않은 분이 과연 몇이나 되겠소? 무공 실력이 강한 자는 몇 사람 더 죽이고 배운 게 변변치 못한 약자는 남의 손에 목숨을 바쳐야 했소. 만약 사람을 하나씩 해칠 때마다 제 목숨으로 갚아야 한다면…… 흐흐흐, 지금 이 광장 안에 계신 몇천 명의 영웅호한 가운데 목숨이 붙어 있을 분은 아마도 손가락으로나 꼽을까, 몇몇 남지 않을 것이외다. 하씨 성을 가진 노영웅께 한마디 물읍시다. 당신은 지금까지 살아오는 동안 단 한 차례도 살인을 저지른 적이 없으셨소이까?"

장내는 삽시간에 물을 뿌린 듯 잠잠해졌다. 이 무렵 중원 천하는 오래전부터 혼란의 와중에 빠져들어 사방 천지 어딜 가나 반란과 폭동, 소요와 민란이 걷잡을 수 없을 정도로 계속 일어나고 있었다. 따라서 무림계 인사들도 험악한 강호를 넘나들면서 상대방을 죽이지 않으면 죽임을 당하는 살벌한 삶을 영위할 수밖에 없었다. 손에 남의 피를 묻히지 않고 혼자서 자기 한 몸의 선善을 꾀하며 착하게 살아가기란 거의 불가능한 일이었다. 또 중립이라는 보신책이 통하지도 않았다. 따라서 무림계 사람들치고 소림파와 아미파 등 몇몇 승려와 도사 비구니들을 제외하고 손에 남의 피를 한 방울도 묻히지 않은 자는 극히 드물다고 해도 지나친 말이 아니었다.

산동 지방의 토박이요, 대호족豪族인 하주 역시 타고난 성격이 거칠고 조급한 인물이어서 그가 해친 인명 또한 부지기수였다. 그러기에 이제 양소에게 비수와 다를 바 없는 예리한 질문을 받고서 하주는 뒤가 켕겨 답변할 말을 잊었다. 정문일침頂門一鍼으로 아픈 데를 찔린 그는 한동안 꿀 먹은 벙어리가 되고 말았다. 그러나 달리 생각해보니 자기 혼자만 들어야 할 소리가 아닌 터라 악에 받친 그는 예의범절 따위는 무시해버리고 막말로 나가기 시작했다.

"나쁜 놈은 죽여 마땅하고 착한 사람은 죽여선 안 되는 법! 악적 사손과 명교의 마두들이야 모두 한통속으로 천리를 해치고 사람으로서 차마 못 할 짓을 하루 세끼 밥 먹듯 저질러 온 놈들이지! 내 그자들의 몸통을 천 갈래 만 갈래 갈가리 찢어 죽여 그놈들의 살코기를 씹어 먹고 가죽을 벗겨 이부자리로 삼아도 한이 풀리지 않을 거다! 헤헤헤, 양가야, 내 보기엔 네놈도 질 좋은 녀석이 못 되는 듯싶군."

그 역시 명교 안에 무서운 인물이 적지 않다는 사실을 훤히 알고 있었다. 그러나 오늘 사손에게 목숨을 잃고 원통하게 죽어간 아우의 원수를 갚기로 작심한 만큼 명교 측과 한바탕 혈전을 피치 못하리라 각오하고 말 한마디에 다시 돌이킬 여지조차 남겨두지 않은 것이다.

"하주, 어디 다시 한번 지껄여봐라! 네놈이 우리더러 질 나쁜 놈이라고 할 수 있냐?"

날카로운 목소리, 그것은 양소가 한 게 아니라 명교 측 목책 안에서 누군가 외쳐댄 소리였다. 하주의 눈길이 흘끗 그쪽을 돌아보았다. 야박할 정도로 가파른 턱 주걱, 입술마저 비죽 나온 상판에 핏기 한 점 없이 짙은 잿빛을 띤 인물이 매서운 눈초리로 자기를 노려보고 있었다. 하주는 그가 누군지 몰랐다.

"네가 누군지 내 알 게 뭐냐? 마교의 우두머리라면 네놈 역시 악질이겠지!"

이때 사도천종이 얼른 귀띔해주었다.

"하 형, 저분도 몰라보시오? 바로 명교 사대 호교법왕 가운데 한 분인 청익복왕이라오."

"흐흠, 그렇다면 흡혈박쥐 마귀로군! 에잇 퉤!"

사도천종의 귀띔에도 아랑곳하지 않고 하주가 더럽다는 듯이 침을 뱉는 순간, 돌연 광장 안 군웅들의 눈앞에 허깨비가 비쳤다. 저마다 현기증을 일으켰는지 눈앞이 침침해졌는가 싶은 찰나, 흡혈박쥐 위일소는 어느 틈에 하주의 코앞으로 들이닥쳤다. 쌍방 간의 거리가 무려 100여 척이나 떨어져 있었는데, 위일소가 언제 어떻게 접근했는지 알아본 사람이 없었다.

"철썩철썩! 철썩철썩!"

위일소는 군말 없이 대뜸 하주의 따귀 넉 대를 연거푸 잽싸게 올려붙인 다음, 팔꿈치로 아랫배 혈도마저 찍어버렸다. 사실 하주의 무공 실력도 만만치 않았다. 위일소가 진짜 무공으로만 대결했다면 적어도 50초는 겨루고 나서야 그를 제압할 수 있었으리라. 그러나 흡혈박쥐의 경공신법은 천하제일의 독보적 수준에 올라 있었다. 그야말로 귀신 같은 경공신법으로 들이닥쳐 기습 공격을 가했으니, 제아무리 산동 일대에 명성 높은 하주라 해도 손 한번 제대로 써보지 못한 채 고스란히 당하고 말았다.

"앗, 저런……!"

군웅들이 경악을 터뜨리는 가운데 명교 측에서 또 하나의 허연 그림자가 "휙!" 소리를 내며 뛰쳐나왔다. 동작이 위일소만큼 번개 벼락 치듯 빠르지는 않았어도 질풍같이 내닫는 야생마를 연상시키고도 남았다. 흰 그림자는 하주의 면전에 들이닥치기가 무섭게 포대 자루 아가리를 쩍 벌이더니 다짜고짜 머리통부터 발끝까지 뒤덮어 씌우고 주둥이를 바싹 졸라 어깨에다 들쳐 멨다. 군웅들은 그제야 흰 그림자의 주인공을 똑똑히 볼 수 있었다. 무엇이 그리도 좋은지 입을 딱 벌린 채 싱글벙글 웃는 포대화상 설부득이었다. 그는 포대 자루를 둘러멘 채 뒷손질로 축 늘어진 하주의 엉덩이 부위를 철썩 후려갈기더니 비로소 한마디를 던졌다.

"네놈은 착한 녀석이라고? 잘됐구나, 잘됐어! 가만있거라, 요 녀석아. 이 미륵보살 부처님께서 네놈을 집에 떠메다가 푹 삶아 먹을 테니까!"

말을 마친 설부득이 포대를 등에 짊어진 채 표연히 목책으로 돌아갔다. 군웅들은 두 눈 멀뚱멀뚱 뜬 채 바라보기나 할 따름이었다. 실로 상식을 초월하는 해괴망측한 짓거리가 눈 깜짝할 사이에 일어난 것이다. 하주 곁에는 10여 명이나 되는 동료 친구와 제자들이 있었으나, 바람같이 훌쩍 왔다 훌쩍 사라지는 두 사람의 동작이 너무나 빨랐기에 어느 누구도 하주를 구하기는커녕 앗 소리 한 번 질러볼 엄두조차 내지 못했다. 위일소와 설부득이 목책으로 돌아와 제자리에 앉고 나서야 겨우 정신을 차린 그들은 병기를 뽑아 들고 허둥지둥 목책 앞에까지 뒤쫓아와서 하주를 내놓으라고 아우성치기 시작했다.

그러자 설부득이 포대 자루 아가리를 좍 벌려놓더니 한바탕 껄껄 웃었다.

"이것들 봐, 시끄럽게 굴지 말고 얌전히 돌아가게나. 영웅대회가 끝나거든 내 어련히 하주 어르신을 풀어주지 않겠나? 자네들, 내 말 안 들으면 이 자루 속에다 오줌똥을 싸질러놓을 거야. 사실 그것만 해도 최고로 잘 대우해주는 셈이지. 흐흠, 내 말이 미덥지 않은 모양이군!

그럼 어디…….”

포대화상 설부득이 엄포를 놓으면서 한 손으로 허리띠를 끄르고 그 자리에서 바지통마저 벗어 내릴 기세였다. 하주 일행 10여 명은 얼굴빛이 붉으락푸르락 분통이 터졌으나, 상대가 누구인가? 못된 짓이라면 하루 세끼 밥 먹듯 저지르는 마교의 귀신들이었다. 더군다나 무력으로 하주를 구해내기란 아예 그른 일이고, 만에 하나 이 죽일 놈의 땡추가 진짜 하주 사범의 머리통에다 오줌이라도 내갈기는 날이면 노영웅께선 필경 부끄러움과 치욕에 못 견뎌 스스로 목숨을 끊고 말 터였다. 그들은 하는 수 없이 고개를 떨어뜨리고 풀이 죽어 돌아갔다.

그야말로 해괴망측한 협박이요, 어떻게 보면 한 편의 희극과 같은 우스꽝스러운 장면이었다. 하지만 주변에서 지켜보던 군웅들은 내색할 수가 없었다. 당초 이들은 소실산에 오를 때만 해도 금모사왕 사손을 어떻게 도살할 것인가, 그 흥미진진한 구경거리를 본다는 기대감에 부풀어 걸음걸이마저 가벼웠다. 그러나 방금 명교 측 두 호걸의 수완을 목격하고 났을 때 이들은 오늘의 영웅대회가 대살육전이 될 것이란 사실을 비로소 깨달았다. 설령 사손을 죽여 저마다 품은 원한을 씻어낸다 하더라도 이 너르디너른 광장은 온통 피바다로 가득 메워질게 뻔했다. 그들은 등골이 오싹해지고 소름 끼치는 공포감에 휩싸여 자신도 모르게 몸서리를 치지 않을 수 없었다.

그때 키가 작달막한 땅딸보 체구에 얼굴은 온통 불그스레한 데다, 코는 술에 찌든 딸기코 영감 하나가 텅 빈 광장 한복판으로 걸어 나왔다. 왼손에는 술잔, 오른손에는 조롱박 술병을 하나 든 채 뭐가 그리 좋은지 머리통을 갸우뚱갸우뚱 흔들면서 게슴츠레하니 풀어진 눈빛으로 군웅들을 이리저리 둘러보며 나타난 것이다.

누군가 그를 알아보고 손가락질했다.

"저 영감, 취불사 사도천종일세!"

방금까지 남의 말을 응구첩대應口輒對로 곧잘 받아넘기던 술주정꾼 사도천종이 또 입을 열었다.

"오늘은 진짜 구경 한번 화끈하게 할 수 있겠구려! 한쪽에서는 사손을 죽여야 한다고 설쳐대고, 또 한쪽에서는 사손을 구해내겠답시고 안달이니 꽤나 볼만하지 않소? 그러나 이렇듯 설왕설래 입씨름만 할 게 아니지. 도대체 그 사손이란 친구가 소림사에 정말 붙잡혀 있는지 없는지, 그게 의문이란 말씀이오. 여보시오, 공지대사! 아무래도 금모사왕을 이리 모셔내다 우선 다 함께 볼 수 있도록 해주시는 게 어떻소? 한번 보기나 하고 나서 죽이든 살리든 쌍방 간에 진짜 실력으로 야무지게 싸우면 구경꾼이나 당사자들이나 재미있지 않겠소?"

"옳소!"

광장 안의 대다수가 박수를 치며 찬성했다. 장내 분위기가 심상치 않게 돌아가자 양소는 은근히 걱정되기 시작했다. '지금 이곳에는 금모사왕에게 원한을 품은 자가 너무나 많다. 현재 우리 명교가 개방 세력과 손을 잡기는 했어도 천하 영웅들을 당해내기에는 힘이 부치는 게 사실이다. 오냐, 우선 도룡도 문제로 관심을 돌려놓고 그 칼에 눈독들인 패거리와 싸움을 붙여보는 것도 괜찮으리라!' 생각이 여기에 미치자 그는 목청을 돋우어 크게 외쳤다.

"천하의 영웅 제위들께서 오늘 소림사에 모이신 목적은 첫째 금모사왕과 얽힌 은원을 해결하는 것이고, 둘째는…… 흐흐흐, 도룡보도라는 물건을 염두에 두신 분도 없지 않으리라 생각합니다. 만일 사도 선생 말씀대로 모두 죽기 살기로 혼전을 벌이고 나면 결국 도룡도의 소유자는 누가 되겠소이까?"

군웅들은 양소의 말에도 일리가 있다고 생각했다. 여기 운집한 수천 명 가운데 진정으로 사손과 피맺힌 원한 관계로 얽힌 사람은 고작 100여 명에 지나지 않았다. 그렇다면 나머지는 오로지 '무림지존'에 눈독을 들이고 모였다 해도 과언이 아니었다. 정곡을 찔린 사람들은 너 나 할 것 없이 두근거리는 가슴을 억제하지 못했다.

검정 수염의 늙은이 하나가 일어서서 물었다.

"그 도룡도가 현재 어떤 자의 수중에 있는지, 양 좌사께서 아시거든 말씀해주시오."

"소생도 그것을 모르기에 이제 공지대사께 여쭤보려던 참이었습니다."

모든 이의 눈길을 받은 공지대사가 말없이 고개를 흔들었다. 군웅들은 차츰 불만이 쌓여갔다. 소림파가 대회를 개최한 주인이면서 공문방장은 신병을 핑계로 나와보지도 않는 데다가 대리인 격인 공지대사마저 의기소침해서 속 시원히 말 한마디 털어놓지 않으니 도대체 무슨 꿍꿍이인지 알 수가 없었다.

청갈색 장포를 걸친 중년 사내가 벌떡 일어섰다.

"공지선사께선 모른다고 하나, 금모사왕은 필시 알고 있겠지요. 우리 그자를 끌어내다 문초해봅시다. 그것부터 밝혀놓고 나서, 각자 수단껏 실력을 겨루어 무공이 천하에 으뜸인 자가 도룡도를 차지하고 명실공히 무림지존의 자리에 오르는 겁니다. 누가 그 칼을 차지하든

간에 나머지 영웅들께선 그에게 무림지존을 양보해야 합니다. 우선 이 원칙부터 결정해놓아야만 사후에 뒷말이 없겠지요. 결정에 불복하는 자가 있다면 천하 영웅들의 공적이 되는 것입니다. 여러분 의향은 어떻습니까?"

장무기는 이 중년 사내를 금방 알아보았다. 바로 그날 밤 산봉우리 위에서 금강복마권을 공격하던 청해파 세 검객 중 하나였다.

이번에는 사도천종이 설레설레 고개를 내저었다.

"이게 무슨 다 큰 처녀가 무예 시합으로 신랑감을 구하는 비무초친比武招親 무대도 아니고 연극판도 아니지 않소? 아무래도 내가 보기엔 별로 좋지 않은 방법인걸. 타당치가 못해……."

그러자 중년 사내가 싸느랗게 되물었다.

"뭐가 타당치 못하다는 거요? 그럼 귀하 의견으로는 무술 겨루기가 아니라 주량酒量으로 대결하자는 거요? 하기야 천종千鍾• 말술을 들이켜도 취한 적이 없는 분이니 그런 방식에는 자신만만하겠소그려. 어느 누구든지 천종 술을 마시고 취하지 않거나 취해서도 죽지 않는 인물醉不死을 무림지존으로 떠받들면 어떻겠소?"

이 말에 장내는 와르르 웃음바다가 되었다. 그도 그럴 것이 사도천종의 이름이 글자 그대로 '천종'이라 했으니, 됫박만 한 술잔으로 쳐서 100만 잔의 술을 마시고도 취해 죽지 않는다는 '취불사醉不死'란 별명

• '종鍾'은 중국 고대 도량형의 부피를 재는 단위. 춘추시대 제齊나라에서 처음 시행한 제도로, 닷 되를 한 말, 곧 1두斗, 4두를 1구區(또는 甌), 4구를 1부釜, 10부를 1종鍾으로 했다. 전국시대에 들어서는 넉 되를 1두, 5두를 1구, 5구를 1부, 그리고 10부를 1종으로 고쳤으며 주로 곡물을 계량하는 데 썼다. 사도천종이 그 엄청난 분량의 술을 마시고도 "취해 죽지 않았다醉不死"는 것은 허풍 소리이다.

에 딱 들어맞는 셈이다. 뒤미처 누군가가 괴성을 질러댔다.

"그렇다면 대결이고 뭐고 할 것도 없지 뭔가? 무림지존은 당연히 천종 술을 마시고도 취할 줄 모르는 고주망태 취불사 사도 선생 차지가 될 테니 말일세!"

비웃음을 받고도 사도천종은 태연자약했다. 그는 술 담긴 호리병을 기울여 목젖이 드러나도록 고개를 발딱 젖힌 채 꿀꺽꿀꺽 들이켰다. 그러고는 아주 점잖게 입을 열었다.

"원 별말씀을 다 하시는구려. 혹 '주림지존酒林至尊'이라면 나 취불사에게 10분의 3쯤 가망이 있을지 모르겠으나 무림지존은 천부당만부당한 말씀이외다! 아무리 술주정뱅이라 해도 올라가지 못할 나무를 쳐다보아선 안 되는 거 아니오?"

이렇게 답변하고 나서 중년 사내를 향해 물었다.

"귀하께서 그런 제안을 내신 걸 보니 무학이 초범입성超凡入聖의 경지에 드신 모양이군. 한데 소생은 안목이 짧아 귀하의 존함도 모르고 있소이다."

상대방이 싸느랗게 대꾸했다.

"불초 소생은 청해파 엽장청葉長青이외다. 술 마시는 재주, 남한테 시비 거는 재간 모두 귀하보다 한참 뒤떨어지오!"

실로 송곳처럼 날카로운 조롱이었다. 그러나 사도천종은 고개를 갸우뚱 기울인 채 뭔가 한참 생각하는 듯하더니 혼잣말로 중얼거렸다.

"청해파? 못 들어봤는데. 엽장청이라? 역시 들어보지 못했어."

그 독백 같은 소리는 주변에서 듣던 사람들마저 놀랄 정도로 대담한 것이었다. 늙은이가 죽지 못해 환장을 해도 유분수지, 엽장청 개인한 사람을 모욕하는 것은 그렇다 치더라도, 청해 일파까지 들먹여 모욕을 가하다니, 천하에 이렇듯 오만방자한 자가 또 어디 있단 말인가? 설마 배후에 믿는 구석이 있는 게 아닐까? 그러지 않으면 청해파와 풀지 못할 원수라도 졌단 말인가? 아무튼 모욕은 곧 도전이다. 결국 사도천종은 말 두 마디로 청해파 전체를 상대로 도전한 셈이고, 청해파는 언제든지 공격할 명분이 생긴 셈이다.

다만 사도천종의 평소 위인 됨됨을 깊이 아는 사람만이 그가 혈혈단신이요, 배후에 믿을 만한 구석이 있는 것도 아니고, 청해파와 원혐도 맺은 바가 결코 없다는 사실을 알고 있을 따름이었다. 사도천종은 그저 타고난 성품이 망령되고, 날카로운 혓바닥 놀림으로 남의 비위나 긁어 원망을 사는 사람이라 평생을 두고 그 성격 탓에 적잖은 고초를 겪었는데, 시종 그 못된 버릇을 고치지 못하니 그게 문제였다.

청해파의 검객 엽장청은 내심 살기가 솟구쳤으나 얼굴에는 일절 내색하지 않았다.

"청해파나 엽 아무개가 본래 이름 없는 존재라, 귀하께서 모르는 것도 당연하겠지. 귀하는 어차피 무공 대결이 타당치 않다 하셨는데, 그럼 어쩌자는 얘긴지 모르겠군. 술로 대결하자니 귀하가 천하무적이니 그럴 수도 없고. 자, 그럼 어떻게 하면 좋은지 가르쳐주시기 바라오."

"술 마시기로 천하무적을 따지자면, 그게 어디 쉬운 노릇인 줄 아시오? 말하기는 쉽지만 정말 어려운 일이외다. 내가 당년에 제남부濟南府에 있었을 때……."

또 주절주절 허튼소리가 쏟아져 나오려고 하자, 여기저기서 호통치는 소리와 짜증 섞인 질책이 터져 나왔다.

"취불사, 고주망태! 그놈의 술주정일랑 작작 하게!"

"도대체 사손은 어떻게 할 거야! 도룡도는 또 어찌 된 거고?"

"공지선사, 당신이 오늘 이 영웅대회를 개최한 주인 아니오? 그런데 우리더러 이처럼 시간이나 보내며 죽치고 앉아 있으라니, 대체 어쩌자는 거요?"

여기저기서 모두 한마디씩 하며 사도천종이 더 이상 주절거리지 못하게 입막음을 했다. 그리고 공지대사에게 결단을 내리라고 요구하는 소리도 마구 쏟아졌다. 군중이 흥분하니 걷잡을 길이 없었다. 이윽고 사면팔방에서 와글와글 떠드는 소리로 장내가 들끓기 시작했다. 이 아수라장 속에서 사도천종이 카랑카랑한 목소리로 소리쳤다.

"이것 봐, 강릉부江陵府 흑풍채黑風寨 산적 두목 종노대鍾老大 영감! 자네 흑사권黑沙拳이 비록 대단한 줄 아네만, 그 정도 주먹 솜씨 가지고 금모사왕의 칠상권에 맞설 수 있을지 모르겠군. 또 저기, 파양호 물밑바닥에서 기어 다니던 황금 자라 금오후金鰲侯 아우님! 금모사왕 사손으로 말하자면 무공 실력이 뭍에서나 물속에서나 수륙 양면으로 능통하단 말씀이야. 자네, 그분더러 헤엄치는 솜씨가 변변치 못하다고 깔보았다가는 아마 큰코다칠 걸세. 더구나 저쪽에선 자삼용왕이란 분이 아직 얼굴을 내밀지 않고 있다는 걸 명심하게. 흐흐흐, 한낱 보잘것없는 자라 영감이 어디 용왕님에게 견주겠는가? 어이, 저기! 청양산青陽山의 오삼랑吳三郎 친구! 자넨 장검 쓰는 칼잡이인데, 써먹지도 못할 도룡도를 빼앗아서 뭘 하려나? 공연히 무거운 칼자루 쥐고 용을 쓰다가 약해빠진 손목뼈나 부러뜨리기 십상이지. 헛수고하지 말고 일찌감치 단념하게!"

사도천종이 하는 말을 듣다 보면 비록 정신 나간 미치광이처럼 두서없는 허튼소리 같지만, 그 나름대로 상대방을 알아보는 식견을 갖추고 있었다. 또 남의 목소리를 듣고 분간하는 재주도 비상해서 이렇듯 시끄러운 와중에도 누가 무슨 소리를 지껄이는지 그 사람의 이름을 정확히 짚어내고 있으니 그야말로 천부적인 기억력의 소유자였다. 오죽하면 왁자지껄 시끄럽던 곳이 그 기막힌 솜씨에 잠잠해지고 여기저기에서 박수갈채가 터져 나왔겠는가.

장내 군웅들이 동요를 일으키자, 공지대사도 당황했다. 이젠 결단을 내려야 했다. 그러나 이 답답한 속사정을 외부 사람에게 어찌 털어놓을 수 있으랴? 이때 그의 등 뒤에 앉아 있던 달마당 원로 한 명이 벌떡 일어나 관중들에게 말했다.

"소림파가 외람되이 주최자 입장으로 공교롭게도 방장께서 갑작스러운 중병에 걸리시고 대회를 주관할 인물이 없어 그만 여러분의 웃음거리가 되었소이다. 노납이 생각하건대, 사손과 도룡도 두 가지 일은 하나인 것 같으면서도 둘이요, 둘이면서도 한 가지인 듯하오. 따라서 되도록이면 둘을 합쳐 처리하는 게 좋겠지요. 우선 그 방법으로 방금 청해파 엽 시주께서 제의하신 고견이 매우 타당하다고 생각합니다. 대회에 참가하신 여러 시주는 하나같이 쟁쟁한 영재들이니까 각자 한 차례씩 무공 실력을 드러내신다면 최후에 장내를 압도하는 고수 한 분이 남겠지요. 사손을 그분에게 맡기고, 도룡도 또한 그분이 장악하도록 여러분께서 진심으로 승복하신다면 이 어찌 좋은 일이 아니오리까?"

장무기는 팽형옥에게 이 노승이 누구인지 물었다. 팽형옥은 고개를 내저었다.

"저도 모르겠습니다. 육대 문파의 광명정 공격전에 참여하지도 않았고, 소민군주님에게 사로잡혀 만안사 보탑에 갇혔던 승려도 아닙니다. 하지만 공지대사의 앞을 가로막고 나설 정도라면 소림사 원로 가운데 지위가 매우 높은 모양입니다."

그러자 곁에서 조민이 목소리를 낮춰 자기 생각을 귀띔으로 밝혔다.

"저자는 십중팔구 원진과 한패일 거예요. 그리고 공문 방장은 진작 원진 일당의 수중에 사로잡혀 갇혔고, 공지대사마저 반역도들에게 제압되어 저렇듯 의기소침한지도 모르겠군요."

장무기는 이 말을 듣고 가슴이 덜컥 내려앉았다. 그래도 믿고 싶지 않아 팽형옥을 돌아보았다.

"팽 대사 의견은 어떻습니까?"

"군주님의 추측에 일리가 있습니다. 하나 소림사 안에는 고수가 구름처럼 많은데, 원진이 공공연하게 하극상을 저지르다니 담력이 여간 대단한 놈이 아니군요."

"원진은 오래전부터 일당을 배치시켜놓고 계획을 짰으니까 그럴 법도 합니다. 그놈은 제일 먼저 우리 명교를 와해시키려 했고, 다음으로 개방을 제압하려 음모를 꾸몄습니다. 두 차례 모두 성공 일보 직전에 실패했지요. 그런 만치 이번에는 소림파 장문 방장의 자리를 노리는 것 같습니다."

조민이 한마디 더 거들었다.

"소림의 장문 방장 지위라면 오히려 부족하다고 생각할 거예요."

"아니지! 소림파는 무림 제일의 명문 정파니까 그 장문 방장만 된다면 등봉조극登峯造極일 텐데 더 이상 올라갈 자리가 어디 있겠소?"

"무림지존의 자리는 어떻고요? 그게 소림의 장문 방장보다 높지 않겠어요?"

"뭐라고? 아니, 그럼 그놈이 무림지존까지 노리고 있단 말이오?"

"호호, 무기 오라버니는 지금 주 언니가 남한테 시집갔다니까 넋이 다 빠진 모양이군요. 아무것도 생각할 줄 모르는 것인지, 아니면 생각하고 싶지 않은 건지……."

장무기는 그녀에게 속마음을 꿰뚫리자 얼굴이 화끈 달아올랐다. 여태껏 주지약과 송청서에게서 받은 충격으로 양부 사손을 구출하겠다는 막중대사를 눈앞에 두고 얼빠진 생각에 젖은 자신이 부끄러웠다. 정신을 가다듬고 원진의 깊고도 원대한 계략을 다시 한번 생각해보았다. 과연 오늘 이 영웅대회는 그자가 모든 것을 내걸고 전심전력으로 추진해온 행사였다. 그렇다면 구석구석 겹겹이 간계를 꾸며놓았을 것이 분명했다.

"민누이, 원진이 어떤 계략을 꾸몄다고 생각하오?"

"그자는 성품이 세심하고 치밀한 사람이에요. 우리가 생각도 못 할 만큼 모략이 백출하니까……."

곁에서 줄곧 두 사람의 귓속말을 듣고 있던 주전이 마침내 더는 참지 못하겠는지 불쑥 끼어들었다.

"군주마마, 당신도 마음 씀씀이가 세심하고 치밀하지 않소이까? 내가 보기에 원진이란 놈한테 뒤지지 않을 듯싶은데…… 모략도 백출하고 말이오."

조민은 싱긋 웃었다.

"과찬의 말씀이네요."

"과찬의 말씀이 아니라, 사실이 그런데……."

이때 팽형옥이 듣다 못해 핀잔을 주었다.

"주 형, 군주님의 말을 끊지 말게!"

주전이 버럭 성을 냈다.

"자네부터 내 말 좀 끊지 말게!"

느닷없이 면박을 당한 팽형옥이 어이가 없어 실소를 터뜨리고 입을 다물었다. 이 친구의 입담에 계속 얽혀들다가는 말다툼만 길어지니 아예 말을 섞지 않는 게 상책인 줄 알기 때문이다.

"자네, 어째서 얘길 않는 거야?"

이번에는 주전 쪽에서 시비를 걸어왔다.

"나더러 자네 말을 끊지 말라고 했지 않나? 그래서 그런 걸세."

"하지만 벌써 끊어놨지 않아?"

"그럼 계속 말해보게. 난 입 꾹 다물고 참견하지 않을 테니까."

"젠장! 다 잊어버렸어. 무슨 얘길 하려다 끊겼는지 생각이 안 나네. 더는 말 못 하겠는걸!"

두 사람이 입씨름을 끝내자, 조민이 빙긋 웃고 말을 계속했다.

"내 추측으로는 그래요. 원진이 만약 소림사 방장 자리만 노렸다면 이렇게 천하 영웅들까지 초청할 필요가 없었을 거예요. 금모사왕도 이미 제 손아귀에 넣었는데, 구태여 군웅들을 모아놓고 쟁탈전을 벌일 필요가 뭐 있겠어요? 우리 무기 오라버니의 무공 실력으로 따져보자면 당세에 오라버니를 능가할 자는 없을 거예요. 그 점을 원진도 모를 리가 없죠. 그자가 빤한 결과를 내다보면서 호의적으로 이렇듯 성대한 영웅대회를 개최할 턱이 있을까요? 천만의 말씀이죠! 이 영웅대회에서 오라버니가 군웅들을 모조리 격파하고 마지막 승리자로서 무림지존 자리에 오르면 군웅들이 기꺼운 마음으로 사 대협의 목숨과 도룡도를 고스란히 오라버니에게 떠받들어 올린다……. 과연 이렇게 되도록 내버려두고 보기만 할까요?"

이 말에 장무기뿐 아니라 팽형옥, 주전까지 약속이나 한 듯 일제히 고개를 끄덕였다.

"어서 얘기해봐요. 대체 그놈이 어떤 꿍꿍이속을 가지고 있는 것 같소이까?"

이때 목책으로 돌아온 양소가 내막도 모르고 대화에 불쑥 끼어들었다.

"아무래도 제 생각엔 원진 그놈의 간계가 이만저만 큰 게 아닌 모양입니다."

조민의 추리를 잔뜩 기다렸던 주전은 양소가 중간에서 방해하자 그놈의 성미가 또 폭발했다. 이러니 화제는 다시 엉뚱한 방향으로 빗나갔다.

"원진이 본교에 강대한 적수인 것은 틀림없네만, 우리 군주마마도 예전에는 본교의 대적大敵이었지. 원진, 그놈의 간교한 계략이 백출하다고는 하나, 소민군주마마 역시 간계가 백출하지 않소? 그러고 보니 원진과 군주마마 둘이서 막상막하군! 저울에 놓고 달아도 한쪽으로 기우는 법이 없겠어. 아니, 아니지! 군주마마는 그놈보다 두 가지 면에서 모자라. 그놈 역시 군주마마보다 한 가지 모자란 점이 있고 말이야."

"어떤 점에서 우리 군주님이 원진보다 못하다는 말인가?"

양소가 뜨악한 기색으로 물었더니, 주전은 손가락을 꼽으면서 대꾸했다.

"첫째 무공 실력이 그놈보다 훨씬 뒤떨어지고, 둘째 수단 방법의 악랄하기가 한참 모자라지!"

"그럼 한 가지 면에서 그놈이 우리 군주님보다 못한 건 또 뭔가?"

"빤한 걸 가지고 뭘 묻나? 한마디로 화용월태花容月態! 꽃처럼 아리따운 용모에 달덩이 같은 자태야 원진이 백번 죽었다 살아나도 우리 군주마마에겐 못 미치지!"

듣고 보니 또 허튼소리였다. 양소가 밉살스러워 냅다 호통쳐 꾸짖었다.

"자네 미쳤나? 이 막중한 시기에 군주님을 놓고 그따위 품평이나 지껄이다니!"

조민은 그저 담담하게 웃을 뿐이었다.

"주 선생의 칭찬 말씀 고마워요. 하지만 그 말씀에도 일리가 있네요. 만약 내가 원진이라면 어떻게 간계를 부릴까? 제일 먼저 나는 공문 방장을 부추겨서 영웅첩을 뿌리도록 하고, 천하 영웅들을 소림사에 초청할 거예요. 물론 공문 방장 스님이야 부처님의 법에 깊은 깨달음이 있는 분이니까 자비심과 평온을 좋아하시겠죠. 그래서 번잡하게 여러 가지 일을 벌이는 걸 별로 좋아하지 않겠지만, 공견과 공성 두 신승의 비참한 죽음을 상기시키면 사문의 형제지정을 생각해서라도 허락할 수밖에 없을 거예요. 두 번째로, 소림파가 만일 사 대협을 죽인다면 명교와는 피맺힌 원수지간이 되겠죠. 소림파의 단독 실력으로는 총력을 기울여 공격할 명교를 당해낼 수가 없겠지만, 세상 천하 영웅들을 초빙해 금모사왕을 죽이게 하고 그 책임을 분담시켜 소림파 전열 앞에 화살받이로 내세운다면, 명교 측이 제아무리 사납게 공격을 퍼붓는다 하더라도 영웅대회에 참석한 수천 군웅을 깡그리 몰살할 수야 없는 노릇이고……."

그 말을 듣고 모두 할 말을 잃은 채 고개만 끄덕였다. 조민의 추리가 계속되었다.

"일단 영웅대회가 열리면 원진은 모습을 드러내지 않고 다른 자를 시켜 금모사왕과 도룡도를 미끼로 삼아 군웅들의 쟁탈전을 유발할 거예요. 명교 측은 어차피 금모사왕을 구출하려 들 테니까 군웅들의 공동 적이 될 수밖에 없어요. 피아 쌍방 간에 격전이 끝나면 죽을 사람은 죽고 살아남은 사람도 성치 못하게 되겠죠. 누가 이기고 지든 간에 명교 측은 줄잡아 절반가량은 희생되고 세력의 원기가 크게 손상될 것은 당연한 결과이겠죠?"

"옳은 말이오. 민누이의 추측은 틀림없소. 나 역시 그 점을 생각해보지 않은 것은 아니오. 하지만 금모사왕은 내 큰아버님으로 내게 베풀어주신 은혜가 태산처럼 무겁소. 또 우리 명교의 호교법왕으로 형제들과 수십 년을 혈육과 같은 정으로 맺어진 분인데, 우리가 어떻게 그분의 죽음을 앉아서 보고만 있겠소? 아아…… 소실산에 오른 지 며칠도 안 돼 외조부님까지 서거하셨으니 원진 그놈은 지금 어딘가에 숨어서 남몰래 통쾌하게 웃고 있겠지……."

장무기의 탄식을 조민은 못 들은 척 눈을 내리감고 다시 설명을 이어갔다.

"명교 측과 군웅들 사이에 격렬한 싸움이 끝나면 마지막으로 '무공천하제일'이란 명예는 틀림없이 장 교주님의 독차지가 되겠죠. 그럼 소림사 스님들은 이렇게 말할 테고요. '장 교주께서 군웅들을 실력으로 제압하셨으니 실로 경사스러운 일입니다. 진심으로 축하드리오. 약속대로 본사는 사 대협을 장 교주께 넘겨드리겠소. 사 대협은 절간 뒷산 정상에 계시니 장 교주께서 친히 모시러 가시지요.' 이렇게 해서 모두 뒷산 꼭대기로 올라갈 것입니다. 하나 장 교주는 단독으로 금강복마권을 격파해야만 하죠. 만일 다른 사람이 거들어주려 하면 원진 일당 하나가 제지하고 나설 거예요. '군웅들을 제압한 분은 명교 장 교주요. 제삼자는 일체 간섭할 수 없소. 귀하도 곁에서 구경이나 하는 게 신상에 이로울 거외다.' 장 교주는 천하제일의 명예를 탈취하는 과정에서 털끝만한 상처를 입지 않았다 해도 숱하게 많은 내력과 신공을 소모했을 거예요. 막바지 고비에 이르러 그 기력을 가지고 과연 금강복마권을 형성한 세 원로 고승의 적수가 될 수 있을까요? 결과적으로 사 대협을 구출하기는커녕 오히려 장 교주 자신이 세 그루 소나무 아래 쓰러져 죽고 말겠죠. 오호라! 싸늘한 달빛, 처량하게 불어오는 밤바람만이 일세를 풍미하던 대협객 장무기의 시신과 벗하게 되었으니, 이 어찌 기쁜 일이 아니겠으며 절묘한 계략이 아니겠는가?"

조민의 기나긴 사설은 일단 여기서 끝났다. 어느덧 명교 수뇌부들은 아연실색, 하나같이 하얗게 질려 있었다. 조민의 추리는 결코 위협적인 말장난이 아니었던 것이다. 한숨을 내쉬며 뜸을 들인 조민이 처절한 기색으로 말을 이었다.

"이렇게 되면 위대한 명교 세력은 와해되고 말겠죠. 그다음 단계로 원진은 다시 간계를 부려 공문 방장을 독살하고 그 죄를 공지대사에게 뒤집어씌울 거예요. 이것쯤이야 장 교주를 없애기보다 한결 쉽지요. 증거만 착실하게 날조하면 어수룩한 소림사 스님들이 믿을 수밖에 없을 테니까요. 그러고 나서 원진 일당이 전심전력으로 자기네 수괴를 떠받들어 명실상부하게 장문 방장 자리에 앉힐 것이고, 신임 장문 방장이 호령 한마디만 내리면 천하 군웅들이 다수로 명교를 집중 공격할 겁니다. 명교는 중과부적이라 삽시간에 섬멸당하고 말겠지요. 이쯤 되면 무림지존의 명예를 원진 말고 어느 누가 감히 차지하려 들겠습니까? 도룡도가 세상에 나타나지 않아도 일단은 괜찮겠죠. 만일 강호에 종적을 드러내기만 하면 온 천하 무림계 인사가 모두 다 알게 될 것이고, 그 보배로운 칼의 주인이 바로 소림사의 방장 어른인 '원진 신승'이란 사실을 깨달을 겁니다. 혹시 다른 자가 그 칼을 얻고 나서 '주인' 되시는 분께 갖다 바치지 않았다가는 아마도 여러모로 불편을 겪고 큰 곤욕을 치르겠지요."

조민의 음성은 목책 한 귀퉁이 수뇌부 몇몇에게만 들릴 정도로 작았다. 그러나 얘기가 다 끝났을 때 주전이 손바닥으로 제 넓적다리를 "철썩!" 소리가 나도록 힘껏 내리치면서 버럭 고함을 질렀다.

"바로 그거야, 그거! 그것참 무시무시한 간계인걸!"

목청이 얼마나 컸던지, 광장 안의 군웅들 가운데 거의 절반이나 명교 측 울타리 쪽을 바라보았다.

"간계라니, 무슨 간계란 말인가? 여보시오, 이 늙다리 주정뱅이한테 좀 들려줄 수 없겠소?"

사도천종이 술 취한 눈을 게슴츠레 뜨고 물었다. 그러나 주전은 딱 부러지게 고개를 흔들었다.

"그건 말 못 해! 이 어르신께서 천하 영웅들을 이간질해서 서로 짓밟고 거꾸러뜨리고, 너 죽고 나 살게 만들려는 판국에 그걸 미리 얘기해주면 김이 빠져서 효과가 나겠냐? 어림 반 푼어치도 없지!"

"오호라, 그것참 절묘한 생각을 하셨군! 그럼 어떻게 충동질하고 이간질할 것인지 그 정도는 말씀해주실 수 있겠구려. 정 안 된다면 하는 수 없고……."

사도천종이 슬그머니 말꼬리를 흐리자, 주전은 냅다 고함을 질러 누구나 다 듣게 떠들어댔다.

"아냐, 얘기해줄게! 내가 아주 기막힌 음모, 지독한 계략을 하나 꾸몄거든. 가령 말씀이야, 도룡도가 이 어르신네 수중에 있고, 누구든지 무공 실력이 가장 뛰어난 사람한테 그 칼을 넘겨준다고 하면……."

말끝이 미처 떨어지기도 전에 사도천종이 조롱박 술병을 흔들며 맞장구부터 쳤다.

"옳거니! 그것참 기막힌 음모요, 지독한 계략일세! 그래, 그다음은 어떻게 하지?"

한편에서 조민과 장무기가 서로 눈짓을 주고받았다. 명교와 아무 친분도 없는 고주망태 술 귀신이 주전과 함께 넉살 장단을 맞춰가며 은연중 군웅들에게 경각심을 불어넣고 있는 것이다.

주전은 맨주먹을 휘둘러가며 고래고래 악을 써서 사도천종에게 설명을 해주느라 정신이 없었다. 장내에서 그 목소리를 못 알아듣는다면 귀머거리일 것이다.

"자네도 생각 좀 해보게. 내 손에 들린 이 도룡도는 무림지존이란 칭호가 붙었으니까 어느 놈이든 기를 써서 빼앗아가려고 하지 않겠나? 그렇게 되면 나하고 비슷한 미치광이 녀석은 술 귀신한테 맞아 죽고, 술 귀신은 중놈에게 맞아 죽고, 중놈은 도사 녀석한테 맞아 죽고, 도사 녀석은 계집한테 맞아 죽고…… 그저 온 광장 안에 맞아 죽은 시체가 질펀하게 널브러질 테고 핏물이 강을 이루게 될 게 아닌가? 오호 애재라! 이 아니 기쁠쏘냐……!"

군웅들은 가슴이 덜컥 내려앉았다. 모골이 송연할 정도로 무서운 말이었다. 제 말대로 미친놈처럼 두서없이 내뱉는 소리였으나, 현실로 이루어진다면 그 결과는 뻔했다. 과연 슬퍼할 자는 누구며 기뻐할 자는 누구란 말인가?

공동파의 둘째 원로 종유협이 벌떡 일어나 제안했다.

"주 선생 말씀에 일리가 있소이다. 우리 모두 화제를 빙빙 돌려 변죽만 울릴 것이 아니라 솔직히 툭 터놓고 얘기를 나눕시다. 여러 방회 문파에서 오신 영웅들께선 너 나 할 것 없이 도룡도에 눈독을 들이고 계실 것입니다. 하지만 그 칼 한 자루 때문에 패가망신을 하고 심지어 일개 문파가 전멸당하는 참극이 벌어질지도 모르는 일, 나로선 그만큼 위험을 무릅쓸 값어치는 없다고 생각합니다. 그렇다면 어떤 방식으로 겨룰 것인가? 무공 실력으로 대결하되 상대방의 몸을 건드리기만 하고 그치도록 합시다. 승부가 어떻게 결판나든지 간에 피차 화목을 깨뜨려서는 안 됩니다. 여러분, 이 방식이 어떻겠습니까?"

공동오로의 둘째 종유협은 앞서 광명정 전투 당시 장무기에게서 칠상권 수련으로 쌓였던 내상을 치료받았다. 그뿐 아니라 이후 만안사에서도 장무기의 활약으로 목숨을 건져 탈출했다. 종유협은 그 은덕을 잊지 않았다. 공동파가 이번 소림사 대회에 참석한 의도는 처음부터 명교를 돕기 위해서였던 것이다.

"하하, 덩치가 그만하신 분이 죽기는 겁나는 모양이군! 상처도 나지 않고 목숨을 다치지도 않는다면 재미 하나 없고 싱겁기만 할 텐데, 그런 무공 대결을 뭐 하러 하겠소?"

사도천종이 껄껄대고 비웃자, 공동파의 넷째 원로 상경지가 노성을 질러 꾸짖었다.

"닥쳐라, 이놈! 너 같은 고주망태 술 귀신이야 다쳐도 부상을 당했다고 할 사람은 없을 거다!"

"어허, 농담으로 한 말인데, 상 선생께서 그렇듯 성까지 내실 일은 없지 않소? 공동파 칠상권이 피를 보지 않고 생사람을 죽이는 무서운 권법이란 걸 누가 모르겠소? 소림사 공견신승 같은 분도 칠상권에 맞아 돌아가셨다는데, 이 늙은 뼈다귀 몇 가닥쯤이야 공견신승과 견줄 수나 있겠소?"

군웅들은 이 말을 듣고 저마다 고개를 내저었다. 이 술 귀신은 입만 열었다 하면 남의 비위를 긁어대니 참으로 한심해 보였다. 공동파에 죄를 짓고도 모자라 이번에는 아예 소림파까지 끌어들여 빈정대다니, 평생을 강호에 굴러먹으면서 이 나이가 되도록 남의 손에 맞아 죽지 않고 살아 있다는 게 오히려 신기했다.

사도천종의 야박한 조소에도 아랑곳없이 종유협은 목청을 돋우어 외쳤다.

"소생의 의견은 이렇습니다. 각 문파와 방회, 교파마다 고수를 두 분씩 추천해서 내보내 방금 말씀드린 대로 상대를 정하고 무예를 겨루도록 합시다. 그리고 최후에 가장 무공이 뛰어난 문파에게 금모사왕과 도룡도를 맡겨 그쪽 마음대로 처분하는 것이 어떻겠습니까?"

"옳소!"

"아주 절묘한 고견이오!"

장내에선 일제히 우레와 같은 박수갈채가 터져 나왔다. 솔직하고도 간단명료한 방법이라고 인정한 것이다. 도룡도 문제가 나왔을 때부터 군웅들은 위험한 것보다는 안전하고 순수한 기량대로 정정당당히 대결하는 방법을 원하고 있었다. 자칫하면 목숨을 아까워하는 겁쟁이란 비웃음을 사지나 않을까 두려워 감히 입을 열지 못한 것인데, 종유협이 먼저 제안했으니 반갑고도 고마운 일이었다.

장무기는 공지대사 등 뒤에 늘어선 승려들의 반응을 유심히 지켜보았다. 주전과 종유협의 얘기가 계속되는 동안 승려들은 대부분 이마에 주름살이 잡힌 채 사뭇 불만스러운 기색을 띠고 있었다. 그 언짢은 표정들이야말로 조민의 추리가 틀림없다는 것을 증명해주고 있지 않은가? 그는 새삼 조민의 예지에 탄복하면서 속으로 생각했다.

'민누이가 여양왕의 부중에 있었을 때 원진이란 놈은 소민군주의 직속 부하였을지도 모른다. 아니면 여양왕 차칸테무르나 왕세자 왕보보의 아주 중요한 심복으로 있으면서 그녀와 밀접한 관계를 유지해왔을 것이다. 다만 고두타의 신분으로 잠입한 범 우사가 그 점을 미처 알지 못했을 뿐이다. 그렇다면 명교 세력을 와해시키거나 강호 무림계의 군웅들을 처치할 모든 계략과 음모 역시 민누이와 원진이 공동으로 상의해서 나왔으리라. 따라서 지금 이 시각에 민누이가 원진의 간교한 계략을 꿰뚫어보고, 속속들이 짚어내고 폭로한다고 해서 희한하게 여

길 것도 아니다.'

허여멀건 얼굴에 수염이 듬성듬성 난 중년 사내가 일어서더니 금빛 쥘부채를 흔들면서 광장으로 걸어 나왔다. 생김새가 무척 소탈해 보이는 사내였다.

"소생은 종유협께서 제안하신 방법에 적극 동의합니다. 그러나 우리가 정작 무공 대련을 시작했을 때, 말씀으로야 몸뚱이를 건드리기만 하고 그친다지만, 병기와 주먹질 발길질에는 당초 눈이 달려 있지 않으니 자칫 실수하는 날이면 상대방은 그날 운수를 천명에 맡겨야겠지요. 하! 그러므로 여기 모이신 무림의 동도들께선 이러한 경우에 보복적인 도발만큼은 삼가도록 다짐합시다. 하! 그러지 않고선 감정이 뒤죽박죽 얼크러져 끝없는 살육전으로 번져가고, 마침내 수습할 길조차 없게 될 테니까요. 하."

"옳소, 그렇게 합시다!"

그러자 사도천종이 날카로운 목소리로 물어왔다.

"하! 저 노형께선 생김새도 준수하고 언변 또한 유창하신데, 말끝마다 '하!' '하!' 소리를 달고 계신 걸 보니, 필시 상남湘南(호남성) 형양부衡陽府에서 오신 유명한 구양歐陽 노형 아니신가?"

중년 사내가 여유 있게 두어 번 부채질을 하며 응수했다.

"과찬의 말씀! 바로 저올시다. 한데 사도 노형께선 말 한마디로 남을 치켜세웠다가 또 한마디로 깎아내리시니 불초 소생이 말끝마다 '하!' '하!' 소리 내는 입버릇과 죽이 잘 맞는구려. 하!"

"구양 노형도 복성複姓이요, 불초 사도천종 또한 복성이니 참 잘 어울리는 한 쌍인 듯싶소. 게다가 구양 형이나 불초 소생이나 아무런 방회 문파에 속하지 않은 들귀신이라는 점부터가 똑같거든. 어디 그뿐인가, 나는 호주가好酒家요, 당신은 호색가好色家라 일맥상통하니 우리 둘이서 힘을 합쳐 아예 '주색파酒色派'라는 문파를 하나 세웁시다. 그래서 우리 주색파 양대 고수가 어깨를 나란히 하고 쳐들어가면 천하의 뭇 고수가 우리를 건드리기나 하겠소?"

"와하하하……!"

장내는 삽시간에 웃음소리로 가득 찼다. 사도천종은 끊일 새 없이 어릿광대처럼 익살맞은 언동으로 사람들을 희롱하고 뼈아픈 해학으로 비웃곤 했다. 이따금 터지는 웃음소리가 암암리에 팽팽히 부풀던 불안과 긴장감, 보이지 않는 살기를 적지 않게 누그러뜨렸다.

팽형옥이 장 교주에게 백면서생 차림의 중년 사내가 처첩을 무려 열두 명씩이나 거느린 구양목지歐陽牧之라고 귀띔해주었다. 무공 역시 그 강한 정력만큼이나 뛰어나지만 강호에 모습을 드러내는 경우가 극히 드물고, 오로지 날이면 날마다 치마폭에 싸여 부드러운 여인의 몸을 즐기는 재미로 소일하는 괴짜라고 말해주었다.

사도천종에게 기발한 제안을 받았으나, 구양목지는 한마디 웃음으로 일축해버렸다.

"하! 당신하고 손을 맞잡고 '주색파'를 세웠다가는 당신 술값에 우리 집 기둥뿌리도 안 남아나겠소. 하!"

그러고는 다시 정색을 하더니 장내를 돌아보며 크게 외쳤다.

"여러분! 무공 대련을 하기로 얘기가 나왔으니 말씀인데, 무엇보다 먼저 원로 선배들 중 연세 지긋하고 덕망을 갖추어 모든 문파에서 이의가 없으신 몇 분을 공증인으로 세우기로 합시다. 그래야만 네가 이겼느니 내가 이겼느니, 쓸데없는 다툼이 일지 않고 승부를 가리는 데 잡음이 생기지 않을 것입니다. 자, 그럼 공증인을 추천해주시겠습니까?"

종유협이 의견을 냈다.

"아무래도 두세 분은 되어야 좋겠는데. 소림파가 주인 격이니 공지대사께서 한 자리 맡으시는 게 도리일 듯싶군요."

다음에는 사도천종이 마음먹고 설부득의 포대 자루를 가리켰다.

"나는 산동의 대협객 하주 노영웅을 추천하겠소!"

그 말을 듣자 설부득이 포대 자루를 번쩍 들더니 사도천종을 향해 냅다 던지고는 껄껄 웃었다.

"자아, 공증인 납시오!"

사도천종이 얼른 호리병과 술잔을 팽개치고 면전에 날아드는 포대 자루를 부여안았다. 그러고는 황급히 자루 아가리의 노끈을 풀기 시작했다. 그런데 어찌 된 노릇인지 매듭이 풀리지 않았다. 포대 자루 주인 설부득의 매듭짓는 기술은 그의 무공 솜씨만큼이나 독특했고, 노끈도 금실에 생선 부레를 섞어서 꼰 것이라 쉽게 풀 수 없을뿐더러 뚝심으로 해봤자 소용이 없었다. 사도천종은 젖 먹던 힘까지 다 끌어냈으나 도무지 매듭을 풀 수 없었다. 설부득은 그가 포대 자루를 부여안고 씨름하듯 끙끙대는 모습을 지켜보더니, 껄껄대고 웃음보를 터뜨리며 목책 울타리를 뛰쳐나왔다. 그러고는 사도천종에게 포대 자루를 선뜻 빼앗아 등 뒤로 돌린 다음, 남이 보지 못하게 양손을 뒤로 돌려 감춘 채 꼬물꼬물 움직였다.

"옜소!"

이윽고 포대 자루가 다시 사도천종 앞으로 나왔다. 노끈 매듭은 어느 틈엔가 감쪽같이 풀려 있었다. 사도천종이 받으려고 손을 내밀자, 설부득은 자루를 거꾸로 툭툭 털어 그 안에 웅크려 있던 하주를 쏟아냈다. 사도천종은 다급한 손길로 하주의 혈도를 풀어주었다. 한참 동안이나 깜깜한 자루 속에 갇혀 있다가 급작스레 밝은 햇빛 아래 굴러 나온 하주는 눈이 부신 모양인지 양손으로 한동안 눈을 비벼댔다. 겨우 정신을 차리고 사방을 두리번거리니, 수천 쌍의 시선이 자기를 보고 있지 않은가? 그는 모멸감과 수치심에 못 이겨 어금니를 뿌드득 갈아붙이면서 허리에 찬 단검을 뽑아 들기가 무섭게 제 가슴팍을 찔러 들었다.

사도천종이 재빨리 단검을 낚아챘다.

"하 형, 이러지 마시오. '승패는 병가지상사'라고 하지 않았소? 어찌 그리도 옹졸한 생각을 하시오?"

장내에서 땅딸보 하나가 버럭 크게 소리쳤다.

"아무래도 포대 자루 속의 대협은 공증인 자격이 없을 것 같소! 나는 장백산에서 오신 손노야孫老爺를 추천하오!"

이어서 한 중년 부인이 끼어들었다.

"절동쌍의浙東雙義 두 형제분은 공평하고 사사로움이 없으니 공증인으로 적격이오!"

군웅들은 제각기 남에게 질세라 공증인 후보자를 내세웠다. 여기저기서 한마디씩 하는 바람에 광장 안은 순식간에 어수선해졌다. 삽시간에 10여 명이나 되는 인물이 추천되어 공증인 물망에 올랐다. 모두 강호에서 자못 명성과 덕망을 떨치는 호걸들이었다.

"무슨 놈의 공증인을 추천하겠다는 거야? 하나같이 쓸모없는 것들인데!"

돌연 아미파 울타리 안에서 중년 비구니 하나가 소리쳤다. 그리 크지는 않았으나 차가운 목소리가 혼잣말 같으면서도 모든 사람의 귀에 또렷이 들렸다. 내공 수련이 제법 대단한 모양이었다. 어수선하던 장내 분위기가 그 말 한마디에 당장 잠잠해졌다. 사도천종은 어처구니가 없는지 실소를 터뜨리며 물었다.

"사태께 물읍시다. 어째서 공증인이 쓸모없다는 거요?"

"두 사람이 싸우다가 살았으면 이긴 거고 죽으면 진 것이지! 염라대왕이 바로 공증인이지 않소?"

'승자는 살고 패자는 죽는다…….' 얼음보다 더 차가운 대꾸에 뭇사람은 등골이 오싹해졌다.

"우리는 지금 우호적으로 무공 대결을 하려는 거요. '이무회우以武會友'란 말도 못 들어봤소? 철천지원수를 맺은 사이도 아닌데 목숨까지 걸고 싸울 필요가 어디 있소? 홍진을 버리고 출가하신 분은 자비심을 근본으로 삼는 법인데, 저 사태분의 말씀은 부처님마저 진노하시게 만들겠구려!"

사도천종의 입바른 말에 중년 비구니가 서릿발 같은 말투로 대꾸했다.

"네놈이 다른 작자들에겐 허튼소리를 지껄여도 무방하다만, 우리 아미파 제자 앞에서 함부로 망발을 떨었으니 나한테 벌 좀 받아야겠다!"

사도천종은 정말 기가 막혀 조롱박 술병을 기울여 술 한 잔을 따르고 나서 중년의 비구니에게 비웃음을 날렸다.

"쯧쯧, 과연 아미파가 대단한 존재들이로군! 속담에 '풍류남아는 계집하고 싸우지 않는다好男不與女鬪'고 했으니, 이 멋쟁이 풍류 술 귀신도 늙다리 비구니하고 싸우지 말아야겠군!"

보라는 듯이 술잔을 막 쳐들고 입술에 갖다 대려는 순간, 돌연 허공을 깨뜨리는 소리가 날카롭게 울리더니 작디작은 염주 두 알이 술잔과 조롱박에 부딪치면서, 곧이어 또 한 알이 날아와 사도천종의 앞가슴을 정통으로 맞혔다.

"펑! 펑! 펑!"

무서운 폭음이 연달아 세 차례 울리는 가운데 호리병과 술잔이 순식간에 산산조각 나고, 사도천종의 가슴에는 큼지막한 구멍이 뻥 뚫렸다. 몸뚱어리가 폭발력에 떠밀려 20~30척 거리를 날아가 뒤로 벌렁 나자빠지고, 전신을 감싼 도포 자락에 불이 붙어 타오르기 시작했다.

하주가 와락 덮치듯 달려가 보았더니, 그는 벌써 숨이 끊어진 뒤였다. 얼굴에는 아직도 미소가 걷히지 않았다. 염주 알이 얼마나 빠르게 발사되어 폭발했는지, 사도천종은 죽는 순간까지도 살신지화殺身之禍가 들이닥치는 줄도 몰랐으리라. 실로 마른하늘에 날벼락이나 다를 바 없는 기막힌 돌변 상황이었다. 군웅들 가운데 아무리 강호 견식이 너른 사람도 이렇듯 쾌속하고 악독한 암기는 일찍이 본 적이 없었다.

사도천종과 함께 주책을 떨던 주전이 몸서리를 쳤다.

"무서운 일이다! 저게 무슨 암기인가?"

곁에서 양소가 귀띔했다.

"서역 대식국大食國 사람이 중국에서 화약 만드는 법을 배워가지고 돌아가 암기 종류를 만들었다던데, 그 화약 암기가 다시 우리 나라에 들어온 듯싶네. 이름을 벽력뇌화탄霹靂雷火彈이라고 부르지. 탄환 속에 강력한 화약을 장전해서 용수철로 발사하지. 가만 보니 방금 저 비구니가 쓴 것도 바로 그 물건인 모양일세."

하주는 시커멓게 불타버린 사도천종의 시체를 부여안은 채 군웅들을 돌아보며 목청이 터져라 외쳤다.

"이 사도 형제는 비록 입담이 거칠고 혓바닥 놀림이 날카롭기는 하나, 천성이 우스꽝스러운 짓을 즐기고 마음씨 하나만큼은 매우 어진 사람이었소! 한평생을 살아오는 동안 천리에 어긋나거나 인간답지 못한 짓을 한 번도 저질러본 적이 없었소. 오늘 여기 모이신 천하의 영웅들 중에 이 형제가 무슨 악행을 저지른 걸 보신 분이 계시오? 있거든 말씀해보시오!"

군웅들은 숙연한 기색으로 묵묵부답이었다. 하주는 아직도 매캐한 연기가 피어오르는 시신을 양팔에 떠받쳐 들고 아미파 중년 비구니를 향해 돌아섰다. 그러고는 분노에 가득 찬 목소리로 따져 물었다.

"아미파는 언필칭 의협을 지향하는 명문 정파라고 들었는데, 이처럼 악독하기 짝이 없는 암기를 쓸 줄이야 어찌 알았소? 강한 힘을 가진 자가 이기는 곳이 무림계라곤 해도 사리에서 벗어나는 행위를 함부로 저지르는 곳은 아니오! 사태의 존함은 어찌 되오?"

"내 법명은 정가靜迦이외다. 포대 자루 속의 대협께서 삿대질하며 시비를 거는 의도가 뭐요?"

비구니의 대꾸 한마디에 하주는 참담한 표정을 지었다.

"나 하 아무개는 배운 무예가 변변치 못한 탓으로 명교 마두 놈들한테 비참하게 능욕을 당했소. 그러나 무공이 낮다고 해서 일평생 협사로서 명예를 더럽힌 적은 없었소. 정가사태! 그대는 이렇듯 악랄하고 잔혹한 짓을 저질렀으면서도 당신네 아미파의 조사 곽양 여협께 떳떳할 수 있겠소?"

그가 창파 조사의 규명閨名을 무엄하게 입에 올리자, 분노한 아미 제자들은 일제히 자리를 박차고 일어섰다. 정가사태가 눈썹을 곤두세우고 호통쳤다.

"닥쳐라! 본파 조사 어른의 함자를 너 따위 잡놈이 함부로 입에 담다니, 괘씸하기 짝이 없구나!"

"아미 제자인 그대가 의롭지 못한 짓을 저질러 조사 어르신의 명예를 더럽히고 욕되게 했다. 곽 여협은 더 말할 나위도 없는 분이다. 멸절사태 역시 당년에 심보가 모질고 손속이 악랄하기로 유명했지만, 그래도 그분은 무고한 사람을 마구잡이로 죽이지 않았다. 그대처럼 아무 죄 없는 사람을 함부로 죽이는 제자를 아미파 장문께서 용납하다니……. 헤헤헤, 이러고도 아미파가 오늘 이후 강호에 두 발을 딛고 설 자리가 있을 듯싶으냐?"

"다시 한번 그따위 말을 반 마디만 더 지껄여봐라. 네놈마저 그 술귀신처럼 만들어줄 테니까!"

정가의 위협에도 하주는 굴하는 기색 없이 능름한 태도로 성큼성큼 아미파 울타리 쪽으로 세 걸음이나 더 다가섰다.

"아미파 장문께서 제자의 죄를 다스리지 않으신다면, 아미파는 이제부터 천하 영웅들의 지탄을 면치 못하고 멸시를 받을 것이오!"

광장 안 수천 쌍의 시선이 일제히 주지약에게 쏠렸다. 그중에는 아미 제자들의 눈빛도 섞여 있었다.

주지약은 말없이 정가를 향해 두어 번 고개만 끄덕였다.

"펑! 펑!"

또다시 엄청난 폭음이 울렸다. 정가의 수중에서 발사된 벽력뇌화탄 두 발이 곧바로 지근거리에 떳떳한 자세로 버텨 서 있던 하주의 가슴팍과 아랫배에 구멍을 뚫고 터졌다. 옷자락에마저 불길이 옮겨 붙어 역겨운 누린내와 더불어 연기를 내며 타오르기 시작했다. 참으로 오만하기 짝이 없던 그는 숨이 끊어졌어도 꼿꼿이 그 자리에 선 채 넘어질 줄 몰랐다. 양 팔뚝에는 아직도 사도천종의 시신을 껴안은 채로 두 눈을 부릅뜨고 서 있었다.

군웅들은 너무도 놀란 나머지 입을 열 수가 없었다. 저마다 곁의 동료들을 마주 보면서 할 말을 잊었다. 그러나 잠시 후 사면팔방에서 비난과 질책, 야유와 욕설이 뒤섞여 한꺼번에 터져 나왔다. 광장 안은 또다시 소란의 도가니로 바뀌었다.

흡혈박쥐 위일소, 설부득이 서로 눈짓을 주고받더니 고갯짓 한 번 끄덕이고 나서 일제히 하주의 시신 앞으로 달려 나와 털썩 무릎 꿇었다. 그러고는 이마를 땅바닥에 닿도록 조아려 큰절을 했다.

"하 노영웅, 이 포대화상 설부득과 위일소가 당신의 인품을 몰라보고 큰 죄를 지었소이다! 우리 두 형제, 너무나 부끄러워 몸둘 바를 모르겠구려! 부디 용서해주시오."

두 사람은 무릎 꿇고 앉은 채로 손을 번쩍 들더니 저마다 제 뺨을 사정없이 철썩철썩 후려쳤다. 두 사람의 얼굴이 삽시간에 시뻘겋게 부어올랐다. 이윽고 설부득과 위일소는 아직도 연기를 내뿜고 있는 시체 두 구를 하나씩 나누어 안고서 명교 측 울타리로 돌아왔다. 장무기는 잔혹한 성격으로 돌변한 주지약을 바라보며 가슴을 칼로 저며내는 듯

한 깊은 아픔을 느꼈다.

군웅들이 퍼붓는 비난과 질책의 화살을 한 몸에 받으면서도 아미파 장문 주지약은 얼굴빛 하나 바뀌지 않고 천연덕스레 송청서를 불러 귓속말로 무엇인가 지시를 내렸다. 고개 한 번 끄덕인 송청서가 일어서더니 여유 만만하게 천천히 광장 한가운데로 걸어 나와 낭랑한 목소리로 외쳤다.

"오늘 군웅들의 모임은 시나 읊고 술이나 마시는 풍류회가 아닙니다. 어차피 병기를 휘두르고 주먹질 발길질을 하기로 했으면 죽거나 다치지 않는다고 보장할 수 없는 노릇이지요. 방금 하 노영웅께선 사도 선생이 평생토록 악행을 저지르지 않았다고 말씀하시면서 본파의 정가사태가 무고한 살생을 저질렀다고 질책하셨습니다. 또 여러분이 시끄럽게 떠드는 것도 본파에 대해 불만을 표하시는 줄로 알겠습니다. 그러나 소생이 한 가지 여쭙겠습니다. 오늘 우리가 무공 대결을 하는 목적이 각 개인의 품행이나 덕성을 따지기 위해서입니까? 위대한 성인군자라면 의당 해쳐서는 안 되겠지요, 그러나 흉악무도한 무리라면 마음대로 살육해도 무방하지 않겠습니까?"

군웅들은 한순간 말문이 막히고 말았다. 가만 생각해보니 전혀 무리한 말은 아닌 것이다. 장내 분위기를 살피느라 잠시 뜸을 들인 송청서가 다시 입을 열었다.

"덕망을 갖춘 자가 도룡도를 차지해야 한다고 말씀하셨습니까? 그렇다면 우리가 구태여 위험을 무릅써가면서 무공 대결을 할 필요가 어디 있겠습니까? 차라리 산동성 곡부曲阜로 달려가서 위대한 성인 공자님의 후손에게 그 칼을 넘겨드려야 옳은 일이겠지요. 하지만 우리는 무공을 논하는 것입니다. 덕성이 아니라 무공 실력으로 도룡도를 차지해야 한다는 말씀입니다. 무공으로 대결하는 자리에선 오직 생과 사, 승과 패만이 관심거리일 뿐, 상대방이 무고한지 아니면 악행을 저지른 죄가 있는지 따위를 관심거리로 삼아서는 안 되겠지요."

"옳소! 창칼에는 눈이 달리지 않았으니 죽거나 다치거나 그건 팔자소관에 맡깁시다!"

"우리가 애당초 원수를 찾아 보복하자는 것도 아니지 않소?"

군웅들 가운데 몇몇이 손뼉까지 쳐가며 찬동했다.

무당파 원로 유연주와 은리정은 변장한 송청서의 사설을 듣던 중 그 목소리가 매우 귀에 익다는 느낌을 받았다. 의아스레 여기고 유심히 살펴보았지만 얼굴이 온통 수염투성이 추남인 데다 말끝마다 '본파, 본파'를 내세우는 걸 보니 아미파의 남자 제자가 분명하다고 생각했다. 그러나 마음에 짚이는 바가 있었다. 확실한 증거는 없지만 마음속에 뭔가가 껄끄럽게 앙금이 남아 있었다. 마침내 유연주가 자리에서 일어나 물었다.

"귀하의 존함을 말씀해주시오."

송청서가 바라보니 평소 제자들에게 무뚝뚝하고 엄격하기로 이름난 둘째 사숙이었다. 그는 저도 모르게 숨이 막혀왔다. 안 떨어지는 입을 겨우 열어 떠듬떠듬 대꾸했다.

"이름 없는 후배이니 유 이협께서 굳이 하문하실 것도 없습니다."

그러나 한번 일어선 유연주는 매섭게 다그치기 시작했다.

"귀하가 입만 벙긋하면 무공 대결을 내세우는 걸 보니 필시 무학에 남다른 조예가 있으신 모양이오. 우리 사부님은 어린 시절 귀 아미파의 조사 곽 여협께 크나큰 은덕을 입으시고, 무당 제자들에게 아미파와는 절대로 싸우지 말라고 여러 차례 엄한 분부를 내리셨소. 내가 묻는 것은 귀하가 참으로 아미 제자인지, 또 성씨는 무엇이며 이름은 어떻게 되는지 그걸 알기 위해서요. 사내대장부라면 말과 행동이 솔직하고 떳떳해야지, 숨길 게 뭐 있단 말이오?"

유연주의 말에는 위엄이 가득 서렸다. 송청서는 두 다리가 후들후들 떨리고 목이 잠겨왔다. 도무지 움직일 수도 없거니와 말을 하려 해도 입이 열리지 않았다.

멀찌감치 앉아서 지켜보던 주지약이 불진을 가볍게 쳐들더니, 그 대신 입을 열었다.

"유 이협, 당신에게는 숨길 필요가 없겠군요. 저 사람은 제 남편으로 성명은 송청서, 원래 무당파 출신이었다가 지금은 아미 문하에 투신한 분이에요. 유 이협께서 뭐라고 말씀하시든 제가 모두 책임지고 답변해 올리지요."

얼음같이 차디차면서도 쟁반에 옥구슬이 구르듯 맑은 음성이었다. 수천 영웅호걸이 한순간 물을 끼얹은 것처럼 잠잠해진 광장에서 숨을 죽이고 속세를 벗어난 선녀와도 같이 아리따운 아미파 장문에게 눈길을 쏟았다. 주지약의 입을 통해 본색이 드러나자, 송청서도 더는 숨길 것이 없는지 이마께를 더듬어 텁석부리 변장 수염을 뜯어 던졌다. 군중들의 눈앞에 당장 관옥冠玉처럼 영특하고도 준수한 청년의 얼굴 모습이 나타났다.

송청서의 진면목을 본 군웅들이 속으로 갈채를 퍼부었다. 송청서와 아미파 장문 주지약, 참으로 기막히게 아름다운 한 쌍의 신선이 아닌가!

유연주는 일곱째 사제 막성곡이 송청서의 손에 처참하게 죽었다고 생각하니 분노로 가슴이 터질 것만 같았다. 그러나 유연주가 누군가? 타고난 성품이 워낙 침착할뿐더러 중년을 넘어서는 나이에 날이 갈수록 깊은 수양으로 심신을 단련해온 그였다. 가슴속에는 미칠 듯이 분노가 들끓었지만 얼굴 표정은 담담하기만 했다. 오로지 섬전閃電과도 같이 번쩍거리는 두 눈으로 송청서의 얼굴을 뚫어져라 쏘아볼 따름이었다. 매서운 눈길을 마주 대하는 송청서는 낯이 화끈거리고 따가워 견딜 도리가 없었다. 그는 자신도 모르게 고개를 떨어뜨리고 사숙의 눈초리를 피하고 말았다.

주지약이 다시 말을 건네왔다.

"제 바깥분이 무당파를 벗어나 아미 문하에 투신했다는 사실을 오늘 만천하 영웅 여러분 앞에 정식으로 선포합니다. 그리고 유 이협, 장 진인께선 옛 정리를 생각하셔서 무당 제자들에게 본파를 적대시하지 말라고 분부하셨다지만, 그것은 그분의 의기意氣라기보다는 차라리 그 어르신께서 무당 일파의 위엄과 명성을 보전하기 위한 고육지책이라고 하는 게 옳을 것입니다. 무척 총명하신 판단을 내리셨다고 할 일이지요."

이야말로 무당파에 대한 도발이며 무림계의 원로 장삼봉의 호의를 모욕하는 언사였다. 은리정은 더 이상 듣고 있을 수가 없었다. 통나무 울타리를 훌쩍 뛰어넘은 그가 주지약 앞으로 걸어가더니 삿대질을 해가며 무섭게 따져 묻기 시작했다.

"주 장문! 당신이 어릴 적 위험과 어려움에 부닥쳤을 때 구해주신 분이 누구요? 또 당신을 아미 문하에 천거하신 분이 누구였소? 우리 스승께서 베풀어주신 은혜에 보답하지는 못할망정 오늘 이런 자리에서 어찌 그런 언사를 입에 담을 수 있단 말이오? 방금 하신 말씀은 우리 무당파가 헛된 명성만 드날릴 뿐, 실상은 아미 제자보다 훨씬 뒤떨어지는 부류들이라, 그런 뜻이군요. 당신이 어떻게 우리 무당파를 그렇게 대할 수 있단 말이오? 그런 말을 하고 우리 사부님을 무슨 낯으로 대하실 거요?"

그러나 주지약은 외눈 하나 깜짝이지 않고 담담히 웃음 지었다.

"무당 협사 여러분이 강호에 위명을 떨치고 진재실학眞才實學을 고루 갖추신 분들이라는 것은 틀림없지요. 더구나 송 대협께선 제 시아버님이 되시는 분인데 어찌 감히 '헛된 명성을 드날린다'고 비방할 수 있겠습니까? 제 말씀은 무당과 아미 두 문파가 제각기 비전의 무학을 보유하고 배운 바 역시 서로 다르기 때문에 어느 쪽의 실력이 높고 어느 쪽이 낮은지 딱 부러지게 단정할 수 없다는 겁니다. 오랜 옛날 본파의 곽 조사께서는 장 진인께 은혜를 베푸셨고, 장 진인은 그 이후 저한테 은혜를 베푸셨으니, 그렇다면 아미와 무당 두 문파의 은혜는 상쇄된 셈 아닙니까? 이제 와서 구차스레 누가 누구의 은혜를 저버렸다고 들춰낼 필요는 없지요. 피차 인정상 빚진 것은 없으니 말입니다. 유 이협, 그리고 은 육협, 무당 제자가 아미파를 적대시하지 말라는 장 진인의 규칙일랑 이제부터 아예 없었던 걸로 칩시다."

광장 사면팔방에 둘러친 울타리 안에서 군웅들이 쑥덕공론을 펼치기 시작했다.

"아미파 젊은 장문의 입담이 정말 크기도 하네. 말투를 들어보니 아미파가 무당파를 능가할 자신이 있는 모양이지?"

"글쎄 말일세. 유 이협은 내공뿐 아니라 외가공력까지 모두 등봉조극의 경지에 올라 당세에 적수가 드문 절정 고수가 아닌가?"

"설마 아미파가 그 지독스러운 암기 하나만 믿고 강호 무림계의 패권을 독차지하겠다는 것은 아니겠지?"

"말도 안 되는 소리!"

아무튼 주지약은 스스로 무당파와의 우호 관계를 단절하고 정면 대결을 선포했다. 스승의 선의가 만천하 영웅들 면전에서 무참히 짓밟히자, 유연주와 은리정은 분노와 치욕에 몸을 떨었다. 그러나 이 문제는 스승 장삼봉이 결단을 내릴 것이지 제자들이 당장 어떻게 처신할 일이 아니었다. 아미파 장문의 입에서 일단 우호를 파기한다는 선언이 나왔다 하여 그 즉시 무당 제자들이 아미파를 적대시할 수는 없었다. 하지만 이 모욕을 어떻게 참으랴! 두 사람은 말없이 아미 장문에게 고개만 끄덕여 보였다. 아미파의 뜻을 분명히 받아들이겠다는 의미였다.

발길을 돌리던 은리정의 눈길이 송청서에게 향했다. 뻔뻔스러운 송청서의 얼굴에 막내아우 막성곡의 처참한 모습이 겹쳐 떠오르자, 들끓는 격분을 주체할 길이 없었다. 은리정의 목에서 피를 토하는 듯한 비통한 절규가 터져 나왔다.

"청서! 네놈…… 네놈이 네 일곱째 사숙을 죽였어! 왜 죽였느냐? 왜 일곱째 사숙을……!"

은리정은 '일곱째 사숙'이란 말끝에 느닷없이 목을 놓아 대성통곡했다.

군웅들은 이게 또 무슨 변괴인가 싶어 두 눈을 휘둥그레 뜬 채 멀뚱멀뚱 서로 얼굴만 바라보았다. 명성 높은 무당 육협이 뭇사람 앞에서 창피스러운 줄도 모르고 울음을 터뜨리다니, 세상에 이럴 수가 있는가?

그러나 유연주는 여섯째 아우의 천성을 너무 잘 알았다. 그러기에 마흔의 중년 고개를 넘긴 아우가 수천 군중 앞에서 체통을 잃고 목 놓아 우는 것을 보고도 나무라지 않았다. 그는 이제 곧 땅바닥에 쓰러질 것처럼 비틀거리는 아우의 오른 팔뚝을 감아쥐어 부축하고 사방을 둘러보며 목청을 돋우어 큰 소리로 외쳤다.

"천하 영웅들께서는 들으시오! 무당파가 불행하여 문하에 송청서라는 반역 제자가 태어났소! 우리 일곱째 사제 막성곡은 바로 저 반역도의 손에……."

바로 이때였다. 돌연 날카로운 파공음과 함께 벽력뇌화탄 두 알이 한꺼번에 유연주의 가슴팍을 노리고 날아왔다.

"아앗!"

장무기가 외마디 소리를 지르면서 뛰쳐나가려 했다. 그러나 뇌화탄의 속도는 너무 빨랐다. 게다가 아미파 측에서 무당 원로에게 느닷없이 암습을 가하리라곤 꿈에도 생각지 못했기에, 쾌속 절륜한 신법의 소유자라 자부하던 그 역시 뛰쳐나가 구하기에는 이미 때가 늦었다.

아미파의 기습적인 저격은 당사자 유연주에게도 뜻밖이었다. 급히 몸을 뒤틀어 피할 수는 있겠으나 뇌화탄이 날아가는 방향에 100여 명의 개방 제자가 앉아 있었다. 그렇게 하면 자신은 무사하겠지만 뒤에 있는 개방 제자들이 적지 않게 살상을 면치 못할 것이었다. 유연주는 순간적으로 그 점을 생각했다. 자기 한 사람 때문에 무고한 인명들이 희생되어서는 안 되었다. 뇌화탄은 분명 송청서의 죄상을 만천하에 폭로하지 못하게 입막음하려는 '살인멸구殺人滅口'용이었다.

번개같이 두뇌를 회전시킨 유연주가 양 손바닥을 뒤집어 태극권의 운수雲手 일초로 이제 막 눈앞까지 날아든 뇌화탄 두 알을 덮쳐 내렸다. 이른바 공명약허空明若虛, 양 손바닥의 제일 부드러운 부분을 벽으로 삼아 위아래 공간에 벽력뇌화탄을 가둔 채 그 세찬 힘줄기를 송두리째 풀어버리는 것과 동시에 깃털처럼 가벼운 동작으로 뇌화탄 두 알을 손바닥 위로 떠올려 받치고 몸의 방향을 빙그르르 틀었다. 이윽고 우뚝 선 그의 두 손바닥이 하늘을 향한 수평 자세로 가슴 앞에 펼쳐졌다. 군웅들은 자리를 박차고 벌떡 일어섰다. 벽력뇌화탄 두 알이 아직도 양 손바닥 위에서 쾌속한 속력으로 어지럽게 맴돌고 있는 게 아닌가? 군웅들의 숨결이 확 멎었다. 수천 쌍을 헤아리는 시선이 그의 손바닥에 집중되었다. 살아 있는 물건처럼 손바닥 안에서 팽이 돌 듯 회전하는 뇌화탄이 당장에라도 터질 듯해 심장박동마저 멈춰버릴 것 같았다.

태극권에서 운용하는 '유경柔勁'의 힘줄기는 곧 천하무학 중에서도 가장 부드러운 공력이다. 그야말로 새 깃털 하나의 무게도 얹힐 수 없고, 날아가는 파리조차 떨어뜨릴 수 없을 만큼 가볍고도 부드러운 힘-羽不能加 蠅蟲不能落이었다. 상대방의 공격력이 닿았는가 하면 그곳은 곧 허방이었다. 지향하는 길은 항상 곡선을 그리면서 뻗어나갔다. 이것을 태극권에서는 '유점이허, 수곡취신由黏而虛 隨曲就伸'이라고 표현했다. 옛 성현의 '팔십 고령의 늙은이가 뚝심이 아닌 부드러움으로 뭇사람을 제어하는 경륜과 지혜耄耋御衆之形'야말로 '영웅이 지향하는 곳마다 상승

무적英雄所向無敵'의 원동력이 된다는 것이다.

유연주는 근년에 들어 뼈를 깎는 노력 끝에 스승 장삼봉의 진전眞傳을 완전히, 그리고 깊이 터득할 수 있었다. 그는 조금 전 사도천종과 하주 두 사람이 차례로 이 탄환에 목숨을 잃던 처참한 광경을 냉정한 눈길로 주시했다. 그리고 벽력뇌화탄이 물체에 부딪는 즉시 폭발한다는 사실을 깨달았다. 이제 자신이 앞서 두 사람과 똑같이 절체절명의 위기에 처하자, 그는 우선 뇌화탄의 충격력을 '유점이허'의 수법으로 와해시키는 동시에 용수철의 힘으로 발사되어 직선으로 날아들던 방향을 '수곡취신'해 손바닥 안의 공간에서 회전하다가 스스로 약화되어 소멸하도록 이끈 것이다. 그는 위험을 무릅쓰고 평생 갈고닦아온 절학을 구사해 무서운 암습을 막아내는 데 성공했다. 과연 '유능극강柔能克剛', 곧 부드러움으로써 굳셈을 제압할 수 있다는 원리가 사실로 증명된 셈이었다. 아무튼 뇌화탄 두 알은 그의 손바닥 안의 부드러운 힘줄기에 제동이 걸리고 손바닥의 끈적끈적 달라붙는 살갗 한복판으로 몰입되어 급속도로 회전하기만 할 뿐 끝내 폭발을 일으키지는 않았다.

"쌔액, 쌕!"

유연주가 숨 한 모금 돌릴 겨를도 없이 아미파 진영에서 또다시 두 알의 뇌화탄이 발사되어 허공을 깨뜨리고 날아왔다. 사형 곁에 있던 은리정이 선뜻 쌍장을 휘둘러 뇌화탄을 맞받아냈다. 손바닥에 뇌화탄이 미처 닿기도 전에, 그는 태극권의 남작미攬雀尾, 즉 제비꼬리 치기 초식을 구사해 양 손바닥 안에 뇌화탄 두 알을 가두어놓은 채, 금계독립金鷄獨立 자세로 왼발은 땅을 딛고 오른발을 허공에 드리운 채 전신을 팽이 돌리기처럼 급속도로 회전시켰다. 사실 그는 검술에 정통하지만 태극권의 조예만큼은 사형보다 그리 깊거나 두텁지 못했다. 또 방금 유연주가 뇌화탄을 받아내면서 얼마나 애를 먹었는지 똑똑히 보았다. 만일 자신의 손바닥에 반 푼의 힘이라도 들어가는 날이면 이 악독한 암기가 그 즉시 폭발하리라는 데 생각이 미치자, 은리정은 양 손바닥을 둥그렇게 한 뒤 그 공간에 뇌화탄을 띄워놓은 채 급속도로 회전시켰다. 그 회전 속도는 뇌화탄이 날아가는 속력보다 한층 빨라야 했다. 뇌화탄의 속력이 줄어들기 전에 회전 속도가 늦어지는 순간, 뇌화탄은 손바닥 벽에 충돌해 폭발할 것이 분명했다. 그의 몸뚱이는 제자리에 외발로 우뚝 선 채 팽이처럼 빠르게 돌았다. 앞서 유연주는 장심掌心에서 유력柔力으로 탄환의 힘을 와해시켰으나, 은리정은 공중에서 전신으로 그 힘을 녹이고 있는 것이다. 무공 수준으로 따진다면 후자의 방법이 한 수 처지는 것이었으나, 팽이 돌 듯 제자리에서 전신으로 회전하는 은리정의 동작이야말로 훨씬 멋지고 아름다워 보였다. 그가 30여 바퀴를 돌고 났을 무렵, 사면팔방에서 우레와 같은 박수갈채가 터져 나왔다. 그리고 뇌화탄의 속력 또한 완전히 고갈되었다. 은리정도 서서히 회전 동작을 멈추었다. 손바닥 안에는 이제 무서운 암기가 아니라 매끄러운 염주 알 두 개가 얌전히 들어 있었다.

하지만 그것으로 끝나지 않았다. 또다시 공기를 찢는 파공음이 꼬리에 꼬리를 물며 잇따라 울리더니, 이번에는 여덟 발의 뇌화탄이 한꺼번에 발사되어 날아오는 것이 아닌가?

유연주와 은리정이 동시에 기합 소리를 지르며 각자 손에 들고 있던 뇌화탄 두 알을 마주 던져 보냈다. 무당 제자들이 수련한 접기타기接器打器 수법, 즉 받아낸 암기로 공격해오는 적의 암기를 타격하는 절예였다. 적이 발사한 암기를 받아서 되쏘아 날리되, 한 개를 받아냈으면 그 한 개로 적의 두 개를, 두 개를 받았으면 그 두 개로 적의 세 개를 후려 쳐서 떨어뜨리는 기술이었다. 두 형제가 투척한 네 알의 벽력뇌화탄은 중도에서 서로 충돌하더니 상대편에서 날아드는 여덟 발의 뇌화탄을 모두 때려 맞혔다. 그다음 순간, "꽈당! 꽈다당!" 귀청을 찢어낼 듯한 엄청난 폭발음이 광장 안을 진동시켰다. 맞은편 사물을 분간 못 할 정도로 자욱하게 퍼진 검은빛 짙은 연기, 코를 찌르는 매캐한 유황과 염초焰硝의 역겨운 화약 냄새로 장내는 삽시간에 아수라장이 되었다.

유연주와 은리정은 벽력뇌화탄을 투척하고 즉시 몸을 솟구쳐 뒤쪽으로 100여 척이나 물러났다. 아미파 측이 또 공격을 해올지도 모르기 때문에 일찌감치 안전권 바깥으로 빠져나온 것이다.

벽력뇌화탄의 무서운 위력은 군웅들을 경악시켰다. 그들은 이 끔찍한 암기가 자신을 노리고 날아왔을 때 과연 무당파 고수처럼 대담하게 받아낼 수 있을지 확신할 수 없었다. 훌륭한 경공신법으로 그것을 피했다고 치자. 그러나 상대방이 만천화우滿天花雨의 수법으로 몇 개를 충돌시켜 한꺼번에 터뜨린다면 제아무리 신법이 절륜하더라도 순간적으로 펼쳐진 그 천라지망天羅地網의 그물에서 온전히 빠져나오기란 절대 불가능한 일이었다.

이윽고 화산파 울타리 안에서 키가 훤칠한 노인이 벌떡 일어서더니 아미파 측을 향해 외쳤다.

"비겁하게 다수로 공격하다니, 아미파는 다른 사람과 무공을 겨룰 때 늘 이런 식으로 승리했는가?"

그는 화산이로 중 한 사람인 꺽다리 고로자였다. 당년에 육대 문파가 광명정을 공격했을 때 곤륜파 장문 하태충 부부와 연합해 양의도검진兩儀刀劍陣을 펼치며 장무기와 싸운 적이 있었다.

정가사태가 응수했다.

"무공의 도리는 천변만화해서 수단과 힘이 강한 자가 이기고 약자는 지게 마련이오! 우리 또한 썩어빠진 딸깍발이 서생이 아닌데, 사사건건 규칙이나 도리를 따져 뭐 하겠소? 규칙과 도리를 따져가며 천하의 패자가 된 사람을 본 적이 있으시오?"

아미 문하 제자는 대부분 여성이다. 그러니 남성보다 입담이 야무졌다. 고로자는 그녀와 말다툼을 벌이면서도 선부르게 접근할 엄두를 내지 못하고 자기네 울타리 안에 멀찌감치 선 채 독설을 던졌다. 무시무시한 벽력뇌화탄이 날아올까 봐 두려웠던 것이다.

"그러고 보니 오늘부터 아미파는 이름을 고쳐야겠소! 혹시 '뇌성 벽력파'라고 하면 어떠실까? 무공 대결을 할 때마다 '와당탕 쿵쾅!' 천둥벼락 떨어지는 소리가 날 테니 좋은 이름이 아니겠소? 그게 아니면 아예 '옥황상제 방귀뀌기 문파'라고 개명해도 괜찮겠군."

군웅들 사이에서 폭소가 터져 나왔다. 꺽다리 영감의 빈정대는 소리를 듣고, 아미 제자들은 너 나 할 것 없이 분노에 이를 갈았으나 당사자가 멀찌감치 거리를 두고 떨어져 있으니 어떻게 해볼 도리가 없었다. 아마도 고로자 영감은 오늘 이후 한평생 사는 동안 두 번 다시 아미 제자들 근처에는 얼씬하지 않을 게 분명했다.

한편에서, 장무기는 우울한 표정으로 깊은 죄책감에 빠져 있었다. 주지약이 본심으로 송청서에게 시집간 것이 아니라는 걸 분명히 알았기 때문이다.

'아아, 정말 괴로운 일이다. 그녀가 나와 함께 망망대해를 헤매고 다니다가 외로운 무인도에 몸을 의탁했을 때는 둘이서 얼마나 친애하며 지냈던가? 우리 두 사람이 서로 저버리지 않기로 천지신명을 두고 굳게 다짐한 말이 아직도 귓결에 쟁쟁한데, 그 맹세를 어찌 하루아침에 망가뜨릴 수 있단 말인가? 이 모든 것은 내가 그녀에게 큰 잘못을 저질렀기 때문에 벌어졌다. 혼례식을 올리던 날, 성대한 예식장을 가득 메운 하객들 면전에서 신부를 남겨두고 민누이와 둘이 도망치듯 빠져나온 자가 누구냐? 바로 장무기, 나 자신이었다. 지약으로 말하자면 한 문파를 대표하는 어른이요, 천금같이 무거운 장문인의 신분인데, 내게 그렇듯 능욕을 당했으니 어찌 절치부심하지 않았겠는가? 오늘 아미파가 저렇듯 수단과 방법을 가리지 않고 패역悖逆의 행위를 마다하지 않게 돌변한 까닭은 바로 나 때문이다. 이 사태를 어떻게 수습해야 한단 말인가?'

생각할수록 불안감을 떨치지 못한 장무기는 명교 울타리 바깥으로 걸어 나왔다. 그러고는 뚜벅뚜벅 아미파 진영으로 다가가 주지약에게 사과의 말을 건넸다.

"주 장문, 모든 허물은 나한테 있소. 당신에게 못된 짓을 저지른 탓이오. 용서하구려. 그러나 송 사형이 일곱째 막 사숙을 해친 일은 어떻게 해서든지 처리해야 하오. 내 생각에는 아무래도 송 사형이 두 분 사숙 어른을 따라 무당산으로 돌아가서 부친께 죄를 청하는 것이 옳을 듯싶소."

주지약이 싸느랗게 웃었다.

"장 교주, 예전에 당신은 흐리멍덩해서 그렇지 호남아다운 맛은 제법 있다고 여겼는데, 이제 보니 야비하고 질투가 많은 소인배였군요. 사내대장부라면 자신이 저지른 일은 스스로 책임져야 하는 법, 막 칠협은 당신이 죽였는데 어째서 내 남편에게 죄를 뒤집어씌우는 거죠?"

"뭣이, 뭐라고 했소? 나더러 일곱째 사숙을 죽였다고 했소? 세상에 그런 억지가 어디 있단 말이오?"

깜짝 놀란 장무기가 버럭 소리쳤으나, 주지약은 천연덕스레 종알거렸다.

"무당파 막 칠협을 모살한 계책이야 모두 조정 대신 여양왕의 따님 소민군주께서 꾸며낸 일이었지! 장 교주, 어서 그 여자를 이리 불러내 천하 영웅들과 대질시켜보시지 그래요?"

장무기는 아차 싶었다. 주지약은 조민이 명교 진영에 숨어 있단 사실을 눈치챈 것이다. 그녀가 천하 영웅들 앞에 얼굴을 드러내면 무슨 일이 벌어지겠는가? 조민은 육대 문파에 큰 죄를 범했다. 여기 모인 사람들 가운데 그녀에게 원한을 품은 자는 양부 사손의 경우와 비교되지 않을 정도로 많을 것이다. 주지약은 이런 약점을 잡고 자신과 조민을 도매금으로 함정에 몰아넣으려는 것이다. '왜 이렇게 모든 일이 꼬이기만 할까? 이 모든 게 혼례식장에서 그녀를 버리고 떠난 내 잘못이다.'

아랫입술을 악물고 그 자리를 떠나려는 장무기에게 아미 제자 중 한 명이 큰 소리로 비웃었다.

"명교의 장 교주께서 저토록 비굴하고 나약한 소인배일 줄이야 생각도 못 했구나! 하하, 우리 벽력뇌화탄이 겁이 나 도망가는 저 꼬락서니 좀 보라지!"

장무기의 발길이 멈칫했다. 그러나 고개를 돌리지는 않았다.

'참자! 누구 입에서 나온 욕설인지 알 필요도 없다. 무슨 모욕을 당하더라도 참아야 한다. 그녀의 가슴에 못을 박은 사람은 나였으니까. 그녀도 혼례식장에서 이보다 더 큰 수모를 당하지 않았던가?'

등 뒤에서 야유와 조소가 점점 더 커졌다. 장무기는 귀머거리가 된 듯 개의치 않고 곧바로 명교 측 울타리로 돌아왔다.

그때 양소의 차디찬 웃음소리가 광장 안팎을 쩌렁쩌렁 울렸다.

"가소롭구나, 아미 제자들! 하잘것없는 벽력뇌화탄을 가지고 하늘 높은 줄 모르는가? 무당파 두 고수의 털끝 하나 건드리지도 못하고서 무당의 적전 제자嫡傳弟子이신 장 교주를 어떻게 해보겠다는 거냐? 그대들 아미파가 기계 힘을 빌려서 능력을 과시한다면 우리 명교의 기계 맛도 한번 보여드리지!"

번쩍 쳐들린 그의 왼손이 허공을 휘젓자, 등 뒤에서 흰옷 입은 동자 하나가 조그만 목제 받침틀을 쌍수로 받들고 나왔다. 목제 틀에는 오색 깃발 열 폭이 가지런히 꽂혀 있었는데, 양소는 그중 백색 깃발을 한 개 뽑아 손길 나가는 대로 툭 내던졌다. 자그만 백색 깃발이 바람결에 나부끼면서 광장 한복판에 떨어져 꽂혔다. 군웅들의 눈길이 백기를 좇았다. 깃대 길이가 두 자도 안 되는 하얀 깃발에 명교의 불꽃 표지만 또렷이 수놓였을 뿐 별다른 특징은 없었다. 그것이 신호였던가, 양소의 배후에서 불화살 한 대가 하늘을 꿰뚫을 것처럼 수직으로 발사되었다. 화전火箭 꽁무니에서 백색 연막이 뿜어져 나와 짙푸른 허공 위에 한 줄기 선을 그려놓았다.

"우르르르……!"

난데없이 지면을 뒤흔드는 발걸음 소리가 너른 광장 안에 가득 울리더니 어디서 나타났는지 백포白布로 머리를 동여맨 명교 신도 한 부대가 장내로 뛰어 들어왔다. 인원수는 어림잡아 500여 명, 저마다 활시위에 화살을 먹인 다음 일제히 경사 각도로 허공을 겨냥하고 쏘아 올렸다.

한동안 공기를 찢는 소리가 울리더니 500여 대나 되는 장전長箭이 광장 한복판에 꽂힌 백색 깃발을 중심으로 가지런히 내리박혀 원둘레를 이루었다. 어느 한구석 이지러진 데가 없는 완벽한 원둘레였다. 바로 외팔이 장기사 오경초가 통솔하는 예금기 부대 병력이었다.

군웅들이 미처 갈채를 터뜨리기도 전에 예금기 제자들은 어느새 등허리에서 표창을 꺼내 들고 잰걸음으로 10여 보 전진하더니 역시 백기를 겨누고 일제히 날려 보냈다. 표창 500자루가 서로 부딪치지도 않고 날아가 화살의 원둘레 안쪽에 또 하나의 원을 그리고 내리꽂혔다. 표창들이 허공을 날아가는 동안 그들은 다시 10여 보 전진하더니 이번에는 허리춤에서 자루 짧은 도끼를 꺼내 들었다. 잠시 뒤 새파랗게 날선 도끼가 햇빛을 받아 눈부시게 번쩍이면서 하늘 위로 솟구치더니 차례차례 표창의 원둘레 안으로 떨어져 "후두둑, 후두둑!" 지면을 내리찍었다. 500자루의 도끼가 또 하나의 원을 형성했다. 화살과 표창, 도끼의 세 겹 포위망 안에서 백색 깃발이 외롭게 펄럭이고 있었다.

군중들은 그 백색 깃발과 자기 몸뚱이를 바꿔놓고 상상해보았다. 아무리 날고 기는 무공을 지녔다 하더라도 1,500자루의 병기가 한꺼번에 떨어져 내린다면 몸뚱이는 삽시간에 고기 떡으로 짓이겨지고 말 터였다.

예금기는 서역에서 아미파와 악전고투한 끝에 치명적 손실을 입었다. 게다가 장기사 장쟁莊錚마저 멸절사태의 의천보검 아래 목숨을 빼앗겼다. 그곳에서 살아남은 이들은 오경초의 지휘를 받으며 고심참담하게 연구와 훈련을 거듭해 마침내 이런 난공불락의 공격 진용을 고안해낸 것이다. 근년에 들어 명교의 항몽 세력이 천하에 명성을 떨침에 따라 오행기도 전력 확충을 서두른 결과 예금기 소속 교도들만 무려 2만여 명에 달하게 되었다. 오늘 모습을 드러낸 500명의 전사는 그들 중 엄선한 정예 병력으로서 무공의 기초도 상당한 수준에 도달했으나, 무술에 의존하는 각개전투보다는 단합된 부대 전투원으로 훈련을 쌓아 몽골군과의 항쟁에서 단독으로 전투를 수행할 수 있는 강력한 부대로 성장했다. 오행기 다섯 부대는 주원장이나 서수휘 같은 의병장들의 지휘를 받지 않고 순전히 명교 총단에 예속되어 있었다.

군웅들은 모두 아연실색했다. 명교 광명좌사 양소가 저 백색 깃발을 어디다 던지든, 그 지점에는 어김없이 1,500자루나 되는 병기들이 뒤따라 집중 투척되었다. 그것은 양소의 호언장담대로 아미파가 보유한 벽력뇌화탄 암기 따위와는 애당초 그 규모나 살상력 면에서 내용이 달랐다. 제아무리 뇌화탄이 지독한 암기라 해도 인명을 살상하는 데는 한계가 있을 터, 10여 알을 발사해서 모두 적중한다 해도 기껏 많아봤자 10여 명의 사상자를 낼 뿐이다. 만약 명교가 오늘 별안간 딴 생각을 품고 이들 중 어느 방회나 문파를 지목해 살육을 감행할 경우 과연 어떤 참극이 벌어질 것인가? 영웅대회에 참석한 호걸들이 개인적으로 뛰어난 무공을 소유했다고는 하지만, 정식 군대 앞에서는 한낱 오합지졸에 불과하다. 그러나 명교는 몽골군과의 전투에 대비해서 고도로 훈련된 정예부대를 보유하고 있지 않은가? 군웅들은 불안한 마음에 두근거리는 가슴만 죌 뿐, 예금기가 보여준 정교하고도 오묘한 솜씨에 박수갈채를 보내는 것조차 잊었다.

양소가 목제 틀에서 또 한 자루의 백기를 뽑아 뒤편으로 휘둘렀다. 그것을 신호로 예금기 제자들은 일제히 화살과 표창, 도끼를 뽑아 거두더니 명교 측 울타리 앞으로 달려와 장 교주를 향해 예를 올리고 나서 질서 정연하게 뒤로 돌아 광장 바깥으로 달려 나갔다.

양소가 이번에는 청색 깃발을 집더니 광장 한복판의 백기 옆에 던져 꽂았다. 불화살 한 대가 푸른 연기를 내뿜으면서 허공으로 치솟고, 이에 응답하듯 육중한 발걸음 소리가 요란하게 울렸다. 그리고 청포로 이마를 동여맨 500명의 거목기 부대가 장내에 모습을 드러냈다. 그들은 10명씩 한패가 되어 거대한 통나무를 한 개씩 어깨에 메고 일사불란하게 보조를 맞추어 빠른 걸음걸이로 광장 안으로 들어섰다. 줄잡아 1,000근은 되어 보이는 통나무마다 좌우 10여 군데에 쇠고리로 된 손잡이가 박혀 있었다.

"들이쳐라!"

돌연 외마디 구령이 우렁차게 뭇사람들의 고막을 때렸다. 뒤미처 500명이 외쳐대는 기합 소리와 함께 거대한 통나무 50개가 동시에 손아귀를 벗어나 허공으로 솟구쳐 올랐다. 어떤 것은 높게, 어떤 것은 낮게, 또 어떤 것은 좌우로 엇갈려 날아갔다.

이어서 "꽈다당!" 하고 귀청이 떨어질 듯 요란한 굉음이 연속으로 울리더니, 어느새 50개의 통나무가 좌우 25개씩 갈라져 사나운 기세로 상대편의 통나무들과 맞부딪쳤다. 거대한 통나무를 날려 보낼 때마다 맞은편에서도 예외 없이 또 한 개의 통나무가 날아들었다.

"꽈당! 꽈당!"

귀청을 때리는 굉음이 끊이지 않는데, 50개의 통나무 중 단 하나도 허방을 때리고 빗나가는 것이 없었다. 거목기의 진법은 적의 성채를 공격할 때 통나무로 성문을 격파하는 전술을 변화시킨 것이었다. 제아무리 견고한 성문이라도 들이쳐 부서뜨릴 만큼 거센데, 피와 살덩어리로 뭉쳐진 인간의 몸뚱이 따위가 이 무수한 통나무에 부딪히면 어떻게 되겠는가?

500명의 거목기 교도들은 충격 시범을 보이고 나서 땅에 떨어진 통나무 손잡이 고리를 잡아 어깨 위에 떠메고 신속하게 원위치로 돌아가더니 100여 척 떨어진 곳에 나란히 늘어선 채 다음 명령이 떨어질 때까지 조용히 기다렸다. 언제든 청색 깃발이 떨어지기만 하면 그쪽에 통나무 공격을 개시할 태세였다. 양소가 청색 깃발을 휘둘러 거목기 부대를 철수시켰다. 그리고 이번에는 붉은 깃발을 뽑아 광장 한복판에 던져 꽂았다.

청색 두건을 쓴 거목기 교도들이 물러가는 동안, 또다시 불화살 한 대가 붉은 연기 꼬리를 길게 끌며 허공으로 솟구쳤다. 이번에는 붉은 두건을 쓴 열화기 부대가 광장 안으로 들이닥쳤다. 500명이 저마다 손에 분사통噴射筒을 한 개씩 들고 있었다. 분사통이 일제히 작동하자 걸쭉한 흑색 기름이 뿜어져 나와 광장을 기름투성이로 만들어버리고, 이어 열화기 장기사가 손을 번쩍 휘둘러 유황탄硫黃彈을 그곳으로 던졌다. 유황탄이 터지면서 검은빛 기름에 불이 옮겨붙는가 싶더니 광장 안은 삽시간에 불바다로 바뀌고 맹렬한 기세로 화염이 솟구치면서 감당할 수 없는 열기를 쏟아내기 시작했다. 서역 명교의 총단 광명정 부근 지하에서는 사시사철 냄새가 역겨운 흑색 기름이 천연적으로 샘솟았다. 바위 틈서리를 뚫고 기름이 밤낮을 가리지 않고 뿜어져 나와 여기저기 연못을 이루었다. 그 '돌 기름'은 불만 닿으면 무섭게 타올랐다. 열화기 사람들은 그것을 철통에 담아 메고 다니면서, 기름불로 적을 공격하는 이른바 화공전법火攻戰法을 개발했다. 사람의 몸뚱이에 불이 붙으면 물을 끼얹어도 꺼질 줄 모르니 당해낼 재간이 없을 터였다. 지글지글 타오르는 기름불을 보면서 광장 안의 군웅들은 아마도 화염지옥을 연상했을 것이다.

열화기 부대가 물러가자 양소는 다시 검정 깃발 한 폭을 내던졌다. 흑두건을 쓴 500명의 홍수기 부대가 나타났다. 이들이 끌고 등장한 것은 소화기를 탑재한 수레 20대와 도기로 빚어 만든 분사통, 그리고 큼지막한 물통이었다. 이 밖에 또 10여 명이 10대나 되는 죄수 호송용 함거檻車를 떠밀고 앞장서서 들어왔다.

"열어라!"

장기사 당양唐洋의 호령 한마디에 함거 뚜껑이 활짝 열렸다. 상자 모양으로 사면 위아래가 두꺼운 나무로 짠 수레 안에서 뛰쳐나온 것은 뜻밖에도 죄수가 아니라 스무 마리나 되는 이리 떼였다. 갑작스레 너른 공터로 풀려나온 이리들이 사람 냄새를 맡았는지 흉포하게 눈빛을 번뜩이면서 허연 송곳니를 드러내고 으르렁거렸다. 뱃가죽이 등뼈에 닿을 정도로 굶주린 이리 떼는 고기 냄새를 맡자 사면팔방으로 흩어져 길길이 날뛰었다. 군웅들은 이게 또 무슨 희한한 연극인가 싶어

두 눈을 휘둥그레 떴다. 사나운 이리 떼가 도대체 홍수기와 무슨 상관이 있단 말인가? 하나 의문은 곧 풀렸다. 장기사 당양의 입에서 외마디 호통이 터져 나왔다.

"뿜어라!"

장기사의 명령 한마디에 100여 명이 침착하게 손에 들고 있던 분사통으로 물을 뿜어냈다. 100개나 되는 물줄기가 이리 떼를 향해 집중적으로 쏟아졌다. 군중들은 갑자기 시큼한 냄새를 맡았다. 그것은 지독한 약 냄새였다. 독수毒水를 맞은 이리들이 단번에 고꾸라져 미친 듯이 비명을 질러대더니, 잠깐 사이에 껍질과 살이 문드러져 타다 남은 숯더미로 바뀌고 말았다. 홍수기가 분사한 물줄기는 유황과 초석硝石 등의 약물을 혼합해 만든 극독의 부식성腐蝕性 액체였다.

속이 메스꺼울 정도로 역겨운 비린내를 맡으면서 군웅들은 저마다 모골이 송연해졌다. 새까맣게 오그라든 맹수들의 주검을 바라보기만 해도 가슴속 심장박동이 멎을 것만 같았다. 저 독수를 사람 몸뚱이에 끼얹었다면 어떻게 됐을까?

홍수기 제자들이 소화기를 장착한 수레에서 굵다란 대나무 관을 끌어내더니 그 끝머리에 달린 용두龍頭를 번쩍 치켜들었다. 그러고는 사면팔방 돌려가며 허장성세로 군웅들에게 과시했다. 수레 위에 탑재한 물통 속에는 불 끄는 데 쓰는 물이 아니라 방금 이리 떼를 삽시간에 몰살해버린 독수가 가득 담겨 있을 터였다. 불 끄는 소방용 수레에는 으레 대나무 관에 압력을 보충하기 위해 풀무가 장착되어 있었다. 일단 적을 겨냥해 독수를 발사하는 날이면 방금 분사통으로 뿜어낼 때보다 사정거리가 훨씬 멀어질 것이고, 그러면 최소한 100여 척 이내의 사람은 피신할 데가 없어 그대로 독수의 소나기를 맞고 처참하게 타 죽을 것이 분명했다.

양소가 검정 깃발을 휘둘러 그들을 물러나게 했다. 홍수기 교도들은 수레를 끌고 퇴장하면서도 용두를 사방으로 겨누어 위협적인 시위를 해 보였다. 대나무 관 용두가 방향을 바꿀 때마다 그곳에 앉아 있던 군웅들은 기겁을 해서 저도 모르게 얼굴빛이 질린 채 고개를 돌려 외면했다.

곧이어 양소의 손에서 자그마한 황색 깃발이 날아가 꽂혔다. 누른빛 두건을 쓴 장정들이 삽을 들고 모래와 생석회를 실은 수레를 한 대씩 밀면서 나타났다. 인원수는 고작 100여 명, 어인 노릇인지 조금 전까지 위용을 과시하고 퇴장한 금, 목, 수, 화의 병력보다 훨씬 적었다. 그들은 광장 한가운데에 둥글게 원진圓陣 형태로 늘어서더니, 호령 한마디에 일제히 삽날로 땅바닥을 사납게 내리쳤다. 그다음 순간, "쿵!" 하는 굉음이 천지를 뒤흔들고 흙먼지가 자욱하게 일었다.

"와아아……!"

이번에는 수천 군웅이 외마디 소리를 지르면서 저도 모르게 자리를 박차고 일어섰다. 광장 한복판의 지면이 폴썩 꺼지고 둘레 30~40척 남짓이나 되는 거대한 구멍이 나타나는 것이 아닌가? 그뿐 아니었다. 구멍을 중심으로 변두리의 지표면까지 꿈틀꿈틀 들썩이더니 난데없이 땅속으로부터 사람의 몸뚱이가 솟구쳐 올라왔다. 군웅들은 놀랄 겨를도 없었다. 광장 여기저기서 무쇠 투구를 쓴 후토기 역사들이 지상으로 뛰쳐나왔다. 어떤 자는 아미파를 비롯해 각 문파 방회들의 울타리 안쪽 땅속에서 솟구쳐 사람들을 놀라게 만들었다.

사방이 온통 비명 소리로 가득하고, 영웅대회장은 뿌연 흙먼지로 일대 아수라장이 되고 말았다.

땅속을 뚫고 나타난 후토기의 인원수는 어림잡아 400여 명, 저마다 손에 삽을 들고 앞서 등장한 100여 명의 동료들과 합류했다. 이 두더지들은 소림사 산문 바깥에서부터 땅굴을 파고 광장까지 잠입해 오래전부터 그 한복판에 커다란 구멍을 지표地表 바로 밑에까지 파놓은 다음, 두꺼운 널판으로 떠받쳐 올려대고 나무 기둥으로 버팀목을 해놓았다. 그리고 장기사 안원의 호령 한마디에 400여 명이 일제히 버팀목을 뽑아내자 광장 지면이 한꺼번에 함몰되고, 지하에 잠복해 있던 제자들이 흙더미를 헤치고 뛰어나온 것이다.

이리 떼의 시체와 타다 남은 기름 찌꺼기는 이미 광장에서 보이지 않았다. 급작스레 함몰된 구멍 속으로 꺼져 들어간 것이다. 앞서 등장한 후토기 100여 명이 미리 준비한 모래와 생석회를 쏟아 넣고 부지런히 삽질해서 구멍을 메우기 시작했다. 광장 한복판에 뚫렸던 거대한 구멍과 400여 제자가 뚫고 나온 구멍 200~300군데까지 말끔히 메워지자 광장 안은 다시 매끄러운 평지로 변했다. 작업이 다 끝난 뒤에도 이들은 여전히 이젠 보이지 않는 구멍을 향해 삽질로 후려 찍기 동작을 계속했다. 군웅들은 남몰래 가슴을 쓸어내렸다. 만에 하나, 누가 구멍 속으로 추락했다면 목숨 건지려고 뛰어오르다 100자루 삽날에 먼저 찍혀 황천객이 되고 말았을 것이다. 어디 그뿐이랴, 대열을 정비한 후토기 400여 제자 역시 휴대하고 있던 삽을 뽑아 들고 후려치기 동작을 그치지 않았다. 500자루의 삽이 여기저기서 오르락내리락 움직이는 모습이 아주 절도 있고 보기 좋았다.

이윽고 시연을 마친 후토기 제자들이 안원의 호령에 따라 장 교주를 향해 일제히 읍례를 올리고 철수했다. 광장 한복판은 철사鐵沙와 생석회로 메워져 이젠 거울처럼 매끄러울 뿐 아니라 전보다 더욱 단단하게 다져진 평지로 바뀌었다. 그러나 군웅들은 이리 떼의 시체와 기름불에 그을린 자기네 몸뚱이가 그 속에 함께 파묻힌 것만 같아 자꾸만 가슴이 답답해졌다. 딛고 있는 발밑에 언제 구멍이 뻥 뚫릴지 모른다는 착각 때문에 그 단단한 땅바닥마저 허술한 느낌이 들었다. 만에 하나, 명교 측을 모욕하는 말 한마디라도 입 밖에 냈더라면 지금쯤 땅속에 산 채로 파묻혀 비명횡사를 당하는 신세가 되었으리라.

이것으로 명교 오행기의 시위가 막을 내렸다. 그러나 군웅들은 아직도 충격에서 깨어나지 못한 표정이었다. 지난 몇 해 동안 명교 신자들로 편성된 의병 부대가 산동과 안휘, 하남과 호북 일대를 비롯해 중원 천지 곳곳에서 원나라 관군을 파죽지세로 격파하고 연전연승을 거두는 까닭을 이제야 알 만했다. 명교는 무림계의 일개 교파가 아니라 병법을 익히고 전술을 연마한 정규군으로 이미 탈바꿈한 것이다. 개인끼리 승패를 겨루는 격투기의 무공이 아니라, 평소 엄격한 전투 훈련을 통해 고도의 전기戰技를 갖추어 적을 대량으로 살상하는 정예병으로 성장해 있었다. 따라서 이제는 강호의 어떤 문파도 맞서지 못할 막강한 전력을 보유하고 있는 셈이었다.

병력을 거두어들인 양소가 오색 깃발이 꽂힌 목제 틀을 등 뒤 동자에게 넘겨주었다. 그러고는 싸늘한 눈초리로 주지약을 쏘아보았다. 끝끝내 입을 열지 않았으나, 그 눈빛만으로도 많은 말을 대변했다.

'너희 아미파 100여 명의 남녀 제자가 벽력뇌화탄의 위력만 믿고

거들먹거린다만, 군사훈련으로 다듬어진 우리 오행기의 정예들을 이겨낼 수 있을 듯싶으냐?'

군웅들은 제각기 머리를 숙인 채 시름에 잠겼다. 오행기가 물러간 지 한참이 되었는데도 광장은 쥐 죽은 듯 깊은 정적만이 감돌았다.

한참이 지나서 소림사 측 노승 하나가 공지대사 등 뒤에서 몸을 일으켰다.

"조금 전 명교 측이 전쟁놀이를 연출해 보였는데, 모양새는 제법 그럴듯해 보이나 도대체 쓸모가 있는지 없는지, 적을 제압하고 승리를 거둘 수 있는지 없는지 잘 모르겠소이다. 우리 같은 사람은 원수도 장군도 아니고 또《손자병법》《오자병법》을 배워본 적도 없는 몸이라 딱히 말씀드리기 어렵소이다."

군중들은 노승이 본심으로 말하는 게 아니라, 어떻게 해서든지 명교의 위풍을 깎아보려는 의도에서 오행기의 능력을 깔아뭉개고 있다는 생각이 들었다. 아니나 다를까, 주전이 가만있지 못하고 버럭 소리를 질렀다.

"전쟁에 쓸모가 있는지 없는지 알고 싶단 말이냐? 그거야 아주 쉬운 일이지! 소림사에서 위대하신 땡추 스님 한 분만 내보내면 될 테니까. 온 몸뚱어리에 독수를 흠뻑 뒤집어쓰거나, 이글이글 타오르는 독화毒火에 통구이가 되어보면 금방 알게 아닌가?"

노승은 못 들은 척 무시하고 자기 할 말을 계속했다.

"오늘은 여러 문파가 그동안 갈고닦아온 무학 실력을 평가하기 위해 모였습니다. 그러니 아까 몇 분 시주들께서 제의하신 대로 무공 대결을 통해 무예가 제일 뛰어나신 분이 승리하는 것으로 결정하는 게 좋겠소이다. 대결 방식은 오직 한 가지, 단독 대결입니다. 다수의 힘으로 승리한다는 규칙은 무림계에서 들어본 적도 없으니까요."

죽은 사도천종에게 '호색가'라는 혹평을 받은 구양목지가 질문을 던졌다.

"다수의 힘으로 이긴다는 규칙이야 물론 강호 무림계에서 통하지 않겠습니다만, 그렇다면 벽력뇌화탄이나 독화, 독수 따위를 사용해도 된다는 얘기인가요?"

노승이 잠시 생각하더니 곧 대답했다.

"출전하시는 분이 암기에만 능할 수도 있으니, 암기를 쓴다고 해서 누가 뭐랄 것도 없지요. 그중 몇몇 분이 암기에 독약이나 독수를 발라 쓰더라도 역시 제지할 방법이 없고 말이외다. 하지만 시합 당사자 이외의 사람이 곁에서 암습을 가한다면 대회 규칙을 깨뜨리는 행위로 간주하고 군웅들의 집중 공격을 받게 될 것이오. 여러분의 의향은 어떻소이까?"

"좋소, 그리합시다!"

대다수 군웅이 찬동했다. 이때 공동파의 셋째 원로 당문량이 일어났다.

"나도 한 말씀 보태야겠소. 누구든지 두 판을 내리 이기고 나면 일단 물러나와 휴식을 취해 내력과 원기를 회복할 수 있도록 여유를 주기로 합시다. 그러지 않고 차륜전법으로 계속 맞서 싸우다가는 제아무리 승천입지하는 재간의 소유자라도 배겨날 도리가 없을 거외다. 또 한 가지, 어느 방회 문파든 출전자 두 분이 패배하면 더 이상 출전시켜선 아니 되오. 만일 여기 모인 수천 명이 한 사람씩 모두 나와서 싸웠다가는 석 달 열흘, 백날이 걸려도 끝나지 않을 것이외다. 그러면 소림사가 아무리 양식을 넉넉히 쌓아놓았다 하더라도 수천 영웅호걸께서 석 달 열흘간 먹어치운다면 아마 100년 세월이 흐른 뒤에도 소림사는 원기를 회복하지 못할 게 아니오?"

"와하하하!"

"그것참 일리 있는 말이야!"

장내가 떠나갈 듯 웃음소리가 울려 퍼졌다. 그리고 당문량이 제의한 두 가지 조건도 이의 없이 받아들여졌다.

명교 측 호걸들은 당문량이 왜 그런 조건을 제시했는지 곧 알아차렸다. 당문량은 장무기에게 여러모로 은혜를 입어 오늘 그가 홀로 승리하기를 바라는 마음에서 그에게 휴식할 여유를 주고 상대편 인원수를 제한함으로써 기력을 절약하고 필승을 기하도록 배려한 것이다.

팽형옥이 웃으며 동료들을 돌아보았다.

"당노야唐老爺가 제법 은혜를 갚을 줄 아는 영감이군. 그러고 보니 공동파 역시 오늘 우리 편을 도우려고 온 게 분명해. 그런데 두 사람만 출전한다면 교주님 말고 우리 중에 또 한 사람이 나서야 할 텐데?"

명교 수뇌부 사람들은 한동안 아무 말도 하지 않았다. 어느 누군들 나서고 싶지 않겠는가마는, 이번에는 책임이 너무 막중했다. 선봉으로 나선 자는 형세가 어찌 되었든 간에 가장 강력한 고수를 먼저 지명해서 꺾어놓을 필요가 있었다. 그래야만 결전에서 장 교주가 상대할 강적이 줄어들 것이고, 금모사왕을 조금 더 쉽게 구할 수 있을 터였다. 만약 섣부르게 출전해서 초반부터 강력한 고수에게 패배한다면 장 교주에게 막중한 부담만 안겨주는 꼴이 된다. 그러면 자기 한 사람의 위신과 명예가 꺾이는 것은 둘째로 치고 명교와 사손, 장 교주에게 큰 누를 끼치게 될 터였다. 또 무턱대고 출전을 자원하면, 교주를 제외하고 본인의 무공이 명교에서 최고라고 자랑하는 격이 되니 동료들 간의 화목과 의리가 상할 것이 아닌가? 그래서 모두 눈치만 보고 아무 소리도 하지 않았던 것이다.

주전이 먼저 나섰다.

"교주님, 나 주전은 지명하지 마십시오. 죽기가 두려운 게 아니라, 무공 실력이 남보다 한참 모자라니 출전해봤자 괜히 추태만 부릴까 두렵습니다."

장무기가 고개를 끄덕끄덕했다. 저들의 심중을 충분히 알았던 것이다. 그는 수뇌부 호걸들을 하나하나씩 훑어보았다.

'양 좌사, 범 우사, 위 복왕, 포대화상, 철관도인…… 이들은 모두 절세무공의 소유자이다. 누구를 지명해도 안심이 된다. 그중에서도 범 우사는 박학다식한 무학의 연구자다. 상대가 누구든지 그 내력과 수완을 첫눈에 간파할 것이고, 따라서 여유 있게 그에 대응할 것이다. 범 우사는 승리를 어떻게 쟁취할 것인지 방도를 잘 알고 있다. 그를 출전시키기로 하자!'

"본래 여러 형제분 중에 어느 분이 출전하셔도 마찬가지겠으나, 양 좌사는 저와 함께 금강복마권을 공격하느라 수고하셨고, 또 위 복왕과 포대화상께선 하주를 생포하느라 애쓰셨으니, 이번에는 범 우사를 모셨으면 합니다."

교주의 지명이 자신에게 떨어지자 범요는 뛸 듯이 기뻐하며 연신 허리를 굽혀 인사했다.

"명을 받들리다! 저를 중용해주시니 고맙습니다, 교주님!"

명교 군웅들 역시 평소 범요의 무공 실력을 익히 아는 터라 반대하지 않았다. 그런데 조민이 범요를 불렀다.

"고 대사, 내 한 가지 요청이 있는데 들어주시겠어요?"

"군주님의 명이신데, 마땅히 받들어야지요."

"소림파 공지대사는 당신한테 품은 악감정을 아직도 풀지 못하고 있어요. 만약 당신이 출전하는 걸 보면 누구보다 먼저 공지대사가 나서려고 할 겁니다. 두 분이 초장부터 맞붙어 싸우신다면 실력으로 보아 승패를 가리기도 어렵거니와, 고 대사님이 그를 이기시더라도 기력이 탈진해서 계속 상대를 맞아 싸우기가 어려울 거예요."

범요는 고개를 끄덕였다. 조민의 말은 틀림없다. 공지신승은 지난 수십 년 동안 명성을 쌓아온 무림계 고수 중 고수다. 잔뜩 찌푸린 얼굴 표정과 주름살투성이 우거지상을 보면 벌써 오래전에 요절하고도 남았을 관상인데, 실상 그 내공과 외가공력은 이미 상승 경지에 오른 무서운 인물이었다.

그가 난처한 표정을 짓자, 조민이 다시 방법을 일러주었다.

"이렇게 하세요. 고 대사가 먼저 공지신승을 찾아가서 도전하세요. 단, 오늘 여기서 하는 게 아니라, 훗날 대도 만안사에서 단둘이 결투해 승부를 내자고 약속하는 겁니다."

"묘책이오! 그것참 묘책입니다!"

양소와 범요가 이구동성으로 찬탄하면서 무릎을 쳤다. 공지대사가 범요의 정식 도전을 받아들여 만안사에서 대결하자고 약속하기만 하면 오늘은 공지대사가 출전할 수 없게 된다. 조민의 계략은 명교의 가장 강력한 적 중 한 명인 공지대사를 출전하지 못하게 하는 묘책이었던 것이다.

이 무렵 광장 사면 울타리 안에서는 여러 방회 문파 군웅들이 자기네들끼리 둘러앉아 머리를 맞대고 쑥덕공론을 벌였다. 자기네 문파에서 출전할 고수를 뽑느라 구수회의를 벌이는 것이다. 조용한 곳도 있지만 몇몇 군데에서는 큰 소리로 다투는 소리가 들리기도 했다.

이윽고 범요가 주최자 측 울타리 앞으로 다가갔다. 그러고는 공지대사를 향해 포권의 예를 올렸다.

"공지대사, 언제 다시 한번 대도 황성 만안사에 다녀오실 의향은 없으신지요?"

아니나 다를까, '만안사'라는 말 한마디에 공지대사가 자리를 박차고 벌떡 일어섰다. 만안사는 그가 한평생 살아온 동안 가장 큰 치욕과 수모를 겪은 곳이었다. 주름살투성이 얼굴에 한층 더 깊은 골이 파였다. 가늘게 뜬 실눈 틈서리로 증오에 가득 찬 광채가 번뜩거렸다.

"거긴 가서 뭘 하려고?"

"우리 두 사람은 만안사 절간에서 원수지간이 되었소. 그러니까 그 원한을 현지에 가서 풀어야 하지 않겠소? 공지대사께선 덕망이 높으신 분이고, 나 또한 헛된 명성이나마 다소 지니고 있으니 오늘 이 자리에서 대결한다면 피차 난처한 일이 생길지도 모르오. 공지대사께서 날 이기신다 해도 대사님이 고두타 하나를 제압하지 못하고 자기 집 안에 끌어들여 그 위세로 이겼다는 구설수를 면치 못할 테고, 내가 요행으로 일초 반식이나마 대사님을 이긴다면 아무것도 모르는 강호의 참

새 떼들이 기름 치고 소금 치고 갖은양념 다 해서 '고두타가 소림사에 쳐들어가 소림파의 절정 고수를 거꾸러뜨렸다'고 헛소문이나 퍼뜨리기 십상이지요. 사실 말이지, 대사님이 만안사에 억류되어 곤욕을 치르신 것은 약물에 중독되어 기력을 상실하셨기 때문이지 진정한 무공 실력과는 아무 상관이 없었으니 대사님의 위엄과 명성에는 추호도 손상이 가지 않았소이다. 그러니까 대사님께서 진짜 용기가 있으시거든 명년 정월 대보름 원소절元宵節, 보름달 밝은 저녁에 불초 소생이 만안사 뒤뜰에서 대사님의 절예 몇 수 가르침을 받았으면 하는데 어떻습니까? 저하고 단독으로 일전을 겨뤄볼 의향은 없으신지요?"

공지대사로서는 거부하지 못할 공개적인 도전이었다. 그러나 말없이 상대방을 무섭게 노려보기만 할 뿐 내처 대꾸하지 않았다. 고두타의 무공 실력에 사뭇 위축되기도 했거니와 지금은 소림사 내부에 엄청난 변고가 발생한 터라 상대방이 지금 이 자리에서 결투하자고 해도 선뜻 나설 수 없는 형편이었다. 게다가 만안사까지 들먹이면서 충동질을 당하고 보니, 그 치욕적인 장소에서 복수전을 하는 것도 의미 깊은 일이라 생각했다. 공지신승은 상대방의 설득 조리 있는 데다 자기 위신을 크게 치켜세우는 정중한 말씨에 흐뭇한 마음을 감추지 못하고 당장 고개를 끄덕여 수락했다.

"좋소! 명년 정월 대보름날, 우리 대도 만안사에서 만납시다. 서로 얼굴을 맞대지 않고는 헤어지지 않는 거요!"

범요는 그 앞에 다시 한번 정중히 포권의 예를 올리고 발길을 돌렸다. 한 일고여덟 보쯤 걸었을 때, 범요의 등 뒤에서 말소리가 들려왔다. 공지대사의 목소리였다.

"범 시주, 오늘 그대가 금모사왕을 구출하겠다는 일념으로 일부러 나하고 결투를 회피하겠다, 그런 뜻이지요? 안 그렇소?"

범요는 찔끔해서 즉시 걸음을 멈추었다. '이 늙다리 화상이 결국 내 속을 훤히 꿰뚫어보고 있었구나!' 그는 뒤돌아보며 껄껄대고 웃었다.

"사실은 불초 소생이 대사님을 이길 자신이 없어 그렇소이다. 대사님으로 말씀드리자면 내공과 외가공력 모두 상승 경지에 오른 분이시니, 몇 수 가르침이나 받으려고 했을 뿐 승패지수勝敗之數에는 전혀 타산을 세우지 않았지요."

공지대사가 희한하게도 미소를 지었다.

"노납 역시 마찬가지외다. 솔직한 심정으로 범 시주를 이길 자신이 없으니까."

두 사람의 눈길이 마주쳤다. 속담에 "영웅은 영웅을 무겁게 여기고, 호남아가 호남아를 아낀다英雄重英雄 好漢惜好漢"더니, 불현듯 소림의 신승과 명교 마두의 가슴속에 뭐라고 형언하기 어려운 애틋한 정감이 솟구쳤다.

주지약은 채찍을 되돌려 다시 은리정에게 집중 공격을 퍼붓기 시작했다. 은리정의 검법은 탄토개합呑吐開合 공세로 내찌르기와 거둬들이기, 벌어졌다 합쳐지는 동작이 물 흐르듯 유연하게 펼쳐졌다. 음과 양, 동과 정, 모든 면에서 은사 장삼봉이 지도한 절초의 조예를 완전히 터득한 만큼 평생 쓰지 않던 고명한 검술 정화를 오늘 생사의 갈림길에 직면하자 아낌없이 발휘하고 있는 것이다.

38.

군자도 마음에 사무치면 업신여김을 사서 받는다네

광장 안을 떠들썩하게 한 소동이 차츰 가라앉았다. 공지대사 뒤에 앉아 있던 달마당의 노승이 목청을 돋우어 낭랑하게 외쳤다.

"이제부터 여러 영웅께서 의론으로 결정하신 규칙에 따라 무예 시합을 벌이겠소이다. 창칼과 주먹질 발길질에 눈이 달리지 않았으니 때려죽여도 따질 수 없는 노릇, 다치든 죽든 제각기 천운에 맡겨야 할 것이외다. 어느 방회 문파든 무공 실력이 제일 강한 자가 마지막까지 남을 것이니, 사손과 도룡도는 그에게 맡겨야 할 것이오."

공개적인 선언을 듣고 장무기는 이맛살이 절로 찌푸려졌다.

'이 노승은 도대체 누구인가? 말투를 들어보건대 출전할 사람들이 독한 수를 쓰지 않을까 봐 무척 우려하는 듯싶군. 여러 방회 문파끼리 원수를 깊게 맺기를 바라는 눈치인데, 이거야말로 남의 재앙을 보고 즐기겠다는 얘기가 아닌가? 같은 공空 자 항렬의 스님이면서도 공견 신승이나 공문 방장 같은 자비심은 눈곱만치도 보이지 않는구나.'

어차피 한 사람이 두 판을 내리 이기면 휴식을 취하기로 결정했으니, 먼저 나서나 늦게 나서나 큰 차이가 없어 보였다. 이윽고 출전하겠다는 사람이 여기저기서 뛰쳐나왔다. 잠깐 사이에 광장에는 도전자 여섯이 세 패로 나뉘어 무공 실력을 겨루기 시작했다.

조민은 대도 만안사에서 육대 문파의 절예를 두루 습득한 몸이라 비록 수련 정도는 일천하지만 식견 하나만큼은 비범했다. 그녀는 장무기와 범요 사이에 우뚝 서서 나지막한 목소리로 출전자 여섯 명의 무공 실력과 우열을 평가했는데, 신통하게도 지적하는 것마다 정확히 들어맞아 두 사람의 찬탄을 자아냈다. 뜨거운 차 한 잔 마실 무렵, 세 패거리 중 두 패의 승부가 판가름 나고 한 패거리만 남았다. 승부가 난 두 패에 또다시 도전자가 뛰어들었다. 새로 등장한 도전자들은 하나같이 병기를 손에 들고 있었다. 병기를 쓰다 보니, 승자와 탈락자 대다수가 피를 흘리는 상처를 입고 승부 역시 빠른 속도로 가려지기 시작했다.

시간이 지날수록 장무기의 우려는 깊어졌다. 이렇게 싸우다가는 여러 방회 문파들의 화목和睦이 크게 상할 듯싶었다. 어느 문파든 상대방의 손에 패배해 목숨을 잃거나 중상을 입으면 훗날 원수를 갚겠다고 서로 죽이고 죽는 보복전이 거듭되어 결국 강호에 엄청난 재앙을 빚어낼 게 아닌가?

대결장에서는 바야흐로 개방 집법장로가 화산파의 왜로자에게 일장을 후려쳐 입으로 선지피를 토해내게 만들고, 화산파 진영에서는 꺽다리 영감 고로자가 안타까운 나머지 고래고래 악을 써가며 상대방의 정신이 헷갈리도록 마구 욕설을 퍼붓고 있었다.

"고린내 나는 거지 놈, 비겁하게 그따위로 손찌검을 하다니! 썩어문드러져라, 이 거지 놈아! 이크, 저런! 저런!"

이윽고 상대방에게 결정타를 맞은 왜로자가 쓰러졌다. 보다 못한 꺽다리 영감이 개방 집법장로에게 도전하려고 몸을 솟구쳐 장내로 뛰어들었다. 그러나 왜로자가 사제의 팔뚝을 부여잡아 말리면서 나지막이 귀띔했다.

"여보게, 자네 수단으론 이길 수 없네. 분하더라도 우리 잠시 참으세."

꺽다리 영감이 버럭 성을 내며 고집을 부렸다.

"이기지 못해도 난 싸워야겠소!"

왜로자는 말없이 고개를 흔들었다.

"싸우겠다니까! 내가 왜 못 이긴단 말이오?"

입으로는 억지를 쓰면서도 꺽다리 영감은 사형의 손길이 잡아끄는 대로 자기네 진영으로 돌아갔다. 질질 끌려가면서도 뒤를 돌아보며 욕설을 퍼부었다. 사실 자기가 도전해봤자 질 게 뻔했다. 자신의 무공 실력이 사형보다 나은 점이 별로 없기 때문이다.

첫판을 이긴 집법장로는 곧이어 매화도梅花刀 장문까지 꺾어 두 판 연승을 거두고 제자들의 박수갈채를 받으며 의기양양하게 물러났다.

이렇듯 승자와 패자가 연속 바뀌어가며 들락거리는 가운데 광장 안의 무공 대결은 꼬박 두 시진이나 지속되고, 그사이에 붉은 해는 서편으로 기울었다. 또 시간이 갈수록 출전자들의 무공 실력도 점차 더 강해졌다.

장내를 가득 메운 사람들 가운데 영웅심이 철철 넘치는 이도 적지 않았다. 어떻게 해서든지 자기도 이 성대한 영웅대회에서 버젓이 기량을 발휘해 뭇사람 앞에 위세를 뽐내고 싶은 기대감으로 한껏 부풀어 있었다. 그러나 다른 이들의 무공 실력을 두 눈으로 직접 목격하고 나자 그 기대감을 접은 사람이 한둘이 아니었다. 오늘에 와서야 자신이 한낱 우물 안 개구리에 지나지 않았다는 사실을 뼈저리게 느낀 것이다. 하긴 태산에 올라가보지 않고서는 하늘과 땅이 얼마나 높고 너른지 모르는 법이니까. 그래서 감히 나설 엄두를 내지 못하고 도전 의사를 접는 사람이 속출했다.

신시 무렵, 개방의 장발용두가 상서湘西(후난湖南 서부 지역) 배교排教•의 대표로 출전한 여걸 팽사랑彭四娘을 보기 좋게 쓰러뜨렸다. 개방 장로의 억센 타격에 저고리의 등 쪽 옷자락이 길게 찢겨나가 맨살을 드러낸 팽사랑은 부끄러움에 못 이겨 몸뚱이를 잔뜩 웅크린 채 허둥지둥 물러났다. 자기네 진영에서 두 명의 고수가 맨주먹으로 연승을 거두자, 개방 원로 장봉용두는 기세등등해 아미파 진영을 바라보면서 들으라는 듯이 코웃음 섞어 말을 건넸다.

"곱디고운 아가씨들이 뭐 신통한 게 있소? 기껏해야 도검 아니면 괴상야릇한 암기 따위나 쓸밖에 더 있겠는가? 방금 퇴장한 팽사랑께서도 주먹질 발길질을 그 정도까지 수련하기가 보통 어렵지 않았을 거야."

이 소리가 귀에 들렸는지, 주지약이 곁에 앉은 송청서에게 몇 마디 나지막이 속삭였다. 그러자 송청서가 고개를 한 번 끄덕이더니 천천히 광장 한가운데로 걸어 나왔다. 송청서는 장발용두 앞에 공손히 두 손 모으고 정식으로 도전했다.

"용두 형님, 제가 형님의 고명하신 초식 한 수 배우겠습니다."

송청서의 얼굴을 보자마자, 장발용두는 속에서 분노가 치밀어 얼굴

• 도교 정일도正一道 가운데 한 유파로, 일명 '패교簰教'. 기원은 고대 상강湘江, 공강贛江을 운항하던 뗏목꾼 패거리 중 부적으로 병자를 치료하고 요귀를 물리치는 풍습에서 비롯한 종교다. 호남, 강서 지방 하천 유역을 중심으로 유행했다.

빛이 시퍼렇게 질리더니 냅다 호통쳐 꾸짖었다.

"송가야, 이 간살맞고 악독한 놈아! 진우량의 명을 받고 우리 개방에 몰래 섞여 들어왔으렷다? 사 방주를 살해한 음모에 분명 네놈 역시 한몫 거들었을 거다. 그런 야비한 짓을 저지르고도 오늘 또 우리를 대할 낯짝은 있더냐?"

송청서가 싸느랗게 웃으며 대꾸했다.

"강호 인물치고 적의 소굴에 섞여 들어가 기밀을 탐지하는 것쯤이야 예사로운 일인데, 밥 빌어먹는 거지들이 제 눈 멀어서 이 송씨 어른의 본색을 알아보지 못한 걸 탓하지 않고 누굴 원망하는지 모르겠군!"

"널 낳아준 아비의 무당파조차 배반한 놈이 무슨 짓인들 저지르지 못하겠느냐? 아비한테 몹쓸 짓을 하는 불효자였으니 보나 마나 네놈의 여편네한테도 의롭지 못할 거다. 두고 봐라, 아미파가 네놈의 손에 큰 곤욕을 치를 날이 올 테니까!"

남들이 다 듣도록 고래고래 악담 욕설을 퍼붓는 장발용두 앞에 송청서는 분노를 이기지 못하고 얼굴이 하얗게 질렸다.

"주둥아리 다 놀렸소?"

장발용두는 그 말에 더는 대꾸하지 않고 훅 소리가 나게 일장부터 후려쳐갔다. 송청서가 슬쩍 몸을 뒤틀어 피하더니 손바닥을 뒤채어 가볍게 떨쳐버렸다. 그러고는 아미파의 절초인 금정면장金頂綿掌으로 맞서기 시작했다. 장발용두의 공격에는 인정사정이 없었다. 그가 개방에 잠입해 뭇사람을 속였다는 사실이 너무나 분해 모질고도 매서운 치명살초만으로 공격했다. 결국 천하 영웅들 앞에 펼쳐진 것은 예사로운 무공 실력의 겨룸이 아니라, 두 사람 중 한 명은 죽어야 하는 필사의 대결이 되고 말았다.

개방에서 장발용두의 지위는 방주 이하 전공과 집법 두 장로 다음 서열이다. 그런 만치 무공의 조예도 비범했다. 송청서도 무당파 제3대 제자 가운데 발군의 실력을 보유한 인물이었다. 그러나 아미 문하에 투신해 금정면장을 배운 지 얼마 안 되는 터라 손에 익숙하지도 못하거니와 장법의 오묘하면서 정교한 변화를 제대로 펼쳐낼 수도 없었다. 40~50여 차례의 공방전을 교환하고 났을 때, 위험한 고비를 여러 번 아슬아슬하게 벗어난 그는 결국 서투른 금정면장을 버리고 자기도 모르게 무당파 고유의 면장綿掌으로 상대방의 공격 초식을 풀어내고 있었다. 무당파의 면장은 그가 어릴 적부터 20여 년 세월 동안 몸에 배도록 철저하게 익힌 무공으로 마음만 먹으면 언제든지 자유자재로 구사할 수 있을뿐더러 위력 또한 무척 강했다. 아미파의 금정면장과는 겉보기에 비슷해 보이지만 공력을 운용하는 방식이나 상대방의 공격 초식을 풀어내는 법문이 전혀 달랐다. 남들이야 속사정을 모르니 그저 패색이 짙던 송청서가 차츰 열세를 만회한다고 여겼으나, 은리정은 보면 볼수록 분통이 치밀어 버럭 고함쳐 꾸짖었다.

"송청서! 이 배은망덕한 놈아, 정말 뻔뻔스럽기 짝이 없구나! 무당파를 배반하고 나간 놈이 무당파의 무공으로 치사하게 목숨을 건져보고 싶으냐? 제 아비도 필요 없다고 저버린 불효자 놈이 아비가 손수 가르쳐준 무공이 필요하기는 한 거냐? 천하에 비열한 놈 같으니!"

사숙에게 호통을 들은 송청서가 얼굴이 벌개져서 마주 고함을 질렀다.

"무당파 무공이 뭐 그리 대단하다고 그러시오? 이거나 똑똑히 보시구려!"

돌연 그의 왼손이 장발용두 눈앞에서 빠르게 움직였다. 위로는 동그라미를, 아래로는 갈고리 형태를 그리더니, 왼쪽으로 한 바퀴 맴돌고 다시 오른쪽으로 한 바퀴 돌아가는 사이에 연속 일고여덟 가지 속임수를 펼쳤다. 어리둥절한 장발용두가 멈칫하는 순간, 오른손이 급작스레 뻗어 오르더니 그의 뇌문에 곧추세운 다섯 손가락으로 장발용두의 정수리를 "푹!" 소리가 나도록 힘차게 찔러 넣었다. 관전하던 군웅들이 영문도 모른 채 찔끔했을 때, 송청서는 핏물과 뇌수가 질퍽하게 묻은 다섯 손가락을 뽑아내고 있었다. 곧이어 장발용두의 우람한 몸뚱이가 뒤로 맥없이 벌렁 나자빠졌다. 그 자리에서 숨이 끊겨 즉사한 것이다.

"무당파에 이런 무공이 있기나 하오?"

송청서가 선지피로 더럽혀진 다섯 손가락을 번쩍 쳐들어 보이면서 은리정을 향해 차갑게 웃었다.

"앗, 저런!"

군웅들이 경악에 찬 외마디 실성을 터뜨렸다. 뒤미처 개방 측 울타리에서 제자 여덟 명이 한꺼번에 쏜살같이 뛰쳐나오더니, 둘이서 장발용두의 시신을 부축하는 동안 나머지 여섯이 송청서에게 무섭게 들이치기 시작했다. 공격자 여섯 모두 한결같은 개방의 고수들인 데다 그중 넷이 병기까지 잡고 있던 터라 송청서는 삽시간에 걷잡지 못할 위기에 빠져들었다.

공지대사 뒤에 앉아 있던 뚱보 스님 하나가 목청을 드높여 고함쳤다.

"개방 제군들이 다수로 소수를 능멸하다니, 이거야말로 오늘 영웅대회 규칙을 깨뜨리는 짓이 아닌가!"

집법장로가 제자들에게 소리쳤다.

"모두 물러나라! 장발용두의 원수는 내가 갚아주마!"

광장에 달려 나왔던 개방 제자들이 뒤로 훌쩍 뛰어 물러나더니 장발용두의 시신을 떠메고 자기네 울타리 안으로 돌아갔다. 사람마다 얼굴에 온통 노기를 띤 채 무서운 눈초리로 송청서를 노려보았다.

관전자들의 생각은 한결같았다. 아무리 무공 대결에 때려죽여도 무방하다는 규칙이 있다고는 해도 송가 녀석의 손속이 너무 악랄하지 않은가?

장무기의 머릿속에 순간적으로 두 가지 장면이 떠올랐다. 조민의 어깻죽지에 뚫렸던 다섯 손가락 자국, 그리고 소실산 아래 초가집 안뜰에 처참하게 널브러진 두백당 부부의 시체였다. 그는 떨리는 목소리로 양소에게 물었다.

"양 좌사, 어째서 아미파에 저런 사악한 무공이 있을까요?"

양소 역시 고개를 갸우뚱거렸다.

"글쎄요, 저도 이런 무공을 본 적이 없습니다. 아미파의 개창 조사 곽 여협의 별호가 소동사小東邪였지요. 외조부인 도화도주 황약사는 동사東邪였고 말입니다. 그러니 아미파의 무공이 다소 사악하다고 해도 이상할 것은 없겠지요."

둘이서 얘기를 나누는 동안 송청서는 이미 집법장로와 어우러져 싸움을 벌이고 있었다. 집법장로는 몸집이 왜소하지만, 동작 하나만큼은 쾌속하고 민첩했다. 양손의 열 손가락이 갈고리처럼 구부러지는가 하면 어느새 송곳으로 바뀌어 상대방을 무섭게 몰아쳤다. 새매의 발톱과 도 같이 응조공 초식으로 열 손가락만 써서 상대방을 공격하는 것으로 보건대, 그 역시 지공指功에 자신이 있을 뿐 아니라 송청서가 그랬던 것처럼 집법장로도 상대방의 천령개에 다섯 구멍을 내어 장발용두의 복수를 해주기로 작심한 것이 분명했다.

송청서는 여전히 아미파의 금정면장으로 맞섰다. 싸움이 한창 무르익어갈 때쯤 마침내 집법장로의 입에서 외마디 소리가 터져 나왔다.

"개잡놈!"

기합인지 욕설인지 모를 외마디와 함께 결정타가 날아갔다. 왼손 다섯 손가락이 어느새 상대방의 정수리 뇌문에 얹혔다. 이제 공력을 쏟아 넣기만 하면 송청서는 목숨이 끝장나는 것이다. 바로 그 순간, 송청서의 오른손도 질풍같이 수평으로 뻗어나갔다. "푹!" 하는 소리와 함께 상대방의 목줄기를 움켜쥔 다섯 손가락이 옆으로 비틀리면서 목구멍을 단번에 끊어놓았다.

"헉!"

집법장로가 숨 막힐 듯 답답한 소리를 내다가 앞으로 털썩 고꾸라졌다. 상대방의 정수리를 박살 내려던 왼손 다섯 손가락 힘줄기가 풀리지 않은 채 흙바닥에 그대로 푹 꽂혀 들어갔다. 끊겨버린 목줄기에서 흘러나온 핏물이 땅바닥을 흥건히 적셨을 때, 집법장로는 이미 숨을 거두고 있었다.

주지약이 손짓을 보내자, 여덟 명의 아미파 여제자가 저마다 장검을 뽑아 들고 뛰쳐나오더니 두 명씩 짝지어 등을 맞댄 자세로 네 귀퉁이로 갈라섰다. 그 한복판에 송청서가 있었다. 개방 제자들이 또다시 떼 지어 공격하면 그 즉시 패싸움이 벌어질 판국이었다.

달마당의 노승 하나가 목청을 돋우어 위엄 있게 소리쳤다.

"나한당 예하 서른여섯 제자는 명을 받들라!"

명령과 함께 손뼉을 세 차례 치자, 멀찌감치 늘어서 있던 황색 승포의 소림 제자 36명이 일제히 몸을 솟구치더니 허공으로 동문들의 머리 위를 뛰어넘어 광장으로 달려 나왔다. 열여덟은 수중에 선장을, 나머지 열여덟은 계도를 한 자루씩 잡고서 전후좌우로 뿔뿔이 흩어져 광장 구석구석을 차지하고 늘어섰다. 진법 같으면서도 진법이 아닌 것이 인체의 급소처럼 광장 안의 요점이 될 만한 곳을 삽시간에 모조리 장악해버린 것이다.

노승이 말을 계속했다.

"공지 수좌의 법유를 받들어, 나한당 서른여섯 제자가 영웅대회 규칙을 감시 감독하라. 오늘 이 대회에서 무예를 겨루되, 어떤 자든지 다수로 소수를 능멸하면 곧 천하의 공적으로 지탄받을 것이다. 우리 소림사가 외람되나마 주인 노릇을 맡은 바에야 마땅히 공평하게 질서를 유지할 것이니, 서른여섯 제자는 엄격히 살펴 누구를 막론하고 규칙을 어긴 자는 당장 격살하되 절대로 사정을 두지 말 것이다!"

"예에!"

이구동성으로 응답하는 우렁찬 목소리에 광장이 들썩거렸다. 나한당 제자 36명의 딱 부릅뜬 눈초리가 호시탐탐 광장 한복판을 노려보기 시작했다. 사세가 이렇게 되고 보니, 앞쪽에는 아미파 제자 여덟 명이 방호 태세를 굳히고, 외곽은 소림파의 감시 아래 놓인 형국이 되었다. 두 장로를 연거푸 잃어버린 개방 제자들은 비통과 분노에 들떴으나, 이렇듯 엄중한 상황에서 감히 달려들 용기를 내지 못했다. 그들은 고작 목소리를 높여 분통을 터뜨리고 욕설이나 퍼부으며 집법장로의 시신을 수습했다. 그것이 그들이 할 수 있는 전부였다.

"고 대사, 아미파에 저런 기막힌 절초가 있을 줄은 생각 못 했네요. 멸절사태가 한사코 만안사 보탑에서 내려와 무예를 겨루려 하지 않았던 것도 아마 저 무서운 초식이 남한테 공개될까 봐 그랬는지 모르죠."

조민이 나지막하게 속삭였다. 범요는 가뜩이나 험상궂은 얼굴에 이맛살을 잔뜩 찌푸린 채 고개를 흔들었다. 무엇인가 골똘히 생각하느라 그녀의 말에 대꾸조차 하지 않았다.

"뭘 그리 골똘히 생각하는 거예요? 옳거니, 송청서가 쓴 저 악랄한 초식을 어떻게 풀 수 있을까, 그 방법을 궁리하고 있죠?"

그래도 범요는 말 한마디 없이 한참 동안 멍하니 허공만 응시하다가, 이윽고 장무기에게 물었다.

"교주님, 제가 무공을 한 수 지도받았으면 하는데, 가르쳐주시겠습니까?"

"어디 말씀해보시지요. 어떤 겁니까?"

범요는 입으로 설명하는 대신 탁자 위에 양 손바닥을 마주 보게 엎어놓고 왼손 식지와 오른손 식지를 하나씩 서로 맞선 형태로 전진과 후퇴 동작을 잽싸게 시연해 보였다. 얼마나 빠르고 민첩한 손가락 놀림인지, 눈 깜짝할 사이에 무려 일곱 차례나 진퇴를 거듭했다. 조민은 너무 빨라서 그것이 무슨 동작인지 알아볼 수가 없었다.

"제 양팔로 이렇게 연속 공격을 퍼붓다가 저 송가 놈의 팔뚝을 휘감아버린 다음, 공력을 쏟아 팔뚝에 충격을 가하고 관절의 뼈마디만 부러뜨릴 수 있다면, 제아무리 손가락 힘이 매섭다 해도 두 번 다시는 저 악랄한 지공을 구사하지는 못하겠지요. 교주님 보시기에 어떻습니까?"

겨우 들릴까 말까 한 속삭임에 장무기도 말없이 양손 식지를 내밀더니 왼쪽은 갈고리 형태로 걸어 당기고 오른쪽은 그 위에 걸쳐놓는 동작을 보였다.

"상대방의 손가락 힘에 팔뚝을 찍히지 않도록 조심하셔야죠. 이렇게 말입니다."

"아하, 그럴 수도 있군요! 옳은 지적이십니다."

범요가 고개를 끄덕이더니 이내 다른 수를 해 보였다.

"그럼 저는 이렇게…… 금나수로 저놈의 손목을 움켜잡고, 동시에 이렇게…… 십팔로 원앙연환퇴十八路鴛鴦連環腿로 저놈의 하반신을 걷어찬다면……."

"연속 걷어차기 열여덟 번에서 그칠 게 아니라, 81초식으로 맹렬한 공격을 퍼부어 숨 돌릴 틈이 없게 만들어야 합니다. 이렇게…… 이렇게……."

두 사람의 손가락 넷이 들락날락 쾌속하기 짝이 없는 속도로 공격과 방어를 주고받았다. 얼마쯤 시간이 지났을까, 갑자기 범요가 빙그레 웃었다.

"교주님, 그 몇 수가 정말 너무 신묘합니다. 저 송가 놈은 손가락 힘이 지독스럽다는 것만 빼고 무공 수준에는 한계가 있으니까, 방금 교주님의 그 몇 초식만 쓰더라도 저놈을 꼼짝달싹 못 하게 만들 수 있겠는데요."

장무기가 씩 웃으며 말했다.

"저쪽에서 그 세 초식을 다 펼치지 못하게 만들면 그때는 범 우사, 당신이 승자가 되는 겁니다. 이것 좀 보세요. 자, 이렇게……."

왼손 식지가 둥그렇게 원을 두 바퀴 그리더니, 느닷없이 오른손 식지가 둥그러미 한복판을 뚫고 불쑥 뻗어나와 범요의 손가락을 옭아 잡았다. 그러고는 웃음 지은 채 말이 없었다. 범요는 일순 멍하니 있다가 손바닥으로 제 이마를 탁 쳤다.

"그런 수가 있었군요! 지적해주셔서 고맙습니다, 교주님. 방금 그 네 초식은 정말 불가사의하군요. 그야말로 앞 못 보던 장님 눈이 번쩍 뜨이는 것 같습니다. 욕심 같아서는 교주님을 스승으로 모셨으면 오죽 좋겠습니까만, 그러지 못하는 게 한스럽군요. 하하하!"

"이것은 우리 태사부님께서 가르쳐주신 태극권법 중 난환결亂環訣이란 초식입니다. 요체가 딴 데 있는 게 아니라, 왼손으로 긋는 동그라미 몇 개에 있습니다. 저 송가 녀석이 비록 무당파 출신이긴 해도 이 정교하고 미묘한 점까지는 아직 깨치지 못했을 겁니다."

이제야 범요의 가슴속에 승산이 확실히 섰다. 송청서의 의표를 찔러 이길 자신감이 생긴 것이다. 다만 두 판을 내리 이긴 송청서가 대회 규칙에 따라 휴식을 취하기 위해 일단 물러나야 하기 때문에, 그가 다시 등장할 때까지 기다리는 수밖에 없었다. 조민은 무엇이 그리 좋은지 방그레 웃음 지으면서 한 곁으로 걸어갔다.

"민누이, 뭐가 그리 좋아서 싱글벙글하는 거요?"

장무기가 다가서서 나지막이 물었더니, 조민의 두 뺨에 발그레하니 달무리가 피어올랐다. 그러고는 수줍은 듯 고개 숙인 채 속내를 털어놓았다.

“당신이 범 우사에게 가르쳐준 무공 초식 있죠? 그걸로 송청서의 양 팔뚝만 부러뜨리고 목숨은 빼앗지 않게 한 것이 얼마나 기분 좋은지 몰라요. 내 속이 아주 후련한걸요.”

“그야 당연한 일 아니오? 송청서가 비록 의롭지 못한 일을 많이 저지르긴 했어도 역시 대사백 어른께서 애지중지하시는 외아들인데, 그분이 알아서 처분하셔야 옳지 않겠소? 내가 범 우사를 시켜 그 사람의 목숨을 빼앗는다면 대사백 어른께 송구스러운 일이 될 거요.”

“아니죠. 당신이 송청서를 죽이면 주 언니는 청상과부가 될 테고, 당신은 엎질러진 물을 다시 주워 담을 수 있을 테니 얼마나 좋은 일이겠어요?”

장무기도 그 말뜻을 알아듣고 멋쩍게 씩 웃었다.

“진짜 그런 일이 생기면 당신은 허락할 거요, 말 거요?”

“저야 물론 감히 청하지 못했지만 원래부터 바라던 일이죠. 제발 덕분에 그런 일 좀 생겼으면 좋겠어요.”

“어째서?”

“모르세요? 만일 당신이 또 우유부단하게 변덕을 부려 이 여자 저 여자한테 정을 쏟는다면, 그때는 주 언니가 의천보검이 아니라 다섯 손가락으로 당신 가슴팍에 구멍을 뻥뻥 뚫어버리지 않겠어요?”

장무기가 범요와 손가락만으로 공방 작전을 짜고 나서 다시 조민과 우스갯소리를 주고받는 동안, 송청서는 아미파 여덟 제자의 호위를 받으며 자기네 진영으로 돌아갔다.

군웅들은 그가 고작 다섯 손가락만으로 두 사람을 잇달아 죽이는 장면을 목격하고, 삼혼칠백三魂七魄이 뒤흔들릴 정도로 큰 충격을 받았다. 간담이 써늘해진 사람들은 너 나 할 것 없이 도전할 엄두가 나지 않아 대다수가 몸을 도사리기 시작했다.

잠시 후, 송청서가 홀가분한 기색으로 다시 등장했다. 그러고는 군웅들에게 정중히 포권의 예를 표했다.

"소생이 휴식을 마쳤는데, 다음은 어느 영웅께서 가르침을 내려주시겠습니까?"

범요가 기다렸다는 듯이 버럭 고함쳐 응수했다.

"좋소! 내가 아미파의 절학을 한 수 배워보리다!"

그리고 이제 막 몸을 솟구쳐 뛰어나가려 할 때였다. 돌연 잿빛 그림자 하나가 번뜩하더니 어느새 송청서 앞에 내려서서 범요 쪽을 돌아보았다.

"범 대사, 이번만큼은 내게 양보해주시오."

태산처럼 육중한 기백과 태도, 두 발로 내딛고 선 품새가 '정丁' 자 모양의 공격 자세도 아니요 '팔八' 자 모양의 수비 자세도 아닌, 가지런하게 모은 '포원수일抱元守一'의 응축된 자세였다. 바로 무당파의 둘째 유연주였다.

범요는 그가 앞질러 나간 데다 또 장 교주의 사백이라는 점을 뻔히 아는 터라, 유연주와 다퉈가며 출전하기가 쑥스러워 일단 양보하기로 했다.

"불초 범요가 오늘 유 이협의 무당 신기神技를 우러러 뵙게 되다니, 실로 행운이라 하겠소이다."

"과찬의 말씀을!"

범요의 허락을 받아낸 유연주가 다시 송청서 쪽으로 돌아섰다.

송청서는 어릴 적부터 이 둘째 사숙을 가장 두려워했다. 그 무서운 사숙이 숨을 멈추고 운기 조식하며 엄숙하게 자기를 적대시하는 태도를 보자, 예전 무당산에서처럼 무예를 가르치고 대련하는 게 아니라 진실로 생사가 걸린 처절한 싸움이라는 것을 새삼 깨달았다. 아미파에서 새로 기이한 무공을 배웠다고는 해도 겁이 나기는 마찬가지였다.

유연주가 정중히 포권의 예를 차렸다.

"송 소협, 공격하시오!"

조카 앞에 두 주먹 맞잡아 예를 갖추고 '소협'이란 존칭마저 붙이다니, 그것은 유연주 자신이 송청서를 추호라도 가볍게 보지 않겠다는 뜻이었다. 그리고 사숙과 사질의 친분 관계를 완전히 끊고 의절하겠다는 단호한 의지의 표명이었다. 송청서는 참담한 심정으로 대꾸 한마디 없이 허리 굽혀 답례를 건넸다. 곧이어 "훅!" 하고 바람을 가르는 소리가 들리더니 유연주의 일장이 후려 쪼개듯 정면으로 들이쳐왔다.

유연주가 강호 무림계에서 명성을 얻은 지 30여 년이 지났지만, 무림 인사들치고 그의 솜씨를 직접 두 눈으로 목격한 이는 거의 없었다. 그런데 오늘에 와서야 그가 양 손바닥의 부드러운 힘줄기만으로도 벽력뇌화탄의 모진 기세를 와해시키는 공력의 소유자라는 걸 분명히 보았다. 또 그들은 평소부터 무당파의 무공 요체가 부드러운 힘으로 굳센 힘줄기를 제압하고, 태극권의 공방 초식이 완만하고도 정교한 변화에 있다는 사실을 익히 알고 있었다. 그런데 예상외로 유연주의 양 손바닥은 돌개바람처럼 정신없이 돌아갈 뿐 아니라 공격 초식마저 기막히게 빨라, 눈 깜짝할 사이에 송청서는 옆구리에 걷어차기와 후려치기 일장일퇴一掌一腿를 각각 한 대씩 얻어맞았다.

둘째 사숙의 급작스러운 공격 변화에 송청서도 깜짝 놀랐다. 태사부와 아버지는 자기를 무당파 제3대 장문으로 만들기 위해 무당파의 모든 무공을 다 가르쳐주었다. 둘째 사숙의 이 주먹질과 발길질 또한 모두 배운 것인데 공격이 어째서 이렇듯 빨라졌단 말인가? 이런 초식은 본문 무공에서 극도로 꺼리는 금기가 아니었던가? 어쩌자고 둘째 사숙의 공세가 이처럼 모질고 사나워졌단 말인가?

송청서는 주지약에게 배운 아미파 지공을 구사해 대응하려 했으나, 유연주의 거센 압박에 밀려 숨 한 모금 제대로 돌리지 못하고 계속 뒷걸음질하며 정면 수비에만 급급했다.

군웅들은 두 사람의 대결에 온 신경을 쏟아 응시했다. 현 상황으로 보자면 일단 유연주가 우세를 차지한 것이 분명했다. 그러나 아까 송청서는 개방의 두 원로를 죽였을 때 예외 없이 '반패위승反敗爲勝'의 계략을 써서 패색이 짙었다가 상대방이 방심한 틈에 역습을 가해 이겼다. 열세에 몰린 상태에서 돌발적으로 살초를 쓰던 그 수법이 재현될 수도 있었다. 그런데 유연주의 급속 공격은 갈수록 빨라졌다. 그러면서도 관전자들의 눈에 어느 동작 하나 또렷이 보이지 않는 것이 없으니 이건 또 어찌 된 영문인가? 마치 명창이 공연 도중 노래가 절정에 도달했을 때, 장단 박자와 가사를 단 한 구절도 흐리멍덩하게 질질 끌지 않고 매끄럽게 넘기는 것처럼 유연주의 동작 역시 다음 초식으로 연결되면서 어느 한구석 모나거나 막히는 법이 없었다. 마침내 군웅들이 자리를 걷어차고 분분히 일어섰다. 키 큰 사람은 뒤편에서 목을 길게 뽑고, 키 작은 사람은 아예 걸상이나 탁자 위에 올라갔다. 그리고 하나같이 찬탄을 금치 못했다.

'무당 이협 유연주, 과연 명불허전이구나! 어쩌면 저렇듯 단숨에 급속 공격 수십 초식을 그치지 않고 펴부으면서도, 단 일초 일식이나마 똑같은 것을 반복해서 펼치지 않을 수 있단 말인가?'

송청서는 무당파 적전 제자이다. 따라서 유연주가 펼치는 주먹질 발길질 어느 것이나 모조리 배워 익힌 만큼 그 정교하고도 오묘한 초식 변화를 누구보다 잘 알고 있었다. 하지만 이렇게 쾌속 타격 수법으로 들이치는 경우는 세상에 태어나 처음 보았다. 광장에 온통 뿌옇게 일기 시작한 싯누런 흙먼지가 드디어 짙은 안개로 바뀌어 유연주와 송청서의 모습을 뒤덮어버렸다.

"철썩!"

자욱한 흙먼지 속에서 느닷없이 양 손바닥끼리 맞부딪는 소리가 나더니, 유연주와 송청서가 동시에 도약 자세로 물러났다. 싯누런 흙먼지 덩어리 역시 두 뭉치로 갈라졌다. 유연주의 두 다리가 미처 땅바닥에 닿아 중심을 잡기도 전에 또다시 몸을 뒤틀면서 번개같이 달려들었다.

둘째 사형의 안위가 걱정스러운 나머지, 은리정은 저도 모르게 광장 변두리까지 걸어 나갔다. 그러고는 칼자루에 손을 얹은 채 눈동자 한 번 돌리지 않고 싸움판을 응시했다. 이때쯤 되어 송청서는 죽느냐 사느냐의 기로에 몰려 실낱같은 기대에 목숨을 걸고 혼신의 기력을 다 쏟아 저항하는 중이었다. 이제 그에게는 아미파와 무당파를 분별할 겨를조차 없었다. 그의 손에서 펼쳐지는 것은 순전히 어릴 적부터 수련해 몸에 익혀온 무당파의 무공 초식이었다. 은리정에게도 쌍방 간에 전개되는 권법, 각법 초식이 일목요연하게 눈에 들어왔다. 초식 하나 하나가 모두 치명적인 살초여서 그 누구보다 더 가슴을 애태우며 싸움을 보고 있었다. 다행히도 유연주는 싸움이 길어질수록 우세를 넓혀갔다. 만약 그가 송청서의 음험하고도 악독한 다섯 손가락 살수에 대비해 구석구석 여지를 남겨두지 않았다면, 송청서는 진작 그의 장력 아래 시체가 되어 널브러졌을 것이다.

장무기의 걱정스러운 마음 역시 은리정에 못지않았다. 어느새 꺼내 들었는지 성화령 두 자루를 쥐고 있는 양손에 땀이 축축하게 배었다. 만에 하나라도 유연주의 목숨이 위태로워지면 규칙을 무시하고서라도 당장 뛰쳐나가 구해줄 생각이었다.

시간이 지날수록 흙먼지는 더욱 넓게 흩뿌려지고 높아져갔다. 마침내 송청서의 다섯 손가락이 돌연 쫙 벌어지더니 유연주의 어깨머리를 움켜왔다. 비장의 살초가 전개된 것이다. 그러나 유연주는 100초를 넘기기 전에 그 수가 나올 것으로 예상하고 있었다. 다섯 손가락으로 개방의 두 장로를 죽였을 때, 그는 송청서의 손길이 어떤 자세에서 뻗어나갔는지 똑똑히 보았고, 거기에 대응할 방책을 이미 세워놓았다. 사실 송청서는 이 조법抓法을 배운 지 얼마 되지 않아 초식 변화 역시 그리 많지 않은 터라, 다시 공격할 때에도 그 수법이 앞서 두 차례와 별로 다르지 않았다. 공격 목표가 된 유연주의 오른쪽 어깻죽지가 흠칫하더니 옆으로 뒤틀어 회피 동작을 취하는 한편, 왼손으로 허공에 원을 몇 개 그려냈다.

"앗!"

조민과 범요는 자신도 모르게 외마디 소리를 질렀다. 유연주가 그린 둥그러미는 방금 장무기가 범요에게 가르쳐준 태극권법의 난환결이었던 것이다. 외마디 소리를 지른 조민과 범요가 서로 마주 보고 의미심장하게 고개를 끄덕였다. 말은 하지 않았으나 이제 곧 송청서가 끝장나리라는 것을 알아차린 것이다. 아니나 다를까, 놀라 외친 소리가 미처 끝나기도 전에 송청서의 오른손 다섯 손가락이 번개 벼락 치듯 유연주의 목젖 인후咽喉를 움켜갔다.

"저런 죽일 놈!"

장무기는 화가 치밀어 나지막하게 욕설을 퍼부었다. 개방 집법장로를 죽였을 때도 그 수법을 썼는데, 이제 둘째 사숙에게도 그 악랄한 독수를 쓰는 것이다.

유연주가 양 팔뚝을 좌우로 벌린 채 원을 하나 그렸다. 둥글게 벌어진 팔이 육합경六合勁 초식을 구사하는 가운데 찬번鑽翻, 나선螺旋의 두 힘줄기가 눈 깜짝할 사이에 송청서의 양 팔뚝을 껴안듯 에워싸더니 곧바로 "우두둑!" 소리를 냈다. 송청서의 양 팔뚝 뼈마디가 토막토막 부러져 나가는 소리였다. 유연주는 대갈일성으로 호통쳤다.

"오늘에야 일곱째 아우의 원수를 갚는구나!"

양 팔뚝이 다시 합쳐지는가 싶더니 이번에는 쌍풍관이雙風貫耳 초식으로 송청서의 양쪽 귀를 동시에 강타했다. 쌍권 초식에 함축된 것은 솜처럼 부드러운 '면경綿勁'이었으나 그것만으로도 송청서의 두개골을 바스러뜨리기에는 충분했다. 쌍권을 동시에 휘둘러 치는 순간, 유연주는 비참하게 살해당한 막성곡의 얼굴을 떠올리고 가슴속의 비분이 극도에 달했다. 그러나 이내 생각을 바꾸어 후려치는 힘줄기를 절반 정도 줄였다. 송청서는 대사형 송원교의 애지중지하던 외아들이다. 그렇다면 여기서 목숨을 끝장낼 것이 아니라 대사형의 처분에 맡겨야 한다는 데 생각이 미친 것이다. 절반 힘을 남겨 송청서의 목숨을 이어주면서 그는 남모르게 한숨을 내리쉬고 있었다.

송청서의 몸뚱이가 쓰러지기 전에 유연주는 다시 한번 걷어차기로 두 다리뼈마저 꺾어놓으려 했다. 도망치지 못하게 한 수 더 보탤 작정이었다. 바로 그 순간, 느닷없이 푸른 옷 그림자 하나가 번뜩하더니 유연주의 눈앞에 한 가닥 긴 채찍이 날아왔다. 유연주는 엉겁결에 뒷걸음질 도약으로 황급히 피신했으나, 채찍질은 거기서 그치지 않고 계속 따라붙으면서 후려쳐 왔다. 실로 쾌속하기 이를 데 없는 연속 공격, 바로 아미파 장문 주지약이 남편의 복수를 위해 나선 것이다.

유연주는 급히 세 걸음 물러섰다. 그러나 주지약의 채찍 쓰기 수법은 환상적이라 할 만큼 기기묘묘한 것이어서 불과 3초 만에 유연주를 채찍 올가미 속에 가두어놓고 있었다. 마디진 강편鋼鞭이 아니라 부드럽게 휘는 연편軟鞭인 데다 그 길이만도 무려 50척에 가까운 기이한 병기였다. 용의 화신으로 승천하지 못한 이무기라고나 할까. 살아 있는 뱀처럼 잠시도 그치지 않고 꾸불텅꾸불텅 움직이는 채찍을 보고 있노라면 저도 모르게 목이 움츠러들 지경이었다. 어디 그뿐이랴, 채찍 끝에는 뾰족하고도 날카로운 강철 송곳이 낚싯바늘처럼 촘촘하게 박혀 있어 휘두를 때마다 허공에서 번쩍거리는데, 도약 자세로 몸을 날려 공격할 때에는 그 길이가 무려 60~70척까지 멀리 뻗어나갔다.

불현듯 주지약이 무슨 생각을 했는지 부드러운 채찍을 가볍게 떨쳐 거둬들이더니, 왼손으로 채찍 끝의 강철 송곳을 움켜쥐고 얼음같이 차가운 말투로 유연주에게 한마디 던졌다.

"이대로 당신 목숨을 빼앗으면 승복을 못하시겠지. 병기를 가져오세요!"

멀찌감치 지켜서 있던 은리정이 거칠게 장검을 뽑아 들고 그 앞으로 나섰다.

"내가 주 장문의 고명하신 솜씨를 받아보리다!"

주지약이 싸느랗게 흘겨보고는 돌아서서 남편의 상처부터 살폈다. 송청서의 상세는 치명적이었다. 두 눈알이 불쑥 튀어나왔을 뿐 아니라 입과 눈, 코와 귀 등 일곱 구멍으로 피를 쏟으면서 땅바닥에 웅크려 있는 품이 아무리 봐도 목숨을 보전하기 어려울 듯싶었다. 주지약의 손짓 신호에 따라 남자 제자 셋이 달려와 그를 떠메고 아미파 진영으로 돌아갔다. 주지약은 돌아서서 유연주를 손가락질하며 소리쳤다.

"먼저 당신부터 죽이고 다시 은가 성을 가진 사람을 죽여도 늦지 않겠군!"

유연주는 방금 전신의 기력을 다 쏟았으면서도 그녀의 채찍 공격권에서 벗어날 길이 없어 적지 않게 놀라고 의아스러움을 금치 못했다. 그런데 이제 다시 공격을 퍼붓겠다는 자신만만한 선언을 듣고 나자, 속으로 은근히 걱정스러워지기 시작했다. 그는 여섯째 아우를 무척 아끼고 사랑했다. 따라서 주지약의 무서운 채찍 공세 앞에 은리정을 내세울 수는 없었다. 그는 속셈을 해보았다.

'내가 먼저 이 여인과 한바탕 어우러져 싸운다면 저 무서운 채찍 아래 죽을지도 모른다. 하지만 여섯째 아우는 적어도 이 여인의 채찍 쓰기 수법의 요점이 어디 있는지 꿰뚫어볼 수 있으리라. 비록 구사일

생이긴 하겠지만 목숨을 건질 가망성은 그만큼 더 늘어나는 것이 아닌가?'

그는 아무 말 없이 은리정에게서 장검을 넘겨받으려고 손길을 뒤로 내밀었다. 은리정 역시 형세가 극도로 위태롭다는 것을 알아챘다. 마음 같아서는 두 형제가 힘을 합쳐 주지약의 채찍 공세에서 벗어나고 싶었으나, 아무래도 그녀의 장편일격長鞭一擊에서 벗어나기는 어려울 것 같았다. 결국 그는 둘째 사형과 똑같은 생각을 했다. 차라리 자신이 먼저 나서서 싸우고 그동안에 사형이 요점을 간파해 대응책을 마련하는 것이 낫겠다는 생각이 들었다. 결국 은리정은 사형이 내민 손에 장검을 쥐여주지 않았다.

"형님, 제가 먼저 나서겠습니다."

유연주가 흘끗 아우를 바라보았다. 수십 년 세월 동문수학한 형제로서, 수족이나 다를 바 없는 정분과 우의로 맺어진 사이가 아니던가. 불현듯 가슴속에서 뭉클 솟구쳐 오르는 상념이 유연주의 철석간장鐵石肝腸을 녹아내리게 만들었다. 한순간 머릿속에 여러 상념이 스쳐갔다.

'셋째 아우 유대암은 평생토록 수족을 못 쓰는 불구자가 된 지 오래고, 다섯째 아우 장취산은 스스로 목숨을 끊었다. 일곱째 막내마저 비참한 죽음을 맞아 저승으로 떠나고 이제 무당칠협 가운데 겨우 넷만 남았을 따름이다. 그런데 오늘 또다시 두 형제가 이 자리에서 비명횡사를 당해야 하다니, 참으로 하늘도 무심하구나. 여섯째 아우는 비록 무공이 강하다 해도 타고난 성질이 여려서, 만약 내가 먼저 죽는 날이면 심신이 크게 흐트러져 제대로 싸울 수 없을지도 모른다. 그러니 내가 먼저 죽고 나면 여섯째 아우에게 복수를 기대할 수도 없다. 아무래도 오늘 두 형제가 이 자리에서 생을 마치게 될 모양인데, 그것이 대국大局에 무슨 보탬이 된단 말인가? 모두 다 개죽음이요, 아무짝에도 소용없는 희생일 뿐이다. 하지만 여섯째 아우가 먼저 죽는다면, 내가 저 계집이 쓰는 채찍 수법의 요점을 샅샅이 꿰뚫어보고 필사적으로 맞붙어 함께 죽을 수 있을지도 모른다.'

유연주가 천천히 고개를 끄덕였다.

"자네, 될 수 있는 대로 시간을 오래 끌게!"

은리정의 눈길이 허공을 바라보았다. 아내 양불회의 얼굴 모습이 떠올랐다. 그녀는 임신한 몸이었다. 그는 저도 모르게 양소와 장무기 쪽을 바라보다 도로 외면했다.

'내가 죽은 뒤에라도 불회와 아이를 돌봐줄 사람이 있을 터인데, 구태여 부탁할 필요가 어디 있으랴!'

그는 장검을 쳐들고 두 눈으로 칼끝을 노려보았다. 잡념을 떨쳐버리니 마음이 공허해졌다. 이어서 가슴을 불뚝 내밀고 허리는 곧게 폈다. 힘을 뺀 양어깨와 팔꿈치가 저절로 축 늘어졌다.

"주 장문께서 공격하시지요!"

나이는 자기가 한참 위였어도 주지약은 아미파 장문의 신분이기에 결례를 범하지 않았다.

유연주도 천천히 뒤로 물러났다. 여섯째 아우는 태극검 기수식으로 대응 자세를 취한 상태였다. 사문의 절학을 남김없이 다 펼쳐 강적과 끝까지 싸우겠다는 의지를 읽을 수 있어 다소 마음이 놓였다.

"당신이 먼저 공격하시죠!"

주지약이 선공을 양보했다.

은리정의 두뇌가 번개같이 돌아갔다. 상대방의 공격 초식은 번갯불처럼 빨랐다. 일단 기선을 제압당하는 날이면 열세를 만회하기란 거의 불가능에 가까웠다. 그는 더 이상 겸양하지 않고 즉시 왼발을 내디디면서 칼자루를 왼손으로 넘겨잡았다. 기수식에 이어 삼환투월三環套月 초식을 펼쳤다. 달무리 세 겹 두르듯 빙글빙글 돌아가던 칼끝이 딱 멈춰 서더니 제일검은 허허실실, 먼저 왼손에 잡힌 칼로 적을 공격해 들어갔다. 칼끝에 광망光芒이 번쩍번쩍 빛나는 가운데 검기劍氣를 토해내는 소리가 미약하나마 가볍게 울려 나왔다.

"와아아!"

관전하던 군웅들의 입에서 하늘이 들썩거리도록 요란한 갈채가 터졌다. 주지약이 몸을 비스듬히 선뜻 뒤틀어 피하자, 은리정의 장검은 대괴성大魁星, 연자초수燕子抄水로 잇따라 바뀌었다. 칼끝이 공중에서 원을 크게 그리더니 오른손으로 맺은 검결이 벼락같이 찌르고 들어갔다. 공력이 응축된 손가락 끝에서도 역시 미약한 소리가 울려 나왔다. 주지약의 가냘픈 허리가 가볍게 꺾이는 듯싶더니 상대방의 공격 초식을 낱낱이 피해버렸다.

"은 육협, 내가 3초식을 양보한 것은 옛날 무당산에서 고인이 베풀어준 정리에 보답하는 뜻이었습니다."

입에서 끝마디가 나오기 무섭게 부드러운 채찍이 마치 영악한 독사의 대가리처럼 파르르 떨리더니 곧바로 은리정의 앞가슴을 노리고 덮쳐들었다. 은리정이 좌측으로 회피 동작을 취하자 정면으로 덮쳐들던 채찍 끝이 중도에서 방향을 꺾어 빙그르르 돌아왔다. 은리정의 대응 초식은 풍파하엽風擺荷葉, 이름 그대로 바람결이 돌돌 말린 연잎 벌려놓듯 수평으로 장검을 깎아 쳤다.

"찰싹!"

칼날과 채찍이 맞부딪는 순간, 은리정은 칼자루를 쥔 손아귀가 뜨거워지는 느낌을 받고 하마터면 장검을 놓칠 뻔했다. 대경실색한 그는 마음 한구석에 다소 남아 있던 자만심을 버리고 새삼 각오를 달리했다. '잘못 보았구나. 그저 채찍 쓰기 초식만 괴상야릇할 뿐 내력 면에서는 결코 내 적수가 못 되는 줄 알았더니, 뜻밖에도 공력마저 기괴하기 짝이 없을 줄이야…….'

온 신경을 하나로 집중시키고 정신 통일에 들어간 은리정이 태극검법을 차근차근 펼쳐내기 시작했다. 자유자재 뜻대로 둥글둥글 돌아가는 장검의 칼끝이 비상할 정도로 엄밀하게 정면 수비에 임했다. 공세가 방어로 급변한 것이다. 주지약의 손에 잡힌 채찍은 길이가 엄청나게 길면서도 보드라운 실낱처럼 가벼워 보였다. 날렵하게 움직이는 동작이 동에 번쩍 서에 번쩍, 앞으로 들이닥쳤는가 하면 어느새 뒤로 물러나고 은리정의 주변에서 떠돌이 유령과도 같이 잠시도 멈추지 않고 공격해 들어갈 틈을 노렸다.

장무기는 볼수록 기가 막혀 입이 절로 벌어졌다. 주지약의 채찍 쓰는 수준이 소림사의 도액, 도난, 도겁 세 고승에 비해 높다고는 할 수 없으나 수법 하나만큼은 판이하게 달랐던 것이다. 처음에 그는 아미파에 또 다른 사악한 무공이 있는 줄만 알았다. 그러나 지금 주지약의 유령 같은 동작이나 솜씨가 멸절사태와는 전혀 딴판임을 깨달았을 때 가슴속에 무언가 형언하기 어려운 공포감이 스며들기 시작했다. 범요 역시 같은 느낌을 받았는지 곁에서 중얼거렸다.

"저것은 귀신이지, 사람이 아니야!"

그 한마디가 장무기의 심사를 그대로 말해주고 있었다. 그는 저도 모르게 몸서리를 쳤다. 광장 안에 한낮의 햇빛이 눈부시게 쏟아져 내리고 사면팔방에 인파가 가득 차지만 않았던들 정말 이미 죽은 몸이요, 귀신으로 화한 그녀가 채찍을 들고 은리정과 싸우는 것이 아닐까 의심할 지경이었다. 그는 평생을 두고 괴상야릇한 무공을 숱하게 겪어 보았지만, 주지약의 이런 몸놀림이나 채찍 수법은 본 적이 없었다. 음풍에 저승의 안개가 휘몰려오듯, 모래 바다의 황사가 하늘과 땅을 뿌옇게 뒤덮어 온 세상이 아련한 연기 속에 파묻히는 듯, 그것은 실로 인간의 몸을 지니고 해낼 수 있는 동작이 아니었다. 장무기는 자신이 악몽 속에 빠져든 것은 아닐까 하는 착각이 들어 저절로 가슴이 써늘해졌다. 설마 지약이 진정 요사스러운 술법을 배운 것은 아닐까? 그게 아니면 괴물이나 원귀 같은 것이 몸에 들러붙기라도 했단 말인가?

주지약의 솜씨가 한마디로 기괴하고 사악하다면, 태극검법은 근래에 들어 등봉조극의 경지에 오른 정통 검법이다. 은리정의 장검은 공력이 보태질 때마다 실꾸리 풀려나가듯 끊이지 않았고, 비록 상대방을 다치게 하지는 못해도 자신만큼은 철저히 보호했다. 이제 광장 안에 들리는 소리라곤 허공을 가르는 칼바람 소리, 사면팔방 돌아가며 채찍 후리는 소리뿐, 수천 관중이 숨죽인 채 지켜보고 있었다. 그때 느닷없이 괴상야릇한 목소리가 숨 막힐 듯 답답한 정적을 깨뜨리고 울려 퍼지기 시작했다. 누군가 억양을 일부러 꾸며내어 고함치는 소리였다.

"아이코, 저런! 송청서가 숨이 간당간당 끊어지기 직전일세! 주 장문 어르신, 뭘 하는 거야? 남편 임종을 지키지 못하면 청상과부가 되어서도 동네에서 몰매 맞고 쫓겨나게 된다는 걸 모르나?"

관중들의 눈길이 소리 나는 쪽으로 쏠렸다. 명교 진영 울타리 안에 있는 주책바가지 영감 주전이 떠들어대는 소리였다. 그는 무당파 제자들이 평생을 두고 양기 조식養氣調息을 가장 중요시한다는 점, 그래서 적을 맞아 싸울 때 언제나 '태산이 무너져도 안색이 바뀌지 않고 곁에서 방정맞은 사슴이 날뛰어도 외눈 하나 깜짝이지 않는다泰山崩於前而色不變 麋鹿興於左而目不瞬'는 사실을 익히 들어 알고 있었다. 그래서 주지약의 정신을 흩어놓기 위해 교란 술책을 펼치기 시작한 것이다.

"어이, 아미파 장문 주지약 낭자! 당신 남편 숨이 꼴까닥 넘어가려는데, 유언을 해야겠다고 눈을 못 감고 있네! 저런, 아니 뭐라고? 주 낭자한테 당부 몇 마디 전해달라고? 으흠, 그러지 그래! 바깥에서 딴 여자하고 놀아나 '삼칠은 이십일, 사칠은 이십팔'이라, 사생아를 그렇게 많이 두셨다는군. 주 낭자! 당신 남편이 '나 죽거든 당신더러 그 아이들을 잘 부양해서 키워주어야만 죽어서도 눈을 감겠노라'고 유언했네 그려! 주 장문, 어쩔 테요? 도대체 승낙할 거요, 말 거요?"

그야말로 터무니없는 억지소리에 군웅들 대부분이 참지 못하고 웃음보를 터뜨렸다. 하나 당사자인 주지약은 귀머거리가 되었는지 듣는 척도 하지 않았다.

"아이고, 저거 큰일 났구나! 멸절사태, 언제 오셨소? 그동안 몸성히 잘 계셨소? 여러 날 뵙지 못했더니 어르신네 신수가 훤해지셨구려! 당신의 원귀 음혼陰魂이 주 장문에게 들러붙어서 그런지, 채찍 후리는 자태가 정말 멋들어지네!"

돌연 주지약의 몸놀림이 홱 돌아가더니 등 뒤로 순식간에 20~30척

거리나 물러났다. 질풍같이 재빠르고 날렵한 동작에 이어 50척에 가까운 채찍이 오른쪽 어깨 너머로 길게 뻗어나가더니 채찍 초리에 달린 강철 송곳 무더기가 주전의 면상을 후려쳤다. 그녀와 명교 진영 울타리 사이는 본래 100여 척 떨어져 있었으나, 채찍은 하늘 바깥에서 놀던 황룡이 몸뚱이를 통째로 길게 뻗어 덮쳐오듯 눈 깜짝할 사이에 쏜살같이 날아들었다. 바야흐로 입에 게거품을 물고 침방울을 튀어가며 신바람 나게 떠들어대던 주책바가지 영감은 은리정과 악전고투를 벌이던 주지약이 돌발적으로 자기한테 기습 공격을 가할 줄이야 꿈에도 몰랐다. 난데없는 바람 소리에 찔끔 놀라는 찰나, 무시무시한 채찍이 벌써 면상 앞에까지 들이닥쳤다. 상대방이 돌아서는 기척도 없었으나 등 뒤에 눈이라도 달렸는지 강철 송곳 박힌 채찍 초리가 정확하게 코끝을 노리고 찔러든 것이다.

주지약의 채찍질이 딴 데로 향하는 순간, 은리정도 반격으로 전환했다. 엄밀하게 수비 일변도를 유지하던 장검이 기세등등하게 찔러 나갔다. 채찍이 배후로 돌아갔을 때 주지약 또한 상대방의 역습을 예측하고 비어 있던 왼손으로 은리정에게 일장을 후려쳐 보냈다. 서슬 푸른 칼날 앞에 피와 살로 뭉쳐진 손바닥 하나가 연속 후리기 찌르기를 무려 일곱 차례, 목표는 오로지 상대방의 머리통과 얼굴, 앞가슴에 위치한 치명 급소 요혈이었다. 은리정의 장검은 더 이상 주지약의 팔뚝을 베어낼 도리가 없어 그저 봉점두鳳點頭 초식으로 몸을 낮게 움츠려 피하기나 할 따름이었다. 그제야 명교 진영 울타리 쪽에서 "팟!" 하는 소리와 함께 "와장창!" 시끄러운 소리가 들렸다. 무시무시한 채찍질이 날아들자, 주전 곁에 서 있던 눈치 빠른 양소가 민첩한 손놀림으로 목제 탁자를 움켜잡아 주지약의 채찍 앞에 내세운 것이다. 채찍질이 탁자에 들어맞는 순간, 부서진 나무 부스러기가 사면팔방으로 튕겨 날고, 탁자 위에 놓였던 찻주전자며 찻그릇이 모조리 깨지면서 뭇사람은 졸지에 뜨거운 찻물과 사기 조각 파편을 흠뻑 뒤집어쓰고 말았다.

주지약은 기습 일격이 적중하지 못하자, 더 이상 주전을 아랑곳하지 않고 채찍을 되돌려 다시 은리정에게 집중 공격을 퍼붓기 시작했다. 한 곁에서, 유연주는 두 눈을 부릅뜬 채 싸움판을 지켜보고 있었다. 그러나 한참을 눈이 시리게 살펴보아도 주지약의 채찍 쓰기 요점이 어디 있는지 시종 포착할 수가 없었다. 그는 다시 속셈을 해보았다.

'내가 또 나서서 공격을 재개한다 해도 태극검법으로 어쩌지 못하는 여섯째 아우보다 더 나을 것은 없으리라. 만약 지구전을 시도한다면 어떻게 될까……? 저 여인은 내력이 남성보다는 모자랄 터이니 우리가 끈덕지게 오래 끌면 혹시 이길 수 있을지도 모른다.'

가능성을 하나 꺼내놓고 나서도 그는 여전히 싸움판을 주의 깊게 지켜보았다. 은리정의 검법은 탄토개합呑吐開合 공세로 내찌르기와 거둬들이기, 벌어졌다 합쳐지는 동작이 물 흐르듯 유연하게 펼쳐졌다. 음과 양, 동과 정, 모든 면에서 은사 장삼봉이 지도한 절초의 조예를 완전히 터득한 아우가 평생 쓰지 않던 고명한 검술 정화를 오늘 생사의 갈림길에 직면하자 아낌없이 발휘하고 있는 것이다. 무당파는 권법이든 검법이든 일체 무공이 싸울수록 강해지는 데 치중해왔다. 그런 만치 시간을 오래 끌면 끌수록 이길 가능성이 그만큼 더 늘어나는 것이다.

바로 이때 상황이 돌변했다. 주지약의 기다란 채찍질이 급작스레 부르르 떨더니 허공에 크고 작은 원을 하나씩 그리면서 그 한복판에 은리정을 덥석 가둬버리는 것이 아닌가! 태극권이나 태극검법이나 모두 힘줄기를 운용해 원둘레를 형성하는 게 특징인데, 주지약도 채찍으로 원둘레를 형성했을 뿐 아니라, 채찍질로 끌어가는 방향마저 은리정의 장검이 형성한 것과 똑같아진 데다 속도가 몇 배나 더 빨라졌으니 그게 보통 문제가 아니었다. 장검에 응축된 힘줄기가 이렇듯 채찍 끝에 끌려가게 되자, 은리정은 삽시간에 힘을 쓸 수가 없었다. 채찍이 가는 방향에 따라 연거푸 서너 바퀴를 맴돌던 그는 자기도 모르게 칼자루가 손아귀에서 빠져나가는 느낌을 받았다. 중심에서 바깥으로 자꾸 멀어져 나가려는 원심력 탓이었다. 서슬 푸른 검광이 번쩍 빛나는 것과 동시에 손아귀를 벗어난 장검이 하늘 위로 솟구쳐 올랐다. 그와 때를 같이해서 주지약의 기다란 채찍이 독사처럼 휘말아 오더니 채찍 끝에 달린 강철 송곳 뭉치가 은리정의 정수리 천령개를 노리고 힘차게 떨어져 내렸다.

순간 몸을 솟구쳐 올린 유연주가 싸움터 한복판 허공에 몸을 띄운 자세 그대로 오른손을 내뻗어 채찍 끄트머리 아랫부분을 움켜잡았다. 주지약의 치마폭 밑에서 오른발이 날아오르더니 유연주의 등허리 요혈을 정통으로 걷어찼다. 앞서 유연주는 주지약의 괴상하기 짝이 없는 채찍질 수법 요점을 줄곧 포착하지 못한 채 한동안 망설였으나, 방금 그녀가 채찍으로 원둘레를 형성해 은리정이 들고 있던 장검을 후려쳐 빼앗는 광경이 눈길에 잡히자, 답답하게 막혔던 가슴이 탁 트이는 것을 느꼈다. '옳거니, 요 계집의 공력이란 게 그저 그렇구나! 채찍질로 원둘레를 이루다니, 그 정도 수준이야 우리 태극권에 훨씬 뒤떨어지지 않는가?' 등허리에 발길질을 한 대 얻어맞으면서 채찍을 움켜잡은 유연주는 왼손을 불쑥 내뻗어 주지약의 아랫배를 곧장 찌르고 들어갔다. 바로 호조절호수虎爪絶戶手의 일초였다. 이 무서운 절초를 무슨 수로 감당해내랴? 한순간 주지약은 눈앞이 캄캄해졌다. 그녀의 머릿속에 전광석화처럼 좌절감이 스쳐 지나갔다.

'아아, 내가 오늘 유 이협의 손에 죽는구나……!'

그녀는 오른손에 쥐고 있던 채찍 자루를 놓는 것과 동시에 다섯 손가락을 활짝 펼쳐 세워 유연주의 정수리를 내리찍었다. 상대방과 동귀어진할 각오였다. 유연주는 머리를 옆으로 기울여 피하려 했으나 발길질에 등허리 급소를 얻어맞고 혈도가 봉쇄된 터라 움직일 수가 없었다. 그러나 공력을 응축시킨 왼손의 손가락 끝은 여전히 질풍같이 상대방의 아랫배를 찔러 들어가고 있었다.

그야말로 위기일발의 순간, 측방에서 한 사람이 덮쳐오더니 오른손으로 유연주의 호조절호수를 가로막아 밀어내는 한편, 다른 손길로 주지약의 다섯 손가락을 중도에서 차단해 옆으로 거세게 뿌리쳤다. 장무기가 뛰어들어 두 인명을 아슬아슬하게 구해낸 것이다. 주지약은 그가 자기 목숨을 구해주었다는 사실을 뻔히 알면서도 여전히 쌍장에 혼신의 기력을 다 쏟아붓고 질풍 같은 속도로 그의 앞가슴에 맹렬한 일격을 가했다. 장무기가 회피 동작을 취할 경우, 그 쌍장에 응축된 힘줄기는 영락없이 유연주의 면상에 적중할 터였다. 장무기는 어쩔 수 없이 왼 손바닥으로 쌍장을 마주 후려쳤다. 쌍방 두 사람의 손바닥 셋이 맞부딪쳤다. 그 순간, 장무기는 무언가 허탈한 느낌이 들어 소스라치게 놀랐다. 상대방의 쌍장에 힘줄기라곤 하나도 얹혀 있지 않았던 것이다. 그는 가슴이 써늘해졌다.

'아차, 큰일 났다! 지약이 여섯째 사숙과 200여 초에 가깝게 악전고투를 겪느라 내력이 고갈되고 말았구나. 내 이 힘줄기를 그대로 밀어 보냈다가는 당장 목숨이 끊길 게 아닌가?'

장무기는 위급한 가운데 더 생각해볼 여지없이 손속의 힘줄기를 거둬들였다. 애당초 일장을 밀어 쳐낼 때만 해도 그는 주지약의 무공 수준이 자기보다 훨씬 뒤진다는 사실을 알고 있었지만, 워낙 강적인 데다 손바닥 한 짝으로 상대방의 쌍장을 요격하는 급박한 상황이라 털끝만치나마 소홀히 할 수 없어 그 일장에 전신 공력을 쏟아부었다. 그리고 힘줄기를 외부로 토해내던 즉시 상대방의 내력이 소진되었음을 깨닫고 억지로 자기 힘을 도로 끌어들였다. 그것은 혼신의 장력을 반대로 돌이켜 자기 자신을 후려치는 격이나 다를 바 없었다. 장무기는 이런 짓이 무학에서 가장 큰 금기라는 사실을 뻔히 알고 있었다. 하물며 간발의 차이도 용납 못 할 한순간에 돌연 힘줄기를 회수하려니 그 힘이 더욱 거세질 수밖에 더 있으랴. 위안이 되는 것이 있다면 자신의 내공은 '수발유심收發由心, 즉 마음만 먹으면 언제든지 힘을 쏟아내고 거둬들일 수 있는 능력의 소유자란 점이었다. 이제 강력한 힘줄기에 충격을 받는다 해도 기껏해야 순간적으로 질식 상태에 빠져들기나 할까, 결코 치명적 손상은 입지 않을 자신이 있었다.

그런데 뜻하지 않은 사태가 벌어졌다. 이제 막 그가 장력을 회수하려던 찰나, 돌연 상대방의 장력이 한꺼번에 밀어닥치는 것을 직감했다. 더구나 그것은 장무기가 도저히 감당하지 못할 맹렬한 기세로 부딪쳐 왔다.

"아차, 또 암습에 당했구나!"

그러나 이미 때가 늦었다. 주지약이 수평으로 가지런하게 내지른 쌍장이 앞가슴을 강타했다. 장무기 자신이 회수하던 장력에 주지약의 장력까지 보태진 셈이었다. 천하에 어깨를 나란히 하는 양대 고수가 힘을 합쳐 공격한 마당에 제아무리 구양진기의 호체신공이 웅혼하다 해도 도저히 막아낼 도리가 없었다. 더구나 주지약의 장력은 장무기에게 있어 묵은 힘이 소진되고 새로운 힘줄기가 미처 생성되지 않은 틈을 노리고 쳐들어왔으니 그걸 무슨 수로 감당해낼 수 있겠는가? 엄청난 충격을 받고 눈앞이 캄캄해지는 그 순간, 장무기의 머릿속에 어렴풋이 떠오르는 기억이 하나 있었다. 여러 해 전, 서역 땅 사막지대에서 멸절사태가 이런 비겁한 수법으로 기습 타격을 가해 피를 토하게 하고 모랫바닥에 쓰러지게 만들지 않았던가? 물론 그 당시만 해도 장무기는 어떻게 저항해야 할지 전혀 모르는 상태에서 공격을 받았으나, 이번에는 저항력을 충분히 갖추고서도 자비심 하나 때문에 속절없이 간계에 빠져든 것이다. 순간 아무것도 보이지 않는 어둠 속에서 장무기는 목구멍 위로 차오른 선지피를 울컥 토해냈다.

기습이 성공을 거두자, 뒤미처 주지약은 왼손을 앞으로 불쑥 내뻗어 다섯 손가락으로 그의 앞가슴을 움켜갔다. 장무기는 중상을 입어 그저 눈앞이 아찔해지고 머릿속은 텅 비어버린 듯한데 두 귀에는 이제 막 들이쳐 오는 다섯 손가락의 기척이 어렴풋이 느껴졌다. 그 손가락에 움켜잡혔다 하는 날이면 갈빗대가 모조리 으스러지고 가슴이 쩍 갈라지는 참화를 면치 못하리라. 본능적으로 그는 억지로 가슴을 움츠려 뒤쪽으로 두세 치 옮겨보았다.

"찌익!"

앞가슴을 덮고 있던 옷자락이 다섯 손가락에 할퀴어져 길게 찢겨나가고 우람한 가슴팍 살갗이 통째로 드러났다. 이어서 주지약의 오른손 다섯 손가락이 찔러 들어왔다. 그 무렵 유연주는 발길질에 걷어차인 부위가 급소 혈도라 꼼짝달싹 못 하고 있었고, 은리정이 달려들어 구원의 손길을 내밀기에는 이미 때가 늦었다. 장무기가 이 겁난에서 빠져나갈 도리는 이제 없다.

주지약의 매서운 눈초리가 화살처럼 목표에 가서 꽂혔다. 활짝 벌어진 가슴팍 한구석에 흐릿하게 남은 칼자국이 보였다. 바로 오래전 광명정에서 그녀가 의천보검으로 찌른 생채기였다. 앞가슴까지의 거리는 불과 반 자 남짓, 웬일인지 칼자국 상처를 보는 순간 주지약은 가슴이 뭉클했다. 뭐라고 형언하기 어려운 애틋한 정감에 눈시울마저 뜨거워졌다. 그녀의 다섯 손가락은 반 자 남짓한 거리를 떼어놓은 채 끝내 찔러 들어가지 못했다.

그녀가 주춤하는 사이에 위일소, 은리정과 양소, 범요 넷이 동시에 광장 안으로 들이닥쳤다. 위일소가 몸을 날려 장무기의 앞을 가로막아 섰다. 양소와 범요가 좌우로 나뉘어 주지약을 습격하는 틈에 은리정이 장무기를 껴안고 도망쳐 나왔다.

이렇게 되니 장내는 삽시간에 아수라장으로 바뀌었다. 아미 제자와 소림사 승려들이 호통치면서 손에 병기를 잡고 분분히 뛰어들었다. 주지약과 몇 초 겨루던 양소와 범요는 계속 싸우고 싶지 않아 미련 없이 물러나오고, 위일소는 유연주를 부축해 일제히 명교 진영으로 돌아왔다. 아미와 소림 양파 제자들도 장내의 싸움이 그치자 즉시 물러나왔다.

장무기가 위험에 처했을 때 조민 역시 구원할 생각으로 급히 달려 나갔으나, 동작이 위일소나 양소보다 빠르지 못해 중도에서 장무기를 안고 오는 일행들과 마주쳤다. 장무기의 입술 언저리는 온통 피투성이였다. 그녀는 너무 놀란 나머지 얼굴빛이 종잇장처럼 하얗게 질리고 말았다. 장무기가 억지웃음을 지어 보였다.

"염려할 것 없소. 운기 조식 좀 하면 나을 테니까."

사람들이 그를 부축해 울타리 안쪽 좌석에 앉혔다. 장무기는 조심스레 구양신공을 일으켜 내상을 조섭하기 시작했다.

"어느 영웅분께서 한 수 가르침을 내려주시지 않겠습니까?"

광장 한복판에 홀로 남은 주지약이 외쳐 물었다.

범요가 기다렸다는 듯이 허리띠를 질끈 동여매더니 큰대자 걸음걸이로 성큼성큼 울타리 바깥으로 나섰다. 이때 장무기가 불러 세웠다.

"범 우사, 출전하지 마시오. 우리…… 우리가 패배를 인정합시다."

단숨에 급히 얘기하려니 목이 메어 또다시 피를 두 모금이나 토했다. 범요는 교주의 명이라 복종할 수밖에 없었다. 만일 고집을 부려 출전했다가는 교주의 상세가 극심하게 악화될 게 분명했다. 또 출전해서 몸과 마음을 다 바쳐 싸운다 해도 괜한 목숨이나 버리기 십상일 뿐 명교에 보탬이 될 것은 하나도 없다는 사실을 깨달았다. 그는 속으로 이를 갈며 묵묵히 제자리에 돌아와 앉았다.

주지약은 여전히 광장 한가운데에 서 있었다. 목청을 드높여 또 두 차례나 도전자를 찾았으나 사면은 물을 뿌린 듯 잠잠했다. 방금 장무기가 제 힘줄기를 거두어들이다 스스로 손상을 입은 것은 당사자인 장무기와 그녀만 알고 있는 사실이었다. 남들이야 모두 주지약의 장력이 워낙 괴이해 명교 장 교주의 능력으로는 적수가 되지 못하는 걸로 알고 있었다. 더구나 주지약이 다섯 손가락에 공력을 응축시키고도 그의 목숨을 살려주는 광경을 모든 사람이 똑똑히 보지 않았던가? 한창 젊은 여인의 몸으로 은리정, 유연주, 장무기 같은 당세의 최정상급 고수를 셋씩이나 연패시키다니, 그 뛰어난 무공 실력을 인정하지 않을 수 없었다. 군웅들 가운데에도 절세무학의 소유자가 적지 않았다. 그러나 스스로 생각해보아도 유연주, 은리정, 장무기 세 사람의 무공 수준에 결코 미치지 못한다는 사실을 뻔히 아는 만큼 공연히 목숨을 바치러 나설 필요는 없다고 생각했다.

홀로 광장에 우뚝 선 주지약은 승자라기보다 차라리 외로워 보였다. 산바람이 불어와 치맛자락을 나부낄 때마다 가냘프고도 여린 몸뚱이조차 휘청휘청 흔들리는 듯싶었다. 그러나 주변을 에워싼 삼산오악三山五嶽 수천 명의 영웅호걸 중에서 단 한 사람도 감히 도전을 하는 이가 없었다.

주지약은 참을성 있게 기다렸으나 여전히 나서는 자가 없자, 달마당의 노승이 걸어 나오더니 합장하고 입을 열었다.

"아미파 장문 송 부인의 기량이 군웅들 가운데 으뜸이요, 무공도 천하제일이외다! 자, 불복하시는 분은 없으시겠지요?"

주전이 버럭 소리를 질렀다.

"나 주전이 불복하겠소!"

"그럼 주 영웅께서 등장하여 무공을 겨뤄보시지요."

"이기지 못할 싸움은 해서 뭣 하겠소?"

"주 영웅께서 적수가 못 된다고 자인하셨으니 그럼 승복하시겠다, 그 말 아니오?"

"적수가 못 되는 것은 나도 잘 아는 바이오만, 그렇다고 불복해서 안 된다는 법이 어디 있소?"

노승은 더 이상 주전을 거들떠보지 않았다. 이 찰거머리와 티격태격 승강이를 벌였다가는 어느 세월에 끝날지 모르기 때문이다. 그는 다시 군웅들을 돌아보고 물었다.

"여기 이 주 영웅은 빼놓고, 또 어느 분이 불복하시겠소?"

연거푸 세 차례 물었으나, 주전 하나만이 세 차례 야유를 던졌을 뿐 광장 어느 구석에서도 불복하겠다는 소리가 나오지 않았다. 마침내 달마당 노승이 선포를 했다.

"좋소이다. 이 대결장에 나서서 겨루실 분이 없는 바에야 우리는 영웅대회에서 미리 약정한 대로 금모사왕 사손을 아미파 장문 송 부인께 넘겨드려 그분의 처분에 맡기도록 하겠소이다. 도룡도가 현재 어느 분 수중에 있는지 모르나 이 자리에 내놓으셔서 송 부인이 거두어 보관하도록 합시다. 이것은 영웅 여러분 모두가 공식적으로 결정한 일이니 아무도 이의를 제기할 수 없소이다."

장무기는 차분하게 운기 조식으로 구양진기를 북돋아 중상을 치료하고 있었다. 숨고르기가 순조롭게 진행되어 차츰 '반허공명返虛空明'의 원숙한 경지에 빠져들고 있는데, 느닷없이 "금모사왕 사손을 아미파 장문 송 부인께 넘겨드려 그분의 처분에 맡기도록 하겠다"는 노승의 말을 듣자, 그만 가슴이 덜컥 내려앉아 또다시 피를 쏟아낼 뻔했다.

곁에 앉아 온 신경을 다 쏟아가며 돌봐주던 조민은 그가 돌발적으로 경련을 일으키면서 안색이 싹 바뀌는 것을 보고 그 심사를 이내 알아챘다.

"무기 오라버니, 아무 걱정 말아요. 당신 양부를 주 언니의 처분에 맡기도록 결정했는데, 그보다 더 좋은 일이 어디 있어요? 생각해보세요. 좀 전에 주 언니가 당신에게 차마 손을 쓰지 못했잖아요? 그것만 보더라도 아직껏 오라버니에 대한 애정이 깊고 무겁게 남아 있다는 것을 알 만하죠. 금모사왕은 절대 아무도 해치지 못할 테니까 마음 푹 놓고 상처나 잘 치료하세요."

생각해보니 틀린 말이 아니었다. 장무기는 그제야 마음이 누그러졌다.

어느 결에 해는 서산 너머로 뉘엿뉘엿 저물고 하늘빛이 어둑어둑해졌다. 너른 광장에도 땅거미가 깔리기 시작했다. 달마당 노승이 오늘 대회를 마무리 짓기 위해 다시 한번 선언했다.

"금모사왕 사손은 지금 뒷산 모처에 갇혀 있소이다. 이제 하루해가 저물고 날도 늦었으니 여러분 모두 시장하시리라 생각합니다. 내일 아침 일찍이 여기 다시 모이면, 노납이 송 부인을 인도해 관문을 열고 죄수를 석방시키도록 하리다. 그때 다시 송 부인의 절세 무쌍한 무공을 또 한 번 볼 수 있으리라 믿습니다."

양소, 범요가 일제히 조민에게 눈길을 던졌다. 입을 열어 말은 하지 않았어도 생각은 한결같았다.

'소민군주, 과연 그대 짐작이 들어맞았소. 주지약의 무공 실력이 제아무리 강하다 해도 뒷산에 있는 도액, 도겁, 도난 세 분의 고승과 싸워 이길 승산은 없을 터, 어쩌면 그녀마저 애꿎은 목숨만 헛되이 날려

보내고 결과적으로 소림파가 강호 무림계의 패자로 군림하게 될지도 모르겠소.'

이 무렵 주지약도 어느새 아미파 진영으로 돌아갔다. 장문인의 활약으로 아미파가 오늘 천하 영웅들을 위압했으니 제자들의 마음이야 오죽 기쁘랴. 그들은 장문인이 돌아오는 것을 보자 하나같이 숙연한 기색으로 허리 굽혀 경의를 표했다.

주지약이 '천하제일의 무공 실력자'라는 명예를 탈취했으나, 금모사왕 사손의 처단 문제와 도룡도의 행방에 관한 막중대사는 아직도 미결 상태였다. 따라서 군웅들은 남몰래 속셈을 하느라 어느 누구도 소실산을 내려가지 않았다. 군웅들이 지정된 숙소로 흩어지기 전에, 달마당 노승이 마지막으로 정중하면서도 다소 으름장 섞인 당부의 말을 잊지 않았다.

"본사에 오신 영웅들께서는 모두 저희 소림파의 귀빈들이십니다. 피차 맺은 은원과 갈등이 있다 하더라도 아무쪼록 저희 소림파의 체면을 봐서 잠시 분노를 참아주시어 소실산 경내에서만큼은 해결하려 들지 마시기 바랍니다. 그러지 않을 경우, 여러분께서 저희 소림파를 업신여기는 것으로 간주하겠습니다. 저녁을 드신 후 앞산 경내를 두루 유람하시되, 뒷산은 저희 문파의 장경각이 있고 아울러 제자들이 무예를 단련하는 곳이니 부디 출입을 삼가 주시기 바랍니다."

범요가 아직도 몸을 제대로 추스르지 못하는 장 교주를 안고서 명교 제자들이 따로 엮어놓은 오두막으로 돌아왔다. 장무기는 장력에 맞은 상처가 무겁기는 해도 평소 자신이 구워 조제한 영단 아홉 알을 먹고 다시 구양진기로 약의 효력을 이끌어준 덕택에 그날 늦은 밤 이경 무렵 응어리진 핏덩이를 세 모금 토해냈을 때에는 체내의 상처가 말끔히 가셨다. 양소, 범요, 유연주, 은리정은 놀랍고도 기쁜 마음에 경탄을 금치 못했다. 장무기의 내공 수련이 이렇게 깊고 두터울 줄은 생각 못 한 것이다. 보통 사람이 그 정도 중상을 입었다면 설령 솜씨 좋은 고수가 치료한다 해도 줄잡아 한두 달쯤 요양을 하고 나서야 응어리진 어혈瘀血을 삭이고 기력이 순조롭게 돌아갈 수 있는데, 장무기는 불과 몇 시진 만에 완전히 치유했으니 자기네들 눈으로 직접 목격하지 않았다면 믿지 않았을 것이다.

장무기는 저녁밥을 두 그릇이나 비웠다. 그러고는 한동안 정양을 더 한 다음 자리를 털고 일어섰다.

"잠시 나갔다 와야겠소."

은리정이 한마디 건넸다.

"중상을 입었다가 치유된 몸이니 일절 조심해야 하네."

"예!"

장무기가 시원스럽게 응답했으나, 조민의 얼굴에는 걱정스러운 기색이 완연했다. 그는 말없이 조민에게 웃음 지었다. 마음 푹 놓고 기다리라는 뜻이 담긴 미소였다. 오두막에서 나와 고개를 쳐들고 보니 하늘에 밝은 달빛과 듬성듬성 별빛이 반짝거렸다. 숨 한 모금 깊숙이 들이마시고 체내의 진기를 한 바퀴 돌리고 났더니 제정신이 번쩍 들었다. 산길을 가로질러 소림사 밖에 다다르자, 외곽 순찰을 돌고 있던 지객승과 마주쳤다.

"소생이 아미파 장문을 만나야 할 일이 있는데, 수고스럽지만 길 안내 좀 해주시지요."

지객승이 바라보니 다름 아닌 명교 장 교주였다. 그는 두려운 마음에 얼른 공손하게 응답했다.

"그러지요! 소승이 안내해드리고말고요. 장 교주님, 이쪽으로 따라오십시오."

지객승은 그를 이끌고 서쪽으로 걸어갔다. 한 1리쯤 지났을까, 지객승의 손가락이 자그마한 가옥 몇 칸을 가리켰다.

"아미파 사람들은 모두 저 집 안에 머무르고 계십니다. '승니僧尼 유별有別'이라 소승은 비구니의 처소에 갈 수 없는 데다 밤도 깊었으니 더는 범접하기 어렵습니다."

그는 한밤중에 장무기가 또다시 주지약과 싸움을 벌이지나 않을까 겁이 나는 모양이었다. 당세에 내로라하는 양대 고수끼리 치고받고 싸울 때 운수 사나우면 진짜 고래 싸움에 새우 등 터지는 꼴을 당하게 될지 누가 알겠는가? 지객승이 사뭇 두려운 기색을 띠자, 장무기는 슬그머니 장난기가 발동했다.

"하하, 스님께서 돌아가 이 일을 발설하면 여러 사람이 놀라게 될 테니, 차라리 내가 스님 혈도를 찍어놓고 여기서 기다리게 하는 것이 낫겠소이다."

"어이구 맙소사! 혈도를 찍으시겠다니요! 소승은 입 꾹 다물고 한마디도 하지 않겠습니다. 장 교주님 제발 안심하십시오."

그러더니 허겁지겁 돌아서기가 무섭게 휑하니 사라져버렸다. 장무기는 미소를 머금은 채 슬금슬금 초가집 앞으로 다가섰다. 문전까지 거리가 100여 척쯤 떨어졌는데 벌써 인기척에 놀란 비구니 두 명이 쏜살같이 나타났다. 뽑아 든 장검을 가슴 앞에 가로누여 막아서더니 야무지게 호통을 쳤다.

"누구냐!"

장무기는 정중히 포권의 예를 취했다.

"명교 장무기, 야반에 실례인 줄 아오나 귀 아미파의 장문이신 송 부인을 뵙고자 청하오."

그 말에 비구니 둘이 대경실색했다. 이들 중 연장자가 물었다.

"장…… 장 교주님…… 잠시 기다려…… 주십시오. 제가…… 제가 여쭙겠습니다."

놀라움을 억지로 가라앉히려 애썼으나 목소리는 떨려 나왔다. 돌아서서 몇 발짝 걷다가 이내 자그만 대나무 호루라기를 꺼내 휙 불었다. 아미파는 오늘 한낮 기가 펴질 대로 펴졌다. 천하 군웅들 앞에서 장문인이 당세 삼대 고수를 격파해 수천 명의 수염 달린 남자를 경악과 공포에 몰아넣고 단 한 사람 도전하러 나서지 못하게 기를 꺾었으니 의기양양해질 수밖에 없었다. 그러나 아미파는 오늘 하루 만에 개방 원로 둘을 죽이고 무당파 두 사람을 이겼으며, 게다가 명교 교주에게마저 중상을 입혀 결국 적지 않은 사람들에게 죄를 지었다. 게다가 주지약이 '무공 천하제일'이라는 명예까지 차지했으니 얼마나 많은 영웅에게 미움과 시샘을 받겠는가? 그런 만치 오늘 밤 소림사 안팎 어디나 발을 내딛는 곳마다 그들에게는 험지요, 강적들이 사면팔방 에워싸고 호시탐탐 엿보는 터라 물샐틈없는 경계 태세를 취하지 않을 수 없었던 것이다. 비상사태를 알리는 대나무 호루라기 소리가 날카롭게 울리자, 사방 어두운 그늘 속에서 한꺼번에 20명이나 되는 사람이 검광을 번뜩이면서 각처에 포진했다. 장무기는 그들을 본 척도 하지 않고 뒷짐 진 자세로 그 자리에 우뚝 선 채 조용히 기다렸다.

경고를 발했던 비구니가 장문인에게 통보하러 오두막에 들어가더니 잠깐 사이에 되돌아 나왔다.

"저희 장문 어른께서 '남녀가 유별한데 심야에 만나 뵙기가 어렵다' 말씀하셨으니, 장 교주께서는 발길을 돌리시기 바랍니다."

장무기도 문전 축객을 당할 줄이야 예상은 했다. 그러나 이대로 발길을 돌릴 수 없어 미리 생각해둔 용건을 끄집어냈다.

"소생은 나름대로 의술에 정통한 사람이오. 이렇게 늦은 밤에 결례를 무릅쓰고 찾아온 것은 송청서 소협의 상처를 치료해드리면 어떨까 해서일 뿐, 다른 뜻은 없소이다."

송청서의 상처를 치료하러 왔다는 말에 비구니가 흠칫 놀라더니 다시 통보하러 들어갔다. 그러고는 한참이 지나서야 나왔다.

"장문께서 들어오시랍니다."

장무기는 병기를 휴대하지 않았다는 뜻으로 허리춤을 툭툭 쳐 보인 다음 그녀를 따라 오두막에 들어섰다.

주지약은 객실 한 곁 의자에 턱을 고인 채 앉아 있었다. 넋이 나간 듯 멍하니 허공만 쳐다볼 뿐 사람이 들어서는 기척에도 돌아보지 않았다. 비구니가 맑은 차 한 잔 따라놓고 물러나더니 조심스레 문을 닫았다. 객실에는 이제 아무도 없었다. 흰 촛불 한 자루만이 문을 여닫는 바람에 흐려졌다 밝아졌다 흔들리면서 주지약의 소담스러운 푸른 옷자락을 비추고 있었다. 얼핏 보기만 해도 처량하고 애틋한 정경에 장무기는 가슴이 쓰라렸다.

"송 사형의 상세가 어떤지 보러 왔소."

한마디 건넸으나 주지약은 여전히 고개 한 번 돌리지 않고 냉랭하게 대꾸했다.

"그 사람, 두개골이 바스러져 상세가 극도로 위중해요. 오늘 밤이나 넘길 수 있을지……."

"내 의술이 쓸 만하다는 것쯤은 당신도 잘 알 거요. 구해내도록 힘을 다하고 싶소."

"왜 그 사람을 구하려고 하죠?"

느닷없이 엉뚱한 질문을 받고 장무기는 흠칫 놀랐다. 그러나 이내 솔직히 답변했다.

"당신에게 미안스러워서……. 마음이 얼마나 부끄러운지 모르겠소. 더구나 오늘 당신이 손속에 사정을 두어 내 목숨을 살려주지 않았소? 그렇기 때문에 송 사형의 상처를 내 힘닿는 대로 치료해서 살려드려야 마땅하다고 생각했소."

"당신이 먼저 손속에 사정을 두었다는 걸 내 모를 줄 아세요? 그때 그 힘줄기를 그대로 밀어 쳤다면 내 목숨이 먼저 날아갔겠죠. 그래, 당신이 송 형의 목숨을 구해낼 경우, 내가 어떻게 보답해주기를 바라나요?"

"일대일로 목숨끼리 맞바꿉시다."

"누구 목숨하고?"

"내 큰아버님의 목숨이 당신 처분에 맡겨졌으니 부디 손속에 사정을 두었으면 고맙겠소."

"그것뿐인가요? 달리 더 요구할 것은 없고요?"

"다른 건 내 입으로 말하기 어려워서……."

장무기가 쭈뼛거리자 그녀는 대뜸 말을 끊고 안채 쪽을 가리켰다.

"저 안에 있어요."

장무기는 아무 말 없이 그쪽으로 걸어가 방문을 열었다. 등잔 불빛 하나 없이 방 안은 캄캄했다. 하는 수 없이 촛대를 집어 들고 안으로 들어섰다. 주지약은 어둠 속에서 여전히 한 손으로 턱을 괸 채 시종 움직이지 않았다.

침상 앞에 드리워놓은 청사青紗 휘장을 들쳤다. 불빛 아래 송청서의 모습이 드러났다. 불쑥 튀어나온 두 눈망울, 비뚤어진 입, 길게 내민 혓바닥, 뭉개진 콧날하며 찢겨 내린 두 귓불과 움푹 파여 들어간 광대뼈……. 일찍이 강호에 '옥면맹상玉面孟嘗'이란 별호를 얻을 만큼 준수한 자태와 용모를 자랑하던 송청서의 오관五官이 송두리째 뒤틀려 보기에도 끔찍스러울 정도로 무섭게 변해 있었다. 숨결마저 실낱처럼 미약한 데다 진작부터 아무것도 알아보지도 느끼지도 못하는 인사불성으로 깊은 혼수상태에 빠져 있었다. 손목의 맥을 짚어보니, 맥박은 제멋대로 빨라졌다 느려졌다 혼란스럽고, 살갗은 얼음같이 차가워 송장이나 다를 바 없었다. 이제 만일 즉시 치료의 손길을 뻗치지 않는다면 주지약의 말대로 오늘 밤을 넘기기 어려울 것이 분명했다.

다시 한번 조심스럽게 두개골을 더듬어보니 앞이마와 뒤통수 뼈가 모두 네 조각으로 으스러졌다. 그는 환자의 머리뼈에서 손을 떼고 절레절레 고개를 가로저었다. 치료에 자신이 없어서가 아니라 둘째 사백 유연주의 쌍권 위력이 새삼 놀라웠던 것이다. 결정타를 먹이던 그 순간 쌍풍관이 일초에 혼신의 내력을 다 쏟아붓지 않았던 것은 분명한 듯했다. 아마도 대사백 송원교와 형제간의 정리 때문에 내력을 다 쏟지 못했으리라. 휘장을 도로 내린 장무기는 탁자 위에 촛대를 올려놓고 대나무 걸상에 앉아 곰곰이 치료 방법을 궁리했다. 송청서가 받은 상처는 확실히 치명적이었다. 과연 목숨을 구할 수 있을지 자신할 수 없었다. '구해내지 못하고 그대로 죽게 내버려둔들 나를 탓할 사람은 없을 것이다. 지약이 청상과부가 된다면 혹시 나하고의 연분을 다시 이을 수 있을까 없을까……?' 생각이 여기에 미치자 저도 모르게 가슴이 두근거렸다.

밥 한 끼 먹을 시간 동안 치료법의 세밀한 부분까지 생각하던 끝에 장무기는 바깥채 객실로 나왔다.

"송 부인, 내가 송 사형의 목숨을 구할 수 있는지 여부는 정말 단언하기 어렵소만, 그래도 일단 손을 써보도록 허락해주시겠소?"

"당신이 구해내지 못한다면 이 세상에 그의 목숨을 구할 사람은 없겠죠."

"설령 목숨만은 구한다 하더라도 용모와 무공을 옛날 모습으로 되찾기는 어렵겠소. 또 뇌진탕을 일으켜서 충격받은 두뇌가 못 쓰게 망가져서…… 어쩌면 말하기조차 쉽지 않을 거요."

"당신도 신선은 아니죠. 하지만 나는 알아요. 당신이 성심성의껏 최선을 다하리라는 것을. 저 사람을 온전한 몸으로 살려내지 못하더라도 꼭 그렇게 해야만 양심의 가책을 받지 않고 떳떳하게 소민군주의 부마 노릇을 할 것 아니겠어요?"

속마음을 꿰뚫린 장무기는 가슴이 덜컥 내려앉았다. 그는 속으로 항변했다. '지약, 내 진정 말하리다. 난 정말 저 사람의 목숨을 살려주고 싶지 않단 말이오!' 하지만 그 말을 끝내 입 밖에 내뱉지 못했다. 의술을 배운 자는 어버이가 자식을 대하는 심정이어야 하는 법. 남을 구해주고 죽을 목숨을 살려내야 한다는 자비심이야말로 이미 뿌리 깊은 고정관념으로 그가 살아오는 동안 마음속에 단단히 박혀 있었다. 비록 주지약에 대한 미련을 저버리지 못한 채 연연하곤 있지만, 고의적으로 송청서를 치료해주지 않는다면 어릴 적부터 지녀온 그의 의협심에 크게 어긋나는 행위가 아닐 수 없었다.

그는 아무 대꾸도 하지 않고 방으로 돌아가 송청서의 몸을 덮은 홑이불을 젖혀놓고 여덟 군데 혈도를 찍었다. 그러고는 열 손가락을 가볍고 부드럽게 움직여 네 조각으로 바스러진 두개골을 하나하나씩 모아 바로잡았다. 그런 뒤 품속에 간직한 황금 합을 꺼내 새끼손가락으로 검은빛 고약을 찍어 양 손바닥에 골고루 비벼 펴서 조심스럽게 환자의 두개골 바스러진 부위에 얇게 발라주었다. 검은빛 고약은 바로 서역 금강문金剛門에 비전되어 내려오던 외상 치료와 접골에 성약聖藥인 흑옥단속고黑玉斷續膏였다. 여러 해 전 조민에게 얻어 유대암과 은리정의 부러진 팔다리뼈를 고쳐주고 남겨둔 것이다. 고약을 바르고 나서 그는 다시 양 손바닥에 모은 구양진기를 샘물처럼 흘려보내 약효가 두개골 이음매에 골고루 스며들게 했다. 시간으로 따져서 굵다란 향 한 대가 다 타들어갔을 무렵, 약효를 고르게 퍼뜨린 장무기는 환자의 얼굴에 별다른 변화가 없는 것을 보고 속으로 무척 기뻤다. 송청서의 목숨을 구해낼 자신감이 몇 푼 더 늘어난 것이다. 하지만 장무기 자신도 무거운 상처에서 갓 회복한 몸이라 이렇듯 진기를 소모하다 보니 저도 모르는 사이에 심장박동이 크게 뛰고 숨이 차왔다. 그는 환자의 병상 앞에 선 채 한참 동안 운기 조식으로 숨을 고르고 나서야 바깥채 객실로 나왔다. 촛불도 다시 제자리에 놓았다.

희뿌연 촛불 아래 주지약의 얼굴빛이 이상하리만치 창백해 보였다. 바깥에서 자박자박 가벼운 발소리가 어렴풋이 들려왔다. 아미파 제자들이 야간 순찰을 도는 기척이었다.

"송 사형의 생명은 구할 수 있을 것 같소. 하지만…… 하지만……."

"당신에게 그 사람을 온전한 몸으로 구할 승산이 없다면, 나 역시 사 대협의 목숨을 구할 자신이 없겠죠."

주지약이 냉랭하게 말했다. 장무기는 참담한 생각이 들었다.

'지약은 내일 금강복마권을 격파하러 가야 한다. 아미파 제자들 가운데 솜씨 뛰어난 고수가 한둘쯤 돕는다 해도 십중팔구 성공하기는 어렵다. 어쩌면 지약의 목숨마저 잃을지도 모른다.'

"큰아버님이 갇혀 있는 곳의 형편이 어떤지 알고 있소?"

"몰라요. 소림파 측에서 지독한 매복이라도 깔아놓았나요?"

장무기는 양부 사손이 산봉우리 꼭대기 지하 뇌옥에 감금된 사실과 소림의 원로 고승 셋이 어떤 형태로 배치되어 감시하고 있는지, 또 자신이 두 차례나 공격했어도 모두 실패했을 뿐 아니라, 그 때문에 외조부 은천정마저 목숨을 잃게 된 상황을 간략하게나마 들려주었다. 주지약은 묵묵히 다 듣고 나서 남의 얘기하듯 심드렁한 반응을 보였다.

"상황이 그렇다면 다 그른 일이군요. 당신이 깨뜨리지 못했는데, 나 같은 사람이야 도전해봤자 아무 소용 없는 일이겠죠."

이때 장무기의 머릿속에 퍼뜩 스치고 지나가는 것이 있었다.

"지약, 만일 나하고 둘이서 손을 잡으면 성공할 가능성이 아주 크오.

내가 순양지력純陽之力의 굳센 힘줄기로 세 분 고승들의 밧줄 채찍질을 견제할 테니, 당신이 순음지력純陰之力의 부드러운 힘줄기로 그 틈에 뚫고 들어가구려. 일단 금강복마권에 진입해서 안팎으로 협공을 펴부으면 이길 수 있을 거요."

그 제안에 주지약이 차갑게 비웃었다.

"우리 둘은 종전에 약혼한 사이였죠. 내 남편은 지금 목숨이 경각에 달려 있는 데다 오늘 한낮에 나는 당신 목숨을 다치게 하지 않았으니 남들이 뭐라고 수군대겠어요? 내가 아직도 당신에게 옛정을 남겨두었다고 오해할 게 아니겠어요? 만약 내일 또 당신에게 도움을 청한다면 사람마다 나더러 염치없고 부끄러운 줄 모르는 바람둥이 계집이라 손가락질하지 않겠어요?"

"우리 양심에 물어 부끄러울 것이 없다면, 남들이야 뭐라고 하든 그게 무슨 상관이겠소?"

장무기가 다급하게 변명하자 그녀의 입에서 엉뚱한 소리가 나왔다.

"만약 내가 양심에 물어 부끄러움이 있다면요?"

장무기는 이게 무슨 소린가 싶어 대꾸할 말을 찾지 못하고 두 눈만 멀뚱멀뚱 뜬 채 그녀를 바라보았다.

"장 교주님, 다 큰 남녀 둘이서 야심한 자리에 함께 있으면 쓸데없는 물의나 일으키기 십상이에요. 어서 돌아가세요!"

장무기가 일어서더니 그녀 앞에 깊숙이 허리 굽혀 읍례했다.

"송 부인, 당신은 어릴 때부터 나를 아주 잘 대해주셨소. 부탁이오. 다시 한번만 은덕을 베풀어주시구려. 그럼 이 장무기가 살아 있는 한 그 높은 덕을 잊지 않고 갚으리다."

주지약은 입을 꾹 다문 채 말이 없었다. 승낙하는 것도 아니고 거절하는 것도 아니었다. 그녀는 시종 고개 한 번 돌려 상대방을 바라보지 않았다. 장무기는 그녀의 표정이 어떤지 알아볼 길이 없었다. 또 한 번 나지막하게 간청하려는데, 주지약이 바깥쪽을 향해 목소리를 높였다.

"정혜 사저, 손님 가시는데 배웅하세요!"

"삐거덕!" 문이 열리면서 정혜사태가 문턱 바깥에 나타났다. 장검을 뽑아 들고 노기등등한 눈초리로 손님을 무섭게 흘겨보았다.

그러나 양부 사손의 생사가 주지약의 손에 달려 있는 만큼, 장무기는 자신의 체면 따위를 돌아볼 겨를이 없었다. 그는 돌연 땅바닥에 무릎을 꿇었다. 그러고는 두 손으로 땅을 짚고 주지약을 향해 네 번이나 이마를 조아렸다.

"송 부인, 제발 덕분에 이 한 몸 불쌍히 여기시고 동정을 베풀어주시구려!"

주지약은 여전히 외면한 채 갑자기 돌부처라도 된 듯 꼼짝달싹하지 않았다.

정혜사태가 냅다 호통쳤다.

"장무기, 못 들었느냐! 우리 장문께서 나가라고 하셨는데, 뭘 꾸물대고 있는 거냐? 찰거머리같이 달라붙어 치근대다니, 네놈이야말로 무림의 패류悖類가 아니고 뭐란 말이냐? 염치라곤 눈곱만큼도 없는 녀석 같으니!"

그녀는 오해하고 있었다. 송청서의 죽음이 임박한 틈을 타서 장무기가 또다시 주지약을 찾아와 결혼하자고 졸라대는 줄로만 알았던 것이다. 돌부처가 되어버린 주지약에게서 아무런 반응을 얻지 못한 장무기는 한숨을 내쉬며 일어섰다. 그러고는 조용히 문밖으로 나섰다.

명교 진영 오두막에 다다르지도 않았는데, 조민이 먼저 마중을 나왔다.

"송청서의 상처는 어땠어요? 구할 수 있었죠? 안 그래요? 또 내가 드린 흑옥단속고를 허비해서 남 좋은 일 시켰군요."

"이런! 그걸 어찌 알았소? 족집게 무당이 따로 없다더니, 정말 귀신처럼 알아맞히는구려. 하나 환자를 고칠 수 있는지 없는지, 그건 장담하기 어렵소."

조민이 청승맞게 한숨을 내리쉬었다.

"당신, 송청서의 목숨을 구해주고 사 대협과 맞교환하기로 하셨죠. 무기 오라버니, 어쩌면 하는 일이 점점 그 모양이세요? 남의 심사는 전혀 알아주지 않고서……."

"남의 심사를 몰라주다니, 그게 무슨 소리요? 난 하나도 알아듣지 못하겠는데……."

"당신은 심혈을 다 기울여 송청서를 구해주셨죠. 그거야말로 당신에게 기울어진 주 언니의 애틋한 심정을 전혀 생각지 않는 처사예요. 입장을 바꿔 생각해보세요, 화가 나겠어요, 안 나겠어요?"

장무기는 속이 뜨끔해져 아무 대꾸도 하지 못했다. 주지약이 중상을 입은 자기 남편을 치료해주지 않기를 바라다니, 절대로 그럴 리가 없었다. 하지만 그녀가 뭐랬던가?

"나는 알아요. 당신이 성심성의껏 최선을 다하리라는 것을. 저 사람을 온전한 몸으로 살려내지 못하더라도 꼭 그렇게 해야만 양심의 가책을 받지 않고 떳떳하게 소민군주의 부마 노릇을 할 것 아니겠어요……?”

장무기는 저도 모르게 손바닥으로 이마를 탁 쳤다. ‘아하……! 그 말에 이렇듯 깊은 원망의 뜻이 담겨 있었구나. 게다가 “만약 내가 양심에 물어 부끄러움이 있다면요?”라고 하지 않았던가.’

그가 제 이마를 탁 쳤을 때 눈치 빠른 조민도 그들 사이에 무슨 얘기가 오갔는지 대충 짐작을 했다.

“당신, 지금 송청서의 목숨을 살려놓은 게 또 후회되시죠? 안 그래요?”

그녀는 장무기의 대답을 듣기도 전에 싱긋 미소만 던져놓고 재빨리 오두막 안으로 들어가버렸다.

장무기는 바윗돌에 걸터앉은 채 하늘의 차가운 달빛을 우러러보며 넋 빠진 사람처럼 멍하니 앉아 있으려니 온갖 상념이 다 떠올랐다. ‘주지약, 그녀는 나와 어릴 적부터 깊은 정분으로 맺어진 사이다. 그리고 나에 대한 애정을 한시도 저버린 적이 없었다. 언제나 내 곁에서 맴돌고 있었던 것을 나는 전혀 모르고 있었다. 조금 전에 만났을 때 그녀는 고개 한 번 돌려 나를 바라보지 않았다. 어째서 그랬을까? 내게 자신의 감정을 드러내지 않으려고 그랬던 것이다.’ 그녀의 말을 되새겨보니 하나같이 서글픔과 자신에 대한 원망을 억누르지 못하고 서리서리 배어나오는 말이었다.

“만약 내가 양심에 물어 부끄러움이 있다면요?”

“뎅뎅! 뎅뎅뎅……!”

중양절이 지난 다음 날, 9월 초열흘 이른 아침, 소실산 중턱 소림사 경내 앞뒤 종루에서 범종이 한꺼번에 요란하게 울렸다. 조반을 마친 군웅들은 다시 광장으로 모여들었다. 어제 영웅대회 마감을 선포한 달마당 노승이 이번에는 공지 수좌의 지시마저 받지 않고 제 발로 나서더니 뭇사람에게 오만한 말씨로 행사 진행 방식을 통보했다.

"영웅 여러분, 어서 오십시오. 어제 보신 바와 같이 무예 겨루기에서 아미파 장문 송 부인께서 군웅들 가운데 으뜸으로 뽑히셨으니, 송 부인께서는 뒷산에 오르셔서 마지막 관문을 돌파하시고 금모사왕 사손을 데려가도록 하십시오. 노승이 길을 안내해드리겠습니다."

말을 마치자 노승이 앞장서서 뒷산 쪽으로 걷기 시작했다. 아미 문하 여제자 여덟 명이 그 뒤를 따르고, 이어서 주지약과 나머지 아미 제자들이 줄지어 따라붙었다. 수천의 군웅들도 멀찌감치 뒤처져 일제히 뒷산으로 향했다.

장무기는 주지약의 옷차림새가 어제와 똑같은 걸 보았다. 상복을 입지 않았다면 송청서가 아직도 죽지 않고 살아 있다는 증거였다. 어젯밤을 무사히 넘겼으니 어쩌면 목숨을 보전할 수 있겠구나 싶으면서도, 마음 한구석에 자신이 진정으로 송청서가 죽기를 바라는지 살기를 바라는지 알 수 없는 묘한 기분이 들었다.

이윽고 군웅들이 산봉우리 위로 올라섰다. 소림의 원로 고승 세 분은 여전히 소나무 그루터기에 가부좌를 틀고 앉아 있었다. 달마당 노승이 다시 설명을 했다.

"금모사왕은 현재 저 세 그루 노송 사이, 지하 뇌옥에 갇혀 있습니다. 지하 뇌옥을 지키시는 분들은 저희 소림파 장로 세 분이십니다. 송 부인께서는 저희 문파 세 분 장로님과 싸워 이겨야만 뇌옥을 깨뜨리고 사람을 데려갈 수 있습니다. 우리 모두 다시 한번 송 부인의 솜씨를 보도록 합시다!"

양소는 장무기의 안색이 불안한 것을 보고 귓속말로 다독거렸다.

"교주님, 마음 편히 가지십시오. 위 복왕과 설부득이 지금쯤 오행기 제자들을 모두 이끌고 산봉우리 밑에 잠복해 있을 겁니다. 만에 하나, 아미파 측이 사 법왕을 내놓지 않으려 할 때에는 우리가 폭력을 써서라도 빼앗겠습니다."

그러나 장무기의 이마에 주름살은 가시지 않았다.

"그렇게 하면 대회 규칙을 무시하는 게 아니오? 신의를 잃어서는 안 되는데……."

"저는 송 부인이 사 법왕의 목에 칼을 얹어놓고 우리가 손을 쓰지 못하게 하지 않을까 걱정입니다. 대회 규칙이니 신의니 하는 것은 지금 돌아볼 때가 아닙니다."

곁에서 조민이 속삭였다.

"사 법왕에게는 원수가 너무 많아요. 저 사람들 중 암기를 쏘아 습격하지 못하도록 우리 쪽에서도 방비해야겠어요."

그 말에 양소가 대답했다.

"염려하지 않으셔도 됩니다. 범 우사, 철관도인, 주 형, 팽 대사 네 분이 암습에 대비해서 네 귀퉁이를 한 군데씩 차지하고 감시하는 중이니까요."

이 말에 조민이 목소리를 더욱 낮췄다.

"최선의 방법은 누군가 암기를 발사해서 기습하는 순간을 노리고 있다가 그 틈에 사 법왕을 냉큼 채뜨리는 겁니다. 그렇게 하면 천하 군웅들도 우리더러 신의를 저버렸다고 탓할 수야 없겠죠. 하지만 풍파가 일지 않고 아무 일 없이 진행된다면…… 그것참…… 우리한테 별로 좋은 일이 못 되는데……. 으음…… 양 좌사님, 이러면 어떨까요? 남몰래 부하를 시켜 일부러 사 법왕을 습격하는 척해서 난장판을 만들어 보세요. 그리고 아수라장이 된 틈에 슬쩍 사 법왕을 빼돌리지요. 혼란통에 한몫 잡아보는 것도 괜찮지 않겠어요?"

"호오, 그것참 묘책입니다! '뿌옇게 흙탕물 휘저어놓고 물고기 잡는다混水摸魚' 그 말씀이지요?"

양소가 빙그레 웃더니 당장 손쓸 사람을 골라 보냈다.

장무기는 방법이 떳떳치 못하다고 생각했다. 그러나 양부의 목숨을 구하기 위해서는 이것저것 돌아볼 여유가 없었다. 그는 묘책을 짜낸 조민에게 새삼 고마움을 느꼈다. '민누이와 양 좌사야말로 무슨 일에든 망설이지 않고 결단력 있게 추진하는 인재다. 둘이서 쑥덕쑥덕 한두 마디만 나누면 일이 척척 들어맞으니 정말 얻기 어려운 사람들이다. 한데 나한테는 그런 재주가 없지 않은가?'

이때 주지약의 음성이 들려왔다.

"세 분 고승께서 소림의 장로시라니 무학에도 조예가 깊으시겠군요. 그런데 저 혼자서 세 분과 1 대 3으로 겨룬다면 공평치 못할뿐더러 세 분 고승께도 불경스러운 일이 되지 않을까 싶습니다."

그러자 달마당 노승이 선선히 응낙했다.

"송 부인께서 한두 사람의 도움을 바라신다면 물론 안 될 것도 없겠지요."

"고맙습니다. 천하 영웅들이 양보해주신 덕분에 제가 요행으로 으뜸 자리를 얻었는데, 이는 오로지 돌아가신 스승 멸절사태께서 가르쳐 주신 저희 아미파의 비전절기가 큰 도움이 되었습니다. 만약 3 대 3으로 싸운다면 설령 이긴다 해도 돌아가신 스승께서 저를 가르치고 이끌어주신 뜻을 현양하지 못하는 결과가 될 터이고, 또 그렇다고 저 혼자 1 대 3으로 맞선다면 주인에 대한 불경스러운 일이 될 것입니다. 그럼 이렇게 하는 것이 좋겠군요. 어제 영웅대회에서 제 손에 부상을 입고 아직도 상처가 아물지 못한 녀석을 불러내어 저하고 손을 맞잡고 2 대 3으로 싸우면 어떨까 합니다. 천하 사람들이라면 누구나 다 알다시피, 그 녀석은 여러 해 전에 저희 스승께 삼장을 얻어맞고 피를 토하며 쓰러진 것을 저희 스승께서 한목숨 살려주신 적이 있지요. 고런 너절한 풋내기 녀석에게 도움을 받는다면 돌아가신 저희 스승님의 위엄과 명성에 누를 끼치지는 않으리라 봅니다."

주지약의 말을 듣는 순간, 장무기는 옳다 됐구나 싶었다. '천지신령님 고맙습니다! 과연 지약이 내 청을 들어주었구나!'

아니나 다를까, 주지약이 부르는 소리가 뒤따랐다.

"장무기! 당신, 이리 썩 나와요!"

양소를 비롯한 몇몇을 제외하고, 명교 사람들은 모두 분통이 터졌다. 도대체 무슨 까닭인지 모르겠으나 주지약이 말끝마다 본교의 교주더러 "요놈, 조놈" 하고 모욕을 가하니 모두 분한 마음에 씨근벌떡 이를 갈아붙였다. 그런데 장 교주는 또 어떤가? 체면이 땅바닥에 떨어졌는데도 얼굴에 웃음꽃이 활짝 피어 주지약 앞으로 걸어 나가 코가 땅에 닿도록 큰절을 하는 것이 아닌가?

"고맙소, 송 부인. 어제 손속에 사정을 두셔서 요놈의 한목숨 살려주셨으니 얼마나 고마운지 몸 둘 바를 모르겠소이다."

그가 이미 마음속에 뜻을 정해놓고 있다는 사실을 아무도 몰랐다.

'지약은 지금 뭇사람들 보는 앞에서 날 욕보이기로 작심했다. 하지만 그것은 아미파의 체통을 세우고, 그날 혼례식 도중에 신랑이 도망치는 바람에 맛봤던 수치를 앙갚음하기 위해서일 뿐 정말 이 장무기가 미워서 모욕을 가하는 것은 아니다. 큰아버님을 구출하기 위해서라면 아무리 억울한 꼴을 당하더라도 끝까지 참을 것이다.'

주지약이 또 한 차례 비웃으며 말했다.

"당신은 어제 중상을 입고 피까지 토한 몸이니, 지금 당신에게서 진정으로 도움을 받으려는 게 아니에요. 그저 모양새만 그럴듯하게 갖추면 됩니다. 알겠죠?"

"예, 분부대로 거행하겠소이다."

이윽고 주지약이 부드러운 채찍을 꺼내 오른손으로 잡고 휘두르자, 채찍은 삽시간에 크고 작은 원을 10여 개나 그려냈다. 허공에 둥글둥글 퍼져나가는 모습이 그렇게 아름다울 수가 없었다. 그다음에는 왼손이 번뜩 뒤집혔다. 푸른 서슬이 번쩍 빛나는 곳에 자루 짧은 단도가 드러났다. 어제 그녀의 손아귀에서 채찍의 위력을 본 군웅들은 주지약이 왼손에마저 단도를 꺼내 잡은 것을 보고 깜짝 놀랐다. 길고 짧은 병기. 하나는 부드러운 가죽이요, 하나는 굳센 강철로 벼린, 성질이 전혀 다른 병기를 한꺼번에 쓰다니 정말 뜻밖이었다. 군웅들은 경탄을 하며 오늘에야말로 진짜 볼만한 구경거리가 생겼다고 흥미진진한 눈빛으로 이들을 주시하기 시작했다.

장무기는 품속에서 성화령 두 자루를 꺼내 들었다. 그리고 앞쪽으로 두어 걸음 내딛다가 한쪽 다리를 절뚝거리면서 일부러 큰 소리로 기침 소리까지 냈다. 어제 입은 중상이 아직껏 치유되지 않아 자신을 보호하기에도 힘든 시늉을 해 보인 것이다. 그렇게 함으로써 소림의 원로 고승 세 분과 싸워 이겼을 때 모든 공로를 주지약에게 돌릴 속셈이었다. 이때 주지약이 가까이 다가와 나지막이 물었다.

"당신, 외사촌 누이의 원수를 반드시 갚겠다고 맹세한 적 있었죠? 그런데 만일 그 범인이 당신의 큰아버지였다면 어떻게 할 거예요? 그래도 원수를 꼭 갚을 건가요, 아니면 포기할 건가요?"

장무기도 즉답을 못 하고 잠시 망설였다.

"내 큰아버님은 이따금 정신을 잃을 때가 있소. 그럴 때 저지른 일을 따질 수야 없는 일 아니오?"

주지약은 더 말이 없었다. 세 그루 소나무에 접근하자 도액대사가 먼저 인사를 건네왔다.

"장 교주께서 오늘 또 한 수 가르침을 주시러 오셨군요."

"아무쪼록 세 분 대사님께서 널리 양해해주시기 바랍니다."

"무슨 말씀을! 저분 아미파 장문께서 어제 발휘하신 무예가 천하 군웅들을 압도했다던데, 설마 저분의 무공 실력이 장 교주마저 능가하시는 것은 아니겠지요?"

"제대로 보셨습니다. 불초 후배는 어제 송 부인의 손 아래 중상을 입고 피를 토하기까지 했으니까요."

이 말에 도난대사가 고개를 갸우뚱했다.

"그것참 기이한 일도 다 있군!"

이윽고 세 노승의 검정 밧줄이 슬금슬금 풀리기 시작했다. 바로 이때 산허리 쪽에서 난데없이 요금搖琴 뜯는 소리, 퉁소 부는 소리가 몇 차례 들려왔다. 장무기는 반가움에 귀가 솔깃했다.

"쟁쟁쟁…… 쟁쟁……!"

요금 뜯는 소리가 잇달아 울리는 가운데 백의 처녀 넷이 산봉우리 위에 사뿐 올라섰다. 수중에는 역시 길이가 유별나게 짧은 거문고 한 틀을 받치고 있었다. 구성지게 울려 퍼지는 가락에 맞춰 이번에는 흑의 처녀 넷이 유별나게 기다란 퉁소를 한 자루씩 들고 나타났다. 흑백이 서로 엇갈린 채 여덟 처녀가 여덟 방위에 갈라섰다. 거문고 네 틀과 퉁소 네 자루가 일제히 합주를 시작했다. 부드럽고도 우아한 장단에 맞춰 담황색 얇은 비단옷을 걸친 미녀가 느린 걸음걸이로 산봉우리 평지 위에 천천히 모습을 드러냈다. 역시 장무기가 노룡진 개방 총단에서 만난 황삼黃衫 미녀였다.

개방의 소녀 방주 사홍석이 먼저 알아보고 쪼르르 달려가더니 그녀의 품에 덥석 안겼다.

"양 언니, 양 언니! 우리 장로와 용두 어른 네 분이 모조리 죽었어요!"

고자질하는 소녀의 손끝이 주지약을 가리켰다.

"저 여자, 아미파하고 소림파 중놈한테 죽었다니까요!"

황삼 미녀가 고개를 끄덕거렸다.

"나도 알고 있어. 흥! 구음백골조九陰白骨爪, 백망편白蟒鞭이라? 그따위가 천하에서 제일 강한 무공이라곤 할 수 없지."

뭇사람들은 그녀가 산봉우리에 올라섰을 때의 위풍과 기세, 또 아리따운 용모와 표일한 자태에 눈길을 쏟고 있었기에 그녀가 코웃음

치는 소리마저 또렷이 들을 수 있었다. 군웅들은 너 나 할 것 없이 찔끔 놀라 동료들끼리 서로 마주 바라보았다. 그중에서도 나이 지긋한 연장자들은 생각이 한결같았다.

'아미파의 주 장문 부부가 쓰던 다섯 손가락 조법이 설마 했더니 역시 100여 년 전 강호에 악명 떨치던 구음백골조였단 말인가? 주 장문이 오늘도 꺼내 든 저 기다란 채찍이란 게 백망편이었던가?'

사실 그들은 구음백골조와 백망편이 모두 전설적인 무공비급 〈구음진경〉에서 나온 것으로, 지나치리만치 음독하고 악랄한 무공이란 소문을 들어왔을 뿐 실전된 지 오래되어 아무도 그 실체를 보지 못했다.

황삼 여인이 사홍석의 손을 잡고 개방 제자들 쪽으로 걸어가더니 비탈진 바위 더미 위에 걸터앉았다.

주지약의 얼굴빛이 다소 질렸지만, 이내 코웃음으로 눙쳐버리고 장무기를 향해 명령하듯이 소리쳤다.

"자, 공격합시다!"

'백망편'이란 이름 그대로 용이 되어 승천하지 못한 이무기의 흰 몸뚱이처럼 기다란 채찍이 화르르 풀려나가더니 삽시간에 도난대사의 검정 밧줄을 휘말아가고 그 기세를 빌려 솟구친 몸뚱이가 세 그루 소나무 사이 한복판에 뚝 떨어져 내렸다. 제일초로 적의 중앙을 직접 공격해 들어가는 대담성, 재빠르고도 매서운 공격 초식이야말로 강호의 일류 고수라고 자부하던 이들마저 깜짝 놀라게 하는 솜씨였다. 군웅들은 그녀의 몸뚱이가 반공중에 뜬 채 한 마리 청학青鶴이 먹이를 노리고 양 나래를 활짝 펼쳐 지상으로 곤두박질치듯 가볍게 내려서는 자태만 보았을 따름이다. 그것은 인간의 공격 자세가 아니라 한마디로 두 나래 벌리고 너울대는 학춤이라고밖에 형언할 길이 없었다. 오른손에 잡힌 채찍이 도난대사의 검정 밧줄과 한 묶음으로 얼크러지는 그 순간적인 힘을 빌려 상대방의 병기를 잠시 무용지물로 만들어버리다니, 실로 적의 의표를 찌르는 절묘한 기습 공격 수법이었다. 도액과 도겁의 밧줄 한 쌍이 허공을 가로질러 일제히 뻗어나가더니 좌우로 나뉘어 주지약에게 협공을 퍼붓기 시작했다.

장무기도 움직였다. 머리통을 앞으로 내민 자세로 무작정 달려 나가던 그가 발치 끝에 무엇이 걸렸는지 별안간 다리를 헛딛고 앞으로 곤두박질쳐 나뒹굴었다.

"이크, 저런……!"

군웅들의 입에서 외마디 소리가 나왔다. 중상을 입은 뒤끝이라 제 몸뚱이 하나 가누지 못하고 엎어진 줄 알았던 것이다. 사람들은 몰랐다. 장무기가 행한 이 해괴망측한 몸놀림이야말로 성화령에 새겨진 고대 페르시아 무공의 정화라는 사실을 알 턱이 없었다. 그가 앞으로 고꾸라지는 동작을 취했을 때 양손에 갈라 잡은 성화령 두 자루는 이미 도난대사의 앞가슴을 후려치고 있었다. 도난대사는 속으로 찔끔 놀랐다. 이 무렵 검정 밧줄이 주지약의 채찍과 한데 엉클어진 채 아직껏 풀리지 않은 터라 밧줄을 돌려 장무기의 공격을 막아낼 길이 없었던 것이다.

도액과 도겁 두 스님이 막내 사제의 위급한 형세를 보았다. 그 즉시 주지약을 향하던 두 가닥 밧줄이 좌우로 빙그르르 돌더니 곧바로 장무기를 엄습해왔다. 두 가닥 검정 밧줄이 마치 한 쌍의 흑룡처럼 날쌔고도 매끄러운 동작에 사납기 짝이 없는 위력으로 장무기를 들이쳤다. 이제 좌우에서 들이치는 협공을 막아낼 도리가 없게 되자, 그는 땅바닥에 머리통을 처박고 한 바퀴 나뒹굴었다. 차마 눈뜨고 보기 어려울 만큼 낭패스러운 꼬락서니로 굴러가던 몸뚱이가 멈춘 지점이 하필이면 도액대사 곁이었다. 도액대사는 잘 왔구나 싶어 왼손으로 선뜻 그의 어깨머리를 내리찍었다. 장무기의 왼 손바닥이 건곤대나이 심법으로 이를 거뜬히 풀어버리더니 흠칫하는 동작을 보였을 때는 벌써 어깻죽지로 도겁대사를 향해 부딪쳐가고 있었다.

오늘 그는 딱 한 가지에만 뜻을 두었다. 어떻게 해서든지 주지약이 명성을 이룩하도록 도와주기만 할 작정이었다. 소림의 원로 고승 세 분을 격파해 그 특별한 영예를 아미파 장문에게 돌리고, 장무기 자신은 그저 양부 사손만 구출해내면 더 이상 바랄 것이 없었다. 따라서 지금 구사하는 수법이 온전히 고대 페르시아 무공일 뿐, 정통으로 익힌 중원의 무공을 전혀 쓰지 않는 것이다. 성화령에 새겨진 무공은 해괴망측 그 자체였다. 땅바닥에 나자빠져 이리 뒹굴 저리 뒹굴 흙강아지가 되는가 하면, 술 취한 주정뱅이처럼 이리 자빠지고 저리 고꾸라지고, 차마 눈뜨고 보지 못할 온갖 추태를 다 부려야 하는 것이다. 곁에서 지켜보던 군웅들 중 식견이 탁월한 인물이 적지 않았으나, 중원 천지에서 이렇듯 괴상망측한 고대 페르시아 무공을 쓰는 사람을 본 적이 없었다. 하물며 장무기가 어제 중상을 입은 장면을 모두 두 눈으로 똑똑히 보았던 만큼 애당초 그 파탄을 아무도 간파하지 못한 것이다. 명교의 적들이야 속으로 은근히 기뻐했으나, 친구가 된 패거리들의 걱정은 이만저만이 아니었다. 한 가지 공통된 생각이 있다면, 양측 모두 장무기가 속절없이 오늘 이 자리에서 목숨을 날려 보내고야 말리라는 지레짐작이었다.

공방전 수십 초를 주고받았을 때 주지약의 몸놀림은 여전히 높이 뛰었다 낮아졌다 도무지 종잡을 길 없이 날렵하게 움직였으나, 장무기는 싸움이 길어질수록 손발을 허둥거리기만 할 뿐 점점 버티기 어려운 양상을 띠기 시작했다. 어떻게 보면 이제 갓 무학을 배운 풋내기만도 못하게 무작정 설쳐대기나 할 뿐 제대로 싸워보지도 못하는 것처럼 보였다. 그러나 제아무리 위험한 상황에도 간발의 차이로 상대방의 매서운 살초를 피해내고 있으니 정말 희한한 노릇이었다. 군웅들 가운데 눈치 빠른 몇몇은 필시 그중에 뭔가 야로가 있음을 알아차렸다. 나름대로 장무기가 쓰는 무공이 일종의 취팔선醉八仙 부류에 속할지 모른다고 추측하는 이도 없지 않았다. 얼핏 보아서는 뒤죽박죽 곤드레만드레였으나 실제로 그 안에 기기묘묘하고도 심오한 변화를 감추고 있다는 추리까지 내놓았다. 하기야 취팔선 같은 무공은 일반 정종 무학보다 터득하기가 훨씬 까다롭고 어렵기 때문에 그런 추측이 나올 법도 했다.

만약 이 페르시아 무공으로 세 고승 가운데 한 사람과 단독 대결을 벌일 경우, 상대방은 영락없이 손발을 어디다 둘지 모르고 허둥거려야 했을 것이다. 장무기가 영사도에서 풍운 삼사와 처음 마주쳤을 때 낭패스럽기 짝이 없는 꼴을 보였던 것처럼 말이다. 그러나 이 세 분의 소림 고승은 수십 년간 자리를 같이하고 앉아서 고선枯禪에 몰두해온 만큼, 이른바 '심의상통' 경지에 접어들어 그중 하나가 패착敗着으로 허점과 파탄을 드러내는 즉시 나머지 두 승려가 노출된 그 빈틈을 재빠르게 메워줄 수 있었다. 지금 장무기가 펼치는 온갖 괴상야릇한 동작으로 말하자면 일초 일식 어느 것이나 상대방의 눈을 교란시키는 것으로, 왼쪽으로 움직이는 듯싶으면서도 실상은 오른쪽으로 가고, 전진하는가 싶으면 실은 후퇴여서 도무지 판별해낼 도리가 없게 되어 있었다. 그러나 세 고승의 밧줄 채찍질은 마음과 뜻에 따라 움직일 뿐, 제아무리 눈앞에서 해괴한 동작이 펼쳐져도 끝내 시선을 한군데 고정시킨 채 장무기의 행동을 본체만체했다. 그것이 곧 '사대 개공四大皆空', 시방세계의 모든 일체를 허상으로 볼 수 있는 불문 제자의 강점이요, 특출한 점이었다.

70~80여 초가 지나고 나서도 장무기의 괴초는 끝없이 동작을 바꾸어가며 차례차례 쏟아져 나왔으나, 시종 세 고승의 솜털 한 올조차 건드리지 못했다. 싸움이 100초에 가까워졌을 때, 그는 세 승려의 밧줄 채찍 위력이 점점 강해지는 반면, 자신의 동작이 처음 싸울 때의 민첩성을 잃고 차츰 둔탁해지는 느낌이 들기 시작했다.

그는 자신이 구사하는 무공이 절반쯤 마도魔道에 빠져드는 반면, 세 고승의 금강복마권은 부처님의 법력으로 마귀를 굴복시키는 절묘한 대법大法임을 모르고 있었다. 남들 눈에는 그가 싸울수록 정신력이 강해지는 것으로 비쳤으나, 사실 그것은 장무기의 심중에 마념魔念이 점차 자라고 있는 현상이었다. 이제 다시 100초쯤 더 싸운다면 완전히 소림 스님들이 전개하는 불문 상승 무공의 통제 아래 억압되어 끊임없이 미치광이 춤을 계속 출 수밖에 없을 터였다. 그때에는 구태여 세 고승이 공격하지 않더라도 장무기 스스로 죽음의 구렁텅이로 들어서는 것이다. 명교가 세상 사람들에게 '마교'라고 지탄받게 된 것도 전혀 일리가 없는 것은 아니었다. 지금 장무기가 구사하는 고대 페르시아 무공의 창시자 '산중노인' 하산이 바로 외눈 하나 깜짝하지 않고 살인을 저지르던 대악마였으니까. 장무기가 성화령을 얻고 나서 처음 수련할 때까지만 해도 별 느낌이 없었으나, 이제 급작스레 강적들과 마주쳐 이 무공 속에 감춰진 정교하고도 오묘한 장점을 발휘하다 보니 심령이 차츰 마도에 감응을 받아 미치광이로 변해가기 시작했다.

"하하하! 으하하하……!"

하늘을 우러러 웃음보를 터뜨리는 목소리에 어느덧 사악하고도 간특한 기미가 가득 찼다.

미치광이의 웃음소리가 막 끝나던 찰나, 세 그루 소나무 사이 지하 뇌옥으로부터 느닷없는 독경 소리가 울려 나왔다. 바로 양부 사손의 목소리였다. 나이 지긋한 음성이 천천히 읊어내린 것은《금강경金剛經》의 한 대목이었다.

> 그때에 수보리須菩提 존자가 이 경을 듣건대, 의미를 깊이 깨달아 눈물 흘리고 구슬피 울며 부처님께 아뢰었다. 놀랍습니다, 세존이시여! 부처님의 말씀이 경전에 이렇듯 심오하게 밝혀지셨으니 제가 옛날에 지혜의 눈을 뜬 이래로 이러한 경을 듣지 못하였나이다. 세존이시여, 만약 이 경을 어느 사람이 다시 듣고 신심信心이 청정해진다면, 즉시 실상實相을 깨우치리니爾時須菩提聞說是經 深解義趣 涕淚悲泣 而白佛言 稀有世尊 佛說如是甚深經典 我從昔來所得慧眼 未曾得聞如是之經 世尊 若復有人得聞是經 信心淸淨 卽生實相…….•

장무기는 싸우면서 한 귀로 흘려들었다. 사손이 독경하기 시작하면서부터 소림 스님들이 휘두르는 밧줄 채찍의 위력도 즉시 거두어지기

• 《금강경》 제14편 〈상을 떠나서 적멸하다離相寂滅分〉의 한 대목.

시작했다. 사손의 독경이 계속되었다.

세존이시여, 제가 오늘 비로소 이러한 경전을 듣고 이해하여 그대로 믿어 받아 지니기는 어렵지 않사오나, 만일 다음 세상 마지막 500세에 어떤 중생이 이 경을 듣고 그대로 믿어 받아 지닌다면 이 사람이야말로 세상에 보기 드물게 으뜸가는 이가 되오리다. 어찌하여 그러한가 하면 이 사람은 아상我相도 없고 인상人相도 없으며 중생상衆生相도 수자상壽者相도 없기 때문이니世尊 我今得聞如是經典 信解受持 不足爲難 若當來世 後五百歲 其有衆生得聞是經信解受持 是人卽爲第一稀有 何以故 此人無我相 無人相 無衆生相 無壽者相…….•

여기까지 듣고 났을 때 장무기는 갑작스레 가슴속 온갖 상념이 물결치듯 격심하게 일렁거리기 시작했다. '그렇다, 큰아버님은 이 산봉우리 지하 뇌옥에 갇혀 계실 때부터 날마다 소림의 고승 세 분이 독경하는 말씀을 들어오셨다. 그래서 지난번에 분명히 탈출할 수 있는 줄 뻔히 아시면서도 스스로 무거운 업보, 깊은 죄과에 얽힌 몸임을 깨닫고 단호히 떠나려 하지 않으셨던 것이다. 설마 지난 몇 달 동안 불경을 들으셨다고 끝내 큰 깨달음을 얻으신 것은 아닐까? 방금 읊은 경문 중에 "다음 세상 마지막 500세에 어떤 중생이 이 경을 듣고 그대로 믿어 받아 지닌다면……"이라고 한 말씀이 큰아버님 마음에 깊이 새겨졌을 것이다. 그 500세 후 사람이란 곧 양부 사손 자신과 나 장무기를 가리키는 것인지도 모른다.'

• 《금강경》 제14편 〈상을 떠나서 적멸하다〉의 한 대목.

그는 격전을 벌이는 도중 귓결에 흘려들은 말씀이라, 경전에 담긴 심오하고도 미묘한 뜻을 깊이 새김질할 여유가 없었다. 물론 경전 속의 수보리 조사가 저 옛날 천축 시라바제국舍衛國에서 석가모니의 설법 《금강경》을 경청하던 장로의 신분이었다는 사실조차 알지 못했다. 그렇기 때문에 사손이 읊은 경문 내용도 겨우 절반쯤만 이해할 수 있었다. 경문을 읊조리는 사손의 목소리가 계속 들려왔다.

> 부처님께서 수보리에게 이르시기를, 그러하니라, 그러하니라! 만약 어떤 이가 이 경을 다시 듣고서도 놀라지 않고 겁내지 않으며, 두려워하지 않는다면 그런 사람이야말로 심히 드물 것이로다. …… 내가 저 옛날 가리왕歌利王에게 신체의 팔다리를 갈기갈기 찢겼을 때에 나 역시 아상我相도, 인상人相도, 중생상衆生相도, 수자상壽者相도 없었느니라. 어찌하여 그러한가? 내가 저 옛날에 지체를 마디마디 찢겼을 때 만약 아상, 인상, 중생상, 수자상이었던들 마땅히 노여움과 미움이 생겨났기 때문이니라. …… 보살은 모름지기 일체상一切相에서 벗어나야 하느니라佛告須菩提 如是 如是 若復有人得聞是經 不驚 不怖 不畏 當知是人甚爲稀有 …… 如我昔爲歌利王割截身體 我於爾時 無我相 無人相 無衆生相 無壽者相 何以故 我於往昔節節支解時 若有我相 人相 衆生相 壽者相 應生瞋恨 …… 菩薩須離一切相…….•

이 경문 대목의 글 뜻은 명백하다. 세상의 온갖 사물은 순전히 헛된 환상이니 나 자신의 육체와 생명, 마음속에 대해 아무런 근심 걱정 따

• 《금강경》 제14편 〈상을 떠나서 적멸하다〉의 한 대목.

위가 완전히 존재하지 않을 수 있다면 설령 남이 내 몸뚱어리를 끊어 팔다리 지체를 마디마디 토막 낸다 하더라도, 그것은 내게 근본적으로 자기 신체가 아니기 때문에 자연스럽게 노여움이나 괴로움, 미움 같은 감정을 품지 않게 된다는 뜻이다.

'큰아버님은 지하 뇌옥에서 처신이 태연자약하셨다. 혹시 진정으로 놀라지 않는 불경不驚, 공포가 없는 불포不怖, 확고한 신념으로 두려움을 품지 않는 불외不畏 경지에 도달하신 것은 아닐까?'

상념이 또 꿈틀댔다.

'혹시 나더러 당신을 위해 번뇌하지 말고 당신을 위험에서 건져내려 하지 말라는 뜻은 아닐까?'

사손은 지난 몇 달 동안 지하 뇌옥에 갇혀 있으면서 아침저녁으로 세 고승이 일과로 낭송하는《금강경》을 귀담아듣고 경전 내용의 뜻풀이에 자못 큰 깨우침을 얻었다. 그런데 방금 장무기의 웃음소리가 괴상야릇하게 바뀐 것을 듣자 이내 심마心魔가 크게 왕성해지면서 차츰 위험한 지경으로 빠져드는 게 아닌가 싶어 그 마음을 묶고 있는 마귀의 굴레에서 벗어나기를 바라는 마음으로 그 즉시《금강경》을 읊기 시작한 것이다.

장무기는 사손이 읊는 부처님의 경문을 들으면서도 손속의 공격 초식은 멈추지 않았다. 하지만 경문 속에 담긴 뜻을 떠올리는 순간 심마는 봄눈 녹듯 허망하게 스러지고 심마가 물러갔다. 그리고 고대 페르시아 무공의 연결 고리도 일관성을 잃어버려 토막토막 끊기고 말았다. "쐬아!" 하는 채찍질 소리, 도겁대사의 검정 밧줄이 그 틈을 놓치지 않고 날아들더니 왼쪽 어깨를 후려쳤다. 장무기는 황급히 어깨머리를 축 늘어뜨려 피해냈다. 그와 동시에 자기도 모르게 본능적으로 건곤대나이 심법에 구양신공을 배합해 상대방이 후려쳐 오던 힘줄기를 단번에 와해시켰다. 이 순간 또 다른 상념이 꿈틀댔다.

'아하, 고대 페르시아 무공으로는 이기기 어렵겠다!'

곁눈질로 주지약을 보았더니 이리 틀어막고 저리 빠져나가느라 정신이 없었다. 이미 패색을 드러내고 있는 것이다. 그는 재빨리 생각을 바꿔먹었다.

'오늘 형세로 보건대 양쪽 모두 원만히 끝내기는 어려울 터, 이제 내가 전력을 다 쏟아내지 않아 지약이 패배하게 되면 큰아버님을 구출할 가망성은 없게 되리라.'

마침내 장무기의 입에서 맑은 기합 소리가 터져 나오더니 두 자루 성화령을 휘둘러 차근차근 공격해나가기 시작했다. 사손의 독경은 그칠 줄 몰랐다. 그러나 장무기는 온 신경을 건곤대나이 심법에 쏟고 있는 터라 독경 소리가 귓전에 울렸으나 듣고도 못 들은 척했다. 그는 어떻게 해서든지 세 승려의 검정 밧줄 채찍질을 자기 한 몸에만 집중시켜 받아내려고 애썼다. 그렇게 함으로써 주지약이 빈틈을 찾아 방어권 안으로 공격해 들어갈 수 있게 하려는 것이다.

상대방이 전심전력을 다 펼치면서부터 세 고승은 밧줄 채찍질에 압력이 가중되는 것을 직감하고 저마다 내력을 끌어올려 맞서기 시작했다. 도액, 도겁, 도난 세 고승이 형성한 금강복마권으로 말하자면《금강경》의 내용을 지상 최고의 종지宗旨로 삼는다. 그래서 수련 과정의 마지막 목표는 내 육신 내 의지를 저버리는 무아상無我相, 남도 나도 없는 무인상無人相, 다시 실체로서 살아 있는 것이 아니라는 무중생상無衆

生相, 생명과 영혼이라는 것 자체가 없다는 무수자상無壽者相의 경지에 도달해 다른 사람과 나人我, 삶과 죽음生死의 분별을 모두 허황된 환상으로 보는 데 있었다. 이것이 금강복마권이 지향하는 최고의 경지요, 최종 단계의 목표였다. 그런데 이들 세 스님은 비록 수양이 깊었어도 적과 맞서 싸우는 과정에서 끝끝내 적을 제압해서 이겨야 한다는 승부욕의 관문을 돌파하지 못해 자신의 생사만큼은 치지도외置之度外할 수 있었으나, '적도 없고 나도 없다'는 이른바 무아인無我人의 분별만큼은 소멸시킬 도리가 없었다. 왜냐하면 싸울 때는 반드시 '적'이라는 상대가 있어야 하기 때문이다. 따라서 이들 세 스님이 단련한 금강복마권 역시 그 위력이 극치에 도달하지 못한 것이다.

세 스님 가운데 맏형 격인 도액대사의 수행이 최고였다. 그는 다른 이에 대해 자신을 주체로 간주하고 강한 집착을 품는 이른바 '인아상人我相' 그리고 생生·주住·이異·멸滅, 즉 감각과 마음에서 우러나오는 '사상四相'•을 반드시 제거해야 한다는 도리를 깊이 체득했다. 이에 비해 도난과 도겁은 적과 싸워 반드시 이겨야 한다는 영웅 심리가 극성을 부리면서 잡념에 깊숙이 물든 탓으로 자신들도 모르는 사이에 인간 속세의 형적形迹을 드러냈다. 그렇기 때문에 맏형 도액대사는 채찍 쓰기의 수준을 낮추어 두 사제와 배합시키지 않으면 안 되었다.

방관하는 군웅들의 눈에 모든 상황이 또렷이 보였다. 장무기가 무

• 불교 용어. 인연의 화합에 따라 만들어진 네 가지로 끊임없이 변천하는 형태. '네 가지'란 곧 현재의 위치를 뜻하는 생生, 사물이 그 생에 잠깐 머무는 자리를 뜻하는 '주住', 머무름의 자리의 앞뒤가 다름을 뜻하는 '이異', 아무것도 없는 데로 돌아간 자리를 뜻하는 '멸滅'을 말한다. 이 '유위사상有爲四相'은 인연으로 말미암아 생겨나고, 일시적 형상을 지니고 살며, 그사이에도 끊임없이 변화하면서 드디어는 없어진다고 한다.

공 초식을 일변시키면서 세 그루 노송을 사이에 둔 쟁투는 더욱 격렬해져갔다. 세 스님의 정수리에 차츰 희부연 김이 모락모락 피어나기 시작했다. 이마와 정수리에 돋아나온 땀방울이 내공의 압력에 수증기로 화한 것이다. 그것은 이제 다섯 사람 모두 저마다 내력을 겨루는 지경에 도달했다는 증거였다. 장무기의 머리 위에도 물기가 드러났다. 하지만 그것은 붓끝처럼 일직선을 그린 채 꼿꼿이 뻗어 오르고 있었다. 정수리 바로 위 상공에 아주 가늘고도 기다란 형태로 응어리진 채 흩어지지 않는 것으로 보건대 그 내력의 깊고 두터움이 세 스님보다 훨씬 월등하다는 사실을 보여주었다. 군웅들은 어제 그가 중상을 입고 쓰러졌다가 남의 팔에 안겨 퇴장하던 모습을 똑똑히 목격했다. 그런 그가 하룻밤 새 완치되어 멀쩡한 몸으로 활약하는 광경을 다시 보게 되다니, 그 불가사의한 내력의 깊이에 모두 놀랄 수밖에 없었다.

주지약은 예상외로 세 스님과 정면 대결을 피한 채 시종 싸움판 외곽에서 잠시도 쉬지 않고 전후좌우로 나돌면서 유격전을 펼치고 있었다. 금강복마권에 파탄이 생기면 그 즉시 몸을 날려 뛰어들었다가 검정 밧줄 채찍질에 차단당하기 무섭게 놀란 기러기처럼 후딱 뒷걸음질해 물러나오곤 했다. 방어권 돌파에 번번이 실패하면서도 몸놀림 하나만큼은 여전히 멋스럽고 재빨랐다. 상황이 이렇게 되니, 장무기와 주지약의 무학 수준이 금세 판명 났다. 관전하던 군웅들 가운데 적지 않은 사람이 서로 고개를 맞댄 채 쑥덕공론을 펼치기 시작했다.

"근년에 이르러 강호 무림계에 소문이 자자하더군. 명교 장 교주의 무공 실력이 당세 독보적인 강자라고 말일세. 그런데 오늘 보니 과연 헛된 소문이 아니었어."

"그렇다면 어제 장 교주가 송 부인에게 일부러 져주었단 말인가? 하긴 호남아는 연약한 여자와 다투지 않는 법이니까."

"뭐가 호남아고 뭐가 연약한 여자야? 송 부인은 애당초 장 교주의 아내가 되려던 사이였다는 걸 모르나? 그러니까 옛정이 새서방보다 더 깊다는 얘기지."

"피이! 옛정이라고 해서 그냥 옛정인 줄 아는가? 여러 해 전 광명정에서 지금은 송 부인이 된 주 장문이 의천보검으로 장 교주의 가슴을 찔러 죽일 수 있었는데도 일부러 치명 급소를 피했다더군."

"옳거니, 그래서 어제 송 부인이 또 결정적 순간에 그 무서운 구음백골조로 죽일 수 있었는데, 다섯 손가락을 앞가슴까지 들이밀고도 차마 찔러 넣지 못했군. 상대방이 앞서 고의적으로 양보해주었으니 인정상 그럴 수가 없었던 거지."

"아무튼 장 교주와 송 부인은 심상치 않은 관계가 틀림없네그려."

소림의 세 승려와 장무기의 대결 초식은 갈수록 점점 느려졌다. 공방 초식 변화도 갈수록 정교하고 치밀해졌다. 반면 주지약의 무공은 기괴하고도 환상적이었다. 그녀가 이 장점만으로 무당의 원로 협사 두 사람을 제압했으나 그것이야말로 주지약이 성취한 최고봉의 수준이었을 뿐, 실제 내공 수준으로 따져본다면 유연주나 은리정에게 훨씬 미치지 못했다. 이제 장무기와 소림의 세 승려는 제각기 진정한 내공 실력으로만 겨룰 뿐 기교라곤 반 톨도 쓸 처지가 아니었다. 그녀는 이들의 싸움판에 아예 끼어들지도 못했다. 어쩌다 한 차례씩 백망편 채찍을 휘둘러가며 공격을 시도했지만 그럴 때마다 번번이 네 사람의 내공 힘줄기에 부딪쳐 도로 튕겨나오기 일쑤였다.

또 반 시진의 절반이 지났다. 장무기의 체내 구양신공이 급속도로 유동하면서 양손에 갈라 잡은 성화령 두 자루가 한꺼번에 날카로운 소리를 냈다. 소림의 세 스님은 애당초 얼굴빛이 구구각색 달랐으나 이제 와서는 그 누렇고, 검고, 혈색 한 점 없이 창백하던 얼굴빛들이 온통 시뻘건 핏빛으로 바뀌고, 치렁치렁 늘어졌던 승포 자락이 마치 맞바람을 가득 머금고 불길에 쬔 북 가죽처럼 팽팽하게 부풀어 올랐다. 그러나 장무기의 옷자락은 아무런 이상을 보이지 않았다. 그것으로 내공 수준의 높낮이는 이미 판가름 난 셈이었다. 만약 그가 일대일로 싸웠다면, 아니 심지어 2 대 1로 싸웠다 해도 벌써 이겼을 것이다. 당초 그가 단련해낸 구양진기가 워낙 웅혼하고도 두터운 데다 태사부 장삼봉의 지도를 받아 익힌 태극권 중 연기지법練氣之法으로 쌓은 기력까지 더해져 싸울수록 왕성해질 뿐 아니라, 끈덕지게 싸움을 이끌어가는 지구전의 능력마저 갖추어 사실상 한두 시진쯤은 넉넉히 더 버텨 상대방의 기력이 고갈될 때까지 마냥 기다릴 수도 있었다.

싸움은 막바지에 도달했다. 이쯤 되어서야 소림의 세 스님도 싸움을 오래 끌어봤자 자기네들에게 불리하다는 점을 내다보았다. 돌연 세 고승의 입에서 일제히 고함치듯 외마디 호통 소리가 터져 나왔다.

"가거라!"

심의상통인가 이심전심인가, 마음과 뜻이 통하는 검정 밧줄 채찍 세 가닥이 급속도로 회전하더니 밧줄의 그림자가 삽시간에 종횡무진으로 허공을 누비기 시작했다. 어느 것이 실체요, 어느 것이 환영인지 알아볼 길이 없었다. 장무기는 두 눈에 온 신경을 모아 적의 밧줄 공세를 응시한 채 밧줄이 들이쳐 올 때마다 일일이 맞서 와해시켰다. 그러나 장무기의 마음도 초조감에 들뜨기 시작했다.

'지약의 무공 초식이 기막힌 것은 틀림없다. 하지만 배운 시일이 너무 촉박해서 내가 외조부, 양 좌사와 손잡았을 때의 위력에는 아직 미치지 못한다. 나 혼자 힘으로는 계속 버티기 어려운 형편이니, 아무래도 오늘 또 패배를 면치 못할 듯싶다. 이번에도 양부를 구출하지 못하면 어떻게 하나……?'

다급해진 심사에 내력이 다소 감퇴되는 기미를 보이자, 소림의 세 스님이 그 틈을 타고 역습해왔다. 아슬아슬 위태로운 상황이 계속 이어졌다. 한순간 장무기의 머릿속에 한 가지 상념이 전광석화처럼 번뜩 스치고 지나갔다. 20여 년 전, 북극 빙화도에서 양부 사손이 얼마나 자애롭게 자기를 대해주었던가? 앞 못 보는 장님이 되어서도 온갖 위험을 무릅쓰고 다시 강호에 모습을 드러낸 것은 순전히 장무기 한 사람 때문이었다. 오늘 양부를 구해내지 못한다면 혼자 살아 무엇 하겠는가? 그는 자꾸 위축되는 마음을 독하게 다져먹고 투지를 불태우기 시작했다.

바야흐로 도난대사의 검정 밧줄이 등 뒤 까마득히 먼 거리에서 원을 그리며 덮어씌워왔다. 장무기는 오른손에 잡힌 성화령으로 우선 도액과 도겁 두 대사가 한 쌍으로 들이치는 밧줄 공세를 차단했다. 그러곤 두 발로 지면을 박차고 허공 위에 몸뚱이를 솟구쳐 올린 다음, 마치 거대한 독수리처럼 활갯짓하며 왼쪽으로 방향을 꺾어 잡더니 공중에 몸을 띄운 상태에서 빈손으로 도난대사의 채찍 초리를 움켜 그가 앉아 있는 소나무 줄기를 중심으로 빙그르르 한 바퀴 맴돌았다. 손길에 잡힌 밧줄 채찍도 속절없이 잡아끄는 대로 딸려가 소나무 줄기에 친친 휘감기고 말았다.

그야말로 불가사의한 초식이었다. 도난대사는 놀랄 틈조차 없었다. 밧줄을 툭 떨쳐 도로 풀어내려 했을 때, 끄트머리를 움켜잡은 장무기가 왼 팔뚝에 불끈 힘을 주면서 뒤쪽으로 냅다 잡아당겼다. 먹구렁이처럼 기다란 밧줄 채찍이 나무줄기 속으로 깊숙이 파여 들어갔다. 대경실색한 도난대사가 급히 빼앗을 욕심으로 엉겁결에 뒤로 힘껏 잡아당겼다. 장무기의 초식 변화는 기막히게 빨랐다. 상대방이 잡아당기는 힘줄기에 따라 놓아주다가 저쪽의 힘이 극도에 다다르는 찰나 다시 전력을 다 쏟아 힘차게 잡아끌었다. 때아닌 줄다리기 시합이 벌어진 것이다. 생각해보라, 제아무리 소나무 줄기가 굵기로서니 땅속의 뿌리가 지면으로 노출된 부분은 오래전 세 스님이 비바람을 피해 들어앉을 자리로 절반 남짓 구멍을 파놓은 데다 또 끈덕진 검정 밧줄에 휘감긴 채 장무기와 도난대사 둘이 양쪽에서 내공의 무시무시한 힘줄기로 동시에 톱질하듯 번갈아 당기고 있으니, 그 압력을 무슨 수로 견뎌내랴. 다음 순간 "우지직!" 하는 소리와 더불어 수백 년 해묵은 노송 한 그루가 구멍이 파인 부분에서부터 뚝 부러져 나가고, 우거진 나무 가장귀들이 반공중에서 송두리째 쓰러져 내렸다.

느닷없이 비바람 막이를 잃어버린 당사자는 물론이고, 도액과 도겁 두 스님마저 경악에 차 어쩔 바를 모르는데, 장무기의 양 손바닥이 그 순간을 놓치지 않고 대갈일성 기합 소리와 함께 가지런히 후려쳐나갔다.

"이얍!"

쌍장이 밀어치기로 타격을 가한 곳은 도액대사가 들어앉은 노송 그루터기, 두 손바닥에 응축시킨 장력이야말로 그가 평생 축적한 공력이 고스란히 담긴 것이었다. "우지끈……!" 무서운 힘줄기에 견디다 못한 소나무가 맥없이 뚝 부러져 나갔다. 절묘한 힘의 안배와 타격방향 선택, 거의 동시에 부러진 두 소나무 가장귀와 나뭇가지들이 하필이면 도겁대사가 들어앉은 소나무를 한꺼번에 덮쳐 내렸다. 오랜 세월 온갖 풍상을 겪으며 자란 노송 두 그루가 한꺼번에 넘어갔으니 그 무게만 해도 줄잡아 수천 근이었다. 어디 그뿐이랴, 허공에 훌쩍 몸을 솟구친 장무기가 두 발로 세 번째 소나무 줄기를 디딘 채 짓밟듯이 힘껏 찍어 눌렀으니 도저히 배겨날 길이 없었다. 그러자 도겁대사의 비바람 막이 노송마저 중턱이 뚝 부러져 반공중에서 흔들흔들 기우뚱거리다가 스르르 넘어가기 시작했다.

"와지끈!"

"아앗……!"

소나무 세 그루가 부러지는 소리와 군웅들이 놀라 외치는 소리가 뒤죽박죽 얽히고 산봉우리 너른 공터가 글자 그대로 평지풍파를 일으켜 삽시간에 아수라장으로 변했다. 장무기는 침착한 동작으로 한 손에 거머쥐고 있던 성화령 두 자루를 도액과 도겁 두 대사에게 힘껏 던져 보냈다. 두 스님은 허공에서 곤두박질쳐 내리는 소나무 줄기를 피하랴, 장무기가 마음먹고 날려 보낸 성화령을 막아내랴, 순간적으로 손발을 어디다 써야 좋을지 모른 채 허둥거렸다.

그 틈을 놓치지 않고 몸을 움츠린 장무기가 땅바닥에 찰싹 붙인 동작으로 기우뚱거리던 소나무 줄기가 미처 땅바닥에 닿기 직전에 그 밑을 빠져나가더니 어느새 금강복마권 한복판까지 들이닥쳤다. 결국 소림의 금성철벽 방어막이 격파된 것이다. 핵심에 들어선 장무기의 양 손바닥이 건곤대나이 심법으로 지하 뇌옥 입구를 덮어씌운 거대한 바위 더미를 앞으로 떠밀다가 이내 방향을 오른쪽으로 뒤틀었다. 그러자 지하 뇌옥이 아가리를 쩍 벌렸다.

"큰아버님, 빨리 나오세요!"

목이 터져라 외쳐 부르면서도 그는 사손이 먼젓번처럼 또 나오려 하지 않을까 봐 대답을 기다리지 않고 손을 내뻗어 그의 뒷덜미를 덥석 움켜잡기가 무섭게 지면 위로 끌어 올렸다.

바로 그때 도액과 도겁의 밧줄 한 쌍이 소리 소문 없이 한꺼번에 들이닥쳤다. 장무기는 부득이 사손을 내려놓을 수밖에 없었다. 그 대신 품속에서 성화령 두 자루를 꺼내 두 스님을 목표로 한 자루씩 던져 보내더니, 번갯불 같은 솜씨로 두 가닥 검정 밧줄의 끄트머리를 한 손에 하나씩 움켜잡았다. 도액과 도겁은 저마다 내력을 끌어올려 밧줄을 다시 빼앗으려 했으나, 성화령이 벌써 코앞까지 들이닥쳤다. 두 스님은 어쩔 수 없이 밧줄 손잡이를 놓아버리고 황급히 뒷걸음질 도약으로 물러나서야 겨우 성화령의 일격을 피할 수 있었다. 그 순간 도난대사의 왼 손바닥이 장무기의 앞가슴을 후려쳐 왔다.

"지약, 빨리 그 스님을 견제해요!"

몸을 비스듬히 뒤틀어 질풍 같은 속도로 피하면서 고함친 그는 다시 사손을 안아 일으켰다. 이제 소나무 세 그루 바깥으로 빠져나가기만 하면 소림파도 할 말이 없는 것이다.

"흥!"

그러나 뜻밖에 주지약은 콧방귀만 뀔 뿐 좀처럼 반응을 보이지 않왔다. 이러지도 저러지도 못하고 엉거주춤하는 순간, 도액대사의 오른 손바닥마저 뒤따라 후려쳐 왔다. 한순간 망설임으로 절호의 기회를 놓쳐버린 장무기는 몸을 약간 뒤틀어 심장 부위에 해당하는 급소부터 우선 피해놓고 어깨머리로 그 호된 장력을 고스란히 얻어맞았다. 어깨뼈가 으스러지는 아픔을 꾹 참고 양팔로 사손을 껴안은 채 이제 막 소나무 사이를 빠져나가려 할 때였다.

"무기야, 날 여기 내려놓아다오."

양부 사손의 목소리가 귓전에 울려왔다.

"얘야, 난 평생 지은 죄업이 너무 깊고 무거운 몸이다. 여기서 독경하는 말씀을 듣고 참회하니 마음이 그렇게 편안할 수가 없구나. 그런데 넌 왜 자꾸 날 구해내려고 애쓰는 거냐?"

장무기는 가슴이 덜컥 내려앉았다. 양부 사손은 무공이 극도로 뛰어난 분이라 끝내 안 가겠다고 버틴다면 대처하기가 보통 어려운 노릇이 아니다. 그래서 오른손 다섯 손가락을 잇달아 번개같이 놀려 양부의 넓적다리와 가슴, 배 사이의 혈도 몇 군데를 찍어 잠시나마 꼼짝 못 하게 만들었다.

"큰아버님, 죄송합니다. 제가 모시고 나가야겠습니다!"

이렇게 잠시 주춤하는 사이에 세 소림 고승의 손바닥 여섯 개가 한꺼번에 날아들었다.

"죄수를 두고 가라!"

일제히 소리 맞춰 호통치는 도액과 도겁, 도난 대사. 장무기는 상대방의 좌우 손바닥 여섯 장력 아래 사면팔방을 꼼짝없이 덮어씌우고 말았다. 손바닥이 미처 와닿기도 전에 섬뜩하도록 거센 바람이 먼저

들이닥쳐 살갗을 따갑게 만들었다. 외통수에 몰린 그는 어쩔 수 없이 또다시 양부 사손을 내려놓고 쌍장으로 전후좌우 위아래에서 날아드는 공세를 정신없이 막아냈다. 그 바쁜 와중에서도 고함쳐 당부하기는 잊지 않았다.

"지약, 빨리 큰아버님을 안고 빠져나가요!"

두 손바닥이 전후좌우로 유령처럼 번뜩이면서 적들의 눈앞에 크고 작은 원을 숱하게 그려놓았다. 그는 장력을 최대한도로 쏟아내어 세 스님과 맞서, 그들 중 한 사람도 주지약의 행동을 가로막지 못하게 했다. 이것은 건곤대나이 심법 가운데서도 최고 일곱 번째 단계의 하나로서, 장무기가 여태껏 한 번도 써보지 않은 심오한 무공이었다. 양 손바닥에서 발출되는 장력이 어느 한군데를 지향하는 게 아니라 정처없이 떠돌면서 상대방이 도저히 종잡을 수 없게 만들어 그들의 장력마저 덩달아 사방으로 이끌려가며 춤을 추기 시작했다.

어느 결엔가 귀신같은 손길에 홀려 정신없이 춤을 추던 세 스님의 장력이 한순간에 장무기의 장력과 마주쳐 달라붙고, 모질게 휘몰아치던 손바닥 바람도 삽시간에 잦아들었다. 싸움터에는 숨 막힐 듯 무거운 정적이 흐르기 시작했다.

드디어 주지약이 움직였다. 금강복마권 방어벽 안으로 훌쩍 뛰어든 주지약이 사손 곁으로 다가섰다.

"이 천박한 계집년, 가까이 오지 마라!"

사손이 호통치는 순간, 주지약은 대뜸 손길을 뻗쳐 그의 아혈啞穴을 찍었다. 말을 못 하게 입막음을 해버린 것이다.

"사가 놈아, 이제 와서 입놀림으로 나를 해코지할 테냐? 네가 저지른 범죄가 하늘에 차고 넘치는데, 설마 내가 널 죽이지 못할 듯싶으냐? 오늘 네 목숨은 내 손에 달린 줄 알아라!"

아미파 장문 주지약이 단호하게 질책하더니, 오른손을 번쩍 치켜들고 다섯 손가락을 갈고리 형태로 구부려 사손의 천령개를 겨냥하고 내리찍었다. 느닷없는 변고에 대경실색한 장무기가 다급하게 소리쳤다.

"지약, 안 돼!"

그는 지금 세 스님과 평생 쌓은 공력으로 맞선 상태였다. 이들 세 승려가 비록 살의는 품지 않았다고 하나 이렇듯 생사가 한순간에 결판나는 막중한 고비에 이르러서는 적을 다치게 하지 않으면 내가 죽어야 하기 때문에 조금도 양보할 여유가 없었다. 아니나 다를까, 주지약에게 외치느라 입을 여는 순간 장무기의 진기가 새어나가면서 그 틈을 놓치지 않고 세 승려의 장력이 태산이라도 무너뜨릴 듯 엄청난 기세로 밀려들었다. 그는 어쩔 수 없이 다시 내력을 끌어올려 저항했다. 그러자 피아 쌍방 모두가 이러지도 저러지도 못하는 처지에 몰렸다. 장무기는 '점黏' 자 구결을 써서 힘의 분산을 막았다. 승부가 나지 않는 한 이 곤경에서 몸을 뺄 도리가 없는 것이다.

주지약의 다섯 손가락은 어쩔 속셈인지 사손의 머리 위에 수직으로 들린 채 멈추더니 좀처럼 떨어질 줄 몰랐다. 그녀는 곁눈질로 장무기 쪽을 차갑게 흘겨보면서 비웃음을 던졌다.

"장무기, 그날 호주성 혼례식장에서 날 버리고 도망쳤을 때 오늘 같은 날이 있을 줄은 꿈에도 생각 못 했겠지?"

장무기의 처지는 갈수록 진퇴유곡進退維谷에 첩첩산중이었다. 마음은 이미 셋으로 갈라졌다. 무엇보다 양부 사손의 목숨이 걱정스러웠다.

그리고 이처럼 긴박한 상황에서 묵은 빚을 청산하려는 주지약의 처사가 그렇게 얄미울 수가 없었다. 게다가 소림의 고승들이 밀어붙이는 장력이 꾸역꾸역 그칠 줄 모르고 강화되는 형편이라 설령 전심전력으로 대응해도 종국에는 패배를 면치 못할 판국인데, 이렇듯 심신에 혼란을 일으켰으니 그야말로 살신지화殺身之禍를 자초한 격이 아니고 무엇이랴? 이마에서 식은땀이 주르르 흘러내려 잠깐 사이에 앞가슴 뒷등을 덮은 옷자락이 땀에 흠뻑 젖어들었다.

양소, 범요, 위일소, 설부득, 그리고 무당파의 유연주와 은리정은 그 광경을 바라보면서 너 나 할 것 없이 대경실색했다. 저들의 심정은 한결같았다. 장무기를 구할 수만 있다면 설령 자기네들의 목숨을 버리더라도 여한은 없다고 생각했다. 하지만 저들 모두 자신의 무공 실력이 부족해 장무기를 쉽게 구할 수 없다는 사실을 누구보다 잘 알고 있었다. 싸움판에 뛰어들어 대결 국면을 와해시키고 싶은 심정이야 굴뚝같았으나, 소림의 세 고승을 습격한다 해도 이들 스님 역시 외부로부터 받은 충격력을 거뜬히 장무기의 몸으로 옮겨버릴 수 있는 실력자였다. 그렇게 되면 장무기가 받을 압력만 더욱 가중되어 구하기는커녕 오히려 해를 끼치게 되는 것이다.

멀찌감치 서서 손에 땀을 쥐고 있던 공지대사가 버럭 외쳤다.

"세 분 사숙 어른! 장 교주는 우리 소림파에 은혜를 베푼 사람이니 제발 손속에 사정을 두어주십시오!"

그러나 이들 네 사람 간의 대결은 이제 어느 쪽이 양보하거나 누가 중재해서 풀릴 상황이 아니었다. 물론 장무기도 애당초 이들 세 스님을 해치겠다는 생각을 해본 적이 없었다. 세 스님 역시 일전에 하간쌍살의 무서운 공격을 받고 위기에 몰렸을 때 그가 도와주어 포위망에서 벗어날 수 있게 된 사실을 잊지 않았다. 장무기나 세 스님이나 진작부터 손을 놓고 휴전할 기회를 엿보았지만, 쌍방 모두 호랑이 등에 올라탄 격이라 도무지 그 방법을 찾아낼 수가 없었다. 더구나 세 분 고승은 바야흐로 '신유물외神遊物外'의 경지에 몰입되어 공지대사가 외치는 고함 소리에 고막이 울렸으나, 눈·코·귀·손발의 감각이 온통 한군데에만 집중되었을 뿐이라, 듣고도 알아듣지 못하는 청이불문聽而不聞의 귀머거리 상태였다. 또 설령 알아들었다 해도 자기네 힘만으로는 어떻게 해볼 처지가 못 되었다.

그때 위일소의 유령 같은 몸놀림이 번뜩 움직이는가 싶더니 어느새 부러진 세 그루 노송 사이로 연기처럼 스며 들어갔다. 그러나 주지약을 덮치려던 순간, 황급히 그 자리에 멈춰 서야 했다. 주지약이 번쩍 치켜든 다섯 손가락이 여전히 사손의 머리 위 허공에 떠 있는 것을 발견한 것이다. 이제 만약 자기가 덮쳐들기만 하면 그 손가락은 곧바로 사손의 정수리에 떨어질 게 분명했다. 사손이 죽으면 장 교주는 비통에 겨운 나머지 삽시간에 집중력이 흐트러져 세 고승의 장력 아래 비명횡사를 당할 것은 불을 보듯 뻔했다. 위일소는 주지약과 10척도 못 되는 거리에 서서 그녀를 노려볼 따름이었다.

한동안 소림사 뒷산 봉우리는 숨 막힐 듯 긴박한 고요 속에 잠겼다. 관전하던 군웅들도 하나같이 돌부처가 되어버린 듯 온 신경을 싸움판에 쏟아부은 채 꼼짝달싹하지 않았다.

이때 난데없는 웃음소리가 정적을 깨뜨렸다.

"으하하하! 으하하하!"

주전이 목청 드높여 웃음보를 터뜨리며 싸움판 쪽으로 성큼성큼 걸어가기 시작한 것이다. 깜짝 놀란 양소가 호통쳐 꾸짖었다.

"주 형, 설쳐대지 말고 어서 돌아오시오!"

그러나 주전은 못 들은 척 무시하고 소림파 세 원로 스님 앞까지 걸어가더니, 철딱서니 없는 개구쟁이처럼 히죽거리면서 수작을 걸기 시작했다.

"여어, 대화상님들! 개고기 맛 좀 보지 않으시려나?"

슬그머니 품속으로 들어간 손길이 큼지막한 물건을 하나 소중하게 꺼내 들었다. 푹 삶아 익힌 개다리 한 짝이었다. 그것을 도액대사의 면전에 바싹 갖다 대고 흔들면서 낄낄댔다. 지난 이틀 동안 소림사 측이 하루 세끼 손님들에게 내놓은 음식이라곤 하나같이 고기 한 점 없는 소찬素饌이었다. 평소 술과 고기를 누구보다 즐겨 먹던 주전은 푸성귀에 두부 따위 반찬만 놓고 밥을 먹으려니 도무지 견딜 수가 없었다. 그래서 어젯밤에 남몰래 소실산 아래 동네로 내려가 개 한 마리를 훔쳐 잡아서 배를 불렸는데, 먹다 남은 뒷다리 한 짝을 아직도 품속에 감춰두고 있다가 이제 와서 상황이 위급해진 것을 보고 고매한 스님들의 정신을 어지럽힐 요량으로 개고기를 꺼내 교란 술책을 쓴 것이다. 그제야 주전의 속셈을 알아차린 양소와 다른 이들도 너무나 기뻐 박수갈채를 보내기 시작했다.

"주전, 그것참 기막힌 솜씨일세! 아주 잘했어!"

"저 친구, 여느 때 하는 짓거리가 미치광이나 다를 바 없었는데, 오늘만큼은 진짜 고명한 초식을 드러냈구먼!"

내력으로 목숨 걸고 겨루는 마당에 승패의 관건은 오로지 통일된 정신력과 집중력에 달렸다. 주전이 터무니없는 수작으로 심신을 흩어 놓았을 때, 세 명 가운데 한 사람이라도 노여움이나 껄끄러운 감정의 변화를 일으켜 분심分心이 드는 날이면 그 즉시 장무기가 승리하게 되는 것이다.

도액과 도겁, 도난 세 고승은 눈앞에 얼씬거리는 고깃덩어리를 보고도 못 본 척 무시했다. 주전이 딱 벌린 입으로 개다리를 우적우적 뜯어 먹기 시작했다.

"냄새 좋고, 맛 좋고! 여보시오, 대사님들도 한 입 잡숴보시구려!"

세 스님이 요지부동으로 꼼짝달싹도 하지 않자, 그는 아예 개고기를 도액대사의 입 언저리에 갖다 댔다. 입만 벌리면 쑤셔넣을 판이었다. 멀리서 그 광경을 바라보던 소림사 승려들이 고함치기 시작했다.

"저런 미친놈 봤나! 어서 썩 물러가지 못할까!"

주전은 그래도 아랑곳하지 않고 막무가내로 개고기를 도액대사의 입술에 대고 문질렀다. 고깃덩어리가 막 입술에 닿았을 때였다. 돌연 주전의 팔뚝이 극심하게 떨리더니 상반신까지 마비 증세를 일으켰는지 뻣뻣하게 굳어진 채 들고 있던 개다리 뼈를 땅바닥에 툭 떨어뜨렸다. 다음 순간, 몸뚱이 전체가 보이지 않는 무형의 힘줄기에 튕겨 사지 팔다리를 큰대大자로 쩍 벌리고 뒤로 나가떨어지고 말았다. 그도 그럴 밖에. 지금 도액대사의 전신에는 구석구석 내공의 힘으로 덮여 있어 파리 한 마리도 내려앉을 수 없는 이른바 '승충불능락蠅蟲不能落'의 경지에 도달한 상태라, 외부의 힘이 가해지면 그 즉시 반탄력으로 튕겨나가게 되어 있었다. 그야말로 개망신을 당한 주전이 궁둥이를 툭툭 털며 일어나더니 엄살 섞인 항의를 퍼부었다.

"아이고 아파라! 아파 죽겠네! 세상에 이럴 수가 있나? 개고기를 먹기 싫으면 그만이지 왜 떠다미는 거야? 이크, 저런! 내 멀쩡한 개다리를 땅바닥에 내던져버렸네! 저걸 어쩌나? 지저분하게 흙먼지가 묻어서 나도 못 먹게 되었잖아? 이것 봐, 스님! 이거 물어내야지, 물어내란 말이오!"

손짓 발짓 삿대질에 고래고래 악을 쓰니, 듣는 사람마저 정신 사나워 귀를 막아야 할 지경이었다. 그러나 세 스님은 수양이 어지간히 깊고 두터워 외마外魔의 교란 술책에도 전혀 영향을 받지 않았다. 아무런 효과도 얻지 못한 주전이 이번에는 품속에서 단도 한 자루를 꺼내 들었다.

"내 성의로 보시해드린 개고기를 안 먹겠다니! 좋아, 오늘 이 어르신네가 늙다리 땡추 녀석하고 죽기 살기로 붙어볼 테다!"

그러고는 오른손에 잡힌 단도로 제 얼굴을 쓰윽 그어 내렸다. 그러자 멀쩡하던 얼굴에 선지피가 줄줄 흘러내리기 시작했다.

"앗, 저런!"

미치광이가 뜻하지 않은 자해 소동을 벌이자, 군웅들이 놀라 외마디 소리를 질렀다.

주전은 또 한 차례 반대편 얼굴에 칼날을 그어 내렸다. 칼질이 거기서 그치는 게 아니라 가로 긋기 모로 긋기로 연거푸 이어졌다. 가뜩이나 험상궂은 얼굴이 삽시간에 온통 시뻘건 피투성이가 되어 끔찍스럽게도 흉악한 몰골로 바뀌었다.

주전의 이런 모습을 보면 누구라도 마음이 번거롭고 정신이 산란해졌을 것이나, 소림파 세 고승의 심령만큼은 그렇지 않았다. 세 사람은 오직 하나에만 집중하고 있을 뿐이라 눈과 코, 귀와 입 모든 감각이 쓸모를 잃어버린 상태였다. 그렇기 때문에 주전이 도액대사의 입에 개고기를 갖다 대거나 날카로운 칼끝으로 제 얼굴에 생채기를 내도 그 꼬락서니를 볼 수 없거니와 그런 사람이 눈앞에 얼씬거린다는 사실 자체도 인지하지 못했다. 이래저래 소림 고승들에게서 아무런 효과도 얻어내지 못한 주전이 마침내 고래고래 소리를 치면서 발악하기 시작했다.

"오냐, 좋다. 이 늙다리 땡추 녀석들아! 내가 먹으려던 개고기를 안 물어주겠다면, 네놈들 보는 앞에서 내 손으로 죽어 보이마!"

말끝이 떨어지자마자 수중의 단도를 번쩍 들어 제 앞가슴 심장부를 겨냥하고 그대로 찔러 넣었다. 장 교주의 목숨이 경각에 달린 것을 보고 마지막 수단으로 세 고승의 면전에서 자기 한목숨 버려 저들의 심신을 교란시키기로 결심한 것이다.

이때였다. 누른빛 그림자 하나가 허공에 번뜩이는가 싶더니 황삼 여인이 몸을 날려 싸움터 쪽으로 들이닥쳤다. 곧게 뻗은 두 집게손가락으로 주전의 단도를 빼앗아 땅바닥에 던져버리기 무섭게 발길질로 혈도를 걷어차 꼼짝달싹하지 못하게 만들었다. 이어서 비스듬한 각도로 회전하던 몸뚱이가 어느새 주지약 앞으로 유령처럼 나타나 그녀의 정수리를 겨냥하고 다섯 손가락을 활짝 펼쳐 언제든지 내리 꽂힐 태세로 곤두세웠다. 어제 송청서가 개방의 장발용두와 집법장로를 격살하던 구음백골조였다. 주지약의 다섯 손가락은 사손의 정수리에서 불과 1척 남짓 떨어져 있을 따름이었다. 마음만 먹으면 언제든지 사손의 머리통에 다섯 구멍을 내고도 남는 거리였다. 그러나 적의 기습 동작이 너무 빠른 터라 주지약은 그 손바닥이나마 뒤집어 '번수상탁反手上托' 자세로 떠받듯이 막아내지 않으면 안 되었다.

장무기의 내공은 세 스님의 공력에 비해 전혀 뒤처지지 않지만 사물과 자기 자신을 모두 잊는 '물아양망物我兩忘'의 선정禪定 공부만큼은 훨씬 못 미쳐, 외계外界의 사물을 보고도 못 본 척할 수 없었다. 그는 주지약이 사손을 위협하는 장면을 목격하자마자 곧바로 심신에 대혼란을 일으켰고, 다시 주전이 터무니없는 수작을 부리다가 자결하려던 광경까지 보았을 때에는 더욱 초조하고 다급한 심경이 되어 잔잔하게 가라앉혀야 할 내식內息이 들끓어오르고 말았다. 이젠 꼼짝없이 피를 토하고 죽는 길밖에 없었다. 바로 그 아슬아슬한 순간에 별안간 황삼 여인이 뛰어들어 주전의 손아귀에서 단도를 빼앗아버리고 주지약에게 공격을 퍼부어 양부 사손의 위기를 풀어주자 온갖 근심 걱정이 한꺼번에 스러졌다.

마음이 홀가분해지니 내공의 힘줄기도 부쩍 늘어날밖에. 그는 세 승려가 공격해오던 힘줄기를 낱낱이 와해시키고 삽시간에 막상막하의 대치 국면을 되찾았다. 도액을 비롯한 세 고승은 비록 외계의 사물에 대해 '시약부도視若不睹, 청이불문聽而不聞' 상태였으나, 쌍방 간에 내공의 힘줄기가 늘어나고 줄어드는 감각만큼은 예민하게 판별할 수 있었다. 그들은 상대방의 내력이 급작스레 팽창했으면서도 반격으로 전환하지 않고 여전히 수비 태세를 유지하는 것을 직감적으로 알아차렸다. 그렇다면 쌍방 모두 위험한 곤경에서 벗어날 절호의 기회가 온 것이다. 도액과 도겁, 도난 세 고승은 이른바 심의상통이라, 마음과 뜻이 서로 통하는 즉시 내공의 힘줄기를 조금씩 거두어들여보았다. 그러자 상대방도 그만큼 공력을 거두어들였다. 그제야 세 스님은 확신을 얻어 한 푼 한 푼씩 공력을 줄였고, 장무기 역시 균형을 맞춰 힘줄기를 조금씩 줄여나갔다. 이런 방식으로 공력을 회수하다 보니, 피아 쌍방은 잠깐 사이에 팽팽하던 대결 상태를 완전히 풀어버릴 수 있었다.

"하하하하……!"

누가 먼저 터뜨렸는지 모를 호탕한 웃음소리가 허공에 울리는 동안 넷이서 일제히 자리를 박차고 일어났다. 장무기는 코가 땅에 닿도록 큰절을 드렸다. 도액, 도겁, 도난 세 고승도 합장으로 답례했다.

"탄복했소이다, 장 교주! 정말 탄복했소이다."

"저도 세 분 고승의 위대하신 공력에 경탄했습니다!"

네 사람의 목소리가 뒤섞여 이구동성으로 터져 나왔다.

장무기가 흘낏 돌아보니 황삼 여인과 주지약의 싸움은 바야흐로 점입가경, 손에 땀을 쥐게 하는 긴박한 상태였다. 황삼 여인은 맨주먹 두 손바닥만으로, 주지약은 오른손에 저 무시무시한 백망편 채찍을, 왼손에는 서슬 푸른 단도를 잡았다. 그런데도 주지약이 열세에 몰리다니 이상한 노릇 아닌가? 황삼 여인의 무공 초식은 주지약과 맥락을 같이 했다. 봄바람에 수양버들 나부끼듯 날렵하고도 기민한 동작뿐만 아니라 변화무쌍한 초식도 아주 비슷했다. 하지만 그녀의 손발 놀림은 주지약과 다르게 떳떳하고도 정정당당했고, 사악한 기운이라곤 단 한 점도 내비치지 않았다. 주지약의 동작이 유령 같다면 황삼 여인의 동작은 하늘의 선녀에 견줄 만했다.

장무기는 한두 차례 눈길만 던졌을 따름이었으나, 황삼 여인에게 승리가 있을 뿐 패배는 없다고 확신했다. 그렇다면 양부 사손은 절대

안전할 터였다. 황삼 여인의 공격 초식에는 어딘지 모르게 주지약을 유인해서 그녀의 무학 내력을 알아보려는 의도가 엿보였다. 만일 그녀가 이기기로 마음먹었다면 벌써 상대방을 거꾸러뜨리고도 남았을 것이다.

"훌륭하시오, 장 교주! 그대가 우리 세 늙은이를 이기지는 못했으나, 우리 세 사람 역시 그대를 이기지 못했소. 자, 이제 사 거사를 데려가도 좋소!"

도액대사가 사손의 막힌 혈도를 손수 풀어주며 다시 말했다.

"사 거사, 부처님께서 말씀하시기를 '살인하던 흉기를 내려놓으면 그 자리에서 부처가 된다放下屠刀 立地成佛'고 하셨소. 우리 부처님의 문호는 광대무변廣大無邊하여 누구나 제도濟度하지 못할 사람이 없다오. 그대와 우리가 이 산봉우리에서 여러 날 함께한 것도 부처님의 연분이 아닌가 싶소."

몸의 자유를 얻은 사손이 일어서서 공손히 허리를 굽혔다.

"부처님께서 자비하시어 세 분 대사님의 가르침에 따라 불초 사손이 밝은 길로 들어설 수 있게 되었으니 진실로 감사드립니다."

바로 그때, 황삼 여인의 입에서 "얍!" 하는 맑은 기합 소리가 터져 나왔다. 번쩍 뒤집힌 왼손으로 주지약의 백망편 채찍을 낚아채어 빼앗고, 뒤미처 내지른 팔꿈치가 그녀의 앞가슴 혈도를 강타했다. 그러나 활짝 벌린 오른손 다섯 손가락은 여전히 그녀의 정수리 위 허공에 곤두세운 채 움직일 줄 몰랐다.

"너도 구음백골조의 참맛이 어떤지 한번 보겠느냐?"

주지약은 꼼짝달싹 못 한 채 두 눈을 내리감고 죽기만을 기다렸다.

사손은 비록 아무것도 볼 수 없었으나, 두 귀로 들으면서 주변의 모든 상황을 훤히 알고 있었다. 그는 방금 목소리가 들린 쪽으로 걸어가 허리 굽혀 읍례했다.

"낭자께서 뉘신지 모르나 우리 부자의 목숨을 구해주셨으니 그 큰 은덕에 깊이 감사드립니다. 주 소저가 잘못을 뉘우치지 않고 앞으로도 의롭지 못한 일을 계속 저지르면 언젠가는 업보를 받을 때가 올 것입니다. 낭자께 간청드리오니 오늘만큼은 부디 그녀를 용서해주시기 바랍니다."

황삼 여인이 빙그레 웃더니 시원하게 대꾸했다.

"금모사왕께서 참 빨리도 뉘우치셨군요!"

사손을 향해 대꾸하면서도 손길은 주지약의 품속으로 들어갔다. 잠시 더듬던 손길이 자그만 쌈지를 한 개 꺼내 들더니 손바닥 위에 얹어놓고 무게를 가늠해본 다음 곧바로 자기 품속에 쑤셔넣었다. 그러고는 다시 주지약에게 손바닥을 내밀었다.

"이리 내놓아!"

"뭘 내놓으라는 거야?"

황삼 여인은 더 말할 것도 없다는 듯이 주지약의 덜미를 움켜잡고 몸을 날려 20~30척 바깥으로 뛰쳐나갔다. 그러고는 나지막한 목소리로 주지약에게 무슨 얘기를 건넸다. 주지약은 대꾸 없이 완강하게 고개를 내저었다. 황삼 여인이 다시 오른손 다섯 손가락을 쫙 벌리더니 그녀의 정수리에 갖다 댔다. 또 뭔가 다그쳐 묻는 듯한데 사람들에겐 들리지 않았다. 이윽고 주지약도 별수 없는지 입을 열어 대답했다. 둘이서 대화를 주고받는 동안에도 다섯 손가락은 시종 그녀의 정수리 위에서 떠날 줄 몰랐다.

얼마나 시각이 지났을까, 황삼 여인이 주지약을 내버려둔 채 소나무 사이로 훌쩍 뛰어 돌아왔다. 그러고는 장무기를 향해 큰 소리로 외쳤다.

"장 교주님! 도룡도와 의천보검은 바로 당신네들이 중원으로 돌아오는 바닷길 도중에 상륙했던 그 작은 섬 동굴에 감춰져 있습니다. 하루속히 사람을 보내 찾아보도록 하세요."

그야말로 청천벽력과도 같은 소리에 장무기가 깜짝 놀라 되물었다.

"설마 그럴 리가……!"

황삼 여인이 얼른 그 말끝을 낚아챘다.

"의심하지 마세요! 확실한 얘기니까. 그 도검 한 쌍은 앞으로 장 교주님이 보관하셔야 합니다! 천하를 호령하여 이 땅에서 오랑캐를 몰아내고 백성들의 살길을 보장하는 일에 그 도룡도와 의천보검을 쓰셔야 합니다. 이 사실을 명심하세요!"

말끝을 다 맺었을 때, 그녀의 몸짓 그림자는 벌써 바람결에 나부끼듯 표연히 세 그루 소나무 둘레 바깥으로 물러나고 있었다.

그제야 장무기의 마음속에도 어렴풋하게나마 사건의 전말이 하나 둘씩 연결되어 새록새록 떠오르기 시작했다. 그러나 도룡도와 의천검을 도둑맞은 일에 주지약이 관련되었다는 사실만큼은 도무지 믿을 수가 없었다. 아니, 믿고 싶지 않았는지도 몰랐다.

황삼 여인의 손에 제압당하고 나서부터 주지약은 수치스러움과 분노, 좌절감과 번뇌, 오만 가지 격한 감정에 휩쓸려 한동안 죽고 싶다는 생각만 들었다. 흘끗 주변을 둘러보니 소림의 원로 고승 세 사람이 가부좌를 튼 자세로 한 곁에 앉았고, 고개 숙인 사손은 처연한 기색으로 눈썹을 축 늘어뜨린 채 그들 앞에 무릎 꿇고 합장한 자세로 웅얼웅얼 독경을 외고 있었다. 주지약은 그것이《금강경》의 한 구절임을 깨달았다. 사손은 지금 아주 홀가분한 목소리로 부처님의 말씀을 외우고 있는 것이다.

> 그때에 수보리 존자가 이 경을 듣건대, 의미를 깊이 깨닫고 눈물 흘리고 구슬피 울면서 부처님께 아뢰었다. 놀랍습니다, 세존이시여! 부처님의 말씀이 경전에 이렇듯 심오하게 밝혀지셨으니, 제가 옛날에 지혜의 눈을 뜬 이래로 이러한 경을 듣지 못하였나이다. 세존이시여, 만약 이 경을 어느 사람이 다시 듣고 신심이 청정해진다면, 즉시 실상實相을 깨우치리니…….

주지약은 독경 말씀 가운데 "의미를 깊이 깨닫고 눈물 흘리며 구슬피 운다深解義趣 涕淚悲泣"는 대목에 이르자, 한 가지 상념이 머릿속에 떠올랐다.

'금모사왕 사손은 한평생 두고두고 살인을 숱하게 저질러온 악마였다. 그런 사람도 죄를 뉘우치고 개과천선하니 곧바로 마음의 평안을 얻고 기뻐하는구나. 그렇다면 나는 누구냐? 애당초 한수강 변 나루터 이름 없는 뱃사공의 딸로 태어나지 않았던가? 부모를 모두 잃고 천애고아가 되어버린 이 어린것을 무당파 조사 장삼봉 진인이 거두어들여 아미파 멸절사태의 문하에서 학문과 무예를 배울 수 있게 해주셨다.

나 자신도 부지런히 힘쓰고 열심히 공부하여 스승의 기대에 어긋나지 않도록 늘 조심스럽게 행동하고, 사소한 잘못을 범하지 않으려 무진 애를 써왔다. 그런데 생각지도 않게 서역 땅에서 장무기란 이 애물 덩어리와 다시 만나게 될 줄이야 누가 알았으랴? 그때부터 내 마음은 이 청년에게 단단히 묶인 채 아무리 떨쳐버리려 해도 끝끝내 떨어질 줄 모르니 도대체 이게 무슨 전생의 업보란 말인가?'

사손의 독경 소리를 귀담아들으면서 그녀도 자신의 경각심을 일깨우고 스스로 채찍질했다.

'내가 어째서 좌선에 전념하지 않고 수행을 게을리했던가? 어찌하여 스승의 가르침을 잊고 아무 상관도 없는 젊은이에게 마음을 빼앗겼단 말인가? 아니, 아니다! 이 젊은이는 결코 나에게 아무 상관이 없는 사람이 아니다. 그는 마교의 교주요, 악한 짓이라면 무엇이든 다 저지르는 작은 악마다! 광명정 일전이 벌어졌을 때 왜 나는 단칼에 이 젊은이를 찔러 죽이지 못했던가? 만일 그때 이 사람을 죽였더라면 그 후로 온갖 고초와 번뇌를 겪지 않았을 게 아닌가? 아아, 장무기! 그대는 어쩌자고 내게 이렇듯 잘 대해주는 거냐? 어찌하여 그렇듯 얼굴에 흉측한 부종이 난 거미 아가씨와 친숙하게 지냈단 말이냐? 그녀는 또 어찌하여 그대에게 깊은 정으로 대했단 말인가? 어째서 나는 나도 모르게 그대 곁을 맴돌고 그대 또한 어째서 눈동자 한 번 돌리지 않고 날 응시했던가? 우리는 한수강 한복판 나룻배 위에서 처음 만났지. 나는 어린 소년이던 그대가 너무 가련하게 보였다. 밥 먹기조차 싫어하던 그대가 너무 애처로워 잘 구슬리고 달래가며 밥 한 그릇을 다 떠먹여주었지. 장무기, 앞으로 내가 또다시 그대에게 밥을 떠먹여줄 수 있

을까?'

그녀는 장무기의 뒷모습을 하염없이 바라보았다. 사손의 등 뒤로 무릎 꿇고 앉은 채 양부가 독경하는 소리를 귀담아듣고 있었다. 사손은 여전히《금강경》을 가득 쉰 목소리로 한 구절 한 구절 또렷이 외우고 있었다.

……내가 저 옛날 가리왕에게 신체의 팔다리를 갈기갈기 찢겼을 때에 나 역시 아상도, 인상도, 중생상도, 수자상도 없었느니라. 어찌하여 그러한가? 내가 저 옛날에 지체를 마디마디 찢겼을 때 만약 아상, 인상, 중생상, 수자상이었던들 마땅히 노여움과 미움이 생겨났기 때문이니라……. 보살은 모름지기 일체상에서 벗어나야 하느니라…….

이제 주지약은 마음속으로 오래전 세상을 떠난 스승 멸절사태에게 항변을 토하기 시작했다.

'사부님, 어째서 제게 이런 일을 하라고 강요하셨단 말입니까? 사부님은 저더러 이 작은 악마를 유혹하되 진정으로 대하지 말라고 엄명을 내리셨습니다. 그게 얼마나 어렵고 힘든 일인지 모르십니까? 어째서 장무기란 청년을 악마의 자식이라 단정하셨습니까? 절해고도에서 그는 나를 포옹해주고 보듬어주고, 친숙하게 대해주었습니다. 그리고 단 한 번도 불성실하거나 예의범절에 벗어난 태도를 보인 적이 없었습니다.'

무인고도 바닷가에서 장무기의 어깨에 기댄 채 정담을 나누던 기억이 떠오르자, 그녀는 저도 모르게 얼굴이 화끈 달아올랐다. 망망대해

외딴섬에서의 추억을 더 이상 떠올리고 싶지 않아 외면하니, 또 다른 과거의 상념이 연기처럼 피어오르기 시작했다.

그게 벌써 언제 때 일이던가? 대도 만안사, 까마득히 높은 7층 보탑에서 스승 멸절사태는 그녀에게 독한 맹세를 시켰다…….

주지약은 그날 대도 만안사 뒤뜰 보탑에 갇혀 있는 멸절사태의 방으로 끌려가 그녀의 품에 뛰어들어 소리 나도록 울음보를 터뜨렸다. 멸절사태는 그녀의 머리카락을 다정하게 쓰다듬어주었다. 이제 사부님과 얘기를 나눌 시간이 얼마 남지 않은 것을 안 그녀는 그 전날 밤 악마의 자식 장무기가 찾아와 자신을 구해주겠노라고 언약한 사실을 말씀드렸다. 멸절사태는 이마에 주름살이 깊게 파이면서 이렇게 말했다.

"그놈이 어째서 다른 사람은 말고 너 하나만 구해주겠다는 거냐? 그것참 이상한 노릇이다. 광명정에서 결전이 벌어졌을 때 너는 분명 그놈의 가슴을 칼로 찔러 죽이려고까지 했는데, 어째서 그놈은 오히려 자기를 죽이려던 원수인 너를 구해주려 한단 말이냐?"

"저도 왜 그러는지 모르겠습니다."

주지약은 대수롭지 않게 넘겨버리려 했으나, 멸절사태는 버럭 역정을 냈다.

"흥, 고 젊은 녀석이 정말 너무나 음험하고 악독하구나! 하긴 마교의 우두머리이니 무슨 착한 심보를 지녔을라고? 생각해보나마나 분명 그놈이 올가미를 깔아놓고 네가 얌전히 걸려들도록 술책을 꾸미는 게 틀림없어."

주지약은 속으로 별말씀을 다 듣는구나 싶었다.

"그 사람…… 그 사람이 무슨 올가미를 깔아놓았단 말씀인가요?"

"우리와 마교 놈들은 불구대천지 원수다. 내 의천보검 칼날 아래 사악한 마교 놈들이 얼마나 많이 죽었는지 너도 잘 알지 않느냐? 간교하기 짝이 없는 그놈들이 우리 아미파를 뼈에 사무치도록 미워하고 있을 터인데, 어째서 너를 구해주겠느냐? 분명 고 젊은 마귀 새끼가 네게 눈독을 들여 제 올가미에 빠뜨려놓고 농락하려는 수작이지. 딴 놈들과 내통해서 우리를 사로잡아 가둬놓고 이제 와서 짐짓 인심 쓰는 척 구해준답시고 나타난 거야. 그렇게 네 환심을 사두면 고지식한 너는 그저 고 앙큼한 놈이 베풀어준 은혜에 감지덕지할 게 아니겠느냐?"

"사부님, 제가 보기엔 그 사람…… 그 사람이 거짓으로 그런 건 아닌 것 같아요."

그녀의 말에 스승은 노발대발 호통을 쳤다.

"네가 분명 기효부처럼 쓸모없는 인간이 될 모양이구나! 음탕하기 짝이 없는 마교 제자 놈과 눈이 맞아서……. 만일 내 공력이 아직 남아 있었다면 내 일장에 네년을 때려죽였을 거다!"

무시무시한 불벼락에 주지약은 등골이 오싹해져 목소리마저 떨려 나왔다.

"제가 어찌 감히 그런 짓을……."

그러자 스승이 비웃음 섞어 매섭게 물었다.

"호오, '어찌 감히'라니……. 네가 진정 그런 짓을 하지 않겠다는 것이냐, 아니면 입에 발린 감언이설로 이 사부를 속이려는 것이냐?"

그 말에 주지약은 억울한 나머지 눈물을 왈칵 쏟아냈다.

"불초 제자, 결단코 은사님의 교훈을 어기지 않겠습니다."

"그 자리에 무릎 꿇어라. 벌로 무거운 맹세를 해야 한다."

주지약은 스승의 말대로 땅바닥에 무릎을 꿇고 엎드렸다. 하지만 무슨 말을 해야 좋을지 알 수 없었다.

"이렇게 다짐하거라. '소녀 주지약은 하늘에 맹세하노니, 오늘 이후 마교 교주 장무기에게 절대로 마음을 두고 사랑하지 않겠습니다. 만일 그자와 혼인해서 부부로 맺어질 경우, 나를 낳아주고 돌아가신 부모님이 지하에서 유골조차 평온함을 얻지 못할 것이며, 내 스승 멸절사태는 죽어서 반드시 원귀가 되어 내 평생을 두고 밤낮없이 불안하게 만들 것입니다. 내가 만약 그자하고 자식을 낳게 된다면 아들은 대대로 비천한 노예가 될 것이요, 딸은 세세에 창녀 갈보가 될 것입니다.' 자, 이렇게 내가 말한 대로 맹세하거라!"

너무나 끔찍한 저주가 담긴 말에 주지약은 까무러칠 뻔했다. 세상천지에 이렇듯 악랄하고 지독한 맹세가 어디 또 있단 말인가? 오래전에 세상을 떠난 부모님을 저주하고 또 스승을 저주하고, 이어서 아직 세상에 태어나지도 않은 자식들에게까지 무서운 저주를 퍼부어야 하다니, 사람 된 도리로 차마 못 할 짓이었다. 그러나 스승의 두 눈초리가 독살스러운 광채를 번뜩거리면서 자신의 얼굴에 못 박히는 것을 보니 저도 모르게 눈앞이 어찔해지고 현기증마저 일어 하는 수 없이 스승이 말한 대로 따라 읊고 말았다. 제자에게 독한 맹세로 벌칙을 주고 나서야 스승은 얼굴빛을 누그러뜨리고 예전처럼 따뜻한 말씨로 돌아갔다.

"좋아, 됐다. 그만 일어나거라."

벌써부터 주지약은 두 뺨에 방울진 눈물을 뚝뚝 떨어뜨리고 있었다. 억울해서였을까, 아니면 두려워서였을까. 주지약은 마치 죄지은 사람처럼 송구스러운 자세로 일어섰다. 아니나 다를까, 그 눈물을 본 스승은 또다시 얼굴빛이 차갑게 굳으면서 엄히 타일렀다.

"지약아, 내가 일부러 널 핍박하는 게 아니다. 이것은 순전히 네가 잘되라고 하는 일이다. 너는 지금 한창 어린 계집아이야. 앞으로 이 사부가 널 돌봐주지 못할 텐데, 네가 기효부의 전철을 밟는다면 구천지하九泉地下에서 내가 어찌 마음 놓고 눈을 감을 수 있겠느냐. 더구나 이 사부는 네게 아미파를 중흥시킬 무거운 책임을 떠맡기려는데, 네가 단 한 점이라도 부주의하거나 소홀해서야 되겠느냐?"

말을 마치고 멸절사태는 왼손 식지에 끼고 있던 검은빛 감도는 철지환을 빼 들고 일어섰다.

"아미파 여제자 주지약은 무릎 꿇어 삼가 유시諭示를 받들라!"

주지약은 가슴이 철렁했다. 스승이 또 무슨 벌을 내리려고 그러는지 몰라 오들오들 떨어가며 그 자리에 다시 무릎 꿇고 엎드렸다.

"아미파 제3대 장문 비구니 멸절은 삼가 본문 장문인의 지위를 제4대 여제자 주지약에게 전하노라!"

가뜩이나 스승의 강요에 못 이겨 저주 담긴 맹세를 하고 머릿속이 온통 혼란스러운데, 이제 또다시 급작스레 자신더러 본파 장문인의 자리를 이어 맡으라니 이게 도대체 무슨 날벼락인지 알 수 없었다. 너무나 놀란 끝에 주지약은 망연자실한 기색으로 스승의 얼굴을 멍하니 바라보기만 했다. 스승은 한마디 한마디씩 끊어가며 천천히 말했다.

"주지약, 왼손 식지를 내밀어 본파 장문의 신물인 철지환을 삼가 받아라!"

흐리멍덩한 의식 속에 주지약은 스승의 말에 홀린 듯 왼손을 번쩍 쳐들었다. 길게 내뻗은 검지에 묵직한 느낌이 얹혔다. 스승이 현철 반지를 자신의 손가락에 끼워주었다는 사실을 어렴풋하게나마 깨달은 것이다.

"사부님, 불초 제자는 나이 어리고 입문한 지도 오래지 않았는데 어떻게 그 무거운 책임을 떠맡을 수 있겠습니까? 어르신께서는 반드시 이 곤경에서 빠져나가실 수 있으니 제발 그런 말씀일랑 거두어주십시오! 제자는 정말 못 합니다……."

떨리는 목소리로 여기까지 말하고 났을 때, 주지약은 스승의 두 다리를 부여안고 소리 내어 울음을 터뜨렸다. 스승이 매서운 어조로 꾸짖었다.

"못된 것! 네가 감히 사존의 명을 거역할 셈이냐?"

이어서 멸절사태는 주지약의 뜻은 물어보지도 않고 본파 장문 될 사람이 지켜야 할 계율을 하나씩 차근차근 일러주었다. 놀랍게도 스승의 말과 행동에는 후사를 당부하려는 의도가 담겨 있었다. 주지약은 더럭 겁이 나서 또 한 번 앙탈을 부렸다.

"사부님, 저는 못 합니다! 정말 못 해요!"

"닥쳐라!"

스승이 언성을 높였다.

"내 당부를 듣지 않으면 기사멸조欺師滅祖의 대죄를 범하는 반역도가 되는 것이다!"

그러고는 주지약을 부축해 일으키더니 부드러운 목소리로 바꿨다.

"지약아, 내가 네 사저들에게 장문인의 지위를 넘기지 않고 너한테 떠맡기는 것은 너를 편애해서가 아니다. 우리 아미파는 역대로 여인들이 주체가 되어왔을 뿐 아니라, 장문 될 사람은 모름지기 무공 실력이 탁월해야 한다. 그래야 영웅호걸이 들끓는 무림계에서도 스스로 문파를 지킬 수 있기 때문이다."

"보잘것없는 제 무공 실력이 어찌 사저들의 수준에 미칠 수 있단 말씀입니까?"

그러자 스승이 희미하게 웃음기를 띠었다.

"그 아이들의 성취도에는 한계가 있다. 지금의 경지에 가까스로 이르기는 했지만, 여기서 더는 크게 진전을 볼 수 없단 말이다. 그것은 억지로 추구한다고 해서 될 일이 아니란다. 타고난 자질이 무엇보다 중요하지. 무공 실력이 진정으로 으뜸가는 일류 경지에 오르려면 부지런히 고된 수련에만 의존할 것이 아니라, 총명한 재능과 지혜, 사물의 도리를 깨칠 수 있는 타고난 오성悟性에 의존해야 하는 것이다. 그것이 곧 천부적인 자질이다. 내 나이 열다섯 살 되던 해 내 스승이신 풍릉사태風陵師太께서는 훗날 내 무공이 반드시 대성하리라는 것을 내다보시고, 그 즉시 나를 제3대 장문인 자리에 세우기로 결단하셨다. 지금은 네 비록 사저들의 무공 수준에 미치지 못한다 해도 언젠가는 한량없이 발전하게 될 것임을 나는 잘 안다. 으음…… 한량없는 발전이라! 한량없는 발전…… 이 두 마디를 단단히 기억해두려무나."

'한량없는 발전'이라니, 도대체 무슨 뜻으로 하는 말인지 모르는 주지약은 그저 미망 어린 기색으로 스승의 입을 바라보기만 했다. 이윽고 스승이 제자의 귀에 대고 나지막하게 속삭였다.

"너는 우리 아미파의 제4대 장문이다. 이제부터 내가 우리 문파의 큰 비밀 하나를 너한테 일러주마. 우리 아미파를 세우신 개창 조사 곽양 여협께서는 곽정 대협의 둘째 따님이셨다. 곽정 대협은 천하에 명성을 떨친 분으로 두 가지 절예를 보유하고 계셨다. 그 하나는 군대를 부려 전쟁하는 병법兵法이요, 또 하나는 절세무공이었지. 곽정 대협의 부인이신 황용 여협은 무척 총명하고 기지가 뛰어난 분이셨다. 그분은 당시 남침해온 몽골군의 세력이 엄청나게 막강해 양양성을 끝내 사수하지 못하리라는 점을 내다보셨지. 그래서 이들 내외분은 죽음으로써 나라의 은혜에 보답하기로 뜻을 굳히셨단다. 그 충정忠情이야말로 불가능한 줄 뻔히 알면서도 하지 않으면 안 되는 참된 일편단심이었다. 그러나 곽정 대협이 보유한 절세무공과 상승의 병법이 거기서 끊기고 실전된다면 이 얼마나 애석한 일이겠느냐? 더구나 황용 여협은 몽골족이 한때 중원 땅을 점령한다 해도 우리 한족이 언제까지나 오랑캐의 노예로만 있지는 않을 것이라고 예측하셨다. 너도 생각해보려무나. 훗날 중원 대륙에서 혈전이 벌어지는 날, 그 병법과 무공 두 가지의 쓰임새가 아주 클 것은 불을 보듯 빤한 노릇 아니겠느냐? 그 점까지 내다본 황용 여협은 솜씨 뛰어난 대장장이를 초청해서 신조대협 양과 어른이 일찍이 본파의 조사 어른께 선물로 주신 비장의 신병이기 현철중검玄鐵重劍을 녹이고, 여기에 다시 서방세계에서 산출되는 정금精金을 섞어 도룡보도 한 자루를 주조해냈다. '도룡도'란 이름은 당시 용상龍床에 앉은 몽골족 오랑캐 황제를 도륙하겠다는 의미로 붙인 것이었지. 그뿐 아니라 그 무렵 천하에 가장 예리한 보검 한 쌍마저 꺼내 대장장이에게 넘겨주었다. 그 보검이야말로 양과 어른이 쓰시던 군자검君子劍과 양 대협의 아내 소용녀가 애용하던 숙녀검淑女劍이었다. 대장장이는 두 자루 보검마저 녹여 의천검 한 자루를 벼려낸 것이지."

주지약 역시 도룡도와 의천보검의 명성을 오래전부터 익히 들어왔지만, 사연이 여기에 이르러서야 비로소 그 도검 한 쌍이 본파 곽양 조사의 모친 되시는 황용 여협께서 주조해냈다는 사실을 알게 되었다.

"황용 여협은 도검을 완성하기 전에 곽정 대협과 몇 달 동안 심혈을 기울여 병법서 한 권과 무공 요결을 적은 책을 저술하셨단다. 그 병법서는 200여 년 전 송나라의 충신 악비岳飛 장군이 저술한 〈무목유서武穆遺書〉를 바탕으로 삼아 요점만을 간추린 것인데, 곽정 대협은 청년 시절 칭기즈칸의 서부 대륙 정복 작전에 종군한 경험이 있어, 몽골군의 야전 용병술을 깊이 터득하셨지. 따라서 그분은 몽골군 특유의 전술 전략 요점까지 간추려 그 병법서에 수록해두었단다. 또 무학비급은 〈구음진경〉에 기본 바탕을 두고, 곽양 조사의 외조부인 도화도주 황약사의 절세무학과 곽정 황용 내외분의 스승인 구지신개 홍칠공의 정교하고도 오묘한 무공을 보태 완벽한 내용으로 엮었다고 했다. 그 〈구음진경〉의 일부에는 무공을 속성으로 익힐 수 있는 편법이 수록되어 있는데, 도화도주 황약사의 제자 두 명이 잘못 수련하다 주화입마에 빠져들자, 황약사는 가슴 아픈 나머지 그 잘못된 내용을 바로잡아 속성이 가능할뿐더러 후유증도 제한적인, 수련하는 사람이 좀처럼 주화입마에 빠져들지 않게 고쳐놓았다고 했다. 곽정 대협 내외분은 이 병법서와 무학비급을 극비 장소에 감춰둔 다음, 칼을 만들고 남은 현철 두 조각에 그 장소의 지도를 새겨놓고 아울러 비밀 장소에 들어갈 수 있는 방법을 명시해놓으셨다."

"쇳조각에 지도를 새겨놓다니, 정말 기발한 착상이네요. 한데 그 현철 두 조각은 어디 숨겨두셨을까요?"

"철편은 의천보검과 도룡도 칼날 속에 하나씩 감춰 넣으셨지. 병법과 비급을 얻으려면 무엇보다 먼저 그 철편부터 찾아내야 한다. 도검을 쪼개 철편을 꺼내야 하는데, 도룡도와 의천검을 모두 함께 써야 가능하다고 들었다."

들으면 들을수록 기상천외한 사연이어서 주지약은 두 눈을 크게 뜨며 귀를 기울였다.

"곽 대협 내외분은 도룡도와 의천보검을 완성하고 나서, 보도는 아드님인 곽파로郭破虜 어른에게 주시고, 보검은 본파 곽 조사 어른에게 주셨다. 곽 조사 어른께는 곽부郭芙라는 언니가 한 분 계셨으나, 성격이 워낙 덜렁대고 조급한 데다 난폭하기 짝이 없어 곽 대협 내외분은 맏딸 되는 분에게는 칼을 넘겨주지 않으셨다고 했다."

"두 내외분은 왜 직접 아드님과 따님한테 내려주지 않고, 번거롭게 비밀 장소에 감춰두고 지도에만 표시해놓으셨을까요?"

"네 말도 일리가 있다. 하나 곽 대협 내외분께선 그 병법서와 무공비급이 몽골족을 이 땅에서 몰아내지 못한 상태에서 너무 일찍이 세상에 나타나면 혹시 간악한 자들의 수중에 넘어가지 않을까 우려하셨던 것이다. 이민족의 압제를 받는 무법천지 세상에 간악한 자가 그런 보물을 손에 넣었다가는 중원 천하가 오히려 끝없는 재앙을 면치 못할 게 아니냐?"

스승은 목소리를 바싹 낮추고 얼굴에 정중한 기색을 띠더니 주지약의 귓가에 입을 더 가까이 갖다 댔다. 그러고는 아주 천천히 말을 이었다.

“도룡도의 칼날은 현철로 주조한 것이어서 훼손하기가 거의 불가능하지만, 칼등에서 칼자루로 옮겨가는 칼받이까지 자로 재어 꼭 일곱 치 되는 부분을, 의천보검 칼자루에서 꼭 일곱 치 되는 부분의 칼날로 조심스럽게 천천히 가로 썰면 도룡도의 칼등과 의천보검의 몸통에 톱니 자국이 드러나게 되어 있지. 그 톱니 자국 두 군데를 톱질하듯 마주 비벼대면 도룡도의 칼등과 의천보검 칼날에 쪼개지는 틈이 나타나고, 지도와 장소를 새겨놓은 현철 두 조각이 떨어져 나온다고 했다.”

“보도와 보검을 마주치면 두 자루 모두 훼손될 것이 아니겠어요? 더구나 적과 싸울 때 날카로운 병기에 부딪치기만 해도 금이 갈 텐데…….”

“아니다. 앞서 얘기한 대로 도룡도는 몸통 전체가 현철로 주조되어 금이 가거나 부러지지 않는다. 다만 몸통 일곱 치 되는 부분은 적과 맞서 싸울 때 적의 병기에 부딪칠 우려가 없기 때문에 쇠가 무른 연철軟鐵로 아주 가늘게 금을 내두었다고 한다. 정확히 일곱 치 되는 부분, 그곳을 의천검 칼날로 그어야 하는 것이다.”

잠시 뜸을 들인 스승이 말을 이었다.

“양양성이 함락되던 날, 곽 대협 부부는 아들 곽파로와 함께 순국하고 도룡도는 행방불명이 되었다. 훗날 아미파를 세운 곽양 조사는 당시 사천四川 지방 서쪽에 계셨기 때문에 부모님과 남동생을 구할 수 없었지. 그때부터 100년 동안 강호 무림계에 풍파가 자주 일면서, 그 한 쌍의 도검 역시 주인을 몇 차례나 바꿔야 했다. 후세 사람들은 도룡도가 ‘무림지존’이요, 의천보검만이 필적할 수 있다는 사실만 알았을 뿐,

그 칼이 어째서 '지존'이 되었는지 그 까닭만큼은 아무도 몰랐다. 곽파로 공은 한창 젊은 나이에 순국했다. 그래서 칼을 전해줄 후손이 없었다. 결국 도룡도와 의천검에 숨겨진 비밀은 아미파의 개창 조사 곽양 여협 한 분에게만 전해진 셈이 되었지. 곽 여협은 평생 동안 전심전력으로 도룡도의 행방을 찾아다녔으나 생전에 숙원을 이루지 못하고 세상을 떠날 때가 되어서야 제2대 장문인 풍릉사태에게 그 비밀을 알려주었단다. 풍릉사태 역시 조사 어른의 유언을 받들어 죽을 때까지 도룡도를 찾아 헤맸으나 역시 아무런 결과도 얻지 못했다. 그분은 원적하실 때가 되자 내게 곽 조사 어른의 유언을 전해주셨다."

스승은 여기서 화제를 딴 곳으로 돌렸다.

"내가 본파의 문호를 이어받고 얼마 안 되어, 너희 사백 되시는 고홍자 어른께서 마교 출신의 어느 청년 고수와 원협을 맺은 끝에 무공 대결로 승부를 가리기로 약정했다. 쌍방이 단독 대결로 겨루되 피아 어느 쪽도 고수를 초청해서 도움을 받지 않기로 다짐했지. 너희 사백께선 상대방이 한창 젊은 청년 고수인데도 무공 실력이 아주 대단하다는 사실을 염두에 두고 나에게 의천보검을 빌려갔다."

주지약은 '마교 출신의 청년 고수'란 말을 듣자 얼굴이 절로 화끈 달아올랐다. 하지만 이내 생각을 바꿨다. '아무렴, 그 사람일 리가 없지. 그때는 아직 세상에 태어나지도 않았을 테니까.'

스승의 목소리가 계속 귓전에 울렸다.

"당시 나도 함께 따라가 도와드리고 싶었으나, 너희 사백 어른의 인품이 워낙 신의를 존중하시는 분이라 '제삼자는 절대로 가담시키지 않겠노라'고 마교 우두머리와 언약했다면서 딱 부러지게 동행을 허락하지 않으셨다. 결국 나는 그분을 혼자 떠나보내야 했지."

"저희 사백 어른께서 물론 이기셨겠지요?"

"내 얘기를 더 들어보려무나……."

스승은 한숨 섞어 기막힌 사연을 이어나갔다.

"고홍자 어른은 무공 실력이 상대방에게 결코 뒤지지 않는다고 했다. 그런데도 마교 우두머리가 잇달아 교활한 술책을 쓰는 통에 우세를 잡지 못하고 끝내 앞가슴에 일장을 정통으로 얻어맞았지. 결국 그 어른은 의천보검을 뽑아보기도 전에 칼을 마귀의 손에 빼앗기고 말았다. 마귀 우두머리는 이리저리 칼을 훑어보다가 코웃음을 치며 말했다고 한다. '의천보검이라, 명색 한번 대단하네그려! 하지만 내 눈에는 그저 아무짝에도 쓸모없는 고철밖에 안 되는군. 기껏해야 부지깽이로나 쓴다면 모를까?' 그러고는 땅바닥에 툭 내던져버리더니 아무렇지도 않게 훌쩍 떠나버렸다고 했다. 너희 사백 어른은 무슨 수를 써서라도 내게 칼을 돌려주려고 아미산을 향해 발길을 돌렸다. 하지만 그분은 교만하다 싶을 만큼 자부심이 강해서 패배의 수치감을 떨쳐버리지 못했지. 속으로 끙끙 앓으며 길 재촉을 하던 그분은 겨우 사흘 여정 만에 울화병이 들어 객점 한 군데에 쓰러져 끝내 일어나지 못하고 저승길로 떠나셨다. 그리하여 당시 국법에 따라 행려병사자의 유품은 모조리 관가에 넘겨지고 의천보검마저 관헌에게 몰수되어 나중에는 조정의 진상품이 되고 말았다. 너희 사백 어른을 울화병으로 죽게 만든 악당이 누군지 아느냐?"

"모…… 모릅니다, 저는……."

"바로 훗날 너희 사저 기효부를 죽음으로 몰아넣은 마교의 대악마,

양소란 놈이었다!"

주지약의 입에서 외마디 소리가 절로 터져 나왔다.

'이 얼마나 얄궂은 일인가? 마교의 광명좌사 양소도 내 사백의 수중에서 의천검을 빼앗았다가 내던져버렸고, 장무기 역시 내 스승 멸절사태의 손에서 의천검을 빼앗았다가 돌려주지 않았던가? 어디 그뿐이랴, 기효부 사저는 양소와 깊은 정분을 맺고, 아이까지 낳았다가 비참하게 죽임을 당했다. 그렇다면 나 역시 전생의 업보로 마교 교주 장무기란 청년과 알게 되어 마음이 기울어지고, 이러다 기효부처럼 비명횡사를 당할지도 모르는 일 아닌가?'

스승이 속삭였다.

"지약아, 시간이 얼마 없어 더 얘기하지 못하겠구나. 그 의천보검은 나중에 오랑캐 황제가 여양왕 차칸테무르에게 하사했고, 또 나는 여양왕 저택에 들어가 그 칼을 훔쳐내왔다. 그런데 이번에 또다시 간계에 빠져 그 칼이 마교의 수중에 넘어갔으니 이 얼마나 불행한 일이냐?"

그 말에 주지약은 내처 대꾸했다.

"아닙니다! 그 보검은 조 낭자가 빼앗아갔어요."

스승은 두 눈을 딱 부릅뜨고 제자의 얼굴을 정면으로 쏘아보았다.

"조가 성을 가진 계집이 지금 누구와 함께 있더냐? 분명히 마교 교주와 한통속이 되었는데, 설마 지금 와서 네가 이 스승의 말을 못 믿겠다는 것은 아니겠지?"

사실 주지약으로서는 믿을 수가 없었다. 아니, 믿고 싶지 않았다. 하지만 그렇다고 스승과 언쟁을 벌여가며 반박할 수는 없었다.

"내가 스승 된 몸으로 네게 장문인 자리를 넘겨주는 데는 실로 깊은 뜻이 있다. 이번에 나는 간악한 자의 수중에 떨어져 일생토록 쌓아 올린 명성과 영예가 하루아침에 물거품으로 돌아가고 말았다. 그런 만치 이 보탑에서 산목숨으로 걸어 나가고 싶지 않다. 지약아, 내 말 잘 들거라. 장무기란 음탕한 놈은 지금 너한테 못된 심보를 품고 있다. 그렇기 때문에 네 목숨은 결코 해치지 않을 것이다. 그놈한테 거짓으로 친근하게 따라붙어 고분고분히 대해주다가, 기회를 틈타 그놈의 수중에서 의천보검을 빼앗도록 해라. 도룡도는 그놈의 양부 사손이란 악적의 수중에 있는데, 고 앙큼한 놈이 누가 뭐래도 한사코 제 양부의 행방을 털어놓지 않는구나. 하지만 그놈더러 자진해서 도룡도를 찾아오게 할 사람이 세상 천하에 딱 하나 있다."

주지약은 스승이 누굴 가리켜 하는 말인지 뻔히 알고 있었다. 놀라움과 부끄러움, 기쁨과 두려움의 감정이 한꺼번에 가슴속을 휘저어놓았다. 아니나 다를까, 스승은 곧바로 주지약을 지목했다.

"그 사람은 바로 너다. 지약아, 내가 너더러 미인계로 그놈을 유혹해 도룡도와 의천검을 빼앗으라고 요구했다만, 사실 그런 짓은 의협의 길을 걷는 사람으로서 해야 할 일은 아니다. 그러나 큰일을 이룩하려면 사소한 일에 얽매이지 않는 법이다. 너도 생각 좀 해보렴. 현재 의천검은 조가 성을 가진 계집의 수중에 있고, 도룡도는 사손이란 놈의 수중에 감춰져 있다. 만에 하나, 그 연놈들이 한통속이 되어 일단 도룡도와 의천검을 마주쳐 곽정 대협이 남겨두신 병법서와 무공비급을 꺼내기라도 하는 날이면 하늘 아래 뭇생령에게 해악을 끼칠 것이요, 또 세상에 얼마나 많은 사람이 무고하게 목숨을 잃을 것이며, 처자식이 뿔뿔이 흩어져 유리걸식을 하는지 모른다. 더구나 이 땅에서 몽골 오랑캐를 쫓아내야 하는 대업이야말로 더욱 험난한 일이 될 것이다. 지약아, 나도 그 일이 어렵다는 것쯤은 잘 알고 있다. 차마 너한테 그런 무거운 짐을 떠맡기지 못하겠구나. 하지만 우리 같은 사람이 무엇 때문에 평생토록 무학을 배워왔느냐? 지약아, 나는 지금 천하 백성을 위해 너한테 이렇게 애걸하는 것이다."

여기까지 말하고 났을 때, 스승은 돌연 제자 앞에 무릎을 꿇고 큰절을 했다. 주지약은 깜짝 놀라 황급히 마주 꿇어앉은 채 큰 소리로 외쳤다.

"사부님, 사부님! 어쩌자고 이러십니까?"

"쉬잇! 떠들지 마라. 바깥에서 녹장객, 그 원수 같은 놈이 엿듣고 있을지도 모른다. 자, 어쩔 테냐? 내 요청을 받아들일 것이냐, 말 것이냐? 승낙하지 않으면 내 죽어도 일어서지 않을 테다."

주지약의 가슴속 심사는 헝클어진 실타래처럼 뒤죽박죽 어지러워 아무것도 생각나지 않았다. 이 짧고 촉박한 시간에 스승은 그녀에게 엄청나게 어려운 일을, 그것도 한꺼번에 세 가지씩이나 연거푸 강요했다. 처음에는 저주 섞인 독한 맹세를 시키며 장무기에게 마음을 쏟아 사랑하지 말라고 요구했다. 그다음에는 아미파 장문의 직분을 이어받으라고 강제로 떠맡기더니, 마지막에 가서는 미인계로 장무기를 유혹해 도룡도와 의천보검을 빼앗으라고 했다. 이 세 가지 큰일은 10년 세월 두고 천천히 생각해서 하나하나씩 승낙하라고 해도 감당하기 어려울 판인데, 어떻게 경각지간에 결단을 내릴 수 있단 말인가? 그야말로 하늘과 땅이 빙글빙글 돌아가도록 현기증을 일으킨 그녀는 심란하다 못해 결국 까무러쳐 인사불성이 되고 말았다. 정신을 잃고 아무것도 모르게 되니 차라리 마음이 편했다.

한참이 지났다. 저도 모르게 악문 입술에 극심한 아픔이 느껴져 두 눈을 번쩍 뜨고 보니, 스승은 여전히 꼿꼿한 자세 그대로 그녀의 면전에 무릎 꿇고 있었다. 주지약은 울음이 터져 나왔다.

"사부님, 제발…… 제발 어서 일어나세요!"

"그럼 내 요구를 받아들이겠다는 거냐?"

사세가 이 지경이 되었는데, 입에서 어찌 '못 하겠다'는 말이 나오랴? 그저 눈물이나 줄줄 흘리면서 고개를 끄덕거릴 수밖에 없었다. 말없이 고갯짓으로만 승낙하려니 또 정신이 아찔해져 하마터면 까무러칠 뻔했다. 스승이 그녀의 손목을 잡고 나지막하게 속삭였다.

"도룡도와 의천보검을 손에 넣게 되거든, 아주 은밀한 장소를 한 군데 찾아내어 그곳에서 먼저 도룡도의 칼등과 의천보검의 칼날을 서로 맞물려 흠집을 내놓고 다시 톱질하듯 썰어야 한다. 도룡도와 의천보검이 틈을 벌리는 즉시 감춰진 쇳조각을 꺼내도록 해라. 그 철편이야말로 지도를 얻을 수 있는 유일한 법문이다. 단단히 기억해두었느냐?"

목소리는 비록 나지막했어도 말씨 하나만큼은 준엄했다. 주지약은 그저 고개만 끄덕여 응답했다. 스승의 말이 또 이어졌다.

"네게 일러준 모든 것은 우리 아미파의 가장 큰 비밀이다. 100여 년 전 곽정 대협 내외분이 본파 곽양 조사 어른께 전해 내린 이후부터 오로지 역대 장문만이 그 상세한 내막을 알아왔다. 도룡도와 의천보검 모두 날카로운 신병이기라 설령 누가 이 도검 두 자루를 동시에 얻었다 해도 섣부르게 위험을 무릅써가며 둘을 맞물려 실없이 보도 보검을 훼손시키려 하지 않을 것이다."

주지약은 말없이 또 한 번 고개를 끄덕였으나, 스승은 본 척도 않고 자신의 말만 이어갔다.

"네가 병법서를 얻거든 마음씨 착하고 어진 사람, 나라를 위해 일편단심으로 충성할 애국지사 한 사람을 골라 그에게 넘겨주되, 반드시 이 땅에서 오랑캐를 몰아내겠다는 다짐을 받아두어야 한다. 무공비급은 네가 간직해 스스로 단련하도록 해라. 내용 가운데 순양지기純陽之氣를 띤 굳세고 사나운 무공은 어린 네가 수련하기에 적합하지 않으니, 오로지 〈구음진경〉 속 무공만 익히는 게 좋을 것이다. 지금처럼 급박한 시기에 강적과 맞서기 위해서는 부득불 속성 방법을 추구하지 않을 수 없을 것이다. 수련이 완성되면 그 절세무공으로 중원 무림계를 호령해 천하의 영웅호걸을 네게 심복心服시킬 수 있을 것이다. 막중한 대사를 이루고 나더라도 모든 일을 단계적으로 차근차근 진행해 우리 아미파의 중흥 기반을 착실히 다져놓도록 해라. 또 한 가지, 속성으로 익힌 무공은 그 용도가 일시적인 것이라 급할 때 임시변통으로 쓸 것이지, 결코 천하무적의 진정한 무학이 아니라는 점을 깊이 명심해야 한다."

어떻게 보면 스승의 말은 분부가 아니라 이미 죽을 각오로 유언을 남기는 것처럼 들렸다. 주지약은 흐리멍덩한 의식 속에 고갯짓만 연신 끄덕거렸다. 충격이 너무 큰 탓인지 슬프다거나 두려운 감정을 느낄 마음의 여유도 없었다.

"이 사부는 평생을 두고 아주 큰 소망 두 가지를 세워두었다. 그 첫째는 중원 천하에서 몽골 오랑캐 족속을 몰아내고 우리 한족의 금수강산을 되찾는 일이다. 둘째로는 우리 아미파가 무공 면에서 뭇사람의 영도자가 되어 이른바 무림의 '태산북두'라는 소림과 무당을 압도하고 중원 무림계의 으뜸가는 제일 문파로 성장하는 일이었다. 이 두 가지 소망을 결국 나는 이루지 못했다. 기연이 내게 오지 않은 것이지. 이 두 가지 일 모두가 무척 어렵고 힘들겠지만, 이제 눈앞에 밝은 길이 펼쳐져 있다. 네가 이 사부의 당부대로 따르기만 한다면 하나하나씩 성취할 수 있을 것이다. 이 두 가지 숙원이 모두 이루어지는 그때에는 이 사부 멸절도 구천지하에서 기쁨의 눈물 흘리며 네게 감사해하고 있을 것이다."

주지약은 여전히 위축된 기색으로 머리를 숙이고 있었다. 쟁쟁하게 울려오던 스승 멸절사태의 목소리도 어느덧 희미하게 사라져갔다. 귓결에는 사손의 독경 소리만이 들려왔다.

> ……만약 내가 '나'라는 실체로서 자아가 있다고 생각하는 망상을 품고, 남에 대해 자기 위주로 집착하는 아집을 품으며, 실체로서 중생의 감각이 있다고 집착하는 망상을 품고, 개체로서 영혼과 생명이 있다고 집착하는 마음을 품었다면 세상의 온갖 번뇌가 우러났을 터…….

사손의 독경 소리가 차츰 멀어져가고, 이제 귓결에는 아득한 바다 저편 절해고도에 밀려드는 조수의 물결이 모래 여울 바위에 무심하게 부딪치는 소리로 바뀌었다.

'그날도 참 기막히게 멋있는 연분이 나한테 왔었지. 우리 일행이 페르시아 배를 타고 가다 지쳐 이름 없는 그 바다 섬에 올라 쉬었을 때,

나는 털끝만치도 힘들이지 않고 조민의 신변에서 약병 한 개를 훔쳐 낼 수 있었다. 십향연근산……. 그날 저녁 내 손으로 밥 짓고 반찬을 만들었으니, 아무도 모르게 독약을 국물에 타는 것쯤이야 어려운 일이 아니었다. 일행은 아무것도 모른 채 그것으로 배를 불리고 얼마 가지 않아 혼수상태에 빠져들었지.'

주지약은 장검을 뽑아 들고 원수 같은 장무기 곁에 섰다. 칼을 높이 쳐들어 목을 베려는데, 갑자기 장무기가 자신을 향해 돌아누우면서 빙그레 미소를 짓는 것이 아닌가? 흐뭇하게 미소 띤 얼굴에 뭐라고 형언하지 못할 사랑스러운 기색이 피어 있었다. '혹시 꿈속에서 날 본 것은 아닐까.' 주지약은 왼손을 내밀어 그 미소 띤 얼굴을 어루만졌다. 오른손에는 여전히 장검을 치켜든 채.

금모사왕 사손은 생김새가 늠름한 데다 몸집 또한 우람해서 눈을 감고 깊이 잠들었다 해도 접근하기가 두려웠다. 하지만 주지약은 마음속으로 이미 굳게 결심했다. 우선 바닷가로 내려가 이런저런 구실을 붙여 정박해 있던 페르시아 배를 떠나보낸 다음, 숙영지로 돌아갔다. '거미 아리. 장무기는 이렇게 못생긴 계집아이가 뭐 그리 좋다고 알뜰살뜰 보살펴주는지 모르겠군. 또 이 추녀는 어째서 한사코 장무기란 녀석을 잊지 못하고 죽자 사자 매달리는 걸까?' 사실 주지약은 오래전부터 장무기와 거미 아리의 애틋한 정분을 못마땅하게 여겨왔다. 그녀는 더 생각해볼 것도 없이 장검을 휘둘러 정신 잃고 누워 있는 아리의 흉측한 얼굴에 10여 군데 핏자국을 내놓았다. 그리고 조민과 아리를 차례차례 높다란 언덕으로 안아다가 바닷물에 던져버렸다.

도룡도와 의천검은 이제 주지약의 차지가 되었다. 그녀는 그 칼들을 산기슭 멀리 떨어진 동굴로 옮겨다 감춰놓았다. 그리고 다시 칼로 자신의 머리카락 절반을 끊고 한쪽 귀마저 아픔을 참아가면서 베어냈다. 자신도 범인에게 습격당한 것처럼 꾸민 것이다. 마지막으로 십향연근산을 조금 입에 털어 넣고 자리로 돌아가 잠이 들었다.

애당초 십향연근산은 조민의 것이었다. 바닷물에 던져버린 시체만 떠밀려 돌아오지 않는다면 그야말로 천의무봉天衣無縫, 주지약의 계획은 아주 감쪽같이 완전무결하게 이루어지는 셈이었다.

어느 날 한밤중에, 주지약은 스승이 일러준 방법대로 도룡도와 의천보검을 마주 비비고 정확하게 일곱 치 되는 부분을 톱질해서 틈을 벌려놓았다. 과연 두 자루 칼날 틈새에서 쇳조각이 하나씩 나왔다.

한 조각에는 이런 글자가 새겨져 있었다.

보도산 동쪽 도화도普渡山東桃花島

바로 그 섬에 병법서와 무공비급이 감춰져 있는 것이다. 또 한 조각에는 화살촉 표지가 방향과 각도를 가리키는, 아주 복잡하게 그린 지도가 한 벌 새겨져 있었다.

주지약은 보도산이 강절서로江浙西路에 있다는 사실을 알았다. 중원 땅으로 돌아온 직후, 그녀는 사저들과 만나 아미파의 총단을 잠정적으로 아미산 금정봉에서 경원로慶元路 동쪽 바닷가 정해현定海縣으로 옮기고, 혼자 배 한 척을 세내어 도화도로 건너갔다. 뭍에 오르고 보니 섬 안의 배치가 괴상야릇해서 좀처럼 내륙으로 들어가기가 어려웠다. 모두 누군가 솜씨 뛰어난 사람이 오행상극五行相剋의 원리에 따라 배치한 것이 분명했다. 그러나 그녀의 수중에는 지도가 있었고, 화살촉 표시가 가리키는 대로 따라가기만 하면 되므로 전혀 어려울 게 없었다.

주지약은 결국 도화도 산비탈 어느 동굴 속 지하에서 두 권의 초본抄本을 파내는 데 성공했다. 100여 년 전 곽정 대협 내외가 숨겨둔 병법서와 무공비급을 드디어 찾아낸 것이다. 그녀는 그것들을 가지고 정해현 총단으로 돌아와 모든 사람이 잠든 밤중마다 조용히 펼쳐놓고 스승의 유언대로 〈구음진경〉 가운데 속성으로 효과를 볼 수 있는 무공을 익히기 시작했다.

구음백골조와 백망편, 과연 날렵하고도 민첩성이 뛰어날 뿐 아니라, 속성이긴 하지만 배우기에도 무척 쉬운 무공이었다. 그저 몇 달 익힌 솜씨만으로도 개방의 장로 넷을 보기 좋게 쳐 죽이고, 무당파의 원로 고수 두 명마저 일패도지로 혼비백산하게 만들지 않았던가?

'그런데 황삼 여인의 정체는 무엇일까? 아무리 생각해봐도 출신 내력을 모르겠다. 그녀가 사용한 무공 역시 〈구음진경〉에 바탕을 두고 있지만 속성으로 익힌 내 수준으로는 도저히 이길 수가 없었다. 어제 천하 영웅들 앞에서 과시하던 내 구음백골조가 그녀와 맞닥뜨리자 맥도 추지 못하고 반격은커녕 전혀 펼쳐볼 여지도 없었으니 이게 어찌 된 노릇인가. 도대체 그녀는 누구일까……?'

쾌속 공격에는 쾌속 반격으로, 옛 스승과 제자의 손발이 얽히고설키면서 일격 필살의 공방전을 주고받았다. 순식간에 두 사람 사이에는 무려 70~80초가 오갔다.

더구나 사손의 나이는 성곤보다 열 살 정도나 아래여서 아직도 스승에 비해 혈기 왕성한 몸인 데다, 북극 빙화도의 혹한과 이따금 화산이 폭발할 때마다 겪는 모진 더위에 단련되어 내공을 크게 증진시킬 수 있었기에 100초 이상을 겨루면서 추호도 열세에 몰리지 않았다.

39. 무학비급, 병법서는 바로 그 속에 감춰졌는데

주지약은 혼곤히 생각에 잠겼다. 정신이 헷갈리는 것인지 삼혼칠백三魂七魄의 넋이 뒤죽박죽 헝클어졌는지 모르는 가운데 느닷없이 사손의 독경 소리가 크게 메아리쳐 산골짜기에 울려 퍼졌다.

인연에 따라 생성하고 멸하는 일체 사물이 꿈속의 환영이요, 물거품의 그림자이며, 아침 이슬 같고 또 한순간 번갯불과 같으니, 마땅히 이와 같이 보아야 할 것이다一切有爲法 如夢幻泡影 如露亦電 應作如是觀!•

그러고는 소림의 고승 세 분 앞에 허리 굽혀 예배했다. 세 스님이 합장하여 답례하며 목소리도 가지런히 부처님 말씀을 읊조렸다.

참으로 좋고 좋도다! 변화하며 흘러 멈추지 않는 시방세계 모든 하늘, 인간, 아수라의 다툼 있는 자들이 부처님의 말씀을 듣고 모두 크게 기뻐 만족하니 그 가르침을 믿고 받들어 행하는구나善哉 善哉 一切世間天 人 阿修羅 聞佛

• 이 구절은《금강경》제5편〈이치와 같이 사실대로 보다如理實見分〉가운데 사구게四句偈의 네 번째 대목이다. 원문의 일체유위법一切有爲法의 '유위有爲'란 우주 간의 온갖 물심적物心的인 여러 현상과 모든 현상 법칙이 여러 가지 인연으로 생겨나고 위작僞作 또는 조작되는 것임을 뜻한다.

所說 皆大歡喜 信受奉行!

이렇게 해서 모든 갈등과 싸움은 끝이 났다.

사손이 홀가분한 기색으로 일어서자, 덩달아 장무기도 일어나 양부의 손을 잡고 나란히 다정하게 한 걸음씩 옮겨 떼기 시작했다. 이제는 떠날 때가 된 것이다.

"잠깐!"

갑자기 사손이 소리쳤다.

"큰아버님, 왜 그러십니까?"

장무기의 물음에 그는 줄지어 늘어선 소림사 승려 가운데 한 명을 똑바로 가리키면서 외쳤다.

"성곤! 이 앞으로 썩 나서라. 만천하 영웅들 면전에서 우리 사이에 얽힌 인과관계를 분명히 가려보자!"

깜짝 놀란 군웅들의 눈길이 일시에 노승에게로 쏠렸다. 그러나 사손의 손가락이 가리킨 인물은 등허리가 활처럼 구부러지고 몰골이 꾀죄죄하게 생긴 늙은이였다. 광명정에서 성곤과 얼굴을 맞댄 적이 있던 양소를 비롯한 명교 수뇌 일행의 눈에도 그 노승은 성곤이라든가 원진과는 전혀 다른 모습이었다. 장무기가 보기에도 마찬가지였다.

"큰아버님, 저 사람은 성곤이 아닙니다."

하지만 사손은 장무기의 말은 들은 척도 하지 않고, 여전히 추접스러운 노승 앞에 버텨선 채 다시 한번 소리쳤다.

"성곤, 네놈이 모습은 바꿨어도 목소리만큼은 바꾸지 못했구나. 헛기침 소리를 들었을 때 난 벌써 네가 누군지 알아보았으니까!"

뜻밖에 노승의 표정이 일변하더니 표독스러운 웃음기를 띠면서 한마디 대꾸했다.

"앞 못 보는 소경의 허튼소리를 누가 귀담아듣기나 하겠더냐?"

노승이 입을 열어 첫마디를 내뱉자, 장무기도 대번에 그의 정체를 알아볼 수 있었다. 오래전 광명정에서 설부득의 괴상야릇한 포대 자루 속에 갇힌 채 성곤의 얼굴 생김새는 직접 보지 못했어도, 그자가 명교 수뇌부들을 기습적으로 제압해놓고 의기양양하게 떠들어대던 장광설만큼은 똑똑히 귀담아들었다. 이제 성곤이 교묘하게 변장하고 목청마저 억눌러 꾸며내고 있으나, 본래의 말씨와 음성만큼은 숨길 수 없었다. 다음 순간, 장무기가 몸을 솟구쳐 대뜸 노승의 퇴로를 차단했다.

"원진대사, 아니 성곤 선배! 당신도 사내대장부라면 솔직하고 떳떳이 행동하시오. 어째서 남한테 진면목을 드러내지 못하는 거요?"

남들은 감쪽같이 몰랐다. 사실 영웅대회가 열리기 전날부터 성곤은 일반 승려로 교묘하게 변장하고 소림의 동문 승려들 가운데 평범한 모습으로 섞여 잠복한 채 자기네 일당을 지휘하면서 용케도 이날까지 파탄을 드러내지 않았다. 그랬던 것이 방금 황삼 여인이 주지약을 보기 좋게 제압했을 때, 그는 너무나 뜻밖의 결과에 놀란 데다 사손마저 죽음에서 벗어나는 광경을 목격하자, 또 다른 계략을 짜내려고 궁리하다가 자신도 모르게 헛기침 소리를 내고 말았다. 그것은 성곤이 평생 달고 다니던 고질적인 버릇이었다. 기침 소리는 곁 사람에게도 거의 들리지 않을 정도로 미약했으나, 앞 못 보는 소경이 된 이후로 청각이 유별나게 예민해진 사손의 귀에는 청천벽력보다 더 크게 들렸다. 하물며 성곤에 대한 피맺힌 원한이 뼈에 사무쳐 지난 수십 년간 복수할 날만 기다려온 터였으니 당장 알아챌 수 있었던 것이다.

성곤 역시 정체가 드러나자 더 감출 것이 없었다. 그는 잔뜩 구부리고 있던 허리를 쭉 펴고 큰 소리로 일당에게 외쳐댔다.

"소림 승려들은 들어라! 마교의 무리가 신성한 불지佛地를 어지럽히고 우리 소림파를 능멸하였으니, 일제히 궐기해 가차 없이 쳐 죽여라! 살계를 범해도 무방하다!"

성곤의 명령 한마디에 그 일당들이 여기저기서 응답하더니 미리 숨겨둔 병기를 뽑아 들고 뛰쳐나와 싸울 태세를 갖추었다.

공지대사는 애당초 사형인 공문 방장이 본찰 반역도의 무리에게 인질로 잡혀 감금당한 채 협박을 받던 터라, 통분을 억누르며 저들의 허수아비 노릇을 하고 있은 지 오래였다. 그런데 이제 원진이 본색을 드러내고 소림파 제자들에게 영을 내려 발악적으로 명교와 일대 결전을 시도하려는 것을 보자, 더 이상 은인자중하고 있을 수만은 없었다. 저 무시무시한 명교 오행기의 무리와 한바탕 혼전이 벌어지는 날이면 소림 제자들이 얼마나 끔찍한 살상을 당하게 될 것이며, 또 소림파가 얼마나 치명적 타격을 받아 쇠퇴할 것인지 생각해보나 마나 훤한 일이었다. 아무리 방장의 생명이 중하다 하더라도 1,000여 제자의 목숨과 바꿀 수는 없었다. 이리저리 저울질하던 끝에 결단을 내린 그는 모든 위험을 무릅써가며 제자들에게 호통쳐 명령을 내렸다.

"소림 제자들은 들어라! 공문 방장께서 저 반역도 원진의 수중에 사로잡혀 감금되셨다. 여러 제자는 우선 저 반역도부터 사로잡아 꿇리고 다시 방장 어른을 구출하라!"

"와아……!"

삽시간에 소실산 정상은 혼란과 아우성의 도가니로 바뀌었다.

주지약은 아직도 땅바닥에 맥없이 쓰러져 있었다. 실의에 찬 얼굴이 온통 좌절감과 의기소침한 기색으로 일그러졌다. 장무기는 보고만 있기가 안쓰러워 그녀 앞으로 다가가 봉쇄된 혈도를 풀어준 다음 부축해 일으켰다. 그러나 주지약은 매정하게 그의 손등을 밀어붙이고 발길을 돌리더니 저 혼자서 아미 제자들 사이로 파묻혀 들어갔다.

이때 사손이 목청을 돋우어 외쳐대는 소리가 뭇사람의 함성을 압도하고 산골짜기에 쩌렁쩌렁 울려 퍼졌다.

"오늘 일은 모두 성곤과 나, 두 사람으로 말미암아 일어난 일이니 모든 은원과 인과 업보는 우리 둘이서 풀어야 한다. 사부님, 내 일신의 무공절기는 당신이 가르쳐준 것이었소! 성곤, 내 일가족은 네놈의 손에 몰살당했다! 그대가 베풀어준 은혜와 빚진 원수는 오늘 이 자리에서 남김없이 총결산하기로 하자!"

공지대사가 위험을 무릅써가며 제자들에게 총동원령을 내리고, 사손마저 만천하 영웅들 앞에서 공개적으로 도전해오자, 성곤은 이래저래 난처한 입장에 빠졌다. 소림 제자들의 인원수가 워낙 많고 자기네 패거리는 전체 승려의 1할도 안 되니 소림사 방장이 되겠다는 계략은 끝내 "거울 속의 꽃이요, 물에 비친 달그림자鏡花水月"•가 되고 만 셈이었다. 그는 다시 한번 생각을 정리했다.

• 볼 수는 있지만 가질 수 없는 헛되고 환상적인 현상의 비유. 시문 속에 허구의 사실을 꾸며낸 문자를 일컫는다. 출처는 《경화록鏡花錄》 제1회 "설혹 인연 없어 한 번 보지도 못한다 하니 이야말로 거울 속의 꽃이요, 물속에 비칠 달그림자라, 끝내 헛된 소망이 아닌가?設或無緣不能一見 豈非鏡花水月 終虛所望麼"였다.

'사손이란 놈은 당초 몹쓸 짓을 수없이 저질러온 악인이다. 만약 내가 저놈부터 제압한다면 그놈한테 모든 죄상을 뒤집어씌울 수 있게 된다. 사손의 무공은 모두 내가 가르쳐준 것이다. 더구나 지금은 두 눈이 멀어 아무것도 보지 못하는데, 설마 내가 저런 소경 하나쯤 처치하지 못하겠는가?'

생각을 굳힌 성곤이 짐짓 의연한 기색으로 사손을 손가락질했다.

"사손아, 강호에 얼마나 많은 영웅호한이 네 손에 목숨을 잃었는지 아느냐? 하물며 오늘은 명교의 극악무도한 마귀 떼까지 끌어들여 신성한 부처님의 복지福地를 더럽히고 천하 영웅들을 적대시했으니 실로 네 죄가 무겁구나! 내가 너 같은 놈한테 무공을 전수했다니 후회막급이다. 이제 문호를 깨끗이 정리하여 기사멸조를 범한 반역도로서 네놈의 죄를 다스리지 않으면 안 되겠다!"

혼원벽력수 성곤이 위엄을 한껏 드러내 보이며 성큼성큼 사손 앞으로 다가섰다. 오랜만에 사부 된 신분으로 제자가 '스승을 업신여기고 역대 조사를 능멸한 죄'를 처벌하겠다는 태도였다. 사손이 버럭 고함을 질렀다.

"만천하 영웅들은 들으시오! 나 사손의 무공은 여기 있는 성곤 사부가 전수해주었소. 그러나 이 사부는 내 아내를 겁탈하려다 뜻을 이루지 못하고 앙심을 품어 내 부모와 처자식을 남김없이 몰살했소. 사부가 비록 나하고 절친한 사제지간이라 하나, 이 몸을 낳고 길러주신 어버이보다 더 가까운 사이일 수는 없을 터, 내 손으로 어버이와 처자식의 원수를 갚아야 옳겠소이까, 갚지 말아야 옳겠소이까?"

"옳소, 복수하시오!"

"부모와 처자식을 죽인 원수는 마땅히 갚아야 하오!"

사손을 중심으로 전후좌우 사방에서 군웅들의 외침이 뇌성벽력처럼 울려 퍼졌다. 성곤은 아무 소리도 않고 모로 세운 손바닥으로 사손의 정수리부터 쪼개 내렸다. 사손은 머리통을 한쪽으로 기울여 피했다. 성곤이 쪼개 친 일장은 그대로 어깻죽지에 들어맞았다. 사손은 고통에 겨워 "끙!" 소리만 냈을 뿐 반격하지 않았다.

"성곤, 옛날 네가 그 장홍경천長虹經天 일초를 가르쳐주면서 나더러 뭐라고 했지? 이 일격이 적의 몸에 명중하면 그 즉시 혼원일기混元一氣 공력을 운용해 살상하라 했는데, 오늘은 왜 그 공력을 쏟아붓지 않았느냐? 혹시 너무 늙어서 끌어올릴 내력도 없는 모양이로구나!"

사실 성곤이 방금 공격한 일초는 사손의 반응을 탐색하기 위한 허초에 지나지 않았다. 그는 사손이 즉각 요격하거나 역습할 것이라 예상하고 장력을 쏟아붓지 않은 것인데, 뜻밖에도 상대방은 회피하기는 커녕 대응 자세마저 취하지 않은 채 자신의 일격을 고스란히 얻어맞은 것이다. 성곤은 사손이 비웃는 말에 대꾸하지 않고 이번에는 왼손의 허초로 상대방의 주의를 끄는 것과 동시에 오른손 일장을 후려갈겼다. 그러나 사손은 몸을 뒤틀어 회피 동작만 취했을 뿐 여전히 반격하지 않았다. 성곤이 이번에는 원앙연환퇴鴛鴦連環腿로 두 다리를 잇달아 놀려 연속 두 차례의 발길질을 날려 보냈다. 공격 부위는 오로지 한군데, 사손의 왼쪽 옆구리였다. 둔탁한 충격음이 울리면서 좌우로 연거푸 날아간 걷어차기가 사손의 옆구리를 정확히 가격했다. 발길질에 얹힌 힘줄기가 지독스러워, 우람하고도 다부진 사손의 몸뚱이가 휘청거리더니 그 충격을 이기지 못하고 한 모금 선혈을 토해냈다.

"큰아버님, 반격하세요! 어째서 맞고만 계십니까? 어서 맞받아치세요!"

장무기가 보다 못해 급히 외쳤다. 금방 쓰러질 것처럼 휘청거리던 사손이 다시 몸을 가누고 씁쓰레하니 웃었다.

"이자는 내 사부였다. 그러니 일장이퇴一掌二腿, 세 차례 공격쯤은 받아줘야겠지."

말끝이 떨어지기 무섭게 그는 손바닥을 칼날처럼 모로 세우더니 질풍같이 휘둘러 쪼개 쳐나갔다. 그 말을 듣는 순간, 성곤은 속으로 실성을 터뜨렸다. 진작 이렇게 나오는 줄 알았더라면 처음부터 통렬한 살수를 썼을 게 아닌가? 정말 좋은 기회를 놓치고 말았다. 그러나 후회해봤자 소용없는 일이었다. 더구나 사손의 매서운 반격이 시작되었으니 그것부터 막아내야 했다. 성곤은 이제 막 날아드는 장력에서 숨 막힐 듯 무거운 압력을 느꼈다. 그는 즉시 왼손으로 상대방의 장력을 비스듬히 끌어들여 흩어버리는 한편, 몸뚱이로 반원을 그리면서 잽싸게 사손의 등 뒤로 돌아나갔다. 그러고는 사손이 앞을 못 본다는 약점을 이용해 오른 손바닥으로 소리 소문 없이 그의 등 한복판에 일장을 내질렀다. 한데 사손은 뒤통수에도 눈이 달렸는지 성곤의 일장이 미처 닿기도 전에 뒷발길질로 냅다 걷어차버렸다. 암습이 실패로 돌아가자, 성곤은 재빠른 도약 자세로 허공 높이 뛰어오르더니 무서운 속도로 곤두박질치면서 먹이를 노린 새매가 병아리를 낚아채듯 양손 열 손가락을 쫙 벌리고 사손에게 덮쳐 내렸다. 놀랍게도 벌써 고희를 넘겼으면서도 몸놀림의 민첩하기가 젊은이보다 조금도 뒤떨어지지 않았다. 사손이 양 손바닥을 머리 위로 치켜올려 수직 공세를 가로막자, 성곤은 또다시 허공으로 튕겨 오르더니 반공중에서 날렵한 몸놀림으로 맴돌다가 추락하는 기세를 타고 다시 한번 덮쳐 내렸다.

쾌속 공격에는 쾌속 반격으로, 옛 스승과 제자의 손발이 얽히고설키면서 일격 필살의 공방전을 주고받았다. 순식간에 두 사람 사이에는 무려 70~80초가 오갔다. 사손은 비록 아무것도 보지 못했으나, 그 일신의 무공은 온전히 혼원벽력수 성곤에게 전수받은 것이었다. 따라서 제자의 일거수일투족을 성곤이 모를 리 없는 만큼 사손 역시 성곤의 초식과 자세를 훤히 알고 있었다. 물론 수십 년이 지난 지금, 두 사람이 서로 딴 길을 걸어오면서 내공 수준 역시 서로 다르게 큰 진전을 본 상태였다. 하지만 쌍방 모두 주먹질이나 발길질 초식만큼은 여전히 본문 무공의 테두리를 벗어나지 못했다.

사손은 이제 눈이 필요없었다. 시력에 의존하지 않고도 자기가 이 일장을 공격하면 상대방이 어떻게 방어하고, 이어서 반격해오는 초식이 대략 몇 가지 변화 수법 가운데 하나일 것이라는 점까지 훤히 예상할 수 있었다. 더구나 사손의 나이는 성곤보다 열 살 정도나 아래여서 아직도 스승에 비해 혈기 왕성한 몸인 데다, 북극 빙화도의 혹한과 이따금 화산이 폭발할 때마다 겪는 모진 더위에 단련되어 내공을 크게 증진시킬 수 있었기에, 100초 이상을 겨루면서 추호도 열세에 몰리지 않았다.

성곤에 대한 사손의 원한은 바다보다 깊었다. 그런 만큼 수십 년 세월 학수고대하던 끝에 오늘 비로소 맞대결을 펼치게 되었다. 장무기는 양부의 그런 점이 걱정스러웠다. 몇십 년 만에 원수를 갚게 되었으니 목숨을 돌보지 않고 필사적으로 싸우다 함께 죽어 성곤을 저승길의 동반자로 삼으리라 예상한 것이다. 그런데 뜻밖에도 사손의 공격은 일초 일식마다 비상하리만큼 차분하고 신중했다. 공세뿐 아니라 수비 역시 극도로 엄밀했다. 처음에는 장무기도 의아스러움을 금치 못했으나 몇십 초를 더 보고 나서야 비로소 그 까닭을 알아차릴 수 있었다. 성곤의 무공 실력은 제자인 사손보다 훨씬 강할 터, 만일 사손이 혈기만 앞세워 만용을 부렸다가는 아마도 300초 이상을 버티지 못하고 참패할 것이 분명했다. 그러기에 사손은 마음속 원한이 깊을수록 침착하고 신중하게 대할 수밖에 없었다. 자신이 먼저 성곤의 손에 목숨을 잃는 날이면 부모 처자식의 피맺힌 원수를 갚지 못하게 될 것이 아닌가.

어느새 200여 초가 후딱 지나갔다. 돌연 사손의 입에서 대갈일성이 터져 나오더니 쌍권이 번개 벼락 치듯 뻗어나갔다. 주먹 힘의 기세가 회오리바람을 일으켰다. 그것을 본 공동파의 원로 관능이 외마디 소리를 질렀다.

"앗, 칠상권이다!"

사손이 좌우 양 주먹으로 연속 공격을 퍼붓기 시작했다. 비할 데 없이 사나운 위력에 누구보다 놀란 것은 공동파 다섯 원로였다. 아연실색한 그들은 서로 돌아보면서 딱 벌어진 입을 다물지 못했다. 공동파 본문의 진산절기 칠상권을 터득했노라고 자부하던 자기네들의 실력이 한낱 외부 사람에 지나지 않는 사손보다 못하다는 사실에 저도 모르게 부끄러움을 느꼈다. 사손은 세 주먹을 연달아 공격하고 다시 오른 주먹을 날렸다. 성곤은 기다렸다는 듯이 오른 손바닥을 수평으로 밀어냈다. "팟!" 하는 소리, 주먹과 손바닥이 정면으로 맞부딪쳤다. 사손은 싯누런 머리카락과 수염까지 곤두선 채 늠름한 자세로 그 자리에 꼼짝 않고 서 있는 반면, 성곤은 연거푸 세 걸음이나 물러났다.

사방에 둘러선 채 관전하던 군웅들의 인파 속에서 숱한 사람이 사손에게 갈채를 퍼부었다. 사손과 성곤 사이에 맺은 원한의 경위와 사연은 이미 강호에 두루 알려져 소문이라고 할 것도 없었다. 사람들은 사손이 무고한 인명을 마구 살상한 행위에 공분을 금치 못했으나, 그가 겪은 처참하기 짝이 없는 사연과 또 성곤의 음험하고도 간악한 소행을 생각하면 사손에게 목숨을 잃은 사람들의 피붙이나 친구를 제외하고 거의 절반 이상은 마음 한구석으로 사손이 이기기를 은근히 바라고 있었다.

성곤이 뒷걸음질로 물러서자, 사손은 앞으로 밀고 나가더니 "휙휙!" 바람 소리가 나도록 두 주먹을 힘차게 내질렀다. 성곤 역시 더는 밀릴 수가 없는지 쌍장으로 반격하면서 또다시 두 발자국 뒷걸음질했다. 장무기는 이 모습을 보고 가슴이 덜컥 내려앉았다. 성곤이 지금 무슨 수법을 쓰고 있는지 비로소 깨달은 것이다.

'아차, 일이 잘못 돌아가는구나! 지금 성곤은 소림파의 구양공을 쓰고 있다. 그것은 성곤이 원진이란 가명을 쓰고 소림 문하에 투신해 공견대사에게 배운 무공이 아닌가? 따라서 그 절기를 제자이던 양부 사손에게 가르쳐줬을 리가 없다.'

사손은 하루속히 원수를 갚겠다는 다급한 마음에 칠상권을 단련할 당시 속성을 추구한 나머지 암암리에 깊은 내상을 입었고, 주먹 힘 속에도 적지 않은 결함이 있었다. 성곤은 그 두 가지 취약점을 너무나 잘 알고 있어 일부러 약세를 보이면서 지금 사손이 모르는 소림파의 구양공으로 차근차근 대처해나가고 있는 것이다. 사손이 칠상권을 한 차례씩 내지를 때마다 그는 주먹 힘의 7할 정도를 흡수해 소림 구양공으로 와해시키고, 나머지 3할은 반탄력을 써서 되받아치기로 상대방에게 돌려보냈다. 사손의 몸에는 어느덧 자기도 모르는 손상이 쌓여갔다.

"훽, 훽!"

사손이 칠상권 12초식을 연속으로 후려쳐 보냈을 때 성곤은 수십 보나 잇달아 후퇴했다. 얼핏 보기에는 사손이 크게 우세해 보였으나, 그 몸속에 쌓인 내상은 더욱 크게 악화하고 있었다. 그나마 다행스러웠던 것은 성곤이 구양공을 익히고 나서 다시 환음지幻陰指를 수련해 순음純陰 일변도로 나간 탓에 원래 배운 구양공의 위력이 적지 않게 중화되었다는 점이다.

장무기의 심정은 초조하고 다급했다. 이 복수전이야말로 양부가 절치부심하며 기다려온 기회였다. 그런 줄 알기에 장무기는 어떤 방법으로도 양부를 도울 수가 없었다. 이것은 양부가 스스로 집행해야 하는 엄숙한 보복의 제전祭典이었기 때문이다. 하지만 양부가 이런 식으로 칠상권을 수십 차례 더 내지르게 되면 꼼짝 없이 피를 토하고 죽어야 할 몸이니, 그 실정을 내다보면서도 거들지 못하는 자신이 안타까웠다. 보다 못한 공지대사가 호통을 쳤다.

"원진, 이놈! 우리 사형이 네놈에게 소림 구양공을 전수했을 때 네놈더러 인명을 해치는 데 쓰라고 가르쳤더냐?"

성곤이 뒷걸음질 치면서 냉랭하게 코웃음으로 응수했다.

"흥! 내 은사가 칠상권 아래 목숨을 잃었으니 오늘 나도 소림 구양공으로 은사의 복수를 하는 길이외다!"

바로 이때 여태껏 말 한마디 않던 조민이 돌연 고함을 질렀다.

"원진! 공견신승의 구양공이 너만 못해서 칠상권에 당하신 줄 아느냐? 어째서 구양공을 안 쓰셨는지, 누구 때문에 순순히 칠상권을 얻어맞고 원적하셨는지 네놈은 모를 리가 없겠지. 공견신승께선 바로 간악한 네놈의 꼼수에 걸려 돌아가셨다. 네놈은 그 어르신더러 원한을 풀어달라고 속임수를 써서 금모사왕 앞에 내세우고, 반격하지 못하도록 충동질한 뒤 끝내 속절없이 돌아가시게 만들었지. 헤헤헤……! 위대하신 원진대사, 고개를 돌려 뒤 좀 보시지? 네놈 등 뒤에 서 계신 분이 누구야? 아이고머니! 얼굴은 온통 피투성이에 노염 가득한 눈초리로 네 등줄기를 흘겨보고 계신데, 저분이 바로 공견신승이 아니냐?"

성곤은 조민의 말이 거짓인 줄 뻔히 알고 있었다. 그러나 스승 공견대사를 속여 사손 앞에 내세워 죽게 만든 행위에 양심의 가책을 느끼고 신명神明을 대하기에 부끄러움이 있던 터라 그녀의 끝말 한마디를 듣는 순간 자신도 모르게 몸서리를 쳤다. 바로 그때 틈을 노리던 사손의 무서운 칠상권 일격이 날아들었다. 성곤은 손바닥을 내뻗어 가로막았으나, 이번에는 몸뚱이만 휘청하고 흔들렸을 뿐 뒷걸음치지 않았다. 순간적으로 마음이 엇갈려 진기가 빗나간 성곤은 그만 호된 일격에 정통으로 가슴을 강타당하고 말았다. 당장 혈기가 훌러덩 뒤집히고 들끓어올라 견딜 수 없게 된 그는 즉시 경공신법을 펼쳐 사손 곁으로 빠져나간 다음, 한동안 숨을 고르고 나서야 겨우 들끓던 진기를 가라앉힐 수 있었다.

이때 조민이 또 고함을 질렀다.

"공견신승! 그놈한테 단단히 들러붙어 계세요. 옳지, 됐습니다! 그놈의 뒷덜미에 저승의 차가운 냉기를 한 모금 확 끼얹으세요. 신승께서 제자 놈의 손에 돌아가셨으니, 저놈도 제자의 손에 맞아 죽어야 합니다. 악업惡業에는 악과惡果로 보답을 받아야죠. 천지신명께서도 눈이 달렸으면 굽어보십시오! 인과응보의 앙갚음이 얼마나 통쾌합니까?"

조민의 부르짖음은 원통하게 죽은 귀신의 통곡 소리처럼 들렸다. 성곤은 등골이 오싹해졌다. 의심은 암귀暗鬼를 낳는 법, 성곤은 뒷덜미에 으스스하게 닿는 냉기를 느끼고 저도 모르게 목을 움츠렸다. 너무나 당혹스럽고 심란한 나머지 이 소실산 봉우리에 1년 내내 산바람이 그칠 새 없이 불어닥친다는 사실조차 머릿속에 떠오르지 않았다. 더구나 두 사람이 허공을 가로지르면서 어지러이 격돌하는 마당에 등줄기뿐 아니라 사면팔방 어디서나 돌개바람이 일고 있다는 사실조차 깨닫지 못했다.

그가 멈칫하는 찰나에 조민이 또 고함을 질렀다.

"성곤, 등 뒤를 돌아봐라! 왜 고개를 못 돌리는 거냐? 두려워서? 그럼 어디 땅바닥에 비친 그림자를 보렴. 둘이서 싸우는데 왜 그림자가 셋이나 되지?"

성곤은 무엇엔가 홀렸다. 그래서 엉겁결에 발치 밑을 굽어보았다. 그런데 이런! 자기와 사손, 두 사람의 그림자 말고 제 바짓가랑이 사이로 기다랗게 눈앞까지 드리운 그림자가 하나 더 있는 게 아닌가? 다음 순간, 성곤은 숨이 턱 막혀왔다. 놀라움에 질려 숨 한 모금 들이켜는 찰나, 사손의 칠상권 일격이 다시 들이닥쳤다. 그는 미처 피할 겨를이 없어 상대방의 바윗덩어리 같은 주먹질 앞에 똑같이 주먹질로 정신없이 맞받아치기 시작했다. 강공 앞에 강공으로 맞서자, 한동안 "퍽, 퍽!"

내지르고 얻어맞는 소리가 꼬리에 꼬리를 물고 잇따랐다. 이윽고 진력으로 겨루던 두 사람이 동시에 비틀거리면서 한 걸음씩 물러났다. 그제야 성곤은 등 뒤에 귀신처럼 드리운 그림자의 정체를 똑똑히 볼 수 있었다. 그것은 사람도 원귀의 그림자도 아니었다. 도액대사가 웅크려 앉았던 소나무, 중턱이 뚝 부러진 노송의 그림자가 지면에 길게 드리웠던 것이다.

성곤은 오랫동안 격전을 거듭하고도 사손을 이기지 못하자 벌써부터 심중에 초조감이 들끓고 있었다.

'사손, 이놈은 내 손으로 길러낸 제자였다. 게다가 두 눈까지 멀어버린 소경 아닌가? 내가 끝끝내 이놈을 거꾸러뜨리지 못한다면 지금 이 자리에서 지켜보고 있는 부하들도 내게 복종하지 않을 것이다. 환음지, 그 신공만 잃지 않았던들……! 그날 광명정에서 아깝게도 저 골백번 때려죽여도 시원치 않을 장무기란 놈의 순양내력純陽內力에 걸려 무참히 파괴되고 말았지 않은가? 환음지 신공만 있었더라면 오늘 내가 이토록 고전하지는 않았을 텐데. 눈앞의 정세는 험난하기 짝이 없다. 해결 방법은 오직 하나. 어떻게 해서든지 이놈을 제압하고 인질로 잡아 명교를 협박하는 길밖에 없다. 그리고 기회를 엿보아 사손의 원수들을 도발하여 명교 세력과 싸움을 붙여야 한다. 그래야 최악의 경우 내 한 몸이라도 보전해 이 자리에서 빠져나갈 수 있을 것이다.'

다음 순간, 성곤은 드디어 사손을 요리할 방법을 찾아냈다. 이른바 '환형이보換形移步' 수법이었다. 그는 소리 소문도 없이 살금살금 두 발을 옮겨 디디면서 요리조리 동작을 바꿔가며 부러진 소나무 쪽으로 물러나기 시작했다. 그의 움직임을 감지한 사손이 연속 세 주먹을 내지르면서 앞으로 두 걸음을 내디뎠다. 성곤은 또 두 걸음 물러났다. 그를 부러진 소나무 가장귀까지 유인해 걸려 넘어지게 할 속셈이었다. 사손이 막 앞으로 추격하려는 순간, 장무기의 다급한 목소리가 들려왔다.

"큰아버님, 발밑을 조심하세요!"

느닷없는 경고에 흠칫 놀란 사손이 황급히 옆으로 껑충 뛰어 피했다. 하지만 이렇듯 멈칫하는 순간 벌써 빈틈을 찾아낸 성곤의 왼 손바닥이 소리도 없이 들이닥쳐 사손의 앞가슴을 찍기 무섭게 장력을 토해냈다. 별안간 소리 없이 들이닥친 충격에 사손은 "억!" 하는 외마디 소리를 지르면서 뒤로 벌렁 나자빠졌다. 성곤이 다리를 번쩍 치켜들어 그의 두개골을 으깨려고 내리밟았다. 사손이 옆으로 한 바퀴 뒹굴어 발길질을 피하더니 용수철 튕기듯 몸을 일으켜 세웠다. 입술 언저리에서 계속 피가 흘러내렸다. 마주 돌아선 성곤이 숨소리마저 멎은 채 고요히 오른 손바닥을 아주 천천히 내뻗었다. 사손은 지금까지 성곤과 싸우면서 예전부터 익히 알고 있던 본문의 무공 초식을 바탕 삼아, 예민한 청각으로 상대방의 동작에 따르는 바람 소리와 인기척을 듣고 그 움직임을 파악해 대응할 수 있었다. 그런데 성곤이 지금 내뻗은 장법은 이제껏 쓰던 상투적인 수법에 따르는 것이 아니라 전혀 새로운 방식, 곧 인기척을 전혀 내지 않고 아주 완만하기 짝이 없는 공격 수법으로 전환했으니, 사손의 귀가 제아무리 예민하다 해도 청력 하나만으로는 도저히 감지할 수가 없었다. 성곤의 손바닥이 유령처럼 사손의 면문面門까지 수평으로 옮겨오더니 느닷없이 아래로 처지면서 어깻죽지에 강타를 먹였다. 사손의 몸뚱이가 휘청거리면서 한쪽으로 기울어졌으나 그는 억지로 버티고 섰다. 숨을 죽이고 관전하던 군웅들이 일제히 노기에 찬 야유와 욕설을 퍼부었다.

"비겁하다, 성곤! 두 눈 멀쩡하게 뜬 자가 소경을 때리다니!"

"장님한테 저따위 비열한 수단을 쓰는 놈이 세상천지에 어디 있단 말이냐!"

그래도 성곤은 못 들은 척 무시하고 또 천천히 손바닥을 내뻗어 후려쳤다. 사손 역시 온 신경을 두 귀에 모은 채 기다렸다가 적의 장력이 엄습해오는 것을 감지하고 즉시 손을 쳐들어 가로막았다.

싯누런 머리카락이 바람결에 춤추듯 흩날리고 입술 언저리는 선혈로 온통 시뻘겋게 물들었다. 장무기는 그 처참한 몰골을 차마 눈뜨고 바라볼 수 없었다. 마음은 열화같이 다급하고 분노가 치밀었으나 이를 어쩌랴! 저대로 싸우다가는 양부 사손이 성곤의 손에 목숨을 잃을 것은 불을 보듯 뻔했다. 그러나 자기가 구원의 손길을 내밀어 돕는다면, 설령 위기에서 벗어나고 성곤을 죽일 수 있다 하더라도 양부 사손은 평생토록 유감으로 여기다가 끝내 한을 품고 세상을 떠날 것이다. 장무기는 마음이 급한 나머지 조민의 손목을 잡고 흔들며 재촉했다.

"어서 좀 궁리해봐. 저러다간 큰일 나겠소!"

"당신, 암기로 저자의 두 눈을 쏘아 맞힐 수 있어요?"

조민의 물음에 장무기는 고개를 내저었다.

"큰아버님이 돌아가시는 한이 있더라도 그런 비겁한 짓은 용서치 않을 거요."

성곤이 또다시 완만하게 유령의 손바닥 같은 일장을 뻗어왔다. 그것을 보고 조민이 엉겁결에 고함을 질렀다.

"앞가슴!"

사손이 알아들었는지 오른 주먹을 가슴 앞에서 정면으로 후려쳐 내렸다. 차단 공격이었다. 손바닥을 곧추세워 살금살금 밀어오던 성곤은 냉큼 손을 도로 끌어들였다. 이번에는 공격 부위를 바꿔가며 연속으로 만장慢掌을 시도했다. 그러나 조민의 예리한 시선과 입놀림에 걸려 번번이 차단당하자, 슬그머니 부아가 치밀고 조바심이 나기 시작했다. 그는 만장으로 효과를 거두기 어렵다는 판단이 서자, 즉시 방법을 바꾸어 '장계취계將計就計'로 상대방의 계략을 역이용하기로 작심했다. 그리고 또 한 번 사손의 오른쪽 어깨를 노리고 아주 느릿느릿하게 일장을 밀어 쳤다. 아니나 다를까, 조민이 소리쳐 경고를 보냈다.

"오른쪽 어깨!"

그 말이 떨어지기가 무섭게 성곤의 왼쪽 어깨가 움찔했다. 장무기는 즉시 그 의도를 알아채고 낭패스러운 마음에 버럭 고함을 쳤다.

"아냐! 등 쪽입니다!"

사손은 앞서 조민의 외침을 듣는 순간 재빨리 오른 팔뚝을 휘둘러 그쪽으로 들이쳐 오는 일장을 막아냈다. 그러나 그 일장이 허초였을 줄이야……. 성곤은 조민의 경고를 역이용해 사손이 오른쪽 어깨를 방어하도록 유인해낸 다음, 휑하니 뚫린 허점을 틈타 왼 손바닥으로 그의 등줄기에 호된 일격을 먹였다. 장무기가 제때에 경고를 보내 일깨우기는 했어도 성곤의 공격 초식이 워낙 빨랐기 때문에 사손이 그 외침을 들었을 때는 초식을 바꾸기에 이미 늦었다.

"앗, 저런!"

경악에 찬 사람들의 외침과 동시에 사손이 피를 한 모금 토해냈다.

딱 벌어진 입에서 왈칵 쏟아져 나온 시뻘건 선지피가 고스란히 성곤의 면상으로 날아갔다.

"우왓!"

느닷없이 퍼붓는 핏물 소나기에 성곤 역시 어지간히 놀랐는지 외마디 실성을 터뜨리면서 양손으로 얼굴을 문질러 닦았다. 그 틈에 사손이 몸을 땅바닥에 대고 나뒹굴었다.

"이 원수야!"

"놔라, 이것 놔!"

쌍방 간에 외쳐대는 고함이 한꺼번에 울리는가 싶더니, 돌연 두 사람의 그림자가 사라졌다. 사면팔방 에워싸고 관전하던 사람들의 눈앞에서 거짓말처럼 없어진 것이다. 갑작스레 목표를 잃어버린 군웅들이 한순간 어리둥절해하며 하나같이 놀란 기색으로 자리를 박차고 일어섰다.

그들은 몰랐다. 방금 목구멍까지 치밀어 오른 핏물을 한 모금 잔뜩 머금었다가 곧바로 성곤의 얼굴에 뿜어버리는 것과 동시에 휘청 고꾸라지면서 땅바닥에 나뒹굴었을 때 사손은 순간적으로 손길을 내뻗어 성곤의 두 다리를 감싸 안은 채 힘껏 잡아당겼다. 그 곁에는 사손이 몇 달 동안 갇혀 지내던 지하 뇌옥의 입구가 휑하니 아가리를 벌리고 있었다. 결국 사손과 성곤 두 원수는 지하 뇌옥으로 사이좋게 곤두박질쳐 들어갔다. 지하 뇌옥에는 빗물이 허리에까지 찰 정도로 고여 있었다. 위쪽 입구는 넓게 벌어졌으나, 밑으로 내려갈수록 면적이 좁아져 비쳐드는 햇빛에 한계가 있는 만큼 안쪽은 어디를 돌아보나 온통 칠흑 같은 어둠뿐이었다. 가뜩이나 두 눈이 핏물로 가려진 데다 순식간에 햇빛마저 차단되자, 성곤은 당장 시력을 잃었다. 아닌 말로 눈뜬장님 꼴이 되고 만 것이다. 황급해진 성곤은 적수와의 간격을 떼어놓으려고 재빨리 뒷걸음질해 물러났다. 그러나 죄수를 가두어놓는 지하 뇌옥은 비좁고 협소했다. 단 한 번 도약에 그의 등줄기는 단단하기 짝이 없는 화강암 돌벽에 호되게 부딪치고 말았다. 몸뚱이를 위로 솟구쳐 탈출하려고 다시 한번 힘껏 도약했을 때 그는 아랫배에 극심한 통증을 느꼈다. 오장육부가 뒤틀리고 뱃가죽이 터져 나갈 듯한 아픔이 심장부까지 밀어 올라왔다. 사손이 수평으로 내지른 칠상권 일초에 하복부를 강타당한 것이다.

그는 아랫배에 얻어맞은 일격이 결코 가볍지 않음을 직감적으로 깨달았다. 이제 또다시 위로 뛰어올랐다가는 저 무시무시한 칠상권을 연거푸 얻어맞아야 하리라. 그래서 성곤은 탈출하려던 생각을 일단 접어두고 재빨리 소금나수로 초식을 바꾸어 사손의 공세에 대응했다. 소금나수는 원래 어둠 속에서 가까이에 있는 적과 대결할 때 쓰는 초식으로, 상황 변화에 따라 상대방보다 더 빠른 속도로 기습을 가하는 데 중점을 두고 있다. 두 눈은 비록 아무것도 보지 못해도 손가락, 손바닥, 팔뚝과 팔꿈치만으로 상대의 신체 어느 부위에 닿든지 그 즉시 움켜잡거나 후려치기, 할퀴고 찢어발기기, 후벼 쑤시고 찔러들기, 거머쥐기, 내지르기 동작으로 상대에게 먼저 타격을 가할 수 있어야 한다.

"으흥!"

성곤의 수법이 소금나수로 돌변하자, 사손 역시 대갈일성을 터뜨리더니 곧장 소금나수로 반격해나왔다.

뭇사람의 귀에 들리는 것이라곤 지하 뇌옥에서 답답하게 메아리치는 호통 소리와 들짐승 같은 울부짖음에 주먹질, 손바닥 치기, 살과 뼈로 뭉쳐진 육신끼리 맞부딪는 소리가 뒤섞여 마치 콩 볶듯이 연달아 고막을 울리고, 거기에 흙탕의 물보라가 지상까지 솟구쳐 올라 흩뿌려지는 광경뿐이었다. 그것만으로도 관전자들은 두 사람이 평생의 전력을 다 기울여 오로지 속공 일변도로 필사의 혈투를 벌이고 있음을 쉽사리 상상할 수 있었다.

장무기의 심장박동이 마구 뛰었다. 지금쯤 앞 못 보는 양부가 처해 있을 온갖 험악한 상황이 떠오를 때마다 등골이 오싹오싹해져 견딜 수가 없었다. 그러나 도움의 손길을 내밀고 싶어도 구원해줄 형편이 아닌 데다 지하 뇌옥에 뛰어들 상황도 못 되는 터라, 그저 다급하고 초조한 심정에 등줄기만 진땀으로 흠뻑 젖을 따름이었다.

사손은 눈이 멀어버린 지 벌써 20여 년, 두 귀로 소리만 듣고도 사물의 형체를 판별해내는 재주 하나만큼은 아주 숙달된 몸이라, 귀로 눈을 대신하는 것이 아예 습관처럼 되어버렸다. 반면 성곤의 두 눈은 방금 사손이 뿜어낸 핏물에 덮어씌워 모든 사물이 뿌옇게 흐려 보이는 데다 삽시간에 햇빛마저 차단당한 상태라, 그저 소경이나 다를 바 없이 반사적인 동작으로 마구 때리고 움켜잡기나 할 수 있을 뿐이었다. 이리하여 쌍방 간의 형세는 곧바로 역전되고 말았다. 시간이 지나고 싸움이 길어질수록 성곤의 심중에는 놀라움보다 공포감이 쌓이기 시작했다. 하지만 좀처럼 뾰족한 수가 떠오르지 않으니 그야말로 죽을 맛이었다. 이제 할 수 있는 최선의 방법이라곤 그저 양 팔뚝을 질풍 폭우와 같이 휘둘러 상대방이 범접하지 못하도록 해놓고 소금나수 중에서도 가장 모진 초식으로 대응하는 수밖에 없었다. 양 팔뚝을 바람개비 돌아가듯 정신없이 휘두르면서 그는 독하게 마음먹었다.

'오냐, 네놈의 칠상권을 한두 대쯤 더 맞아주마! 누가 뭐래도 네놈을 지상 위로 끌어다놓고 본때를 보여주고야 말 테다!'

멀찌감치 둘러서서 관전하던 군웅들이 저마다 손에 식은땀을 쥐어 짜면서 슬금슬금 지하 뇌옥 입구 변두리로 몰려들었다. 아직도 승부를 내지 못했는지 밑바닥에서는 사손과 성곤의 호통 소리와 기합 소리, 물보라 치는 소리가 끊일 새 없이 올라오고 있었다. 얼마나 시간이 지났을까, 별안간 맹수의 단말마와도 같은 처절한 비명이 사람들의 귀청을 때렸다. 조마조마하게 하회를 기다리고 있던 군웅들의 가슴이 덜컥 내려앉았다. 그다음 순간, 두 개의 그림자가 연거푸 지상으로 솟구쳐 올라왔다.

눈부시게 비쳐 내리는 햇빛 아래 광명 세계로 돌아온 이들 두 사람은 마주 선 채 움직일 줄 몰랐다. 혼원벽력수 성곤과 금모사왕 사손, 옛 스승과 제자, 두 사람의 눈에서 시뻘건 피가 주르르 흘러내리고 있었다.

사연은 이랬다. 빗물이 허리까지 들어찬 지하 뇌옥에서 한창 격전이 벌어지던 도중, 별안간 사손의 두 손바닥이 좌우로 갈라져 한꺼번에 들이쳐갔다. 목표는 성곤의 옆구리였다. 적의 공세가 좌우 양편으로 갈라지고 정면의 문호가 활짝 열리자, 성곤은 옳다 됐구나 싶어 오른손 식지와 중지 두 손가락을 곧게 펴서 질풍같이 사손의 양 눈동자를 곧바로 찔러 들어갔다.

"맞아라!"

공격 수법은 쌍룡창주雙龍搶珠 초식, 사람이나 짐승이나 눈알을 다칠 위험에 부닥치면 본능적으로 고개를 돌려 외면하게 마련이다. 무예를 연마하는 사람이면 누구나 쓸 수 있는 평범한 공격이었지만, 소금나수와 함께 쓰면 극도로 위력을 발휘할 수 있었다. 상대방이 눈동자를 보호하려고 엉겁결에 고개를 돌렸을 때 순간적으로 좌측이든 우측이든 목이 돌아간 쪽의 관자놀이 태양혈을 휩쓸어 치면 급소에 타격을 모면할 길이 없게 되고, 승부는 그로써 끝나는 것이다. 그러나 성곤의 예상은 빗나가고 말았다. 사손은 고개 돌려 피하지 않았다. 눈을 깜빡이지도 않았다. 오히려 상대방을 똑바로 향한 채 외마디 기합 소리를 터뜨렸다.

"맞아라!"

사손은 오히려 검지와 중지, 양 손가락을 곧게 펴서 똑같은 쌍룡창주 초식으로 성곤의 눈을 찔렀다. 두 손가락이 번개 같은 속도로 성곤의 양 눈알에 꽂혀들었다. 성곤의 두 손가락은 이미 사손의 양 눈알에 박혔다. 하나 손가락 끝에 눈알의 부드러운 촉감을 느꼈을 때 머릿속에 전광석화와도 같이 스쳐 지나가는 것이 하나 있었다.

"맙소사, 이런 젠장……!"

다음 순간, 성곤은 두 눈에 불꽃이 번쩍 튀면서 머리통 전체가 터져나갈 듯한 아픔을 느꼈다. 사손이 곧게 내찌른 두 손가락이 자신의 좌우 눈동자에 박힌 것이다. 가뜩이나 흐릿해진 시야가 삽시간에 캄캄절벽으로 변했고, 눈앞에 아무것도 보이지 않았다.

두 사람은 거의 동시에 똑같은 수법으로 똑같은 부위를 공격했다. 그리고 타격을 받아 생긴 상처 또한 같았다. 그러나 피아 쌍방 간의 효과는 하늘과 땅 차이였다. 사손은 애당초 장님이었으므로 앞 못 보는 두 눈에 성곤의 손가락이 꽂혀봤자 기껏해야 살갗 근육의 손상을 입는 것에 불과했으나, 성곤은 이제 난생처음으로 진짜 소경이 되어버린 것이다. 앞 못 보는 성곤이 허겁지겁 양손을 허우적거리면서 본능적으로 몸을 솟구쳐 지상으로 뛰어올랐고, 사손 역시 뒤쫓아 올라갔다.

순식간에 벌어진 일이었으나 성곤에게는 까마득한 시간이 흐른 것 같았다. 얼마나 지났을까, 돌연 사손이 터뜨리는 비웃음이 귓결에 와 닿았다.

"흐흐흐, 성곤! 장님 된 맛이 어떠냐?"

성곤은 이제 쓸모없어진 두 눈을 더듬었다. 뒤이어 허공을 때리는 주먹 소리를 들었지만 피할 수 없었다. 사손이 내지른 칠상권 일격이 앞가슴 한가운데 정통으로 들어맞았다. 계속해서 왼 주먹이 날아왔다. 성곤의 눈에는 오직 막막한 어둠뿐 아무것도 보이지 않았다. 그는 연달아 두 주먹을 얻어맞고 뒷걸음질하다 부러진 소나무 등걸에 걸려 뒤로 넘어졌다. 미친 듯이 선혈만 토해낼 뿐 끝내 일어설 줄 몰랐다.

"인과응보로다! 좋구나, 좋아!"

사손이 세 번째 공격을 퍼부으려다 흠칫 놀라 멈춰 섰다. 느닷없이 도액대사의 목소리가 들려왔기 때문이다. 그는 공격하려던 주먹에 힘을 모은 채 쏟아내지 않았다.

"성곤, 내 당초 네놈에게 칠상권 열세 주먹을 남김없이 먹일 생각이었다. 그러나 너는 단 두 주먹에 무공이 전폐되고 눈까지 잃었다. 그러니 앞으로는 두 번 다시 이 세상에서 악업을 쌓지 못할 것이다. 나머지 열한 주먹을 더 쓸 필요도 없구나."

"와아아!"

사손이 완승을 거두자 장무기를 비롯한 명교 군웅들이 환희에 찬 함성을 내질렀다. 그러나 사손에게는 아무 소리도 들리지 않았다. 무표정하게 털썩 그 자리에 주저앉더니 갑자기 전신 뼈마디에서 "우두둑, 우두둑!" 하는 소리가 나기 시작했다. 기쁨에 겨워 양부 곁으로 달려가던 장무기의 두 발이 멈칫했다. 곧이어 대경실색한 그의 입에서 피를 토하듯 비통한 부르짖음이 터져 나왔다.

"큰아버님, 안 돼요!"

그가 허둥지둥 달려갔을 때, 바야흐로 사손은 체내의 진기를 역류시켜 전신 무공을 모조리 흩어버리고 있었다. 양부에게 와락 덮쳐든 장무기가 등줄기에 손을 얹어 구양신공으로 제지하려고 했다. 하나 사손은 그 손길을 사납게 뿌리치고 벌떡 일어서더니, 자신의 주먹으로 제 앞가슴을 딱 한 차례 호되게 후려쳤다. 그러고는 선지피를 마구 토해내어 옷자락을 시뻘겋게 물들였다. 이어서 양 팔뚝이 축 늘어졌다. 장무기가 황급히 부축해 일으켰다. 어느새 앞가슴을 후려치던 그 손길마저 힘을 잃고 쇠약해졌다. 스스로 잃어버린 공력을 원상으로 회복할 길이 없어진 것이다. 사손이 아주 천천히 성곤을 향해 돌아섰다. 그러고는 손가락으로 가리킨 채 이렇게 말했다.

"성곤, 네놈은 내 일가족을 몰살했다. 오늘 네놈의 두 눈을 빼앗고 무공마저 전폐시켰으니 이것으로 빚은 다 갚았다. 사부님, 내 일신의 무공은 오로지 당신께서 가르쳐주신 것, 이제 내 스스로 남김없이 모조리 흩어버려 당신께 돌려드렸소. 이제부터 그대와 나 사이에는 은혜도 원한도 없거니와, 그대는 영원히 나를 볼 수 없을 테고, 나 또한 영원히 그대를 보지 못할 거요."

성곤은 두 손바닥으로 잃어버린 눈망울을 어루만지며 고통스럽게 "끙!" 소리만 낼 뿐, 아무런 대꾸가 없었다. 군웅들도 서로 멀뚱멀뚱 바라보며 아무 소리도 하지 않았다. 스승과 제자 간의 목숨 건 대결이 결국 이렇듯 허망하게 끝날 줄이야 그 누가 알았겠는가.

사손이 아무것도 안 보이는 눈길로 사면팔방 군웅들을 돌아보며 목청을 돋우어 낭랑하게 외쳤다.

"나 사손은 죄업을 하늘같이 쌓은 몸, 오늘날까지 구차스레 살 생각은 애당초 없었소! 만천하 영웅 여러분 가운데 피붙이나 스승, 절친한 벗을 내 손에 잃으신 분은 이리 나와서 내 목숨을 가져가시오! 무기야, 이 큰아버지가 분부한다. 절대로 막아서도 안 되고 또 훗날 보복해서도 안 되느니라. 그래야만 네 양부의 죄업이 더 이상 늘어나지 않을 것이다. 알아듣겠느냐?"

"예……."

장무기가 눈물을 머금고 응답했다. 수천 군웅 가운데 그에게 깊이 원한을 품은 사람은 숱하게 많았다. 하지만 그들은 방금까지 벌어진 일들이 뇌리에서 떠나지 않았다. 사손은 자신의 일가족을 몰살한 피맺힌 원수를 잡아놓고 단지 무공만 전폐시켰다. 아울러 은혜와 갚아야 할 원수를 공평하게 밝혀 자기도 일신의 무공을 제 손으로 흩어버렸다. 이제 금모사왕 사손은 흉악무도한 맹수가 아니라 그들 중 어느 누구든지 단칼에 찔러 죽일 수 있고, 주먹질 한 대로 쓰러뜨릴 수 있는 평범한 인간에 지나지 않았다. 그러나 무공도 잃고 눈까지 멀어버린 불구자의 몸에 칼부림이나 주먹질을 한대서야 실로 영웅호한이 할 짓은 아니지 않은가? 하지만 사손이 불구대천지 원수임은 틀림없었다.

자, 이 원수를 상대로 어떻게 복수설한을 해야 옳단 말인가? 앙갚음을 하러 온 당사자들은 저마다 얼굴을 일그러뜨린 채 난처한 기색으로 주변의 눈치를 살폈다. 누구든지 먼저 나서주었으면 하고 바라는 기미가 역력했다. 마침내 정적을 깨뜨리고 군중 속에서 한 사내가 걸어나왔다.

"사손! 기억나느냐? 내 선친 안령비천도雁翎飛天刀 어른께서 네 손에 목숨을 다치셨다. 내 이제 선친의 원수를 갚으마!"

다가드는 발걸음 소리를 헤아리면서 사손이 울적하게 응답했다.

"그렇소. 영존이신 구邱 노영웅께서는 소인의 손에 돌아가신 게 확실하오. 당년에 우리는 누가 누구에게 편의를 받지도 않고 일대일로 떳떳이 싸웠지. 영존께선 영웅다운 기개를 추호나마 잃지 않으셨소. 그 의로움, 그 어진 마음씨에 불초 사손은 오늘날까지 탄복해왔소. 자, 구 형, 마음대로 손을 쓰시오!"

구씨 성의 사나이가 두말없이 힘차게 칼을 뽑아 들더니 성큼성큼 두어 발짝 다가섰다. 사손 곁에 서 있던 장무기는 온몸이 부들부들 떨리기 시작했다. 양부가 이 사내의 칼날 아래 목숨을 잃게 된다고 생각하니 도저히 그대로 보고만 있을 수 없었다. 그러나 이 사내를 때려 쫓아버린다면 양부 사손은 평생을 두고 번뇌만 더 늘어날 게 분명했다. 장무기는 자신이 나서선 안 되는 줄 뻔히 알면서도 무의식중에 두어 걸음 앞으로 옮겨 떼고 말았다. 아니나 다를까, 양부 사손이 대갈일성 꾸짖었다.

"무기야, 막지 말거라! 네가 복수하려는 사람을 가로막으면 그보다 더 큰 불효는 없다. 내 일평생 쌓은 죄업이 더욱 깊고 무거워져 골백번 죽어도 그 피어린 빚 청산을 하지 못하게 된다."

구씨 청년이 그 면전에서 두 손으로 칼자루를 잡고 앞가슴까지 쳐들었다. 그러나 갑자기 눈물을 뚝뚝 떨어뜨리더니 사손의 얼굴에 침을 한 모금 뱉고 나서 울음보를 터뜨렸다.

"선친께서는 일세의 영웅이셨을 터, 만일 그 어르신의 혼령이 하늘에 계시다면 아들 되는 내가 무공을 모조리 잃어버린 소경에게 칼부림하는 꼴을 내려다보시고 분명 불초한 자식이라 역정을 내시겠지……."

뒤미처 "땡그랑!" 하는 소리가 들렸다. 구씨 청년의 손에 잡힌 단도單刀 한 자루가 맥없이 땅바닥에 떨어지면서 상큼한 쇳소리를 냈다. 그는 얼굴을 가린 채 돌아서더니 그대로 인파 속에 파묻혀 들어갔다. 이어서 또 중년 부인 하나가 걸어 나왔다.

"사손, 내 지아비 음양판관陰陽判官 진대붕秦大鵬을 기억하느냐? 이제 남편의 복수를 하겠다!"

사손의 면전에까지 다가온 그녀가 얼굴에 침을 한 모금 내뱉더니, 역시 목 놓아 통곡하며 물러났다.

곁에서 지켜보는 장무기의 마음은 칼로 도려내는 듯 아프기만 했다. 양부 사손은 잇달아 수모를 당하면서도 시종 꼿꼿이 선 채 움직일 줄 몰랐다.

무림의 호걸지사쯤 되는 사람은 삶과 죽음을 가볍게 여길망정 모욕은 결코 받지 않는 법이었다. 이른바 "선비는 죽일 수 있어도 욕됨을 당할 수 없다士可殺而不可辱"는 말이 그래서 생긴 것이다. 하기야 세상천지에 어떤 대장부가 얼굴에 침을 뱉는 그런 치욕을 당하겠는가? 그러나 사손은 바윗돌이 된 것처럼 묵묵히 서 있을 따름이었다. 과거에 지은 죄를 통렬히 뉘우치고 있기 때문이었다.

군웅들 속에서 한 사람 또 한 사람이 줄지어 나섰다. 어떤 이는 손바닥과 손등으로 번갈아 따귀를 올려붙이는가 하면, 어떤 이는 발길로 걷어찼고, 또 어떤 이는 속이 후련해질 때까지 입이 터져라 한바탕 욕설을 퍼붓고 돌아섰다. 사손은 모진 매를 피하지도 않았고 더구나 심한 악담으로 대거리하지도 않았다. 그저 고개를 숙인 채 시종 묵묵히 참고 견딜 따름이었다.

이런 식으로 30여 명이 그 앞에 나서서 모욕을 가하고 돌아갔다. 마지막으로 수염을 길게 늘어뜨린 도사가 걸어 나왔다. 그는 사손에게 고개를 숙이고서 입을 열었다.

"빈도 태허자太虛子는 사 대협의 칠상권 주먹 아래 사형 두 분을 잃었소이다. 그러나 빈도는 오늘 사 대협의 훌륭하신 풍채와 도량을 우러러 뵙고 나서 부끄러움을 이기지 못하였습니다. 빈도의 장검 칼날 아래 흑백 양도의 무수한 호걸이 목숨을 잃었으니 말입니다. 제가 이제 사형들을 위해 사 대협께 복수한다면, 제 칼날 아래 죽은 이들의 일가친척과 벗들도 나를 찾아서 복수할 것이 아니겠소이까? 그런데 저는 부끄러움도 두려움도 모르고 뻔뻔스레 사 대협의 면전에 복수하겠노라고 나섰으니……."

말을 마친 태허자가 칼집에서 장검을 뽑아 들더니 왼손으로 칼날을 튕겼다. "쨍!" 하는 쇳소리와 더불어 칼날은 두 동강이 나고 말았다. 그는 손아귀에 들린 반 토막짜리 칼날마저 흙바닥에 미련 없이 던져버린 다음, 돌처럼 굳은 자세로 서 있는 사손에게 읍례를 올렸다. 그러고는 사뭇 허탈한 기색으로 발길을 돌렸다.

군웅들이 웅성웅성 술렁대기 시작했다. 태허자로 말하자면 강호에 명성이 그리 두드러지지도 않았고 어느 문파에 속해 있는지도 모르는 은둔자이긴 하나, 무공 실력이 대단하다는 것쯤은 알 만한 사람은 다 아는 바였다. 그러나 태허자는 사람들 앞에서 더욱 어려운 것을 보여주었다. 너른 도량, 스스로 자책할 줄 아는 깊은 수양을 보여준 것이다. 아마도 태허자를 끝으로 이제 더 이상 사손에게 죄과를 추궁하러 나서는 사람은 없으리라.

그런데 뜻밖에도 또 한 사람이 있었다. 아미 제자 가운데 중년 비구니 하나가 사손 앞으로 걸어 나온 것이다.

"내 남편을 죽인 원수! 나도 한 모금의 침 뱉기로 갚으리라!"

그녀가 입을 딱 벌리더니 사손의 이마를 향해 "퉤!" 하고 침을 내뱉었다. 한데 침을 뱉는 힘이 유별나게 힘차고 강했다. 아니, 침 한 모금보다 먼저 "쌩!" 하는 금속성이 바람을 갈랐다. 가래침 속에 대추씨만 한 강철못 하나가 햇빛을 받고 반짝거렸다. 사손의 예민한 청각도 그것을 감지했다. 그러나 씁쓰레하니 웃음만 지을 뿐 피하지 않았다.

'내가 이제야 죽는구나. 그래도 너무 늦은 셈이지…….'

찰나지간에 누른빛 그림자 하나가 번뜩였다. 어느 결엔가 황삼 여인이 유령처럼 날아들어 소맷자락을 휘두르고 있었다. 강철못은 맥없이 바람결에 휘말려 어디론가 사라졌다. 뒤미처 황삼 여인의 야무진 호통 소리가 들려왔다.

"멈춰라! 어딜 감히!"

한낱 연약해 보이는 여인의 것이라기보다 일대종사다운 기품과 위엄이 서린 음성이었다.

"사태의 법명은 어떻게 되시는가?"

묻는 말투에는 애당초 존경의 뜻마저 없었다. 아미파의 중년 비구니는 암습이 물거품으로 돌아가자 순간 당황한 빛을 감추지 못했다. 그러나 대거리하는 말투만큼은 천연덕스러웠다.

"나는 정조靜照라 하오."

"정조, 정조사태라……! 그렇다면 그대가 출가하기 전에 함께 살았던 남편의 이름자는 무엇인가? 무슨 까닭으로 남편이 사 대협에게 죽임을 당했던가?"

"내 원수를 갚겠다는데, 그게 너하고 무슨 상관이 있다고 참견을 하느냐?"

"사 대협께선 지난날의 죄를 참회하시고 원한을 품은 이들에게 목숨을 내놓으셨다. 부모 형제 피붙이나 스승, 친구를 위한 참된 복수의 칼날이라면 천만번이라도 달게 받으실 터, 그런 일에 제삼자가 참견해서 안 되는 줄은 나도 잘 알고 있다. 그러나 만약 누군가 불순한 마음을 품고 복수자들 틈에 섞여 나와 사람을 죽여 입을 봉하려 한다면 여기 계신 모든 영웅호한들 누구나 참견할 수가 있지!"

"내가 사손과 아무 원한도 없는데 왜 사람을 죽여 입막음을 한단 말……."

정조사태가 얼떨결에 반박하다 말고 아차 싶었던지 얼른 입을 다물었다. 자기가 실언했다는 것을 깨닫고 해쓱하게 질린 기색으로 황급히 고개를 돌려 주지약의 눈치를 살폈다.

"옳으신 말씀! 그대가 사 대협과 아무런 원한 관계도 없으니 살인멸구를 할 필요도 없으시겠지? 그렇다면 어인 까닭으로 사 대협을 암살해서 입을 봉하려 하셨는가? 흥! 아미파 정靜 자 항렬에 속한 열두 비구니 가운데 정현, 정허, 정공, 정혜, 정가, 그리고 그대 정조까지 여섯은 모두 규중 처녀의 몸으로 속세를 떠나 불문에 투신했을 터인데, 어떻게 해서 남편을 두었단 말씀인가?"

정조사태가 말 한마디 않고 후딱 돌아서서 그대로 떠나려 했다.

"어딜 그리 쉽게 갈 수 있을 것 같은가!"

황삼 여인이 야무지게 대갈일성을 터뜨리더니 단걸음에 그녀의 어깨머리를 움켜잡았다. 정조사태는 선뜻 몸을 비스듬히 뒤틀어 일조一爪를 피해냈다. 아니, 어깨를 흔들어 피해냈다고 생각한 것도 순간이었을 뿐, 어느 틈에 황삼 여인의 오른손 식지가 옆구리로 찔러드는 것과 동시에 벼락같이 날려 보낸 발길질에 엉덩이 부위의 환도혈環跳穴을 호되게 걷어차이고 말았다.

"어이쿠!"

정조사태가 외마디 소리를 지르면서 땅바닥에 털썩 주저앉았다. 황삼 여인은 주지약을 향해 차가운 미소를 던졌다.

"주 낭자, 이번 살인멸구의 계략만큼은 별로 고명하지 못하시군!"

주지약도 얼음같이 차가운 말투로 대꾸했다.

"흥, 별꼴 다 보겠군! 정조 사저가 사손에게 원수를 갚겠다는데, 웬 뚱딴지같은 '살인멸구'를 들먹이는 거야?"

그러고는 왼손을 번쩍 휘둘러 아미 제자들에게 신호를 보냈다.

"얘들아, 여기 있는 명문 정파 제자들이 정사正邪 분별도 못 하고 좌도방문左道旁門의 요사스러운 마귀 떼들과 뒤섞여 놀아나는구나. 우리 아미파 제자야 이런 흙탕물에 끼어들어서는 안 되겠지. 자, 모두들 여길 떠나자!"

"예에!"

아미 제자들이 한마디로 응답하더니 자리를 털고 일어섰다. 여제자들이 쓰러진 정조사태를 부축해 데려가는데도 황삼 여인은 가로막지 않았다.

주지약은 미련 없이 아미파 동문들을 이끌고 소실봉少室峰을 내려갔다. 장무기가 황삼 여인 앞으로 걸어가더니 이마가 땅에 닿도록 큰절을 올렸다.

"누님께서 번번이 도와주시니 그 크나큰 은덕에 어떻게 감사를 드려야 할지 모르겠군요. 방명을 일러주신다면 불초 장무기가 가슴 깊이 새겨두고 날마다 아침저녁으로 감사를 드리겠습니다."

황삼 여인도 다소곳이 허리를 굽혀 답례했다. 그러고는 품속에서 자그만 쌈지를 꺼내 장무기에게 넘겨주었다.

"온갖 의문은 이것으로 실마리가 풀릴 거예요."

손바닥에 들어갈 만큼 자그만 쌈지 보따리, 그것은 조금 전 주지약을 제압했을 때 그녀의 품속에서 끄집어낸 것이었다. 장무기는 쌈지를 받아 들고도 영문을 모른 채 멍하니 그녀를 바라볼 따름이었다. 모든 의문의 실마리가 이 조그만 쌈지에 감춰져 있다니, 도대체 무슨 뜻으로 하는 말일까? 무례하다 싶을 만큼 정면으로 바라보는 장무기의 시선을 받고도 그녀는 담담하게 미소를 지어 보였다.

"누님의 방명을 일러주십시오. 그럼 제가……."

또 한 번 재촉하다시피 묻자 그녀의 입에서 수수께끼 같은 응답이

나왔다.

"내 이름은 없어요. 그저 이 몇 마디만 기억해두시면 고맙겠네요.

종남산 뒤편 골짜기에	終南山後
활사인의 고묘 있다네.	活死人墓
신조협려 내외분께선	神鵰俠侶
강호에 자취 끊으셨네!	絶迹江湖

이것이 제 대답의 전부입니다. 그럼 안녕히……!"

그러고는 손짓 한 번에 따라온 여덟 명의 처녀를 데리고 표연히 사라져갔다. 개방의 어린 방주 사홍석이 외쳐 불렀다.

"양 언니, 양 언니!"

그 외침에 호응하듯 산허리 중턱에서 황삼 여인의 목소리가 메아리쳐 들려왔다.

"개방의 막중대사를 장 교주님께 부탁드리오니 여러모로 힘써 도와주시기 바랍니다!"

"삼가 분부 받들어 준행하리다!"

장무기도 산허리 쪽을 향해 목청껏 대꾸했다.

"고맙습니다!"

고맙다는 말 한마디가 아득히 머나먼 곳에서 메아리쳐 오는데도 이상하게 맑고 또렷이 귓전을 맴돌았다. 장무기는 웬일인지 서글픈 느낌이 들었다.

한참 동안이나 멍하니 산허리 쪽을 바라보던 장무기가 마침내 체념하고 돌아서서 주전을 잡아끌었다. 자신의 목숨까지 던져가며 도움을 준 데 감사하기 위해서였다. 얼굴은 여전히 칼자국투성이였다. 제 손으로 그은 상처였으나 가볍지 않았다. 그는 부리나케 약을 가져오게 해서 손수 치료해주었다. 교주의 손에 치료를 받게 된 주전도 송구스러워 변명조로 이렇게 말했다.

"아이고, 교주님 이러실 것까지 없습니다. 이 늙다리는 당최 쭈그렁 바가지 상판에 추접스러운 꼬락서니로 태어났으니까요. 게다가 범 우사가 우리 명교를 위해 그 잘생긴 낯짝을 제 손으로 마구 칼질해서 형편없는 추남이 된 걸 보고 말은 하지 않았어도 속으로 얼마나 탄복했는지 모릅니다. 그래서 이번 내친김에 범 우사 흉내를 한번 내보고 싶었지요. 하하, 하하하!"

한편에선 공지대사가 성곤 앞으로 걸어가 호통을 쳤다.

"원진, 이놈! 어서 네 방장 사숙을 석방하라고 분부해라. 방장 어른께 추호라도 불상사가 있게 되면 네 죄업은 더욱 커질 것이다!"

그러나 성곤은 쓰디쓰게 웃을 따름이었다.

"사세가 이 지경에 이른 바에야 우리 모두 동귀어진합시다. 지금 내가 공문 화상을 풀어주고 싶어도 이미 때가 늦었소. 당신은 장님이 아니니까 지금쯤 불길이 치솟는 걸 눈으로 볼 수 있을 텐데?"

공지대사는 무심코 산봉우리 아래쪽을 바라보다 소스라쳐 깜짝 놀랐다. 과연! 소림사 절간 경내에 시커먼 연기와 불길이 널름널름 허공을 핥으면서 솟구치고 있는 것이 아닌가?

"달마당에 불이 났다! 어서 빨리 불길을 잡아라!"

소실봉에 올라왔던 승려들이 일대 소동을 일으켰다. 그들은 이것저것 다 팽개치고 허둥지둥 산 밑으로 뛰어 내려갔다.

이와 때를 같이해서 돌연 불타는 달마당 건물 주변을 에워싸고 네 줄기 물기둥이 화염 속으로 쏟아져 들어갔다. 물기둥은 마치 네 마리의 백룡처럼 기세 좋게 꿈틀거리며 뿜어나가더니 잠깐 사이에 불꽃을 진압해버렸다. 성곤 일당의 방화도 뜻밖이었는데, 부처님의 법력이었는가 진화도 꿈같은 일이었다.

가슴 졸이며 그 광경을 바라보던 공지대사가 저도 모르게 두 손 모아 합장하고 염불을 외웠다.

"나무아미타불! 소림의 천년 고찰이 한바탕 호겁浩劫을 면했구나."

오래지 않아 승려 둘이 헐레벌떡 산 위로 뛰어 올라왔다.

"사숙조師叔祖 어른께 아뢰오. 원진 휘하의 반역도들이 달마당에 불을 질렀으나, 천만다행히도 명교 홍수기 소속 영웅분들께서 제때에 나타나 진화해주신 덕택으로 불길은 모두 꺼졌사옵니다."

공지대사는 뚜벅뚜벅 장무기 앞으로 걸어가 합장 예배를 올렸다.

"천년 유서 깊은 소림 고찰이 화겁火劫을 면한 것은 모두 장 교주님의 크신 공덕이외다. 소림사 전체 승려들이 고마우신 그 은혜에 무량無量 감사드리는 바입니다."

장무기도 영문은 몰랐으나, 우선 답례하고 겸사의 말을 건네지 않을 수 없었다.

"의당 해야 할 바를 했을 뿐이오니 대사께선 너무 예를 차리지 마십시오."

"공문 사형께서 이 반역도들에게 납치되어 달마당에 갇혀 계셨는데, 불길은 잡았으나 사형의 안위가 어떠신지 모르겠소이다. 장 교주님과 여러 영웅께선 잠시 예서 기다려주십시오. 노납이 내려가 살펴보고 오겠습니다."

곁에서 그 말을 듣고 성곤이 껄껄 웃었다.

"공문 방장 신변에는 온통 쇠기름, 돼지기름을 뿌려놓았으니 불길이 치솟자마자 통구이가 되었을 거다. 홍수기 놈들이 달마당 건물은 구했지만 아마 방장 늙은이한테만은 손을 못 썼을 거야!"

이때 갑자기 산허리 중턱에서 누군가 성곤의 비웃음에 응수하는 사람이 있었다.

"홍수기는 구하지 못했어도 후토기가 또 있었다네!"

광명우사 범요의 목소리였다. 그 말이 끝나기도 전에 산허리를 뛰어오르는 기척이 요란하게 들리더니 범요와 후토기 장기사 안원의 모습이 정상 위에 불쑥 나타났다. 두 사람은 노승 한 명을 좌우에서 부축하고 있었다. 다름 아닌 소림사 방장 스님 공문대사였다. 셋 모두 옷자락이 불타 너덜거리고 이마는 불에 데어 허물이 벗겨진 데다 수염과 머리칼마저 불길에 휩쓸렸는지 몇 가닥만 듬성듬성 남았을 뿐이었다. 영락없이 화염지옥에서 구사일생으로 빠져나온 형국들이라, 위험한 불길을 헤집고 공문 방장을 구출하던 당시가 얼마나 아슬아슬한 상황이었는지 충분히 짐작할 만했다.

공지대사는 허둥지둥 공문 방장을 껴안고 감격에 차 울부짖었다.

"사형, 무사하셨군요! 이 아우가 무능한 탓이니 그 죄 골백번 죽어 마땅합니다."

공문 방장이 미소를 지으며 대답했다.

"이 모두가 범 시주와 안 시주께서 땅속으로 굴을 파고 들어와 구해주신 덕분일세. 그러지 않았던들 내 어찌 오늘 자네를 다시 만날 수 있었겠는가?"

공지대사는 범요와 안원을 새삼 돌아보았다. 머리카락은 이마에 눌어붙고 불길에 그슬린 얼굴과 손등에는 군데군데 물집이 잡혔다. 그는 두 사람 앞에 깊숙이 허리 굽혀 사례했다.

"달마당까지 땅속으로 길을 내다니, 참으로 명교 후토기의 재간이 신명 같소이다! 범 시주, 이 늙은이가 지난번 범 시주께 무례하게 군 점 용서해주시오. 만안사의 약속은 노승이 지키지 못하겠소이다. 감히 그 자리에 어찌 나설 수 있겠소."

공지대사는 마음속 깊이 우러나는 진정으로 범요와의 결투 약속을 스스로 취소했다. 무림계 인사들은 무공 대결을 약속하고도 식언을 하게 되면 기량을 겨루다가 패배하는 것보다 더 치욕스러운 행위요, 체면이 땅에 떨어지는 일로 간주했다. 그런데 무림의 태두 소림파 원로 신승인 그가 만천하 영웅들이 보는 앞에서 스스로 자신의 체면을 깎은 것이다. 그만큼 엄청난 위험을 무릅쓰고 사형을 구해낸 범요에게 감격해마지않고 있는 것이다. 사실 말이지, 두 사람은 상대방의 무공과 인품에 오래전부터 감복하고 있던 터였다. 그런데 이런 일까지 겪고 보니 더욱 흠모의 정이 생겨 상대방을 허심탄회하게 받아들이고 절친한 벗으로 교분을 맺기에 이르렀다.

한 곁에서 혼원벽력수 성곤은 좌절감과 실의에 빠져 속으로 이를 갈고 있었다. 그토록 계획을 주도면밀하게 세우고 실행에 옮겼는데 성공 일보 직전에서 만사휴의萬事休矣로 송두리째 물거품이 되어버릴 줄이야 꿈에나 생각해보았으랴. 중양절 천하 영웅대회가 열리기 전날 저녁, 그는 방장 스님의 정사에 잠입해 공문대사의 혈도를 찍어 제압하고 달마당 건물에 가두어놓은 다음, 건물 안팎에 유황 염초와 장작더미 따위의 인화물을 가득 쌓아놓게 했다. 그리고 부하들을 곳곳에 풀어 감시하는 한편, 공지대사를 비롯한 소림의 원로들에게 자기 말대로 따르지 않으면 사찰 경내에 불을 놓아 잿더미로 만들 뿐 아니라 공문방장을 태워 죽이겠다고 협박까지 했다. 이후 모든 일은 어느 것 하나 어긋남 없이 아주 순조롭게 진행되었다. 오늘 이 예상치 못한 사태가 벌어지기 전까지는…….

모든 계획이 실패로 돌아가자, 성곤은 은밀히 부하들에게 명을 내려 달마당 건물에 불을 지르게 했다. 이른바 '파부침주破釜沈舟'* 계략이었다. 그것은 성곤이 배수진으로 예비해놓은 마지막 팻감이기도 했다. 군웅들과 소림 제자들이 불을 끄느라 정신없을 때 심복들이 고립무원의 처지가 된 자기를 구출해서 도망칠 수 있을 것이라 예상한 것이다. 여기까지도 성곤의 계략은 맞아떨어진 셈이었다. 그런데 명교 홍수기와 후토기 졸개들의 활약으로 자신의 계획이 풍비박산 날 줄은 미처 생각지도 못했다.

성곤이야 까맣게 몰랐으나, 양소는 명교의 주력 본대가 소실산에 도착하기 얼마 전부터 이미 후토기에 밀명을 내려 우선 땅굴을 소림사 경내에까지 파고 들어가도록 수배해놓았다. 절간 어딘가에 갇혀 있

---

* 밥 짓는 가마솥을 깨부수고 타고 간 배를 가라앉힌다는 뜻. 결코 후퇴하지 않고 끝까지 결사적으로 싸우겠다는 의지를 표현하는 말. 《사기》 〈항우본기項羽本紀〉에 초패왕 항우가 전체 병력을 이끌고 황하를 건너자, 타고 건넜던 배를 모조리 침몰시킨 다음 밥 짓는 솥을 깨뜨려 부수고 숙영 막사를 모두 불태우고 나서 장병들에게 사흘 치 식량만 휴대시켜 불퇴전不退轉의 결사 의지를 보였다는 고사에서 나온 말이다.

을 금모사왕 사손을 구출하는 데 이용할 심산이었다. 그러나 사손은 소림사 경내에 없었다. 후토기 선발대는 은밀히 사찰 안을 구석구석 뒤지고 다니다가, 하릴없이 나한당 건물의 열여섯 나한불상 등판에 새겨진 글자만 깎아내고 금칠을 다시 입혀놓은 다음 철수했다.

그 후 장무기와 주지약이 뒷산으로 올라가 금강복마권을 격파하고 성곤의 정체마저 폭로했을 뿐 아니라, 군웅들 앞에서 공지대사의 입을 통해 성곤의 반역 행위가 공공연히 밝혀지자, 눈치 빠른 조민과 양소는 직감적으로 성곤 일당이 인질로 잡아놓은 공문 방장을 사찰 경내 건물 어딘가에 감금했으리라고 짐작했다. 두 사람은 의논한 끝에 범요를 불러 은밀히 공문 방장을 구출하도록 부탁했다. 범요는 그길로 소림사 밖에 잠복하고 있던 홍수기와 후토기를 이끌고 소림사 경내로 진입했다. 홍수기는 지상으로, 후토기는 땅굴을 통해 수색한 결과, 달마당 건물의 감시가 삼엄한 것을 보고 제각기 그곳을 목표로 접근해 갔다. 그러나 성곤의 안배는 너무도 치밀하고 악랄했다. 건물 안팎에 유황, 염초, 기름, 장작 등으로 성벽을 쌓다시피 둘러치고 일당의 경계 태세도 엄중하기 짝이 없었다. 마침내 성곤의 발악적인 명령이 떨어져 화약과 장작더미에 불이 당겨지자, 전각殿閣은 삽시간에 불구덩이로 변했다. 지상에서 홍수기 제자들의 진화 작업이 시작되었다. 그러나 범요는 불길이 다 잡힐 때까지 기다릴 여유가 없었다. 땅굴 속에서 뛰어나와 불타는 달마당 안으로 돌입하던 후토기 제자 다섯 명이 눈 깜짝할 사이 화염에 휩싸여 죽었다. 범요는 장기사 안원과 함께 경공신법을 써서 불길 속으로 뛰어들었다. 숨 막히는 연기와 화염을 무릅쓰고 결사적으로 수색한 끝에 가까스로 공문 방장을 찾아내 안전한 땅굴로 다시 뛰어들었을 때, 세 사람은 모두 머리카락과 수염이 그슬리고 적지 않은 화상을 입었다. 만약 땅굴로 탈출하지 못했다면 악적 성곤의 말대로 그 불구덩이 속에서 헤어나지 못하고 세 목숨이 산 채로 화장당했을 것이다.

성곤 일당이 저지른 화재는 홍수기의 신속한 활약으로 달마당 전각과 인근 승방僧房 몇 칸만 태웠을 뿐, 천만다행히도 대웅보전과 장경각, 나한당을 비롯한 소림사의 중요한 곳은 화마에 희생되지 않고 무사할 수 있었다.

공문 방장은 공지대사와 몇 마디 상의하고 나서 법지를 내려 일망타진한 원진과 그 일당을 모조리 후전으로 끌어다 감금하도록 조치했다. 사태가 수습되는 대로 계율에 따라 엄벌에 처하기로 결정한 것이다. 성곤이 원진이란 법명으로 소림사에 입문한 지 수십 년 세월이 흘렀다. 따라서 그와 결탁한 도당 역시 적은 수가 아니었으나, 이제 수괴가 제압당하고 볼모로 잡아둔 공문 방장마저 구사일생으로 살아나오자 대세가 기울었음을 깨달았다. 그들은 항거할 기력을 잃고 순순히 투항해 의기소침한 기색으로 나한당 수좌가 인솔하는 제자들의 손에 압송되어 소실산 아래로 끌려 내려갔다.

"큰아버님!"

장무기가 사손 곁으로 다가섰다. 한마디 부르고 났더니 목청마저 트여 울음소리가 절로 나오고 눈물까지 비 오듯이 흘러내렸다. 양아들이 우는 모습을 보고 사손은 껄껄대며 웃었다.

"바보 같은 녀석! 이 큰아버지는 세 분 고승의 점화點化를 받아 대오

각성하고 평생 쌓였던 죄업을 낱낱이 풀어버렸는데, 마땅히 기뻐해야 옳은 일이지 슬퍼할 게 뭐 있단 말이냐? 내 무공을 폐기했다고 아쉬워할 것 하나도 없다. 혹시 내가 또 그 무공으로 나쁜 짓을 저지르지 않는다고 누가 장담하겠느냐? 하하하!"

장무기는 대꾸할 말이 없었다. 그저 가슴만 쓰라려 또 한 번 불러볼 따름이었다.

"큰아버지……!"

사손이 그 소리마저 못 들은 척 흘려버리더니 공문 방장 앞으로 걸어가 무릎을 꿇었다.

"제자 사손의 죄업이 깊고도 무거우니 바라옵건대 방장 스님께서 이 몸을 거두어주시고, 삭발하여 부처님의 제자가 되도록 이끌어주십시오."

공문 방장이 미처 대답하기 전에 도액대사가 먼저 손짓을 보냈다.

"이리 오너라. 노승이 널 제자로 받아주마."

"불초 제자, 감히 그런 복연福緣을 어찌 바라오리까."

사손은 황송한 마음을 금치 못하고 사양했다. 그가 방장인 공문대사를 스승으로 모시게 되면 원圓 자 항렬의 제자가 된다. 그러나 만일 도액대사를 스승으로 모신다면 공空 자 항렬에 올라 공문, 공지와 곧바로 사형제 사이가 되는 것이다. 하늘 아래 대죄인 사손이 어찌 감히 그런 복된 연분을 감당할 수 있단 말인가?

그러자 도액대사가 불호령을 내렸다.

"공空은 그대로 공이요, 원圓 또한 공이니라! 아상我相이 곧 남의 상人相인데 그것을 깨치지 못했느냐? 멍청한 것!"

사손은 일순 그 호통이 무슨 뜻인지 몰랐으나, 이내 깨닫는 바가 있었다. 그렇다. 스승과 제자의 연분, 항렬과 법명의 존엄성, 이런 따위는 불가佛家에선 모두가 허망한 공이요, 한낱 헛된 환영에 지나지 않은 것이다. 이윽고 사손의 입에서 게송偈頌이 흘러나왔다.

스승도 헛된 것이요,	師父是空
제자도 헛된 것이라,	弟子是空
죄가 없으면 업보도 없고	無罪無業
덕이 없으면 공도 없는 것을.	無德無功

도액대사도 마음이 탁 트이는지 통쾌하게 껄껄대고 웃었다.

"좋구나, 좋아! 얘야, 내 문하에 들어와서도 역시 사손이라 부르겠다. 그 뜻 알겠느냐?"

"불초 제자 알아듣겠습니다. 쇠똥이나 사손이나 모두가 헛된 그림자요, 육신에 아무것도 없는데 하물며 이름 따위가 무슨 필요 있겠습니까?"

사손이야말로 문무를 아울러 겸비한 재사였다. 제자백가 어느 학문에나 통달하지 않은 분야가 없었다. 그는 도액선사에게 점화를 받는 순간 불가의 심오하고도 정묘한 의리를 즉각 깨우쳐, 그로부터 불문에 귀의한 이래 마침내 일세의 고승대덕高僧大德이 되었다.

"가자꾸나, 가자꾸나! 이제 겨우 오도悟道했으니 다시는 마장魔障에 빠져들지 말거라!"

도액선사가 사손의 손을 부여잡고 도겁, 도난 두 선사와 함께 천천히 걸음을 옮겨 떼어 산 밑으로 내려갔다. 공문 방장, 공지대사, 장무기를 비롯한 모든 사람이 일제히 허리 굽혀 배웅했다. 금모사왕 사손, 30여 년 동안 강호를 뒤흔들어놓고 경천동지할 엄청난 사건을 일으킨 장본인이 오늘에야 큰 원수를 갚고 공문空門에 투신하는 것을 보니 수천 명의 군웅은 감회 어린 탄식을 금할 길이 없었다. 장무기 역시 기쁨에 겨우면서도 한편으로는 서글픔과 허전한 마음을 지울 수가 없었다.

공문 방장이 목청을 가다듬고 말했다.

"천하 영웅들께서 모처럼 저희 소림사에 왕림하셨는데, 말씀드리기도 부끄럽게 갑작스러운 변고가 발생하여 귀하신 손님들께 여러모로 죄를 지었을 뿐 아니라 접대에 소홀한 점이 많아 실로 송구스럽습니다. 사방 천지에 흩어져 계신 영웅호한들께서 오늘 한자리에 모이셨으니, 장차 언제 다시 만날 수 있을지 모를 일이라, 한동안 저희 사찰에 머무르시면서 회포라도 풀기 바랍니다."

군웅들은 주인의 요청에 따라 소실산을 내려가 절간 경내로 들어갔다. 소림사 측은 곳간을 활짝 열어놓고 손님들에게 소찬으로나마 정성껏 대접했다. 한편 소림의 전체 승려들은 법사法事를 크게 열어 이번 대회에서 불행히 목숨을 잃은 영웅호걸들의 넋을 위로하는 초도재超度齋를 지내주었다. 군웅들도 빠짐없이 치제 조문致祭弔問하여 애도의 뜻을 표했다. 이후 소림파는 공문 방장과 공지대사의 주재 아래 원진을 비롯한 반역도 일당의 죄를 따져 엄벌에 처하고 문호를 정리하는 일에 착수했다. 장무기 이하 모든 외부 사람은 이 일과 관련이 없으므로 일절 참견하지 않았다.

큰일은 이제 모두 끝났다. 기쁨과 슬픔이 엇갈린 착잡한 심정으로 양부 사손을 떠나보내고 나서도 장무기의 마음은 개운하지 않았다. 여러 가지 풀지 못한 수수께끼가 가슴속 한 귀퉁이에 여전히 남아 있었기 때문이다. 조민은 앞서 양부에게 물어보라고 재촉했으나, 사손이 총총히 떠나는 바람에 미처 물어보지 못했다. 다만 그 수수께끼에는 틀림없이 주지약이 개입되어 있다는 점, 그리고 사손이 그 진상을 알고 있다는 점만은 분명했다.

며칠 동안 번민하며 곰곰이 생각하던 그의 머릿속에 불현듯 황삼 여인이 남기고 간 몇 마디 말이 떠올랐다. 장무기는 즉시 천응기의 장기사로 임명된 이천원李天垣에게 긴급 지시를 내렸다. 그 예하 교도들을 이끌고 장무기 일행이 몇 달 전 상륙했던 절해고도를 찾아가 도룡도와 의천보검을 수색해서 찾아오라는 특명이었다. 아울러 도움을 줄 수 있도록 팽형옥 대사를 이들과 함께 떠나보냈다.

장무기는 이천원이 어떤 사람인지 너무나 잘 알았다. 외조부 백미응왕 은천정이 강남 땅에 천응교를 창설하고 조직을 '내삼당內三堂' '외오단外五壇'으로 편성했을 당시, '내삼당'에 속하는 천미당天微堂은 장무기의 외숙부 은야왕이 당주였고, 자미당紫微堂은 어머니인 은소소가 당주였으며, 천시당天市堂은 외조부의 사제이던 이천원이 맡고 있었다. 또한 천응교는 도룡도와 연원이 무척 깊었다. 20여 년 전, 무당파 유대암이 우연히 도룡도를 손에 넣고 돌아오던 도중 전당강에서 은야왕, 은소소 남매와 이천원의 습격을 받고 문수침, 칠성정에 찔려 전신마비 상태로 도룡도를 빼앗겼을 뿐 아니라, 나중에 가서는 엉뚱하게도 금강문 고수들의 손에 사지 팔다리뼈를 꺾여 결국 폐인이 되고 말았다. 따라서 장무기가 특별히 이천원에게 명해 도룡도를 찾아오게 한 데에는 외조부 은천정과 망모亡母 은소소를 추모하려는 의미가 담겨 있기도 했다.

그 섬을 떠날 당시 장무기는 섬의 위치와 소재를 자세히 기억해두었기 때문에 이천원과 팽형옥에게 간략하게나마 지형을 설명해줄 수 있었다. 그리고 도검이 감춰진 곳은 주지약이 밤에 거처하던 산허리 중턱 동굴일 것이라 추측하고 그 위치를 상세히 일러주었다. 이천원과 팽형옥은 흔쾌히 교주의 명을 받고 떠나갔다.

이날 저녁 식사를 마친 후, 장무기는 개방의 어린 방주 사홍석 및 여러 장로와 함께 서쪽 편전偏殿에 모여 장차 개방이 해나가야 할 대사를 의논하고 있었다. 그런데 느닷없이 명교 제자 하나가 장 교주를 찾았다.

"교주님, 무당파 장 사협께서 도착하셨습니다. 무언가 긴급히 상의할 일이 있으신 모양입니다."

장무기는 깜짝 놀랐다. 애당초 장송계는 송원교와 더불어 진우량, 송청서의 간계에 대비해 무당산을 지키면서 태사부 장삼봉을 보호하기로 되어 있지 않았던가? 그는 두근거리는 가슴을 안고 황급히 대전으로 달려가 문안 인사를 드리면서 눈치를 살폈지만, 넷째 사백의 기색은 안온하기만 했다. 그제야 장무기는 마음이 다소 놓였다.

"태사부 어른께선 평안하신지요?"

"그 어르신이야 늘 평안하시지. 내가 급작스레 나타나서 놀란 모양이로구나. 그분 걱정은 하지 말아라. 내가 온 것은 다른 일 때문이다.

며칠 전 우리 무당산 아래서 들은 소식인데, 원나라 관군 철기鐵騎 부대 2만 병력이 소림사 쪽으로 이동했다는구나. 그 내막을 탐지해보니 소림사에서 열린 영웅대회를 진압하기 위해서라기에, 이거 큰일 났다 싶어 부랴부랴 일러주려고 달려왔다."

"먼저 방장 스님한테 일러드려야겠습니다."

두 사람은 후원 정사로 가서 공문대사에게 관군이 공격해온다는 소식을 전했다. 뜻밖의 흉보凶報에 공문 방장은 한동안 깊이 생각하더니 심각한 표정으로 말문을 열었다.

"일이 너무 엄청나군요. 아무래도 군웅들과 대책을 의논하는 게 좋겠소이다."

그는 소림사 전체 승려들에게 비상 명령을 내렸다. 그로부터 얼마 후 소림사 경내의 범종이 울리고, 소림파 수뇌부 원로들과 군웅들이 모두 대웅보전에 집결했다. 군웅들은 무당파 넷째 원로 장송계가 전하는 엄청난 소식을 접하고 삽시간에 물 끓듯이 동요했다. 대웅전 여기저기서 의논이 분분하게 일었다. 대회를 주관한 책임자로서 공문 방장이 먼저 입을 열었다.

"영웅 여러분, 우리가 여기서 모임을 갖는다는 소식을 원나라 조정이 전해 듣고, 조정에 불리한 역모를 꾀하지 않을까 우려한 나머지 군대를 파견해 진압하려는 모양입니다. 우리 모두 하나같이 일신에 무공을 지녔으니 오랑캐 따위야 두려울 바 없겠지요. 속담에 '군대가 쳐들어오면 장수를 내세워 막고, 홍수가 나면 흙더미로 막는다兵來將擋 水來土掩'고 했으니 문제 될 것도 없겠습니다. 비록 그러하나……."

얘기가 다 끝나지도 않았는데 군중 속에서 성급하게 박수갈채가 터져 나왔다.

"옳소! 그까짓 오랑캐쯤이야 우리 당장 내려가 쳐부숩시다!"

공문 방장은 손사래를 쳐서 들뜬 분위기를 가라앉히고 다시 할 말을 이어갔다.

"그러나 우리 강호의 호걸지사들은 단독 대결로 싸우는 데만 익숙할 뿐이라, 주먹질 발길질과 가벼운 병기가 아니면 내공으로 발사하는 암기 수법이 전부입니다. 따라서 말 타고 장창 대극長槍大戟이나 큰 도끼 따위의 중병기를 쓰는 대규모 군사 접전에는 능통하지 못합니다. 노납의 의견으로는 아무래도 영웅 제위들께서 이 소림사를 떠나 안전하게 흩어져 돌아가시는 게 차라리 좋을 듯싶은데, 여러분 의향은 어떠신지요?"

손님들의 의중을 떠보는 말에 군웅들은 서로 얼굴만 바라볼 뿐 아무 소리도 내지 않았다. 이때 절간 산문 바깥에서 말발굽 소리가 다급하게 울리면서 두 필의 기마가 질풍같이 치달려오더니 문턱에서 뚝 멈춰 섰다. 곧이어 장정 둘이 지객승의 안내를 받으며 총총걸음으로 대웅전에 들어섰다. 옷차림새를 보니 두 사람 모두 명교 제자들이었다. 두 사람은 곧바로 장무기 앞으로 다가와 공손히 예를 올린 다음 급보를 전했다.

"교주님께 아뢰오! 지금 몽골 오랑캐 선봉 부대 5,000명이 소림사를 향해 쳐들어오고 있습니다. 저희들이 염탐해본즉, 여러 사부님이 절간에 모여 반역을 도모하니 소림사를 짓밟아 평지로 만들고, 대머리 까까중 녀석들을 모조리……."

보고를 하다 말고 승려들이 가득 앉아 있는 것을 본 그가 얼른 제

손으로 입을 막았다. 공문 방장이 빙그레 웃으면서 말했다.

"대머리 까까중을 모조리 죽여 없애겠다, 그런 말씀 아니오? 괜찮소. 거리낌 없이 들은 대로 말씀하시오."

"아이고, 예에, 예! 저희가 여기까지 오는 도중에도 대사님들이 오랑캐 군사들 손에 적지 않게 죽었습니다. 오랑캐 군사들 얘기가, '대머리 까진 놈이든 머리 기른 놈이든 좋은 놈 하나 없으니, 그저 몸에 병기 한 자루 지니고 있거든 예외 없이 몽땅 죽여 없애라!'고 했습니다."

그 말에 숱한 사람들이 와글와글 떠들어대기 시작했다.

"오랑캐 놈들과 죽기 살기로 싸우자!"

"그런 놈들과 싸우지 않는다니, 황제의 자손으로 치욕이 아닌가!"

이 무렵은 송나라 황실이 멸망한 지도 벌써 100년이 가까웠으나, 초야의 영웅호걸들은 여전히 몽골 관군을 북적北狄 오랑캐쯤으로 여겼다. 그러니 원나라 조정의 통제에 복종할 까닭이 없었다. 군웅들은 몽골 진압군 대병력이 쳐들어온다는 말을 듣고 피가 끓어올라 저마다 팔뚝 걷어붙이고 떨쳐 일어섰다. 군웅들은 혈기를 빼면 아무것도 아니다. 적의 면전에서 움츠리고 꽁무니를 뺀다는 것은 꿈에도 생각지 못할 일이었다. 더군다나 소림파를 불안하게 남겨두고 자기네들만 안전하게 떠날 수야 없는 노릇이었다. 소림파가 당하고 나면 자기네들이 어떻게 낯을 들고 강호에 떳떳이 활보하겠는가? 장무기가 목에 힘을 주어 낭랑하게 외쳤다.

"영웅 여러분! 오늘이 바야흐로 대장부가 멸사보국滅私報國할 때입니다. 이번 거사로써 소림사 영웅대회는 천추만고에 이름을 드날리게 될 것입니다!"

"와아아!"

군웅들이 환호성을 지르자 대웅보전 기왓장이 들썩거리고 대들보가 울려 천장에 쌓인 흙먼지가 푸수수 눈발 흩날리듯 뿌옇게 떨어져 내렸다.

장무기의 열변이 계속되었다.

"우리가 좋게 물러서기는 이미 글렀습니다. 소림의 공문 방장 스님을 수령으로 받들어 모시고 그 호령에 따릅시다! 방장 대사님, 우리 명교는 고하를 막론하고 일체 방장 어른의 지휘에 따르겠습니다!"

공문대사가 펄쩍 뛰며 거절했다.

"장 교주, 그런 말씀 거두시오. 우리 소림파 승려들은 주먹질 발길질이나 조금 할 줄 알지, 군대를 지휘하고 전쟁하는 방법에는 먹통들이외다. 반면 지난 몇 년 이래 명교는 대규모로 세력을 규합하여 중원 천하 각처에서 단독으로 원나라 오랑캐 조정을 상대하여 상승 무패의 전과를 올리고 있다는데, 그 사실을 강호에 모르는 이가 어디 있소이까? 오로지 명교 세력만이 오랑캐 대군을 맞아 싸울 수 있을 뿐이오. 그 점은 여기 계신 군웅들도 잘 아시리라 믿소. 여러분! 우리 모두 장 교주를 수령으로 추대하고 그 지휘 아래 오랑캐들과 끝까지 겨뤄봅시다!"

장무기가 황급히 사양하려 했으나, 군웅들은 벌써 고래고래 함성을 지르며 박수갈채를 퍼부었다. 장무기는 비록 나이 젊은 청년이라 뭇사람을 복속시키기에 경륜이 모자랐으나, 모든 사람이 보는 앞에서 소림사 세 원로 고수와 대등하게 싸울 정도로 강력한 무공의 소유자였다. 더구나 주원장과 서수휘 같은 명교 휘하 의병 세력이 안휘·절강성, 하남·호북 일대에서 거사해 성채와 지역을 멍석말이하듯 휩쓸어가며 세력을 크게 떨치고 있지 않은가? 어디 그뿐이랴, 앞서 명교 오행기 제자들이 광장에서 드러내 보인 솜씨만 하더라도 다른 방회나 문파들은 도저히 할 수 없는 일이었다. 따라서 대웅전에 집결한 모든 호걸지사의 뜻은 한결같았다. 이 막중한 대임을 맡을 자는 확실히 명교 수뇌부 인물이 아니고는 안 된다는 생각이었다. 장무기는 거듭 추천하는 군웅들의 뜻을 사양하느라 진땀을 흘렸다.

"불초 소생은 용병用兵의 도리에 대해선 정말 아무것도 모릅니다. 부디 유능한 분을 달리 추대해주십시오."

이렇듯 옥신각신하는 동안 시각은 자꾸 흘러갔다. 얼마쯤 지났을까, 불현듯 산 아래쪽에서 함성이 크게 일었다. 그리고 잠시 후에는 소림 제자 두 명이 대웅보전에 뛰어들었다.

"방장 어른께 아뢰오! 몽골군 기병대가 산길로 쇄도해 올라오고 있습니다."

바야흐로 형세는 긴급해졌다. 장무기의 사양이 더는 용납되지 않을 만큼 촉박했다. 장무기도 어쩔 수 없이 싸울 패거리를 나누어 보내야 했다.

"예금기와 거목기는 출동해서 적의 선봉대를 막아주시오. 주전 선생, 철관도장, 두 분께서 한 기씩 맡아 거들어주십시오."

"예에!"

주전과 철관도장이 한마디로 시원스레 응답하더니 두 기의 장기사들을 데리고 떠나갔다.

"설부득 대사님은 이 성화령을 지참하시고 숭산 부근에 주둔해 있을 만한 호북 지역의 본교 의병대를 찾아가 한시바삐 이곳으로 지원하러 달려오도록 요청해주십시오."

포대화상 설부득이 성화령을 받아 들고 떠나갔다.

대웅보전에 모여 있던 군웅들도 원나라 관군이 쳐들어왔다는 소식에 흥분해 저마다 병기를 빼들고 우르르 달려 나갔다. 한 걸음 앞서 나간 장무기는 소실산 중턱 돌 정자까지 내려가 상황을 살펴보았다. 어느새 산허리까지 공격해 올라온 몽골군 선봉대 1,000여 명이 예금기의 강력한 궁노대弓弩隊에 걸려 고착당한 채 번갈아 발사하는 장전長箭과 우박같이 퍼붓는 표창에 얻어맞아 쫓겨 내려가고 있었다. 시야를 한껏 펼쳐 내다보았더니, 멀리 산 아래 들판에는 몽골군 주력 기병대가 500명, 1,000명씩 단위부대를 짜고서 꿈틀꿈틀 장사진長蛇陣 형태로 전진해오는 중이었다. 선봉의 후속 부대는 이미 산 밑에까지 도달했다. 장무기는 속으로 혀를 내둘렀다. 군용軍容이 여간 엄정하고 성대한 것이 아니었다. 이 무렵 몽골군은 100여 년 전 칭기즈칸과 바투拔都가 전 세계를 정복할 당시 이역만리에 위엄을 떨치던 때와는 사뭇 다르게 약화되었으나, 전통적인 강훈련을 받은 몽골군 철기 부대만큼은 여전히 천하무적이었다.

갑자기 소실산 좌측 산머리 쪽에서 함성이 크게 일더니, 수십 명의 남녀가 쫓겨 올라오는 모습이 눈길에 잡혔다. 앞서 떠났던 아미파 일행이었다. 생각해보나 마나 소림사를 떠나 하산하던 도중 몽골군과 맞닥뜨려 뚫고 나가지 못한 채 되돌아오는 모양이었다. 이천원과 팽형옥은 보이지 않았다. 혈혈단신 홀가분한 몸들이라, 포위망을 거뜬히 돌파하고 내려간 것이 분명했다. 아미 제자 가운데 10여 명의 장정이 들것 하나와 짐 보따리를 어깨에 떠멘 채 몽골군 병사들의 포위망에 갇혀 악전고투를 거듭하고 있었다. 한발 앞서 빠져나온 주지약은 정현사태, 정조사태를 이끌고 벌써 몇 차례나 포위진에 맞부딪쳐보았으나 적병 수십 명만 참살했을 뿐 끝끝내 겹겹으로 에워싸인 동문들을 구해내지 못했다.

그 광경을 유심히 내려다보던 장무기가 속으로 아차 싶었다. 들것에 누운 환자는 송청서가 아닌가? 아무리 미우니 고우니 해도 대사백 어른의 외아들이요, 자신에게는 사형 되는 사람이었다.

"홍수기, 열화기는 나를 엄호하라! 양 좌사, 범 우사 두 분과 위 복왕은 나를 따라오시오. 저들을 구해야겠습니다!"

산길 아래로 훌쩍 뛰어내린 장무기가 그대로 적 대열을 향해 돌진했다. 몽골 병사 둘이 대뜸 장모長矛•를 치켜들어 찔러들었다. 장무기는 한 손에 한 자루씩 창대를 움켜쥐고 힘줄기를 쏟아부어 뿌리쳤다. 그 힘에 떠밀린 몽골 병사 둘이 창대를 쥔 채로 허공에 붕 떠오르더니 대롱대롱 매달린 자세로 한두 차례 흔들리다가 순식간에 곤두박질쳐 산골짜기 아래로 날아갔다. 창 자루를 빙그르르 돌려대자, 쌍모雙矛의 날카로운 끝이 마치 두 마리 쌍룡이 바닷속으로 풍덩 뛰어들 듯 몽골군 인파 속을 한꺼번에 휘말아들었다. 양소와 범요, 위일소가 그 뒤를 따랐다. 몽골군은 그들 눈앞에 얼씬거리기 무섭게 세찬 바람결에 휩쓸린 풀잎처럼 사면팔방으로 뿔뿔이 나가떨어졌다. 삽시간에 장무기를

• 장창의 한 종류. 창대의 길이가 약 3미터로, 고대 그리스 마케도니아군이 주로 쓰던 투척용 병기. 이웃 나라를 거쳐 동방으로 전래되었는데, 원나라 때 그 길이를 6~7미터까지 늘려 척살용刺殺用의 기마 병기로 사용했다.

비롯한 세 사람은 주지약 일행을 뒤에 멀찌감치 따돌려놓고 계속 몽골군을 몰아붙여 내려갔다. 아미파 일행 곁을 지나쳐가던 순간, 장무기는 전신에 온통 핏물을 뒤집어쓴 주지약을 발견했다.

"지약, 지약! 송 사형은 구해냈소?"

장무기가 외쳐 물었으나 그녀는 못 들은 척 무시하고 여전히 미친 듯이 채찍을 휘둘러 앞으로 공격해나가기만 했다. 그러나 산길이 너무 좁은 데다 어깨를 비벼댈 정도로 인파가 득시글거려 좀처럼 뚫고 들어갈 길이 없었다.

마침내 장무기도 아미 제자 가운데 들것을 떠멘 채 중포위망에 갇혀 원나라 병사들과 맞서 결사적으로 칼부림하는 장정 둘을 찾아냈다. 비스듬히 경사 각도를 그리며 뛰어오른 장무기가 두 발로 걷는 대신, 두 자루 장모 창끝으로 비탈진 암벽을 엇갈리게 찍어 지겟다리 놀음하듯 뒤뚱거리는 걸음걸이로 포위망을 향해 무섭게 돌진했다. 목표까지의 거리는 아직도 10여 척 남짓, 아미 제자 둘이 들것을 떠멘 채 앞뒤로 칼과 화살에 맞아 차례차례 산골짜기 밑으로 떼굴떼굴 굴러 내려갈 때, 두 발로 지면을 박차고 뛰어오른 장무기가 비스듬히 몸을 날리더니 왼손에 들린 창대 끄트머리로 들것을 찍어 눌러 추락하지 못하게 막았다. 땅바닥에 내려진 들것 위에는 전신을 하얀 헝겊으로 친친 동여맨 환자 하나가 얼굴만 빼꼼 드러내놓고 누워 있었다. 바로 송청서였다.

창대를 내던져버린 장무기가 양손으로 환자를 가로누여 안고서 바스러진 두개골이 뒤틀릴까 두려워 조심스럽게 발걸음을 옮겨 떼기 시작했다. 포위망을 빠져나오는 동안 전후좌우에서 후려 베고 찔러드는 몽골 기병대의 참마도斬馬刀와 장모를 요리조리 피해나가면서도 발걸음 하나만큼은 안정되게 유지했다. 공동파 다섯 원로 가운데 당문량과 종유협이 나란히 돌진해 다가오더니 장검으로 호위 자세를 취한 채 장무기의 좌우 곁에 붙어 섰다. 번개 벼락 치듯 찔러 나가다 후딱 거둬들이는 쌍검 앞에 몽골 병사들이 분분히 찔려 나자빠졌다. 덕분에 장무기는 송청서를 껴안고 평온무사하게 소실산 위까지 올라올 수 있었다.

선봉대가 뿔뿔이 흩어져 쫓겨 내려가자, 몽골군 주력 부대 제1파 수백 명이 교대로 공격해 올라왔다. 양소가 외쳤다.

"열화기! 지금이다, 쏘아라!"

얼굴 표정까지 알아볼 정도로 접근한 몽골군 병사들의 머리 위로 열화기 소속 제자들의 분사통이 일제히 시커먼 기름을 뿜어내더니 곧이어 불화살이 꼬리에 꼬리를 물고 연거푸 날아들었다. 숨 막힐 듯 답답한 파공음이 허공을 뒤덮으면서 몽골군 대열은 삽시간에 거대한 불더미로 바뀌고 말았다. 뜨거운 화염이 길길이 솟구치는 가운데 선두 대열을 지키고 있던 200여 명의 적병은 불덩어리가 되어 무더기로 떼굴떼굴 산 밑으로 굴러떨어졌다.

한편에서는 홍수기 패거리가 적을 맞아 공격하고 있었다. 원래 소화용으로 제작한 수레에서 길게 뻗어나온 대나무 용두가 독수를 뿜어내자, 수백 명의 몽골군 병사가 흠뻑 뒤집어쓰고 몸뚱이를 오그라뜨린 채 비명을 지르며 털썩털썩 고꾸라졌다. 삽시간에 질펀하게 널린 사상자들의 몸뚱이가 여기저기서 꿈틀거리다 잠잠해졌다.

1만 기병대를 지휘하는 원나라 만부장, 곧 테무忒母가 그 광경을 보고 황급히 징을 울려 군사를 거두어들였다. 징소리가 울리자 선두 부대가 후미 부대로 바뀌면서 강궁强弓을 발사해 진지 최전방에 공간을 벌려놓고 천천히 물러나기 시작했다. 추격하지 못하도록 저지 사격을 가하며 일사불란하게 퇴각하는 적을 보면서 양소는 탄식을 내뱉었다.

"오랑캐군이 패퇴하면서도 흐트러짐이 없다니, 과연 천하의 정예로구나!"

곧장 소실산 아래까지 후퇴한 몽골군이 부챗살 대형으로 산개하더니 그대로 움직이지 않았다. 형세를 보건대 한동안 재공격을 시도하지 않을 모양이었다. 장무기도 영을 내렸다.

"예금, 홍수, 열화 삼기는 산으로 오르는 길목을 차단하고, 거목기와 후토기는 급속히 벌목해서 적의 돌격을 막아낼 방어벽과 보루를 구축하라!"

"예에!"

오행기를 맡은 장기사들이 일제히 명을 받고 물러나더니, 각자 부하들을 지휘해 방어 진지를 깔아놓기 시작했다.

앞서 군웅들은 몽골 기병대를 모조리 죽여 없애지는 못하더라도 스스로 목숨을 보전하기란 별로 어렵지 않을 것이라고 생각했다. 그런데 이제 막상 한바탕 접전을 벌여 몽골군의 위력을 몸소 겪고 나서야 자기네들의 예상이 터무니없다는 사실을 깨달았다. 정규군과 단독 대결로 싸운다는 것이 얼마나 허망한 일인지 이제야 뼈저리게 느낀 것이다. 몽골군의 공격력은 한마디로 위압적이었다. 개인이 지닌 무공 실력은 그야말로 아무것도 아니었다. 수천수만 명의 병사가 벌떼 같이 한꺼번에 밀어붙이는 기세야말로 백중사리 때 조수와 다를 바 없었다. 주지약처럼 무공이 강력한 절정 고수조차 인해전술 앞에서는 도저히 그 기량을 발휘할 수가 없는 것이다. 사면팔방 어디를 돌아보나 도창검극의 바다요, 그 무서운 중병기로 닥치는 대로 마구 후려 찍고 베고 정신없이 도륙하니, 평소 배운 무공 초식이니 내가공력 외가공력이니 하는 것들이 모두 아무짝에도 쓸모가 없었다.

전투에 참가했던 군웅들의 입에선 그저 한숨만 나왔다. 만일 명교 오행기가 진법을 펼쳐 적절히 대응하지 않았더라면 지금쯤 소실산 일대는 처참한 도살장으로 변하고, 천년 고찰 소림사 역시 화염 속에 잿더미가 되어 부서진 기왓장만 나뒹굴었을 터였다. 물론 평소 규율이 엄격한 소림파가 단독으로도 적의 침입에 대항할 수는 있었으리라. 젊은 승려들이 선장과 계도를 잡고 선배들의 통솔 아래 소실산 일대 요소요소마다 분산 배치되었다면 지킬 힘은 있었을 것이다. 하지만 소림 제자들의 인원수가 얼마나 되랴? 요해처를 순찰하며 경비한다면 모르거니와 칼 한 자루 무쇠 지팡이 한 자루 들고 무려 1만 명이나 되는 몽골 정예군의 압도적인 공세 앞에 맞선다는 것은 어림 반 푼어치도 안 되는 일이라 한마디로 중과부적, 거센 파도 충격에 바닷가 모래성 무너지듯 삽시간에 무림의 태산북두 소림파는 눈 깜짝할 사이에 소멸되었을 것이다.

몽골 기병대가 물러났을 때에야 군웅들은 비로소 100여 년 전 남송 제국 당시 무공이 뛰어나게 높은 영웅호걸이 헤아릴 수 없을 만큼 많았음에도 왜 중원 천하 금수강산을 허망하게 북녘 오랑캐 족속의 수중에 빼앗겼는지 그 까닭을 어렴풋이나마 알 수 있었다.

반나절이나 악전고투를 겪은 사람들은 하나같이 허기를 느꼈다. 명교 오행기와 소림 제자 절반이 사찰로 올라오는 주요 길목을 분담해 지키는 동안, 나머지 사람들은 절간 경내로 들어가 스님들이 마련해놓은 식사를 대접받았다.

하늘빛이 어둑어둑해질 무렵, 장무기는 높다란 나뭇가지에 뛰어올라 산 밑을 두루 내다보았다. 몽골군 숙영지가 산자락 들판 곳곳에 몰려 여기저기서 밥 짓는 연기가 모락모락 피어오르고 있었다. 이제 막 야전 아궁이에 솥을 걸어놓고 취사 준비를 하는 모양이었다.

나무에서 내려온 장무기는 위일소를 불러들였다.

"박쥐왕, 어두워지거든 내려가서 적정敵情을 좀 살펴보시오. 저들이 오늘 밤 야습을 할 것인지 여부를 알아봐야겠소."

위일소가 명을 받고 휑하니 떠나갔다. 장무기를 수행하던 양소가 심각한 표정으로 말했다.

"교주님, 제가 보기에 오랑캐들이 산 앞쪽에서 좌절당했으니 오늘 밤은 정면으로 재공격을 시도하지는 않을 듯싶습니다. 그 대신에 뒷산 쪽으로 돌아서 기습할지 모르니 거기에 대비해야 할 것 같습니다."

"옳은 말씀이오. 그럼 양 좌사와 범 우사 두 분이 여기서 지켜주시오. 내가 저 산봉우리에 올라가 뒤쪽을 살펴보고 오리다."

곁에서 조민이 덩달아 나섰다.

"나도 가요!"

두 사람은 앞서 사손이 유폐되었던 산봉우리로 올라갔다. 뒷산을 내다보았으나 아무런 동정도 없었다. 몽골군 주둔 지역이 어두컴컴한 게 장병들 모두 잠자리에 들어 휴식을 취하고 있는 모양이었다.

이때 갑자기 서북쪽 산모퉁이에서 야무지게 외쳐대는 소리가 저녁 바람결에 어렴풋이 들려왔다. 귀 기울여보니 멀리서 누군가 치고받고 싸우는 게 분명했다.

"가봅시다!"

장무기는 조민의 손을 잡고 좀 더 높은 꼭대기로 올라가 소리 나는 쪽을 바라보았다. 그림자 셋이 바야흐로 서쪽을 향해 질풍같이 달려가는데 몸놀림 동작이 비상할 정도로 빨랐다. 하나같이 일류급 고수였다.

"저쪽이군!"

장무기가 아예 조민의 허리를 껴안고 경공신법을 펼쳐 무서운 속도로 뒤쫓았다. 멀리서 바라보았더니, 앞쪽 한 사람은 쫓겨 달아나고 두 사람이 쾌속한 걸음걸이로 추격 중이었다. 장무기는 두 다리에 공력을 쏟아부었다. 발밑이 지면에서 떠오른 채 허공 위를 날 듯이 질주했다. 1리 남짓 추격했을 때, 그는 달빛 아래 추격자 두 늙은이의 모습을 알아볼 수 있었다. 눈에 익은 동작들, 바로 녹장객과 학필옹이었다.

학필옹의 왼손이 번쩍 휘둘리자, 손아귀에 잡혀 있던 병기가 쫓기는 사람을 노리고 쏜살같이 날아갔다. 두루미의 부리처럼 구부정한 학취필이었다.

"쨍!"

쫓기던 자가 뒤돌아보지도 않고 수중의 장검을 휘저어 막았다. 칼날에 부딪친 학취필이 목표를 잃고 허공에 붕 떠올랐다. 그러나 암습을 저지하느라 주춤하는 순간, 벌써 녹장객이 바로 곁에까지 들이닥쳐 사슴뿔 지팡이 끄트머리로 찔러들고 있었다. 쫓기는 자가 후딱 몸을 뒤틀어 피하더니 아예 돌아서서 녹장객에게 일장을 후려쳐 보냈다. 도주를 포기하고 다시 정면으로 맞서 싸우겠다는 의도였다.

돌아선 얼굴이 순간 달빛에 비쳤다. 종잇장처럼 하얗게 질린 얼굴, 밤바람에 흐트러질 대로 흐트러진 장발의 여인은 다름 아닌 주지약이었다. 상대방이 누군지 모른 채 무작정 뒤쫓던 장무기가 흠칫 놀라 황급히 조민의 허리를 껴안은 채 나무 뒤로 돌아가 몸을 숨겼다. 학필옹이 허공에서 떨어져 내리던 애용 병기를 덥석 받아 들더니 주지약의 왼쪽으로 돌아서 녹장객과 좌우로 협공할 태세를 갖추었다. 주지약은 입술을 악물었다.

"이 늙다리들이 물귀신처럼 날 쫓아오니 도대체 어쩌자는 거냐!"

녹장객이 음충맞게 웃어가며 대꾸했다.

"우리야 송 부인한테 무공비급 좀 빌려볼 생각이지, 딴 뜻은 없소이다. 구음백골조나 한 수 배워볼까 해서 말이오."

고목 뒤에서 엿듣던 장무기가 흠칫 놀랐다. 그러고 보니 황삼 여인과 지약이 멀찌감치 떨어져 이런저런 얘기를 나누고 있을 때, 녹장객과 학필옹이 모조리 훔쳐 들은 모양이다. 그런데 이들 두 형제는 언제 수천 군웅 인파 속에 섞여들었을까?

주지약의 음성이 들려왔다.

"무공비급 같은 게 있기는 있었소. 하지만 내가 다 수련하고 나서 없애버린 지 벌써 오래요."

녹장객은 코웃음으로 그 대답을 무시해버렸다.

"어허, 무공 수련이라……. 그게 어디 말 한두 마디로 쉽게 이루어지기나 하는 거요? 송 부인의 무공 실력이 발군이라곤 해도 아마 등봉조극의 수준에는 오르지 못했을 텐데, 성급하게 비급을 없애버렸을 리가 있나? 없애버렸다면 벌써 일거수일투족에 우리 형제를 거뜬히 죽여버릴 것이지, 무엇 하러 뺑소니를 친단 말이오?"

"없애버렸다면 없애버린 줄 아세요! 당신네와 한가롭게 허튼소리 할 틈이 없으니 이만 실례하겠어요!"

"잠깐만! 어딜 가시려고?"

녹장객, 학필옹이 동시에 호통을 쳤다. 그러고는 갈래진 사슴뿔 지팡이 한 자루와 두루미 부리처럼 구부러진 쌍필이 나란히 주지약의 양 측면을 공격했다. 주지약도 장검을 휘두르며 대항했다. 달빛 아래 희끗희끗 번뜩이는 검광이 마치 은빛 백사白蛇가 독이 올라 날뛰듯, 현명이로의 연합 공세에 발악적으로 맞서 싸웠다.

장무기는 앞서 주지약의 기막힌 백망편 솜씨를 본 적이 있었다. 그런데 지금 와서 장검 쓰는 검초가 전혀 다른 것을 보고 이상한 생각이 들었다. 검초에 번뜩이는 신광神光 이합離合이 변화무쌍하게 바뀌면서 현명이로 양대 고수의 협공 아래 수비 일변도로 나아가는가 하면 어느새 공격 일변도로 바뀌고, 이따금 허초와 실초를 뒤섞어 구사하는 품이 절묘하기 이를 데 없었다. 계속된 공방전이 수십 합에 이르렀을 때, 주지약의 검초는 갈수록 기묘해지고 10초 가운데 7초는 매섭고도 사납기 짝이 없는 공세로 바뀌어가고 있었다.

장무기는 속으로 걱정되기 시작했다. '지금 주지약은 완전히 공격 일변도로 나가고 있다. 어떻게 해서든지 급히 빠져나갈 생각만 앞세웠기 때문이리라. 하지만 이런 공격 수법은 체내에 축적된 내력의 소모를 가속시킨다. 이럴 때 자칫 정신이 흐트러져 한눈을 팔았다가는 그

즉시 위험한 지경에 빠져들게 된다.'

장무기는 좀이 쑤신 나머지 더는 숨어 있지 못하고 저도 모르게 나무 뒤에서 슬그머니 빠져나와 싸움판 쪽으로 두세 걸음 다가들었다.

갑자기 주지약이 야무지게 외마디 호통을 치더니, 녹장객을 겨누고 단숨에 장검을 세 차례나 연속 찔러 넣었다. 목표를 한 군데로 집중시켜 급속 공격을 가한 것이다. 녹장객이 선뜻 몸을 뒤채어 피하는 순간, 학필옹의 양 손아귀에서 쌍필 두 자루가 한꺼번에 벗어나더니 곧바로 주지약의 등줄기를 향해 맹렬한 기세로 날아갔다.

"쨍그랑!"

일직선을 그리고 나란히 날아가던 쌍필 두 자루가 돌연 허공에서 딱 마주치더니 공격 방향을 상과 하, 두 갈래로 나눴다. 한 자루는 뒤통수, 또 한 자루는 등허리의 급소를 기습적으로 공격한 것이다. 적의 병기가 허공을 가르고 날아들던 순간, 주지약은 바람 소리만 듣고도 반사적으로 몸을 움츠려 회피 동작을 취했다. 한데 날아들던 도중 맞부딪친 쌍필 두 자루가 느닷없이 중간에서 방향을 바꿀 줄은 예상하지 못했다. 뒤통수 뇌문腦門에 들이닥칠 한 자루는 피해낼 수 있겠지만, 등허리 급소를 노리고 날아드는 한 자루만큼은 누가 뭐래도 피할 길이 없었다.

그때 장무기가 두 발로 지면을 박차더니 허공으로 비스듬히 솟구쳐 올라 손길을 내뻗어 문제의 학취필을 덥석 움켜잡았다. 그러고는 나머지 한 손을 수평으로 휩쓸어 이제 막 후속 공격으로 들이쳐 오던 학필옹의 일장마저 가로막았다. 쌍필 두 자루의 기습적인 변초와 난데없는 구원자의 출현에 주지약은 놀랍고도 당황한 나머지 손발을 어디다 둘지 모른 채 허둥거렸다. 바로 그 순간, 녹장객이 유령같이 날아들며 일장을 후려쳤다. 바람결처럼 가볍기는 했지만 세상 천하 어느 누구도 얕잡아보지 못할 지독스러운 현명신장이 그녀의 앞가슴과 아랫배 사이에 정통으로 들어맞았다. 뼛속까지 쑤셔대는 차가운 한기에 주지약은 숨이 턱 막혀 그대로 주저앉으면서 까무러치고 말았다.

진작부터 그녀의 미색에 군침을 흘리고 있던 녹장객은 주지약이 정신을 잃고 쓰러지자 선뜻 달려들어 껴안았다. 장무기는 대경실색, 움켜잡았던 학취필을 아예 멀찌감치 내던져버리고 손바닥을 뒤채어 음탕한 사슴 영감의 어깻죽지에 호된 일격을 가했다. 나머지 한 손으로 주지약을 빼앗아 껴안은 채 훌쩍 뛰어오른 몸뚱이가 비스듬히 경사 각도를 그리면서 10여 척 거리 바깥으로 날아갔다.

"현명이로, 파렴치하기는 여전하시군!"

안전하게 공격권 밖에 내려선 장무기가 호통쳐 꾸짖었다. 그제야 상대방의 정체를 알아본 녹장객이 껄껄대고 웃음보를 터뜨렸다.

"난 또 웬 놈이 간덩어리도 크게 남의 일에 끼어들었나 했더니, 위대하신 장 교주님이셨군! 우리 군주마마 한 분 가지고도 모자라 송 부인까지 넘보시는가? 그래, 우리 군주마마는 지금 어디 계신가? 유괴해서 어디다 감춰둔 거야?"

나무 뒤에 몸을 숨기고 있던 조민이 훌쩍 뛰쳐나왔다. 장무기의 손에서 주지약을 받아 들고 생글생글 얄밉게 웃음 지었다.

"녹 선생, 자나 깨나 앉으나 서나 이 몸 그리워 넋이 빠지셨는데, 그렇게 정신머리가 없어서야 우리 아버님한테 혼나실 게 겁나지도 않나요?"

이간질로 형제 사이를 충동질해 불화를 일으켰던 장본인이 눈앞에 나타나자, 녹장객은 두 눈에서 분노의 불길이 확 솟구쳤다.

"요사스러운 계집! 네년이 우리 두 형제를 원수지간으로 만들려 했으렷다? 흥! 그따위 이간질로 우리 형제의 정이 갈라졌을 듯싶으냐? 어림 반 푼어치도 없는 수작이지! 우리 형제는 벌써 오래전에 네 아비와 의절한 몸인데, 여양왕 따위가 역정을 내든 펄펄 뛰든, 그게 우리하고 무슨 상관이냐?"

곁에서 얘기를 듣다 보니 장무기는 슬그머니 울화가 치밀었다. 방금 주지약에게 독수를 쓴 것도 그렇거니와 조민한테까지 욕설을 퍼붓다니. 장무기 역시 열 살 나이에 모질게도 이 늙다리 사슴과 두루미 영감 두 형제의 손에 현명신장을 얻어맞고 몇 해 동안 얼마나 지긋지긋하게 고생을 겪었는지 모른다. 지난날 묵은 원한에 새 원한까지 겹쳤으니 어쩌랴, 견디지 못할 분노가 삽시간에 장무기의 가슴속 밑바닥에서부터 왈칵 용솟음쳐 올랐다.

"민누이, 잠시만 뒤로 물러나 있으시오. 오늘 내가 이 두 늙은이한테 아주 따끔한 맛을 보여주고 분풀이를 할 테니까 멀찌감치 떨어져 구경이나 하구려."

두 늙은이는 그가 맨주먹인 것을 보고 자기네들도 손에 들린 병기를 내려놓았다. 그러고는 정신을 집중시켜 상대방이 공격해올 때까지 신중하게 기다렸다. 이윽고 장무기가 호통쳤다.

"자, 이것부터 맛보시오!"

첫 번째 공격은 남작미攬雀尾 일초로 제비 꼬리 펼쳐지듯 쌍장을 가지런히 밀어 보냈다. 이 초식은 태극권법의 하나로, 밀어내는 기세가 무척 완만하지만 장력에는 은연중 구양신공이 함축되어 있었다. 태극권이 후세에 와선 비록 흔해빠진 무공이 되었으나, 장삼봉이 창안해내고 오래지 않은 초기만 하더라도 강호에 모습을 드러낸 경우가 극히 드물었다. 녹장객은 이렇듯 가볍고도 힘없는 장세掌勢를 본 적이 없는 데다, 혹시 그 중간에 무슨 흉계라도 감춰졌는지 몰라 선불리 받아낼 엄두를 내지 못하고 슬쩍 몸을 뒤틀어 피하기만 했다. 그만큼 장무기란 존재가 무척 껄끄러웠던 것이다.

장무기가 그 자리에서 빙그르르 공격 방향을 바꾸더니 이번에는 옥녀천사玉女穿梭 일초로 후려쳤다. 베틀에 앉은 직녀가 날실 틈에 북을 끼워 넣듯 왼 손바닥으로 학필옹을 공격한 것이다. 그리고 녹장객을 견제하는 오른손은 공력을 토해낼 듯 말 듯 미약하게 떨며 상대방을 의혹에 빠뜨려놓았다.

학필옹이 왼손 식지로 그 손바닥 한복판 허점을 찍는 것과 동시에 오른 손바닥을 비스듬히 늘어뜨려 아랫배를 강타했다. 하지만 장무기는 벌써 몇 차례나 이들과 겨뤄본 경험자였다. 따라서 이들 두 사람의 무공 수준이 애당초 자기의 상대가 못 된다는 사실을 훤히 내다보고 있었다. 더구나 최근 도액선사를 비롯한 소림의 세 원로 고승과 무려 세 차례에 걸쳐 혼신의 기력을 다해 싸운 이후로 무공 수준이 또 한층 깊어진 상태라 이들 두 사람을 이기려고 마음먹는다면 단번에 쓰러뜨릴 수 있을 만큼 여유 만만했다. 그러나 이들 역시 얕잡아보지 못할 실력자이기에 경솔히 대하지 못하고 태극권법으로 신중히 맞섰다. 태극권의 둥그러미 고리가 꼬리에 꼬리를 물고 현명이로의 눈앞에 펼쳐졌다. 정면으로 보름달같이 둥그런 원둘레를 그리든 비스듬히 타원형을 그리든, 크든 작든 구양신공은 영락없이 원둘레 한복판을 뚫고 상대방에게 쏟아져 나갔다. 현명이로 두 형제는 차츰 불덩어리처럼 뜨거워지는 양기를 느꼈다. 자기네들이 발출하는 현명신장의 음한지기가 그 기운에 부닥치는 즉시 봄눈 녹듯 스러지는가 하면 이따금 상대방의 힘줄기에 떠밀려 되돌아오기까지 했다.

세 사람이 100여 합을 싸우고 났을 때 방위를 변화시키려고 돌아서던 장무기가 얼핏 땅바닥에 드리운 그림자 두 개를 발견했다. 환하게 비쳐 내리는 달빛 아래 조민과 주지약의 몸뚱이가 파르르 떨리고 있었다. 가슴이 철렁 내려앉은 그는 이제 막 덮쳐들던 두 늙은이의 공세부터 일단 물리쳐놓고 흘낏 고개 돌려 바라보았다. 뜻밖에도 조민의 몸뚱이가 한겨울 세찬 바람에 사시나무 떨리듯 마구 휘청거리는 게 아닌가? 양팔로 안고 있는 주지약을 당장에라도 놓쳐버릴 것처럼 와들와들 떨고 있는 것이다. 그는 속으로 실성을 터뜨렸다.

'맙소사, 큰일 났다! 주지약이 늙다리 사슴 영감한테 현명신장을 얻어맞았구나! 그녀가 익힌 무공 역시 음한지력陰寒之力인데, 거기에 음독하기로 천하에 으뜸가는 현명신장의 한기가 보태졌으니 설상가상이 아닌가? 맨몸에 얼음덩어리를 안고 있는 격이니 아무래도 민누이가 배겨낼 도리가 없을 거다.'

장무기는 다급해진 마음에 손속에 힘이 부쩍 들어가면서 맹렬한 기세로 녹장객을 덮쳐갔다. 상대방의 권법이 돌변하자 녹장객도 그 심사를 알아차리고 슬쩍 옆으로 몸을 피하면서 아우에게 소리쳤다.

"여보게, 슬슬 뺑뺑이를 돌면서 싸우게! 송 부인의 몸에 한독이 발작했으니까. 요 녀석이 손을 빼어 구하지 못하게 찰거머리처럼 달라붙으라고!"

"알았소, 바로 그거요!"

학필옹이 맞장구를 치더니 훌쩍 공격권 바깥으로 뛰어나가 땅에 떨어진 병기부터 주우려고 했다. 속셈을 알아차린 장무기가 냅다 일장을 후려갈겨 세찬 경풍으로 학필옹이 숨조차 내쉬지 못하게 압박했다. 녹장객이 지팡이 자루를 고쳐 잡고 장무기의 옆구리를 훑어 찍었다. 또다시 협공에 몰린 장무기는 권법을 잇달아 변화시켰다. 그 주먹에서 펼쳐진 것은 소림의 신승 공성대사에게서 배운 용조금나수 36초식이었다. 무금식撫琴式에 이어 고슬식鼓瑟式, 포풍식捕風式에 포잔식抱殘式이 꼬리에 꼬리를 물고 줄줄이 이어지는 공세가 매섭고도 사납기 이를 데 없었다. 녹장객이 버럭 고함을 질렀다.

"하하, 장 교주께서 용조공 한번 제대로 배우셨군! 좀 있다가 그 솜씨로 땅바닥에 구덩이를 파면 아주 쓸모 있겠는데."

"아니, 형님! 땅바닥에 구덩이는 파서 뭣에 쓸 거요?"

학필옹의 물음에 그는 껄껄대며 능청맞게 대꾸했다.

"하하, 자네 그것도 모르나? 조금만 있으면 송 부인은 꼼짝없이 얼어 죽을 걸세. 구덩이를 파야 묻어줄 거 아닌가?"

상대방의 약을 올리려고 너스레를 떨다 보니 녹장객의 정신이 다소 헷갈렸다. 그 틈을 놓치지 않고 장무기의 오른쪽 발길질이 왼쪽 넓적다리를 호되게 걷어찼다.

"어이쿠!"

외마디 소리를 지른 녹장객이 쓰러질 듯 휘청하더니 이내 중심을 잡고 버텨 서서 사슴뿔 지팡이를 바람개비처럼 돌려대며 좌우 정면으로 빗방울 바람 한 점 뚫고 들지 못하게 방벽을 쳤다. 그사이 장무기는 조민과 주지약 쪽으로 흘낏 눈길을 던졌다. 두 여인의 몸뚱이가 더욱 심하게 떨리고 있었다.

"민누이, 어찌 된 거야?"

"맙소사, 추워 죽겠어요!"

'춥다니, 왜 춥다는 걸까?' 장무기는 깜짝 놀랐다. 그러나 잠시 생각해보니 이내 그 까닭을 알 수 있었다. 본래 주지약은 몸에 현명신장을 맞았으므로 음한한 기운이 퍼져 벌벌 떠는 것이 당연했다. 그런데 이제 조민까지 떨고 있는 까닭은 그녀가 호의적으로 손바닥을 주지약의 몸에 대어 그녀가 한기에 저항할 수 있게끔 도와주고 있다는 얘기였다. 애당초 두 여인의 공력 수준이 현격하게 차이가 나는 데다 주지약의 내공마저 괴상야릇해 조민이 남을 도와주기는커녕 반대로 그 한기가 제 몸에까지 스며들어 피해를 보고 있음이 분명했다. 장무기는 이것저것 돌아볼 마음의 여유가 없었다. 정면의 문호까지 활짝 열어놓고 쌍권을 단 한순간도 쉬지 않고 정신없이 내질러 두 늙은이를 몰아붙이기 시작했다. 어떻게 해서든지 두 늙은이를 속전속결로 격퇴하고 한시바삐 두 여인을 돌봐야겠다는 마음밖에 없었다. 그러나 현명이로도 만만치 않았다. 교활한 두 늙은이는 멀찌감치 간격을 두고 떨어진 채 번갈아 전진과 후퇴를 거듭하며 시간만 질질 끌었다. 장무기는 속이 타들어갈 대로 타들어갔다. 조바심에 버럭 고함을 질렀다.

"민누이! 주 낭자를 껴안고 있지 말고 내려놔!"

"난…… 내려놓지 못해요! 내려놓을 수가……."

"왜 못 내려놓겠다는 거야?"

"주 낭자…… 등판에…… 내 손바닥이 달라…… 붙었어요!"

토막토막 끊겨 대꾸하는 중에도 이빨끼리 딱딱 마주치는 소리가 나고, 금세라도 쓰러질 듯 몸뚱이마저 휘청거렸다. 장무기의 놀라움은 더욱 커졌다. 이때 녹장객의 목소리가 들려왔다.

"어이, 장 교주! 송 부인의 심보가 아주 모질군. 저 여자는 지금 제 몸뚱이 속의 한독을 군주마마한테 옮겨놓고 있어. 그러니 군주마마가 곧 얼어 죽을 수밖에 더 있겠나? 하하! 우리 약속 하나 하는 게 어때? 싫은가?"

"약속이라니, 뭘 약속하자는 거요?"

"우리 싸움일랑 이쯤 해두고 휴전하세. 나는 송 부인의 몸에 지닌 무공비급만 챙길 테니까 자넨 어여쁜 군주마마를 구하게. 어떤가?"

"흥!"

장무기가 콧방귀로 무시했다. 생각해보라. 현명이로 두 늙은이의 무공 실력이 어떤가? 현명신장만 해도 대단한데 거기에 주지약의 음독한 무공까지 익힌다면 앞으로 세상에 나가 무슨 몹쓸 짓을 저질러도 말릴 수 없을 게 아닌가?

생각은 생각대로 동작은 동작대로, 그 바쁜 와중에 다시 고개를 돌려보니 홍옥같이 발갛던 조민의 두 뺨에 시퍼런 기운이 덮여 있었다. 얼굴은 고통스러운 기색이 역력했다. 장무기는 즉시 두어 걸음 물러섰다. 그러고는 왼손으로 그녀의 오른 손바닥을 덥석 움켜쥐고 체내에 구양진기를 줄기차게 쏟아넣기 시작했다.

"지금이다, 쳐라!"

녹장객의 입에서 외마디 호통이 터져 나왔다. 현명이로의 사슴뿔 지팡이와 학취필 한 자루가 질풍 폭우와도 같이 맹렬한 기세로 공격해 들어왔다. 장무기는 바야흐로 진력의 절반 이상을 조민과 주지약의 한독을 풀어주는 데 쓰느라 몸뚱이를 꼼짝달싹할 수 없는 데다, 나머지 손바닥 하나만으로 두 명의 적을 맞아 싸우자니 삽시간에 열세로 몰려 이루 말할 수 없는 위기에 빠져들고 말았다. "찌익!" 하는 소리……. 왼쪽 넓적다리 바지통이 학취필의 구부러진 주둥이 끄트머리에 걸려 두 뼘이나 기다랗게 찢겨나갔고, 벌어진 틈서리로 선혈이 질펀하게 흘러나오기 시작했다.

본래 조민은 주지약의 체내에 쌓인 음한지기가 몸속으로 밀려들어 거의 동사에 빠져든 상태였다. 전신에 흐르던 핏줄기마저 얼어붙은 듯 그저 뻣뻣해진 몸뚱이를 어떻게 가눌 길이 없었다. 그런데 구양진기가 홍수처럼 쏟아져 들어오면서부터 차츰 사지 팔다리의 뼈마디가 풀리고 얼음같이 차갑던 몸뚱이마저 따뜻해지는 느낌이 들었다. 그러나 장무기가 손바닥 하나만으로 현명이로의 협공에 저항하느라 이리저리 뒤틀고 둘러대며 임시변통하다 보니 동작이 자꾸만 흔들려 쏟아붓던 구양진기가 점차 줄어들고 약해졌다. 이래서 조민의 몸뚱이는 또다시 주지약에게서 역류되는 한기에 휩싸여 와들와들 떨리고 이빨끼리 딱딱 마주치기 시작했다.

녹장객이 연속 세 차례 공격해왔다. 지팡이 끝의 사슴뿔 끄트머리가 곧바로 눈을 찔러들었다. 학필옹이 휘젓는 두루미의 부리가 때맞춰 공격해왔다. 장무기도 사납게 몸을 뒤틀어 성화령에 새겨진 고대 페르시아 무공을 펼치기 시작했다. 솟구쳐 오른 몸뚱이가 훌떡 재주넘기를 하더니 현명이로의 머리 위로 주저앉듯이 찍어 눌렀다. 세상에 이런 해괴망측한 무공 초식을 본 적이 없는 현명이로가 기절초풍해서 황급히 도약 자세로 피해나갔다.

공격이 효과를 거두자, 기세가 되살아난 장무기는 연속해서 기괴한 초식을 펼쳤다. 현명이로는 섣불리 다가들 엄두조차 내지 못했다. 그 틈에 장무기는 마음 푹 놓고 체내에 응축된 구양진기를 송두리째 조민의 몸에 쏟아 넣을 수 있었다. 이렇듯 혼신의 기력을 다 쏟아내자, 주지약이 얻어맞은 현명신장의 한독은 단 한 방울도 남지 않고 모조리 사라졌다. 그러나 문제가 생겼다. 음과 양 두 기운은 애당초 상극이라, 인체 안에서 교감할 경우 어느 한쪽이 강해지면 다른 한쪽은 반드시 약해지는 법이다. 현명한독이 말끔히 제거되자 구양진기는 주지약이 고심참담으로 수련한 〈구음진경〉의 내력마저 공격해 말끔히 소멸시켜버리고 말았다.

도화도에서 〈구음진경〉을 얻은 후, 주지약은 날마다 아침저녁으로 고된 수련을 거듭했다. 하지만 소림사에서 열릴 영웅대회 날짜가 너무 촉박해 순서에 따라 점진적으로 쌓아야 할 기초 공부를 착실히 다져놓을 겨를이 없었다. 그렇기 때문에 주지약의 구음진기 내력은 깊지 못했다. 현명신장에 얻어맞자, 그녀는 재빨리 체내에 침투한 음한지기를 조민의 몸속으로 흘려보내기 시작했다. 효과는 기막히게 좋았다. 자신의 한독을 몰아낼 수 있고, 가증스러운 연적을 해칠 수도 있으니 그야말로 일석이조였다. 그런데 장무기가 도움의 손길을 뻗쳤다. 그녀는 제 등줄기에 얹힌 조민의 손바닥을 통해 따뜻한 기운이 스며드는 것을 느꼈다. 삽시간에 온 몸뚱이가 푸근해지고 이루 형언할 수 없는 편안한 촉감이 전해졌다. 따사로운 기력이 점점 늘어나는 것이 느껴지자 그녀는 안 되겠다 싶어 조민의 손바닥을 떨쳐버리려 했다. 몸부림치는 순간, 그녀는 자기 몸뚱이가 아주 강력한 흡착력에 끌려 꼼짝달싹하지 않는 것을 느꼈다. 조금 전까지만 해도 조민의 손바닥이 자신의 등에 달라붙어 있었는데, 이제는 자기 등판이 조민의 손바닥에 달라붙어버린 것이다. 그녀는 대경실색했다. 내력의 강약에 차이가 있기 때문에 아무리 몸부림쳐도 상대방의 손바닥을 떨쳐버릴 수 없다는 사실을 깨달은 것이다.

이런 줄도 모르고 장무기는 한독을 몰아내려 무진 애를 썼다. 구양진기를 쏟아 넣을 때마다 조민의 손에서 끊임없이 전해오는 얼음보다 더 차가운 한기가 저항하자 현명신장의 한독이 아직껏 말끔히 제거되지 않은 줄로만 알았다. 그래서 더욱 힘주어 구양진기를 흘려보냈다. 그는 꿈에도 몰랐다. 구양진기를 한 푼 한 푼 쏟아 넣을 때마다 주지약이 고심참담해서 수련한 구음진기가 그만큼 소멸되고 있다는 사실을……. 주지약은 속으로 비명을 질렀다. 그렇다고 입을 열고 고함칠 수가 없었다. 만약 입을 열어 한마디라도 내뱉는 순간, 그 즉시 선혈을 토해내고 진기가 빠져나가 폐인이 되거나 죽고 말 것이기 때문이었다.

조민은 뼛속까지 쑤셔대던 한기가 말끔히 가시자 몸이 그렇게 포근하고 편할 수가 없었다. 그녀는 장무기를 향해 웃어 보였다.

"무기 오라버니, 이제 난 다 나았어요. 안심하고 전력을 다해 저 현명이로 두 늙은이를 처치하는 데만 전념하세요."

"좋아, 그렇게 하지!"

장무기가 한마디로 응답하더니 쏟아 넣던 구양진기 내력을 거두어들였다. 주지약의 입에서도 안도의 한숨이 흘러나왔다. 그야말로 꼼짝

없이 죽어야 할 대죄인이 사면받고 풀려나는 기분이었다. 찰거머리같이 달라붙던 흡착력에서 벗어나자, 그녀는 즉시 체내의 진기부터 추슬러보았다. 현명신장의 음한한 독기는 감쪽같이 사라지고 없었다. 그러나 자신의 〈구음진경〉 내력마저 극도로 소모되어 모조리 고갈되고 말았으니 이 노릇을 어쩌랴? 그녀는 속에서 분노가 치밀어 이를 갈았다. '이 분풀이를 누구한테 해야 좋단 말인가? 바야흐로 장무기는 양 손바닥을 어지러이 춤추며 현명이로를 몰아붙이느라 여념이 없다. 그렇다면 기회는 이때다!' 주지약은 더 생각해볼 것도 없이 다섯 손가락을 곧추세워 질풍같이 조민의 정수리를 내리찍었다.

"아악!"

조민이 외마디 비명을 질렀다. 두 눈에서 불똥이 번쩍 튀기면서 천령개가 통째로 부서져 나가듯 저릿저릿한 아픔을 느꼈다. 이번만큼은 꼼짝없이 죽었구나 싶었다. 그런데 주지약의 입에서도 외마디 소리가 터져 나왔다. 다섯 손가락이 두개골에 내리꽂혔는가 싶었을 때 순간적으로 "으직!" 하는 소리와 함께 다섯 손가락 뼈마디가 모조리 부러지는 아픔을 느꼈다. 구음백골조, 그 무시무시한 다섯 손가락이 연적의 정수리를 뚫지 못하고 오히려 단단한 정수리뼈에 부딪쳐 고스란히 꺾이고 만 것이다. 어떻게 된 일일까? 구음백골조가 말을 듣지 않다니 귀신이 곡할 노릇이 아닌가? 하나 그녀는 이것저것 더 생각해볼 겨를이 없었다. 장무기에게 들키는 날이면 무슨 날벼락을 맞게 될지 모르니 벌떡 몸을 일으키기가 무섭게 미친 듯이 달아나기 시작했다.

조민이 지른 비명에 장무기가 황급히 뒤돌아보았다.

"무슨 일이오?"

혼비백산한 조민은 얼굴이 허옇게 질린 채 정수리 뇌문을 더듬어보느라 정신이 없었다. 혓바닥이 얼어붙어 도무지 말이 나오지 않았다.

조민이 정수리를 더듬는 것을 본 장무기는 그야말로 혼비백산하고 말았다. '맙소사, 또 구음백골조에 찍혔구나……!' 오른손 하나만으로 두 늙은이의 공세를 가로막고 나머지 한 손으로 얼른 그녀의 정수리를 더듬어보았다. 손끝에 끈적끈적 미끄러운 액체의 감촉이 닿았으나 두개골의 단단함은 여전했다. 피를 흘리기는 했어도 정수리뼈에는 다섯 구멍이 뚫리지 않은 것이다. 그는 비로소 마음이 놓였다.

"살갗만 좀 다쳤을 뿐이니까 괜찮을 거요!"

부상자에게 위안의 말을 건네면서도 그는 속으로 별 이상한 일도 다 있구나 싶었다. 그는 몰랐다. 주지약이 구음백골조로 조민을 습격했을 때 조민의 몸속에는 아직도 구양진기가 완전히 사라지지 않고 남아 있었다는 것을. 주지약은 분김에 자신의 구음진기가 거의 훼손되었음에도 얄미운 연적의 골통에 다섯 구멍쯤은 뚫어버릴 수 있으리라 자신했다. 하나 오산이었다. 약해빠진 음기로 강력한 양기를 공격했으니 달걀로 바위를 때리는 격이나 다름없었다. 조민을 죽여 분풀이를 하기는커녕 도리어 구양진기의 반탄력에 다섯 손가락만 모조리 꺾이고 만 것인데, 그 내막을 장무기는 알 턱이 없었다.

순식간이나마 한눈을 파는 사이에 현명이로가 적극 공격해왔다. 장무기는 신속하게 체내의 진기를 한 바퀴 돌리고 나서 온 신경과 힘줄기를 양 손바닥에 집중했다. 그러고는 건곤대나이 심법을 펼쳤다. 천천히 뻗어나간 왼손이 잡아당기듯, 이제 막 후려쳐 오는 학필옹의 일장을 유도해 공격 방향을 엉뚱한 데로 틀어버렸다. 이끌어 당기는 힘줄기에 얹힌 것은 구양신공, 펼쳐진 초식은 건곤대나이 심법 중에서 마지막 최고 단계인 제7층의 심오하고도 절묘한 무공이었다. 이 7층 단계는 심혈과 내력의 소모가 무척 많아 자칫 한눈을 팔거나 손톱만치라도 잘못 운용하면 자신부터 곧바로 주화입마에 빠져들게 된다. 그렇기 때문에 방금 분심이용分心二用으로 두 여인의 몸에서 한독을 몰아낼 때에는 선불리 펼쳐볼 엄두를 내지 못하다가 이제야 마음 푹 놓고 구사하기에 이르렀다. 현명이로는 누가 뭐래도 자타가 공인하는 절정 고수였다. 따라서 보통 써오던 5~6단계의 건곤대나이 무공만으로는 완전히 제압할 승산이 없으리라 예상하고 건곤일척乾坤一擲으로 마지막 단계를 끄집어낸 것이다. 절묘한 끌어당김 뿌리치기에 방향을 잃어버린 학필옹의 일장이 엉뚱한 곳으로 날아갔다.

"철썩!"

오른 손바닥이 호되게 후려친 것은 하필이면 녹장객의 어깻죽지였다. 느닷없이 우군에게 공격당한 녹장객이 깜짝 놀라 으르렁댔다.

"자네, 지금 뭣 하는 짓이야?"

학필옹은 무공 실력이 극도로 정교한 데 비해 무척 아둔하고 느려빠져 무슨 일이든지 한참 생각하고 나서야 겨우 그 진상을 깨우치는 위인이었다. 지금도 일이 너무 창졸간에 벌어진 터라 자기 자신도 어떻게 그런 실수를 했는지 어리둥절해 사형의 성난 물음에 대꾸할 말을 찾지 못했다. 그러나 장무기가 무슨 도깨비장난질을 저지른 것만큼은 분명히 알 수 있었다. 그는 적에 대한 공세를 한층 강화하는 것만이 사형에게 사과하는 길이라 생각한 나머지 오른쪽 다리에 힘을 부쩍 주어 발길질을 날려 보냈다.

"옜다, 이놈 맞아라!"

장무기가 왼손을 뿌리치듯 내뻗어 이제 막 걷어차 오던 학필옹의 발길질을 엉뚱한 방향으로 이끌었다. "퍽!" 하는 소리, 학필옹은 제 다리가 말을 듣지 않고 사형의 아랫배 단전에 들어맞자 대경실색하고 말았다.

"어이쿠, 이런……!"

뒤미처 놀라움과 노염에 찬 사형의 목소리가 귀청을 때렸다.

"자네 미쳤나! 이게 무슨 짓이야?"

이때 조민이 충동질하고 나섰다.

"잘하셨네요, 학 선생! 바로 그거예요. 어서 빨리 저 하극상을 저지른 죄인, 음탕한 호색가 사형을 잡아 꿇리세요! 그럼 우리 아버님이 아주 후한 상을 내리실 거예요."

장무기는 속으로 웃음이 나왔다. 앙큼한 조민이 또 이간책을 쓰기 시작한 것이다. 사실 그는 애당초 건곤대나이 심법으로 학필옹의 공격을 유도해 녹장객을 때리게 하고 다시 녹장객의 손길을 끌어다 학필옹을 치게 할 속셈이었다. 그런데 이제 조민이 하는 수작을 듣고서 이내 생각이 바뀌었다. 번거롭게 두 형제를 다 건드릴 것이 아니라 그저 학필옹의 주먹질 발길질만 끌어다 녹장객을 때리게 하는 게 더 효과적일 듯싶었던 것이다. 그는 건곤대나이 심법으로 학필옹의 공격 방향을 유도하는 한편 녹장객에게는 순전히 태극권법으로 상대하기 시작했다. 그리고 일부러 목청 드높여 학필옹을 응원했다.

"학 선생, 걱정하실 것 없소! 우리 둘이서 힘을 합치기만 하면 저 음탕한 늙다리 사슴 한 마리쯤은 너끈히 잡아 죽일 수 있을 거요. 여양왕

전하께서 학 선생한테 벼슬을 내린다고 했는데, 가만있자, 무슨 관직이라더라……?"

벼슬 얘기를 끄집어내기는 했으나, 장무기 자신이 조정의 벼슬아치 노릇을 해본 경험이 없는 터라 좀처럼 적당한 관직이 떠오르지 않았다. 그러자 조민이 얼른 아귀를 맞춰주었다.

"학 선생, 이거예요! 여기 임명장이 있어요!"

언제 품속에서 꺼내 들었는지 둘둘 말린 종이 다발 한 묶음을 학필옹의 눈앞에 흔들어 보였다.

"으음, 여기 뭐라고 쓰였느냐 하면…… 옳지! '대원나라 호국양위 대장군護國揚威大將軍에 임명하노라.' 이렇게 적혀 있군! 어서 빨리 힘쓰세요! 그럼 이 임명장은 학 선생 것이 될 테니까!"

그녀가 주절주절 읊어대는 동안 장무기의 오른 손바닥이 냅다 뻗어나가 녹장객을 좌측으로 몰아붙였다. 그쪽에서는 또 건곤대나이에 걸린 학필옹의 왼 손바닥이 좌측에서 우측으로 제 사형을 후려치기 알맞게 날아들고 있었다. 형세가 이러다 보니 결국 녹장객은 좌우 양편에서 아군과 적군에게 협공당하는 처지가 되고 말았다.

녹장객으로 말하자면 학필옹과 수십 년 이래 형제보다 더 깊고 두터운 우정과 친분으로 맺어진 사이였다. 따라서 이 아우가 자기를 배반해 남한테 팔아먹으리라곤 전혀 믿지 않았다. 그러나 지금 실정은 어떤가? 연속으로 퍼붓는 아우의 공격 5초식이 고스란히 자신의 급소 요혈만 노리는 데다 주먹질 발길질에 혼신의 공력을 다 쏟아부어 기를 쓰고 죽이려 들기나 할 뿐, 사형 사제 간의 우정이라든가 친분 따위는 반 푼어치도 느껴지지 않았다. 드디어 녹장객의 분개도 인내의 한

계를 넘어서고 말았다.

"네놈이 부귀영화를 탐내어 형제간의 의리를 전혀 돌보지 않겠다, 이 말이냐?"

사형이 호통쳐 꾸짖자, 학필옹은 다급한 나머지 말을 떠듬거렸다.

"아니오, 나는…… 난……."

한쪽에서 조민이 얼른 그 말끝을 가로챘다.

"옳으신 말씀! 학 선생이야 지금 만부득이해서 형님께 죄송한 짓을 하고 계시는 거죠. 호국양위 대장군에 오르시려면 이럴 수밖에 없지 않겠어요?"

장무기는 이때다 싶어 오른 손바닥에 힘을 바짝 주고 온 신경을 다 쏟아 학필옹의 일장을 또다시 엉뚱한 방향으로 이끌어 보냈다.

"퍽!"

어깨머리에 호된 일격을 받은 늙다리 사슴 영감이 노발대발, 이제 막 장무기를 공격하려던 일장을 뒤채기 무섭게 사제의 왼빰을 냅다 후려갈겼다.

"어이쿠!"

학필옹이 외마디 소리를 지르면서 침을 퉤 뱉었다. 부러진 이빨 서너 개가 침에 섞여 나왔다. 마침내 학필옹도 으르렁대기 시작했다.

"아니, 형님 이럴 수가 있소? 난 일부러 형님을 때린 게 아니란 말이오!"

"그럼 누가 먼저 손찌검을 했단 말이야?"

분노가 머리끝까지 뻗친 녹장객이 버럭 고함을 질렀다. 강호 견식이 누구보다 너른 그였으나 이렇듯 엄청난 위력을 지닌 건곤대나이

7단계 같은 신공이 세상에 존재할 줄은 까맣게 몰랐던 것이다. 그뿐만 아니라 사제 학필옹의 무공 수준을 뻔히 알고 있었기에 장무기가 그를 패배시키든 때려죽이든 그런 일이야 가능하겠지만, 학필옹의 장력을 돌려치기로 바꾸어 자신을 공격할 수 있으리라곤 생각도 할 수 없었다. 그래서 장무기가 중간에서 못된 장난을 치고 있다는 사실을 전혀 눈치채지 못했다.

학필옹은 사형에게 본심을 알리는 데에만 급급한 나머지 장무기를 향해 냅다 욕설을 퍼부었다.

"요런 개잡놈이 감히 누구한테 얕은꾀를 쓰는 거냐!"

그러자 조민이 기다렸다는 듯이 냉큼 그 말을 받았다.

"아무렴 옳으신 말씀! 이제는 저런 사람더러 '형님'이라고 부를 게 아니라 '개잡놈'이라고 불러도 되고말고요!"

한쪽에선 조민이 불난 집에 부채질을 하는데, 장무기는 왼 손바닥으로 녹장객의 장력을 지그시 눌러놓고 오른손으로 학필옹의 일장을 끌어다가 '개잡놈'이 된 사형의 오른뺨을 후려치게 만들었다. 독이 오를 대로 오른 학필옹의 장력에는 일격 필살로 장무기를 때려죽이기 위해 혼신의 공력이 담겼으니 이 노릇을 어쩌랴, 늙은 사슴 영감의 뺨따귀가 삽시간에 퉁퉁 부어올랐다.

이제 녹장객은 분노를 이기지 못해 미치광이가 되어버렸다. 두 눈에 시뻘겋게 핏발을 세운 채 너 죽고 나 죽자는 식으로 장무기를 제쳐두고 아우 학필옹에게 집중 공격을 퍼붓기 시작했다. 두 형제간에 본격적인 싸움이 벌어지자, 장무기는 그 틈을 놓칠세라 왼손 식지와 중지 두 손가락을 뻗어 녹장객의 혈도를 덜컥 찍어버렸다. 그러고는 학필옹이 당황해서 허둥거리는 틈에 재빨리 그의 혈도마저 찍어놓더니 마음 푹 놓고 쌍장을 한꺼번에 쓰기 시작했다. 한 손바닥은 녹장객의 어깨머리에 얹고 또 한 손바닥은 학필옹의 등줄기 급소에 찰싹 갖다 붙였다. 이제 할 일은 구양신공을 촉발시켜 이들 체내에 가득 찬 현명신장의 음한지기를 단계적으로 녹여 없애는 일만 남았다.

학필옹의 체내에 있던 음한지기가 3~4할쯤 풀어졌을 때, 그는 재빨리 구양진기를 옮겨 이번에는 녹장객의 음기를 없애기 시작했다. 이렇듯 번갈아가며 손을 쓴 끝에 현명이로 두 늙은이가 지난 수십 년 동안 고된 수련을 거듭해 쌓아 올린 현명신장의 음기는 십중팔구 다 풀린 끝에 물거품으로 돌아가고 말았다. 이제는 다시 수련할 수도 없거니와 설령 시도한다 해도 음한한 독기가 심장부로 치밀어, 오래전 장무기 소년이 겪은 고초에 시달리기나 할까 아무 소용이 없게 되었다. 평생 이민족 압제자의 위세를 등에 업고 악명을 떨치며 살아온 현명이로는 이때부터 무림계 삼류로 취급되는 비참한 신세가 되고 말았다.

어린 시절 현명신장에 얻어맞고 여러 해 동안 생사의 기로를 넘나들면서 무진 고생해온 장무기가 오늘에서야 그 빚을 갚은 것이다. 장무기는 가슴속까지 후련해져 통쾌한 웃음이 절로 나왔다.

"하하하, 으하하하!"

십수 년 동안 가슴속에 도사려 있던 응어리를 큰 웃음에 모두 쏟아낸 뒤, 그는 두 사람의 혈도를 다시 풀어주었다. 혈도가 풀리자 노발대발한 두 늙은이의 오른 손바닥이 약속한 것처럼 일제히 장무기의 앞가슴을 강타했다. 그러나 장무기는 피하지도 가로막지도 않고 저들의 장력을 고스란히 받았다. "퍽!" 하는 소리가 둔탁하게 울렸다. 두 늙은

이는 팔뚝에 극심한 통증을 느끼고 가슴속의 기혈이 뒤집혀 눈앞이 캄캄해졌다. 그들은 두 다리로 몸을 가눌 수 없어 물먹은 소금 자루처럼 맥없이 그 자리에 스르르 주저앉더니 다시는 일어서지 못했다. 지금 현명이로의 무공 실력은 지난날 소민군주가 부리던 신전팔웅에게조차 훨씬 못 미치는 수준까지 떨어진 것이다.

장무기는 더 이상 그들을 징벌하지 않았다.

조민과 함께 소림사로 돌아온 그는 무엇보다 먼저 그녀의 정수리 상처부터 살펴보았다. 다행스럽게도 살갗만 조금 다쳤을 뿐 대수롭지 않은 경상이라 안도의 한숨을 내쉬었다. 그러다 문득 한 가지 일이 생각나서 물었다.

"아 참! 아까 현명이로 앞에 꺼내 보인 게 뭐였소? 공교롭게 때맞춰 종이 뭉치를 꺼내 보였으니 사슴 영감이나 두루미 영감이 믿지 않을 수 없었을 거요."

조민이 눈을 가늘게 뜨고 웃더니 품속에서 얇은 종이 뭉치 두 다발을 꺼내 장무기의 코앞에 흔들어 보였다.

"이게 뭔지 알아맞혀봐요."

장무기는 싱겁게 웃으면서 고개를 내저었다.

"그만둡시다! 당신이 낸 수수께끼라면 내 이제 넌더리가 날 지경이니까. 어차피 내 평생을 두고두고 골머리를 썩여도 알아맞히지 못할 텐데 공연히 신경 쓸 일이 뭐 있겠소?"

조민은 말없이 종이 뭉치를 그 손바닥에 얹어놓았다. 장무기가 촛불빛에 비춰보니 종이 뭉치 두 다발은 얼마나 오랜 세월을 겪었는지 누렇게 빛이 바래 있었다. 그것은 두 권의 책이었다. 겉장부터 정성 들여 쓴 깨알만큼 작은 해서체가 빽빽하게 적혀 있었다. 한 권의 첫머리에는 〈무목유서武穆遺書〉 네 글자가 다른 글자보다 좀 더 크게 쓰여 있었다.

내용은 하나같이 군대를 지휘해 전쟁하는 용병술, 여러 가지 형태의 진을 치는 법과 장병들을 다스리는 비결의 요점만 간추려 적은 것이었다. 200여 년 전, 남송 초기 상승의 명장이며 비극의 충신이던 악비 장군이 금나라 침공군을 격퇴하면서 터득한 용병술의 정화가 바로 이 얄팍한 책 한 권에 고스란히 담겨 있는 것이다.

두 번째 책 묶음의 첫머리에는 〈구음진경九陰眞經〉 네 글자가 쓰여 있었다. 그 내용 역시 장무기로서는 처음 대하는 오묘하고도 괴이한 무공 초식으로 가득했다. 마지막 장을 들춰보았더니 구음백골조와 백망편 채찍 쓰기 초식의 수련 방법이 적혀 있었다. 흠칫 놀란 장무기가 새삼스레 조민을 돌아보았다.

"이거 어디서 났소? 당신…… 주 낭자 몸에서 꺼낸 거요?"

"호호, 그녀가 꼼짝달싹 못 하는데 내 손이 근질거려 견딜 수가 있나요? 그래서 내친김에 슬쩍했죠. 이따위 음독한 무공은 배우고 싶지도 않아요. 훔쳐낸 김에 불살라버리려고 했죠. 그녀의 수중에 남겨두었다가 남을 해치는 것보다 백번 낫지 않겠어요?"

조민이 생글생글 웃어가며 대꾸하는 소리를 귓등으로 흘려들으면서, 장무기는 호기심에 못 이겨 손길 나가는 대로 〈구음진경〉을 들춰보기 시작했다. 몇 쪽을 읽고 났을 때, 글 내용이 너무 심오해서 좀처럼 이해할 수 없었다. 그러나 예상한 것과는 달리 음독하고 사악한 무학이 아니라는 점만은 확실했다.

"이 〈구음진경〉에 기재된 무공은 아주 심오하고 정교한 것이오. 정상적인 방법대로 수련할 경우 10~20년 뒤에는 그 성취가 보통 아니게 될 거요. 하지만 속성으로 수박 겉 핥기 식으로 익혔다가는 남도 해치고 자신도 다치게 될 거요."

그는 잠시 뜸을 들였다가 말을 이었다.

"누른빛 적삼을 입은 그 양씨란 누님 말이오. 무공 수법이 주 낭자와 맥락을 같이하는 게 분명한데, 공격이나 방어 초식만큼은 공명정대하고 떳떳했소. 아주 순수하기도 하고 말이오. 아무래도 양씨 누님의 무공도 이 〈구음진경〉에서 나온 듯싶은데 과연 사실인지 모르겠구려."

"그녀가 떠날 때 말했죠? '종남산 뒤편 골짜기에, 활사인의 고묘 있다네. 신조협려 내외분께선, 강호에 자취 끊으셨네!'라고 했는데, 이 네 구절이 무슨 뜻일까요?"

장무기도 모르니 도리질로 응답할 수밖에 없었다.

"훗날 우리 태사부님을 뵙거든 그 어르신께 여쭤봅시다. 혹시 그 사연을 알아낼 수 있을지 모르겠소."

조민이 고개를 끄덕이며 다시 물었다.

"무기 오라버니, 그 양씨 언니가 자그만 보따리를 하나 줬죠? 거기엔 또 뭐가 들어 있을까요?"

장무기는 생각난 김에 품속을 더듬어보았다. 청색 무명 보자기로 싼 물건을 꺼내 탁자 위에 올려놓았다. 그러나 선뜻 매듭을 풀지 않았다.

"이건 양씨 누님이 주 낭자의 몸에서 꺼낸 물건이오. 나더러 '모든 의문의 실마리는 이 보따리에 있다'고 했는데, 공연히 두려운 생각이 들어 열어보지 못했소."

"뭐가 두려워 못 본단 말이에요? 혹시 주 낭자가 저지른 못된 소행의 증거가 여기에 있을까 봐 그렇죠? 안 그래요? 당신, 마음속으로 주 낭자에 대한 옛정을 아직도 잊지 못하고 있는 거죠? 그러니까 내가 몽골 사막으로 돌아가면 곧바로 그녀를 찾아 나서겠다, 그런 얘기 아닌가요? 송청서가 죽지 않더라도 폐인이나 다름없으니 쇠털같이 많은 세월에 둘이서 깨가 쏟아지게 살고, 조민이란 존재는 까맣게 잊어버리고 생각조차 안 할 작정이죠?"

주절주절 앙탈을 부리는 동안 실 끊긴 목걸이에서 진주알 흩어지듯 눈물이 철철 흘러내렸다. 장무기의 우람한 팔뚝이 그녀의 허리를 다정하게 감싸 안았다. 그러고는 뺨에 입을 맞추었다.

"천장지구天長地久 쇠털같이 많은 세월, 두고두고 영원히 지금처럼 변하지 않기만 바랄 따름이오. 민누이, 난 그대가 내 곁에 반려자로 있는 동안 말도 못 하게 즐겁고 행복하오. 이 보따리를 열었을 때 무엇인가 괴상야릇한 물건이 툭 튀쳐나와서 그대와 나 사이에 불행한 일을 안겨주어 지금 이렇듯 평안한 심정으로 기쁘고 행복하게 살아갈 수 없을까 봐 두렵다는 거요."

조민은 당장 얼굴에 웃음꽃이 활짝 피어났다. 아직껏 눈물방울이 맺힌 채로 부드러운 목소리가 장무기의 귓불을 간질였다.

"그럼 이 보따리를 끌러보지 말고 우물 속에 퐁당 던져버려요. 무기 오라버니, 나도 사실은 지금이 제일 마음 편해요. 하늘의 옥황상제께서 우리한테 너무 잘 대해주시는 것 같아요. 제발 덕분에 아무것도 바뀌지 않았으면 좋겠어요."

"아니지! 바뀌는 것도 있어야지. 우리 둘이서 천지신명께 큰절하고 혼례식을 올린 뒤 아기를 낳아야 할 거 아냐?"

조민이 평소 그녀답지 않게 수줍어하며 웃음 지었다.

"꼬마 오랑캐가 생겨나면 어쩌죠?"

"그 아기는 절반은 한족, 또 절반은 오랑캐가 될 테지. 그러니 훗날 몽골 땅에도 갈 수 있고 중원에도 내려올 수 있으니 얼마나 편하겠소? 몽골 사람들이 그 아기를 보고 남만南蠻 오랑캐라고 여기지 않아 좋고, 또 여기 사람들도 새끼 오랑캐라고 여기지 않아 좋고. 어때, 이래저래 다 좋은 거 아니오?"

조민이 살그머니 장무기의 목덜미를 감싸 안았다. 얼굴은 이루 말할 수 없는 희열의 빛으로 가득했다.

"무기 오라버니, 정말 기묘한 발상이에요. 난 정말 행복해!"

그러나 탁자 위에 덩그러니 놓인 쌈지 보따리를 보니 또 호기심이 발동했다.

"당신, 내게 대한 마음만 변치 않는다면 이 보따리에 든 물건을 본다고 해서 안 될 것도 없지 않겠어요?"

얘기를 하면서 슬그머니 보따리를 끌어다 주둥이에 묶어놓은 실끈을 풀었다. 보자기 안에는 아주 조그만 백색 자기 병이 한 개, 겉면에는 주사로 쓴 붉은 글씨가 가느다랗게 내리닫이로 쓰여 있었다. '십향연근산十香軟筋散'……. 그리고 시커먼 빛깔의 철편 두 조각이 담겨 있었다. 손바닥에 얹어놓고 무게를 달아보았더니 비슷한 크기의 보통 무쇠나 강철보다 줄잡아 다섯 배 이상 더 무거웠다. 철편 한 조각에는 일곱 글자가 깨알만 하게 아로새겨져 있었다. '보도산 동쪽 도화도普渡山東桃花島'……. 다른 조각에는 지도 한 폭이 새겨졌는데, 이리 굽고 저리 감돌아가는 길 표시가 유별나게 복잡했다. 그 대신 아주 미세한 화살촉 표지가 도로 끝 갈래진 곳마다 예외 없이 방향을 지시해주고 있었다. 두 갈래 길 끄트머리에는 각각 아주 작은 책 한 권이 그려졌다. 철편 뒷면에도 넉 자씩 열여섯 글자가 넉 줄로 가지런히 새겨져 있었다.

무목유서	武穆遺書
구음진경	九陰眞經
오랑캐 몰아내고 백성을 보호함에	驅胡保民
이로써 천하를 호령할 것이라.	是爲號令

묵직한 철편 두 조각을 손에 든 채 장무기는 넋 빠진 기색으로 멍하니 어두운 밤하늘을 응시했다.

'양씨 성을 가진 그 누님이 지약에게 도룡도와 의천보검의 행방을 다그칠 때 이 십향연근산 약병을 그녀의 품속에서 끄집어냈다. 그렇다면 우리가 무인도에서 중독되고 아리가 피살당한 것이 모두 지약의 짓이었다는 얘기다. 철편에 새겨진 '이로써 천하를 호령할 것이라'는 이 한마디야말로 도룡도를 가리키는 말일 것이다. 지약은 도룡도와 의천보검에 감춰진 철편 지도를 꺼내서 도화도에 건너가 〈무목유서〉와 〈구음진경〉을 찾아냈구나! 지약, 지약, 그대는 어쩌자고 이런 짓을 저질렀는가?'

그는 왼손에 들린 철편 두 조각을 손바닥이 아프도록 단단히 움켜쥐었다. 이제 와서 돌이켜보니 지금 이 순간까지 아무 죄 없는 조민을 원망하고 미워해온 자신이 새삼 부끄러웠다. 넋 잃은 눈길로 조민을 바라보니 초췌할 대로 초췌한 모습에 탐스럽던 두 뺨마저 여윌 대로 여윈 채 아직도 영롱한 빛을 잃지 않은 두 눈망울에 깊은 정을 가득 담아 자기를 응시하고 있다. 그 눈망울을 마주 바라보고 있으려니 애틋한 마음에 갑자기 가슴이 뭉클해졌다. 그는 말없이 양팔을 내밀어 조민의 몸을 감싸 안았다. '아아, 지난 몇 달 동안 이 여인은 진정 사람으로서 감당 못 할 시련과 파란곡절, 그리고 이루 헤아리기 어려운 수모와 학대를 견뎌내지 않았던가? 내 손에 뺨을 맞고 목을 졸리기까지 하면서도 부모 형제와의 인연마저 끊고 이 장무기를 따라 여기까지 오는 동안 얼마나 고통스러웠으랴.'

한참 만에 그의 입에서 떨리는 목소리가 흘러나왔다.

"민누이, 난 정말 당신한테 미안스러워 견딜 수가 없구려. 내 진정 못 할 짓을 했소. 끝끝내 의심을 저버리지 못하고……. 만일 당신이 총명하고 영리한 여인, 임기응변에 능통해 매사를 재치 있게 넘길 줄 모르는 여인이었다면, 이 흐리멍덩하고 어수룩하기 짝이 없는 장무기는 영락없이 애꿎은 당신 목숨을 끊어버릴 뻔했지 않소? 그런 불상사가 벌어졌더라면 어쩔 뻔했소?"

조민이 서글프게 웃었다.

"당신이 차마 날 죽일 수 있었을까요? 그럼 어째서 날 범인으로 단정했을 때 번번이 날 보고도 죽이지 않았죠?"

"누가 뭐래도 당신을 저버릴 수가 없었소. 언제 어디서 무슨 소리를 들어도…… 민누이, 당신에 대한 내 정은 뿌리가 깊을 대로 깊어져 사실 나 스스로도 어떻게 떨쳐버릴 길이 없었소. 진정이오. 만일 내 외사촌 누이가 진짜 당신에게 죽임을 당했다면 난 정말 어떻게 해야 좋을지 몰랐을 거요. 요 며칠 새 모든 진상이 하나하나씩 밝혀지는 동안 지약에게 안타까움을 품고는 있었으나, 속으로 은근히 잘됐구나 하는 생각을 금할 길이 없었소. 이것이 내 솔직한 심정이오."

장무기의 고백에는 거짓이 없었다. 꾸밀 줄 모르는 소박함과 성실함, 그리고 간절한 염원이 담겨 있을 따름이었다. 조민은 꿈꾸듯 황홀한 표정으로 그의 품에 몸을 기댔다. 한참 동안 아주 한참 동안 두 사람 모두 아무 말이 없었다.

"무기 오라버니, 생각나세요? 내가 당신하고 녹류산장에서 처음 만났을 때, 그리고 나중에 정자 밑바닥 함정 속으로 굴러떨어졌을 때 말이에요. 그때는 훗날 당신하고 이렇듯 같이 있게 될 줄은 꿈에도 몰랐어요."

장무기가 소리 없이 웃음을 터뜨리더니, 대뜸 손길을 뻗어 그녀의 발목을 사납게 움켜잡고 신발을 벗겨냈다. 조민은 지레 간지럼을 탔는지 키득키득 웃으면서 앙탈을 부렸다.

"다 큰 남정네가 연약한 여인을 욕보이다니!"

"어허, 당신이 연약한 여자라고? 천만의 말씀! 온갖 휼계를 다 쥐어짜내 남정네를 골탕 먹이는 수완이야말로 사내대장부 열 명은 찜 쪄 먹을 정도로 지독하다는 걸 세상 천하에 모르는 사람이 어디 있소?"

"위대하신 장 교주님, 칭찬해주셔서 정말 정말 고맙습니다! 소녀 부끄러워 몸 둘 바를 모르겠나이다."

울적한 심사를 다 떨쳐버리고 진솔한 고백 끝에 우스갯소리마저 주고받았을 때, 장무기와 조민은 서로 마주 본 채 속이 후련해지도록 크게 웃음보를 터뜨렸다. 하긴 그랬다. 여러 해 전, 녹류산장 함정 속에 떨어진 때만 해도 주고받는 대화 몇 마디가 모두 적개심에 가득찼을 뿐이었는데, 오늘 이 밤에는 정감 어린 연인의 대화로 바뀌었으니 세상일은 알다가도 모를 것이었다. 장무기가 무슨 생각을 했는지 빙긋 웃으며 물었다.

"불초 소생이 또 그대의 발바닥에 간지럼을 태울까 하는데 무섭지 않소?"

"안 무서워! 아이고머니……!"

장무기는 두말 않고 신발 벗긴 발목을 덥석 움키더니 버선마저 부지런히 벗기기 시작했다. 까르르 웃음보를 터뜨리는 조민, 두 남녀는 행복감에 담뿍 잠겨 원나라 대군의 포위망에 갇혔다는 사실조차 먼 하늘 바깥으로 훨훨 날려 보냈다.

다음 날 아침 일찍, 장무기는 일어나자마자 높다란 나무 끝에 뛰어올라 소실산 아래를 내려다보았다. 산 아래 적병들의 깃발이 나부끼면서 병력과 전마들이 떼 지어 치닫고, 영채 안팎 여기저기서 뿔나팔 부는 소리가 잇달아 들려왔다. 보아하니 출동할 장병들을 집결시켜 배치하느라 분주한 모양이었다. 이른 새벽녘 정찰 나갔던 제자가 돌아와 보고하는 말을 듣건대, 밤새 또 다른 만인대가 도착해 몽골군 병력 수는 도합 2만 명으로 늘어났다고 했다.

"민누이!"

"응, 왜요?"

하릴없이 부른 장무기가 잠시 머뭇거리더니 이내 고개를 내저었다.

"아니, 아무것도 아니오. 그저 한번 불러보고 싶어서……."

애당초 그는 조민에게 몽골군을 격퇴할 방도를 상의하고 싶었다. 그녀의 지혜와 계략이라면 틀림없이 신기 묘책을 짜낼 수 있으리라 여긴 것이다. 하지만 이내 생각을 바꿔먹었다.

'조민은 원나라 조정의 황족으로 군주의 신분이다. 부친과 오라버니를 배반하고 나를 따라 여기까지 왔는데, 이 여인더러 다시 자기네 족속인 몽골군을 죽일 계책까지 내놓으라면 너무나 잔인한 요구 아닌가? 이 여인을 더 이상 난처하게 만들지 말아야겠다.'

이래서 말이 입술 언저리에 나와 맴도는 것을 도로 삼켰는데, 눈치 빠른 조민은 장무기의 얼굴 표정만 보고도 이내 그 심사를 알아챘다. 그녀는 땅이 꺼져라 한숨을 내쉬더니 울적한 기색으로 말했다.

"무기 오라버니, 제 고충을 이해해주실 수 있을 거예요. 나도 더는 아무 말 않겠어요."

방으로 돌아온 장무기는 속수무책, 혼자서 이런저런 생각에 잠겨 방황을 거듭했으나 뾰족한 대책이 떠오르지 않았다. 손길 가는 대로 어젯밤 조민이 주지약의 품에서 꺼낸 책자 두 권을 만지작거리면서 하릴없이 〈구음진경〉 몇 쪽을 들춰보다가 다시 〈무목유서〉를 몇 쪽 펼쳐보았다. 시간이 얼마나 흘렀을까, 무심결에 종이 다발을 뒤적거리던 그의 눈길이 한 군데에 가서 딱 멎었다. 〈무목유서〉 가운데 한 대목이 눈길을 잡아끈 것이다.

우두산에서 포위당하여 곤경에 처하다兵困牛頭山.

그것은 악비 장군이 남송 고종高宗 건염建炎 연간(1127~1130)에 당시 금나라 침공군 주장이던 우추兀朮• 왕자의 대군에 쫓겨 지금의 강소성江蘇省 강녕현江寧縣까지 후퇴하다가, 그 일대 서남쪽 우두산牛頭山에서 포위당한 채 여러 날 곤혹을 치른 끝에 산중 샛길로 빠져 탈출에 성공하고, 반대로 매복전을 펼쳐 금나라 대군을 역습해 패세를 만회한 전투 사례였다. 거기에는 악비군이 어떻게 안팎으로 협공을 가해 완벽한 대승리를 거둘 수 있었는지 그 전술 방략이 상세히 기록되어 있었다. 한참 동안 뚫어져라 그 대목을 읽고 또 읽어보던 장무기는 손바닥으로 탁자를 내리치면서 탄성을 질렀다.

"하늘이 날 도왔구나. 바로 이거다!"

그는 병서를 손으로 가린 채 조용히 두 눈을 감고 깊은 사색에 잠겨 들었다. 지금 이 소실산의 형세는 악비 장군이 우두산에서 포위당하던 때의 정황과 아주 달랐다. 하지만 그 전례에서 명시된 것처럼 안팎 기습전으로 승리를 거두었다는 가능성만큼은 아주 없다고 볼 것도 아니었다. 그것은 이민족의 침략을 받아 곤경에 처한 후손들에게 불후의 명장이며 대충신이던 악비가 남긴 유훈이요, 계시라고도 할 수 있었다. 장무기는 생각하면 할수록 흠모의 정과 탄복을 금할 길이 없었다. '무목武穆'은 악비 장군이 죽은 후 그에게 내린 시호諡號다. 그 시호

• 우추(?~1148): 금나라 군 통수권을 장악한 인물. 여진족 이름이 우추이고, 중국식 이름은 완안종필完顔宗弼. 금 태조 완안아구다完顔阿骨打의 아들로 성격이 강인하고 용맹이 뛰어난 장수이다. 북송 당시부터 산동, 하북 지역을 침공해 연전연승하고 도성 임안부까지 함락시켜 결국 송 왕조를 남쪽으로 몰아냈다. 남송의 명장 한세충韓世忠을 화공으로 참패시키고 한때 악비군에게 패배하기도 했으나, 교묘한 이간책으로 악비를 죽게 하고 송 고종 소흥紹興 11년(1141) 회하를 건너 남송 조정을 협박한 끝에 중국인으로서는 굴욕적인 '형제지국兄弟之國'의 평화조약을 체결하게 하고 조공까지 받았다.

를 붙여 후세 사람이 악비의 용병술과 전투 사례를 수집, 정리해 한 권의 책으로 엮은 것이 바로 〈무목유서〉 아닌가! 악비는 과연 하늘이 내린 기재奇才라는 생각이 들었다. 우두산 역습 작전은 한마디로 건곤일척의 마지막 수였다. 이렇듯 위험하기 짝이 없는 전술을 보통 사람이 어찌 감히 생각해낼 수 있으랴? 또 한편으로 생각해보면 용병술과 무공 수련의 도리는 일맥상통하는 점도 없지 않았다. 훌륭한 스승의 지도를 받지 않는다면 명장과 용렬한 장수, 고수와 하수의 실력 차이는 하늘과 땅 차이가 될 수밖에 없지 않겠는가.

장무기는 손가락으로 찻잔의 물을 찍어 탁자 위에 그림을 그리기 시작했다. 소실산 일대의 지형과 산세의 험이도險易度를 머릿속에 떠올리며 지도 한 폭을 그려본 것이다. 위험하기 짝이 없는 수였으나 요행으로 목적을 달성 못 할 이유도 없었다. 병력상으로 따져본다면 중과부적임에는 틀림없으나, 소수로 엄청난 다수를 대적하려면 정정당당한 진법 대결로는 이기지 못하는 만큼 위험과 무리가 따르더라도 지금 형편으로선 이 방법밖에 없는 것이다. 마음을 굳힌 그는 곧바로 대웅보전으로 나가 공문대사에게 군웅들을 소집해달라고 요청했다. 삽시간에 대웅보전은 각처에서 몰려든 군웅들로 북적대기 시작했다. 장무기는 그들 한복판에 자리 잡고 서서 입을 열었다.

"여러분, 지금 오랑캐 군사들이 산 아래 집결해 있습니다. 제 예상으로는 머지않아 대병력이 산 위로 공격해올 것 같습니다. 우리가 비록 어제 작은 승리를 거두고 오랑캐들의 예기를 꺾어놓기는 했습니다만, 저들이 목숨을 돌보지 않고 한꺼번에 몰려온다면 우리는 중과부적으로 끝까지 막아내기 어려울 것이 분명합니다. 불초 소생은 영웅 제위들의 천거를 받았으니 잠정적으로 주장主將의 자리를 대행하겠습니다. 여러분께서 부디 소생의 호령을 들어주시기 바랍니다."

군웅들이 일제히 응답했다.

"장 교주께서 영을 내리시면 어김없이 준행하겠습니다!"

"좋습니다! 그럼 오 기사부터 영을 받으시오!"

"삼가 명을 받들겠습니다!"

예금기의 장기사 오경초가 한 걸음 나서더니 허리 굽히고 시원스레 응답했다. 속으로 그는 몹시 기뻤다. '교주님의 첫 지명이 나한테 떨어지다니 이보다 더 큰 영광이 어디 또 있겠는가? 무슨 일을 시키려는지 모르겠으나 목숨 걸고 따르리라.' '경초勁草'란 이름 그대로 억세고 질긴 잡초의 성질을 타고난 터라 물불 가리지 않을 태세였다.

장무기의 호령이 떨어졌다.

"그대는 예금기 형제들을 거느리고 군법 시행을 맡으시오. 여기 계신 영웅들 가운데 어느 분이든 호령대로 준행하지 않을 경우 예금기의 강력한 화살, 표창, 도끼의 소나기를 퍼부어 집중 공격으로 엄벌하시오. 설령 우리 명교의 원로 기숙이나 무림계의 지위 높은 선배라 할지라도 일절 예외가 없소!"

"예에, 그대로 시행하겠습니다!"

다시 한번 큰 소리로 외쳐댄 오경초가 품속에서 자그만 백기 한 폭을 꺼내 잡았다. 무공 수준은 강호 일류 축에 들지 못했지만, 며칠 전 광장에서 과시한 오행기의 신위神威를 두 눈으로 직접 목격한 군웅들은 그 손에 잡힌 자그만 백기 한 폭이 지향하는 곳마다 무려 500대의 화살, 500자루의 표창, 500자루의 도끼날이 뒤따른다는 사실을 잘 알고 있었다. 제아무리 하늘에 사무칠 정도로 뛰어난 재주를 지닌 자라 해도 1,500자루나 되는 병기들의 소나기 속에서는 삽시간에 고기 떡이 될 것은 뻔한 노릇이었다. 그렇기 때문에 군웅들은 하얀 깃발이 눈앞에 펼쳐지는 순간 저마다 가슴이 덜컥 내려앉고, 깃발이 가리키는 방향을 새삼스레 눈여겨보았다.

장무기가 첫 번째 명령으로 오경초에게 군법 집행을 맡긴 의도는 분명했다. 〈무목유서〉를 펼쳤을 때, 제1장에 명시된 내용이 가장 중요하다고 여겼기 때문이다.

> 군대를 다스릴 때는 무엇보다 먼저 지휘관의 명령을 엄정하게 확립해야 한다治軍之道 嚴令爲先.

그는 이들 강호 무림계의 호걸지사들이 저마다 자부심이 강해 자기네들이 옳다고 여기는 것이면 누가 뭐래도 그 길로만 가는 고집쟁이라는 사실을 잘 알고 있었다. 또 개별적인 무공 실력은 강해도 한군데 모아놓고 보면 길들여지지 않은 오합지중이라, 지휘자의 호령으로 부서를 정해 배치해놓고 사람마다 일사불란하게 지휘에 따르도록 단속하지 않으면 결코 몽골 정예 기병들과 맞서 싸우지 못할 것이었다. 따라서 무엇보다 먼저 군웅들이 꺼리는 예금기에 군법 집행의 역할을 맡겨놓은 것이다. 장무기의 입에서 두 번째 명령이 떨어졌다. 그는 대웅보전 앞뜰 조벽照壁•을 가리키면서 말했다.

• 중국식 담장의 일종으로, 골목 바깥에서 대문 안쪽이 들여다보이지 않도록 가린 벽. 특별히 주택 정면에서 바깥을 향해 마주하는 외부 벽을 가리킨다.

"여러분 가운데 경공신법이 뛰어나 저 담장을 단 한 번 도약으로 뛰어넘을 수 있는 분이 계시거든 이리 나오셔서 솜씨를 보여주시기 바랍니다."

삽시간에 군웅들 가운데 적지 않은 사람의 얼굴에 불만스러운 기색이 떠올랐다. '몽골군이 당장 쳐들어올지도 모르는데 우리더러 담을 뛰어넘으라고 하다니……. 그게 뭐 그리 긴요한 일이란 말인가?' 무림의 몇몇 고수는 장무기가 자신들을 얕잡아본다고 매우 불쾌하게 생각했다.

군웅들 속에서 무당파의 사협 장송계가 인파를 헤치고 나섰다.

"내가 저 담장을 뛰어넘을 수 있겠네."

말을 마친 그가 날렵한 동작으로 몸을 솟구치더니 담장 너머 반대편으로 거뜬히 뛰어내렸다. 무당파의 제운종 '구름사다리 허공 딛기' 경공신법은 강호 천하에 명성 높은 절기 중 절기다. 장송계의 능력으로 조벽 담장을 뛰어넘는 것쯤은 손바닥에 흙먼지 불기보다 더 쉬운 일이었으나, 전혀 자랑하는 기색 없이 주장의 명령에 따라 다시 한번 이쪽으로 담장을 뛰어 넘어왔다.

이어서 유연주, 은리정, 양소, 범요, 위일소 같은 절정 고수들이 차례차례 나서서 장무기의 명을 받들었다. 뒤미처 자신감을 얻은 군웅들이 마치 꽃떨기를 넘나들며 춤추는 나비 떼처럼 연속으로 담장을 뛰어넘더니, 다시 환상적인 공중제비 돌기로 제자리로 뛰어 돌아왔다. 어떤 이는 현란한 경공신법을 펼쳐 반공중에서 온갖 몸놀림으로 화초花招 동작을 연출했다. 잠깐 사이에 경공 도약 솜씨를 보인 이들이 무려 400여 명에 달했고, 더는 시도하려는 이가 없었다. 사실 대웅보전 안

마당의 조벽은 높이가 낮은 것만은 아니어서 경공술에 대단한 실력자가 아니면 단번에 뛰어오르기 쉽지 않았다. 군웅들은 제각기 무공 분야도 구구각색인 데다 수준 역시 달라 주먹질이나 발길질, 병기 쓰는 데 장기를 지녔으면서도 경공술은 보통 수준을 넘지 못하는 경우가 허다했다. 따라서 강호에 제법 이름깨나 날리는 무림계 인사들은 자신의 능력이 얼마나 되는지 뻔히 아는 터라 사람들이 보는 앞에서 좀처럼 취약점을 드러내려 하지 않았다.

아무튼 담장 뛰어넘기에 성공한 인원수는 400여 명, 그중 소림파 제자들이 8~9할을 차지했다. 장무기는 속으로 혀를 내둘렀다.

'소림이 강호 무림계에 으뜸가는 대문파라더니 과연 명불허전이구나. 경공술 한 분야만 따져보더라도 다른 방회나 문파들에 비해 고수들이 훨씬 많지 않은가?'

선발된 경공신법의 고수 400여 명이 장무기 앞에 웅기중기 늘어섰다. 장무기가 입을 열었다.

"둘째 사백님과 넷째 사백님, 그리고 여섯째 사숙님, 이렇게 세 분께서는 여기 선발되신 경공술의 고수 여러분을 대동하고 허장성세로 절간에 있는 사람이 모조리 도망치는 것처럼 꾸며 적군을 뒷산 쪽으로 유인해주십시오. 그리고 뒷산에 이르거든 이렇게 하십시오……."

장무기는 400여 명을 여러 패로 나누고, 어떤 패는 매복을 하고, 어떤 패는 적의 퇴로를 차단할 것이며, 어떤 패는 추격 부대의 강공에 정면으로 맞서고, 또 어떤 패는 측면 공격을 담당할 것인지, 세밀한 부분에 이르기까지 임무를 안배했다.

"알겠소, 주장!"

유연주, 장송계, 은리정이 이구동성으로 힘차게 젊은 조카의 명을 받았다.

양소를 비롯한 명교 수뇌부들은 놀랍고도 의아스러운 나머지 저도 모르게 입이 딱 벌어졌다. 작전 계획의 치밀성과 교묘함, 유인과 포진, 퇴로 차단과 역습에 이르기까지 미리 의논하고 예행연습이라도 해놓은 것처럼 하나같이 조리 정연했던 것이다. 그들은 장무기가 〈무목유서〉 내용을 본떠 응용하고 있다는 사실, 다만 우두산과 소실산의 지형과 산세가 다르고 부대 병력 수와 성분이 다른 만큼 약간 고쳐서 쓰고 있다는 사실을 알지 못했다. 패를 가르고 부서 안배가 끝나자, 장무기는 다시 목청을 드높여 낭랑하게 외쳤다.

"오늘 중원의 지사들은 모두 합심 협력하여 몽골 오랑캐들과 끝까지 싸웁시다! 소림사 범종梵鐘과 법고法鼓를 관리하시는 스님 여러분, 사찰 안의 북과 종을 일제히 울려주십시오!"

"와아아!"

군웅들이 외쳐대는 환호성에 대웅보전 거대한 건물이 들썩거렸다.

열화기 제자들이 바쁘게 움직이기 시작했다. 경내에 비축된 장작과 불쏘시개를 옮겨다 절간 앞에 무더기로 쌓아놓고 불을 지르자, 연기와 불꽃이 삽시간에 하늘 위로 솟구쳐 올랐다. 후토기 제자들이 부처님의 전각 지붕 꼭대기마다 흙과 모래 자루를 덮어씌우자, 열화기가 다시 모래 부대와 흙 자루 위에 장작을 쌓고 기름을 끼얹은 다음 불을 놓았다. 이렇듯 교묘하게 땔감 쌓기와 불 지르기를 해놓았으니, 산 아래 멀리서 올려다보면 수백 칸의 건물이 들어찬 소림사 경내 곳곳마다 불길이 치솟는 것 같았다.

아니나 다를까, 절간에서 범종 소리, 북소리가 요란하게 메아리치자 소실산 아래 몽골군 진영에서 경계 태세를 갖추더니, 산 중턱에서 불길마저 치솟는 것을 본 장병들은 영락없이 절간에 모인 남만 오랑캐 한족들이 사찰 건물에 불을 지르고 도망치는 줄로 오인했다.

몽골군 기병 부대가 경계 태세를 풀고 추격 대형으로 바뀌었다. 유연주도 기다렸다는 듯이 때맞춰 150여 명의 고수를 이끌고 소실산 좌측으로 달음박질치기 시작했다. 산허리에 미처 다다르지도 않았을 때 시끄러운 함성이 크게 일더니 원나라 몽골군 추격대가 산길을 따라 줄지어 뒤쫓아 오르기 시작했다. 군웅들은 유연주의 신호를 받고 사면팔방으로 뿔뿔이 흩어졌다. 분산되어야만 몽골군이 그들의 장기인 기마사격을 집중적으로 퍼붓지 못하기 때문이다.

두 번째 패거리는 장송계가 이끌고, 세 번째 패거리는 은리정이 맡았다. 두 패거리 300여 명의 고수는 한 사람에 하나씩 커다란 보따리를 등에 지고 있었다. 보따리 속에는 널판 조각 아니면 옷가지, 이부자리를 두툼하게 감춰놓았다. 몽골군들의 눈에는 절간을 버리고 목숨 건져 달아나는 도망자들의 낭패스러운 꼬락서니로 보였겠으나, 아무리 활을 쏘아도 화살은 보따리에만 들어맞을 뿐 사람을 다치게 할 수 없었다.

소실산 중턱에서부터 솟구쳐 오른 시뻘건 불길과 검은 연기가 사방에 자욱하게 깔렸다. 몽골군 주장은 도망자의 수가 얼마나 되는지 똑똑히 헤아리지 못하고 망설이던 끝에 병력을 나누어 1만 명의 기병대로 추격을 단행하는 한편, 나머지 1만 병력을 원 주둔지에 잔류시켜 만일의 돌변 사태에 대비했다.

몽골군 병력이 절반만 출동하는 것을 보고, 장무기가 한숨 섞어 양소에게 말했다.

"양 좌사, 오랑캐 장군이 용병술에 아주 능통하군요. 전 병력을 추격대에 투입하지 않고 절반을 남겨 지키게 하다니, 이것 참 골머리 아프게 생겼습니다."

양소도 심각한 표정이었다.

"과연 그렇군요. 정말 걱정스러운 일입니다."

둘이서 어긋난 계획을 우려하고 있을 때, 몽골군의 산상 공격이 재개되었다. 산 밑에서 뿔나팔 소리가 요란하게 울리더니 각각 1,000명의 병력으로 편성된 두 기병 부대가 천부장 밍간猛安의 지휘 아래 소실산을 중심으로 좌우 양면에서 일제히 공격해 올라왔다. 산비탈은 울퉁불퉁 험준했으나 몽골 기마대는 마치 평지 달리듯 날랜 솜씨로 치달렸다. 기다란 장모를 휘두르며 몸에 두른 철제 갑옷을 번쩍거리는 군용이 자못 웅장했다.

선봉대가 산허리 절반쯤 자리한 돌 정자 근처까지 올라왔을 때, 장무기의 손이 번쩍 들렸다. 열화기 제자들이 산길 양 곁 수풀 속에 납죽 엎드려 잠복했다. 2,000여 기마대로 편성된 적군이 또다시 1,000여 척 남짓한 거리까지 접근했을 때, 장기사 신연辛然의 휘파람 소리가 길게 울리고 분사통에서 뿜어져 나온 기름이 몽골 기병 선두 대열부터 흠빽 뒤집어씌웠다. 곧이어 누가 횃불을 던졌는지 몽골군 대열에서 불길이 확 치솟더니 사람과 짐승들을 순식간에 불덩어리로 만들어놓았다. 느닷없는 화공에 놀란 짐승들은 미친 듯이 비명을 지르며 날뛰고 사람들은 안장에서 불이 붙은 채 황급히 뛰어내리며 아우성쳤다. 잠깐 사이에 2,000여 명의 병력 가운데 절반 이상이 산비탈 아래로 굴러떨어지고, 소실산 중턱 정자 근처에는 삽시간에 일대 혼란이 일어났다.

몽골족으로 편성된 원나라 관군은 전통적으로 군기가 가혹할 만큼 엄정했다. 선두 부대가 패배해 지리멸렬했으나 후미 부대는 털끝만치나마 동요하는 기색 없이 천인대 지휘관의 호령에 따라 3,000여 기병이 타고 있던 군마를 버리고 도보로 진격하기 시작했다. 열화기 제자들은 재차 화염을 분사해 또 200~300명을 살상했지만, 나머지 병력은 여전히 용맹을 떨치며 산 위로 기어 올라왔다.

홍수기의 장기사 당양唐洋이 검정 깃발을 휘두르자 인간의 살점을 뭉그러뜨리는 부식성 독수가 뿜어져 나가고, 뒤미처 후토기 제자들이 독약 섞인 모래를 던져 공격군을 사면팔방으로 흩어지게 했다. 요행으로 살상을 모면하고 산허리까지 올라온 200~300명은 예금기와 거목기의 습격을 받아 모조리 섬멸당하고 말았다.

갑자기 산 밑에서 북소리가 급박하게 울리더니 도합 5,000명으로 구성된 천인대 다섯 부대가 거대한 목제 방패를 앞세워 들고 횡렬 종대로 철벽을 이룬 채 서서히 밀어붙이며 올라오기 시작했다. 형세가 이렇게 되니 뜨거운 불길, 부식성 독수와 모래 따위는 그 기량을 펼칠 데가 없어지고 말았다. 설사 거목기의 육중한 통나무가 전면에 나서서 방패진에 충격을 가한다 해도 기껏해야 돌파구 몇 군데나 뚫을 수 있을까, 보아하니 대세를 만회하기에는 별 도움을 주지 못할 듯싶었다. 형세가 급박해진 것을 본 공문 방장이 장무기에게 제안했다.

"장 교주, 여러분을 신속히 퇴각시키십시오. 그래야 우리 중원 무림의 원기를 보전할 수 있소이다. 오늘은 비록 패한다 해도 훗날 권토중

래하여 원수를 갚을 여력은 남겨야 하지 않겠습니까?"

너 나 할 것 없이 모두 당황해서 어쩔 바를 모르는데, 불현듯 산 밑에서 징과 북을 두드리는 소리가 한바탕 크게 떨치더니 이어서 불화살 한 대가 연기 꼬리를 길게 끌며 하늘 높이 솟구쳐 올랐다. 그것을 신호로 사면팔방에서 살기에 찬 함성이 한꺼번에 메아리쳤다. 누구보다 먼저 양소의 얼굴빛이 활짝 피었다.

"교주님, 우리 구원병이 왔습니다!"

산꼭대기에서 내려다보니 산 아래 정황은 보이지 않고 그저 뭉게뭉게 피어오르는 연기 흙먼지가 하늘을 뒤덮은 가운데 사람들의 기세 찬 고함 소리, 마필이 투레질하는 소리만 어지러이 들려왔다. 구원 병력이 무척 많은 게 분명했다. 장무기가 목청을 드높여 외쳤다.

"원병이 도착했소! 우리 모두 돌격합시다!"

산 위로 쫓겨 올라오던 군웅들이 사기충천해 저마다 병기를 높이 쳐들고 일제히 돌진해 내려갔다. 장무기가 다시 고함쳤다.

"여러분, 적의 지휘관부터 먼저 골라 죽이고 병사를 처치하시오!"

군웅들이 맞받아 구령을 붙였다.

"와아, 지휘관부터 골라 죽여라! 졸병은 나중이다!"

몽골군의 전통적인 편제는 병사 10명을 최소 단위부대로 십인대十人隊를 편성하고 십부장十夫長이 거느린다. 그 상급 단위로 십인대 10개로 편성된 백인대百人隊를 '무케謀克'란 명칭의 백부장百夫長이 지휘하고, 천인대千人隊는 '밍간'이, 만인대는 '테무'란 명칭의 장군이 통솔한다. 층층으로 계통을 이룬 크고 작은 부대가 전투에 임했을 때 마치 심장부가 양 팔뚝을, 양 팔뚝이 두 손을, 두 손이 열 손가락을 부리듯 일사불란하게 자유자재로 지휘하는 것이다. 이제 장무기는 단위부대 지휘관만을 솎아내듯 골라 죽이라는 명령을 전했다. 피아 쌍방의 양군이 정면으로 대치해 진세를 늘어놓고 공방전을 벌인다면 이런 방법은 통하지 않는다. 왜냐하면 각급 부대 지휘관은 대개 후미에 자리 잡을뿐더러 관군의 최고 통솔자는 멀찌감치 수도 후방에 들어앉아 독전督戰하기 때문이다. 그러나 지금 몽골군은 산비탈에 흩어져 싸우는 형편이라 제아무리 정예병이라 해도 지휘관들의 무공 실력이란 게 결국 중원 무림계의 영웅 협사들에게 미칠 바 못 되어 잠깐 사이에 천부장과 백부장 서너 명이 죽임을 당하자, 몽골 정예 기병들도 지휘할 사람이 없어 마치 머리 잃은 독사 떼처럼 삽시간에 대오가 엉클어져 혼란을 일으키고 말았다.

군웅들을 이끌고 산허리까지 밀고 내려간 장무기는 산 아래 바람결에 펄럭펄럭 나부끼는 깃발 몇 폭을 발견했다. 남쪽 깃발에는 큼지막하게 지휘 장수의 성씨인 '서徐' 자가, 그리고 북쪽 깃발에는 '상常' 자가 쓰여 있었다. 서달과 상우춘이 거느린 의병 부대가 구원하러 달려온 것이다. 이들 두 사람은 주원장의 명을 받아 부대를 이끌고 하남성河南省 남부 일대로 진격하던 도중 "장 교주 일행이 소실산에서 포위당했다"는 포대화상 설부득의 급보를 전해 듣고 주야로 강행군해 달려온 길이었다. 서달과 상우춘이 거느린 명교 출신 의병 부대는 하나같이 역전에 역전을 거듭한 용사들인 데다 병력 수도 많아 소실산 아래 주둔지 영채를 지키고 있던 몽골군 기병대 1만 명을 압박해 서쪽으로 퇴각시켰다.

한편, 소림사에서 탈출하는 도망자들로 위장한 400여 명의 호걸 지사들은 장무기가 지시한 대로 곧장 소실산 서쪽 계곡을 바라고 달아났다. 몽골군 추격 부대 1만 병력도 놓칠세라 무섭게 서쪽 골짜기로 뒤쫓아왔다. 유연주와 장송계, 은리정 세 형제는 경공 실력이 탁월한 수백 명의 호한을 이끌고 추격대 선두와 이따금 맞붙어 붙잡힐 듯 말 듯 접전 상태를 유지하면서 아슬아슬하게 골짜기 안으로 도망쳐 들어갔다.

추격대를 이끌고 뒤쫓아온 1만 기마병의 총지휘관 테무는 산골짜기 삼면이 깎아지른 암벽으로 둘러싸여 지형과 산세가 무척 험악한 것을 발견하고 한동안 추격을 망설였다. 그러나 적의 인원수가 별로 많지 않아 계곡 안에 매복을 해놓았다 하더라도 너끈히 처치할 수 있으리라는 자신감에 군사를 휘몰아 급박하게 골짜기 안으로 쏟아져 들어갔다.

유연주를 비롯한 군웅들은 쏜살같이 깎아지른 암벽 아래까지 달려갔다. 그곳에는 어느새 준비해놓았는지 절벽 위에서 던져 내린 밧줄 수십 가닥이 치렁치렁 늘어져 있었다. 군웅들은 서슴없이 밧줄을 타고 절벽 위로 기어 올라갔다. 밧줄 위에 대롱대롱 매달린 채 개미 떼처럼 기어오르는 적들을 보고서야 몽골 기병대 총지휘관 테무도 비로소 계략에 빠졌음을 깨닫고 황급히 퇴군령을 내렸다. 그러나 이미 때는 늦었다. 방금 병력 전체가 쏟아져 들어온 골짜기 어귀에 불길이 확 솟구치더니 뒤미처 계곡 좌우 양편 암벽 위에서 뜨거운 불덩어리와 독 모래, 강궁으로 발사하는 장전長箭과 부식성 독수가 소나기 퍼붓듯 쏟아져 내리는 한편, 거목기 제자들이 육중한 통나무를 떠메다가 무더기로 쌓아 올려 골짜기 어귀를 숨통 틀어막듯 완전히 봉쇄해놓더니 순식간에 밧줄을 타고 절벽 위로 달아났다.

바로 이때 서달과 상우춘 부대에 쫓긴 몽골군 패잔병 1만여 명이 또 들이닥쳤다. 그러나 앞으로 나갈 길이 막힌 것을 보자 다급한 나머지 온 산 들판에 뿔뿔이 흩어져 달아나기 시작했다. 앞서거니 뒤서거니 추격해온 장무기와 서달 일행은 모두 실성을 터뜨렸다.

"아쉽게 됐구나!"

만약 사전에 미리 연락만 잘되었더라면 이들 1만여 명의 후속 기병대마저 한꺼번에 골짜기 안으로 몰아넣고 일거에 섬멸해버릴 수 있었을 것이 아닌가? 하긴 그랬다. 몽골군이 주력의 절반을 영채에 남겨두고 절반 병력만으로 추격에 나설 줄은 예상하지 못했거니와 또 응원군이 이렇듯 신속하게 도착할 줄도 몰랐으니까. 장무기는 전쟁터에서 군사를 지휘해본 경험도 없었을뿐더러 그런 면에 장기를 지닌 사람도 아니었다. 명장 악비가 남긴 〈무목유서〉에 기재된 병법이 훌륭하다고는 해도 즉석에서 배워 즉석에서 써먹자니 역시 운용의 묘를 살릴 수 없었고, 기막힌 전공을 세울 수도 없었던 것이다. 또 지금의 몽골군은 저 옛날 200여 년 전 금나라 군사들보다 훨씬 뛰어난 정예들이라 만일 서달과 상우춘의 구원병이 제때에 도착하지 않았던들 지금쯤 소림사는 멸망의 겁수劫數에서 헤어날 길이 없었을 테고, 계곡 안에 갇힌 몽골군도 뒤쫓아온 우군의 손에 구출되었을 것이다.

현지에 도착한 서달은 즉시 부하 장병들에게 명령을 내려 흙더미와 바윗돌을 옮겨다 골짜기 어귀에 한층 더 두꺼운 장벽을 쌓아 겹겹으로 봉쇄해놓은 다음, 각 부대의 궁노수들을 암벽 위로 올려보내 계곡 안의 적병들에게 화살 비를 퍼붓게 했다. 막다른 궁지에 몰려 반격할 힘이 없어진 몽골군 장병들은 그저 바위틈을 찾아 몸을 숨기기에만 급급했다. 얼마 안 있어 상우춘마저 부대를 이끌고 달려와 장무기 일행과 합류했다. 오랜만에 다시 만나게 되었으니 그 기쁨이야 이루 형언할 길이 없었다. 이들 구원병이 신속하게 달려온 사연은 이러했다.

주원장은 서달, 상우춘 두 사람이 장무기와 두터운 교분을 맺고 있다는 사실을 잘 알고 있었다. 그렇기 때문에 보름 전 등봉현에 와서 장무기더러 명교 교주 자리를 내놓도록 은근히 협박했을 때, 일부러 이들 두 사람이 거느린 부대를 사전에 멀찌감치 따돌려놓았다. 그런데 공교롭게도 이동 명령을 받은 지역이 소림사에서 가까운 하남 일대였고, 또 그리로 행군하던 도중 포대화상 설부득이 전하는 소식을 듣고 재빨리 이동해올 수 있었으니 어떻게 보면 주원장으로서는 일대 실책이 된 셈이었다.

아무튼 장무기와 여러 해 만에 다시 만나 기쁨을 이기지 못한 상우춘은 부하들에게 큰 소리로 명령을 내렸다.

"어서 저 골짜기 입구에 막아놓은 바윗돌 흙더미를 치워라! 우리가 한꺼번에 쳐들어가서 저 오랑캐 놈들을 말끔히 몰살해버려야겠다!"

곁에서 듣던 서달이 싱긋 웃으며 고개를 갸우뚱했다.

"계곡 안에 물 한 방울 쌀 한 톨 없으니, 이레 여드레도 못 가서 오랑캐 녀석들 모두 목이 말라 죽거나 굶주려 죽을 텐데, 형님이나 아우나 구태여 수고스럽게 손을 쓸 것까지 뭐 있겠소?"

상우춘은 멋쩍게 웃었다.

"그래도 내 손으로 말끔히 죽여 없애야 속이 후련해질 것 아닌가?"

하지만 그는 더 이상 이의를 제기하지 않았다. 서달보다 나이는 몇 살 더 많아 형님이라 불려도 평소 서달의 지혜와 모략에 깊이 감복하고 있었기 때문이다.

서달과 상우춘은 역전 노장들이라 호령 한마디 내릴 때마다 어느 것 하나 타당치 않은 것이 없었다. 장무기도 용병술 면에서 이들보다 훨씬 못하다는 사실을 스스로 아는 터라 자청해서 이들의 지휘를 받았다. 서달과 상우춘은 군웅들까지 수색에 참여시켜 사면팔방으로 흩어진 몽골군 패잔병들을 뒤쫓아 보는 대로 잡아 죽였다.

이날 저녁 소실산 꼭대기는 우레같이 터져 나온 군웅들의 환호성으로 진동했다. 명교 의병들과 전국 각처에서 몰려든 영웅호걸들은 서로 손을 맞잡고 전공을 축하하며 승첩勝捷의 기쁨을 함께 누렸다. 그동안 여러 날을 소림사에서 제공하는 푸성귀 소찬으로 끼니를 때우느라 진저리를 치던 군웅들도 이때서야 허리띠 끌러놓고 의병 진영에서 푸짐하게 차려온 술과 고기로 배를 가득 채우고 잃었던 입맛을 되찾으며 회포를 풀었다.

모처럼 열린 연회 석상에서 장무기는 상우춘더러 건강 상태가 어떠냐고 물었다. 그가 지어준 약 처방대로 조섭을 잘하고 있는지 궁금했던 것이다. 상우춘은 껄껄대며 큰 소리를 땅땅 쳤다.

"교주 아우님, 이 상우춘은 몸뚱이가 황소처럼 튼튼하니까 걱정하실 것 하나도 없네. 하루 한 끼니마다 고기 세 근에 큼지막한 대접으로 밥을 여섯 그릇은 비워야 성이 찬단 말씀이야. 싸움만 벌어져보게. 사흘 낮밤을 눈뜨고 잠자지 않는 것쯤은 보통이니까."

말뜻은 보나 마나 장무기가 지어준 약 처방 따위는 진작 무시해버렸다는 뜻이었다. 장무기는 오랜 옛날 호청우가 한 말을 떠올리고 이만저만 걱정되는 게 아니었다. 호청우는 분명히 그더러 약을 상복하고 몸조심할 것을 누누이 당부했다. 상우춘은 그저 대답만 그럴싸하게 했을 뿐, 접곡의선의 권고나 장무기의 당부를 전혀 듣지 않은 것이다.

서달이 술 한 잔 가득 따라 장무기에게 받들어 올렸다.

"교주님, 축하드립니다. 이 잔 비우시지요!"

장무기가 흔쾌히 잔을 받아 단숨에 마시는 모습을 지켜보며 그가 다시 여쭈었다.

"불초한 제가 평소 부하들과 진심을 터놓고 생사를 같이하시는 교주님의 마음씨에 탄복하고, 절륜하신 무공을 흠모해마지않았사오나 용병술마저 이렇듯 신묘하실 줄은 참으로 뜻밖이었습니다. 이야말로 우리 명교의 크나큰 복이요, 창생을 위하여 다행이 아닐 수 없습니다."

잔을 비운 장무기가 껄껄대고 웃음보를 터뜨렸다.

"서 형님, 너무 치켜세우지 마시구려. 오늘의 대승리는 무엇보다 먼저 서 형, 상 형 두 분이 귀신처럼 알고 속히 달려온 덕분에 이긴 셈이오. 또 하나는 무목왕 악비 장군의 유훈에 의존한 바 컸을 뿐, 이 아우는 사실 반 푼어치도 세운 공로가 없습니다."

이 말을 듣고 서달의 두 눈이 휘둥그레졌다.

"무목왕의 유훈이라뇨? 200여 년 전의 악비 장군이 현몽現夢이라도 하셨단 말씀입니까? 궁금해 죽겠습니다. 어서 일러주십시오."

장무기는 대답 대신 품속에서 얄팍한 책자 한 권을 끄집어냈다. 오랜 세월 누르스름하게 빛바랜 종잇장에 〈무목유서〉란 넉 자가 쓰여 있었다. 그는 책장을 들춰 "우두산에 포위되어 곤경에 처하다"라는 대목을 펼쳐 서달에게 넘겨주었다. 서달은 두 손으로 받아 들고 그 대목을 처음부터 끝까지 꼼꼼히 읽어 내리더니 경탄을 금치 못하며 입이 저절로 딱 벌어졌다.

"허어! 악비 장군의 귀신같은 용병술은 후세 사람이 도저히 따라갈 수가 없군요. 만일 악비 장군께서 오늘날 이 세상에 살아 계셔서 중원 천하의 영웅호걸을 지휘하신다면 이민족 오랑캐쯤이야 걱정할 게 뭐 있겠습니까?"

그러고는 공경스럽게 두 손으로 병서를 받들어 돌려주었다. 그러나 장무기는 받지 않았다.

"강호에 떠돌던 소문 가운데 이런 말을 들어보신 적이 있을 겁니다. '무림의 지존은 도룡보도라, 천하를 호령하니 감히 따르지 않을 자 없도다.' 이 말의 참뜻을 나는 오늘에야 알았습니다. 이른바 '무림의 지존'이란 애당초 보배로운 칼에 있는 것이 아니라, 칼날 속에 감춰둔 지도를 찾아서 무목왕 악비 장군의 병서를 얻는 데 있었던 거지요. 이 병법으로 적군 앞에 임하면 싸울 때마다 이기고 공격하는 곳마다 반드시 점령해 마침내 '천하를 호령하니 감히 따르지 않을 자 없다'는 경지에 오른다는 뜻입니다. 그렇지 않고서야 한 자루 칼에 지나지 않는 병기 따위로 어떻게 천하를 호령할 수 있단 말입니까? 서 형, 이 병법서를 당신에게 드릴 테니 부디 무목왕 악비 장군께서 남기신 뜻을 이어받아 아름다운 산하를 되찾고, 이민족 압제자를 쳐부수는 데 써주시기 바랍니다."

뜻밖의 말에 서달이 깜짝 놀라 허둥대기 시작했다.

"아이고, 그 말씀 거두어주십시오! 불초한 제가 무슨 재주를 갖추었다고 이 귀중한 걸 받는단 말씀입니까?"

"서 형, 물리치지 말고 받으세요. 나는 지금 천하 창생을 위해 당신께 이 병서를 내려주는 겁니다."

그제야 서달이 장무기의 진심을 알아차리고 떨리는 두 손으로 병법서를 받들었다. 장무기는 다시 몇 마디를 보탰다.

"무림계에 전래된 소문 중에 앞서 네 마디 열여섯 글자 이외에도 두 마디가 더 있습니다. '의천검이 나타나지 않는다면 그 누가 예봉을 다투랴?' 도룡도와 의천보검에는 병법서 말고도 또 한 권의 무공비급이 있습니다. 나는 그 뒷마디의 참뜻을 체험으로 터득했습니다. 악비 장군이 남기신 병법서는 오랑캐를 몰아내는 데 쓰일 것입니다. 그러나 만약 누군가 일단 대권을 장악하고 나서도 천하 백성의 길흉화복을 제 마음대로 주무르거나, 포악한 군주가 또다시 포악한 자를 후계자로 내세워 인간 세상 모든 백성에게 해악을 끼칠 때, 언젠가는 불세출의 영웅 한 분이 의천보검을 손에 잡고 나타나 그 폭군의 목을 베어 만천하에 효수할 날이 오게 될 것입니다. 100만 대군으로 온 천하를 종회무진 누비고 이 세상의 모든 권세를 다 기울이는 수완이 있다 한들, 그 포악한 자 한 사람이 의천보검의 일격을 당해낼 수 있다고는 생각하지 않습니다. 서 형님, 아무쪼록 제가 드리는 이 말씀을 깊이 새겨두시기 바랍니다."

당부의 말 몇 마디를 듣는 동안 서달은 등에 식은땀이 배어나왔다.

"불초 제자 서달, 삼가 교주님의 영지 받들어 준행하리다!"

떨리는 목소리로 응답하면서 그는 속으로 다짐했다. '교주님께서 이 소중한 병서를 내려주셨으니 마땅히 교주님의 가르침을 삼가 지켜 이 책자를 유용한 데 쓰리라…….' 서달은 탁자 위에 〈무목유서〉를 올려놓고 공경스러운 자세로 네 번 이마를 조아리더니, 다시 장 교주에게도 깊숙이 큰절을 올렸다.

훗날 과연 서달은 귀신처럼 절묘한 용병술로 원나라 세력을 연패시킨 다음, 마지막에는 대군을 이끌고 북벌 여정에 올라 몽골족을 만리장성 바깥 고비사막 지대로 완전히 몰아내고 이른바 막북漠北 일대에 위엄을 떨쳤으며, 명나라 개국공신으로서 위대한 업적을 세웠다.

소림사에서 2만여 몽골 정예군을 상대로 승리를 거둔 그날부터 중원의 모든 영웅은 성심성의를 다하여 명교에 복속했다. 수백 년 이래 사람들에게 줄곧 멸시당하고 요사스럽고 음탕한 마귀의 무리로 지목되던 명교 신도들은 이 천지가 뒤집힐 엄청난 대격변을 겪고 나서 마침내 중원의 영웅호걸 지사를 영도하는 우두머리가 되어 한족의 중흥대업을 이룩할 수 있었다. 이후 주원장은 딴마음을 일으켜 간교한 술책과 모략으로 황제 자리에 올랐다. 그러나 명교 교주의 지위를 도모하려던 뜻만큼은 끝내 이루지 못했다. 그를 도와 천하 강산을 되찾게 해준 세력이 주로 명교 출신들이라, 주원장은 새 나라를 세우면서 국호를 '명明'이라 붙이지 않을 수 없었다. 명나라 황실이 태조 주원장의 건국 연호 홍무洪武 원년 무신년戊申年(1368)부터 마지막 제17대 장열제莊烈帝 의종毅宗 연호 숭정崇禎 17년 갑신년甲申年(1644)에 이르기까지 무려 277년 동안 천하를 다스리게 된 것은 명교 세력의 도움 없이 애당초 불가능한 일이었던 것이다.

주원장은 황제 자리에 등극한 이후, 자신이 이룩한 건국 대업의 성과를 명교 측이 너무 많이 차지하는 게 싫었다. 또한 명나라 조정이 명교 교주의 견제와 간섭을 받는 것도 원치 않았다. 그러기에 가능한 한 명교와 관련된 모든 흔적, 건국 통일 과정에서 명교 측과 얽히고설킨 갈등, 분규 등의 자취를 남김없이 지워버리려고 무진 애를 썼다. 그 결과, 명교 출신의 건국 공신이나 대장군들은 주원장을 명교 교주의 자리에 앉히는 데 협조하지 않은 탓에 영문도 모른 채 속속 비참한 죽임을 당하고 말았다. 풍승馮勝, 부우덕傅友德, 남옥藍玉과 같은 명장들이 일가족 전체를 도륙당하고 그 연루자가 삼족에까지 이르는 등 참혹하고도 끔찍한 유혈 숙청이 태조 주원장 재위 시절에 그치지 않은 것이다. 모든 사실은 정사正史에 명백한 기록으로 남아 있다. 야사에 전해 오는 기록에 따르면 상우춘은 고질병으로 한창 젊은 나이에 일찍 세상을 떴으나, 대장군 서달은 주원장이 남몰래 독을 타서 암살했다고 한다. 명나라를 개국한 대장군 가운데 온전히 제 명을 누리고 선종善終한 사람은 결국 탕화湯和 하나뿐이었다. 그는 애당초 사람됨이 용렬하기 짝이 없는 데다 주원장의 명이라면 무조건 복종하는 충견 노릇을 해왔기에 주원장이 꺼려야 할 경계 대상도 아니었고 질투하거나 시기할 위인도 못 되었던 것이다.

2만여 몽골 대군을 격퇴한 후, 장무기 일행은 계속 소림사에 남아 있었다. 전투 중에 부상당한 여러 사람의 상처를 치료해줄 필요도 있거니와, 바다로 내보낸 이천원, 팽형옥 일행이 가져올 두 자루 신병이기를 맞아들여야 했기 때문이다.

군웅들의 입장도 마찬가지였다. 상처 입은 동료들을 내버려두고 자기네만 훌쩍 떠나기 미안스러운 데다 강호에 수십 년 세월 동안 소문으로만 듣던 전설적인 도룡도, 의천보검을 두 눈으로 직접 보고 싶은 욕심에 뭇사람 가운데 태반이 소실산에 더 남아 있기로 작정했다. 영웅대회도 다 끝났겠다, 몽골군도 속 시원히 때려잡고 대승리를 거두었겠다, 이래저래 더 이상 하릴없으니 마음 편하게 기다려보기로 한 것이다.

다시 열흘 남짓 지나서 이천원과 팽형옥이 돌아왔다. 발 빠른 말을 얻어 타고 부리나케 치달려 소실산으로 돌아온 이들은 장방형의 기다란 목갑木匣 두 개를 장 교주 앞에 갖다 바쳤다. 장무기가 목갑을 받아 열어보니 눈에 익은 도룡도와 의천보검 모두 칼자루의 손아귀를 보호하는 칼받이에서 칼날 쪽으로 뻗어나간 일곱 치쯤 된 부위가 끊겨 두 동강이 나 있었다. 그는 지도가 그려진 철편 한 조각을 부러진 도룡도 칼날 부위, 길이로 뚫린 구멍에 집어넣었다. 과연! 아로새긴 것처럼 딱 들어맞아 빈틈 하나 보이지 않았다. 칼날을 잡고 춤추듯이 휘둘러보아도 구멍에 울리는 바람 소리조차 나지 않아 여합부절如合符節이었다. 의천보검의 부러진 칼날 구멍에 또 나머지 철편 한 조각을 끼워 넣었다. '보도산 동쪽 도화도'라고 새겨진 쇳조각도 마찬가지로 구멍에 딱 들어맞았다.

군웅들은 도룡도가 다시 세상에 나타났다는 소식을 전해 듣고 벌떼같이 우르르 광장으로 몰려들었다. 오늘에야 평생 잊지 못할 희세의 신병이기를 두 눈으로 똑똑히 볼 수 있게 되었으니 실로 가슴 설렐 일이 아닌가!

장무기가 손가락 셋으로 칼등을 쥔 채 반 토막짜리 도룡도를 들어 올렸다. 손에 닿는 촉감만도 어지간히 묵직했다. 강호에 피바람을 불러일으킨 악명 높은 흉기, 이 칼 한 자루 때문에 얼마나 많은 사람이 탐욕에 눈이 멀어 쟁탈전을 벌였으며 또 얼마나 많은 사람이 목숨을 잃고 다쳤던가? 소년 시절 이 칼의 행방을 추적하는 무리에게 온갖 신산고초를 다 겪으며 쫓겨 다니던 때를 생각하니 장무기의 가슴속은 삽시간에 만감이 교차했다. 어디 그뿐이랴, 부모님 역시 이 칼로 말미암아 목숨을 잃었고, 지난 20년 가까운 세월 동안 강호의 분규가 끊일 날이 없었던 까닭도 모두가 이 칼 한 자루 때문이었다. 수천을 헤아리는 군웅이 불원천리하고 소림사 영웅대회에 허위단심 달려온 속셈도 알고 보면 이 보도 때문이었다. 그런데 도룡보도가 아무짝에도 쓸모없는 반 토막짜리로 세상에 다시 나타날 줄이야 꿈에나 상상해보았으랴. 한참 동안 깊은 상념에 젖어들었을 때 예금기의 장기사 오경초가 조심스럽게 다가와 여쭈었다.

"교주님께 아뢰오. 저는 원래 대장장이 출신으로 도검을 주조하는 법을 다소 익혔습니다. 허락해주신다면 제가 이 보도와 보검을 한번 붙여보겠습니다. 원상대로 회복될지는 모르겠습니다만……."

교주의 눈치를 보며 말끝을 흐렸으나, 오경초의 얼굴에는 자신감이 배어나왔다. 양소가 그제야 기억났는지 환하게 웃으며 장무기에게 권했다.

"아하, 내 깜빡 잊고 있었습니다! 오 기사의 칼 만드는 기술은 천하무쌍이지요. 교주님, 저 사람한테 한번 맡겨보십시오."

장무기는 고개를 끄덕였다.

"천하의 신병이기 두 자루가 이 모양으로 못 쓰게 되다니 확실히 아까운 노릇이오. 어디, 오 기사가 한번 붙여보겠소?"

교주의 허락을 받아내자 오경초는 신바람이 났다. 천하 영웅들 면전에서 신기를 발휘할 기회를 얻은 것이다. 그는 당장 열화기의 장기사 신연을 돌아보고 물었다.

"도검을 주조하는 데 가장 관건이 되는 것은 화덕에 지피는 불의 세기와 때를 맞추는 일이니, 아무래도 신 형이 날 좀 도와줘야겠소. 우리 둘이서 직접 손을 써보는 것이 어떨까?"

신연도 웃어가며 흔쾌히 받아들였다.

"장작불 지피고 화덕에 불 때기야 원래 이 아우가 제일 자신 있는 재간이오. 그럼 어디 오 형과 함께 솜씨 좀 발휘해볼까요?"

이윽고 두 장기사가 부하들을 지휘해 광장 한복판에 화덕을 높다랗게 쌓아 올리기 시작했다. 화덕 아궁이의 지름은 불과 1척이었다. 오경초는 우선 부러진 칼자루 쪽 반 토막을 화덕 한복판 불길이 치솟는 중간에 똑바로 끼워 넣고 칼날의 부러진 부분을 겨냥해 불구멍 속에 정확히 맞춰놓았다.

열화기 제자들은 애당초 불을 다루며 살아온 이들이라, 언제나 쓸 수 있도록 온갖 땔감을 구구각색으로 갖추어놓고 있었다. 높다랗게 쌓아 올린 화덕 아궁이에는 삽시간에 큰 불길이 활활 타오르기 시작했다.

오경초는 외팔이다. 서역 땅 너른 사막지대에서 아미파의 늙은 비구니 멸절사태가 휘두른 의천검 칼날 아래 오른쪽 팔뚝을 무참히 끊기고 왼팔 하나만 남았을 뿐이다. 그는 지금 한 곁에 10여 가지 병기를 가지런히 늘어놓고 눈동자 한 번 깜빡거리지 않은 채 화덕의 불길만 뚫어져라 응시하고 있었다. 불의 빛깔이 변색될 때마다 손에 잡히는 대로 병기를 화덕에 던져 넣어 화력의 세기를 시험했다. 화염의 빛깔이 청색에서 백색으로 바뀌자, 강철 부집게로 반 토막짜리 칼날을 선뜻 집어 칼자루 쪽 토막 난 부위에 갖다 맞춰놓고 불길 속에서 함께 달궈 불리기 시작했다. 웃통을 벗어버린 알몸뚱이 상체에 시뻘건 불똥이 튀고 흩뿌려져도 딴 세상 사람처럼 뜨거움을 느끼지 못하고 온 신경을 화덕의 불길에만 쏟아부은 채 그 밖의 일에 대해선 아랑곳하지 않았다. 멀찌감치 떨어져 지켜보던 장무기는 마음속으로 깊은 감동을 받았다.

'아아! 도검을 주조하는 일이 비록 천하고 하잘것없는 대장간 기술이라곤 하지만, 거기에도 나름대로 큰 지식이 필요하고 탁월한 재능과 경험을 갖추어야 하는구나. 예사로운 대장장이 같았으면 저 정도 뜨거운 불길만 해도 진작 견뎌내지 못했을 것이다.'

갑자기 화덕 곁에서 "털썩, 털썩!" 소리가 두 차례 들렸다. 밀고 당기며 정신없이 풀무질을 해대던 열화기 제자 두 명이 까무러쳐 땅바닥에 쓰러진 것이다. 신연과 열화기의 장기부사가 냉큼 달려 나가더니 졸도한 제자 둘을 끌어낸 다음, 자기네가 직접 풀무의 손잡이를 거머잡고 힘차게 바람을 불어넣기 시작했다. 이들 두 사람 역시 내공 수준이 제법 강한 터라 풀무질 두세 차례에 벌써 화덕의 불길이 곧바로 치솟아 화염의 높이만도 무려 10여 척, 구경꾼들의 눈에 사뭇 장관을 이루었다.

굵다란 향 한 대가 절반쯤 타들어갈 무렵, 오경초가 돌연 "앗!" 소리를 지르더니 훌쩍 뛰어 뒤로 물러났다. 온 몸뚱어리는 물에 데친 생선처럼 땀투성이, 얼굴은 온통 뭔가 모를 좌절감으로 의기소침한 표정이었다.

지켜보던 사람들이 깜짝 놀랐다. 손에 들린 것을 보니 강철 부집게는 불에 녹아 이리 구부러지고 저리 휘어 제 모양을 잃었는데 도룡도는 여전히 요지부동, 털끝만치도 변한 게 없었다.

"제가 무능해…… 실패했습니다. 과연 도룡도는 명불허전이로군요."

교주에게 아뢰는 것인지 혼잣말로 넋두리하는 것인지, 오경초가 낙담한 기색으로 절레절레 고개를 내저었다. 뜨겁게 달궈진 물건을 집어야 할 부집게가 녹아버렸으니 손을 써볼 여지가 없는 것이다. 화덕을 중심으로 광장 전체가 잠시 무거운 침묵에 잠겼다. 혼신의 기력을 다 쏟아부어 풀무질하던 신연과 열화기 부사도 잠시 손을 멈추고 한 곁으로 물러났다. 두 사람 모두 물속에서 갓 헤어나온 듯 윗저고리부터 바지통에 이르기까지 전신의 옷이 땀에 흠뻑 젖어 후줄근하게 축 늘어져 있었다.

이때 조민이 무슨 생각을 했는지 느닷없이 말을 건넸다.

"무기 오라버니, 그 성화령 말이에요. 도룡도 칼날에 찍혔는데도 끔쩍 안 했죠?"

한참 난감한 기색이던 장무기도 그제야 퍼뜩 생각이 나서 외마디 소리를 질렀다.

"아, 그렇지!"

손길이 얼른 품속으로 들어가더니 성화령 여섯 자루를 모두 꺼내 오경초에게 넘겨주었다.

"칼을 원상대로 복원하지 못해도 괜찮소. 하지만 이 성화령은 본교를 상징하는 지극한 보배이니 훼손해선 안 되오."

오경초가 허리 굽혀 공손히 받아 들고 조심스럽게 살펴보았다. 금도 아니고 쇠도 아닌 것이 무척 단단했다. 손바닥에 얹어놓고 무게를 달아보더니 고개 숙인 채 깊은 생각에 빠져들었다.

"자신 없거든 굳이 위험을 무릅쓰지 마시오."

장무기의 말에도 그는 대답하지 않았다. 한참이 지나서야 겨우 깊은 사념에서 깨어나 교주에게 아뢰었다.

"무례했던 점 용서해주십시오. 이 성화령의 바탕이 뭔지 성분을 생각해보느라 대답하지 못했습니다."

"호오, 그래요? 무슨 재질로 만든 겁디까?"

"백금 현철白金玄鐵에 금강사金剛砂와 같은 여러 가지 광물질을 섞어 주조한 것이라, 아무리 뜨거운 불길에도 녹지 않습니다. 제가 궁금했던 점은 이것을 어떻게 녹여 만들었는지 그 도리를 알지 못해 교주님 앞에서 무례하게 잠시 넋이 빠져 있었습니다."

조민이 장무기를 흘겨보면서 빙긋 웃었다.

"오 기사, 걱정 말아요. 훗날 교주님이 페르시아에 건너가 어떤 중요한 사람을 한 분 만나볼 테니까, 그때 따라가서 페르시아 대장장이 고수한테 물어보세요."

뚱딴지같은 소리를 듣고 장무기의 얼굴에 사뭇 얄궂은 기색이 떠올랐다. '페르시아'란 말 한마디만 듣고도 조민이 누굴 지목했는지 금방 연상한 것이다.

"내가 뭣 하러 페르시아엘 간단 말이오?"

군색한 대꾸에 조민은 속이라도 들여다본 것처럼 빙글빙글 웃었다.

"가슴에 손을 얹고 생각해보면 알겠죠."

그러고는 다시 오경초에게 물었다.

"봐요, 그 성화령에 꽃무늬하고 글씨가 새겨졌죠? 날카로운 도룡도, 의천보검 칼날에 찍히고 베였는데도 한 푼 한 치 긁힌 자국조차 없어요. 그렇게 단단한 바탕에 꽃무늬와 글자는 무엇으로 새겼는지 모르겠네요?"

"오히려 글자나 꽃무늬를 아로새기는 거야 별로 어렵지 않습니다. 먼저 이 성화령 바탕 전체에 백랍白蠟(땜질용 납)을 고루 칠한 다음, 그 백랍 표면에 꽃무늬와 문자를 아로새기고 나서 강렬한 산성酸性 액체를 끼얹으면, 몇 달 동안 천천히 삭아서 새긴 부분이 음각으로 드러납니다. 물론 그동안에도 끊임없이 산성 액체를 바꿔주어야 제대로 부식되지요. 나중에 백랍을 모두 긁어내면 꽃무늬 글자만 남게 됩니다. 도룡도, 의천보검에 감춰진 현철 조각도 그런 방법으로 지도와 글자, 길 표시를 아로새겼을 겁니다. 소인이 모르는 점은 페르시아 사람들이 이걸 어떻게 녹여 만들었는지 그 주조법입니다."

이때 성질이 불같은 열화기 장기사가 버럭 고함을 질렀다.

"어이, 오 형! 도대체 할 거야 말 거야?"

동료 신연에게 독촉을 받자, 그제야 오경초도 제 할 일이 생각났는지 교주 앞에 호기롭게 다짐했다.

"교주님, 안심하십시오. 신 형의 불길이 제아무리 뜨거워도 성화령에는 털끝만치도 손상을 입히지 못할 겁니다."

하나 신연은 속으로 은근히 걱정되기 시작했다.

"천벌받을 소리! 오 형, 우리 열화기 불이 얼마나 지독스러운지 모르나? 내가 온힘을 다해 풀무질하는 날에는 본교 성물이 남아나지 않고 녹아버릴 텐데, 난 그 죄 감당 못 하네!"

동료가 은근슬쩍 꽁무니를 빼자, 오경초는 빙그레 웃으면서 제 가슴을 탕탕 두드렸다.

"자네, 그럴 만큼 재주가 있는지 모르겠네만, 아무튼 모든 책임은 내가 질 테니까 나한테 맡기게!"

큰소리쳐 동료를 안심시킨 그는 성화령 두 자루 사이에 반 토막짜리 도룡도를 끼워넣더니, 다시 새 강철 부집게로 성화령을 단단히 물려서 화로 속에 달구기 시작했다. 신연과 열화기 부사 둘이 또다시 풀무질에 매달려 힘차게 바람을 불어넣었다. 화덕의 불길은 갈수록 치열하고 높아졌다. 반 시진이 넘도록 풀무질을 하고 났을 때 오경초와 신연, 열화기 부사는 뜨거운 불길에 통구이가 되다시피 데어 차츰 손길이 느려지고 정신력마저 위축되는 기미를 보였다. 이제 버티고 있을 기력이 점점 바닥을 드러낼 시점에 도달한 것이다.

철관도인 장중이 주전에게 눈짓 한 번 던지더니 가볍게 왼손을 휘둘렀다. 눈치 빠른 주전도 이내 그 뜻을 알아차렸다. 동시에 앞으로 달려나간 두 사람이 신연과 열화기 부사를 한 곁으로 밀어내고 직접 풀무 손잡이를 하나씩 잡았다. "써억, 썩! 써억 썩!" 밀대 두 자루가 번갈아 들락거리는 대로 바람 주머니도 부풀었다가 이내 쪼그라들고, 그칠 새 없이 화덕에 세찬 바람을 불어넣었다. 장중과 주전, 두 사람의 내력이 앞서 열화기 장기사, 부사들보다는 월등하게 높은 터라 화덕 위 허공으로 길길이 치솟은 백색 불기둥이 붓끝처럼 꼿꼿해졌다. 돌연 오경초가 대갈일성을 터뜨렸다.

"고 형제! 지금이다, 손을 써라!"

고顧 형제라 불린 예금기 부사가 날카로운 비수 한 자루를 손에 쥐고 화덕 곁으로 달려오더니 흰빛 서슬이 번쩍하는 순간, 오경초의 앞가슴을 찔러들었다.

"아앗, 저런……!"

멀찌감치 둘러서서 구경하던 사람들이 깜짝 놀라 약속이나 한 것처럼 일제히 실성을 터뜨렸다. 훌떡 벗어젖힌 오경초의 알몸뚱이 가슴팍에서 한 줄기 선지피가 솟구쳐 나왔다. 핏줄기는 도룡도 칼날 봉합 부분에 한 방울 한 방울씩 떨어져 내렸다. 핏물이 뜨거운 열기에 닿기 무섭게 "뿌지직" 소리를 내면서 푸른 연기로 화해 모락모락 피어올랐다.

"됐어, 성공이다!"

오경초가 벼락같이 고함치면서 두세 걸음 물러났다. 그러나 맥이 탁 풀렸는지 두 다리가 좌우로 엇갈리듯 땅바닥에 털썩 주저앉고 말았다. 왼손에 잡힌 것은 거무튀튀한 빛깔의 대도 한 자루, 반 토막 났던 도룡보도의 칼날이 다시 한 몸으로 붙은 것이다.

그제야 사람들도 어떻게 된 영문인지 깨달았다. 학문하는 훌륭한 선비나 기물을 제조하는 기술자나 "심혈心血을 기울여야 한다"는 말이 있다. 대장장이 가운데서도 위대한 고수는 도검을 주조하면서 의도한 대로 병기가 이루어지지 않을 때마다 실제로 칼날에 핏방울을 먹였다. 까마득히 오랜 옛날, 춘추시대 오吳나라의 주검장鑄劍匠으로 이름난 간장干將과 막야莫邪• 부부는 임금의 특별 요청을 받고 보검 제작에

• 보검 한 쌍의 이름. 《오월춘추吳越春秋》 제4권에 따르면, 간장은 오나라 출신으로 당대의 명장名匠이던 구야자歐冶子와 한 스승 밑에서 배웠다고 한다. 문학적 고사에 따르면, 간장과 막야 부부가 초나라 임금의 명으로 자웅 보검 한 쌍을 만들었는데, 기한이 늦어 초왕에게 죽

착수했으나 번번이 실패로 돌아가자, 부부 둘이서 용광로에 몸을 던져 그 피로 세상에 다시없는 신병이기 한 쌍을 주조했다고 한다. 이 자웅雌雄 보검 한 쌍은 몸을 던져 희생한 부부의 이름을 따서 '간장검干將劍' '막야검莫邪劍'이라 불리며 후세에 길이 전해 내렸다는데, 결국 이제 오경초가 보여준 거동 역시 저 옛날 위대한 주검장의 유풍을 본받았노라고 할 것이었다.

뜻밖의 사태에 깜짝 놀란 장무기가 황급히 달려가 부축해 일으켰다. 상처를 보니 칼이 찌르고 들어간 깊이가 얕아 그리 대수롭지 않았으나, 출혈이 계속되어 즉석에서 금창약을 발라주고 붕대로 감았다.

"오 형, 이렇게까지 할 게 뭐 있소? 그 칼을 도로 붙이는 건 중요한 일이 아닌데, 공연히 오 형에게 고생만 시켰구려!"

"살갗만 조금 다쳤을 뿐인데 대단할 게 뭐 있겠습니까? 오히려 교주님께 심려만 끼쳐드렸습니다."

부축하는 손길에 따라 일어서서 도룡보도의 칼날을 쳐들고 보니, 접속 부분에 어렴풋이 실오리만 한 핏자국 한 줄기가 드러났을 뿐 그야말로 천의무봉이라 흠집 하나 보이지 않았다. 의기양양해진 오경초의 입가에 저도 모르게 회심의 미소가 배어나왔다.

성화령을 돌려받은 장무기도 한 자루씩 살펴보았으나 역시 털끝만큼도 손상된 데가 없었다. 오경초는 두 손으로 도룡도를 받들어 교주에게 바쳤다.

임을 당할 줄 알고 웅검雄劍 '간장'만 바치고 자검雌劍인 '막야'를 아들에게 남겨 복수해달라는 유언을 남겼다. 아들 적비赤鼻는 막야 보검을 숨겨놓고 기회를 엿보다 끝내 폭군을 시해해 아버지의 원수를 갚았다는 전설이 있다.

장무기는 원나라 관군에게서 노획한 장창 두 자루를 한 손에 거머쥐고 도룡도로 창날을 내리찍었다. "철썩!" 하는 소리와 함께 강철을 벼린 창날 두 개가 진흙덩이처럼 맥없이 끊겨나갔다.

"훌륭하다, 과연 명도로구나!"

주변에서 지켜보던 군웅들이 기쁨을 이기지 못하고 일제히 탄성을 질렀다. 다시 오경초는 동강 난 의천보검 두 토막을 집어 들었다. 그러나 선뜻 화덕으로 가져가지 않았다. 잠시 후, 그의 두 눈에서 눈물이 왈칵 쏟아져 나왔다. 의천보검은 명교 형제들의 피를 숱하게 머금은 원한의 칼이었다. 예금기의 전임 장기사 장쟁을 비롯해 수십 명이나 되는 형제의 목숨이 바로 이 칼날 아래 이슬로 사라졌다. 오경초 자신의 한쪽 팔뚝마저. 그는 장무기 앞에 무릎을 꿇었다.

"교주님, 이 보검은 우리 장쟁 형님과 본교 형제들을 수없이 도륙하던 흉기입니다. 오경초는 이 칼에 대한 미움이 뼛속까지 사무쳐 원상대로 복원할 수 없습니다. 교주님, 제게 벌을 내려주십시오!"

말을 마치고 나서 그는 눈물을 비 오듯 흘렸다.

"오 형의 깊은 의리와 기백이 어찌 죄가 된다고 벌을 내리겠소?"

그는 비장한 마음이 되어 오경초를 위안하고 나서 부러진 장검 두 토막을 주워 들었다. 그러고는 아미파의 정현사태 앞으로 걸어가 그것을 내밀었다.

"이 검은 애당초 아미파의 소유물이었으니, 사태께서 거두어 간직하셨다가 주 장문…… 아니, 송 부인에게 전해주시오."

정현사태가 대꾸 한마디 없이 부러진 의천보검 두 토막을 넘겨받았다. 장무기는 다시 도룡도를 손에 들고 잠시 생각하더니 소림사 공문 방장을 향해 돌아섰다.

"방장 대사님, 이 칼은 제 양부께서 얻으신 물건입니다. 이제 양부님은 삼보三寶에 귀의하시고 소림사에 속한 몸이 되셨으니, 이 칼도 마땅히 소림파에서 관장하셔야 옳겠습니다."

공문대사가 눈앞의 도룡도를 양손으로 받는 대신, 마구 손사래를 쳤다.

"그 칼은 벌써 몇 차례나 주인이 바뀌고, 마지막으로 장 교주께서 천신만고 끝에 사람을 보내 찾아오신 물건이오. 또 망가져 무용지물이 된 것을 귀교의 오 기사 시주께서 심혈을 다 쏟아 원상대로 붙여놓기까지 했소이다. 이제 보고 싶은 사람들도 다 보았지 않습니까. 하물며 오늘날 만천하 영웅호걸 지사들이 장 교주를 무림계의 어른으로 추대하는 이 마당에 무예와 재능, 덕행, 출신 문파, 현재의 명예와 지위, 어느 모로 따져보나 이 칼을 관장하실 분은 장 교주뿐이외다. 그것이 바로 천지 불변의 영원한 도리이지요."

공문대사의 말이 끝나자, 뒤이어 군웅들마저 입을 모아 외쳤다.

"중망衆望이 한 분에게 돌아왔으니, 장 교주께서는 부디 사양치 마십시오!"

장무기는 어쩔 수 없이 도룡도를 거두어들였다. 그리고 마음속으로 굳게 다짐했다. 만약 이 칼로 무림 천하의 호걸 지사들을 호령해 다 함께 북방 오랑캐를 몰아낼 수 있다면 바로 지금이 그때요, 눈앞에 닥친 막중대사도 바로 그것이다!

귓결에 군웅들의 외침이 들려왔다.

"무림의 지존은 도룡보도라! 천하를 호령하니 감히 따르지 않을 자

없도다!"

그 뒤에 이어져야 할 "의천검이 나타나지 않는다면 그 누가 예봉을 다투랴?" 두 마디는 아무도 입에 담지 않았다. 도룡도 앞에 맞설 의천보검은 두 토막으로 부러져 다시는 붙이지 못하게 된 마당에, 군웅들 가운데 그따위 허튼소리를 지껄일 사람은 아마 없으리라.

명교 예금기 제자들은 의천보검에 대해 이가 갈릴 정도로 큰 원한을 품어왔다. 그런데 오늘 도룡도는 원상대로 다시 태어나 교주의 손에 잡히고, 한 맺힌 의천보검은 허리가 꺾여 아무짝에도 쓸모없는 고철이 되고 말았으니 이보다 더 통쾌할 일이 어디 또 있겠는가?

푸른 칼 빛이 번뜩하더니 장검을 뽑아 든 주지약이 앞가슴에 칼끝을 겨냥한 채 호통을 질렀다.

"이판사판 끝까지 가는 수밖에. 오늘 내 손으로 네놈의 목숨을 거두어야겠다! 어차피 아리의 원귀가 내게 들러붙었으니 나 역시 살기는 이미 틀린 몸이야. 그러니 우리 셋이 모두 저승으로 가서 귀신이나 되어야겠다!"

그녀는 말을 끝내기가 무섭게 장검을 번쩍 들어 그대로 찔러갔다.

"잠깐……!"

느닷없이 등 뒤에서 다급하게 외쳐대는 여인의 목소리가 들렸다.

40. 장무기, 내 임인 줄 알았더니 그 임이 아니었네

도룡도는 다시 주조되어 원상을 되찾았고, 의천보검은 무용지물 폐검이 되어버렸다. 이 과정을 처음부터 끝까지 지켜보던 군웅들은 그날 저녁부터 축하 잔치를 벌이고 한껏 마시며 환담을 나눈 끝에, 이른 새벽녘 모두 만취 상태가 되어서야 자리를 파했다. 다음 날 오후, 늦잠에서 깨어난 손님들은 부리나케 행장을 꾸리고 공문대사와 공지신승에게 하직 인사를 올린 다음 분분히 소실산을 내려갔다.

영웅대회가 열리던 날부터 기세등등하던 아미파 제자들은 이제 지리멸렬 상태가 되어 남 보기에도 안쓰러울 정도로 의기소침해졌다. 장무기 역시 측은한 마음이 들었다. 그는 기가 꺾일 대로 꺾인 아미 제자들의 분위기뿐 아니라, 들것에 누운 채 열흘이 지나도록 회복 기미를 보이지 않는 송청서의 생사도 걱정스러웠다.

그날 장무기는 또 아미 제자들의 숙영지로 발길을 옮겼다. 마중 나온 사람은 정혜사태였다.

"송 사형의 상세가 어떤지 보러 왔소이다."

"고양이가 생쥐 걱정해주는 격이군요. 겉으로 자비를 베푸는 척하지 말아요."

마침 같이 따라온 주전이 그 소리를 듣고 참지 못해 버럭 소리를 질렀다.

"이런 젠장! 우리 교주님은 당신네 장문인과 옛 정분을 생각해서 송가 놈을 치료해주시려는 거야! 그것도 몰라? 사실 말이지, 송가 녀석처럼 제 사문과 혈육을 배반한 놈은 단칼에 맞아 죽어도 싸지. 못된 년의 비구니들, 뭘 잘했다고 주절대는 거야?"

정혜사태가 되받아 욕을 하려다 멈칫했다. 주전의 용모가 너무나 추접스럽고 흉악한 기색인 데다 제 손으로 얼굴 두 뺨에 그은 칼자국마저 무시무시해 보였기 때문이다. 더구나 막무가내로 억지떼를 곧잘 쓰는 걸 본 적이 있는 터라, 진짜 승강이를 벌였다 하는 날에는 자기 쪽이 창피만 당할 게 뻔했다. 그래서 노기를 억눌러 참으면서 코웃음으로 응수했다.

"우리 아미파 장문은 대대로 빙청옥결氷清玉潔, 깨끗한 처녀의 몸을 지켜왔소. 주 장문께서 그렇듯 옥같이 청결한 절조節操를 지닌 처녀가 아니었던들 어찌 본파 장문이 되실 수 있었겠소? 흥! 송청서 같은 간사한 소인배가 우리 아미 문하를 기웃거리는 바람에 주 장문의 평판만 더럽혀졌지. 안 되겠군! 이왕 얘기가 나온 김에 처분해야겠어! 이것 봐, 이 사질李師姪, 용 사질龍師姪! 너희 둘이서 냉큼 저 쓰레기 녀석을 무당파에 돌려보내고 오너라!"

"예에!"

지명받은 남자 제자 둘이 시원스레 응답하더니 송청서가 누운 들것을 번쩍 떠메고서 잰걸음으로 무당파 일행 쪽으로 달려가더니 유연주 앞에 털썩 내려놓고 휑하니 돌아왔다.

정혜사태가 던진 말을 듣고 사람들은 깜짝 놀랐다. 특히나 발치 밑에 달랑 놓인 들것을 가리키면서 유연주는 더욱 어리둥절해졌다.

"뭐, 뭐라고……? 지금 이 송가 놈이 당신네 장문의 남편이 아니라고 한 거요?"

정혜사태가 독기 어린 눈초리로 흘겨보며 또 코웃음을 쳤다.

"흥, 우리 장문 어른의 눈에 저런 잡놈 따위가 들기나 한 줄 아시오? 장무기란 놈이 변심하고 혼례 직전에 달아나 온 천하 영웅들 보는 앞에 망신을 당한 게 분하셨지. 그래서 송가 놈을 감쪽같이 속여 남편입네 하고 내세웠던 거요. 장무기란 녀석의 약을 올려 억장이 무너지라고 그런 고육지책을 쓴 걸 누가 알겠어? 그런데 뜻밖에도…… 흐흐흐, 진작 이렇게 될 줄 알았다면 우리 장문 어른께서 그런 오명汚名까지 뒤집어쓸 필요도 없었을 텐데. 지금 그분…… 그분은……."

한 곁에서 장무기는 얼빠진 채 멍하니 서 있었다. 송청서가 지약의 남편이 아니었다니, 세상에 어떻게 이렇듯 엄청난 연극을 꾸밀 수 있단 말인가?

"방금 뭐라고 했소? 정혜사태, 다시 한번 말해보시오. 송 부인이…… 그녀…… 그녀가 송 부인이 아니란 말이오?"

장무기가 믿을 수 없어 재차 확인하려 들었으나, 정혜사태는 고개를 홱 돌리면서 원한에 사무친 말투로 쏘아붙였다.

"너하고는 말 안 해!"

바로 이때 들것에 누운 송청서가 꿈틀거리며 신음 소리를 토해냈다.

"죽였겠지…… 장무기, 그놈을 죽였지?"

정혜사태가 밉살스러운지 비웃으며 말했다.

"개꿈 작작 꿔라, 이놈아! 저승길이 코앞에 닥쳤는데도 꿈 한번 야무지군!"

정혜사태가 잔뜩 성이 나서 횡설수설 코웃음이나 치고 있으니, 도대체 무슨 소리를 하는지 시종 알아들을 수가 없었다. 그래도 사연은 알아야겠기에 은리정이 낮은 목소리로 아미 제자 일행 가운데 안면이 있는 여제자에게 넌지시 물었다. 옛날 기효부와 아주 가까이 지내던 패금의, 그녀도 벌써 중년의 나이를 넘기고 있었다.

"패 사매, 도대체 어찌 된 일이오?"

패금의는 고개 숙인 채 얼른 대꾸하지 않았다. 은리정, 이 사람은 오래전 자기가 제일 따르던 기효부 언니와 약혼한 사이였다. 한창 젊은 20대 나이에 속으로 얼마나 부러웠는지…… 그러나 이젠 그녀도 이 세상에 없고 자기만 외톨이로 쓸쓸하게 남았다. 머릿속에 스쳐 지나가는 옛 추억을 지워버리고 다시 현실로 돌아온 그녀는 한동안 곰곰이 생각하더니 정혜사태를 향해 돌아섰다.

"정혜 언니, 은 육협은 외부 사람이 아니니까 모든 사실을 얘기해드리는 게 어떨까요?"

"외부인이고 아니고가 무슨 상관이 있겠어? 집안사람에게만 얘기할 게 아니라, 외부 사람이라면 더욱 자세히 애기해줘야겠지! 우리 주 장문인은 누가 뭐래도 순결한 몸으로 저 송가 녀석처럼 간악무도한 부류와는 털끝만치도 어울린 적이 없었어! 장문인의 팔뚝에 찍힌 수궁사守宮砂•를 너희도 두 눈으로 똑똑히 보지 않았더냐? 그래, 모두 밝혀

• '수궁守宮'은 도마뱀 종류의 작은 동물. 확실한 근거는 없으나 중국 고대 풍습에 '수궁'과 약물을 배합해서 풀처럼 짓이긴 것을 처녀의 팔뚝에 찍으면 검붉은 진홍색 점이 오래도록 지워지지 않는다고 한다. 이 점을 '수궁사'라고 부르는데, 결혼해서 처녀성을 잃는 즉시 사라진다 하여 처녀인지 여부를 시험해보는 데 썼다. 현대 의학으로 이 방법의 진위를 증명할 수 없기 때문에 지금은 폐기하고 쓰는 일이 없다. 그러나 약물의 처방과 조제법이 워낙 비

라. 우리 아미파가 100년 동안 깨끗이 지켜온 명예와 계율이 땅에 떨어지기 전에 이 엄연한 사실을 만천하 무림 동도 여러분께 빠짐없이 두루 알려야 할 것이다!"

은리정은 속으로 혀를 찼다. 정혜사태는 아미파에서 장문인 다음가는 어른이면서도 머리가 영 흐리멍덩했다. 무슨 얘긴지 두서없이 뒤죽박죽 아닌가? 그는 정혜사태를 상대하지 않고 다시 패금의에게 물었다.

"패 사매, 이렇게 된 바에야 자세히 좀 일러주시오. 난 송 사질 저 녀석이 어떻게 해서 아미파에 투신했는지, 또 귀파의 장문인과 도대체 어떤 관계인지 분명히 알아야만 훗날 사부님께 말씀드릴 수가 있소. 이 일은 귀 아미파와 우리 무당파가 관련된 중대한 문제라 쌍방 간에 화목을 다치지 말아야 할 거요."

패금의는 땅이 꺼져라 한숨을 내리쉬었다.

"저 송 소협은 무공이나 인품이나 본래 무림계에서 보기 드문 인물이지요. 그런데 안타깝게도 생각 한번 잘못 먹고 치정癡情에 빠져들어 타락하고 말았답니다. 우리 장문인도 뭔가 언질을 준 것은 틀림없습니다. 장무기를 죽여 혼례식장에서 버림받은 치욕을 갚아주면 저 사람에게 시집가겠노라고 약속한 모양입니다. 그렇기 때문에 저 사람은 자청해서 우리 문파에 들어왔고, 또 우리 장문인에게 기묘한 무공을 가르쳐달라고 매달렸지요. 하지만 두 사람이 혼인한 몸으로 한방을 같이

밀을 지켜 전해 내리지 않은 탓에 실험해서 거짓인지 아닌지 증명해 보이지도 못한다. 이 책에 나온 얘기는 고대 중국인의 생활 방식과 풍속, 신념을 바탕 삼아 옛날 사람들이 믿어 의심치 않던 사실대로 서술했을 따름이다. 수궁사의 효과가 있는지 없는지 그 진위 여부만큼은 현대 과학의 기술과 지식으로 판단할 길이 없다고 봐야 할 것이다.—원저자 주

쓰지 않은 것만큼은 확실합니다. 영웅대회가 열리던 첫날 공개 석상에서 느닷없이 장문인 자신이 '송 부인'이라 일컬으면서 송 소협의 아내라고 얘기했을 때, 우리 아미파 제자들도 얼마나 놀라고 의아스러웠는지 모릅니다. 그날 장문인이 군웅들 앞에 위세를 떨치고 명교를 비롯한 모든 방회 문파에게 두려움을 안겨 굴복시켰을 때……."

이때 주전이 불쑥 끼어들어 말참견을 했다.

"모르는 소리 말라고! 그건 우리 교주님이 일부러 양보한 거야. 별것도 아닌 솜씨 좀 부렸답시고 허풍 한번 되게 떠는군!"

패금의는 못 들은 척 무시해버리고 말을 계속했다.

"우리 아미파 제자들은 기분이 무척 좋았죠. 그러나 저녁이 되자, 모두 장문인께 어째서 뚱딴지같은 '송 부인'이 되었느냐고 따졌습니다. 장문인은 왼 팔뚝을 걷어 올리고 삼엄한 말투로 말했습니다. '모두들 와서 봐라!'고 말이지요. 우리는 두 눈으로 똑똑히 보았습니다. 그분 팔뚝에 예전처럼 진홍색 수궁사 한 점이 찍혀 있는 것을. 과연 그분은 아직도 예의를 잃지 않고 몸을 지킨 처녀였습니다. 제자들의 확인이 끝나자, 걷었던 옷소매를 내리면서 장문인은 이런 말을 했습니다. '내가 송청서의 아내라고 자칭한 것은 임시방편으로 둘러댄 말이다. 장무기란 놈의 화를 돋우어 심신이 흐트러지게 하기 위해서였지. 그놈은 무공 실력이 워낙 뛰어나 본 장문으로서도 확실히 따르지 못하겠기에 그런 술수라도 부리지 않을 수 없었다. 우리 아미파의 명성을 위해서라면 나 한 사람의 명예 따위야 대수로울 게 뭐 있겠느냐?' 그 말을 듣고 우리 모두 안타까운 마음을 금치 못하면서도 장문인의 심사를 이해할 수 있었지요."

패금의는 아예 목청을 높였다. 일부러 주변 사람들 모두가 분명히 알아듣게 하려는 의도가 분명했다.

"본파 남녀 제자들은 출가하여 수도하는 이가 아니면 원래 시집가거나 아내를 맞아들이는 것을 금하지 않습니다. 다만 우리 아미파를 처음 세우신 곽 조사 이래로 최고 경지의 무공은 순결을 지켜온 처녀에게만 전수해왔습니다. 어느 여성이든 스승을 모실 때마다 반드시 사부님은 우리 팔뚝에 수궁사를 한 점 찍어놓으셨습니다. 그리고 해마다 곽 조사의 탄신일이 되면, 돌아가신 우리 사부님이 예외 없이 수궁사를 검사하셨지요. 그해, 기효부 사저 역시 그런 절차로 검사를 받았는데……."

여기까지 말하고 나서 그녀는 말끝을 얼버무리고 더 이상 잇지 않았다. 은리정을 비롯해 그 사건의 경위를 알고 있는 사람들은 패금의가 무슨 얘기를 하려다 그쳤는지 알고도 남았다. 기효부는 양소에게 정조를 잃고 나서 수궁사가 지워졌고, 스승 멸절사태에게 발각되어 죽임을 당한 것이다. 지금 은리정은 양불회와 금실 좋은 부부로 살아가고 있다. 하지만 이제 와서 옛날의 약혼녀 기효부 얘기가 나오자, 새삼 솟구치는 서글픔을 억누르지 못하고 저도 모르게 명교 일행 쪽을 힐끗 쳐다보았다. 눈길은 자연스레 양소를 향했다. 양소는 두 눈에 뜨거운 눈물이 가득 고인 채 금세라도 쏟아낼 듯 글썽거리다 이내 고개 돌리고 말았다. 패금의가 다시 말을 이었다.

"은 육협님, 우리 장문인은 명교 장 교주를 죽이고 싶을 정도로 미워했어요. 그런데 공교롭게도 저 송 소협이 또 끼어들어 우리 주 장문에게 치정을 품고 분별없이 매달리는 통에 결국 이런저런 불상사가 숱하게 벌어지고 말았던 겁니다. 우리는 송 소협의 몸이 원상대로 회복되기를 바랄 따름입니다. 은 육협께서도 아무쪼록 장 진인과 송 대협 어른께 말씀을 잘해주셔서 우리 두 문파 간에 악감정이 생겨 서로 적대시하는 일이 없게 해주시면 고맙겠습니다."

은리정이 고개를 끄덕였다.

"당연히 그래야겠지요. 하지만 이 조카 녀석은 하극상을 저지른 반역도라, 죽어도 아깝지 않은 목숨입니다. 어떻게 보면 우리 무당파 문호의 크나큰 수치이지요. 그래서 난 이놈이 하루 한시라도 빨리 죽어버려…… 깨끗이 끝났으면 좋겠습니다."

그는 심성을 여리게 타고난 사람이다. 더구나 송청서가 막성곡을 참혹하게 죽인 죄상을 머릿속에 떠올리고 보니 분한 마음을 억누를 수가 없어 말끝이 끊기고 목소리에 울음이 섞여 나왔다.

이런저런 얘기가 오갔을 때 갑자기 멀리서 날카로운 비명 소리가 들려와 침통한 분위기를 깨뜨렸다. 귓결에 얼핏 듣기로는 아미파 장문 주지약의 목소리가 분명한데, 두려움에 떨고 있는 듯한 목소리가 무엇인가 위험하기 짝이 없는 변고에 부닥친 모양이었다.

"귀신이야, 귀신……. 저리 가! 저리 가라니까!"

비단 폭을 찢어내듯 날카로운 외침이 다시 들려왔다. 너무나 돌발적인 외침에 귀신이란 소리를 듣자, 사람들은 저도 모르게 등골이 오싹해졌다. 지금이 어느 때냐? 중천에 밝은 해가 눈부시게 비치는 백주대낮에, 전후좌우 어디를 돌아봐도 사람들이 우글우글 섰는데 귀신에게 쫓기다니 말도 안 되는 소리였다. 그런 줄 알면서도 그 놀라운 외침에는 절박한 심사가 담겨 있었다. 사람들의 눈길이 약속이나 한 것처럼 소리 나는 쪽으로 돌아갔다. 누구보다 먼저 장무기, 정혜사태, 패금의가 그쪽으로 후닥닥 뛰기 시작했다.

장무기는 주지약이 무서운 적과 마주치지 않았을까 걱정스러워 다른 사람보다 걸음을 더 빨리했다. 땅바닥을 박차고 두세 번 도약하자 벌써 우거진 나무숲을 뚫고 나갔다. 아니나 다를까, 푸른 옷 그림자 하나가 미친 듯이 마주 달려오고 있었다. 주지약이었다. 장무기는 황급히 맞아들이면서 물었다.

"지약, 어찌 된 일이오?"

주지약의 얼굴은 공포에 질린 기색으로 가득했다.

"귀신이야, 귀신……! 귀신이 날 쫓아와!"

그녀는 장무기의 다부진 가슴에 파묻혀 안기고도 바들바들 떨었다. 무엇엔가 놀라 혼비백산한 게 틀림없었다.

"무서워하지 말아요, 무서워할 것 없다니까! 귀신 따위가 어디 있다고. 도대체 뭘 보고 놀란 거요?"

장무기는 어깨를 토닥거리면서 물었다. 주지약의 옷자락은 너덜너덜 찢겨나가고 얼굴과 손등이 온통 핏자국에 생채기투성이인데, 왼 팔뚝 옷소매조차 반 토막이나 길게 찢겨 맨살이 하얗게 드러나 있었다. 팔뚝에 찍힌 작은 점 하나가 눈길을 끌었다. 산호 빛깔인가 하면 홍옥 같기도 한 붉은 점 하나, 바로 처녀를 입증하는 수궁사였다.

장무기는 의술에 정통한 사람이다. 그러기에 이 수궁사가 시집을 가거나 처녀성을 잃지 않는 한 종신토록 붉은빛이 퇴색하지 않는다는 사실을 익히 알고 있었다. 앞서 정혜사태와 패금의가 얘기했을 때만 하더라도 반신반의했지만, 이제 두 눈으로 직접 보고 나니 더는 의심할 여지가 없었다. 삽시간에 무수한 상념이 정리되지 않은 채 떠올라 제멋대로 돌고 돌았다.

'송청서에게 시집가서 아내가 되었다느니 하는 소리, 모두 거짓말이었구나. 그렇게까지 날 속여야 할 만큼 화가 나 있었단 말인가? 어째서 내 화를 돋우려고 마음먹었을까? 설마 진정으로 날 꺾고 당세 으뜸가는 무공의 소유자란 명예를 얻고 싶어서였을까? 그것도 아니라면 자기에 대한 내 애정이 아직 남아 있는지 시험해보기 위해서였을까?'

상념은 또 자신에게 돌아갔다.

'장무기, 이 바보 같은 녀석! 주 낭자는 네 외사촌 누이를 무참하게 죽인 대원수다. 그녀가 처녀의 몸이든 아니든 남의 아내가 되었든 말든, 그게 너하고 무슨 상관이 있단 말이냐?'

그러나 주지약은 너무나 두려움에 떨고 있었다. 마음 같아서는 매정하게 떠밀어버려야 옳겠으나, 어찌 된 심사인지 차마 그럴 수 없어 오히려 팔뚝을 내밀어 그녀의 몸뚱이를 더욱 단단히 부여안았다. 우람하고도 실팍한 근육, 이 세상 어떤 어려움도 견뎌낼 수 있을 것 같은 다부진 가슴에 안긴 채 주지약은 남성의 체취와 거센 숨결을 맡으면서 차츰 공포에 들떴던 마음을 가라앉힐 수 있었다.

"무기 오라버니, 당신이었어요?"

"그래, 나요! 도대체 뭘 보았기에 그토록 놀라고 두려워하는 거요?"

장무기의 물음에 그녀는 새삼 공포에 들뜬 기색으로 허둥대더니 마침내 "으와!" 하고 울음보를 터뜨렸다. 그러고는 남자의 어깨머리에 얼굴을 파묻은 채 훌쩍훌쩍 울음을 그치지 않았다.

이때가 되어서야 양소, 위일소, 정혜사태, 은리정이 차례체례 달려왔다. 그러나 두 남녀가 포옹하고 있는 광경을 보고 서로 눈짓을 교환하더니 조용히 물러나 돌아갔다. 명교 사람이나 무당파, 아미파 제자들이나 생각은 한결같았다. 말은 하지 않았어도 이들의 심중에는 주지약과 장무기의 사이가 다시 좋아져 부부로 맺어졌으면 하는 기대감을 품고 있는 것이다. 솔직히 말해서 이들은 조민에 대한 지난날의 원한과 악감정을 다 풀지 못한 상태였다. 하물며 조민 자신이 몽골로 돌아가겠노라고 굳게 다짐했는데, 만일 장무기가 그녀를 따라 훌쩍 떠나버리기라도 하는 날이면 필연적으로 명교 측은 중대한 영향을 입게 될 것이 아닌가?

주지약이 한바탕 슬피 울더니 별안간 무슨 생각이 났는지 고개를 쳐들었다.

"무기 오라버니, 누가 쫓아오는 걸 못 봤어요?"

"없었소. 누가 당신을 쫓아왔소? 현명이로요? 그 두 늙은이는 이제 무공을 다 잃었으니까 두려워할 것 없어요."

"아니, 아니에요! 당신 똑똑히 보았죠? 정말 아무도 쫓아오는 사람이…… 아니, 사람이 아니었어! 뭔가 내 뒤를 쫓아오는 게 없었단 말이에요?"

장무기는 어처구니가 없어 웃고 말았다.

"청천백일 훤한 대낮에 안 보일 게 뭐 있겠소? 정말 아무것도 없으니까 마음 푹 놓구려."

"그럴 리가, 절대로 그럴 리 없어요! 난 그걸 세 번씩이나 봤어요. 그것도 연거푸 세 차례나……."

아직도 놀란 가슴이 두근거리는지 목소리가 떨려 나왔다.

"뭘 세 번씩이나 봤다는 거요?"

주지약은 대답 대신 그의 어깨머리에 기댄 채 흘끗 고개를 돌려 뒤를 내다보았다. 얼마나 두려운지, 뒤를 한 번 돌아보는 데도 힘겨운 듯싶었다. 하지만 눈길은 이내 장무기에게 돌아왔다. 고즈넉이 올려다보는 눈길에 잡힌 장무기는 따사로운 얼굴 윤곽에 무척이나 걱정스러워하는 표정뿐, 자신의 소행을 나무라는 기색이라곤 털끝만큼도 내비치지 않았다. 그녀는 가슴이 저려오고 코끝마저 찡하도록 시려왔다. 긴장감이 풀리면서 온몸이 나른해지더니 그대로 땅바닥에 무너지듯 내려앉고 말았다.

"무기 오라버니, 난…… 난 당신을 속여왔어요. 모든 걸 다 속였어요. 의천검과 도룡도는 내가 훔쳤고, 은리 낭자도 내 손으로 바닷물에 던져 죽였어요……. 하지만 나는…… 나는 진짜 송청서한테 시집간 건 아니에요. 내 마음속엔 사실…… 사실 처음부터 끝까지 당신 하나밖에 없었어요."

장무기는 탄식했다.

"나도 그럴 줄 짐작했소. 하지만 왜…… 왜 그런 일을 굳이 했는지 모르겠소."

주지약이 울음보를 또 터뜨렸다.

"당신은 몰라요. 사부님이 만안사 보탑에서 도룡도와 의천보검에 숨겨진 비밀을 내게 일러주고, 나더러 그 두 자루 칼을 훔쳐서 우리 아미파의 문호를 아주 크게 빛내라고 다짐을 두게 하셨죠. 또 사부님은 나를 핍박해서 독한 맹세까지 시켰어요. 거짓으로 당신과 사귀되, 진정으로 당신에게 마음이 기울어서는 안 된다고……."

장무기는 그녀의 가녀린 팔뚝을 가볍게 쓰다듬었다. 상처받은 마음을 다독거려주면서 머릿속에 떠오른 것은 멸절사태의 표독스럽게 부릅뜬 눈초리와 매섭기 짝이 없는 손길이었다. 소년 시절 호접곡에서 그는 멸절사태가 애제자 기효부의 천령개를 비정하게 단 일장에 으스러뜨리던 광경을 두 눈으로 똑똑히 보았다. 서역 만 리 광활한 모래바다 숙영지에서 모닥불마저 꺼버린 어둠 속에 우뚝 선 채 '마교의 무리'를 섬멸하리라 맹세하던 그녀의 뒷모습, 의천보검을 휘둘러 명교 예금기 신도 수십 명을 닥치는 대로 도륙하던 끔찍스럽고도 무자비한 칼부림, 대도 만안사 보탑 아래 뛰어내리던 순간까지도 차라리 몸뚱이가 산산조각으로 부서져 죽을지언정 '마교 교주'가 내뻗은 구원의 손길을 끝끝내 뿌리친 그 모진 마음씨도 떠올랐다. 이러한 사실들만 보더라도 명교에 대한 멸절사태의 증오가 얼마나 뿌리 깊은지 알 수 있었다.

주지약은 그녀에게서 의발衣鉢을 이어받아 후계자가 되고 유명遺命을 받았다. 그녀가 지금까지 저지른 온갖 음독하고 악랄한 소행도 하나같이 스승의 당부에서 비롯된 것이었을 뿐, 그녀 자신의 뜻으로 저지른 행위가 아니었다. 장무기, 그는 본래 남의 허물을 아주 쉽사리 이해해주고 남에게서 받은 원한 따위를 머릿속에 담아두지 못했다. 대신 다른 이가 베풀어준 은혜만큼은 기억해두고 잊지 않았다. 지금도 마찬가지, 뇌리에 떠올린 것은 어릴 적 한수강 나룻배에서 주지약이 밥을 떠먹이고 시중들어주던 모습이었다. 또 광명정 결투에서 곤륜파 장문 하태충 부부의 양의검법, 화산파 두 원로의 양의도법에 몰려 악전고투를 벌일 당시 그녀가 암암리에 일깨워주지 않았던들 아마 큰 곤욕을 면치 못했으리라는 생각뿐이었다. 그리고 멸절사태의 엄명에 따라 의천검으로 자신을 죽이려 할 때 일부러 심장부를 빗나가게 찔러 치명상을 모면해주지 않았던가? 절해고도 바닷가에서 둘이 어깨를 서로 기댄 채 산과 바다를 두고 굳게 주고받은 맹세의 말이 아직도 귓가에 쟁쟁하게 울리고 있었다. 그는 알고 있었다. 주지약이 저지른 모든 행위가 비록 교활하고 악랄하기 짝이 없었으나, 자신에 대한 깊은 정만큼은 변함이 없다는 것을……. 지금 이 여인은 애처롭고도 가련한 몸으로 그의 가슴에 안겨 있었다. 보호해줄 사람이 자기뿐이라고 생각하니 그저 연민의 정만 우러나올 뿐 그 밖의 다른 것은 일절 떠오르지 않았다.

"지약, 도대체 뭘 보았다는 거요? 무엇 때문에 그리 무서워한단 말이오?"

부드럽게 다시 묻는 소리에 주지약이 발딱 몸을 일으켰다.

"난 말 못 해요! 원귀가 내 몸에 들러붙은 것도 나 스스로 악한 짓을 저지른 업보니까 나 자신이 받아야죠. 오늘 당신한테 하고 싶은 말은 다 했어요. 난…… 난 이제 얼마 살지 못할 거예요……."

말을 마치자 그녀는 두 손으로 얼굴을 가리고 산 밑으로 뛰어 내려갔다. 갈피를 잡지 못한 장무기는 물끄러미 그녀의 뒷모습을 바라보기나 할 따름이었다. 원귀가 들러붙었다니, 도대체 누구의 원혼이 쫓아다닌단 말인가? 혹시 개방 제자들이 일부러 귀신으로 변장해 그녀를 놀라게 하는 것은 아닐까?

이런저런 착잡한 생각에 잠긴 채 서서히 발걸음을 떼어 뒤쫓아 내려갔다. 소림사 경내로 들어섰을 때 그녀는 벌써 아미 제자들 속으로 섞여 들어갔고, 패금의가 겉옷 한 벌을 꺼내다 장문인의 엉클어진 몸에 걸쳐주는 모습이 눈에 띄었다. 잠시 후 주지약이 목소리를 낮춰 몇 마디 분부하자, 남녀 제자들이 일제히 허리 굽혀 명을 받았다. 장무기는 하릴없이 명교 일행 쪽으로 발길을 돌렸다.

이 무렵, 소실산에 올랐던 군웅들도 태반이 떠나고, 이제 또 한 패거리가 출발 준비를 마쳤는지 산문 앞으로 몰려 섰다. 공문대사와 공지대사는 손님들의 하직 인사를 받으며 배웅하느라 한창 바빴다.

장무기가 돌아오자, 양소와 범요를 비롯한 명교 수뇌부 사람들이 교주 곁으로 몰려들었다.

"우리도 이제 떠납시다."

일행에게 분부하면서 흘끗 바라보니, 어느새 주지약이 공문 방장 앞에 다가가서 나지막하게 무슨 말을 하고 있었다. 공문대사는 일순 멍한 표정을 짓다가 이내 고개를 내저었다. 믿지 못하겠다는 투였다. 다시 몇 마디 더 말하던 주지약이 갑작스레 땅바닥에 무릎을 꿇고 두 손 모아 합장했다. 뭐라고 중얼거리며 축원까지 올렸다. 그제야 공문대사의 얼굴에 장엄한 기색이 피어오르더니 입으로 염불을 하기 시작했다. 그것을 본 주전 영감이 또 입이 근질거리는지 한마디 툭 던졌다.

"아이고, 저것 큰일 났군! 교주님, 저걸 어쩌면 좋습니까? 교주님이 말리지 않을 수도 없고 말려서도 안 되니 말입니다."

"말리다니, 뭘 말이오?"

"주 낭자가 지금 속세를 떠나 중이 되려는 거 아닙니까? 저 여자가 공문空門에 투신하는 날이면 교주님이 야단나게 생겼죠. 이거야말로 숫제 닭 쫓던 개 지붕 쳐다보는 격이요, 10년 공부 도로 나무아미타불이 되는 거 아닙니까?"

곁에서 양소가 피식 웃었다.

"주 형, 쓸데없는 걱정 말구려. 주 낭자가 출가하더라도 비구니가 되어 암자에서 수도나 할 뿐이지 중 노릇을 할 턱이 없는데, 굳이 소림사의 승려를 사부님으로 모셔야 할 까닭이 어디 있겠나?"

이 말에 주전이 제 이마를 손바닥으로 철썩 쳤다.

"아이고, 이 정신머리 좀 봐라! 옳거니, 백번 지당하신 말씀이야. 내 잠시 흐리멍덩해졌어! 그렇다면 지금 주 낭자는 공문대사한테 뭘 해 달라는 거야? 한쪽은 소림파 장문이시고 또 한쪽은 아미파 장문이니 지위로 보나 항렬로 따져보나 동등하게 맞먹을 텐데, 무릎까지 꿇어야 할 필요가 어디 있겠어?"

주지약이 일어섰다. 얼굴에 다시 위안을 되찾은 기색이 감돌았다. 그녀를 바라보던 장무기의 입에서 탄식이 흘러나왔다.

"공연히 남의 일에 관여하지 말고 이제 출발합시다."

주전의 입막음을 해놓고는 뒤돌아보며 다시 한마디 건넸다.

"민누이, 우리 떠나야지!"

그런데 어찌 된 일인지 조민의 모습이 눈에 띄지 않았다. 지난 며칠 동안 몸에 그림자 따라붙듯 일각일초도 떨어지지 않던 그녀가 어디로 갔을까? 장무기는 의아한 기색으로 주변을 돌아보았다.

"조 낭자는?"

누구에게랄 것도 없이 묻다가 그는 속으로 찔끔했다.

'아차, 큰일났다! 지약이 내 품에 안겼을 때 그걸 보고 말았구나. 내가 옛정을 끊지 못한 줄 오해한 나머지 날 버리고 떠난 게 아닐까?'

황급히 사람들을 여기저기 풀어 찾아보았다. 잠시 후, 열화기 장기사 신연이 보고했다.

"교주님께 아뢰니다. 조 낭자가 하산하는 것을 보았습니다!"

뜻밖의 사태에 장무기는 마음이 적지 않게 서글퍼졌다.

'민누이, 그녀는 모든 것을 다 버리고 날 따라왔다. 그동안 얼마나 많은 환난을 겪어왔는지 모를 지경인데, 내 어찌 그녀를 저버릴 수 있단 말인가?'

마음이 다급해진 그는 즉석에서 양소에게 분부를 내렸다.

"양 좌사, 여기 일은 나 대신 알아서 잘 처리해주십시오. 나는 한발 먼저 가봐야겠습니다."

이어서 공문 방장, 공지대사에게 작별을 고한 다음, 다시 유연주, 장송계, 은리정 세 어른에게도 인사를 드렸다. 마지막으로 주지약이 있는 곳으로 다가가서 간단하게 말을 건넸다.

"지약, 부디 몸조심하고 훗날 다시 만납시다."

주지약은 고개 숙인 채 대답하지 않았다. 단지 보일 듯 말 듯 고개를 끄덕였을 따름이다. 축 늘어뜨린 얼굴 사이로 눈물이 몇 방울 떨어져 흙먼지를 적셨다.

장무기는 경공신법을 한껏 펼쳐 산 밑을 바라고 질풍같이 치달렸다. 소실산 아래로 구불구불 뻗어 내린 산길 2~3리에 나그네들이 한두 줄로 길게 늘어서서 느릿느릿 움직이고 있었다. 모두 소림사를 떠나 전국 각처 고향으로 돌아가는 군웅들의 행렬이었다. 그는 군웅들과 일일이 인사하느라 시간을 잡아먹기 싫어, 각 사람 곁을 유령처럼 번뜩번뜩 지나치면서 차례차례 앞질러 내려갔다. 그러나 조민의 자취는 끝끝내 발견할 수 없었다.

단숨에 20~30여 리를 추적하다 보니 어느새 하루해가 뉘엿뉘엿 저물어가고 노상에 인적도 뜸해지기 시작했다. 퍼뜩 머릿속에 떠오른 것은 조민이 워낙 심지 깊고 꾀가 많아 이왕에 자기를 피하려고 마음먹었다면 대로상으로 가지 않았으리라는 생각이었다. 하긴 그랬다. 장무기의 걸음걸이가 얼마나 빠른가? 큰길을 택했다면 벌써 따라잡고도 남았을 터였다. 어쩌면 그녀는 지금쯤 소실산 어느 한 귀퉁이에 숨어 있다가 뒤쫓는 사람이 지나쳐간 뒤에 다시 길을 반대편으로 잡아서 떠날 속셈인지도 모른다.

조급한 마음에 불이 붙었다. 목마르고 시장기가 돌아도 아랑곳하지 않고 첩첩산중 우거진 숲속을 몇 바퀴나 돌고 또 돌았다. 이따금 영마루 나무 끝에 뛰어올라 사방을 내다보았다. 주인 없이 텅 빈 산에는 정적만 감돌 뿐 어쩌다 둥지로 돌아가는 까마귀 떼만 보일 따름이었다. 소실산 뒤편으로 돌아갔으나 조민의 종적은 여전히 발견할 수 없었다. 그는 홀로 다짐해보았다.

'민누이, 무슨 일이 있더라도 당신을 향한 내 마음은 변치 않을 거요. 하늘가 바다 끝이라도 내 반드시 찾아내고야 말 거요. 끝내 찾지 못한다 하더라도 내 한평생 죽을 때까지 당신 아니면 어느 누구도 아내로 맞아들이지 않겠소. 절대로 당신에게 한 맹세를 깨뜨리는 일은 없으리다!'

새삼스레 각오를 다지고 보니 마음이 한결 편해졌다. 동북쪽 산자락 한 모퉁이에 해묵은 느티나무 두 그루가 나란히 치솟아 있었다. 더 생각해볼 것도 없이 나무 위에 뛰어오른 그는 옆으로 길게 뻗은 가장귀를 하나 찾아서 몸을 누이고 팔다리 기지개를 한껏 펼쳤다. 하루 온종일 동분서주 뛰느라 피로가 쌓인 데다 변고도 숱하게 겪은 뒤끝이라, 몸을 누이자마자 눈꺼풀이 내리감기고 오래지 않아서 깊은 잠에 빠져들었다.

한밤중이 되도록 단잠을 자고 있는데, 꿈결에 어렴풋이 들려오는 기척에 놀라 두 눈을 번쩍 떴다. 200~300여 척 바깥에서 가벼운 발걸음 소리가 곤한 잠을 깨운 것이다. 얼마나 시간이 지났는지 둥그런 보름달이 서녘 하늘 쪽으로 기울었는데, 달빛 아래 산비탈을 타고 누군가 빠른 걸음걸이로 날 듯이 지나갔다. 방향은 정남쪽이었다. 꿀벌의 허리처럼 가녀린 뒷모습, 얼핏 보기에도 호리호리한 여인의 몸매였다.

'민누이다!'

장무기는 소리쳐 부르려다 멈칫했다. 사람을 잘못 본 것이다. 몸집이 조민보다 다소 크고 경공신법도 전혀 딴판이었다. 경쾌하게 내딛는 발걸음의 민첩성이 조민보다 훨씬 뛰어났지만, 주지약에게는 미치지 못했다.

그는 슬그머니 호기심이 일었다. 다 큰 처녀가 한밤중에 홀로 산길을 가다니, 무슨 급한 사정이 있을까? 사실 이 일은 자신과 아무 상관도 없었다. 또 남의 집 처녀의 사사로운 일에 간섭하고 싶지도 않았다. 그러나 혹시나 하는 마음이 생겼다.

'어쩌면 이 정체 모를 처녀에게서 민누이의 소식을 알 수 있을지도 모른다. 만약 이 처녀가 민누이와 전혀 상관없다고 밝혀지면 슬그머니 떠나버리면 되는 게 아닌가? 손톱만 한 실마리라도 섣불리 넘길 수는 없다.'

장무기는 나무줄기를 부여안고 조심스럽게 미끄러져 내렸다. 이름 모를 처녀에게 들킬까 봐 감히 접근하지는 못하고 거리를 멀찌감치 떼어놓은 채 뒤를 밟아갔다. 깊은 밤중에 일면식도 없는 처녀의 꽁무니를 따라가다니 경박스럽다는 혐의를 면하기 어려운 노릇 아닌가? 처녀는 온몸에 검은빛 일색의 야행복夜行服을 걸쳤다. 방향은 바야흐로 소림사 쪽이었다.

'설사 이 처녀가 민누이와 아무런 상관이 없다 하더라도 가는 방향을 보건대 뭔가 무림의 일을 도모하려는 것이 분명하다. 만에 하나라도 소림에 이롭지 못한 일을 꾀한다면 나 역시 끼어들어 참견하지 않을 수 없으리라.'

퍼뜩 경계심이 들자 그는 발걸음을 멈추고 귀를 기울여보았다. 사방 천지는 적막강산, 뒤따르는 사람의 인기척은 들리지 않았다. 그렇다면 이 처녀에게 뒤따라올 응원자가 없다는 얘기였다. 어림잡아 밥 한 끼 먹을 무렵이 지났는데도, 처녀는 시종 뒤 한 번 돌아보지 않았다. 장무기는 처녀의 뒷모습이 어딘가 모르게 눈에 익었다. 종전에 어디선가 본 적이 있는 듯싶은 느낌을 지울 수가 없었다. 무청영 소저는 아닐까? 하지만 그녀는 아버지 무열과 함께 금화파파에게 붙잡혀 곤욕을 치른 끝에 탈출해 어디론가 사라져 행방불명이 되었다. 만약 살아 있다면 아버지와 함께 영웅대회에 참석했어야 옳다. 한데 끝내 이들 부녀의 모습은 보이지 않았다. 그럼 혹시 아미파 여제자들 가운데 한 사람은 아닐까?

다시 몇 리를 더 치닫고 났더니 소림사가 훤히 내다보였다. 이윽고 처녀가 비탈진 산등성이를 감돌아 절간 곁에 이르렀다. 그제야 걸음걸이를 늦추고 우거진 나무숲 바위 더미 사이로 요리조리 몸을 숨겨가며 경내에 들어섰다. 행동거지로 보건대 남의 눈에 뜨일까 봐 무척 두려워하는 기미였다.

"땡그랑, 땡그랑!"

불현듯 장엄한 소림사 대웅보전 안에서 경을 치는 소리가 두세 번 맑게 울리더니, 곧이어 범패를 읊조리는 목소리가 들리기 시작했다. 줄잡아 200~300명의 승려가 독경하는 음성이었다. 장무기는 별 이상한 일도 다 있구나 싶었다. 저 많은 승려들이 잠까지 설치고 야반삼경에 아직도 염불 독경을 하다니, 혹시 뭔가 이런 시각에 불공을 드려야 할 만큼 큰일이라도 생겼단 말인가?

처녀의 유령 같은 행동거지가 한결 신중해졌다. 번뜩 움직였는가 싶었을 때 다시 20~30척 앞으로 나가더니 대웅보전 건물 벽에 달라붙었다. 발소리가 들려오자 재빨리 벽에서 떨어져 나와 건물 한 곁 수풀 속에 납죽 엎드렸다. 선장이나 계도를 한 자루씩 들고 순찰 도는 승려 넷이 어둠 속에 모습을 드러냈다. 숨소리를 죽이고 네 승려가 사라질 때까지 기다리던 처녀가 비로소 허리를 펴고 일어나 대웅보전 외벽 높다란 창틀 곁으로 훌쩍 뛰어올랐다. 건물의 벽면 따라 길이로 터놓은 장창長窓이었다. 바람결에 나부끼는 버들꽃처럼 표연히 뛰어오르는 도약 자세만 보더라도 무림계 일류 고수의 경공신법이 분명했다.

그녀는 수중에 병기 한 자루 지니지 않았다. 게다가 홑몸이었다. 아무리 보아도 소림사에 말썽을 일으키러 온 침입자 같지는 않았다. 도대체 어떤 사람인지 궁금증만 더해갔다. 장무기는 혹시 자기와 일면식이 있는지 알고 싶어 좀 더 접근해보기로 마음먹었다. 번뜩 허리를 뒤튼 몸뚱이가 귀신처럼 그녀의 배후를 감돌아 대웅보전 서북쪽 모퉁이로 비스듬히 빠져나갔다. 건물 벽만 없으면 그녀와 거의 마주 바라볼 수 있는 각도였다. 그제야 그는 자신의 처지가 아주 거북스러워졌음을 깨달았다. 이런 꼴로 숨어 있다가 소림사 스님들에게 발각되기라도 하면 깊은 밤중에 절간을 염탐하러 온 격이 되어 크게 낭패를 당할 판이었다. 그는 더욱 조심스러워져 일거수일투족을 마치 도둑고양이나 생쥐보다 더 날렵하고 민첩하게 움직였다.

이 무렵 대웅보전에서 잠시 그쳤던 독경 소리가 또다시 울려 나왔다. 창살 틈으로 들여다보니 과연 수백 명이나 되는 승려가 줄지어 왕골로 짠 방석에 가지런히 앉아 있었다. 하나같이 몸에는 황색 장삼을 입고 겉에 또 큼지막한 가사를 한 벌씩 걸쳤다. 붉은 바탕에 금빛 실로 장식을 두른 가사였다. 법기를 손에 잡고 두드리는 사람, 두 손 모아 합장한 채 나지막하게 독경하는 이들도 있었다. 바야흐로 망자의 넋을 건져주기 위한 재를 지내고 있는 것이다.

그제야 장무기도 이내 깨달았다. 이번 영웅대회에서 목숨을 다친 이가 적지 않았다. 더구나 몽골군이 쳐들어왔을 때 쌍방 간에 전사자가 숱하게 나지 않았던가? 이제 소림사 승려들은 망자의 원혼을 달래고 왕생극락하기를 빌어주기 위한 법사를 베풀고 있는 것이다. 그러고 보니 공문 방장이 불단 앞에 서서 친히 제사를 주재하고 있었다. 그런데 방장 스님 오른쪽에 생뚱맞게 웬 처녀 하나가 서 있었다.

수백 명의 스님 가운데 홍일점은 삽시간에 염탐꾼의 눈길을 잡아끌었다. 그녀의 얼굴 모습을 알아보는 순간, 장무기는 흠칫 놀라고 말았다. 딴 사람이 아니라 바로 주지약이었던 것이다. 측면에서 본 얼굴이었으나 무엇인가 깊은 걱정 근심에 싸인 듯 곱디고운 이마를 잔뜩 찌푸린 채 얼빠진 기색으로 금방에라도 쓰러질 것처럼 불안정한 자세로 서 있었다.

'그렇구나. 아까 낮에 지약이 공문대사 면전에 무릎 꿇고 빌었던 것은 법사를 베풀어달라고 간청하기 위해서였어. 자신이 저지른 소행을 깊이 뉘우치려고 그랬겠지. 구음백골조와 장검의 칼날 아래 무고하게 다친 목숨이 너무나 많으니까.'

눈길에 신경을 모아 불단 앞 제탁祭卓을 응시하던 장무기가 다시 한번 깜짝 놀랐다. 뜻밖에도 제단 복판에 망자의 위패 하나가 오뚝 세워져 있었다.

여협 은리의 신위女俠殷離之神位

위패를 보는 순간, 장무기는 가슴속까지 찌르르 울리는 아픔에 한동안 망연자실한 표정이 되었다. 외사촌 누이 은리, 참혹한 운명과 모진 시련을 겪으면서도 자기에 대한 깊은 정을 단 하루도 저버리지 못하고 괴로워하던 그녀……. 어느덧 장무기의 두 눈에서 하염없는 눈물이 뚝뚝 떨어지기 시작했다.

대웅보전 안의 작은 동종과 석경石磬, 법고法鼓가 구성지게 울리는 가운데 주지약이 사뿐히 몸을 숙여 절을 올렸다. 입술만 달싹거리는 품이 나지막하게 축원을 드리는 모양이었다. 장무기는 그것마저 듣고 싶어 두 귀에 구양신공을 쏟아부어 경청했다.

"은리 낭자…… 그대의 넋이 하늘에 있거든 편히 쉬구려……. 부디 날 따라붙어 괴롭히지 말고……."

토막토막 끊겨가며 어렴풋이 들려나오는 그녀의 축원을 들으면서 장무기는 허탈한 심사를 가누지 못하고 손으로 벽을 짚었다. 온갖 상념이 조수의 물결처럼 끊일 새 없이 마구 일렁거렸다.

'거미 아리, 그대는 지약의 손에 얼굴을 난자당하고 무참하게 바닷물에 던져져 죽임을 당했다. 팔자를 사납게 타고났으니 누굴 원망한들 무슨 소용이랴? 지약, 그대 역시 모진 운명에 농락되어 몹쓸 짓을 숱하게 저지르고 이젠 양심의 가책으로 마음속 깊이 괴로워하는구나. 그대가 받는 고통 역시 거미보다 적은 게 아니리라.'

문득 머릿속에 아련히 떠오른 것은, 광명정 너른 터에서 육대 문파 고수들에게 포위당한 채 죽기만을 기다리던 명교 신도들이 마지막으로 부르던 노랫가락이었다.

> 살아서 어찌 기쁠 것이며, 죽는다 한들 어찌 괴로우랴?
> 우리 세상 사람 불쌍히 여기려니, 걱정 근심이 실로 많구나!
> 우리 세상 사람 불쌍히 여기려니, 걱정 근심이 실로 많구나!

큰절과 축원을 끝내고 천천히 일어서던 주지약이 몸뚱이를 가누지 못하고 힘없이 기우뚱하는 바람에 얼굴이 동쪽으로 향했다. 그다음 순간, 얼굴빛이 대번에 바뀌면서 비명을 질러댔다.

"아악! 또 왔어! 당신…… 당신이 또 나타났어!"

비단 폭 찢어 발기듯 날카로운 비명 소리가 전각 안에 울리던 종소리, 경소리, 북소리를 한꺼번에 압도했다. 장무기의 눈길도 주지약의 시선이 향하는 데로 쏠렸다. 동쪽 벽면 따라 길게 터놓은 창틀에 창호지가 언제 찢겼는지 뻥 뚫리고 구멍 가득 차게 여인의 얼굴 하나가 통째로 드러나 있는 것이 아닌가? 얼굴에는 온통 가로세로 그어진 생채기투성이였다.

"앗, 저건?"

장무기도 놀라움에 찬 외마디 소리를 지르고 말았다. 뭔가 알지 못할 두려움에 전신이 와들와들 떨리기 시작했다. 거미 아리……. 얼굴에 칼자국 상처는 또렷했지만, 옛날처럼 천주만독수의 독성에 우툴두툴 부어올랐던 부종은 간데없었다. 분명 아리의 얼굴이 아니고 무엇이랴.

"거미……!"

장무기가 아리의 이름을 외쳐 부르려 했으나 혓바닥이 얼어붙었는지 목소리가 나오지 않았다. 두 다리마저 말을 듣지 않아 뻣뻣이 굳어진 채 꼼짝달싹할 수 없었다. 다음 순간, 창틀에 박혔던 얼굴이 꿈결처럼 사라지고, 대웅보전 돌바닥에서 "쿵!" 하는 소리가 울렸다. 주지약이 뒤로 벌렁 나자빠지는 소리였다. 장무기는 이제 소림파 측과 말썽이 생기든 말든 이것저것 돌아볼 겨를이 없었다. 그저 무작정 큰 소리로 외쳐 불렀다.

"거미, 거미……! 당신이었소?"

하나 대꾸하는 이가 없었다. 그는 잠시 정신을 가다듬고 나서 쏜살같이 왔던 길로 뒤쫓아갔다. 차가운 달빛만 서녘 하늘에 비스듬히 드리웠을 뿐, 검정 옷의 처녀는 벌써 어디로 사라졌는지 종적을 찾을 수 없었다. 평소 원혼이나 귀신 따위를 믿어본 적이 없던 그였으나, 이런 경우를 몸소 겪고 보니 저도 모르게 소름이 오싹 끼치고 등골에 식은땀이 부쩍 돋아났다. 갑자기 으스스한 느낌에 발걸음을 멈추고 혼잣말로 중얼거렸다.

"그녀였어, 그녀였어! 어쩐지 뒷모습이 눈에 익더라니 역시 아리였구나. 설마 진짜 귀신이 되어 자기를 위해 소림사 승려들이 베푸는 제삿밥을 얻어먹으러 나타난 것은 아니었을까? 너무 원통하게 죽어 정말 음혼陰魂이 흩어지지 못하고 이승에 떠돌아다니고 있었단 말인가?"

난데없는 고함 소리에 놀란 소림사 스님들 가운데 몇몇이 뒤쫓아 달려왔으나, 상대방의 정체가 명교 장 교주인 것을 알아보고 모두들 멍해졌다. 그중 나이 지긋한 스님 한 분이 앞으로 나서서 점잖게 인사말을 건넸다.

"심야에 장 교주께서 왕림하신 줄 모르고 영접이 늦은 죄, 부디 용서해주시기 바랍니다."

멋쩍어진 장무기도 엉거주춤 두 손 모아 답례했다.

"원, 별말씀 다하십니다. 오히려 제가 송구스럽지요."

선뜻 몸을 날려 대웅보전에 들어서고 보니, 주지약은 돌바닥에 누운 채 두 눈을 질끈 내리감고 여전히 깨어날 줄 모르는데, 얼굴에 핏기라곤 하나도 내비치지 않았다. 그녀 앞으로 와락 달려든 장무기가 두 손가락으로 인중을 몇 차례 힘껏 누른 다음, 등줄기도 추나술로 네댓 번 세차게 문질러주었다. 주지약의 몸뚱이가 꿈틀거리더니 서서히 피어나기 시작했다. 그리고 장무기를 보자마자 온몸을 던지다시피 가슴속에 들어와 안기더니 두 팔로 허리를 껴안은 채 정신없이 고함을 질렀다.

"귀신이야, 귀신! 귀신이 돼서 나타났어요!"

"그것참 괴상한 일이오. 하지만 무서워할 것 없어요. 여기 고승들께서 여러분 와 계시니까 원한도 업보도 다 풀릴 거요."

주지약으로 말하자면 평소 누구보다 몸가짐이 단정하고 예의범절을 차릴 줄 아는 처녀였다. 그러나 이제는 너무나 공포에 질린 끝에 뭇 사람이 둘러서서 지켜보는데도 남정네를 껴안고 놓지 않고 있으니 일파의 장문인으로서 체통이 말씀 아니게 되고 말았다. 그녀는 장무기의 말을 듣고서야 얼굴이 화끈 달아올라 황급히 가슴을 떠밀고 발딱 일어섰다. 그러나 여전히 두려움을 이기지 못하고 오들오들 떨리는 손길로 남정네의 억센 손바닥을 움켜잡더니 누가 뭐라고 하든 놓지 않았다. 그녀에게 손길을 잡힌 채 장무기는 공문대사를 향해 엉거주춤 사죄의 예를 건넸다. 그러고는 방금 누군가 대웅전 바깥에서 엿보고 있었던 상황을 얘기해주었다. 공문 방장을 비롯한 승려들은 아무것도 보지 못했으나 창틀에 바른 창호지에 사람의 얼굴 윤곽만큼 커다란 구멍이 뚫려 있으니 믿지 않을 수가 없었다. 하물며 명교 장 교주가 두 눈으로 직접 보았다는 데야 어쩌겠는가?

"무기 오라버니, 아니 장 교주님, 난 똑똑히 보았어요. 확실히 그녀였어요."

주지약의 음성이 여전히 떨려 나왔다. 장무기도 말없이 고개를 끄덕였다.

"당신…… 당신도 보았어요? 누굴 보았죠?"

"은 소저였소. 내 외사촌 누이 은리 말이오."

"앗, 역시……!"

주지약이 나지막하게 경악성을 지르더니 또 까무러쳤다. 그러나 충격을 받고 잠깐 혼절했을 뿐이라 금세 깨어났다.

"분명히 내 외사촌 누이 아리였소. 하지만 사람이지 귀신은 아니었소."

"귀신…… 귀신이…… 아니라고요?"

"내가 뒤를 밟아 소림사까지 쫓아왔소. 보통 사람처럼 걷는 품이 귀신이나 유령은 아니었소. 절대로."

주지약을 위안해주느라 그렇게 말했을 뿐 그 역시 속마음으로는 확신이 서지 않았다.

"정말 보통 사람처럼 걸어 다녔단 말이에요? 귀신이 아닌 것은 확실하고요?"

내처 묻는 말에 장무기는 대답하지 않았다. 돌이켜 생각해봐도 사람인 것만은 틀림없는데 자신 있게 대답할 수가 없었다. 그러나 장무기는 검정 옷을 입은 처녀가 소림사까지 오는 동안 그 몸놀림을 줄곧 주시했다. 창밖에서 전각 안을 엿보던 일거일동 또한 놓치지 않았다. 하지만 그녀는 그저 일신에 무공을 지닌 아가씨였지, 유별난 태도는 보이지 않았다. 생각다 못한 그는 공문 스님을 향해 말했다.

"방장 대사님, 소생이 한 가지 여쭤볼 것이 있습니다. 사람이 죽은 뒤에 귀신이라든가 혼령 같은 것이 진짜 있습니까?"

공문 방장은 한참 동안 깊이 생각하더니 신중하게 입을 열었다.

"유명계幽冥界의 일은 사실 이 늙은이로서도 말씀드리기 어렵군요."

"그럼 방장 대사님께선 어찌하여 그렇듯 경건히 재를 베풀어 유명계의 원혼을 위안하고 계셨습니까?"

"좋은 말씀이오. 참으로 잘 지적하셨소! 유명계의 혼령은 달래거나 건져줄 필요가 없소이다. 사람은 죽어도 업보가 남습니다. 착한 사람에게는 선한 업보가, 악한 사람에게는 악업이 남게 되지요. 불가에서 법사를 베푸는 것도 바로 산 사람의 마음을 안정시키는 데 있을 뿐입니다. 죄업에서 건져야 할 대상도 역시 살아 있는 사람이지요."

공문대사의 일깨움에 장무기는 정신이 번쩍 들었다. 그는 정중히 두 손 모으고 사례했다.

"여러모로 깨우쳐주신 점 고맙습니다. 불초 소생이 한밤중에 소란을 피워 민망스럽습니다. 부디 방장 어른께서 용서해주시기를……."

공문대사가 빙그레하니 미소 지었다.

"장 교주께선 저희 소림파의 대은인이십니다. 벌써 몇 차례나 구원의 손길을 베풀어 소림파가 호겁을 면케 해주셨으니 오히려 감격할 사람은 저희들이지요. 너무 겸손하실 것 없습니다."

장무기는 스님들과 작별 인사를 나누었다. 그러고는 주지약에게 한마디 건넸다.

"이제 떠납시다."

하지만 그녀의 얼굴에는 망설이는 기색이 완연했다. 부처님의 전당을 떠날 엄두가 나지 않는 모양이었다. 장무기도 굳이 강권할 수 없는 터라, 아미파 장문에게 예의를 차려 두 손 모아 작별 인사를 건넸다.

"그럼 우리 여기서 이만 헤어집시다."

말을 마치자 홀가분하게 대웅보전 문턱을 넘어섰다. 그 뒷모습을 지켜보던 주지약이 별안간 무슨 생각이 났는지 소리쳐 불러 세웠다.

"무기 오라버니, 날 다신 안 볼 거예요? 나도…… 당신하고 같이 갈래요!"

단번에 몸을 솟구쳐 장무기 곁으로 달려오더니, 어깨를 나란히 하고 절간 문을 나섰다.

소림사 경내를 멀찌감치 벗어나자, 주지약은 아예 노골적으로 장무기의 몸에 기댄 채 손길마저 잡아끌었다. 장무기는 그녀가 두려워서 그러는 줄 알고 그냥 내버려두었다. 보드랍고도 매끄러운 손바닥의 감촉이 느껴지고, 움직일 때마다 몸 언저리에서 그윽한 향내가 풍겨나왔다. 장무기도 한창 젊은 사내인 터라 마음속 감정이 흔들렸다. 두 사람은 아무 소리 않고 한참 동안 걸었다. 얼마쯤 갔을까, 주지약의 입에서 한 모금 장탄식이 흘러나왔다.

"무기 오라버니, 그날 내가 당신하고 한수강 한복판에서 처음 만났을 때 장 진인 어른께 구원을 받았었죠. 만약 훗날 이렇게 숱한 고초를 겪을 줄 알았다면 난 정말 그때 강물에 몸을 던지고 말았을 거예요. 그렇게 죽는 것이 차라리 더 깨끗했을 테니까요."

장무기는 대꾸하지 않았다. 그 대신 무슨 흥에 겨웠는지 콧노래를 흥얼거리기 시작했다.

살아서 어찌 기쁠 것이며, 죽는다 한들 어찌 괴로우랴?
우리 세상 사람 불쌍히 여기려니, 걱정 근심이 실로 많구나!

노랫가락을 귀담아듣는 동안 가사의 뜻을 음미하는지 서로 맞잡은 주지약의 손길이 파르르 떨려왔다. 그녀가 혼잣말하듯 나지막이 중얼거렸다.

"장 진인께서 날 아미파로 보내신 처사는 물론 나더러 잘되라고 하신 뜻에서였겠죠. 하지만 그 어른이 날 무당파 문하에 들어가도록 용납하셨다면 오늘 이 모든 사태는 달라졌을 거예요. 아, 우리 은사님이 그렇다고 나한테 뭘 잘못하신 건 없어요. 하지만 그분은 날 핍박해서 그 지독한 맹세를 하게 했죠. 나더러 명교를 통렬하게 미워하고, 당신을 해치라고 하셨죠. 그러나 사실 난 마음속으로…… 정말 당신을 사랑하고 있었어요."

그녀의 진정 어린 말을 들으면서 장무기는 사뭇 감동을 느꼈다. '지약, 이 여인에게는 확실히 난감한 일이 무척 많았으리라. 온갖 모질고 악독한 일을 저질러왔지만, 모두 스승인 멸절사태가 유언으로 남긴 명령에 따라 실행했을 뿐이다.' 이제 공포에 질려 떨고 있는 모습을 보고 있으니 그녀에게 향하는 애틋한 정감이 한층 더 깊어졌다.

호젓한 산길 밤바람이 제법 쌀쌀하게 불어왔다. 때는 바야흐로 한창 늦가을에 접어든 절기라 이슬이 차디차게 대지를 적시고 있었다. 이러한 때 아리따운 처녀가 제 입으로 고백하는 심사를 귀담아듣고 있으려니 장무기의 가슴도 마구 설레기 시작했다. 하물며 외딴섬에서 이 처녀의 독을 풀어주느라 살갗마저 맞댄 적이 있지 않던가? 소년시절 자신에게 베풀어준 은혜도 있으려니와 한때 약혼한 사이였다고 생각하니 저도 모르게 미망에 빠져들었다.

"무기 오라버니, 우리가 호주성에서 혼례식을 올리던 그날, 당신은 왜 조 낭자가 부르는 소리 한마디에 날 버리고 따라나섰죠? 당신 마음속 깊이 정말 그녀를 제일 사랑하나요?"

"나도 그 일을 당신한테 일러주려던 참이었소. 우리 여기 앉아서 이야기나 합시다."

장무기가 길 곁 큼지막한 바윗돌을 가리켰다. 그러나 주지약은 고개를 내저었다.

"아뇨, 지금 내 심사가 어수선해서 듣지 못하겠어요. 좀 더 걷다가 마음이 차분히 가라앉거든 얘기하기로 해요."

"그것도 좋겠지. 갑시다!"

장무기는 아무 생각 없이 고개를 끄덕끄덕하고 여전히 그녀에게 손길을 내맡긴 채 발길 나가는 대로 걷기 시작했다. 주지약은 그의 손을 잡아끌면서 산중 오솔길로 접어들었다. 그러고는 아무 소리 없이 4~5리쯤 가서야 입을 열었다.

"여기가 좋군요. 우리 저쪽에 앉아서 얘기해요."

그곳은 키 작은 관목이 무성한 나무숲 어귀에 불쑥 튀어나온 바위더미 앞이었다. 두 사람은 그곳에 나란히 앉았다. 장무기는 혼례식이 열리던 그날 조민의 손에 양부 사손의 누런 머리카락 한 줌이 들려 있어 그녀가 이끄는 대로 따라가지 않을 수 없었다는 이야기부터 모든 일을 낱낱이 들려주었다. 얘기를 다 듣고 나서도 주지약은 한참 동안 아무 말이 없었다.

"지약, 날 원망하고 있소? 아직도 이해하지 못하는 거요?"

그때서야 울음 섞인 대꾸가 흘러나왔다.

"내가 이토록 많은 잘못을 저질렀으니 나 자신을 원망할 뿐이지, 어떻게 당신을 탓하겠어요? 하지만 무기 오라버니, 내 마음속은 확실히 처음부터 끝까지 줄곧 진정으로 당신을 대해왔어요."

장무기가 그녀의 어깨를 곰살궂게 쓰다듬어 내렸다. 위안하는 목소리마저 부드러웠다.

"세상에는 우연으로 잘못되는 일이 너무나 많소. 또 그런 일들은 사람의 능력으로 어떻게 예측하기 어려운 법이니까 당신도 너무 상심하지 말구려."

주지약이 돌연 고개를 반짝 쳐들고 정면으로 바라보았다.

"무기 오라버니, 내 한마디 물어보겠어요. 실오리만큼도 속이거나 감추지 말고 진심으로 대답해주세요."

"좋소, 어차피 내겐 속이거나 감출 일도 없으니까."

"난 알아요. 이 세상에서 당신을 진정으로 사랑하는 여자 넷이 있다는 걸. 하나는 페르시아로 가버린 아소, 하나는 조 낭자, 그리고 또 하나는 그녀…… 그녀……."

그녀는 '은리 낭자'라고 부르고 싶은 마음이 굴뚝같았으나 끝내 그 한마디를 입 밖에 내지 못했다. 잠시 뜸을 들이고 나서 그 대목을 건너뛴 채 할 말을 이었다.

"만일 우리 네 처녀가 지금 이 세상에 멀쩡히 살아 있다면, 모두 당신 곁에 앉아 있다면 당신 마음속으로 진정 사랑하는 사람은 누구일까요?"

전혀 예상치도 못한 질문을 받고 장무기는 선뜻 대답하지 못했다.

"그건…… 음…… 그건…… 저……."

벌써 오래전의 일이었으나, 장무기는 아직도 기억이 새로웠다. 주지약, 조민, 아소, 거미 아리, 이 네 여인과 함께 영사도에서 조각배를 타고 망망대해로 정처 없이 나갔을 때 확실히 한두 번 생각한 게 아니었다.

'이들 네 처녀는 하나같이 내게 무척 깊은 정을 주었다. 나는 어떻게 처신해야 할까? 내가 누구와 혼례를 하든지 간에 나머지 셋은 크게 상심할 것이 분명하다. 도대체 내 가슴속 깊은 곳에 도사려 앉은 채 가장

사랑할 수 있는 여인은 과연 누굴까?'

당시만 해도 그는 시종 결단을 내리지 못하고 방황했다. 그저 도피하고 싶은 생각만 들었을 따름이었다. 한때는 이런 각오도 피력했다.

'아직 오랑캐를 이 땅에서 몰아내 우리 한족의 강산을 되찾지 못하고 흉노匈奴를 멸하지도 못한 주제에 무슨 가정을 이루겠는가? 기껏 생각한다는 것이 그따위 아녀자와 사사로운 정분을 나누는 일뿐이란 말이냐?'

또 이런 생각도 했다.

'명교 교주의 신분으로 내 말 한마디 행동거지 하나하나가 모두 우리 명교와 무림의 흥망성쇠에 연관되어 있다. 내 비록 한평생 지녀온 품행에 흠집이 없다고 자신하지만, 혹시라도 여색을 탐닉해 천하 영웅들의 비웃음을 받고 우리 명교의 명성을 그르쳐서는 안 된다.'

어디 그뿐이랴, 시시때때로 떠오른 것은 어머니 은소소의 유언이었다.

'어머니는 임종하실 때 어린 아들에게 거듭 당부하셨다. 예쁘게 생긴 여자일수록 남을 더 잘 속인다고. 나더러 평생토록 정신 바짝 차리고 예쁜 여인의 거짓말과 거짓 행동을 경계하라 이르셨는데, 내 어찌 어머니의 유언을 뼈에 새겨두지 않을 수 있단 말이냐!'

사실 따져보면 이 모두가 변명이요, 자기 자신을 속이는 궤변에 지나지 않았다. 진정 온 마음을 다 기울여 오로지 한 여인을 사랑하는 일에 몰두한다고 해서 몽골 오랑캐 족속에게 잃어버린 금수강산을 되찾는 막중대사에 꼭 방해가 된다고 말할 수도 없거니와, 대의명분에 어긋나는 일도 물론 아닐 테고, 명교의 명망을 그르치는 행위라고 볼 수도 없었다.

장무기의 마음은 단순했다. 이래도 좋고 저래도 좋고, 이것저것 더 생각해보고 싶지 않았다. 무공 실력은 최강자였으나 성격이 워낙 우유부단해 세상만사가 눈앞에 닥칠 때마다 그저 자연의 순리대로만 따를 뿐이었다. 어쩌다 부득이한 경우가 생길 때면 남의 뜻을 거역하고 싶지 않아 차라리 자신의 견해를 버릴망정 남의 뜻대로 따르는 고지식한 일면도 갖추었다. 과단성이 부족하니 다른 사람의 권유에 모든 것을 떠맡기는 경우도 허다했다. 건곤대나이 심법을 익히게 된 것은 아소의 요청에 따랐을 뿐이고, 명교 교주의 자리에 오른 것은 형세가 어쩔 수 없는 일이긴 했으나 역시 외조부 은천정과 양소를 비롯한 수뇌부 사람들의 부추김을 받아 심리적으로 격동한 탓도 있었다. 절해고도에서 맺은 주지약과의 혼약은 양부 사손이 엄명을 내렸기 때문이고, 주지약과 혼례식 도중 신부를 내버리고 훌쩍 떠나버린 것은 양부 사손의 목숨을 돌보기 위해서 조민의 위협에 못 이겨 저지른 배신행위였다. 만일 호접곡에서 금화파파와 아리가 폭력으로 협박해 강제로 끌고 가려 하지만 않았던들, 완곡한 말씨로 부드럽게 영사도에 같이 가자고 달랬던들 장무기는 거반 그들 두 사람을 따라나섰을지도 몰랐다. 가끔 마음속 깊은 곳에서 이런 생각도 든 적이 있었다.

'만일 내가 네 여인과 평생 죽을 때까지 같이 짝지어 살면서 화목하게 지낼 수만 있다면 이 얼마나 자유로운 삶이요, 즐겁고 유쾌한 일이 되랴?'

이 무렵은 바로 원나라 말엽, 글 하는 선비나 돈 버는 장사꾼은 말할 나위도 없고 강호의 이름난 호객豪客들조차 집안에 3처 4첩을 두는 일은 다반사였다. 오히려 아내 한 사람만 달랑 거느린 경우가 희한한 일이었다. 명교 신도들은 애당초 명존의 계율대로 근검절약하며 고된 삶을 살아왔기 때문에 조강지처를 제외하고 따로 시첩을 두는 사람이 드물었다. 장무기는 타고난 성품이 겸손하고 온화해 어떤 규수든 배필로 삼을 수만 있으면 그보다 큰 복이 없으리라 생각해왔다. 만일 아내를 얻고 또다시 희첩姬妾을 받아들인다면 아내에게 너무 못할 짓이요, 미안스러운 일이라는 고정관념이 뿌리박혀 있었다. 더구나 아리의 부친 은야왕이 처첩을 여럿 거느린 탓으로 처참한 가정 비극까지 빚어낸 과정을 듣고 보았기 때문에, 그런 행복한 상상은 떠오르기 무섭게 스러지고 더 생각할 엄두를 내지 못했다. 어쩌다 그런 염두가 떠오를 때도 자신을 책망할 뿐 더는 연상하지 않았다.

'장무기, 네가 사람 노릇을 제대로 하려거든 스스로 만족할 줄 알아야지, 가슴속에 그런 상념을 품고 있다니 너무 야비하고 염치없는 짓이 아니냐?'

나중에 아소는 페르시아로 훌쩍 가버렸고, 거미 아리는 세상을 떠났다. 또 조민을 그 범인으로 단정했으니 주지약과의 혼인 관계가 자연스럽게 이루어졌다. 그런데 하늘의 운명은 헤아릴 길 없다더니, 뜻하지 않은 변고가 연속해서 일어나고 일대 파란곡절 끝에 모든 진상이 하나하나씩 들춰지면서 주지약과 조민 두 여인이 저지른 소행도 거꾸로 뒤집히고 말았다. 결국 장무기는 자신이 주지약과 부부로 맺어지지 않은 것이 얼마나 다행스러운지 몰랐다. 정말 그런 일이 일어났다면 평생을 두고 가슴을 치며 후회할 크나큰 실수가 되었을 테니까. 더구나 조민은 부모 형제와 공공연히 결별하고 의절했다. 부귀영화도

헌신짝처럼 내버렸다. 참으로 어렵고도 어려운 일이요, 한낱 연약한 규수로서 보통 결심 가지고는 해낼 것이 아니었다. 그런 조민이 말 한마디 남기지 않고 자기 곁을 떠나버릴 줄은 꿈에도 생각지 못했다. 그런데 이제 와서 주지약이 가슴 아프게 다시 그런 질문을 하다니, 이 얼마나 매정하고 야속한 일인가?

대꾸는 하지 않고 깊은 상념에 빠져 있으니, 주지약이 또 채근했다.

"내가 괜히 뻔한 사실을 놓고 물었군요. 하기야 아소는 이미 페르시아로 건너가 명교의 성처녀 교주가 되었고, 나는 또 은 소저를 죽였으니 자격이 없을 테고. 네 여인 중 조 낭자 하나만 남았군요. 하지만 이걸 묻고 싶어요. 만일에 우리 네 사람이 모두 당신 주변에 아무 탈 없이 멀쩡하게 있고, 또 어느 누구도 몹쓸 짓을 저지르지 않았다면 당신은 어쩌시겠느냐 그 말이에요."

이윽고 장무기의 입이 무겁게 열렸다.

"지약, 그 일은 나도 마음속에서 오래전부터 깊이 생각해왔소. 다만 결단을 내리기 어려웠을 뿐이오. 그러나 오늘에서야 내가 진정으로 사랑하는 사람이 누구인지 깨달았소."

"누구죠? 그럼 역시…… 역시 조 낭자인가요?"

"그렇소. 나는 오늘 그녀를 찾아내지 못하면 차라리 죽지 못하는 나 자신을 원망할 거요. 아소가 내 곁을 떠났을 때 물론 말도 못 하게 상심이 컸소. 아리가 비참하게 세상을 떠났을 때 견디기 힘들 정도로 서글픈 심정이었소. 그리고 당신…… 당신이 후에 와서 이렇게 된 것을 보았을 때 가슴 아픈 것은 말할 나위도 없거니와 또 마음속 깊이 애석함을 느끼고 안타까웠소. 두 번 다시 그대를 보지 못하리라는 생각만 해도 내 아쉬운 마음은 이루 말할 수 없이 크오. 하지만 지약, 나는 그대를 속일 수가 없구려. 만약 내 한평생 두 번 다시 조 낭자를 보지 못하게 된다면 차라리 죽는 것이 더 낫겠소. 내 이런 심정, 내 이런 속뜻은 오늘 이전까지만 해도 남한테 드러내 보인 적이 없었소."

그는 거미 아리, 주지약, 아소, 조민, 이렇게 네 여인과 마주 대했을 당초만 하더라도 애정의 대상으로 우열을 가릴 수 없다고 생각했다. 그런데 오늘 조민이 훌쩍 떠나버리고 나서야 비로소 자기가 누굴 애틋한 마음으로 사모하고 있는지 불현듯 깨달을 수 있었다. 그의 심중에 조민이 차지한 크기가 역시 나머지 세 여인과는 사뭇 달랐던 것이다. 장무기의 진심을 다 듣고 나서도 주지약은 그럴 줄 알았다는 듯이 홀가분한 기색으로 중얼거렸다.

"그날 대도에서 나는 당신과 그녀 두 사람이 허름한 술집에 마주 앉아 있는 걸 보았을 때 당신이 진정으로 사랑하는 이가 누구이며, 또 우리 넷 중 어떤 여인에게 얽매여 헤어날 줄 모르는지 분명히 깨달았죠. 그래도 나는 여전히 허황하기 짝이 없는 망상을 품었어요. 만일 당신과 결혼해서 부부가 된 다음에는…… 당신의 마음을 내게 돌려놓을 수 있으리라고……. 사실…… 사실은 도저히 불가능한 일이었는데……."

장무기의 얼굴에 미안한 기색이 피어났다.

"지약, 난 그대에게 처음부터 존경과 애모의 정을 품어왔소. 또 마음속 깊이 아직도 고마움을 잊지 않았고 말이오. 은씨 댁 거미 아리에 대해서는 그녀가 당한 불행을 가엾이 여기고, 오랜 옛날 소년 시절의 장무기를 잊지 못해 찾아 헤매는 치정을 동정해왔을 뿐이오. 아소에 대한 내 심경은 연민의 정이라고나 할까 아주 단순한 것이었소. 모질게 학대받고 어려운 처지에 고통스러워하는 어린 소녀를 불쌍히 여기던 나머지 애호하는 마음이 차츰 나도 모르게 바뀌어간 거요. 그러나 조 낭자만큼은 다르오. 뭐랄까, 뼈에 사무치도록 깊은 애정, 하늘과 땅이 다하도록 영원히 변치 않을 사랑이 우리 둘 사이에 끼어 있다고 보아도 좋소."

"뼈에 사무치도록 깊은 애정…… 하늘과 땅이 다하도록 영원히 변치 않을 사랑……."

푸념하듯 주지약이 두어 번 되새김질하더니 고개를 끄덕였다. 그러고는 나지막하게 속삭였다.

"무기 오라버니, 나도 당신을 뼈에 사무치게, 하늘과 땅이 다하도록 변치 않을 만큼 사랑해왔는데…… 설마…… 당신이 모른다고 하지는 않겠죠?"

장무기는 격한 감동을 이기지 못하고 그녀의 손을 덥석 쥐었다.

"지약, 나 역시 다 알고 있소. 내게 대한 당신의 그 마음씨, 그 정성을 내 생애가 다하도록 어떻게 보답해야 좋을지 모르겠구려. 난…… 난 정말 당신한테 미안해 죽겠소."

"미안해할 것 없어요. 줄곧 내게 잘 대해주셨으니까. 또 하나 묻겠어요. 만일에 조 낭자가 말 한마디 없이 훌쩍 떠나버리고 당신이 영원히 그녀를 찾아내지 못한다면, 가령 그녀가 아예 간악한 자의 손에 죽어 이 세상에 없다거나, 당신에 대한 애정이 식어 변심했다면…… 그때는 어쩌시겠어요?"

가뜩이나 조민을 찾지 못해 괴로워하는 판에 이런 끔찍한 얘기까지 듣고 보니, 장무기는 마음의 고통을 견디지 못하고 눈물을 흘리기 시작했다. 곧이어 울부짖는 소리가 어두운 밤 산골짜기에 들짐승의 포효처럼 메아리쳤다.

"그런 얘기, 난 모르겠소, 모르겠어……! 세상이 아무리 크고 너르다 해도, 승천입지昇天入地를 하는 한이 있더라도 내 반드시 그녀를 찾아낼 거요! 찾지 못하면 나는 아예 죽어버리고 말 테요!"

"아이참…… 다 큰 사람이 어째 이럴까……?"

주지약의 입에서 한 모금 탄식이 흘러나왔다. 이건 숫제 옛날 한수 나룻배 갑판 위에서 밥을 안 먹겠다고 앙탈 부리던 철부지 소년 장무기를 다시 보는 기분이었다.

"죽을 필요는 없어요. 그녀 역시 죽임을 당하거나 변심할 리 없으니까. 당신, 그녀를 꼭 찾고 싶죠? 아주 쉬운 일이니까 승천입지를 할 것 없어요."

장무기가 놀라움과 기쁨에 겨워 자리를 박차고 벌떡 일어섰다.

"어디 있소? 지약, 어서 빨리 얘기해주시오!"

주지약의 또랑또랑한 눈망울이 장무기를 말끄러미 쳐다보았다. 미친 듯이 기뻐하는 표정을 보고 그녀는 또 한 차례 한숨 끝에 조용히 말문을 열었다.

"나한테는 영원히 그렇듯 관심을 보이지 않겠죠. 무정한 사람……. 좋아요, 당신이 정녕 조 낭자가 있는 곳을 알고 싶어 한다면 내게 한 가지 일을 해주겠다고 약속해야 해요. 그러지 않으면 영영 그녀를 찾지 못할 테니까."

"나더러 무슨 일을 해달라고 약속하란 말이오?"

한참 좋아 날뛰던 장무기는 뚱딴지같은 요구에 주춤했다.

"지금은 뭘 해달라고 할 것인지 생각이 안 나는군요. 훗날 생각나거든 다시 얘기할게요. 아무튼 강호 의협의 도리에 어긋나지 않고, 금수강산을 되찾는 막중대사에 걸림돌이 되지 않고, 또 명교나 당신의 명성에 손상을 끼치는 일도 아니겠지만 해내기는 그리 쉽지 않을 거예요."

장무기는 일순 멍해졌다.

'이게 무슨 도깨비놀음이냐? 조민이 세 가지 요구 조건을 내걸었을 당시에도 강호 의협의 도리에 어긋나지 않는 일이니 하면서 단서를 붙이지 않았던가? 조민, 고 앙큼한 것이 내건 요구 조건은 생각할수록 이가 갈린다. 오늘에 이르기까지 요구하는 일 중 겨우 두 가지밖에 못 해줬는데, 그것만 해도 얼마나 어려웠는지 모른다. 그런데 어쩌자고 지약마저 조민이 한 짓을 곧이곧대로 흉내 내려 한단 말인가?'

주지약이 배짱을 부렸다.

"승낙하든 말든 그건 당신 마음대로 하세요. 하지만 사내대장부가 일단 입 밖에 낸 말은 신용을 지켜야 합니다. 내게 약속해놓고서 일이 목전에 닥쳤을 때 이것저것 핑계를 대고 회피하거나 딴소리를 해선 안 됩니다."

장무기의 입에서 마침내 신음 소리가 흘러나왔다.

"강호 의협의 도리에 어긋나지 않고, 나라를 되찾는 일에 걸림돌이 되지 않으며, 또 명교와 나 자신의 명성에 손상을 입히지 않는 일이라고 분명히 말했소?"

"그래요, 분명히 말했어요!"

"좋소, 그렇다면 내 약속하리다!"

"그럼 우리 손뼉을 마주쳐서 맹세해요."

주지약은 장무기의 코앞에 슬그머니 손바닥을 내밀어 그가 마주칠 때까지 기다렸다. 장무기는 앞서 조민과 손뼉 치기 맹세로 된통 혼이 나본 경험자였다. 그렇기 때문에 이제 또 주지약과 손바닥을 마주치면 그 순간부터 자기 신상에 아주 무거운 칼과 족쇄가 채워져 꼼짝없이 속박당하리란 사실을 알고도 남았다. 주지약은 겉으로 보기엔 무척 온유하고 예의 바를뿐더러 고상하고도 점잖은 규수다. 그러나 속셈의 꼼꼼하기와 하는 짓거리의 모질기는 조민과 막상막하로, 저울에 달아도 어느 한쪽으로 기울지 않을 것이다. 그런 점에서 장무기 자신은 아예 주지약이나 조민의 발치 밑에도 따라가지 못했다. 도대체 이 여인이 무슨 꿍꿍이속을 차리고 있을까……? 장무기는 일단 손바닥을 치켜들었으나 선불리 마주칠 엄두가 나지 않았다. 엉거주춤한 그를 보고 주지약이 방그레 웃었다.

"그 일을 해주겠다고 승낙만 하면 당신이 눈 깜짝할 사이에 사랑하는 이를 보게 해드리죠! 어때요?"

그 말 한마디에 가슴이 뭉클해진 장무기는 이것저것 따져볼 것도 없이 그녀의 손바닥을 세 번 마주쳤다.

"자, 여길 봐요! 누가 있는지……."

여전히 방글방글 웃으면서 뒷손질로 관목 숲 가장귀를 보지도 않고 들춰냈다. 우거진 나뭇가지 잎사귀가 손길 따라 기울면서 그 뒤편에 앉은 처녀의 자태가 드러났다. 웃는 듯 마는 듯 야릇한 표정을 띤 얼굴, 바로 조민이었다!

"민누이!"

장무기가 놀라움과 기쁨에 겨운 나머지 대갈일성을 터뜨렸다. 때를 같이해 이들의 배후 20~30척 바깥쪽에서도 난데없는 여인의 외마디 소리가 들려왔다.

"엇……?"

조민의 돌발적인 출현에 놀라 저도 모르게 터뜨리는 실성 같았다. 목소리가 경미하기 짝이 없었으나, 구양신공을 익힌 고수의 두 귀에만큼은 아주 또렷이 들렸다. 난데없는 실성에 멍해진 가운데 장무기의 가슴속에 순간적으로 무수한 상념이 소용돌이쳤다. 뭔가 모를 두려움을 억누르면서 천천히 손바닥을 내밀어 조민의 손목부터 잡아끌었다. 양 손바닥이 맞닿았을 때, 그는 보드랍던 조민의 손바닥이 무척 굳어진 것을 느끼고 머릿속에 퍼뜩 연상되는 게 있었다.

'아차, 혈도를 찍혔군. 말 한마디 없이 훌쩍 떠나버리더니 주지약한테 붙잡혀 혈도를 제압당하고 이런 으슥한 곳에 꼼짝 못 하고 처박혀 있었구나. 그러니 내가 백방으로 찾아 헤매도 찾을 길이 없었지. 지약, 요 앙큼한 것! 일부러 날 여기까지 끌고 와서 이러니저러니 내 속을 떠보고 말을 시켜 구구절절 조민의 귀에 들어가게 만들었군. 하마터면 큰일 날 뻔하지 않았는가.'

생각하고 보니 등골이 오싹해졌다. 주지약은 자신의 우유부단한 성격, 여린 마음씨를 너무나 잘 알고 있다. 만약 자신이 값싼 동정심을 발휘해 주지약의 아픈 마음을 달래준답시고 입에서 나오는 대로 환심을 사기 위해 농도 짙은 정담이라도 몇 마디 했더라면, 심지어 달래주느라 껴안고 입맞춤까지 했더라면 과연 무슨 일이 벌어졌을까? 보나마나 자신은 꼼짝없이 간사한 계집의 올가미에 걸려들어 헤어나지 못했을 것이고, 낙담한 조민은 절망감과 실의에 빠져 이번만큼은 진짜로 자기 곁을 떠나버리고 말았을 게 아닌가? 지금에 와서야 그는 주지약이 아직도 교활하게 사술詐術을 부려 끝까지 유혹하고 있음을 깨달았다. 생각이 여기에 미치자 등줄기에 식은땀이 흘렀다. 그는 어금니를 악문 채 말없이 조민의 손목을 잡고 맥박을 짚어보았다. 천만다행히도 기혈은 정상대로 돌아가고 있다.

달빛 아래, 조민의 양미간과 눈언저리에 웃음기가 물결치듯 일렁대는 것이 보였다. 만족감에 겨운 나머지 뭐라고 말로는 다 표현하지 못할 아름답고 사랑스러운 모습, 귀여움과 아양이 뒤섞인 자태였다. 조민은 장무기가 주지약의 물음에 기탄없이 대꾸하던 말을 낱낱이 들었다. 비록 몸은 움직일 수 없었어도, 입을 열어 말은 못 해도 등 뒤에 쪼그려 앉은 채 장무기가 진정으로 하는 말을 송두리째 귀담아들은 것이다. 뼈에 사무치도록 깊은 애정, 하늘과 땅이 다하도록 영원히 변치 않는 사랑을 자기 한 사람에게만 주고 싶다는 간절한 고백을 들었을 때, 조민은 저도 모르게 깊은 감동을 느끼고 원망에 사무쳤던 마음이 풀어져 이루 헤아릴 수 없이 기뻤다.

주지약이 허리를 굽히더니 장무기의 귀에 대고 뭐라고 몇 마디 속삭였다. 장무기도 나지막하게 대꾸를 건넸다. 곧이어 주지약의 입에서 분노에 찬 호통이 터져 나왔다.

"장무기, 네가 끝까지 날 안중에도 두지 않는구나! 오냐, 좋다. 네 눈으로 똑똑히 살펴봐라! 흥, 조 낭자가 중독되고 나서도 살아남을 줄 아느냐?"

"민누이가…… 민누이가 중독되었다니? 그럼 네가 독을 먹였단 말이냐?"

깜짝 놀란 장무기의 목소리가 끊겨나왔다. 도무지 믿을 수 없다는 기색으로 몸을 굽힌 채 조민의 왼쪽 눈꺼풀을 뒤집어보았다. 바로 그때 주지약이 그의 등줄기를 손가락으로 쿡 찔렀다.

"아얏!"

혈도를 찍힌 장무기가 외마디 소리를 내질렀다. 기우뚱기우뚱 흔들리던 몸뚱이가 앞으로 고꾸라지려는 순간, 주지약이 또다시 섬섬옥수를 잇달아 놀려 그의 왼쪽 어깨머리, 겨드랑이와 옆구리, 등 쪽 심장 부위 등 다섯 군데 급소 혈도를 찍었다. 앞으로 넘어가려던 몸뚱이가 하늘을 우러른 채 뒤로 벌렁 나자빠졌다. 그다음 순간, 서슬 푸른 칼빛이 번뜩하더니 장검을 뽑아 든 주지약이 앞가슴에 칼끝을 겨냥한 채 호통을 질렀다.

"이판사판 끝까지 가는 수밖에. 오늘 내 손으로 네놈의 목숨을 거두어야겠다! 어차피 아리의 원귀가 내게 들러붙었으니 나 역시 살기는 이미 틀린 몸이야. 그러니 우리 셋이 모두 저승으로 가서 귀신이나 되어야겠다!"

그녀는 말을 끝내기가 무섭게 장검을 번쩍 들어 그대로 찔러갔다.

"잠깐……!"

느닷없이 등 뒤에서 다급하게 외쳐대는 여인의 목소리가 들렸다.

"주지약, 잠깐만……! 아리는 안 죽었어!"

홀끗 뒤돌아보니, 검정 옷을 걸친 여자가 수풀 속에서 질풍같이 뛰쳐나왔다. 번쩍 내뻗은 두 손가락이 곧바로 면상을 찔러들었다. 주지약은 선뜻 몸을 뒤틀어 피해냈다. 순간적으로 고개를 돌린 여인의 얼굴 옆모습이 달빛에 비쳤다. 갸름한 얼굴 윤곽, 두 뺨에 열디열은 생채기가 몇 가닥 덮여 있었다. 칼부림에 찢긴 자국이었다.

장무기는 똑똑히 보았다. 방금 수풀 속을 헤치고 유령같이 나타난 여인의 눈에 익은 몸매, 부기는 말끔히 가시고 칼자국만 가로세로 희미하게 남았으나 여전히 아리따운 얼굴 모습, 바로 자신의 외사촌 누이 거미 아리였다. 장무기는 여러 해 전 '나비의 골짜기'에서 금화파파와 함께 나타난 어린 소녀의 맑고도 빼어난 자태를 어렴풋이나마 떠올릴 수 있었다. 주지약이 두어 걸음 뒤로 물러섰다. 왼 손바닥으로 앞가슴을 보호한 채 오른손에 잡힌 장검의 칼끝을 장무기의 가슴에 겨냥하고 냅다 고함을 질렀다.

"한 걸음만 더 나서봐라. 내 당장 이놈을 찔러 죽이고야 말 테다!"

아리의 발길이 멈칫하더니 다시는 움직이지 않았다.

"네가…… 네가 그토록 몹쓸 짓을 숱하게 저지르고도 아직껏 모자라느냐?"

주지약도 다급하게 되물었다.

"도대체 사람이냐, 귀신이냐?"

"물론 사람이지!"

겨우 정신을 차린 장무기가 버럭 악을 썼다.

"거미……!"

단 한 번 도약으로 솟구친 몸뚱이가 눈 깜짝할 사이에 아리를 덥석 껴안았다. 남녀유별이고 뭐고 따질 겨를도 없었다.

"거미…… 그대가…… 진정 살아 있었구려. 정말 보고 싶어 죽을 뻔했소!"

"아앗!"

느닷없이 사내 품에 안긴 아리가 놀라다 못해 날카로운 비명을 토해냈다. 몸부림쳐 빠져나가려 했으나 껴안은 양 팔뚝이 얼마나 억센지 꼼짝달싹할 수가 없었다. 가뜩이나 부리부리한 두 눈망울이 도깨비한테 홀린 모양으로 더욱 휘둥그레졌다. 그도 그럴 수밖에, 방금 주지약의 손에 급소 혈도를 다섯 군데나 찍혔는데 어떻게 펄펄 살아서 움직일 수 있단 말인가? 거미는 몰랐다. 앞서 주지약이 혈도를 찍는 시늉만 해보였다는 것을……. 그제야 주지약이 까르르르 웃음보를 터뜨렸다.

"호호호! 이렇게 하지 않으면 당신이 정체를 드러내기나 하겠어? 여전히 숨어서 귀신 흉내를 내고 있었겠지!"

그러고는 돌아서서 조민의 혈도마저 풀어주더니 친절하게 추궁과혈推宮過血 수법으로 굳어진 근육과 경맥을 주물러 핏줄기가 돌게 해주었다.

조민이 그녀에게 제압당한 지 반나절, 인적 하나 없이 썰렁한 적막강산 골짜기 한구석에 버림받았으니 그 분노가 얼마나 컸으랴. 하지만 다행히도 나중에 장무기가 토로하는 심사를 듣고 비로소 노염이 기쁨으로 바뀌었다. 그런데 이제 또 한 여인 아리 소저가 나타났으니 이야말로 평지풍파요, 공연히 걱정거리만 더 늘어난 셈 아닌가? 속담에 "묵은 원한이 사라졌는가 싶더니, 이내 새로운 걱정거리가 생겨난다舊恨甫去 新愁轉生"는 격이다. 아리가 몸부림치다 못해 바락 악을 내질렀다.

"당신, 뭐 하고 있는 거야? 조 낭자와 주 낭자가 모두 빤히 쳐다보고 있는데, 이게 무슨 체통머리 없는 짓거리야?"

조민이 입술을 비죽거리면서 코웃음 쳤다.

"흥, 별소릴 다 듣겠군! 나하고 주 낭자가 여기 없었다면 체통머리 있는 짓거리라도 하겠단 말인가?"

장무기가 껄껄대면서 껴안았던 팔을 다시 풀었다.

"난 또 당신이 저승에서 귀신이 되어 나타난 줄 알았구려. 거미, 내 지금 얼마나 기쁜지 알기나 하오? 정말 죽은 사람이 다시 살아와도 이렇게 기쁘지는 않을 거요. 거미, 아니 외사촌 누이 아리, 도대체 어떻게 된 일이오?"

거미가 그의 손목을 왁살스레 끌어당기더니 달빛 아래 얼굴 모습을 요리조리 돌려가며 비춰보기 시작했다. 그러고는 한참 동안이나 뚫어지게 바라보던 끝에 느닷없이 귀 한쪽을 힘껏 잡아 비틀었다.

"아얏……! 무슨 짓을 하는 거야?"

장무기가 아픔을 견디지 못하고 비명을 질렀다.

"이 육시처참을 해서 갈기갈기 찢어 죽일 놈의 추팔괴! 멀쩡하게 살아 있는 나를 땅속에 파묻어버리다니, 내가 얼마나 골탕을 먹었는지 알기나 해?"

말끝이 떨어지기 무섭게 이번에는 가슴팍에 연거푸 세 차례나 주먹질을 안겼다. 실로 오랜만에 들어보는 욕설이요, 손찌검이었다. 장무기는 흐뭇한 마음에 구양신공을 일으켜 저항할 생각은 않고, 아픔을 꾹꾹 눌러가며 그 맵디매운 세 주먹을 고스란히 얻어맞았다. 매를 맞으면서도 얼굴에는 싱글벙글 웃음기가 떠날 줄 몰랐다.

"하하……! 거미, 난 당신이 죽은 걸 확인했단 말이오. 아야, 아얏……! 진짜 숨이 끊어진 걸 보고 내 얼마나 가슴 아프게 울었는지 알기나 하오? 몇 번씩이나 대성통곡을 했는데……. 아무튼 죽지 않고 살아왔으니 이보다 더 좋은 일이 어디 있소? 하하, 진짜 큰아버님 말씀마따나 하늘에도 눈이 달렸어!"

성난 거미가 독설을 퍼붓기 시작했다.

"하늘에는 눈이 달렸는지 몰라도 추팔괴 녀석은 눈알도 없나! 의술에 정통하다고 자랑하던 녀석이, 죽었는지 살았는지조차 몰라보고 생사람을 땅에 파묻어버리다니. 난 믿지 못하겠어! 너는 분명 내 얼굴이 부어오른 게 보기 역겨워 숨이 끊어질 때까지 기다리지도 않고 허겁지겁 생매장해버렸잖아! 이 양심도 없는 것, 인정머리라곤 눈곱만치도 없이 모질고 매정한 녀석! 네놈부터 어서 뒈져 명 짧은 귀신이나 되어라!"

연주포連珠礮 터뜨리듯 쉴 새 없이 퍼붓는 악담에 사납게 포달을 부리는 탯거리마저 예나 지금이나 변함이 없다. 장무기는 낄낄대면서 쑥스럽게 머리통을 긁적거렸다.

"내가 그런 욕을 먹어도 싸지 싸! 난 정말 흐리멍덩한 놈이었소. 얼굴은 온통 피투성이인 데다 호흡이 끊기고 심장박동마저 뛰지 않으니 난들 어쩌겠소? 구해낼 목숨이 아닌 줄 알고 비통한 심정에 그만 자세히 살펴보지도 않았지 뭐요."

거미가 펄쩍 뛰더니 이번에는 오른쪽 귀를 비틀려고 달려들었다. 장무기는 여전히 낄낄대며 슬쩍 몸을 뒤틀어 그 손길부터 피하더니 허리 굽혀 절했다.

"착한 누이동생, 거미 아가씨! 날 용서해주시구려."

"난 용서 못 해! 그날 내가 어떻게 깨어났는지 알기나 해? 정신을 차리고 보았더니 위아래 사방 천지가 온통 얼음같이 차가운 돌멩이로

꽉 쌓여 있었단 말이야! 날 생매장하려거든 어째서 흙더미로 덮어 쌓지 않고 나뭇가지와 돌멩이 따위를 포개 얹은 거야? 숨을 쉬지 못했으면 진짜 죽었을 거 아냐?"

"흙덩어리가 당신 얼굴에 긁혀 생채기를 낼까 봐 그랬던 거요. 죽어서까지 얼굴을 다치면 어쩌나 싶어 차마 흙더미를 쌓지 못했지. 천지신령님, 정말 이렇게 고마울 데가 있나! 당신 몸에 흙더미가 아니라 먼저 나뭇가지와 돌멩이를 포개 얹은 덕분에 숨통이 막히지 않았으니 천만다행이지 뭐요?"

두루뭉수리 변명을 늘어놓으면서 저도 모르게 곁눈질로 주지약을 훔쳐보았으나, 그것마저 거미에게 들켜 꾸지람을 듣고 말았다.

"저 여자 아주 나빠! 쳐다보는 것도 안 돼!"

"어째 나쁘다는 거요?"

"저 여자는 날 죽인 살인범이야. 그런 여자를 뭣 하러 거들떠본단 말이야?"

이때 조민이 불쑥 한마디 끼어들었다.

"당신은 죽지 않았잖아요? 죽지 않았으면 주 낭자도 살인범이 아닌 셈이죠. 안 그래요?"

"난 한 번 죽었으니까, 저 여자도 한 번 살인을 저지른 범인이죠!"

장무기는 좋은 말로 거미를 다독거려주었다.

"착한 거미 아가씨, 당신이 위험에서 벗어나 돌아온 게 너무나 기뻐서 그런 거요. 사실 우리 셋 모두 기뻐 죽을 지경이오. 마음 차분히 가라앉히고 우리 여기 둘러앉아서 얘기 좀 들어봅시다. 어떻게 구사일생으로 살아나왔는지 궁금해 죽겠소."

"'우리 셋'은 뭐람? 도대체 몇 사람을 놓고 '우리'라는 거야?"

앙칼지게 쏘아붙이는 거미에게 장무기는 미소로 응답했다.

"여기 네 사람밖에 더 있소? '우리'라는 건 물론 나하고 주씨, 조씨 두 낭자를 가리키는 것이지."

"흥! 난 죽지 않았어. 당신이야 어쩌면 진심으로 기뻐하는지 몰라도 주 낭자, 조 낭자는? 저 여자들도 모두 기뻐할까?"

거미가 코웃음 치며 반박하자, 주지약은 풀이 죽은 기색으로 입을 열었다.

"은 소저, 그날 내가 악심을 품고 당신에게 상해를 가했죠. 그 일을 저지르고 나서 난 정말 뼈아프게 뉘우쳤어요. 오죽하면 밤마다 꿈자리마저 뒤숭숭해서 단 하루도 맘 편한 날이 없었죠. 그렇지 않았던들 오늘 숲속에서 불쑥 나타나는 당신을 보고 나도 그런 꼬락서니로 놀라지는 않았을 겁니다. 이제 당신이 평온무사한 모습으로 돌아온 걸 보니 내 죄업도 면하게 된 셈이네요. 저 위에서 하늘이 내려다보고 계십니다. 난 정말 무한히 기쁘고 반가울 따름이에요. 은 소저, 믿어줘요."

거미 아리가 머리 숙인 채 잠시 생각해보더니 고개를 끄덕였다.

"그것도 다소 일리는 있구먼. 내 본래 당신을 찾아서 앙갚음할 생각이었는데 그만두기로 하죠."

주지약이 두 무릎을 털썩 꿇더니 울음보를 터뜨렸다.

"난…… 난 정말 당신한테 너무 못 할 짓을 했어요. 미안해요. 용서해줘!"

거미 아리는 유별나게 성격이 집요했다. 그러나 눈앞에서 주지약이 잘못을 인정하고 뉘우치는 모습을 보자 삽시간에 봄눈 녹듯 마음이 여려졌다. 그녀는 얼른 주지약을 부축해 일으켰다.

"주 언니, 과거지사는 당신이나 나나 어느 누구도 마음에 새겨둘 것 없어요. 어차피 나도 살아서 돌아왔잖아요?"

그러고는 손을 잡아끌어 다정하게 나란히 앉았다. 아리는 헝클어진 머리카락을 매만지면서 또 말했다.

"당신이 내 얼굴에 몇 번 칼질을 했지만 나한테 전혀 나쁜 일도 아니었어요. 내 얼굴은 애당초 거미 독에 울퉁불퉁 부종이 나 있었는데, 칼을 맞고 나서 핏물에 독기가 섞여 모조리 흘러나오고, 부었던 종기도 천천히 가라앉았으니까요."

그래도 주지약은 내심 미안하고 송구스러워 아무런 대꾸도 하지 못했다. 장무기가 대신 궁금하던 것을 물었다.

"나하고 큰아버님, 주 낭자가 그 후에도 오랫동안 그 섬에 살았는데, 당신은 무덤에서 빠져나온 후 왜 곧장 우리를 만나러 오지 않았소?"

아리는 새삼 분통이 터지는지 야멸치게 쏘아붙였다.

"난 당신을 보고 싶지 않았단 말이야! 당신하고 주 낭자 둘이서 얼싸안고 둥개둥개 사랑 타령을 하고 있는데, 화가 안 나게 생겼어? 그 꼴을 보니 얼마나 약이 오르는지. 흥! 뭐랬더라? '내 이제부턴 오로지 그대만을 세 곱절 네 곱절 더 아끼고 사랑해줄 거요. 우리 둘이서 부부일체가 되었는데, 내 어찌 당신을 업신여긴단 말이오?' 아마 이랬었지! 안 그래요?"

그녀는 장무기의 말투까지 흉내 내어 몇 마디 중얼거리더니, 이번에는 주지약의 말버릇 억양을 흉내 내어 종알거렸다.

"주 낭자, 당신은 또 뭐랬더라? 옳지, 이랬군! '만약 말이에요, 제가 당신한테 무슨 잘못을 저지른다면 날 때리고 욕하고 죽이겠죠? 어려서부터 부모님의 훈계 말씀 한마디 듣지 못하고 자라온 저야 오죽하겠어요? 언제 어디서 당신에게 잘못을 저지를지 모르지요.' 호호호! 내가 이런 말까지 다 엿들었다니까."

그녀가 "에헴!" 하고 헛기침을 하더니 또 걸쭉한 사내 목소리로 바꾸어 엄숙하게 덧붙였다.

"'지약, 그대는 내 아내요. 지난날 내가 마음을 다잡지 못하고 방황한 것은 사실이오. 이제 오늘부터 그대에 대한 내 마음은 결코 변함이 없을 거요. 그대가 무슨 잘못을 저지른다 하더라도 단 한마디 심한 말로도 책망하지 않을 것이오.' 그다음에는 손가락으로 달을 가리키면서 이랬었지? '저 하늘의 밝은 달빛이 우리 둘만의 사랑을 증명해주고 있소.' 어허허! 변덕스러운 달빛더러 증인을 서라고 했으니, 그놈의 맹세가 오래도 가겠군!"

아리는 단 한마디도 빼놓지 않았다. 그렇다면 무인도에서 장무기와 주지약이 약혼하기로 결정한 날 밤 주고받은 정담은 고스란히 아리의 귀에 들어간 것이 분명했다. 이제 와서 그녀가 한바탕 베껴내는 사설을 듣고 있으려니, 주지약의 얼굴이 부끄러움에 새빨갛다 못해 목덜미까지 벌게졌다. 장무기는 사뭇 얄궂은 기색으로 두 눈길을 어디다 두어야 좋을지 모른 채 허공만 헤매고 있었다. 흘끗 조민을 훔쳐보았더니, 아니나 다를까 약이 바짝 오르다 못해 얼굴빛마저 창백하게 질렸다. 은근슬쩍 손길을 내밀어 손목을 잡아주었으나, 조민의 손바닥이 홀떡 뒤집히면서 그 기다란 손톱으로 무정한 사내의 손등을 꼬집어 뜯었다. 장무기는 아파 죽을 노릇이지만 감히 소리도 지르지 못했다.

아리가 품속에서 웬 나무토막을 한 개 끄집어내더니 코앞에 바짝 들이댔다.

"똑똑히 봐요. 이게 뭐죠?"

엉겁결에 내려다보니 나무토막에 글씨 한 줄이 새겨져 있었다.

사랑하는 아내 거미 은리의 무덤
삼가 장무기 세움

바로 그녀가 '죽은' 날 무덤 앞에 손수 세워놓은 비목이었다. 아리는 원한에 찬 목소리로 악을 쓰기 시작했다.

"무덤에서 기어 나와 이 나무토막을 보았을 때 난 정말 영문도 모르고 멍하니 서 있기만 했지. 이게 뭐냐? 심보 모질고 명 짧아 죽은 귀신 장무기 녀석이 내 무덤에 비를 세웠다니, 이게 도대체 어찌 된 노릇인가? 난 아무리 생각해도 이해할 수가 없었어. 나중에 가서 너희 둘이 '무기 오라버니, 어쩌니' 주고받는 얘기를 엿듣기 전까지 말이야! 그때서야 언뜻 깨달았지. 원래 장무기가 바로 증송아지였고, 증송아지가 바로 장무기였다는 사실을. 이 양심도 없는 것아, 정말 나를 참 잘도 속였겠다!"

독설 끝에 번쩍 치켜 들린 나무토막이 장무기의 머리통 위에 그대로 떨어졌다. 머리통을 힘껏 후려친 나무토막이 단번에 서너 토막으로 부러져 사방으로 튕겨 날아갔다. 조민이 깜짝 놀라 노성을 질렀다.

"어쩌자고 걸핏하면 사람을 때리는 거야!"

"하하하, 내가 저 녀석을 좀 때렸다, 어쩔래? 가슴 아파 죽겠지, 안 그래?"

조민의 얼굴이 화끈 달아올랐다.

"그만큼 양보해줬는데, 당신은 뭐가 옳고 그른지도 몰라?"

"뭐가 옳고 그른지 내 알게 뭐람. 하하, 당신은 마음 푹 놓아도 돼. 난 당신하고 저따위 추팔괴 녀석을 놓고 다투지 않을 테니까. 내가 한 마음 한뜻으로 좋아하는 사람은 하나뿐이야. 그건 호접곡에서 내 손등을 깨물었던 장무기, 어린 소년이거든. 지금 내 눈앞의 이 추팔괴를 증송아지라고 불러도 좋고 장무기라고 불러도 좋아. 난 하나도 좋아하지 않으니까."

그러고는 장무기를 향해 말했다.

"송아지 오라버니, 당신은 줄곧 날 아주 끔찍이 위해줬어요. 내 얼마나 고마운지 몰라. 하지만 내 마음은 벌써 오래전에 그 심보 모질고 흉악한 소년 장무기한테 줘버렸다니까. 당신은 그 녀석이 아니야. 아니, 정말 그 어린 녀석이 아니지!"

당사자를 마주 세워놓고 부인하니 장무기의 얼굴이 영락없는 도깨비한테 홀린 기색이었다. 그저 영문을 모른 채 두 눈 멀뚱멀뚱 뜨고 입 속으로 같은 소리만 우물거릴 따름이었다.

"내가 분명히 장무기인데…… 어째서…… 어째서……?"

거미 아리의 얼굴빛이 부드러워졌다. 따사롭게 정감 어린 눈길이 그를 향한 채 한동안 멍하니 바라보며 움직일 줄 몰랐다. 그러나 눈망울 속에 담긴 감정의 빛깔이 변화무쌍하게 바뀌더니 끝내 고개를 가로저었다.

"송아지 오라버니, 당신은 모를 거예요. 서역 땅 너르디너른 모래 바다에서 당신과 나는 생사고락을 함께 나누었죠. 외딴섬에서 당신은 정말 어질고 의리 있는 마음씨로 날 극진히 보살펴주었죠. 당신은 너무 착한 사람이야. 못난이한테 그토록 잘 대해주었으니 나도 당신을 아끼고 사랑해주어야 옳겠지. 하지만 당신한테 벌써 말했잖아요. 내 마음은 벌써 오래전에 그 몹쓸 장무기 녀석한테 줘버렸다고. 난 그 녀석을 찾으러 떠나야 해. 어디 말해봐요, 내가 그 녀석을 찾아내면 그 심보 모질고 명 짧은 녀석이 또 날 때리고 욕하고 물어뜯을까?"

말을 마치자, 그녀는 장무기의 대답을 기다리지도 않고 슬그머니 돌아서더니 천천히 걸음을 옮겨 떼기 시작했다.

장무기는 이제야 모든 것을 깨달았다. 거미 아리 그녀가 진정으로 사랑한 것은 바로 마음속으로 상상하는 어린 장무기, 호접곡에서 마주친 기억 속의 장무기 소년, 그녀를 발길질로 걷어차고 물어뜯어가며 완강하게 저항하고 포악을 부리던 고집쟁이 소년 장무기였을 뿐, 지금 눈앞에 서 있는 이 장무기도 아니고, 이렇듯 훤칠한 청년으로 성장해 남을 인자롭게 대하고 너그러이 용서 잘하는 도량 큰 장무기도 아니었던 것이다.

어둠 속으로 멀어져가는 그녀의 뒷모습을 바라보면서 장무기는 가슴속이 온통 서글픔과 미련 그리고 뭐라고 형언하기 어려운 착잡한 심사로 뒤엉켰다. 그는 잘 알고 있었다. 그녀에게 한평생 두고두고 영원히 기억에 남을 사람은 호접곡의 고집스러운 소년 하나뿐이리라. 이제 그녀는 이 악다구니 같은 철부지 소년을 찾으러 온 세상천지 구석구석 헤매고 다닐 것이다. 물론 끝끝내 찾지 못하겠지만, 벌써 오래전에 찾아냈다고 말할 수도 있으리라. 왜냐하면 그 소년은 이미 그녀의 마음속 밑바닥에 도사려 앉은 채 숨어 있을 테니까. 그렇다. 진정으로 사랑하는 이, 참된 사물은 이따금 마음속으로 상상하는 것만큼 좋을 수도 없고, 그 수준에 못 미칠지도 모르는 일이다.

"모두가 내 탓이에요. 저렇듯 미치광이로 만들었으니, 내가 나쁜 년이었어요."

주지약이 탄식하는 소리를 들으면서 장무기는 속으로 생각했다.

'확실히 어딘가 모르게 실성한 구석이 없지는 않다만, 그건 순전히 내 탓이다. 내가 그렇게 만들었어. 그래도 정신이 말짱한 사람보다는 훨씬 더 행복하고 즐겁게 살아갈지도 몰라.'

조민은 나름대로 또 다른 걱정 근심에 휩싸였다. 은 소저는 왔다가 훌쩍 떠나버렸다. 그렇다면 주지약은 어떻게 될까? 은리 소저도 죽지 않았고 사손 역시 멀쩡하게 목숨 붙여 별 탈 없이 평안무사하게 되었다. 의천보검, 도룡도에 감춰진 병법서와 무공비급은 두 자루 칼과 함께 송두리째 장무기의 손에 넘어갔다. 어떻게 보면 주지약이 저지른 모든 잘못도 이젠 대수롭지 않게 되고 만 셈이다. 물론, 송청서가 주지약에 대한 치정으로 말미암아 일곱째 사숙 막성곡을 죽이긴 했다. 하지만 그것은 송청서 자신이 저지른 죄요, 업보일 뿐이다. 주지약은 사전에 그런 일이 벌어질 줄 전혀 몰랐고, 또 그런 짓을 저지르라고 시킨 것도 아니다. 장무기는 주 낭자와 혼인하기로 약속한 몸이다. '장무기, 이 사람은 절대로 신의를 저버릴 위인이 못 되지 않은가? 주지약, 저 애물단지를 어쩌면 좋으랴?'

"우리도 그만 가요."

남의 속도 모르고 주지약이 발딱 일어섰다.

"어딜 가요?"

딴생각에 잠겼던 조민이 들켰나 해서 깜짝 놀라 물었다.

"내 아까 소림사에 있을 때 팽 화상이 허둥지둥 저 사람을 찾아다니는 걸 봤어요. 아무래도 명교에 뭔가 긴요한 일이 생긴 모양이더군요."

이 한마디에 장무기가 찔끔했다.

'이런 맙소사! 아녀자들과 얽힌 정 때문에 교단의 막중대사를 그르치다니, 그럼 안 되지 안 돼!'

세 사람은 당장 잰걸음으로 부리나케 그 자리를 떠났다. 그리고 얼마 안 있어 명교 일행이 머무는 숙영지를 찾아냈다.

무슨 일이 생겼는지 양소와 범요, 팽형옥 일행은 이곳저곳 사람을 풀어놓고 교주의 행방을 수소문하느라 부산을 떨던 차에, 멀쩡하게 돌아오는 장무기를 발견하고 가슴을 쓸어내렸다. 한데 주지약과 조민 두 여인까지 데려오는 것을 보고 의아스러움에 두 눈이 휘둥그레졌다. 장무기는 수뇌부 사람들의 기색이 의기소침한 것을 보자 뭔가 재미적은 일이 터졌음을 깨닫고 얼른 물었다.

"팽 대사, 무슨 일로 날 찾으셨습니까?"

팽형옥이 미처 대답하기 전에 주지약이 먼저 조민의 팔을 잡아끌고 속삭였다.

"우리 저쪽에 나가 앉아요."

조민도 눈치가 빠른 만큼 그녀가 이끄는 대로 다정하게 걸어갔다. 명교 내부의 비밀을 듣지 않으려고 자리를 피해준 것이다. 두 여인이 어깨 나란히 하고 걸어가는 모습을 보고, 양소와 범요는 더욱 기괴한 느낌이 들었다. 생각해보라. 호주성에서 장 교주가 혼례식을 올리던 날 이 두 처녀는 불구대천지 원수라도 된 것처럼 싸워 혼례식장을 피로 물들이지 않았던가? 그 싸움이 얼마나 치열하고 지독스러웠는지 기억에 아직도 새로운데, 오늘은 두 연적이 자매나 다를 바 없이 친근해졌으니 정말 세상일은 알다가도 모를 것이었다. 양소도 그렇고 범요의 생각도 그랬다. 장 교주가 무슨 재주로 화해를 붙였는지 모르겠지만, 과연 능력 있는 사람은 못 해낼 일이 없는 듯했다. 혹시 건곤대나이 심법 최고 단계로 이쪽저쪽 상대방의 감정이나 힘을 끌어다 조절한 것은 아닐까? 진짜 그렇다면 사람을 꼼짝 못 하게 굴복시키는 마법의 신공이다.

아무튼 팽형옥은 두 여인이 자리를 피해줄 때까지 기다렸다가 말문을 열었다.

"교주님께 아뢰오. 용봉 황제가 오국공의 요청을 받아들여 저주에서 응천부로 천도하던 중 진강부鎭江府 대안 과보현瓜步縣에 이르러 장강을 건너던 용선龍船이 전복되어 강물 한복판에서 붕어崩御하셨다고 합니다!"

"아차……!"

장무기가 외마디 소리를 질렀다. 용봉 황제라면 죽은 의병대장 한산동의 아들로 임시 국가인 '송'나라의 황제를 자칭하는 한림아요, 오국공은 물론 주원장의 봉호封號다. 얼마 전 한림아가 주원장의 요청을 받아들여 응천부로 도읍을 옮겨간다는 소식이 있었는데, 어쩌다 장강에서 배가 뒤집혀 익사했단 말인가? 참으로 애통하고 안타까운 노릇이었다. 한림아는 사람됨이 무척 후덕하고 충직한 젊은이였다. 언젠가 대도 유황성遊皇城 때 주지약과 함께 구경하러 나갔다가 시가 행진에 나선 오랑캐 황제를 보고 의분에 못 이겨 흥분하던 모습이 떠오르면서 장무기는 착잡한 심정을 금할 길이 없었다. 아주 좋은 벗으로 사귀었는데……. 그는 즉석에서 부하를 시켜 이 흉보를 주지약에게 알리는 한편, 소림사 측에 부탁해 발상發喪 준비를 갖추도록 했다.

팽형옥은 다시 비밀스러운 일을 아뢰었다. 한림아가 과보현에 상륙하기 직전 배가 뒤집혀 익사할 때 호송 책임을 맡은 사람이 대장 요영충廖永忠이라고 했다. 그런데 오국공 주원장이 그 소식을 듣고 크게 진노해 주군을 호송하는 데 충성을 다하지 못하고 구출에 힘쓰지 않은 죄목으로 요영충을 사형에 처하라는 전지를 내렸다는 것이다. 장무기도 그럴싸한 조치라 고개를 끄덕거렸다.

"누가 뭐래도 한씨 아우님은 우리 명교 동부 지역 홍건군을 통솔하는 대수령大首領이었으니 요영충은 죽여 마땅한 노릇이겠지요."

그러자 팽형옥이 목소리를 잔뜩 낮추어 말했다.

"교주님, 요영충 아우는 억울합니다."

"아니, 뭐가 억울하다는 거요?"

"요씨 형제는 상우춘의 심복 부하로서 아주 유능한 장수였습니다. 전쟁터에 나가 용맹을 떨칠 뿐 아니라, 병사들에게 솔선수범을 보여온 덕장이기도 합니다. 이번에 그는 암암리에 주원장의 밀명을 받아 고의적으로 배를 전복시키고 한씨 아우님을 물에 빠뜨려 죽였습니다. 상우춘이 이 일을 알고 주원장과 책상을 쳐가며 크게 다투었다는 사실을 모르는 사람이 거의 없습니다. 다행히 서달 형제가 중간에 화해를 붙이고 남몰래 요영충을 빼돌려 석방시킨 다음, 죄수 가운데 비슷한 자를 하나 골라 처형해서 명분을 맞추고 그것으로 사태를 종결시켰습니다. 그 직후 상우춘과 서달 일행이 저를 찾아와 하소연했는데, 저로서는 어떻게 독단으로 처리할 수 없기에 교주님께서 가부간에 결정을 내려주셨으면 해서 여쭙는 것입니다."

사연을 듣고 보니 장무기는 골치가 지끈거릴 정도로 번민에 휩싸였다. 아무리 생각해도 쌍방을 두루 만족시킬 해결책이 떠오르지 않았다. 요영충은 분명 주원장의 음모와 술수에 말려든 희생물이었다. 요영충에게 누명을 씌워 처벌하다니, 이런 억울한 사태가 명교 내부에서 일어나도록 방관할 수도 없거니와 주원장을 공개적으로 지목해 문책한다는 것은 더구나 못 할 일이었다. 우선 그의 수중에는 막강한 군사력이 있었다. 잠재 세력 또한 무시하지 못할 정도로 성대하다. 만일 교단에서 철두철미하게 조사할 경우 명교 세력은 그로 말미암아 분열을 면치 못하고, 원나라 항전 대업에 분명 크게 불리한 결과를 빚어낼 것이다.

"어서 좌우 광명사자, 위 법왕, 오산인, 오행기 장기사들을 모두 소집해주시오. 우리 다 같이 공동으로 대책을 의논해야겠습니다."

이 사건이야말로 명교 내부의 중대사였다. 장무기는 소림사 측에 부탁해 조용하고 외딴곳에 있는 정사 한 채를 빌렸다. 그러고는 외부에 소식이 새나가지 않도록 솜씨 좋은 고수들을 건물 주변에 여럿 풀어 경계 보초를 세우고 철통같이 지키게 했다. 양소를 비롯한 수뇌부들이 그곳에 모였다. 이들은 평소 팽형옥이 빈틈없고 눈치 빠르게 일을 정확히 처리하는 데다 매사에 공평하고 의롭다는 것을 익히 알고 있었다. 따라서 그가 이 엄청난 사실을 입 밖에 냈다면 사전에 모든 진상을 낱낱이 조사했으리라 믿어 의심치 않았고, 실정을 그릇되게 보고할 리 없다는 데 의견이 일치했다. 누구보다 먼저 흥분해서 고래고래 악을 쓴 사람은 역시 주전이었다.

"주원장, 그 빌어먹을 놈의 자식, 정말 사람 축에도 못 낄 놈이오! 앞서는 교주 자리를 빼앗으려고 온갖 술책을 다 부리더니, 이제 와서 우리 한씨 형제를 모살했소. 만약 그놈이 계속 허위 날조 수법으로 사기극을 벌여 무고한 사람에게 올가미를 씌워 죽인다면 앞으로 우리 명교도 좋은 꼴 보기는 다 틀린 노릇이오. 다들 생각 좀 해봅시다. 그놈이 장차 몽골 오랑캐를 이 땅에서 몰아내고 스스로 교주 노릇을 하든 황제 노릇을 하든 오랑캐 조정보다 더 나을 게 얼마나 있겠소? 그럴 바에야 차라리 힘들여 오랑캐 족속을 몰아내지 말고 가만 내버려두는 게 더 낫겠소이다. 교주님, 제가 말씀드리고 싶은 것은 이겁니다. 우리 총단 명의로 사람을 파견해서 모든 진상을 샅샅이 밝혀놓고 그놈의 오국공인지 뭔지 하는 봉호를 삭탈해버린 다음, 한씨 형제의 목숨값으로 그놈의 한쪽 팔뚝을 뎅겅 끊어버리기로 합시다!"

철관도인 장중 역시 한마디 여쭈었다.

"교주님, 성화령 큰 계율에 본교 형제끼리 서로 죽이는 행위를 엄격히 금하고 있습니다. 주원장이 그런 짓을 저지른 이상 엄히 징벌하지 않으면 차후로 우리 형제 간에 서로 죽이고 죽는 골육상잔이 계속 벌어질 터인데, 성화령의 크고 작은 계율을 어떻게 지킬 수 있겠습니까?"

"본교 형제끼리 살육하는 행위는 마땅히 없어야 할 것입니다. 우리가 무엇보다 먼저 해야 할 것은 요씨 형제를 구출하는 일입니다. 그를 총단으로 데려와 자세히 물어봐야 하지 않겠습니까?"

장무기의 말에 포대화상 설부득이 맞장구를 쳤다.

"교주님 말씀이 백번 옳습니다. 제가 이 길로 응천부로 달려가 위험에 빠진 요씨 형제를 구출해 돌아오겠습니다."

위일소가 모처럼 신중한 의견을 내놓았다.

"요씨 형제는 물론 구해내야겠지요. 하지만 그를 구출하는 즉시 주원장도 총단에서 이번 사건을 철저히 조사한다는 것을 알아차릴 것입니다. 등유鄧愈, 오량吳良, 풍승馮勝, 부우덕傅友德 제장들은 하나같이 주원장의 호령을 따르고 있습니다. 게다가 그들 한 사람 한 사람이 모두 수만 병력을 거느린 맹장 아닙니까? 속담에 '선수 치는 자가 장땡先下手爲强'이라 했듯이, 우리도 선수 쳐서 총단 명령에 불복하는 자를 낱낱이 제거해야 한다고 봅니다."

그러나 장무기는 땅이 꺼지게 한숨을 내리쉬었다.

"이쪽을 죽이면 또 저쪽을 죽여야 하다니……. 우리 모두가 좋은 형제들인데, 내 어찌 차마 손을 쓸 수 있겠습니까? 여러 장수를 한자리에 모아놓고 허심탄회하게 속을 털어놓고 대화로 해결할 방도는 없겠습니까? 다 같이 공정한 입장에서 화기애애하게 대화를 나누었으면 좋겠는데……."

팽형옥이 고개를 내저었다.

"안타깝게도 불가능한 일입니다."

이래저래 안 된다니 장무기는 속수무책이라, 망연자실한 기색으로 양소와 범요에게 기댈 수밖에 없었다.

"양 좌사, 범 우사, 두 분 생각은 어떠십니까?"

교주의 물음에 양소가 먼저 입을 열었다.

"병기를 들고 무력으로 해결하든 전쟁터에 나가 싸우든, 우리 명교의 신성한 불꽃은 꺼지지 않고 끝까지 밝혀야 합니다!"

이어서 그는 현 사태를 간단명료하게 분석했다. 명교 출신 의병 세력은 각처에서 봉기해 몽골족 관원을 도륙하고 반란을 일으켜 원나라 조정이 어디다 손을 써야 할지 모르게 만들고 있다. 전쟁터에서 이기든 지든, 저들은 명교 총단에 보고하지도 않거니와 총단 역시 저들의 일에 참견하지 않고 방임한 상태이다. 응천부 일대의 홍건군 역시 마찬가지, 평소 자기네들이 옳다고 생각하는 대로 행동할 뿐 명교 총단의 간섭을 받아본 적이 없다. 세력과 명망이 장대한 만큼 총단에서 저들의 우두머리를 죽일 수도 없거니와 명교의 계율로 굴레를 씌워 속박할 수도 없는 처지다. 그저 자연스럽게 맡겨두는 길밖에 없는 것이다. 다만 한 가지, 저들이 제멋대로 교주 자리를 빼앗아 명교 총단마저 자기네들이 좌지우지하도록 내버려두어서는 안 된다……. 뒤미처 범요가 큰 소리로 맞장구를 쳤다.

"양 좌사의 말이 바로 제 뜻에 부합합니다. 오늘 우리가 할 일은 명교의 신성한 불꽃이 타올라 꺼뜨리지 않게 하는 데 있습니다. 우리는 지금 도룡도를 손에 잡고 두 눈 딱 부릅떠 지켜봐야 할 때입니다. 주원장이란 놈이 백성을 우대하고 착하게 이끌어나간다면 그가 하는 대로 내버려둡시다. 하나 그러지 못할 때에는 도룡보도를 휘둘러 단칼에 그 놈의 머리통을 후려 찍어야 할 것입니다!"

"바로 그거요!"

장무기가 손바닥으로 탁자를 호되게 내리쳤다.

"바로 그거요! 우리 명교의 올곧은 광명의 빛으로 서민 백성을 영원토록 보호합시다!"

위일소, 은천정, 오산인, 오기사들이 자리를 박차고 일어나더니 격동된 기색으로 외쳐 화답했다.

"우리 명교의 올곧은 광명의 빛으로 서민 백성을 영세무궁토록 보호합시다!"

결국 회의에서 이런 결정이 나왔다. 그러나 장무기의 심중은 여전히 우울하기만 했다. 이러한 결정이 의협의 도리에 어긋날뿐더러 애당초 인명을 중시하고 자애로움을 앞세우는 명교의 본뜻에 흠이 되기도 했기 때문이다. 요영충이 억울하게 누명을 쓰고 사형에 처해지는데도 총단에서 그 원한을 씻어주지 못하게 되었으니 양심의 가책으로 마음이 불안했다. 하지만 주원장 일파가 벌이는 춤판에 일단 간섭하는 날이면 한도 끝도 없이 말려들어 치고받고 싸우다 결국은 공멸하는 길밖에 없었다. 그는 자신의 능력으로 일을 공평하게 처리하지 못하는 것이 원망스러울 따름이었다. 회의를 마치고 정사 문턱을 나설 때는 밤이 이미 깊어 있었다.

이튿날 조민이 찾아왔다.

"주 언니가 어젯밤에 혼자 떠났어요. 당신에게 작별 인사를 드리지 못해 미안하다고……."

장무기는 머릿속이 텅 비어버린 듯 한동안 멍하니 허공만 응시했다. 안팎으로 외로워졌다는 생각이 들자, 불현듯 태사부 장삼봉이 보고 싶었다. '그 어르신과 헤어진 지도 벌써 오래되었구나…….' 그리움에 사무치면서 들뜬 마음이 발걸음을 사백 사숙이 머무르는 숙영지로 향하게 만들었다. 잠시 후 그는 조민과 함께 유연주 일행을 따라서 무당산으로 출발했다. 들것에 실린 송청서를 떠멘 채로…….

숭산 소림사에서 무당산까지의 거리는 그리 멀지 않아 며칠 만에 도달했다. 장무기는 유연주, 장송계, 은리정과 함께 진무제군眞武帝君 도관에 들어가 태사부 장삼봉에게 문안 인사를 드리고 다시 대사백 송원교와 셋째 사백 유대암을 뵈었다. 송원교는 아들이 도관 밖에 와 있다는 소리를 듣자 마자 얼굴빛이 시퍼렇게 질리더니 손에 장검을 빼어 잡고 뛰쳐나갔다. 장무기 일행은 이를 만류할 수도 없고 또 그냥 내버려 둘 수도 없어 일제히 대전 앞에까지 따라갔다. 장삼봉도 뒤따라 나갔다. 그곳에는 송원교가 벌써 비통한 표정으로 불호령을 내리고 있었다.

"대역 불효한 짐승 같은 놈은 어디 있느냐?"

이리저리 둘러보는 눈길에 아들 송청서가 뜨였다. 들것에 힘없이 누운 부상자, 머리를 온통 하얀 헝겊으로 친친 동여매다 못해 두 눈마저 가려진 몰골을 보자, 번쩍 쳐들어 내리 찌르려던 장검의 칼끝이 중도에서 아들의 몸뚱어리를 겨냥한 채 우뚝 멈췄다. 삽시간에 부자간의 정분과 동문 사이의 의리, 온갖 감회가 착잡하게 뒤엉켜 머릿속에서 소용돌이치자 그는 두 번 생각해볼 것도 없이 칼끝을 되돌려 질풍같이 자신의 아랫배를 찔러들었다. 벌써부터 대사백의 거동을 주시하고 있던 장무기가 재빠른 손길로 그 손에서 장검을 빼앗았다.

"대사백 어른, 제발 이러시면 안 됩니다! 이 일을 어떻게 처리할 것인지 태사부님께 여쭤봐야 합니다."

장삼봉은 탄식을 토해냈다.

"우리 무당파 문하에서 이런 불초 자제가 생겼다니. 원교야, 이것은 너 한 사람만의 불행이 아니다. 이런 대역부도한 놈은 차라리 없느니만 못하느니라."

돌연 송청서가 큰 소리로 부르짖었다.

"아버지, 아버지……!"

송청서는 들것에서 뛰쳐나와 태사부와 아버지 앞에 무릎 꿇어 절하려 했으나, 급작스레 힘을 주다 보니 몸뚱이의 안팎 상처가 한꺼번에 터지고, 장무기가 접골성약 흑옥단속고를 써서 가까스로 붙여놓았던 두개골마저 또다시 바스러지고 말았다. 들것 위에 맥없이 털썩 주저앉은 송청서가 뒤로 벌렁 나자빠졌다. 들이켠 숨을 내쉬지 못하니 그대로 숨이 끊겼다. 황급히 달려든 장무기가 양손으로 등줄기와 단전에 맞대고 구양신공 진기를 불어넣었다. 어떻게 해서든지 목숨을 이어줄 생각에서였다. 뒤따라 유연주와 장송계 두 사백더러 계속 진기를 쏟아 넣도록 넘겨주고 자기는 바스러진 머리뼈를 도로 맞추기 시작했다. 그러나 모두가 허사였다. 송청서의 숨결은 이미 끊기고 심장박동 역시 뚝 멈추어 다시 뛰지 않았다.

사랑하는 아들의 시신을 어루만지던 송원교가 분노와 비통에 가슴이 벅차올라 숨을 돌리지 못하고 하늘을 우러른 채 뒤로 벌렁 나자빠졌다. 장무기가 황급히 부축해 일으켜 앉히고 가슴을 문질러 숨 고르기를 도와주었다.

"사부님……! 불초 제자가 자식 교육에 소홀하여 일곱째 아우를 이 짐승 같은 놈의 손에 죽게 만들었습니다. 이런 자식을 둔 제가 무슨 낯으로 사부님과 일곱째 아우를 대하겠습니까?"

발치 앞에 무릎 꿇고 통곡하는 맏제자를 굽어보면서, 장삼봉이 침통한 기색으로 분부를 내렸다.

"이 일은 확실히 너한테 허물이 있을 터, 우리 무당파 장문 제자의 지위는 오늘부터 유연주가 이어받도록 해라. 너는 태극권법 수련에만 전념하고 장문의 일에는 다시 관여할 것 없다."

"예에…… 삼가 명을 받드오리다."

송원교가 절하며 사례하고 스승의 명을 받들었다. 유연주는 극구 사양하며 장문의 직분에 오르려 하지 않았다. 그러나 스승이 단호히 허락하지 않으므로 어쩔 수 없이 받아들였다.

장삼봉은 자신이 가장 아끼고 신임하던 송원교의 직분을 박탈하고 단 한마디로 장문인을 교체했다. 무당파 제자들과 장무기, 조민 두 사람은 그가 문규門規를 서릿발같이 바로 세우는 것을 보고 너 나 할 것 없이 속으로 찔끔하면서 저마다 엄숙해졌다. 즉석에서 큰일을 마무리 지은 장삼봉이 다시 태연한 기색으로 돌아가 장무기에게 영웅대회에서 일어난 일과 몽골군 토벌대를 상대로 벌인 항전 경위를 자상하게 묻더니, 끝에 가서 따뜻한 말씨로 더욱 분발할 것을 권면했다.

조민이 장삼봉 앞에 무릎 꿇고 절하며 과거에 무례를 범한 죄를 사죄했다. 천성이 워낙 대범한 장삼봉은 껄껄대고 웃기만 할 뿐 전혀 개의치 않았다. 생각해보면 셋째 제자 유대암이 불구자가 되고 다섯째 제자 장취산이 목숨을 잃은 것은 모두가 그녀의 옛날 부하이던 금강문 출신 삼 형제가 저지른 소행 탓이긴 했으나, 사실 당시 조민은 아직 세상에 태어나지 않았기 때문에 그 직접적인 책임은 조민에게 따져 물을 것이 아니었다. 장삼봉은 그녀가 부모 형제들과 등져 혈연마저 끊고 장무기를 따랐다는 말을 듣자 탄복을 금치 못했다.

"좋아, 정말 잘했다! 참 어려운 결심을 했구나."

무당산에서 장삼봉을 비롯한 여러 사백 사숙 동문들과 며칠을 보낸 장무기는 조민과 함께 응천부로 떠나갔다. 조민과 말을 계속 바꿔 타며 동쪽으로 가는 길 내내 명교 의병들의 승첩勝捷이 잇따랐고, 또 각처에서 의병들이 봉기한다는 소식에 장무기는 속으로 흐뭇함을 이기지 못했다. 이제 금수강산을 되찾는 날도 머지않을 터, 하루속히 천하가 태평스러워져서 온 백성이 편히 사는 가운데 생업을 즐길 수만 있다면 지난 몇 해 동안 명교 신도들이 생사를 넘나들며 숱하게 우환을 겪은 일도 헛되지 않으리라 생각했다.

그는 의병 부대 장병 여럿을 경동시키지 않으려고 가는 도중에 장령들과 대면하지 않고 암암리에 살펴보기만 했다. 과연 의병들은 군기를 엄정하게 밝혀 백성들에게 소란을 부리지 않았으며, 도처에 오국공 주원장과 대장군 서달을 찬양하는 소리가 드높았다. 이날 응천부 성밖에 다다르자, 교주가 왕림했다는 소식을 전해 들은 주원장이 탕화와 등유 두 장수에게 명해 병사들을 이끌고 영접 나오게 했다. 장무기는 그들이 안내하는 대로 영빈관에 들어갔다. 등유가 송구한 기색으로 교주에게 아뢰었다.

"오국공과 대장군 서달, 상우춘 장군은 지금 긴급한 군정軍情을 처리하는 중이신데, 교주께서 도착하셨다는 소식을 듣고 모두 기쁨을 이기지 못하고 계십니다. 군무에 매인 몸으로 친히 영접하지 못하오니 아무쪼록 공손치 못한 죄를 용서해주시기 바랍니다."

장무기는 대수롭지 않게 웃어넘겼다.

"우리 모두 한집안 형제들인데 허례허식은 따져 무엇 하겠소? 군무를 처리하는 일이 요긴한 게 당연하지."

그날 밤 영빈관에서 환영 잔치가 크게 열렸다. 석 잔 술이 돌고 났을 때 주원장이 서달, 상우춘, 탕화, 등유, 화영을 비롯한 여러 장군을 이끌고 총총히 달려와 장 교주가 앉은 연석 앞에 엎드려 절했다. 장무기는 황급히 부축해 일으켰다. 주원장이 손수 술을 따라 공손히 석 잔의 축배를 올리자, 장무기는 일일이 단숨에 받아 마셔 잔을 비웠다. 연회 석상에서 각 지방의 군사 정황 얘기가 나왔을 때, 주원장은 자신의 의병들이 성을 공격하고 지역을 점령한 업적을 자랑스레 늘어놓았다. 상황 설명을 하면서도 무척 의기양양한 기색이었다. 장무기도 과장된 표현으로 칭찬을 아끼지 않았다.

며칠 후에는 각 지방에 흩어져 있던 명교 수령들이 분분히 응천부로 달려와 회합을 가졌다. 뒤미처 광명좌사 양소, 우사 범요, 호교법왕 위일소, 천응기 장기사 은야왕, 오산인, 오행기를 거느린 다섯 장기사가 속속 도착했다. 명교 총단 수뇌부들까지 모두 집결한 것이다. 아무도 내색은 하지 않았으나, 사실 이번 응천부에서 열리는 명교 수뇌부 대회는 바로 장 교주를 의병 세력의 정식 수령으로 추대하려는 의도가 계획되어 있었다. 이를 계기로 장무기는 '명왕明王'이라 일컫고 천하를 평정한 다음에는 곧바로 황제 자리에 등극해 대大명나라 왕조를 건국한다는 계획이었다. 응천부 일대의 장병 대다수가 명교 출신인 데다 서달과 상우춘 같은 대장과 양소, 범요, 위일소, 팽 화상을 비롯한 교단의 수뇌 인물들 모두가 이날 이때껏 장무기를 우러러 존경하고 믿어 복종해온 터라 그 계획에 이의 없이 찬동했다. 다만 주원장과 그 조카 이문충李文忠, 호정서胡廷瑞를 비롯한 이른바 '오국공 일파'는 자기네들이 피땀 흘려 쌓아놓은 멀쩡한 기반을 장 교주란 풋내기에게

헌납하고 싶은 생각이 눈곱만치도 없었다. 그러나 여론의 추세가 그쪽으로 기우는 것을 보고 감히 반대의 뜻을 내비치지 못했다. 당시의 국면이나 형세로 보아서 '반대'란 곧 반역 행위를 의미하는 것이요, 그런 의사를 표명한 자는 어느 누구를 막론하고 즉시 살신지화殺身之禍를 면치 못할 분위기였던 것이다.

그러나 장무기는 이들의 건의를 한사코 수락하지 않았다. 받아들이지 못하는 이유는 아주 간단명료했다. 우선 자신이 교주 자리에 오른 것 자체가 본뜻에 크게 어긋났는데, 여기서 한술 더 떠 왕이나 황제가 된다는 것은 천부당만부당한 일이었다. 만약 여러 사람이 급박하게 밀어붙일 때는 교주 노릇마저 하지 않고 자리를 내놓겠다고 했다. 그는 한림아가 원통하게 죽은 진상을 제대로 규명하지 못한 데다, 요영충의 목숨마저 구해주지 못하고 주원장이 제멋대로 날뛰게 내버려둘 수밖에 없는 자신의 무능함을 뼈저리게 느끼고 밤잠을 이루지 못할 정도로 번민했다. 그리고 자신에게 막중대사를 처리할 만한 재능이 없음을 깨닫고 벌써 오래전부터 교주 자리에서 물러날 뜻을 굳혀온 터였다.

각 사람들의 의론이 결단을 내리지 못하자, 장무기는 탁자를 내리쳐가며 진노했다. 이 무렵은 외조부 은천정이 세상을 떠나고 양부 사손마저 속세를 버리고 출가해 이제 교단 내부에 장무기가 믿고 따를 만한 선배 어른이 없었다. 외숙부 은야왕이 있기는 해도 여느 때 교주의 호령을 받들어 준행하기만 했을 뿐이라, 그가 성을 내는 것을 보자 오히려 그 뜻에 영합하기에 이르렀다.

"교주님은 권세나 높은 자리에 앉기를 싫어하고 아무 구속 없이 자유롭게 살아가시는 걸 즐기는 분이오. 그러니 우리가 이분의 뜻을 존중하여 소원대로 해드리는 것이 옳다고 생각하오. 나머지 일은 시간을 두고 천천히 다시 의논하도록 합시다."

교주의 외숙부 어른까지 동조하고 나오니, 다른 이들은 더 이상 어떻게 해볼 도리가 없었다. 모두들 의기소침한 기색으로 시무룩하게 앉아 있을 따름이었다. 주전 하나만이 터무니없는 헛소리로 뭇사람을 더욱 심란하게 만들었다.

침통한 분위기가 계속되는 가운데 갑자기 문밖에서 몇몇 신도가 큰 소리로 외쳐 알려왔다.

"페르시아 총단에서 보내온 사절단이 교주님을 알현하겠노라 찾아왔습니다."

이러지도 저러지도 못 한 채 궁지에 몰려 있던 장무기는 사람들을 이끌고 부랴부랴 문밖으로 영접하러 나갔다. 문턱을 넘어서고 보니, 멀리서 한 떼의 인마가 천천히 다가오고 있었다. 모두들 알록달록 화려한 비단옷 차림에 타고 있는 마필에게조차 붉은 비단 천으로 몸통을 덮어씌우고 두 눈과 네 다리에 꼬리만 내놓은 품이 으리으리한데, 무엇이 그리도 기쁜지 선두에 악대를 내세워 호인胡人 특유의 날라리와 피리를 구성지게 불고, 비파 10여 틀을 탄주하면서 희희낙락했다.

장무기 일행이 문전에 나타나자, 그를 알아본 호인 몇몇이 냉큼 말안장에서 뛰어내리더니 앞으로 달려와 공경한 자세로 국궁배례鞠躬拜禮를 했다.

"페르시아 명교의 거룩하신 교주님께서 중화에 보내온 파견 사절단이 삼가 중화 명교의 장 교주 어른께 문안 인사드리오!"

장무기 곁에 섰던 조민이 낭랑한 목청으로 대신 응답했다.

"귀 사절께서 먼 길을 오시느라 고생 많으셨소. 우리 모두 환영해마지않는 바이니 번거로운 예를 그만하시오. 귀 사절께선 혹시 대성보수왕 아니신지?"

대표로 문안 인사를 한 호인은 조민이 제 이름을 맞대놓고 부르자 경탄을 금치 못했다.

"옳거니, 옳소이다! 귀녀께서 보잘것없는 소인의 별호까지 알고 계시다니 신통하기 이를 데 없소이다. 소인이 실로 감복해마지않는 바이오!"

"소녀가 신통한 게 아니라 망망대해에서 귀하를 뵌 적이 있었소이다. 귀하를 수행하신 분은 지혜 보수왕이 아니신지? 또 상승 보수왕이 아니신지?"

조민이 대성왕의 어깨너머로 두 사람을 더 지목했다. 과연 배후에서 있던 호인 두 사람은 지혜왕과 상승왕이었다. 지혜왕이 호탕하게 껄껄대고 너털웃음을 터뜨렸다.

"한 번 보고 잊지 않다니, 크게 지혜로우신 분이로다! 오늘 장 교주를 우러러 뵙고 또 지혜로운 귀녀를 만나보게 되었으니 이 얼마나 행운이랴?"

조민이 방그레 웃으며 또 유식한 말로 화답했다.

"지혜왕께선 우리 중화 언어에 정통하시고, 대성왕께선 무공 실력이 뛰어나시어 일찍이 우리 장 교주님과 싸워 빅수를 이루셨으니 이 어찌 탄복할 일이 아닐쏜가?"

몇 마디 외교 용어로 수작을 나누고 났을 때 쌍방 간의 정리가 한결 어우러지고 분위기 또한 누그러졌다. 주인과 나그네들이 껄껄대고 웃는 가운데, 장무기는 이들 귀한 손님 일행을 손수 영빈관 대청으로 안내해 들였다. 장무기보다 아랫자리에 앉은 조민이 또 너스레 섞어 환영사를 건넸다.

"세 분 사절께서 거룩하신 교주의 명을 받드시고 불원만리不遠萬里 머나먼 바닷길 건너 중원 땅을 찾아오심에, 이야말로 '유붕자원방래有朋自遠方來하니 불역낙호不亦樂乎'라!•"

대성 보수왕은 흐뭇한 기색으로 일어서더니 허리 굽혀 아뢨다.

"저희 페르시아의 거룩하신 교주는 오등吾等 삼인에게 명하사 장 교주께 삼가 귀중한 예물을 봉헌하라 하였소이다!"

용건을 밝히고 손뼉 한 번 치자, 비단옷을 걸친 페르시아인 넷이 번쩍번쩍 광채 나는 상자를 어깨에 떠메고 들어오더니 장무기 앞에 조심스럽게 내려놓았다. 보기에도 육중한 것이 순은으로 만든 궤짝이었다. 말없이 상자 뚜껑을 연 장무기는 그만 깜짝 놀라 저도 모르게 벌떡 일어섰다. 상자 안 두툼한 비단 보료 위에 여섯 자루 성화령이 가지런히 놓여 있었던 것이다.

중원 명교 총단에는 본래 성화령 열두 자루가 있었으나, 전임 교주가 모조리 잃어버린 것을 영사도 결투에서 장무기가 여섯 자루를 빼앗았고, 그것으로 페르시아 무공의 연원을 알 수 있었다. 그런데 뜻밖에도 아소가 그 나머지 여섯 자루마저 보내올 줄이야 생각조차 못한 것이다. 아무튼 이렇게 해서 열두 자루 성화령이 모조리 원주인에게 돌아온 셈이고, 장무기도 이제 중원 명교 교주로서 떳떳한 명분을 얻

• 《논어》〈학이學而〉 편의 첫 대목. '뜻을 같이한 벗이 먼 데서 찾아온다면 즐겁지 않겠는가?'라는 뜻.

게 되었으니, 아소가 보낸 예물은 진실로 융숭하기 이를 데 없다 할 것이었다. 생각이 여기에 미치자, 그는 불현듯 코끝이 시큰해지면서 저도 모르게 눈물을 왈칵 쏟고 말았다.

지혜 보수왕이 말없이 은 상자 속에서 따로 비단 보자기에 싼 서찰 한 통을 꺼내 두 손으로 바쳤다. 장무기는 그것을 받으면서 목멘 소리로 사례했다.

"고맙소, 지혜왕. 이제 그만 자리에 앉으시오."

그러나 지혜왕은 장무기가 겉봉을 뜯고 페르시아 교주의 서한을 꺼내자, 앉기는커녕 오히려 정중한 자세로 한 곁으로 비켜서서 공손히 기다렸다. 대성왕과 상승왕 역시 엄숙한 기색으로 자리에서 일어났다. 그는 벅찬 감정을 억누르면서 떨리는 손길로 편지지를 펼쳤다. 부드러운 종잇장에 쓰인 것은 중화 문자였다.

장 공자님 보소서.

헤어진 이래 단 한 시진도 당신을 그리워하지 않은 적이 없습니다. 몸은 평안하신지요? 항몽 대업은 순조롭게 진행되는지요? 모두가 궁금합니다. 성화령 여섯 자루를 바치옵는데, 이것은 본래 중원 명교의 소유물이었습니다. 성화령이 도착하거든 그것을 보시고 만 리 밖 아득한 곳에 어린 계집아이 아소가 있음을 생각해주십시오. 아소의 운명은 그 성화령만도 못하군요. 아소는 당신을 만나 뵙지도 못하고, 날이면 날마다 당신 곁에 있을 수도 없으니 말입니다. 바라옵건대 명존께서 당신을 보우하시기를 빕니다! 저는 언젠가 당신 곁에 돌아갈 날만 기다리고 있답니다. 당신의 어린 몸종이 다시 될 수만 있다면 정말 좋겠습니다. 아마 그때 이 아소는 페르시아 총단의 교주 노릇도 하지 않겠지요.

사연은 이렇게 끝났다. 편지지 아래 한 귀퉁이에 자그만 불꽃 한 떨기와 두 손이 섬세하게 그려져 있었다. 두 손목은 아주 가느다란 사슬로 연결되었으나 그 중간이 끊겨 있었다.

한참 동안 넋 빠진 사람처럼 멍하니 허공만을 응시하던 장무기는 마침내 편지지를 접어 품속에 소중히 간직했다. 그리고 은 상자에 담긴 성화령 여섯 자루를 꺼내 탁자 한복판에 나란히 늘어놓았다. 아소에 대한 그리움을 떨쳐버리려는 듯 명교 수뇌부 사람들을 향해 외쳐대는 그의 목소리가 유별나게 컸다.

"지난 세월 본교는 불행히도 성화령 열두 자루를 모두 잃어버렸소. 그런데 다행스럽게도 페르시아 총교단이 우리를 대신하여 잘 보관하고 있었소. 오늘 이 대업이 완수되어 윗대 교주님들의 심원을 이루었으니 우리 교단 위아래 제자들은 총교단의 융숭한 덕과 높은 의리에 길이 감사해야 할 것이오!"

말을 마치고 품속에서 나머지 성화령 여섯 자루를 꺼내 탁자 위에 가지런히 늘어놓았다. 앞서 영사도에서 풍운 삼사와 싸워 탈취한 것들이었다. 그리고 두 무릎을 꿇어 탁자 위에 놓인 열두 자루 성화령을 향해 큰절을 올렸다.

명교 수뇌부 호걸들 역시 분분히 무릎 꿇어 절했다. 조민은 아직 명교에 들어온 몸이 아니었으나 자기만 홀로 서 있기가 면구스러워 역시 다른 이들을 따라 무릎을 꿇고 앉았다. 페르시아에서 온 사절들도 성화령을 바라보며 무릎 꿇고 경건히 절을 올렸다.

예식을 끝낸 장무기는 페르시아 사자들에게 거듭 사례를 표했다. 번잡하게 인사치레를 주고받느라 한동안 분위기가 어수선해졌다. 페르시아 보수왕들이 서투른 중국어로 성의를 다하느라 시간이 길어지자, 눈치 빠른 조민이 목청을 돋우어 매듭짓고 나섰다.

"페르시아 총교단이 베풀어주신 두터운 의리와 크나큰 예물, 그리고 총교주의 명을 받들어 머나먼 길을 오신 사절 여러분의 노고에 감사하고 또 감사드리오!"

"하하하, 고맙소이다!"

모두 껄껄 웃고 기뻐하는 가운데, 큰북이 울리고 악대가 연주를 시작했다. 명교 사람들은 성대한 환영 잔치를 베풀어 총교 사절단 일행을 융숭히 접대했다. 장무기는 건곤대나이 심법이 수록된 양피지를 꺼내 조심스럽게 비단 보자기에 싸서 사절단에게 넘겨주었다.

"이것을 페르시아로 가져가 성 교주께 올려주시오!"

페르시아 사절 대표는 엄숙하게 보따리를 이마에 대어 최고의 경의를 표하고 소중히 거두었다. 사실 그 심법은 애당초 페르시아 총교의 소유물이었다. 어떤 경위로 유실되었는지는 모르나 오래전 우연히 중원 명교로 흘러든 것이다. 페르시아 총교 성처녀이던 다이치스와 그 딸 아소가 서역 광명정에 침투한 목적도 하나같이 그 심법을 찾기 위해서였다. 장무기는 심법을 완전히 습득했다. 앞으로 교내의 제자 가운데 유능한 사람을 가려 뽑아 전수하면 중원 땅에 길이 전해질 것이다. 그가 양피지를 페르시아 총교에 기증한 의도는 성화령을 중원 명교에 돌려보낸 아소의 호의에 보답하기 위해서, 또 그녀가 큰 공덕을 세울 수 있게 하기 위해서였다.

조민은 황금 합에 진주 꽃 장식 노리개를 담아 대성왕에게 주며 아소에게 전해달라고 부탁했다. 그 황금 합은 여러 해 전 장무기가 대도 만안사에서 분김에 칼로 쪼개 두 토막을 냈다가 원상태로 다시 붙여준 것이었고, 진주 꽃 장식도 장무기가 무심코 아소에게 주며 귀밑머리에 꽂았던 노리개였다.

잔치 자리는 흥겨웠으나 장무기는 아소를 그리워하는 마음에 울적해진 심사를 감추지 못했다. 환영연이 끝난 후 지혜왕은 자그만 보따리를 하나 가져다 장무기에게 넌지시 건네며 이렇게 귀띔했다.

"우리 교주님께서 이것을 사사로이 장 교주님께 드리라 당부하셨습니다."

장무기는 그것을 받아 들고 혼자 뒤채로 가서 매듭을 풀었다. 보따리에는 내복 두 벌과 가죽신 한 켤레가 들어 있었다. 바느질은 분명 아소의 솜씨였다. 신발 크기가 어쩌면 그렇게 두 발에 꼭 맞는지, 저도 모르게 뜨거운 눈물이 철철 흘러내렸다. 헤어진 지 오랜 세월이 흐르고 천만 리 머나먼 곳에 떨어져 있으면서도 아직껏 자신의 발 모양새와 치수를 기억하다니 허구한 날 그녀가 자신을 얼마나 그리워하고 있는지 알 만했다.

그는 보수왕 세 명을 모두 뒤채 별당으로 불러 자신이 깨치고 익힌 건곤대나이 심법과 성화령 신공 가운데 일부를 가르쳐주었다. 뜻하지 않은 신공을 배우게 된 보수왕들은 기뻐 어쩔 줄 모르고 바닥에 엎드려 사례했다. 중원에 사절로 오느라 여러 날 뱃길에 고생한 보람이 이렇게 채워질 줄은 꿈에도 몰랐던 것이다. 하기야 그들에게 이보다 더 귀중한 보답은 없을 터였다.

이틀에 걸쳐 보수왕들에게 신공 전수를 마친 장무기는 아소에게 보낼 답장을 한 통 써서 그들 편에 맡겼다. 사절단이 떠나는 날, 명교 신도들은 줄지어 늘어서서 페르시아로 귀국하는 일행을 배웅했다. 장무기와 조민, 양소, 범요, 주원장 일행은 저마다 후한 예물을 갖추어 보냈다.

환송을 마친 사람들은 거룩한 불꽃이 활활 타오르는 응천부 명교 대회당으로 돌아왔다. 이윽고 성화 제단 앞에 교내 수뇌부 사람들이 엄숙한 자세로 도열했다. 교주 장무기는 그동안 소중히 간직해온 비단 보따리를 풀고 전임 교주 양정천이 친필로 쓴 유언장을 꺼내 들었다. 여러 해 전 광명정이 개방을 비롯한 몇몇 군소 방회 문파의 습격을 받고 부득이 비밀 지하 궁으로 퇴각했을 때, 모든 사람이 돌려본 적이 있던 유훈이었다. 그러나 당시에는 형세가 너무나 긴급하고 촉박해 각 사람이 미처 자세히 읽어보지 못한 내용을, 이제 다시 한번 차분하게 열람케 한 것이다. 전임 교주 양정천을 아는 사람들은 유언장의 필적과 여러 군데 찍힌 붉은 도장을 보고 격한 감동에 못 이겨 그 자리에 무릎 꿇고 엎드려 흐느꼈다. 한 바퀴 열람을 마친 유언장이 자신에게 되돌아오자, 장무기는 두 손으로 떠받든 채 목청을 돋우어 낭독하기 시작했다.

> 역대 교주들께선 성화령에 기록된 '삼대령'과 '오소령'을 전해 내리셨으나 세월이 오래 흐름에 따라 신도들 가운데 이 크고 작은 여덟 가지 영을 봉행하지 않는 자가 많이 있으므로 교규는 폐기되거나 흐지부지 이완되었도다.
> 내가 박덕하여 이를 바로잡지 못했으니, 실로 중책을 맡겨주신 명존과 역대 교주들께 부끄러움을 금할 길 없노라.

훗날 성화령을 다시 얻게 될 때에는 이 '삼대령'과 '오소령'을 전체 신도들에게 반포하여 실행할 것이니, 우리 중원 명교가 거듭 위명을 떨칠 수 있느냐의 여부가 바로 여기에 달려 있도다.

이로써 선조 대대로 전해 내린 크고 작은 여덟 가지 영을 뒷부분에 상세히 풀이하여 기록해놓았으니, 후세에 명교를 총괄해 다스리는 자는 명존께서 세상 사람들을 애호하시는 크나큰 덕과 역대 조종祖宗들께서 창업에 겪으셨던 어려움을 생각하여 모름지기 성화령을 되찾는 일에 아울러 힘쓸 것이며, 신도들의 사기를 진작시키고 분발해 우리 명교를 세상에 크게 빛내기를 바라노라.

그는 이어서 양 교주의 유훈 뒤에 수록된 '대소 팔령大小八令'을 마저 읽어 내리기 시작했다.

삼대령

제1령: 명교 신도는 누구를 막론하고 벼슬아치나 군주 노릇을 하지 못한다. 우리 명교는 교주로부터 그 이하 새로 입교한 제자에 이르기까지 모두 세상 사람을 두루 구제한다는 일념만으로 살아갈 것이며, 결코 사사로운 이익을 도모하지 않는다.

따라서 신도는 과거에 응시하지 못하며, 조정의 초빙을 받아들여 관직에 임용되어서도 안 된다. 또한 장수나 재상이 될 수 없으며, 크든 작든 관부의 어떠한 벼슬도 맡아서는 안 된다. 더구나 스스로 나라를 세워 군주가 되어서도 안 되며, 한 지역에 웅거하여 제왕이라 일컬어서는 더욱 안 된다. 이민족의 군주나 제왕을 상대로 저항해야 할 때, 천하 백성들의 호응을 받아야 할 명분으로 '왕후장상王侯將相'의 직함을 잠정적으로 쓸 수는 있다. 그러나 일단 외족의 침범을 극복하고 대업이 이루어졌을 때에는 무릇 교주 된 사람부터 갓 입교한 제자에 이르기까지 어떤 직분을 가진 신도라 할지라도 하나같이 즉각 은퇴해 평민이 되며, 궁벽한 초야에 은거해 부지런하고 성실하게 생업에 종사할 것이다. 또한 백성의 어려움을 구하고 세상을 제도濟度하며 선행을 베풀고 악을 제거하는 데 전념할 것이다.

조정에서 내리는 영예로운 직함·작위·책봉을 받아서는 안 되며, 조정이 하사하는 토지, 금은보화를 받아서도 안 된다. 오로지 초야에 묻힌 사람만이 백성을 위하여 관부에 저항할 수 있을 것이며, 탐관오리를 죽여 백성을 보호할 수 있다. 누구나 일단 벼슬아치가 되거나 군주 노릇을 하게 되면 그 즉시 민초를 도외시하게 되는 법이다.

제2령: 백성을 학대하거나 해쳐서는 안 된다. 우리 명교의 종지는 백성을 구제하고 보호하는 데 있다. 무릇 평민 백성에게 이로운 것은 모두 본교 신도들이 마땅히 해야 할 가장 숭고한 주요 임무다. 본교에서 필요로 하는 재물은 관부의 창고·재산가·지방 거부·토호土豪의 것을 빼앗아 쓰되, 평민이 모아 바치는 것을 쓸 수도 있고 백성에게 식량을 징발할 수도 있다. 그러나 반드시 백성을 먼저 배불리 먹이고 나서 우리 신도들이 끼니를 에우도록 할 것이다. 천재지변으로 기근이나 가뭄·홍수가 났을 때, 양식거리가 있을 경우 백성에게 우선적으로 나누어주고 우리 신도들은 남는 것을 쓰도록 한다. 식량이 부족할 때는 우리 신도들은 먹지 않는다. 신도와 일반 백성 간에 분쟁이 일거나 싸움이 벌어졌을 경우 백성에게 상해를 입힌 자의 죄는 일등 형을 가중하며, 쌍방 모두에게 허물이 있을 때는 우선적으로 신도를 처벌한다.

제3령: 신도들끼리 서로 다투거나 싸워서는 안 된다. 무릇 우리 명교 신도는 교주 된 사람이나 좌우 광명사자, 호교법왕, 다섯 기사, 네 문사門使, 또는 갓 입교한 제자를 막론하고 서로 파벌을 나누어 다투거나 싸워서는 안 된다. 피차 의견이 맞지 않을 경우 변론과 논쟁이 벌어졌을 때 거친 말로 욕하거나 악담을 퍼붓고, 그 욕이 조상에게 미치더라도 금령을 범한 행위로 치지 않는다. 그러나 누구든지 손찌검하여 상대방을 구타할 때에는 즉시 금령을 위반하는 것으로 간주하며, 교우의 신체와 인명을 살상한 행위는 더욱 큰 죄로 다스린다. 분쟁이 있을 경우 상급 기관에 넘겨 시비를 가릴 것이며, 판결이 내려졌을 때부터 그 명에 복종해 분쟁을 종식하고 길이 화목해 우호 관계를 보전할 것이다.

오소령

제1령: 우리 교의 모든 신도는 신의를 지킨다. 입 밖에 낸 말은 산악처럼 무거워 약속한 바를 어기거나 신용을 잃어서는 안 되며, 외부 인사들에게도 마땅히 신의를 지켜야 한다.

제2령: 같은 교 신도들은 곧 형제자매의 정으로 맺어져야 하며, 우애와 의리를 중히 여기고 생사를 가리지 않는다.

제3령; 웃어른을 존경하고 어버이에게 효도하며, 형제간에 우애하고 친구끼리 서로 돌보아준다.

제4령: 부녀를 존중해 경박하게 희롱하지 않는다. 어떠한 처녀나 과부든지 부부가 되어야 할 경우에는 즉시 아내로 맞아들일 것이며, 그러지 않을 경우에는 예의를 지켜 정중히 서로 대할 것이다. 친구의 아내를 희롱하지 말 것이며, 친구의 딸에게 난잡스러운 언동을 해서는 안 된다.

제5령: 명교를 목숨처럼 중히 여길 것이며, 웃어른의 영은 모름지기 힘껏 준행한다. 배교자나 적과 내통한 자는 용서 없이 죽인다. 외부 인사들에게는 온화한 태도로 대할 것이며 자신을 낮추어 겸손히 대하고, 망령되이 함부로 실례를 범해 본교의 적으로 만들어서는 안 된다. 육식을 금하던 계율은 오늘부터 취소한다.

낭독을 마친 장무기가 다시 페르시아에서 보내온 성화령을 집어 들었다.

"이것은 방금 페르시아 총교단에서 보내온 본교 성화령으로, 여기에 새겨진 대소 팔령은 문장과 내용 모두 양 교주의 유언장에 기록된 것과 한 글자도 다르지 않습니다. 본교가 성화령을 잃어버리기 전에 빠짐없이 기록해두었기 때문입니다. 양 교주께서는 윗대에서 베낀 초본대로 새겨놓았을 따름이지요."

장무기는 잠시 뜸을 들이고 나서 목청을 드높여 큰 소리로 말했다.

"형제 여러분! 성화령은 이제 모조리 본교에 돌아왔으니 실로 천만다행한 일이라 하겠습니다. 성화령에 기록된 것은 본교 역대 조상들이 전해 내린 위대한 훈령인데, 우리가 어찌 정중히 받들어 모시지 않을 수 있겠습니까?"

그 자리에 있던 명교 제자들도 이구동성으로 외쳐 응답했다.

"정중히 받들어 모셔야 마땅합니다!"

이때 팽형옥이 미결된 사안을 다시 끄집어냈다.

"교주님, 제가 이렇게 여쭙는 걸 용서하십시오. 전임 교주께서 대소

여덟 령을 성화령에 새길 당시만 하더라도 백성이 받는 관가의 탄압과 능멸, 수탈은 이루 말할 수 없을 정도로 심했습니다. 그래서 본교가 백성을 위해 나설 수밖에 없었고, 신도들 자신은 벼슬아치가 되지 않았던 것입니다. 하오나 이제 오랑캐들이 우리 강산을 차지하고 신령이 황제黃帝 자손에게 내린 영토가 이민족의 소유로 전락한 이상, 우리 교의 가장 큰 뜻과 목표도 자연스럽게 오랑캐를 몰아내어 몽골족의 말발굽 아래 짓밟힌 수천만 백성을 구해내는 데 두지 않을 수 없었던 것입니다. 교주께서 왕후 장상이 되시고 여러 형제가 벼슬아치 노릇을 한다는 것은 결단코 백성을 억누르고 수탈하기 위해서가 아니라, 평민 백성을 구해주고 보호해주자는 데 그 뜻이 있습니다. 따라서 저희도 만백성을 위하여 교주님께 왕위에 오르시라고 간청드리는 것입니다."

"형제 여러분, 우리는 그 일로 여러 날 양보 없이 맞서왔습니다. 본인은 제왕이라 일컫는 일을 단연코 바라지 않습니다. 또 성화령의 첫 번째 큰 영을 준수하기로 결심했고 뜻을 굳혔습니다. 우리 명교의 도룡도가 대대로 백성에게 해악을 끼치는 폭군을 도륙하고, 탐관오리를 주멸하기로 맹세한 만큼 천년이 지나도 내 뜻은 변함없을 것입니다."

말을 마치자 허리에 차고 있던 도룡도를 뽑더니 다른 한 손으로 앞에 놓인 배나무 걸상을 번쩍 들고 큰 소리로 외쳤다.

"나 장무기는 중원 명교의 교주 된 몸으로서 우리 중원 명교 1,000만 형제 앞에 삼가 맹세하노라! 만약 이 맹세를 어길 때에는 명교 수천만 형제가 나를 적으로 삼을 것이며, 나 스스로 이 맹세를 어길 때에는 바로 이 걸상처럼 될 것이다!"

곧이어 거무튀튀한 칼 빛이 번뜩하더니 내리치는 도룡도의 칼날 아래 "썩!" 하는 소리와 더불어 의자가 두 토막이 났다. 사람들은 그의 뜻이 굳은 것을 분명히 보았다. 더구나 윗대의 유훈을 명확하게 내세우는 만큼 장무기더러 자립하여 왕이 되라고 더는 강권할 수가 없었다. 모두 침통한 기색으로 장 교주가 하는 대로 다짐이나 두어야 했다.

"오늘 이후 명교 제자들은 세상 사람에게 은혜를 두루 베풀고, 백성들을 착한 길로 이끌 것이며, 좋은 세상을 만들기 위해 각고 노력刻苦努力하리다!"

그 일이 있고 나서 오국공 주원장은 자신의 호칭을 '오왕吳王'으로 바꾸고 파양호鄱陽湖에서 진우량 세력과 일대 결전을 벌였다. 주전을 비롯한 오행기 제자들은 교주의 지시에 따라 전쟁터로 달려가 주원장을 도와서 진우량을 호수에 빠뜨려 죽이고 그 세력을 완전히 말살하는 데 결정적 공을 세웠다. 이들은 다시 장사성張士誠, 방국진方國珍 등 적대 세력을 섬멸했다. 주원장은 대장군 서달에게 원정군을 맡겨 북벌을 단행하고, 원나라 마지막 황제인 순제順帝 토곤테무르妥權帖睦兒를 만리장성 요새 북쪽 사막지대로 쫓아내는 데 성공했다. 이로써 몽골족이 중원 땅에 세운 원나라 왕조는 멸망하고 말았다.

주원장은 그나마 명교 세력의 도움을 기억하여 자신이 세운 나라의 이름을 '명明'이라 붙였다. 하지만 건국 이후 명교가 백성을 감싸고돌며 저항하자, 새 왕조의 관부는 이들을 무자비하게 탄압하고 학살했다. 세월이 오래 흐른 뒤, 후대의 수령들이 무능함에 따라 명교 세력은 끝내 쇠퇴의 길을 걷게 되었다.

이날 장무기는 교단 내부의 중요한 사무를 처리해 광명좌사 양소, 우사 범요, 팽형옥 대사에게 넘겼다. 후임 교주는 나중에 유능하고 어진 인재를 가려 뽑아 추대하기로 하고, 우선 이들 셋이 교주의 책무를 잠정적으로 대행하게 한 것이다. 장무기는 자신도 앞서 언약한 바와 같이 몽골로 돌아가는 조민을 호송하고, 아예 그곳에 몸 붙여 살면서 다시는 중원 땅에 돌아오지 않겠노라고 선언했다.

조민과 함께 행장도 다 꾸려놓았겠다, 출발 날짜도 벌써 잡혔겠다, 안팎의 모든 일을 완전히 처리해놓고 보니 그저 홀가분해진 마음에 더는 할 일이 없었다. 모처럼 한가로워진 장무기는 이것저것 생각한 끝에 불현듯 부친의 별호가 은구철획이었음을 기억해내고 망부의 유지를 이어받으려는 욕심에서 비첩碑帖 한 권을 얻어다 서법을 익히기 시작했다. 그런데 막상 붓을 손에 잡고 보니 뜻밖에 모필毛筆이 얼마나 보드랍고 여린지, 구양신공이 아니라 건곤대나이 심법을 얹어 쥐어도 붓을 어떻게 다룰 재간이 없었다. 붓을 손에 쥔 채 떨떠름한 기색으로 멍하니 앉아 있는 모습을 그만 조민에게 들키고 말았다.

"무기 오라버니, 나한테 세 가지 일을 해주겠다고 약속한 적이 있죠? 첫 번째 일은 내게 도룡도를 보여준다는 것이었고 두 번째 일은 호주성 혼례식장에서 주 언니와 식을 올리지 말라고 한 것이었죠. 이 두 가지는 이미 다 이뤄주신 셈이군요. 그리고 아직 세 번째 일이 남았는데, 이마저도 신용 있게 해주셔야겠어요."

하염없이 딴생각에 잠겨 있던 장무기는 그 말에 깜짝 놀라 정신이 번쩍 들었다.

"당신, 당신 또…… 나더러 무슨 괴상야릇한 짓을 해달라는 거요?"

조민은 펄쩍 뛰는 그 표정이 재미있는지 상글상글 웃어가며 드디어 마지막 요구 조건을 내밀었다.

"내 눈썹이 너무 옅으니까 당신 손으로 좀 그려줘요. 이건 무림계 의협의 도리에 어긋나는 게 아니잖아요?"

그제야 장무기도 마음이 놓여 싱겁게 따라 웃으며 붓을 들었다.

"내 오늘부터 날마다 눈썹을 예쁘게 그려주지!"

바로 이때, 창밖에서 또 누군가 낄낄대며 웃는 소리가 들려왔다.

"무기 오라버니, 나한테도 한 가지 약속한 일이 있죠?"

귀에 익은 목소리, 다름 아닌 주지약의 음성이었다. 붓을 잡고 쓸 줄 몰라 멍하니 있는 틈에 어느새 그녀가 창밖에 다가와 있었던 것이다. 들창문이 부스스 열리면서 주지약의 갸름한 얼굴이 촛불 빛 아래 웃는 듯 마는 듯 비쳐들었다. 이번만큼 장무기는 적지 않게 놀라고 당황했다.

"당신…… 당신은 또 나더러 뭘 해달라는 거요?"

상대방이 허둥대고 묻는데, 주지약은 얄밉게 웃음 지었다.

"알고 싶으면 이리 나와요. 얘기해드릴 테니까."

장무기가 슬쩍 조민의 눈치부터 보았다. 그다음에 고개 돌려 다시 주지약의 눈치를 살폈다. 삽시간에 온갖 상념이 엇갈리고 착잡한 감정을 금할 길 없었다. 도대체 지금 자기가 기뻐하는지 걱정하는지조차 모를 지경이었다. 손이 떨리면서 쥐고 있던 붓대마저 탁자 위에 떨어뜨리고 말았다. 조민이 어깨를 툭 밀쳤다.

"나가 봐요. 뭐라고 하는지 들어봐야 할 게 아닌가요?"

장무기는 떠미는 힘에 마지못한 척하고 열린 창문으로 훌쩍 뛰어나갔다. 어느새 돌아섰는지 그녀가 천천히 멀어져가고 있었다. 잰걸음으로 단숨에 따라잡고 나란히 걷기 시작했다.

"내일 조 낭자를 몽골까지 데려다준다면서요? 조 낭자는 두 번 다시 중원에 돌아오지 않을 테고……. 그럼 당신은?"

"나도 아마 돌아오지 않을 거요. 나더러 약속한 대로 한 가지 일을 해달라고 했는데, 그게 뭐요?"

"이에는 이, 눈에는 눈으로 갚아야겠죠. 그날 호주성에서 조민이 당신과 내가 혼례식을 올리지 못하게 막았으니까, 나도 그대로 앙갚음해야겠어요. 내일 두 사람이 몽골로 떠난 뒤에 거기서 날마다 밤낮없이 조민과 함께 사는 건 얼마든지 좋아요. 그러나 혼례식을 올리고 정식 부부가 되는 것만큼은 절대로 안 돼요."

이 말에 장무기는 속이 찔려 흠칫했다.

"그건 왜?"

"아무튼 강호 무림계 의협의 도리에 어긋나는 일은 아니겠죠?"

"혼례식을 올리지 않고 같이 사는 게 물론 강호 무림계 의협의 도리에 어긋난다고 할 수는 없지. 사실 내 본래 당신과 약혼하고도 나중에 혼례식을 올려 지아비 노릇을 못 한 건 늘 미안하게 여기고 있었소. 좋소! 내 약속하리다. 몽골 땅에 도착하고 나서 조민과 천지신명께 절하고 정식으로 혼례식을 거행하지는 않겠소. 하지만 우리는 실질적으로 부부가 되어 아기 낳고 평생토록 같이 살 거요."

"그럼 됐어요."

대꾸하는 주지약의 얼굴에 서글픈 미소가 감돌았다. 장무기는 도무지 영문을 알 수 없어 다시 물었다.

"이렇게 우리 둘을 난처하게 만드는 이유가 뭐요?"

그러자 서글펐던 미소가 환한 웃음기로 바뀌었다.

"당신네 둘이서 얼마든지 부부 노릇을 하고 예쁜 아기를 낳아 길러도 좋아요. 10년, 20년 세월이 흐르도록 그저 당신 마음속으로 날 생각해주고 기억 속에서 지워버리지만 않는다면, 난 그것으로 흡족하니까요."

끝마디가 떨어지기 무섭게 번뜩 몸을 날리더니 그녀는 잠깐 사이에 캄캄한 어둠 속으로 연기처럼 사라져갔다. 장무기는 망연자실한 기색으로 어둠 속 뒷모습을 좇았다. 하지만 발걸음을 옮겨 떼지 않고 멍하니 그 자리에 서 있을 따름이었다. 자꾸만 서글퍼지는 자신을 달래보았다. '그래, 조민과 날마다 잠시도 떨어지지 않고 부부처럼 사랑을 나누고 아기도 낳고 평생토록 살아갈 수만 있다면 그까짓 혼례식 따위야 올리지 않는다고 해서 대수로울 게 뭐 있으랴? 그리고 10년, 20년 세월 동안 마음속으로 지약을 생각해주고 기억해주지 못할 것은 또 뭐 있으랴……? 주지약, 그녀는 실제로 송청서와 부부의 몸이 되지 않았다. 나하고 약혼한 사이였기 때문이다. 그녀가 내게 몹쓸 짓을 적지 않게 저질렀지만, 이제 와서 생각해보면 진정으로 날 미워해서가 아니었다. 피치 못할 사정도 조금 있었고 스승인 멸절사태에게 핍박을 받아 부득불 그런 일을 저질렀을 뿐이다. 그녀가 비록 의천보검과 도룡도를 훔쳐갔다고 해도 결국은 내 수중에 돌아오지 않았던가? 외사촌 누이도 죽지 않았고……'

생각은 점점 단순해졌다.

'나를 지극히 사랑하고 내게 시집오려는 여인이 어디 지약 하나뿐이었던가? 민누이도 있고, 또 거미 아리도 있고, 아소 역시 날 깊이 사

랑했는데…….'

장무기는 타고난 천성이 남이 자신을 좋게 대해준 것만 기억할 줄 알았다. 다른 이의 좋은 점만 보고 있으려니 자연스럽게 그 사람의 결점이나 허물, 자신에게 잘못한 일까지 모두 이해하고 용서했다. 가끔가다 그런 일이 자기를 사랑하기 때문이라고까지 생각하다 보니 나중에 가서는 다른 이의 결점과 허물, 심지어 잘못한 일마저 모두 좋은 점이 되어버렸다. 가령 마음속에 사소한 앙금이 조금 남았더라도 이렇게 생각하고 넘겨버리기 일쑤였다.

'누군들 잘못을 저지르지 않나? 결점이나 허물이 없는 사람이 어디 있다고? 나 자신부터 남에게 잘못한 적이 있는데……. 아소는 정말 나한테 잘 대해주었지. 그녀는 이제 소원대로 건곤대나이 심법을 되찾았으니 페르시아 성처녀 노릇을 하지 않아도 별 상관은 없을 거야. 거미 아리는? 앞으로 두 번 다시 천주만독수를 단련하지 않을 거다. 그러니 어쩌면 어른으로 다 자란 이 장무기를 찾아올 때가 있을지도 모른다. 이 증씨 성을 가진 송아지가 그녀를 아내로 맞아들이겠노라고 약속했으니까…….'

조민, 주지약, 거미 은리, 아소, 이들 네 처녀는 하나같이 장무기를 뼈에 사무치도록 사랑해왔다. 그는 이 여인들의 좋은 점만 기억할 뿐, 저들의 결점이나 허물은 송두리째 잊었다. 그러니까 어느 누구든 그에겐 모두 아주 착하고 좋은 배필감일 수밖에…….

〈의천도룡기 끝〉

수정판을 거듭 내고 나서

김용

《의천도룡기》는 내가 쓴 〈사조삼부곡射鵰三部曲〉 가운데 제3부에 속한다. 이 세 작품에 등장한 남주인공들은 그 성격이 전혀 다르다. 제1부의 주인공 곽정이 성실하고 순박하다면, 제2부의 주인공 양과는 정이 무척 깊은데다 격렬하고도 자유분방한 성격의 소유자다. 제3부를 이끌어간 장무기의 개성은 좀 더 복잡하고 비교적 나약한 면모를 보인다.

장무기, 그는 영웅적인 기개가 그들 두 사람에 비해 한참 모자라다. 너그럽고 도량이 큰 후덕한 성품, 누구보다 강개한 기질에 어진 협사俠士로서의 호탕한 기풍이 하늘에 닿을 듯 높기는 해도, 어딘가 모르게 결점을 지닌 듯 부족하다는 느낌을 지울 길이 없다. 어쩌면 그런 부족감은 우리네 보통 사람들과 더욱 비슷하다는 동류의식마저 준다. 사실이 그럴 수밖에 없다. 그가 협객으로서의 기품을 제일 중요시하게 된 까닭은, 어릴 적부터 북극 빙화도에서 태어나 10년 세월을 성장해온 동안, 인간세상의 험악한 세태를 알지 못하고 자신의 이익을 중시할 줄 몰랐기 때문에 제 몸을 돌보지 않고 남을 돕는 일에만 분발할 수 있었으니 말이다.

양과는 항상 주도적으로 행동해온 성격의 소유자다. 곽정은 매사 대국적인 측면에서 나름대로 확고한 신념을 가지고 처신했을 뿐, 그 밖의 사소한 일들은 황용에게 밀어두곤 했다. 반면, 장무기는 한평생을 두고두고 시종일관 남의 영향을 받고 환경의 지배를 받아 그 속박에서 벗어날 길이 없었다.

애정의 측면에서 본다면, 양과는 소용녀에 대한 사랑과 집착이 하나밖에 없는 목숨마저 버릴 만큼 강렬하여, 사회의 규범 따위는 안중에도 두지 않았다. 곽정이 황용과 화쟁공주 사이에서 입장을 정리하지 못하고 방황했던 것은 순전히 도덕적인 가치관념 탓이었을 뿐, 애정면에서는 결코 머뭇거리거나 결단을 내리지 못했던 것은 아니다. 이들 두 사람과 장무기는 전혀 다르다. 주지약, 조민, 거미 은리, 아소, 이들 네 처녀들 가운데 조민에 대한 사랑이 가장 깊고 두터워, 마지막에 가서 주지약에게도 그런 속뜻을 분명히 털어놓긴 했지만, 과연 그 마음속 깊은 구석에 도대체 어떤 여인이 보다 더 사랑스럽게 자리 잡고 있었을까? 아마도 장무기 자신조차 모를 것이다. 정말 그런 모양새로 결과가 귀착될 것인지 말 것인지는 저자인 나 자신도 모른다. 장무기란 주인공의 개성을 그런 식으로 묘사해놓은 만큼, 모든 사태의 발전추세도 온전히 그 성격에 따라 정해질 것이지, 저자로서도 어떻게 간여할 도리가 없는 것이다.

평생토록 장무기는 오로지 남의 좋은 점만 중시하고 남의 결점을 너그러이 용서해왔다. 심지어 그런 것 따위는 아예 잊어버리고 기억에 담아두지도 않았다. 장무기와 같은 사람은 제아무리 뛰어난 무공을 소유했다 하더라도 중국에 가서는 정치적으로 위대한 영도자가 되지 못한다. 하기야 그 자신도 근본적으로 정치적인 영도자 노릇을 해보려는 생각이 없었던 만큼, 설령 억지로 영도자가 되었다 해도 마지막에 가서는 필경 실패했을 것이 분명하다. 중국 3,000년의 오랜 정치역사가 진작 그 결론을 명확히 제시해놓고 있으니 말이다. 중국에서 성공한 정치지도자의 첫 번째 조건은 '참을 인忍'자다. 자기 자신을 억제하는 참을성, 남을 용서하고 받아들이는 참을성을 포함해서 적에 대처할 수 있는 인내심까지 갖추어야 하는 것이다. 두 번째 조건은 '명쾌한 결단력'이다. 그리고 마지막 세 번째로는 극도로 강한 '권력욕'이다. 이 세 가지 조건 중에서 장무기는 한 가지는커녕 반 가지도 갖추지 못했다. 주지약과 조민 두 여인은 모두 정치적으로 뛰어난 재능의 소유자들이다. 그러나 정치적인 재능이 너무 강한 여인은 이따금씩 그리 사랑스럽지 못하다.

저자인 내 마음속으로는 아소를 가장 사랑한다. 안타깝게도 그녀를 장무기와 함께 평생토록 같이 있지 못하게 만든 처사를 생각할 때마다, 어딘지 모르게 서글픔을 느끼고 나 자신에 대한 원망을 금할 길이 없다.

따라서 이 책 가운데 서술된 애정 스토리는 사실 그리 아름답지 못하고 아기자기한 맛은 별로 없다. 그렇기는 해도 현실성이 좀 더 강해질 수 있었는지 모르겠다.

장무기가 훌륭한 영도자는 아니지만 우리에게 좋은 벗이 될 수는 있을 것이다. 사실 이 책에서 돋보인 정취와 감흥의 초점은 남녀 간의 애정문제가 아니라 사나이 대 사나이 간의 의리와 정리에 있다. '무당

칠협' 일곱 형제들 간의 피붙이보다 더 끈끈한 우애의 감정, 장삼봉과 장취산, 그리고 사손과 장무기 사이의 부자지간과도 같은 진실한 사랑이 바로 그것이다.

그렇기는 하지만, 장취산이 자기 눈앞에서 스스로 목숨을 끊었을 때 그 광경을 보는 장삼봉의 비통한 심경, 장무기가 '죽었다'는 소식을 들었을 때 사손의 가슴 아픈 심정을 이 책에서 너무 절실하게 피부에 닿도록 묘사하지는 않았다. 진정으로 사람이 한 세상을 살아가는 실제 과정에서 꼭 그렇지는 않을 것이다.

왜냐하면 그때를 나도 분명히 모르기 때문이다.

- 1977년 3월 초판

장무기의 성격 가운데 영웅호걸다운 기질이 다소 모자란 듯하지만, '의협義俠' 기질 하나만큼은 충분히 발휘하고 있다고 보아야 할 것이다.

'의협'이란 결코 자기 자신의 이익을 추구하기 위한 것은 아니다. 자신의 국가, 자신이 속한 단체, 자기 친구들의 이익까지 포함해서 말이다. 그것은 의리상 또는 이치로 보아 마땅히 해야 할 일로서, 이른바 "길 가다 불공평한 처사를 목격하면 의분에 못 이겨 칼을 뽑아 돕는다 路見不平 拔刀相助" 했듯이, 협사 된 이는 자신의 생명이라든가 이익, 명예 따위를 포함하여 모든 것을 일체 돌보지 않으며 그 어떤 보수와 대가를 받지 않고 온전히 정의만을 추구하게 마련이다.

훗날 송나라를 세운 조광윤趙匡胤이 천 리 길을 마다않고 경낭京娘을 호송하던 과정에서, 아리따운 그녀가 몸으로 보답하려는 뜻을 끝끝내 거절하고 군자로서의 떳떳한 태도를 고수했다는 일화가 전해온다. 그게 사실이라면 왜 그랬을까? 어쩌면 그는 만일 그녀의 뜻을 받아들였을 경우, 자신이 공분에 겨워 거사한 '진교병변陳橋兵變'에 대한 대가를 받은 것으로 생각하고, 협사로서 취할 고상한 행위가 아니라고 느꼈기 때문이리라 본다.

서양 사회에는 이런 종류의 가치관이 동양보다 좀 모자라는데, 서양인들은 무의식적으로 항상 하느님 또는 교회가 그렇게 하라고 분부하면 그대로 해야 한다고 느낄 뿐이다. 중국인의 관념은 자기 양심에 비춰 의당 그렇게 해야 한다고 생각되면 그대로 행한다. 내세에 더 편안히 잘살 수 있어서 그렇다거나, 지옥에 떨어져 고통스런 업보를 모면하기 위해 그런 행동을 하는 게 아니다. 그런 목적의식이 아예 없는 것이다.

무협소설의 최고 이상적인 원칙은 의협정신을 두루 선양하는 데 있다. 영웅이나 호걸은 이따금 자기 자신을 위해 의로운 일을 하지만, 협사 된 이는 통상적으로 남을 위해서 의로운 일을 한다. 대가를 받는다면 그것은 곧 의협심이 부족하다는 의미가 된다.

장무기가 멸절사태의 세 차례 공격을 기꺼운 마음으로 달게 받고, 광명정에서 혈혈단신으로 용전분투하여 육대 문파의 공격을 가로막았던 것은 명예를 추구하기 위한 행위도 아니고 혈기에 만용을 부린 것도 아니다. 그저 '마땅히 해야 할 일'이라고 느꼈기 때문에 행한 것이고, 그렇기 때문에 훗날 주원장과 황제의 자리를 놓고 다투지 않을 수 있었던 것이다.

- 2003년 7월 중판

이 책《의천도룡기》는 구성 자체가 복잡하고 이야기 전개도 번잡스러워, 독자 여러분의 고견을 받아 세 번에 걸쳐 대수술을 단행하고 내용을 여러 군데 뜯어고쳤다. 제3차 수정판을 내게 된 가장 중요한 동기는 간단하다. 스토리 막판에 이르기까지 주인공 장무기가 자신의 배우자를 선정하지 않았기 때문이다.

나는 역사가 운명으로 정해지지 않고 우연적인 요소들로 가득 찼다는 사실, 인간사 역시 그와 마찬가지라고 줄곧 믿어왔다. 장무기가 마지막에는 조민과 함께 몽골로 가서 두 번 다시 중원 땅에 돌아오지 않겠다고 했으나, 가령 그 밖의 다른 우연적인 요소들이 나타날 경우에는 달라질지도 모른다. 이를테면 주지약이 그를 찾아 몽골로 갈 수도 있을 테고, 장무기가 조민과 함께 아소를 찾아 페르시아로 떠날 수도 있다. 또 명교를 위해서 홀로 중원으로 돌아와 일처리를 할 수도 있고, 황량한 서역 땅에서 우연히 은리와 마주칠지도 모른다. 아무튼 세상만사의 주체는 사람이 하는 일이고, 장무기는 그저 남이 자신을 좋게 대해준 점만 기억할 뿐이다. 그래서 그의 마음속에 모든 여인들이 착하고 좋은 사람으로만 기억될 뿐이다.

주지약은 그에게 이런 말을 했다.

“당신네 둘이서 얼마든지 부부 노릇을 하고 예쁜 아기를 낳아 길러도 좋아요. 10년, 20년 세월이 흐르도록 그저 당신 마음속으로 날 생각해주고 기억 속에서 지워버리지만 않는다면, 난 그것으로 흡족하니까요.”

사실 이런 형태의 애정 표현은 철부지 어린아이들로서는 도저히 이해하지 못할 것이다. 그렇기 때문에 나는 이 소설에서 열서너 살짜리 어린 누이동생들의 심경을 서술하거나 묘사하지 않았다.

이 소설의 단락별 타이틀은 백량체柏梁體를 본떠 칠언일구로 도합 마흔 구절을 지어 붙였다. '백량체'는 오랜 옛날 한무제漢武帝가 조정의 여러 신하들과 누각에 올라 잔치를 벌여놓고 화답하던 시회詩會에서 연유된 형식이다. 임금과 신하들이 돌아가며 한 구절씩 읊어 그 운에 따라 의미를 하나씩 부여했다. 옛 사람들이 지은 시구의 압운 체재는 근대시의 체재와 달라서 운율에 맞게 지을 수가 없다. 게다가 나는 시문에 능통하지 못한 탓으로 막상 옛 체재의 시를 쓰려니 그 어려움과 옹색함이 갑절이나 되었다. 그래도 이번만큼 시문을 배워 익히는 셈치고 한 번 시도해보았는데, 역시 곤란한 점은 '고풍스러운 맛'이 없다는 데 있었다.

– 2004년 7월 세 번째 수정판